파블로

1904년 7월 12일 칠레 파랄에서 출생. 네루다는 열 살 때부터 시를 쓰기 시작했으며, 한동네 살았던 시인 가브리엘 미스트랄의 서재에서 톨스토이와 도스토예프스키를 찾아 탐독했다. 사범대학교 진학을 위해 열여덟 살 때 산티아고로 상경한 이 낭만적인 시골 청년은 아버지의 철도원 망토를 두르고 보헤미안처럼 살았다. 네루다는 매일 두 편 이상의 시를 쓰며 지냈고, 1923년 데뷔작『황혼 일기』를 출간하여 칠레 문학계를 뒤흔들었다. 1924년 장엄한 표현을 포기하고 소박한 표현과 자신만의 내면세계를 추구한 연애시『스무 편의 사랑의 시와 한 편의 절망의 노래』로 국제적인 명성을 얻었다. 1927년 네루다는 유럽을 꿈꾸며 외교관이 되었는데, 그의 첫 발령지는 낯선 랑군(지금의 미얀마)이었다. 아시아에서 네루다는 실존적 고뇌와 우수를 담은『지상의 거처』를 썼다. 그러나 1936년 시인 로르카의 죽음과 스페인 내전을 겪으면서 네루다는 민중에 대한 애정과 사회의식으로 충전된 개성적 시를 쓰기 시작했다.
1943년 스무 살 연상의 델리아 델 카릴과 재혼하였으며, 1945년 노동자들의 폭넓은 지지로 상원의원에 당선되었고, 곧 공산당에 가입했다.
칠레의 독재자 곤살레스 비델라의 탄압으로 도피와 망명길에 오르지만, 이때 위대한 서사시『모두의 노래』를 탈고했다. 네루다에게 시는 민중과 '소통의 통로'였고 '투쟁의 밑거름'이 되었으며, '민중시인'이라는 별칭은 네루다가 가장 자랑스럽게 생각하는 상이 되었다. 1953년 마틸데 우루티아와 세 번째로 결혼하고, 다음 해에 스탈린 평화상을 받았다. 1971년 노벨 문학상을 받았으며, 1973년 네루다가 지지했던 아옌데 정권이 피노체트 군사 쿠데타로 무너지고 10여 일 후인 9월 23일 세상을 떠났다.

파블로 네루다 자서전

사랑하고 노래하고 투쟁하라

파블로 네루다 자서전

사랑하고 노래하고 투쟁하라

박병규
이경민 옮김

민음사

Pablo Neruda

CONFIESO QUE HE VIVIDO:
Memorias
by Pablo Neruda

차례

나는 마음이 행복한 사람이다.
양심은 평안하고, 지성은 불안한 사람이다. — 파블로 네루다

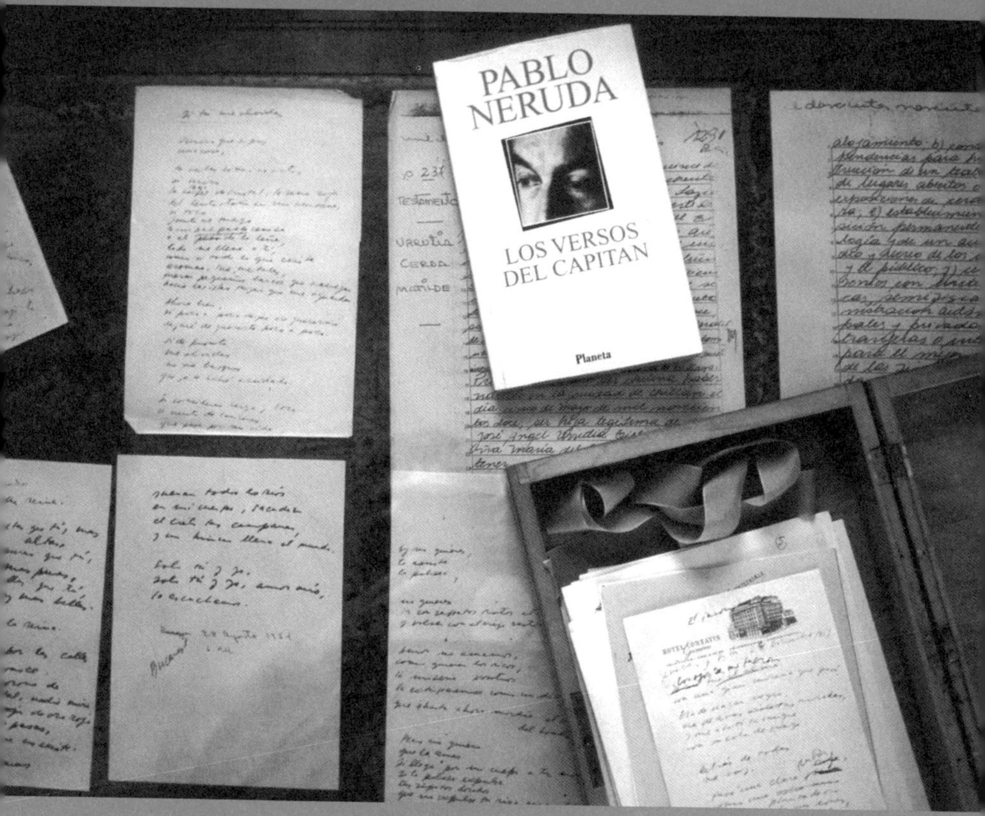

『대장의 노래』(1952)**와 네루다의 원고들**(산티아고의 차스코나)

고통받으며 투쟁하고, 사랑하며 노래하는 것이 내 몫이었다. 승리의 기쁨과 패배의 아픔을 세상에 나누어 주는 것이 내 몫이었다. 빵도 맛보고 피도 맛보았다. 시인이 그 이상 무엇을 바라겠는가? 눈물에서 입맞춤에 이르기까지, 고독에서 민중에 이르기까지, 그 모든 것이 내 시 속에 살아 움직이고 있다. 나는 시를 위해 살아왔고, 시는 내 투쟁의 밑거름이었다. (본문 중에서)

네루다는 1939년 『모두의 노래』를 집필하기 위해 이슬라네그라에 집을 마련했다.
네루다가 거처하던 ‘이슬라네그라’, 산티아고의 ‘라차스코나’, 발파라이소의 ‘라세바스티아나’는 네루다가 수집한 독특한 선수상(船首像)과 조개껍데기들로 유명한 명소가 되었다.

아내 마틸데 우루티아와 함께(1965) 파블로 네루다는 평생 세 번의 결혼을 했고, 마틸데 우루티아는 그의 마지막 순간까지 함께한 아내였다. 『100편의 사랑 소네트』가 바로 우루티아에게 헌사한 것이다. 네루다는 이외에도 많은 작품을 그녀에게 바쳤고, 숨지기 직전까지 이슬라네그라의 집에서 함께 살았다.

일러두기

1. 파블로 네루다 자서전은
그의 죽음으로 인해 완결되지 못했다.
1974년 출판본은 마틸데 우루티아와
미겔 오테로 실바가
네루다의 글을 모아 정리한 것이다.

2. 2016년과 2017년에 개정판이 준비되었으며,
개정판에는 파블로 네루다 기념회가
보유하고 있던 미출간 자료들이 포함되었다.

3. 개정판에 추가된 내용은 부록에 자세히 적혀 있다.

4. 이번 판본의 서문과 주석은
다리오 오세스가 작성하였다.

편집자 서문

1973년 9월, 네루다가 세상을 떠나기 직전까지 집필한 자서전 『사랑하고 노래하고 투쟁하라』는 네루다가 오랜 기간 집필한 독보적인 작품이다. 또한 여러 시기에 걸쳐 다양한 출처에서 자전적 글을 모은 고심작이기도 하다.

1972년 중반 프랑스 주재 칠레 대사로 있을 때, 네루다는 오메로 아르세의 도움을 받으며 체계적으로 자서전을 준비했다. 그해 8월, 네루다는 볼로디아 테이텔보임에게 "《오 크루제이루 인테르나셔나우》에 실었던 글을 완성하여 중요한 책으로 펴내고 싶다."라는 서신을 보냈다. 따라서 이 자서전의 모태는 1962년 잡지 《오 크루제이루 인테르나셔나우》에 '시인의 삶'이라는 주제로 실린 열 편의 글이다. 지면은 늘 제한적이었고 다루고 싶은 주제를 충분히 전개하려면 더 많은 공간이 필요했다. 그래서 네루다는 새로이 글을 쓰는 한

편, 1954년 1월에 칠레대학교에서 자신의 삶과 작품에 관해 발표한 내용처럼 자신이 살아오면서 썼던 여러 시기의 글들을 덧붙였다.

네루다는 시가 자신의 기억을 길러 낸다고 한다. 그래서 그는 개정판의 포문을 여는 글에서 이렇게 쓴다. "나의 시는 무엇인가? 모르겠다. 나의 시에게 내가 누구인지 물어보는 편이 낫다."

실제로 네루다는 자신의 기억을 시와 산문에 투영했다. 그의 자서전은 상당 부분 그의 작품에 투사되어 있기에 자전적인 시에서만 자전적 성격을 찾을 수 있는 것은 아니다. 자신이 경험한 일을 기록하려는 의도는 네루다의 첫 작품에도 드러나 있다. 네루다는 "『황혼일기』는 성숙기의 작품들과 닮은 데가 있다. 부분적으로 이 작품은 나 자신의 내외부에서 발생한 일들, 즉 나의 감수성을 불러일으킨 일에 대한 일기이다."라고 말한 바 있다.

네루다가 여러 시기의 다양한 출처에서 자전적인 글을 모은 것이기는 하지만 이 자서전이 단순한 자료의 총합에 머무르는 것은 아니다. 『사랑하고 노래하고 투쟁하라』에는 다양한 형식의 자전적 이야기가 담겨 있다. 그중 하나는 연속적인 사건들에 대한 서사이다. 밀 타작을 위해 에르난데스 집안을 찾아갔다가 첫 성경험이라는 정점에 달한 뒤 일상적 현실로 돌아가는 여행이 그러하다. 이 이야기는 가정의 품을 벗어나 몽환적 분위기와 현실적인 분위기가 뒤섞인 연속적 사건을 살아가는 한 영웅의 여행과 닮은 데가 있다. 안데스산맥 여행도 그러한 여행의 특성을 지니고 있다. 이 물리적 여행은 시인의 심리적 상태의 변화를 함축하고 있다. 그 여행은 쫓기는 남자에서 자유로운 남자로의 전이이자, "세상의 위대한 길"을 향한 시인의 출발점이다.

또한 『사랑하고 노래하고 투쟁하라』의 여러 세션이 여행기 형식으로 쓰여 있다.

이 작품에는 에피소드, 장소 묘사, 초상, 환기, 숙고 등 여러 요소가 결합된 새로운 형식의 글이 있다. 예컨대, 11장 「시는 직업이다」에는 다양한 내용이 혼합되어 있다. 다른 장에서도 상이한 인물과 목록 등을 다루는데, 네루다가 시를 쓸 때 활용하던 방식을 찾아볼 수 있다. 예컨대 이십대 청년들의 보헤미아를 그린 "겨울의 기인들" (2장)은 네루다가 청년기에 발파라이소에서 알게 된 주요 인물과 방랑자 혹은 기이한 인물에 대해서 이야기하는데, 이 인물들은 자서전에 산발적으로 등장한다. 로하스 히메네스, 아카리오 코타포스, 낸시 큐나드 등이 그러한데 이들은 네루다가 『거주자와 그의 희망』이라는 작품의 서문에서 밝힌 '불만 가득한 불안한 사람들'에 해당한다.

네루다는 『사랑하고 노래하고 투쟁하라』의 짧은 서문에서 이 책의 독특함을 이렇게 언급한 바 있다. "회고록을 쓰는 사람의 회상과 시인의 회상은 다르다. 회고록을 쓰는 사람은 치열한 삶보다는 생생한 삶을 그리려 하기 때문에 지난 일을 상세하게 재현한다. 반면 시인은 자기 시대의 불꽃과 어둠 속에서 명멸하는 환영들을 보여 준다." 이렇듯, 네루다의 시적 회상은 초기 작품부터 그가 형성해 온 일종의 저장고이다. 그리고 장기간의 더딘 퇴적물이 이 자서전의 견고함과 내실을 더해 주는 것이다.

네루다가 서문에서 밝힌 이 책의 또 다른 독특함은 삶의 복수성이다. 그는 "나는 어쩌면 나 자신의 삶이 아니라 다른 사람들의 삶을 살았는지도 모른다."라고 말한다. 네루다의 작품에는 복합적인 '나'를 암시하는 경우는 많다. 예컨대, "나는 민중, 셀 수 없는 민중이다" (『모두의 노래』), "난 삶 없이는/ 살 수 없고/ 사람 없이는 사람일 수 없어"(『기본적인 송가』), "나의 노래는 모두가 하나 되게 하는 노래:/

모든 이들과 함께 부르는/ 보이지 않는 사람의 노래”(『기본적인 송가』) 등이 그렇다.

따라서 『사랑하고 노래하고 투쟁하라』는 하나이자 여럿인 이 시인의 자서전인 동시에 한 사람이자 모든 사람의 자서전이다.

앞서 말했듯이 자전적 요소에 대한 충동은 이미 『황혼 일기』에 나타나지만, 그 충동은 『모두의 노래』에 실린 「나는」에서 구체화된다. 이 충동은 네루다가 50세 생일을 맞아 칠레대학교에서 한 다섯 번의 강연에서 발표한 내용에도 나타나며, 1962년에 쓴 「시인의 삶」이라는 글과 1964년에 60세 생일을 맞아 자전적 시 형식으로 쓴 『이슬라네그라의 추억』에도 나타난다.

네루다는 1964년에 산티아고 국립도서관에서 『이슬라네그라의 추억』이라는 작품에 대한 강연회를 개최하였다. 당시에 네루다는 작품에 대해 이렇게 말했다. “이 작품에서 나는 고의적으로 내 시의 중대한 시작을 알리는 작품인 『황혼 일기』로 돌아가 일상의 느낌을 시로 표현했습니다. 전기적인 줄거리도 있지만, 다섯 권에 이르는 이 긴 작품에서 나는 매일 느끼는 행복이나 음울함을 표현했습니다. 이 책은 흩어졌다가 다시 결합하는 이야기와 같은 작품으로, 내가 살아오면서 겪은 일들과 무수한 목소리로 나를 불러내는 자연에 대한 이야기입니다.”

네루다는 죽는 날까지 자서전을 쓰겠다는 의지를 표명하며 발표를 마쳤다. 그는 이렇게 말했다. “내가 본 모든 것, 내가 사랑한 모든 것, 내가 느끼고, 살고, 투쟁했던 모든 것과 더불어 사는 걸 포기하지 않는다면 과한 욕심일지도 모르겠습니다만, 나는 계속 글을 쓰면서 아직 끝마치지 못한 대계(大系)의 시를 완성하고 싶습니다. 내 삶의 마지막 순간의 마지막 말이 그 시를 완성할 겁니다.”

『사랑하고 노래하고 투쟁하라』는 네루다가 70세가 되는 1974년에 출판될 예정이었다. 하지만 네루다는 1973년 9월 11일 군사 쿠데타의 충격으로 같은 해 9월 23일 사망하고 말았다. 그로 인해 이 작품이 1974년에 출판되긴 했지만 유작이 되었다.

파블로 네루다 기념회에 있는 자료들을 세밀하게 조사하여 자서전과 관련된 자료들을 찾을 수 있었다. 첫 번째 자료는 1973년 6월에 기록된 노트로, 자서전에 포함될 주제들에 관한 친필 원고가 상당 분량 있었다. 또한 발표되지 않은 자전적인 글이 담긴 파일 두 개가 발견됐다. 그중에 「돌아오는 길의 아가씨」처럼 회고 과정에서 잃어버렸던 퍼즐 조각처럼 맥락에 정확히 들어맞는 글도 있었다. 또 해당하는 장의 내용을 확장하는 글도 있었고, 「시인 페데리코 가르시아 로르카의 마지막 사랑」처럼 당시에 출판하지 못한 이유를 설명한 글도 있다. 네루다는 이에 대해 이렇게 자문한다. "대중이 가르시아 로르카의 명성을 훼손하지 않으면서 그가 동성애자라는 것을 편견 없이 받아들일 수 있을까?" 마틸데 우루티아는 이렇게 말했다. "나 또한 그게 의심스러워서 자서전에 넣지 않았지요. 이제 이 글을 가져가세요. 내겐 파기할 권리가 없습니다." 마틸데는 "이 글을 가져가세요."라고 말하며 글을 넘겼다. 마틸데는 누군가 그 글을 찾아낼 수 있도록, 그리하여 더욱 개방적인 미래에 인간의 다양성이 평가될 수 있도록 네루다의 글을 남겨 두었다. 우리는 바로 그 일을 해냈다.

이번 개정판에 포함된 글들이 앞서 포함되지 않은 이유는 『사랑하고 노래하고 투쟁하라』의 초판 작업이 끝날 당시의 어려운 정황 때문이었다. 주지하다시피 네루다는 조국에서 잔인한 군부 독재의 서막이 오르던 시점에 삶의 마지막 순간을 산티아고의 산타마리아 병원에서 보냈다. 네루다의 집인 산티아고의 '라 차스코나'와 발파라이소의 '라 세바스티아나'는 야만적인 침탈의 대상이 되었고, 그의 친구들은 잡혀가거나 처형되거나 숨어 지내야 했다.

네루다가 죽은 뒤, 부인 마틸데는 베네수엘라 외교 행낭을 통해 자서전 원고를 카라카스로 보냈다. 후일 그녀는 카라카스로 건너가 미겔 오테로 실바를 만나 네루다의 자서전을 펴냈다.

마지막으로 우리는 1954년 개최된 강연회에서 발표된 세 편의 자전적 글을 찾을 수 있었다. 출간되지 않은 글이었으며 『사랑하고 노래하고 투쟁하라』를 쓰기 위한 자료로 활용된 것이었다.

비록 네루다가 삶의 마지막 순간에 자신의 삶에 대한 대계의 시에 마지막 말을 남기고자 했지만, 이번 개정판에 포함된 자전적 내용의 새로운 글들은 그의 회고록에 대한 새로운 독서를 가능하게 하며, 이로써 네루다의 삶에 대한 이야기가 더욱 풍요로워질 것이다.

나의 시에 대한 여행

나는 오늘 그대들에게 내 시의 탐욕스러운 본질들에 대해, 내가 살아오면서 함께한 추위와 불길에 대해 말하고자 한다. 그 본질들은 내 발걸음을 무수히 앞질러 갔으며 마주치는 모든 것에 개방적으로 젖어들었고 세상의 폐쇄된 색조들을 무너뜨렸다.

나는 매일 타올랐다가 꺼지는 나의 말에 대한 논쟁과 비판에 대해 잘 알고 있다. 이번 여행은 이것들에 대한 이야기가 아니다. 이 순간 나는 여러분과 나 또한 알지 못하는 곳을 함께 여행하는 동반자가 되고자 한다.

나의 시는 무엇인가? 모르겠다. 나의 시에게 내가 누구인지 물어보는 편이 낫다. 시는 내 영혼이 어두운 밤에 휩싸였을 때 나를 인도해 줬으며 나를 속박하기도 하고 나를 해방시키기도 했으며 고독과 사랑과 사람들 너머로 날 이끌었다.

오늘 말하게 될 주제가 나라는 게 끔찍하긴 하다. 부디 나를 그대들 속에 있는 한 사람으로 받아들여 주기 바란다. 때로는 고통스러워하고 때로는 즐거워하는 보통 사람으로, 숲과 도서관과 만남과 마음속 비밀스러운 장소에 그대들과 함께 가는 한 사람으로 말이다.

내 시의 남쪽에는 고독이 있다. 북쪽으로는 민중이 있다. 고독은 내 초기 시의 어머니이다. 나는 밤의 미스터리를 깨부수려는 사람처럼 그 고독의 만(灣)과 미로에 내 어리고 쓸쓸한 어부의 그물을 던진다. 나를 열정에 휘말리게도 하고 나를 내동댕이치기도 한 그 우주적 시기에는 무수한 의문들이 세상의 고독과 황혼의 불확실성 속에서 고통스럽게 날아오른다…….

그 순간, 깊은 숲에서 발생한 화재처럼 사랑의 빛이, 첫사랑의 걷잡을 수 없는 불꽃들이 나타나고 환희와 즐거움을 발견한다. 기쁨의 틈 사이에서 아직 고독의 어두운 바람이 불고 사랑에 대한 호소는 절망의 경험을 제 안에 품는다. 근원의 조수 속에서 길을 잃은 자는 깊은 밤의 물속에서 질식하는 초라한 존재처럼 불안하게 사랑의 가시를 부여잡는다.

이 책에 수록된 회고랄까 추억은 듬성듬성하다.
간혹 잊어버린 일도 있다. 바로 그런 게 인생이다.
우리는 듬성듬성 꿈을 꾸기 때문에 힘든 삶을 견뎌 낸다.
그런데 기억해 내는 순간 희미해지고 먼지처럼
흩날리는 추억이 너무 많다. 마치 산산조각 나 버린 유리 같다.
회고록을 쓰는 사람의 회상과 시인의 회상은 다르다.
회고록을 쓰는 사람은 치열한 삶보다는
생생한 삶을 그리려 하기 때문에 지난 일을 상세하게 재현한다.
반면 시인은 자기 시대의 불꽃과 어둠 속에서
명멸하는 환영들을 보여 준다.
나는 어쩌면 나 자신의 삶이 아니라
다른 사람들의 삶을 살았는지도 모른다.
이 지면에 남긴 내 글에서 (가을철 수목이나 수확기의 포도처럼)
죽음을 맞는 노란 낙엽이 떨어질 것이고
신성한 포도주로 새 생명을 얻는 포도가 떨어질 것이다.
내 인생은 시인의 여러 경험으로 이루어진 삶이다.

1 시골 소년

칠레의 숲

만년설이 뒤덮인 산봉우리 사이로 고개를 내민 화산. 화산 기슭의 거대한 호수를 품고 그윽한 향기를 내뿜는 칠레의 울창한 산림. 두껍게 쌓인 낙엽을 밟으면 잔가지 바스러지는 소리가 들린다. 우뚝 치솟은 거대한 라울리나무. 새 한 마리가 날개를 퍼덕이며 나뭇가지 사이로 날아다니더니 둥지에 앉아 오보에처럼 노래하고, 코를 찌르는 월계수 향과 텁텁한 볼도나무 향기는 영혼까지 적신다. 과이테카스삼나무는 앞을 가로막는다. 이곳은 수직 세상. 새들의 나라이자 나뭇잎이라는 군중의 나라이다. 돌부리에 차여 하마터면 넘어질 뻔했다. 돌멩이가 빠져나간 구멍을 헤집어 본다. 붉은 털로 뒤덮인 커다란 거미가 나를 노려보고 있다. 게만 한 몸집으로 꼼짝하지도 않고. 황금빛 먼지벌레는 악취를 내뿜더니 찬란한 무지개 빛깔을 남기고 번개처럼 사라진다. 내 키보다 훨씬 큰 고사리 숲을 헤치고 지나간다. 초록색 눈에 맺힌 예순 개의 차가운 눈물방울이 얼굴 위로 우수수 떨어진다. 지나온 길가의 고사리는 부챗살처럼 한동안 부르르 몸을 떤다. 썩은 나뭇등걸. 이 얼마나 소중한 보물인가! 검은 버섯과 푸른 버섯은 귀, 붉은 기생 식물은 입술, 길게 늘어진 풀은 수염이다. 돌연 뱀 한 마리가 썩은 나뭇등걸에서 빠져나온다. 숨결처럼, 죽은 나무의 혼처럼……. 저 멀리 나무들은 서로 거리를 두고 서 있다. 비밀을 품은 밀림의 양탄자 위로 우뚝우뚝 치솟은 나무는 저마다 모양을 내고 있다. 길쭉한 것, 곤두선 것, 잔가지가 많은 것, 뾰쪽한 것 등등. 마치 부지런한 이발사가 쉬지 않고 다듬어 놓은 듯하다. 절벽 저 아래 화강암반 위로 수정 같은 물이 벽옥색으로 흐르고 레몬처럼 샛노란 한 마리 나비가 물과 햇빛 사이로 춤추며 날아간다. 내 곁에서는 수많은 칼세올라리아 꽃이 인사를 하듯 노란 머리를 숙인다. 머리 위로는 붉은 코피우에가 마법에 걸린 숲의 동맥에서 흘러나온 핏방울처럼 매달렸다. 붉은 코피우에는 피의 꽃, 하얀 코피우에는 눈의 꽃……. 여우 한 마리가 번개처럼 정적을 가로지른 자리에는 나뭇잎만 파르르 떨고 있다. 이 식물 왕국을 지배하는 법칙은 침묵뿐이다. 멀리서 놀란 동물 울음소리가 아련하게 들려온다. 어디선지 새 한 마리가 날카로운 울음으로 화답한다. 그러나 땅의 음악을 요란하게 울리는 폭풍이 닥칠 때까지 이 식물 왕국은 소곤거리는 소리조차 내지 않는다.

칠레의 숲 속에 들어가 보지 못한 사람은 이 세상을 안다고 할 수 없다. 나는 그 땅에서, 그 흙에서, 그 침묵에서 태어나 세계를 누비며 노래했다.

유년기와 시

유년 시절 얘기를 하자면 잊을 수 없는 것이 딱 하나 있다. 바로 비다. 남반구에서는 정말 어마어마하게 비가 쏟아진다. 마치 케이프 혼이라는 하늘에서 개척지라는 땅을 향해 쏟아지는 폭포수 같다. 나는 이 땅에서, 칠레의 '서부'와 같은 개척지에서 삶에 눈을 뜨고, 대지에 눈을 뜨고, 시에 눈을 뜨고, 비에 눈을 떴다.

세계 여러 곳을 경험한 지금, 고향 아라우카니아•에서 무섭고도 미묘한 힘을 행사하던 저 빗줄기는 예전만 못해 보인다. 그때는 몇 달이고 몇 년이고 줄곧 비가 내렸다. 하늘에서 줄줄이 떨어진 긴 유리 바늘은 지붕에서 산산이 부서지거나 유리창까지 차오른 물살 속으로 파고들었다. 그러면 집들은 겨울 바다에서 간신히 항구로 대피한 선박처럼 보였다.

아메리카 남부에서 내리는 이 찬비는 열대지방의 소나기와 본질적으로 다르다. 열대지방에서는 채찍처럼 한바탕 거세게 쏟아지다가 파란 하늘에게 길을 비켜 주지만 남반구의 비는 지구력이 여간 좋은 게 아니다. 잿빛 하늘에서 줄기차게 쏟아져 내린다.

우리 집 앞길은 비만 오면 거대한 진흙탕으로 변했다. 창문 너머 빗줄기 사이로 보이던 광경이 지금도 눈앞에 선하다. 진흙탕에 빠진 소달구지가 길 한가운데서 오도 가도 못했다. 검은색 망토를 걸친 농부가 황소를 다그쳐 보지만 그런 상황에서는 제아무리 힘센 황소인들 어쩔 도리가 없다.

학교는 걸어서 다녔다. 추위와 빗줄기를 무릅쓰고 징검다리를

• '아라우카 원주민의 땅'이라는 뜻. 그러나 '아라우카'라는 명칭은 초기 스페인 정복자들이 잘못 붙인 이름이므로 현재는 이 종족을 가리켜 '마푸체'라고 부른다.

건너듯 인도 위에 놓인 돌만 밟고 다녔다. 우산은 바람에 날아가기 일쑤였다. 비옷은 비쌌고 장갑은 끼기 싫었고 신발은 항상 흠뻑 젖었다. 난롯가에서 젖은 신발을 말리던 기억이 난다. 김이 모락모락 솟아나는 모습이 꼭 증기기관차 같았다. 홍수도 잦았는데 그때마다 극빈층이 사는 강변 마을을 휩쓸고 지나갔다. 지진도 일어났다. 한번은 산속에서 무시무시하게 밝은 빛이 부챗살처럼 퍼졌다. 야이마 화산이 폭발한 것이다.(1908년)

테무코는 새로 개척한 도시였다. 이런 고장에 역사와 전통이 있을 리 만무하지만 철물상 하나만은 즐비했다. 원주민들은 글을 모르기 때문에 가게마다 한눈에 알아볼 수 있는 물건 모양의 간판을 내걸었다. 어마어마하게 큰 톱, 가마솥만 한 냄비, 문짝만 한 자물쇠, 삽만 한 숟가락. 그 앞의 신발 가게는 무지막지하게 큰 장화를 걸어 놓았다.

사실 테무코는 칠레 남부 지역을 명실상부한 칠레로 편입하기 위한 전진 기지였다. 이런 편입 과정은 피로 물든 긴 역사를 의미한다.

300년 동안 스페인 정복자들에 맞서 싸우던 아라우카족은 결국 추운 지방으로 밀려나고 말았다. 그러나 칠레인들은 이른바 '아라우카 지역 평정 작전'을 중단하지 않았다. 다시 말해서 우리 동포인 원주민들을 그 땅에서 몰아내려고 피비린내 나는 전쟁을 계속한 것이다. 그동안 원주민을 무찌르기 위해 갖은 수단과 방법을 아낌없이 동원했다. 기관총을 난사하고 마을을 불 지르고 나중에는 조금 온건한 방법을 사용하여 법률과 술을 동원했다. 변호사는 원주민의 땅을 사취하고 판사는 항의하는 원주민을 감방으로 보내고 신부는 지옥 불에 떨어질 거라고 위협했다. 마지막으로 술이 들어와 그토록 당당하던 아라우카족을 전멸시키고 말았다. 예전 아라우카족의 용기, 혁혁

한 전과, 아름다운 삶은 에르시야•의 서사시 『아라우카나』에 주옥같은 시구로만 남아 있다.

우리 부모님은 파랄 출신이다. 내가 태어난 곳도 그곳이다. 칠레 중부 지방에 위치한 파랄은 포도 산지로, 포도주도 많이 생산되는 곳이다. 어머니 이름은 로사 바소알토이다. 전혀 기억할 수 없는 일이지만 어머니가 돌아가실 때 나는 눈도 떼지 않고 쳐다보고 있었다고 한다. 1904년 7월 12일 내가 태어났고, 그로부터 한 달 후인 8월, 오래전부터 결핵을 앓던 어머니는 세상을 버리셨다.

칠레 중부 지방의 소농은 생활 형편이 매우 어려웠다. 할아버지 호세 앙헬 레예스는 땅은 얼마 되지 않는데 자식들만 많았다. 삼촌들 이름은 아모스, 오세아스, 호엘, 아바디아스인데 아득히 먼 왕국의 왕자들 이름 같았다. 아버지는 호세 델 카르멘이라는 평범한 이름이었다. 아버지는 일찍이 고향을 떠났다. 처음에는 탈카우아노 항구의 조선소에서 일하다 나중에는 테무코에서 철도원으로 근무했다.

아버지는 자갈 기차 기관사였다. 요즘 사람들은 자갈 기차가 뭔지 잘 모를 것이다. 폭우가 심한 남부 지방에서는 침목 사이에 자갈을 제때 채우지 않으면 철로가 유실되기 십상이다. 이를 막으려면 먼저 채석장에서 자갈을 들것에 담아 화차에 퍼부어야 한다. 40년 전 이런 자갈 기차에서 일하는 인부는 철인이 아니면 버티기 힘들었다. 모두 농촌이나 도시 변두리 출신이었다. 교도소 출신도 더러 있었다. 하나같이 건장한 사람들이었는데 봉급은 쥐꼬리만 했다. 그 때문인지 자갈 기차 인부에게는 이력서조차 요구하지 않았다. 아버지는 그

• 알론소 데 에르시야(1533~1594): 스페인 사람으로 1557년 칠레의 '아라우카 전쟁'에 병사로 참전했다. 이때의 경험을 바탕으로 쓴 작품이 1569년에 출판된 서사시 『아라우카나』이다.

런 기차의 기관사였다. 상명하복이 생활화된 사람이었다. 나는 가끔 아버지를 따라나섰다. 채석장은 보로아에 있었다. 보로아는 한때 스페인인들과 아라우카족이 치열한 전투를 벌인 역사의 현장이다.

나는 보로아의 자연에 흠뻑 빠져들었다. 새, 풍뎅이, 메추리 알을 보고는 넋을 잃었다. 그런 깊은 골짜기에서 엽총 총신처럼 까맣고 반들거리는 곤충을 발견하다니 정말 기적 같은 일이었다. 그 곤충의 완벽한 모습 앞에서 입이 다물어지지 않았다. 사람들이 흔히 '뱀 어미'라고 부르는 딱정벌레였다. '뱀 어미'란 칠레에서 가장 큰 곤충으로 껍질이 딱딱하고 검은색 윤기가 흐르는 대형 딱정벌레인데 너무 터무니없는 이름을 붙여 놓았다. 마키 나무나 야생 사과나무나 코피우에 나무에 붙어 있는 이 곤충과 마주치면 깜짝 놀라지 않을 사람이 없다. 하지만 나는 딱정벌레의 껍질이 단단하기 때문에 발로 밟아도 끄떡없다는 사실을 알고 있었다. 훌륭한 방패를 지닌 '뱀 어미'에게 독은 불필요한 무기다.

이런 탐구심이 인부들의 호기심을 자극했는지 그들은 곧 내 수집품에 관심을 보이기 시작했다. 아버지가 잠시 자리를 비우면 인부들은 곧장 원시림으로 들어가 내가 감히 흉내 낼 수도 없는 솜씨와 지혜와 힘으로 어마어마한 보물을 찾아 주었다. 인부 가운데 몽헤 아저씨가 있었다. 아버지 말로는 칼을 쓰는 위험인물이었다. 굵직한 선 두 가닥이 가무잡잡한 얼굴을 가로지르고 있었다. 하나는 수직으로 그어진 칼자국이었고 다른 하나는 수평으로 그어진 새하얀 웃음이었다. 상냥하면서도 짓궂은 장난기 가득한 웃음이었다. 몽헤 아저씨는 하얀 코피우에, 털 난 거미, 멧비둘기 새끼를 찾아 주었다. 한번은 눈부신 딱정벌레를 가져왔다. 독자들 가운데 이 딱정벌레를 본 사람이 있는지 모르겠지만 나는 그때 딱 한 번 보았다. 찬란한 무지갯빛

옷을 입고 있었다. 등껍질이 붉은색, 보라색, 초록색, 노란색으로 반짝거렸다. 그런데 눈 깜짝할 사이에 내 손을 벗어나 밀림으로 날아가 버렸다. 몽헤 아저씨는 이미 세상을 떠났기 때문에 날아간 딱정벌레를 다시 잡아 줄 수 없다. 그렇게 눈부신 딱정벌레는 두 번 다시 보지 못했다. 나는 아직 몽헤 아저씨를 기억하고 있다. 나는 아버지로부터 그의 사망 소식을 들었다. 기차에서 떨어져 낭떠러지 아래로 굴렀는데, 급히 기차를 세웠으나 남은 것은 뼈밖에 없었단다.

우리 집이 어떻게 생겼는지 여간해서는 상상조차 못 할 것이다. 아무튼 60년 전 개척지에서 흔히 볼 수 있는 그런 주택이었다. 무엇보다도 여러 집들이 서로 통해 있었다. 레예스 집, 오르테가스 집, 칸디아 집, 메이슨 집은 안마당을 통해서 연장, 책, 생일 케이크, 연고, 우산, 탁자, 의자 등을 주고받았다. 이런 개척지 주택에서는 한 마을에서나 발생할 수 있는 갖가지 일이 다 벌어진다.

덥수룩한 흰머리가 에머슨을 닮은, 미국인 카를로스 메이슨이 이 주택의 소유주였다. 메이슨 집 자식들은 진짜 크리오요(라틴아메리카 태생의 백인)였다. 메이슨은 법률을 지키고 성경 말씀에 따라 사는 사람이었다. 제국주의자가 아니라 초기 정착민이었다. 집안에 돈을 가진 사람은 없었지만 인쇄소, 호텔, 정육점으로 사업을 확장해 갔다. 자식들 가운데 몇은 신문사 편집장이었고 다른 자식들도 같은 신문사에서 일했다. 그러나 세월이 흐르면서 너나없이 이전처럼 가난해졌다. 이런 개척지에서 재산을 고스란히 지켜 낸 사람은 오로지 독일인들뿐이었다.

우리 집은 임시 숙소 같기도 했고 또 어찌 보면 탐험 회사 같기도 했다. 집 안에 들어서면 술통, 연장, 마구(馬具) 등 잡다한 물건들이 널려 있었다. 항상 공사 중인 방도 있었고 공사를 반쯤 하다 중단한 계단도 있었다. 이러다간 한평생 공사만 하다가 말겠다는 이야기도 들렸다. 우리 부모님은 자식들의 대학 교육에 관심을 갖기 시작했다.

메이슨 집에서 큰 잔치가 열렸다. 세례명 축일 잔칫상에는 샐러리를 곁들인 칠면조 요리, 양고기 통구이가 올랐고, 후식으로는 레체네바다(걸쭉한 우유에 달걀흰자 거품을 얹은 후식)가 나왔다. 레체네바다를 먹어 본 지도 오래되었다. 흰머리 아저씨 메이슨은 부인 미카엘라 칸디아와 함께 기다란 식탁 상석에 앉았다. 등 뒤에는 커다란 칠레 국기가 걸려 있었고 그 옆에 조그마한 성조기를 압핀으로 눌러 놓았다. 이러한 국기 배치 또한 참석자의 출신 비율에 따른 것으로, 칠레 국기에 새겨진 외별이 좌중을 압도했다.

메이슨 집에는 우리 같은 아이들은 출입할 수 없는 거실이 있었다. 나는 그 방의 가구가 무슨 색깔인지 몰랐다. 항상 하얀 천으로 덮여 있었는데 나중에 불이 나서 모두 타 버렸기 때문이다. 그 방에는 가족사진을 넣어 둔 앨범이 있었다. 훗날 개척지에서 채색 확대 사진이 유행했으나 그런 사진보다는 이 앨범의 사진이 훨씬 섬세하고 또 감칠맛이 있었다.

어머니 사진도 있었다. 검은색 옷을 입은 가냘픈 몸매의 여인이 생각에 잠긴 모습이었다. 어머니가 시를 썼다는 말을 들었으나 그 시를 본 적은 없다. 내가 본 것은 오직 그 아름다운 사진뿐이었다.

아버지는 재혼하셨다. 신부 이름은 트리니다드 칸디아 마르베르데. 내 계모이다. 유년기 내 수호천사였는데 이제 와서 계모라고 부른다는 게 마뜩잖다. 아무튼 새어머니는 부지런하고 온화한 분이었다. 시골 사람 특유의 유머 감각도 있었고 또 언제 봐도 상냥했다. 아버지가 귀가하면 당시 그 지역 여자들이 모두 그랬듯이 조용한 그림자로 변했다.

우리 집에도 황홀한 물건이 가득 들어 있는 궤짝이 있었다. 궤짝 바닥에는 달력에서 떼어 낸 멋진 앵무새 그림이 깔려 있었다. 하루는 어머니가 궤짝에서 무언가 찾고 있었는데 나는 앵무새를 만져 보려고 하다가 그만 궤짝 속에 처박히고 말았다. 그러나 나이를 먹으면서 남몰래 그 궤짝을 열어 보았다. 하늘하늘한 천으로 만든 고급 부채가 몇 매 들어 있었다.

그 궤짝에 대해서라면 또 다른 추억도 있다. 처음으로 연애소설 비슷한 것을 읽고 정신없이 빠져든 것이다. 연애소설이란 다른 게 아니라 바로 궤짝 안에 든 수백 장의 그림엽서였다. 엔리케인지 알베르토인지 정확하게 기억할 수는 없지만 아무튼 그런 사람이 마리아 티엘만에게 보낸 엽서였다. 정말 기막힌 그림엽서였다. 유리 가루를 붙여 놓은(종종 머리카락이 들러붙어 있었다.) 당대의 유명한 여배우 사진도 있었고 외국의 도시, 성, 풍경 사진도 있었다. 몇 년 동안 오직 그림에만 정신이 팔려 있었다. 그러나 철이 들면서 수려한 필체로 써 내려간 사연을 읽기 시작했다. 나는 엽서를 보낸 남자가 중산모를 쓰고 단장을 들고 넥타이핀을 꽂은 멋쟁이일 거라고 상상했다. 그러나 엽서 내용은 열정적이었다. 전 세계 각지를 여행하면서 보낸 엽서에는 화려한 수식어와 거침없는 연애 감정이 넘치고 있었다. 나까지 마리아 티엘만을 사랑하게 될 정도였다. 진주 왕관을 쓴 도도한 여배우와 같은 그녀를 상상했다. 그런데 어떻게 이런 편지가 어머니의 궤짝에 들어 있었을까? 끝내 알 수 없는 일이었다.

1910년 테무코. 지금도 생각나는데 나는 그해에 학교에 들어갔다. 학교라고 해야 난장판으로 어질러진 교실과 음침한 지하실이 있는 큰 건물에 불과했다. 봄철, 학교 건물 높은 곳에서 바라보면 저 멀리 우아하게 굽이쳐 흐르는 카우틴강과 주변의 야생 사과나무가 보였다. 우리는 종종 교실을 몰래 빠져나와 하얀 자갈 위로 흐르는 찬 물에 발을 담그고 놀았다.

여섯 살짜리 소년의 눈에 비친 학교는 어마어마하게 크고 넓었다. 모든 것이 신기했다. 내가 출입할 수 없는 물리 실험실에는 시험관, 증류기 등 반짝이는 실험 도구가 가득했다. 도서실은 항상 잠겨 있었다. 개척지 아이들은 공부에는 관심이 없었다. 하지만 지하실만은 모두들 들어가고 싶어 안달이었다. 완전한 어둠과 무거운 정적이 감도는 그곳에서 우리는 촛불을 켜 놓고 전쟁 놀이를 했다. 이긴 편은 포로로 잡힌 아이들을 낡은 기둥에 묶어 놓았다. 지금도 학교 지하실의 퀴퀴한 냄새, 골방이나 무덤에서 풍기는 음습한 냄새를 잊을 수 없다.

나이가 들면서 책에 흥미를 느끼기 시작했다. 버펄로 빌•의 무용담이나 살가리••의 모험담을 읽으면서 내 정신은 꿈의 세계로 확장되었다. 첫사랑, 지극히 순수한 사랑은 철물점 딸 블란카 윌슨에게 편지를 보내면서 시작되었다. 그녀에게 푹 빠진 친구가 나에게 연애편지를 써 달라고 부탁했다. 무슨 내용이었는지 기억할 수 없으나 그 편지가 아마도 내 데뷔작일 것이다. 아무튼 우연히 그녀와 마주치게 되었는데 자기에게 보낸 편지를 쓴 사람이 내가 아니냐고 물었다. 딱 잡아떼기도 어려워서 어물쩍 그렇다고 대답하고 말았다. 그러자 마르멜로를 건네주었다. 물론 먹을 생각도 못 하고 보물처럼 보관했다. 이렇게 그녀의 마음을 사로잡은 나는 그 이후로 수없이 많은 연애편

• 본명은 윌리엄 코디(1846~1917)이며, 서부 개척 시대의 모험담을 「와일드 웨스트 쇼」로 재현했는데 버펄로를 몰살하고 원주민의 머리 가죽을 벗기는 장면으로 유명세를 얻었다.

•• 에밀리오 살가리(1863~1911): 이탈리아 동화 작가로 무한한 상상력을 발휘하여 해적들의 세계를 그렸다. 작품으로는 『말레이시아의 해적』, 『검은 해적』이 있다.

지를 보냈고 답례로 마르멜로를 받았다.

학교 친구들은 내게 시인의 기질이 있다는 걸 몰랐고, 또 설령 알았다고 하더라도 부러워하지도 않았다. 개척지는 말 그대로 '서부'다운 데가 있었다. 친구들의 성은 슈네이크, 쉴러, 하우저, 스미스, 타이토, 세라니였다. 아라세나스 집안 아들이나 라미레스 집안 아들이나 레예스 집안 아들이나 모두 동등했다. 스페인 바스크 지방의 성을 가진 아이는 없었다. 알발라, 프랑코 같은 세파르딤•계의 성, 매킨티 같은 아일랜드계 성, 야니체프스키와 같은 폴란드계 성을 가진 아이들이 있었다. 멜리빌루, 카트릴레오처럼 물과 나무 냄새를 풍기는 아라우카 성을 가진 아이들의 얼굴은 거무스름한 빛을 띠고 있었다.

우리는 종종 문이 닫힌 창고에서 도토리로 전쟁놀이를 했다. 도토리에 맞아 보지 않은 사람은 얼마나 아픈지 모를 것이다. 등굣길에 총탄을 호주머니 가득 채웠다. 나는 힘도 약하고 약삭빠르지도 못해서 전쟁놀이에는 젬병이었다. 어떻게 하다 보니 늘 공격만 당했다. 쭈그러진 회색 모자를 쓴 초록색 도토리의 매끈한 생김새에 감탄하고 있을 때나 빼앗길 줄 번연히 알면서도 도토리로 파이프를 만들려고 우물쭈물하고 있을 때 우박처럼 도토리가 머리 위로 쏟아졌다. 2학년 때인가 초록색 방수 모자를 쓰자는 생각이 들었다. 방수 모자는 모직 판초, 빨간불과 파란불이 켜지는 신호등과 더불어 내가 꼭 갖고 싶은 아버지의 물건이었다. 나는 기회만 있으면 이 물건들을 학교에 가져가서 자랑했다. 비가 억수로 퍼부을 때는 앵무새처럼 생긴 방수 모자만큼 좋은 게 없었다. 그러나 300명의 개구쟁이들이 미친 듯이 뛰놀고 있는 창고에 들어가자마자 모자는 앵무새처럼 날아가

• 세파르딤: 이슬람이 지배하던 중세 이베리아반도에서 살다가 추방된 유대인과 그 후손을 가리킨다. 기독교 지배 아래의 프랑스, 독일에 살던 유대인 아슈케나짐과 대비되는 용어이다.

버렸다. 나는 모자를 잡으려고 뛰어다녔으나 잡을 만하면 귀가 터질 듯한 함성과 함께 다시 날아갔다. 그날 이후로 다시는 그 모자를 볼 수 없었다.

이런 기억 가운데 어떤 것이 먼저이고 어떤 것이 나중인지 명확하지 않다. 사소하지만 나에게는 소중한 여러 가지 일이 뒤섞여 혼동을 일으킨다. 내 첫 연애 사건도 이상하게 자연과 뒤섞여 있다. 아마도 사랑과 자연은 아주 어렸을 때부터 내 시의 근원이었던 것 같다.

우리 집 건너편에 두 소녀가 살고 있었다. 항상 나를 뚫어지게 쳐다봐서 얼굴을 붉히게 만드는 여자애들이었다. 나는 조용하고 수줍음을 많이 타는 소년인 데 비해 그 애들은 조숙하고 짓궂었다. 그때 나는 우리 집 문 앞에 서 있었다. 되도록이면 그 애들을 쳐다보지 않으려고 노력했다. 그런데 눈길을 끄는 무언가를 손에 들고 있었다. 내가 쭈뼛쭈뼛 다가가자 새 둥지를 보여 주었다. 나뭇가지와 진흙으로 만든 둥지 속에는 터키석 색깔의 예쁜 새알이 들어 있었다. 새알을 만져 보려고 하자 그중 한 애가 옷 속에 손부터 넣어 보자고 했다. 나는 더럭 겁이 나서 냅다 도망쳤다. 두 요정은 새 둥지를 보물단지처럼 머리에 이고 쫓아왔다. 한참 쫓기던 나는 골목길로 들어갔다. 아버지 소유의 빈 제과점으로 이어지는 길이었다. 마침내 그 애들은 나를 붙잡고 바지를 벗기기 시작했다. 그때 복도를 걸어오는 아버지 발소리가 들렸다. 순간 새 둥지가 박살 났다. 가해자와 피해자 모두 카운터 밑에서 숨을 죽이고 있는 동안 예쁜 새알은 박살이 나고 말았다.

이런 일도 있었다. 한번은 나만의 세계라고 할 수 있는 우리 집 뒤뜰에서 조그만 것들을 찾으며 놀고 있었다. 그런데 판자로 만든 담장에 구멍이 나 있는 것이 눈에 띄었다. 구멍으로 내다보니 우리 집처럼 황량하고 잡초만 무성한 땅이 보였다. 무슨 일이 일어날 것만 같은 막연한 예감에 몇 걸음 뒤로 물러났다. 갑자기 구멍에서 손이 나타났다. 내 또래 아이의 손이었다. 내가 담장으로 다가갔을 때 손은 이미 사라지고 없었고 그 대신 아주 작고 하얀 양 한 마리가 그 자리에 놓여 있었다.

빛바랬으나 양모로 만든 양이었다. 밑에 달린 바퀴는 떨어져 나가고 없었다. 그렇게 아름다운 양은 처음이었다. 나는 집 안으로 들어가서 이에 보답하는 선물을 들고 나와 그 자리에 놓아두었다. 솔방울이었다. 이제 막 벌어지면서 솔향기를 내뿜고 있어서 무척이나 아끼던 물건이었다.

다시는 그 아이의 손을 보지 못했다. 다시는 그런 인형도 보지 못했다. 애석하게도 집에 불이 나는 바람에 그 인형은 타 버렸다. 요즘도 장난감 가게 앞을 지나칠 때면 진열장을 훔쳐본다. 그러나 소용없는 일이다. 그런 인형을 파는 가게는 없으니까.

비의 예술

아메리카 남부 지방의 겨울은 추위와 비와 진흙탕으로 변한 길거리 때문에 스산한 반면 여름은 타는 듯한 불볕더위로 지글거린다. 우리 고장은 원시림으로 둘러싸인 산골이다. 나는 바다가 보고 싶었다. 다행히 추진력이 있는 아버지가 동료 철도원의 집을 빌렸다. 기관사인 아버지는 칠흑같이 어두운 밤 4시에(왜 새벽 4시라고 하는지 모르겠다.) 승무원용 호루라기로 온 집 안 식구들을 깨웠다. 그 순간부터 불도 어두운 집 안은 북새통이 되었다. 바람결에 이리저리 너울거리는 희미한 촛불 밑에서 어머니, 여동생 라우라, 남동생 로돌포,

주방 아주머니는 분주하게 오가며 짐을 챙겼다. 매트리스를 접고 또 접어 커다란 공 모양으로 만들고 노끈으로 꽁꽁 묶었다. 열차에 싣고 가 침대로 사용해야 했기 때문이다. 집 근처 기차역으로 출발할 때까지도 매트리스에는 온기가 남아 있었다. 천성적으로 몸이 허약한 나는 자다가 갑자기 일어난 탓인지 한기가 들고 구역질이 났다. 그동안에도 집 안은 여전히 시끄러웠다. 가난한 집 식구들이 한 달 동안 휴가를 떠나려니 살림살이를 전부 챙겨 가야 했다. 심지어 습한 기후 탓에 잘 마르지 않는 빨래를 화로 위에 널어놓는 버드나무 건조대까지도 딱지를 붙이고 화물칸에 쑤셔 넣었다.

기차는 추운 지방을 가로지르고 있었다. 테무코에서 카라우에로 가는 길이었다. 사람의 손길이 전혀 닿지 않은 광대한 땅과 원시림을 지나갔다. 터널이나 철교를 통과할 때는 지진이 일어난 듯한 소리가 들렸다. 들판 한가운데 외롭게 서 있는 역사가 나타났다. 역사 주변에는 함수초와 사과 꽃이 만발하고 있었다. 기차역마다 전통 의상을 입은 아라우카 원주민들이 조상처럼 근엄한 표정으로 양고기, 닭, 달걀, 직물을 팔았다. 아버지는 항상 무언가를 샀다. 그때마다 한동안 흥정을 벌이곤 했는데 한 푼도 깎아 줄 수 없다고 완강하게 버티는 아라우카 여자 앞에서 암탉을 집어 드는 아버지의 황금빛 턱수염 몇 가닥을 본 것도 그때였다.

역 이름도 갈수록 아름다웠다. 대부분은 고대 아라우카족이 남긴 지명이었다. 그 지역은 스페인 침략군과 이 땅에 뿌리박은 최초의 칠레인 아라우카족이 처절한 전투를 벌인 곳이다.

첫 번째 역은 라브란사였다. 이어 보로아 역과 란킬리코 역이 나타났다. 야생초 향기를 풍기는 이런 역 이름을 발음해 보고 나는 그 맛깔스러운 음절에 매료되었다. 이런 아라우카 이름은 항상 감미로운 사물을 의미했다. 이를테면 숨겨진 꿀, 숲 근처의 호수나 강, 새 이름이 붙은 산을 뜻했다. 우리는 임페리알 마을을 지나갔다. 이곳은 시인 에르시야가 스페인 총독에게 처형될 뻔한 곳으로 15, 16세기에는 스페인 정복자들의 본거지였다. 당시 스페인군과 싸우던 아라우카족은 초토화 전술을 개발했다. 에르시야가 웅장하고 아름답다고 묘사한 임페리알에는 이젠 돌멩이 하나 제대로 남은 것이 없었다.

이윽고 강변 도시에 도착했다. 기차는 신명나게 기적을 울렸으나 역과 인근 들판은 시커먼 석탄 연기에 뒤덮여 있었다. 종소리가 들렸다. 이제 바다로 흘러드는 임페리알강의 넓고 잔잔하고 파란 강물 냄새를 맡을 수 있었다. 기차에서 수많은 짐짝을 내리고 가족을 챙기고 우리를 소달구지에 태워서 임페리알강을 오가는 증기선까지 데려가는 일은 모두 아버지 소관이었다. 아버지는 푸른 눈과 열차 승무원용 호루라기로 이 모든 일을 지휘하고 감독했다. 우리는 작은 여객선을 타고 바다 쪽으로 내려갔다. 선실은 없었다. 나는 뱃머리 근처에 앉았다. 증기선 수차가 물살을 가르며 돌고 있었고, 엔진은 헉헉거리며 한숨을 토해 냈다. 과묵한 남부 지방 사람들은 갑판 여기저기에 붙박이장처럼 앉아 있었다.

어디선가 애절하게 흐느끼는 아코디언 소리가 들렸다. 그러나 신비로운 바다를 향해 산자락을 끼고 미지의 넓은 강을 항해하는 것보다 더 열다섯 살 소년의 가슴을 설레게 하는 것은 없었다.

줄지어 늘어선 붉은색 기와지붕이 바호임페리알 마을의 전부였다. 마을은 강변에 자리 잡고 있었다. 우리가 묵을 집에서, 아니 그 전부터, 그러니까 낡은 부두에 정박한 작은 증기선에서 내렸을 때부터 묵직한 소리가 아득하게 들렸다. 멀리서 으르렁거리는 바다였다. 파도가 몸 안으로 밀려왔다.

집주인 오라시오 파체코는 체구가 거인만 한 농부였다. 우리가 그 집에 머무는 한 달 내내 집주인은 트랙터와 탈곡기를 몰고 통행이 쉽지 않은 길과 언덕배기를 오르내렸다. 이런 기계로 해안에서 멀리 떨어진 곳에 사는 원주민과 농부들의 밀을 수확해 주었다. 기골이 장대한 집주인은 먼지와 지푸라기를 뒤집어쓴 채 천둥 같은 목소리로 불쑥 나타났다가 다시 천둥소리를 내며 산 너머 일터로 돌아갔다. 내 고향 남부 지방 사람들의 힘든 삶을 보여 주는 또 하나의 산증인이었다.

그 집, 울퉁불퉁한 길, 미지의 사물, 먼 바다에서 들려오는 묵직한 소리. 이 모두가 내게는 신비였다. 집 안에는 아무도 돌보지 않는 커다란 정원이 있었다. 정원 한가운데는 풍상에 퇴락한 정자가 있었다. 하얀색 기둥은 덩굴식물로 뒤덮여 있었다. 나라는 하찮은 존재를 제외하고는 어느 누구도 담쟁이덩굴과 인동덩굴과 내 시심(詩心)만이 무성하게 자라는 이 적막한 정원을 찾지 않았다. 정원에는 나를 매료한 물건이 또 하나 있었다. 커다란 보트였다. 암초에 부딪힌 큰 배에서 떨어져 나와 고아가 된 보트가 파도도 폭풍도 없는 정원의 양귀비 꽃밭에 좌초해 있었다.

누가 계획적으로 재배한 것인지 아니면 무관심하게 방치한 탓인지 잘 모르겠으나 이상하게도 이 정원에는 양귀비만 무성했다. 다른 식물은 모두 자취를 감추었다. 어떤 양귀비꽃은 비둘기만큼 크고 흰색이었고 어떤 꽃은 핏방울처럼 붉었으며 어떤 꽃은 잊힌 과부처럼 보라색이나 검은색이었다. 이렇게 많은 양귀비꽃은 그때가 처음이자 마지막이었다. 두 번 다시 보지 못한 광경이었다. 양귀비꽃에 대한 경외심에도 불구하고, 또 온갖 꽃 가운데 이 꽃만이 자아내는 미신적인 두려움에도 불구하고, 나는 가끔 꽃봉오리를 땄다. 끊긴 줄기에서 흘러나온 진액이 손에 묻고 야릇한 향기가 코를 찔렀다. 한동안 꽃을 어루만져 보다가 책갈피에 화려한 비단 꽃잎을 넣어 두었다. 이 꽃잎은 날지 못하는 거대한 나비의 날개였다.

난생처음 바다 앞에 섰을 때 나는 완전히 압도당하고 말았다. 바다는 커다란 일케 언덕과 마울레 언덕 사이에서 한참 격노하고 있었다. 어마어마한 파도가 수 미터 상공으로 치솟았을 뿐만 아니라 거대한 심장이 고동치고 우주가 박동하는 듯 울부짖고 있었다.

우리 가족은 바닷가에 식탁을 차렸다. 입안에 모래가 씹혔으나 그다지 상관하지 않았다. 두려운 것은 따로 있었다. 아버지가 매일같이 우리에게 수영을 하라고 불호령을 내렸던 것이다. 거대한 파도는 멀리 떨어진 곳에서도 여동생 라우라와 나에게 차가운 물 채찍을 휘둘렀다. 파도라는 손가락이 우리를 낚아채 바다라는 깊은 산속으로 끌고 들어갈 것만 같아 두려웠다. 이가 달각거리고 가슴이 시퍼렇게 물들었을 때 여동생과 나는 손을 잡고 죽을 각오를 하고 있었다. 그때 호루라기 소리가 들렸다. 우리가 순교하려고 작심한 순간 아버지가 물에서 나오라고 명령한 것이다.

그 지방에는 신비한 것이 많았다. 그중 하나는 페르슈롱 말•이고, 또 하나는 과부 셋이 사는 집이다.

마을 외곽에는 큰 건물이 여러 채 있었다. 아마도 가죽 무두질 공장이었을 것이다. 소유주는 프랑스계 바스크인이었다. 바스크인들은 대부분 칠레 남부에서 가죽 공장을 운영했다. 솔직하게 고백하면 그 건물의 정확한 용도가 무엇이었는지는 잘 모르겠다. 내 관심사는 오로지 석양 무렵 대문을 박차고 나와 마을을 빠져나가는 커다란 말

• 아라비아 원산의 수말과 프랑스 암말의 교배종. 세계에서 가장 큰 체구를 지녔으며 몸무게는 800~1000킬로그램에 이른다.

이었다.

모두 체구가 어마어마하게 큰 페르슈롱 암말과 망아지들이었다. 갈기털은 마치 사람의 머리카락처럼 높다란 목덜미 위로 흘러내렸다. 다리도 털로 뒤덮여 있어서 달릴 때는 바람에 휘날렸다. 말 색깔은 갈색, 흰색, 회색이었다. 만약 화산이 걷는다면 저 거대한 말처럼 걷거나 질주할 것이다. 그런 말 떼가 자욱한 먼지를 일으키며 자갈길을 내달릴 때는 지진이라도 일어난 듯했다. 걸걸한 말 울음소리 또한 깊은 땅속에서 발생하여 고요한 대기를 전율시키는 지진 소리 같았다. 평생 그렇게 건장하고 당당한 말은 본 적이 없다. 예외가 있다면 중국에서 본 거대한 석상일 것이다. 그러나 명대의 황제 무덤을 지키고 있는 석상이 아무리 훌륭하다 해도 어린 소년의 눈에 비친 저 광경, 꿈결처럼 가물가물한 기억 속에서 어마어마하게 큰 덩치의 말들이 거인의 세계를 향해 질주하는 장관과 비교할 수는 없는 일이다.

사실 그 지방에는 말이 흔했다. 칠레인, 독일인, 아라우카인들은 한결같이 두꺼운 모직 판초 차림으로 길거리에서 말에 올라타거나 내렸다. 비쩍 마른 말이나 잘 먹인 말이나, 추레한 말이나 근사한 말이나 모두 길가의 풀을 뜯거나 콧김을 내뿜으며 주인이 묶어 둔 장소에 가만히 서 있었다. 이처럼 주인 말도 잘 듣고 한적한 시골 생활에도 익숙해진 말은 이내 식량 자루나 농기구를 싣고 험한 산길을 올라가거나 끝없이 펼쳐진 바닷가 백사장을 질주했다. 간혹 전당포나 어두컴컴한 술집에서 나온 아라우카인은 제자리에 가만히 서 있는 말에 오르는 것도 힘겨워했다. 그리고 의식불명으로 취한 몸을 흔들거리며 산골 집으로 돌아갔다. 나는 그 사람이 집으로 출발하는 모습을 지켜보고 있었는데 술 취한 사람이 옆으로 기울어질 때마다 낙마할 것만 같아 조바심이 났다. 그러나 기우였다. 그 사람은 곧바로 자세를 바로잡는가 싶더니만 이번에는 다른 쪽으로 기울어졌다. 그런데도 마치 안장에 들러붙은 것처럼 말에서 떨어지는 일은 없었다. 그 사람은 이렇게 말을 타고 몇 킬로미터를 갔다. 위태위태하게 야생의 자연 속으로 스며드는 것이었다.

그 후로도 우리 식구들은 똑같은 부산을 떨며 이곳으로 와서 여름철을 보냈다. 테무코에서 혹독한 겨울을 지내고 신기하기 이를 데 없는 이곳 해안 지방에서 여름을 보내는 동안 나는 성장했고 책을 읽었고 사랑에 빠졌고 또 글을 썼다.

이제 제법 능숙하게 말을 다룰 수 있었다. 미끄러운 비탈길을 올라가고 느닷없는 커브도 맞닥뜨리는 동안 한층 높고 드넓은 세계를 알게 되었다. 무성하게 뒤엉킨 초목도 만났고 쥐 죽은 듯이 고요한 정적에 휩싸이기도 했으며 새들 지저귀는 소리도 들었다. 또 만개한 꽃나무 아래를 지날 때는 산중에 사는 대주교인 양 자주색 꽃잎으로 뒤덮이거나 이름 모를 꽃들의 전쟁으로 하얀 눈사태를 맞기도 했다. 때로는 뜻하지 않은 곳에서 수풀 속에 핏방울처럼 맺혀 있는 코피우에 꽃을 목격하기도 했다. 우거진 덤불 속에 피어 있어서 만질 수도 꺾을 수도 없는 꽃이었다. 이런 과정을 거치면서 차츰 말, 안장, 딱딱하고 복잡한 마구 그리고 승마화 뒤축에 달린 잔인한 박차를 능란하게 다룰 수 있었다. 울창한 산림과 끝없는 해변에서 생활하는 동안 내 영혼, 바꿔 말해서 내 시와 세상에서 가장 고독한 땅 사이의 교류가 시작되었다. 벌써 아득한 옛날 일이 되었다. 그러나 그때 시작된 교류, 그때 얻은 깨달음, 그때 땅과 맺은 약속은 지금까지도 내 삶 속에 남아 있다.

데뷔작

이제 다른 이야기를 해야겠다. 부디 호수(태평양 쪽 연안에 위치한 테무코 지방의 호수)에서는 잔인한 방법으로 백조를 사냥했다. 사냥꾼들은 보트를 타고 슬그머니 백조에게 접근하다가 갑자기 노를 빨리 젓는다. 백조는 알바트로스처럼 이륙 동작이 서툴다. 물 위로 한참을 달려야 한다. 커다란 날개가 무거워서 날갯짓이 쉽지 않은 탓이다. 그래서 사냥꾼들은 백조를 쉽게 따라잡고, 장대로 후려쳐서 끝을 본다.

한번은 누군가 다 죽어 가는 백조를 데려왔다. 이 세상에서 다시 보기 힘든 검은목백조였다. 몸통은 눈처럼 새하얗고 날씬한 목은 검은색 스타킹을 신은 듯하며 부리는 주황색이고 눈은 붉은색이어서 무척이나 아름다웠다. 해안 도시 푸에르토사베드라에서 있었던 일이다.

내가 그 백조를 받았을 때는 죽은 거나 매한가지였다. 우선 상처를 물로 씻고 빵 조각과 생선 조각을 부리에 넣어 주었는데 모두 토해 버렸다. 그러나 백조는 점차 부상에서 회복했고 나를 따르게 되었다. 백조가 고향이 그리워서 죽어 간다는 생각이 들어 그 무거운 새를 안고 길거리를 지나 강으로 갔다. 백조는 내 근처를 떠나지 않았다. 물고기라도 잡아먹으면 좋을 것 같아 강바닥 모래 위에서 헤엄치고 있는 은빛 물고기를 가리켰다. 그러나 슬픈 눈으로 물끄러미 먼 곳을 쳐다볼 뿐이었다.

이처럼 매일같이 20일 이상, 내 키만 한 백조를 강으로 데려갔다가 다시 집으로 데려왔다. 어느 날 오후 백조는 눈에 띄게 풀이 죽어 있었다. 내 근처를 떠나지 않는 백조에게 물고기를 잡아 보라고 별짓을 다했건만 쳐다보지도 않았다. 너무 조용하게 있었다. 나는 집으로 데려가려고 백조를 안았다. 그 순간 리본이 풀어지는 느낌, 검은색 팔이 내 얼굴을 스치는 느낌이 들었다. 백조의 긴 목이 축 처진 것이다. 그때 백조는 죽을 때 노래하지 않는다는 사실을 알게 되었다.

카우틴의 여름은 타는 듯하다. 하늘도 불타고 밀밭도 불탄다. 대지도 생기를 잃고 축 늘어진다. 겨울철 추위를 막아 주지 못한 집은 여름철 더위 앞에서도 속수무책이다. 나는 집 밖으로 나가 걷고 또 걸었다. 니엘롤산에서 길을 잃어버렸다. 혼자였다. 호주머니에는 딱정벌레가 가득 들어 있었고 상자 속에는 방금 잡은 거미가 들어 있었다. 아무리 위를 쳐다보아도 하늘이 보이지 않았다. 밀림은 항상 축축하다. 가끔씩 미끄러졌다. 갑자기 새 울음소리가 들렸다. 소름 끼치는 추카오 새였다. 오금이 저려 왔다. 핏방울 같은 코피우에 꽃이 어렴풋하게 보였다. 거대한 양치류 식물에 둘러싸인 나라는 존재는 하찮은 미물에 지나지 않았다. 멧비둘기가 쌩 하고 소리를 내며 입가를 스치고 날아갔다. 저 위에서는 다른 새들이 걸걸한 웃음으로 나를 비웃고 있었다. 돌아가는 길을 찾기가 어려웠다. 너무 늦었다.

아버지는 아직 귀가하지 않았다. 밤 3, 4시쯤에야 돌아오실 것이다. 위층 내 방으로 올라갔다. 살가리의 동화책을 읽었다. 빗줄기가 폭포수처럼 쏟아졌다. 어둠과 비가 순식간에 온 세상을 뒤덮었다. 나 혼자였다. 수학 공책에 시를 썼다. 다음 날 아침 새벽같이 일어났다. 자두는 아직도 파란색이었다. 나는 소금 봉지를 들고 언덕으로 뛰어올라갔다. 자두나무에 올라가 편안하게 자리를 잡고 조심스럽게 자두를 한 입 베어 낸 다음 소금을 뿌려서 먹었다. 이런 식으로 백 개 정도 먹었다. 내가 생각해도 너무 많이 먹었다.

전에 살던 우리 집은 불에 타 버렸다. 새집에는 신기한 것이 많았다. 담장에 올라가서 이웃을 살펴보았다. 아무도 없었다. 장작더미를 들춰 보았다. 작은 거미 몇 마리 말고는 아무것도 없었다. 안마당 외진 곳에는 화장실이 있었고 화장실 옆 나무에는 쐐기가 살았다. 아몬드나무에는 하얀 껍질을 두른 아몬드 열매가 달려 있었다. 손수건으로 호박벌을 다치지 않게 잡는 방법을 알고 있던 터라 잠시 포로로 잡은 호박벌을 귀에 대 보았다. 윙윙거리는 소리가 얼마나 아름다웠는지.

광활하고 무서운 개척지에서 검은 옷을 입은 소년 시인은 무척이나 고독했다. 나는 삶과 책을 통해 조금씩 흥미진진한 신비의 세계로 나아갔다. 전날 저녁에 읽은 이야기를 잊을 수 없었다. 산도칸(살가리의 소설 『바다의 다섯 왕자』의 주인공)과 동료들은 머나먼 말레이시아에서 빵나무 열매로 연명했다. 버펄로 빌은 싫었다. 원주민을 죽이기 때문이다. 하지만 말 타는 솜씨는 일품이었다. 또 홍인종 원주민의 천막집 티피와 초원은 정말 아름다웠다.

언제 처음으로 시를 썼는가? 난생처음 시심에 사로잡힌 때는 언제인가? 지금까지 이런 질문들을 수없이 많이 받아 왔다.

기억을 한번 더듬어 보겠다. 아주 오래전, 어릴 적 일이다. 글을 배운 지 얼마 되지 않았을 때인데 강렬한 감정이 북받쳐 올라 몇 자 적었다. 운율이 완벽하지는 않았지만 일상 언어와는 다른 것이 매우 이상하게 느껴졌다. 깨끗한 종이에 정서할 때에도 설렘이라고 할까, 아무튼 전에는 느껴 보지 못한 깊은 불안, 일종의 고뇌와 슬픔에 사로잡혔다. 어머니에게 바치는 시였다. 다시 말해서 내가 알고 있는 유일한 어머니, 어린 시절 항상 포근하게 나를 감싸 준 천사 같은 새어머니께 바치는 시였다. 첫 작품이 어떤지 도무지 판단할 수가 없어서 부모님께 들고 갔다. 어머니와 아버지는 식당에 앉아서 낮은 소리로 이야기를 나누고 계셨다. 아이들의 세계와 어른들의 세계를 확연하게 갈라놓는 대화 내용이었다. 나는 시적 영감이 채 가시지 않아 조금 떨고 있었다. 부모님 앞에 종이를 내밀었다. 아버지는 건성으로 받아 들고 대충 훑어본 후에 되돌려주면서 아무 생각 없이 말했다.

"어디서 베꼈니?"

그리고 다시 목소리를 낮춰 무언지는 모르겠지만 어머니와 중요한 문제를 의논했다.

내 기억으로 첫 시는 이렇게 탄생했다. 그리고 그때 처음으로 무책임한 문학 비평의 쓴맛을 보았다.

어쨌거나 나는 지식의 세계로 나아가고 있었다. 고독한 항해사처럼 서적이라는 강줄기를 따라 좌충우돌하면서 전진했다. 내 독서열은 밤이나 낮이나 식을 줄 몰랐다. 조그만 해변 마을 푸에르토사베드라의 공립도서관에서 아우구스토 윈터라는 늙은 시인을 만났다. 그 사람은 내 독서열에 깜짝 놀랐다. "그걸 벌써 다 읽었니?" 하고 되물으며 바르가스 빌라(콜롬비아의 베스트셀러 작가)와 입센의 작품, 그리고 로캉볼 연재 소설을 건네주었다. 나는 타조처럼 가리지 않고 무엇이든지 집어삼켰다.

그 무렵 키가 큰 여자가 테무코에 나타났다. 긴 치마에 굽 낮은 신발을 신고 있었다. 만년설로 뒤덮인, 칠레의 최남단 마가야네스 지방에서 여학교에 새로 부임해 온 교장 선생님이었다. 이름은 가브리엘라 미스트랄(1945년 라틴아메리카 최초로 노벨 문학상을 수상한 여성 시인)이었다.

미스트랄은 발등까지 덮는 긴 치마를 입고 우리 마을을 지나다녔다. 나에게는 경외의 대상이었다. 그러나 사람들 소개로 대면하고 보니 마음씨가 참 고운 사람이었다. 원주민의 피를 물려받은 구릿빛 얼굴은 아름다운 아라우카 항아리 같았다. 온화한 웃음을 머금을 때는 새하얀 이가 반짝거렸는데 그러면 방 전체가 환해졌다.

미스트랄과 가까이 지내기에는 내 나이가 너무 어렸다. 게다가 나는 지나치게 내성적이라 수줍음을 많이 탔다. 자주 찾아가지는 못했지만 그녀는 내가 갈 때마다 책을 주었다. 하나같이 러시아 소설이었다. 미스트랄은 세계문학에서 러시아 소설만큼 뛰어난 작품도 없다고 생각했다. 분명히 말하지만 그 덕분에 나는 러시아 소설가들의 암울하고 섬뜩한 비전을 접하게 되었고 톨스토이, 도스토옙스키, 체호프의 작품을 애독하게 되었다. 지금도 이 작가들을 좋아한다.

과부 셋이 사는 집

한번은 밀 타작 행사에 초대받았다. 암말을 이용해서 옛날 방식으로 타작한다는 것이다. 행사가 열리는 장소는 산을 몇 개 넘어야 하는 산골이었다. 내가 머물고 있는 마을에서 아주 멀리 떨어진 곳이었다. 낯선 산길을 따라 혼자 찾아간다고 생각하니 신바람이 났다. 길을 잃으면 누군가 도와주겠지 생각하고 말에 올랐다. 바호임페리알에서 한참을 내려오자 강 하구가 나타났다. 태평양은 마지막 고지 마울레 언덕을 정복하기 위해 간헐적으로 바위와 잡목을 공격하고 있었다. 그곳에서 호수 쪽으로 길을 잡아야 하는데 거센 파도가 언덕 기슭을 할퀴고 있어서 지나가기가 쉽지 않았다. 파도가 바위에 부서졌다가 다시 몸을 추슬러 일어서는 짬을 이용하는 수밖에 없었다. 우리(나와 말)는 가까스로 파도에 떠밀려 거친 바위에 부딪히지 않고 바다와 언덕 사이의 비좁은 공간을 재빨리 통과했다.

위험한 길을 벗어나자 서쪽으로 잔잔한 호수가 드러났다. 백사장이 저 멀리 톨텐 호수 어귀까지 끝없이 펼쳐져 있었다. 바위도 많고 위압적인 이곳 칠레의 해변은 가끔 끝이 보이지 않는 리본으로 변하기도 한다. 포말이 부서지는 백사장만 따라가도 3박 4일은 걸린다.

정말 끝도 없이 무한하게 펼쳐진 해변이었다. 칠레를 감싸고 있는 해변은 행성을 두른 띠 같고 남극해의 포효에 시달리는 반지 같으며 칠레 해안을 돌아 남극 너머로 뻗어 가는 경주로 같다.

길 한쪽 숲에서 개암나무가 인사를 했다. 윤기가 흐르는 짙푸른 나뭇잎 사이로 가끔 개암이 주렁주렁 매달린 가지가 보였다. 그 계절이면 빨갛게 익는 개암은 마치 선홍색으로 색칠해 놓은 듯했다. 칠레 남부 지방의 고사리는 키가 얼마나 큰지 잎사귀 아래로 말을 타고 지나가도 될 정도다. 간혹 고사리 잎에 머리라도 스치면 맺혀 있던 이슬방울이 후드득 떨어졌다. 오른쪽에는 부디 호수가 있었다. 저 멀리 보이는 숲까지 푸른 천을 펼쳐 놓은 듯했다.

호수 끝에 이르렀을 때 비로소 주민들을 만날 수 있었다. 그 사람들은 이상한 어부들이었다. 대양과 호수가 만나고 껴안고 충돌하는 곳, 민물과 바닷물이 섞이는 그곳에는 거센 물살에 쫓겨난 바닷고기들이 우글거렸다. 특히 커다란 숭어는 사람들이 눈독 들일 만한 물고기였다. 이 은빛 고기는 길을 잃고 얕은 여울목에서 서로 싸우고 있었다. 한 명, 두 명, 세 명, 네 명, 아니 다섯 명의 어부들이 한자리에 가만히 서서 길 잃은 물고기를 노렸다. 갑자기 긴 삼지창을 물속에 내리꽂더니 이내 통통한 숭어를 하늘 높이 치켜들었다. 햇살 아래 은빛으로 파닥거리던 숭어는 광주리에서 죽어 갔다. 벌써 날이 저물고 있었다. 나는 호숫가를 떠나 산으로 접어들었다. 가파른 산자락에서 길을 찾아 헤맸다. 점점 날이 어두워졌다. 갑자기 낯선 새 한 마리가 쉰 목소리를 내며 지나갔다. 하늘 높이 날던 콘도르는 날갯짓을 멈추고 머리 위에서 선회하고 있었다. 은밀한 숲속에 사는 붉은꼬리여우와 들짐승이 울부짖고, 몇몇은 날쌔게 길을 가로질러 갔다.

문득 길을 잘못 들었다는 생각이 들었다. 내가 그렇게도 좋아하던 숲과 밤이 이제는 나를 위협하고 공포에 떨게 만들었다. 어둠이 깔리는 한적한 산길에서 갑자기 사람이 나타났다. 지척에 이르렀을 때서야 그 사람이 간혹 소리 없이 출몰하는 농부라는 것을 알 수 있었다. 농부는 싸구려 판초를 두르고 야윈 말을 타고 있었다.

내 사정을 이야기했다. 농부는 내가 그날 밤 안으로 밀 타작하는 곳까지 갈 수 없을 거라고 대답했다. 이 지방 구석구석까지 훤히 알고 있는 사람이었다. 밀 타작하는 장소도 정확하게 알고 있었다. 한데서 밤을 새우고 싶지 않으니 하룻밤 묵을 만한 곳이 없겠느냐고 물었다. 농부는 그 길에서 샛길로 10킬로미터 정도 가면 집이 하나 있다고 일러 주었다.

"커다란 이층집인데 멀리서도 불빛이 보일 거다."

"호텔인가요?" 내가 물었다.

"호텔은 아니지만 반갑게 맞이할 거야. 프랑스 여자들이 사는데 30년 전부터 이곳에서 제재소를 운영하고 있단다. 누구에게나 친절하게 대하니까 틀림없이 재워 줄 거야."

상세한 정보는 아니었지만 그래도 농부에게 고맙다는 인사를 했다. 농부는 허름한 말을 타고 떠났다. 나는 고뇌하는 영혼처럼 좁은 길을 따라갔다. 방금 깎은 손톱 같은 하얀 초승달이 떠올랐다.

밤 9시쯤 되었을 때 멀리서 불빛이 보였다. 누가 봐도 인가에서 새어 나온 불빛이 틀림없었다. 말에 박차를 가했다. 만약 현관문이라도 잠가 버리면 저 기적 같은 안식처에 들어갈 수 없기 때문이다. 목책 울타리를 지나 집 안으로 들어섰다. 잘라 놓은 통나무와 톱밥 더미를 피해 말을 몰았다. 마침내 한적한 곳에 자리 잡은 그 집 현관에 도달했다. 처음에는 조심스럽게 현관문을 두드리다가 나중에는 좀 더 세게 두들겼다. 몇 분이 흘렀다. 집 안에 사람이 없으면 어쩌나 걱정하고 있을 때 흰머리 여자가 나타났다. 검은 상복을 입은 가냘픈 여자였다. 그 여자는 밤늦게 뜬금없이 나타난 나를 한참 동안 훑어본 후에 문을 빠금 열고 물었다.

"누구세요? 무슨 일이죠?" 부드러운 목소리였다.

"산에서 길을 잃었습니다. 전 학생입니다. 에르난데스 집안의 밀타작 행사에 초대받아 가는 길인데 지금 너무 지쳤어요. 부인이나 여동생분들이 매우 친절하다는 얘기를 들었습니다. 아무 데라도 좋으니 하룻밤 재워 주십시오. 내일 아침 날이 밝는 대로 떠나겠습니다."

"누추하지만 어서 들어와요."

그 여자는 어두컴컴한 거실로 안내하고 파라핀 등불을 두세 개 켜 주었다. 불투명한 유리에 구리색 줄무늬를 넣은, 아르누보 양식의 아름다운 등이었다. 거실에서는 퀴퀴한 냄새가 났다. 커다란 붉은색 커튼이 높은 창문을 가리고 있었고 안락의자는 모두 하얀색 천으로 덮여 있었다. 저렇게 보관할 필요가 있을까?

거실은 고풍이기는 한데 어떤 시기의 양식이라고 꼬집어 말하기 어려웠다. 상복을 입은 흰머리 여자가 방 안을 정리하고 있었다. 그러나 발도 보이지 않았고 발소리도 들리지 않았다. 소리 없이 방 안 이곳저곳을 다니며 앨범, 부채 등을 치우고 있었다.

나는 깊은 호수에 빠진 것 같았다. 너무 피곤한 탓에 호수 밑바닥에서 꿈을 꾸고 있는 듯했다. 문득 내게 문을 열어 준 여자와 똑같이 생긴 여자 두 명이 나타났다. 늦은 밤이었고 날은 추웠다. 그 여자들은 내 곁에 앉았다. 한 명은 살갑게 웃었고 다른 한 명은 문을 열어 준 여자처럼 우울한 눈빛으로 나를 쳐다보았다.

갑자기 대화는 이 외딴 시골에서 한참 멀어졌다. 벌레 울음소리, 개구리 울음소리, 밤새 울음소리 요란한 밤에서도 멀어졌다. 그 여자들은 내게 무슨 공부를 하느냐고 꼬치꼬치 캐물었다. 하릴없이 보들레르 시를 번역하고 있다고 대답했다.

마치 전등을 켠 것 같았다. 시무룩하던 표정들이 환하게 밝아졌다. 시들한 눈동자와 굳은 표정이 일순간에 변했다. 마치 얼굴에 붙어 있던 낡은 가면이 떨어져 나간 듯했다.

"보들레르!" 그 여자들은 일제히 소리를 질렀다. "이런 외딴 시골에서 보들레르라는 이름을 듣다니, 아마 세상이 생긴 이후 처음일 거야. 집에 『악의 꽃』이 있는데 반경 500킬로미터 내에서 이 시집을 읽을 수 있는 사람은 우리뿐이거든. 이런 시골에는 프랑스어를 아는 사람이 없어요."

세 자매 가운데 둘은 아비뇽에서 태어났다. 막내도 프랑스 핏줄이지만 태어난 곳은 칠레였다. 조부모, 부모, 그리고 친척들은 모두 오래전에 죽었다. 세 자매는 이곳의 비바람이나 제재소에서 날리는 톱밥에도 익숙해졌다. 만나는 사람은 극히 적었다. 촌스러운 시골 농부와 하인들이 전부였으나 그런대로 견딜 만했다. 그래서 두메산골이 외딴집에서 살기로 작정한 것이다.

원주민 하녀가 들어와 제일 나이가 많은 여자 귀에 대고 뭐라고 속삭였다. 우리는 자리에서 일어나 차가운 복도를 지나 식당으로 갔다. 나는 깜짝 놀랐다. 식당 한가운데, 촛불을 밝힌 은제 촛대 한 쌍이 하얀 식탁보를 깔아 놓은 원형 식탁을 밝히고 있었다. 은과 크리스털이 어우러진 놀라운 식탁이었다.

나는 마치 빅토리아 여왕으로부터 왕궁 만찬에 초대받은 손님처럼 몸 둘 바를 몰랐다. 머리는 헝클어지고 몸은 지치고 게다가 온몸에 먼지를 뒤집어쓴 채로 왔는데 왕자에게나 걸맞을 식탁을 차려 놓은 것이다. 내 몰골은 왕자와는 거리가 멀어도 한참 멀었다. 오히려 말 떼나 집으로 몰고 들어온, 땀에 전 마부 같았을 것이다.

정말 그렇게 맛있는 음식은 먹어 본 적이 없다. 세 자매는 요리의 대가였다. 조상으로부터 프랑스 요리의 비법을 물려받은 것이다. 음식마다 생각지도 못한 맛이나 향기가 배어 나왔다. 술 창고에서 오래된 포도주도 꺼내 왔다. 프랑스식의 특별한 방법으로 보관하던 술이었다.

피곤해서 자꾸만 눈이 감겼지만 처음 듣는 이야기에 귀를 기울였다. 세 자매의 가장 큰 자랑거리는 요리 솜씨였다. 그 여자들에게 식탁이란 신성한 문화유산의 보존이었다. 세월이 가로막고 거대한 바다가 가로막아 다시는 돌아갈 수 없는 프랑스 문화를 보존하는 것이었다. 세 자매는 겸연쩍은 표정으로 나에게 흥미로운 방명록을 보여 주었다.

"우리는 늙은 마니아들이에요." 막내가 말했다.

지난 30년 동안 이 외딴집에 들른 사람은 모두 스물일곱 명이었다. 사업 때문에 온 사람도 있고 호기심으로 들른 사람도 있고 또 나처럼 우연히 지나가다 찾아온 사람도 있었다. 이 집을 방문한 사람들의 개인 신상 기록 카드도 보관하고 있었다. 그 카드에는 방문한 날짜와 제공한 메뉴가 적혀 있었다.

"우리가 메뉴를 보관하는 이유는 그 사람이 다시 우리 집에 찾아올 때를 대비해서 똑같은 요리를 내놓지 않으려는 거예요."

나는 잠을 자러 갔다. 양파 자루처럼 침대에 풀썩 드러누웠다. 캄캄한 새벽에 일어나 촛불을 켜고 세수를 하고 옷을 입었다. 하인이 내 말에 안장을 얹어 주었을 때는 이미 날이 밝았다. 친절을 베풀어 준 세 자매에게 작별 인사를 할 엄두가 나지 않았다. 마음 한구석으로는 마술에 홀려 이 꿈같은 일이 벌어졌으며 잠에서 깨어나면 마술도 깨질지 모른다고 생각했다.

그때가 사춘기에 접어들 무렵이었으니 벌써 45년 전의 일이 되어 버렸다. 『악의 꽃』을 품고 원시림 한복판에 유배된 세 자매는 지금 어떻게 되었을까? 오래된 포도주며, 스무 자루의 촛불이 찬란하게 빛나던 식탁은 또 어떻게 되었을까? 숲속에 우두커니 서 있던 그 집과 제재소는 아직도 그곳에 남아 있을까?

가장 단순하지만 누구에게나 닥치는 일이 있다. 죽음과 망각. 어쩌면 밀림이 세 자매의 생명과 그날 밤 나를 반겨 준 그 집을 삼켰을 수도 있다. 그러나 그때의 일은 아직도 내 기억 속에 고스란히 남아 있다. 마치 꿈이라는 투명한 호수의 밑바닥을 들여다보는 듯하다. 고독하고 거친 삶 속에서 아무런 실용적인 목적도 없이 옛날의 우아함을 간직하고 있던 우수에 찬 세 자매에게 경의를 표한다. 그 여자들은 세상에서 가장 쓸쓸하고 접근하기도 힘든 산중에서 조상이 일군 우아한 문화를 소중하게 지키고 있었다.

밀짚 속에서 나눈 사랑

에르난데스 집안의 농장에 도착했을 때는 아직 오전이었다. 날씨도 상쾌하고 분위기도 흥겨웠다. 혼자 말을 타고 인적이 드문 외진 길을 왔고 꿈결 같은 휴식도 취한 뒤라 우울한 내 청춘에도 화색이

돌았다.

그곳 사람들은 아직도 암말을 이용하여 밀, 귀리, 보리를 타작하고 있었다. 말몰이꾼의 재촉에 따라 암말이 원을 그리며 곡물 더미를 밟는 것만큼 즐거운 풍경이 이 세상 또 어디에 있으랴. 태양은 빛나고 바람이 불어 온 산이 다이아몬드 원석처럼 반짝였다. 타작은 황금 축제다. 황금 산을 이룬 곡식, 왁자지껄하게 분주히 움직이는 사람들, 곡식으로 가득 채운 가마니, 음식을 장만하는 여자들, 재갈을 풀려고 발버둥 치는 말, 연신 짖어 대는 개, 말발굽에 짓밟히기 전에 얼른 끌어내야 하는 아이들.

에르난데스 집안 사람들은 아주 특이했다. 남자들은 머리도 빗지 않고 수염도 깎지 않았다. 소매는 걷어붙이고 허리에는 권총을 찼다. 항상 기름이나 곡식 껍질이나 진흙을 묻히고 다녔으며, 비가 오면 후줄근하게 비를 맞고 다녔다. 아버지나 아들이나 조카나 사촌이나 하고 다니는 모습이 똑같았다. 하루 종일 바쁘게 움직이며 발동기 밑에 들어가거나 지붕에 올라가거나 탈곡기를 돌렸다. 한번도 대화다운 대화를 하지 않았다. 싸울 때 말고는 하는 말마다 농담이었다. 싸울 때는 격노한 바다처럼 눈앞에 보는 것은 죄다 쓸어 버렸다. 그러나 야외에서 아사도•를 구울 때나 포도주와 기타가 눈에 띌 때 앞장을 서는 사람들도 그들이었다. 그들은 내가 좋아하는 전형적인 개척지 사람들이었다. 우락부락한 그들에 비하면 나 같은 샌님은 왜소하게 느껴졌다. 그런데 그들은 다른 사람들을 대하는 태도와 달리 나에게만은 왠지 모르게 무척 자상했다.

아사도도 먹고 기타로 흥도 돋우고 햇볕 아래서 힘든 타작 일도

• 숯불에 털과 가죽이 붙어 있는 소를 통째 얹어 열두 시간 이상 익히는 아르헨티나 특유의 통구이.

마쳤으니 잠자리를 마련해야 했다. 결혼한 부부와 혼자 사는 여자들은 판자로 만든 간이 건물 바닥에 누웠다. 우리 같은 남자들 잠자리는 탈곡장이었다. 온 마을 사람들이 산더미만큼 짚을 쌓아 놓은 탈곡장에서 푹신하게 몸을 눕힐 수가 있었다.

그런 불편한 잠자리는 난생처음이었다. 이 난감한 사태를 어떻게 수습해야 할지 몰랐다. 구두를 벗어 조심스럽게 밀짚 밑에 넣어 베개를 만들었다. 겉옷을 벗고 판초로 몸을 두르고 짚더미 속에 몸을 파묻었다. 다른 사람들은 저쪽에 있었다. 한결같이 자리에 눕자마자 코를 골았다.

나는 오랫동안 눈을 뜨고 누워 있었다. 밀짚으로 얼굴과 팔을 덮고 있었다. 맑고 차갑고 시린 밤이었다. 달은 없었지만 별들은 금방 비로 씻어 낸 것 같았는데, 모두들 깊이 잠든 저 하늘에서 나만을 위해 반짝였다. 이윽고 나도 잠이 들었다. 얼마 후, 잠이 깼다. 무언가 내게로 다가오고 있었다. 낯선 물체가 밀짚 속에서 꿈틀거리며 내 쪽으로 오고 있었다. 무서웠다. 낯선 물체는 천천히 접근해 왔다. 밀짚이 바스러지는 소리가 들렸다. 나는 숨을 죽이고 있었다. 벌떡 일어나든지 아니면 소리라도 질러야 했는데 꼼짝 않고 가만히 있었다. 머리 근처에서 숨소리가 들려왔다.

불쑥 손이 튀어나왔다. 크고 거칠었지만 분명 여자의 손이었다. 그 여자는 내 이마와 눈과 얼굴 구석구석을 부드럽게 어루만졌다. 그리고 탐욕스러운 입술이 내 입술을 덮쳤다. 여자는 머리에서 발끝까지 온몸으로 나를 짓눌렀다.

두려움은 점차 강렬한 쾌감으로 바뀌어 갔다. 나는 땋은 머리와 매끈한 이마와 양귀비꽃처럼 부드러운 눈까풀을 쓰다듬었다. 이어 풍만하고 탄탄한 젖가슴, 둥근 엉덩이, 나를 휘감은 허벅지를 더듬어 보고, 산속 이끼처럼 촉촉한 사타구니에 손가락을 파묻었다. 그 여자 입에서는 신음 소리도 새어 나오지 않았다.

짚 더미 위에서 바스락거리는 소리조차 내지 않고 사랑을 나눈다는 게 얼마나 어려운 일인지 모른다. 하늘이 두 쪽 나더라도 세상 모르고 잠들어 있는 일고여덟 명의 남자들을 절대로 깨워서는 안 된다. 그렇다고 할 일을 못한 것은 아니다. 다만 끝없이 조심해야 했다. 잠시 후 낯선 여자 역시 내 곁에서 순식간에 잠들어 버렸다. 열정에 들떠 있던 나는 겁이 났다. 곧 날이 밝을 텐데 자리에서 일어난 일꾼들이 내 옆에서 발가벗고 누워 있는 여자를 발견하면 어쩌나 걱정하다가 그만 잠이 들어 버렸다. 눈을 뜨자마자 흠칫 놀라 옆자리를 더듬어 봤다. 그러나 움푹 파인 빈 자리에는 온기만이 남아 있었다. 잠시 후 새 한 마리가 지저귀기기 시작하더니 온 숲이 새소리로 가득 찼다. 발동기 시동이 걸리자 남녀 할 것 없이 분주하게 돌아다니며 각자 맡은 일에 열중했다. 또 하루의 타작 일이 시작된 것이다.

정오가 되자 우리는 긴 나무 탁자에 둘러앉아 식사를 했다. 나는 음식을 먹으면서도 지난밤 찾아온 여자가 누군지 궁금했다. 곁눈질로 여자들을 살펴보았다. 그러나 너무 늙고 너무 야윈 여자들뿐이었다. 또 대부분의 여자는 정어리처럼 비쩍 마른 소녀들이었다. 머리를 길게 땋아 내리고 가슴이 풍만하고 몸매가 탄탄한 여자를 찾고 있었다. 그때 어떤 여자가 나타나 남편에게 아사도 조각을 건네주었다. 남편은 에르난데스 집안 사람이었다. 그 여자일 수도 있었다. 나는 반대편 식탁 끝에 앉아 그 여자를 지켜보았다. 아름다운 그 여자가 슬쩍 웃으며 은근한 눈짓을 주는 것 같았다. 그 웃음이 점점 커지고 깊어져서, 내 몸 안에서 활짝 열리는 느낌이었다.

돌아오는 길의 아가씨

며칠 뒤, 나는 엉뚱한 길에 접어들지 않으려고 귀가 길에 올랐다. 산에서 해안 마을로 돌아가는 어느 가족과 동행했다. 말 두 필, 여인들, 아이들, 바구니들이 나를 뒤따랐다. 인원이 많았던지라 한 아가씨를 내 말에 태워 달라고 했다. 내가 안장에 자리를 잡자 누군지 모를 그 아가씨를 내 말에 올렸다. 스무 살 즈음으로 보였다. 스타킹을 신지 않은 그을린 다리와 야생의 사과처럼 발그레한 볼과 웃음기 가득한 입술이 보였다. 내가 말을 다루는 게 서툴러서 웃는 것일 터였다. 나는 자존심이 상했다. 혼자 하는 여행길에선 내가 왕이 된 것처럼 느꼈으니 말이다.

톨텐 호수를 돌아 호수의 하구 쪽 해안으로 향했다. 연안에 도착하면 방향을 바꿔 해안을 따라 바호임페리알로 돌아갈 참이었다.

똑같은 산악 지형의 풍경 속으로 경이로운 나무들과 검은 목의 백조들과 호숫가의 홍학이 눈에 들어왔다. 우리는 천천히 말을 몰았다. 그렇게 사람을 가득 태운 말 세 마리가 나아가고 있었다. 우리는 일찍 출발했다. 정오가 되기 전에 멀리 보이는 바다가 곧 우리가 방향을 바꿀 것임을 알리고 있었다.

우리는 파도 거품 앞에서 잠시 멈췄다. 말에 탄 채로 빵과 치즈를 먹고 와인도 한 잔 곁들였다.

다시 길을 서둘렀다. 나는 아가씨를 뒤에 태운 채 나도 모르게 다른 말보다 앞서 나아갔다. 그러다가 거리가 상당히 벌어졌다. 머리 위로 쏟아지는 햇빛에 청년기의 나와 건강한 아가씨를 태운 말이 땀을 흘리고 있었다. 뒤따라오는 사람들에게 시간을 주면서 길을 나아갔다. 사람이 살지 않는 풍경, 바다의 물거품, 젖은 해변과 햇빛에 소금이나 크리스털처럼 반짝이는 무수히 많은 모래알들이 아름답게 보였다. 오른쪽으로는 멀리 산이 보였다. 우리가 가는 길에는 그림자도 나무도 없었다. 오직 바다 모래가 전부였다.

나와 함께 가던 아가씨는 말과 나의 허리와 엉덩이의 흔들림에 자신을 내맡기고 있었다. 그러던 중 나는 그녀의 손이 호기심이 많다는 걸 눈치챘다. 시원하고 대담한 그녀의 손이 의도치 않은 듯 내 몸을 만지고 있었다. 나는 고개를 돌려 그녀를 쳐다봤다. 하지만 젊은 암말의 울부짖음 같은 그녀의 호탕하고 즐거운 웃음소리만 들릴 뿐이었다.

나는 왼손으로 고삐를 움켜잡고 오른손으로 닿을 수 있는 만큼 그녀의 몸을 어루만졌다. 그녀의 한쪽 다리가 더욱 가까이 붙으며 그녀의 따뜻하고 긴장한 피부가 느껴졌다. 조금씩 애무가 강렬해졌다. 나의 손은 무분별하게 더욱 뒤쪽으로 향했다. 그녀는 저항하지 않는 나의 몸을 만지며 내 청춘의 가장 민감한 곳에 이르렀다.

나는 그 상황에 종지부를 찍어야 했다. 해안의 모래는 이상적인 침대였다. 하지만 말을 매놓을 곳이 없었다. 나뭇가지라고는 없었다. 바닷가로 떠밀려온 나무도 보잘 것 없는 잡초조차 없었다. 나는 뭐라도 찾기로 결정했다. 그러지 않으면 파티는 불가능했다. 그 지역의 모든 말이 그렇듯이 그 말은 야생마에 가까웠으니 풀과 물을 찾아 재빨리 산을 향해 달아날 것이다. 그리되면 그녀와 나는 낙원의 아담과 이브처럼 벌거벗은 채 둘만 남게 될 터였다. 그녀가 내게 전한 욕망의 물결이 나의 혈관 속으로 들어왔다. 그러는 사이에도 풍경은 변함이 없었다. 태양과 해변은 그대로였고 말을 묶어 두고 즐거움을 만끽하게 해 줄 나뭇가지는 어디에도 없었다.

그렇게 해가 저물고 있었다. 뒤처져 있던 사람들이 우리를 따라

잡았다. 마을의 입구를 감싸고 있는 언덕이 보였다. 우리는 다시 파도와 바위 사이의 비좁은 길로 들어섰다. 붉은 지붕이 희미하게 보이고 교회 종소리가 들려왔다. 이젠 더 이상 할 수 있는 게 없었다. 나는 바다의 모래와 초목 하나 없는 해변을 저주했다.

50년이 지난 지금도 나는 미소를 머금으며 그때를 떠올린다. 아마도 그날은 살아오면서 가장 절망스러웠던 날 중 하나일 것이다.

마구 제조소의 말

테무코. 이제야 다시 보게 되는 내 조국 남부의 이 도시는 나의 긴 유년기에 세상의 모든 현실과 미스터리를 의미했다. 나에게는 긴 유년기였다. 비와 추위의 지역에서는 나이가 정적이기 때문이다.

칠레 남부의 나무는 성장하는 데 수 세기가 걸린다. 그래서인지 돌아가는 길에 보인 거의 모든 풍경이 파괴되어 있었다. 농장 주인들은 경이롭고 오래된 숲을 무자비하게 불태워 버렸다. 탐욕이 엄청난 파괴를 낳았다. 빨리 성장할 수 있는 나무가 필요했다. 목재 판매는 그걸 요구했다.

내 어린 시절의 꿈의 도시엔 남은 게 별로 없었다. 물론 아는 사람이라곤 거의 없었다. 모르는 아이들과 노인들, 내가 알지 못하는 눈을 가진 사람들이 있었다.

내가 곧바로 알아본 얼굴이 하나 있었다. 그도 나를 알아본 것 같았다. 오래된 마구 제조소의 나무로 만들어진 거대한 말이었다. 그곳엔 예전처럼 안장, 소를 묶는 데 쓰는 밧줄, 말을 자극하는 커다란 박차, 용맹한 기수가 쓰는 넓은 허리띠가 있었다.

하지만 그 환상적인 마구들보다 나를 매료한 건 나무로 된 말에 박힌 유리 눈이었다. 무한히 슬픈 눈으로 나를 바라보며 세상을 주유하고 이제야 인사를 하러 돌아온 소년을 알아봤다. 그도 나도 늙어 있었다. 나눠야 할 이야기가 너무 많을 것 같았다.

50년 전 테무코의 상인들은 문에 커다란 형상을 걸어서 상품을 광고했다. 외진 미지의 장소에서 온 아라우카족 원주민도 기름이며 못이며 신발을 어디서 사야 하는지 정확히 알 수 있었다. 길모퉁이에 걸린 거대한 망치가 그들에게 공구를 파는 곳임을 알려줬다. 엘칸다도 철물점은 파란색의 거대한 자물쇠로 철물점임을 알렸다. 신발을 만드는 사람들은 신발 가게에 큰 부츠를 걸어서 원주민의 주의를 끌었다. 그들은 3미터에 이르는 나무로 만든 숟가락과 열쇠를 보고 어디서 쌀과 커피와 설탕을 살지 알 수 있었다.

나는 반바지를 입고 그 광경에 짓눌린 채 상징물들 밑을 지나곤 했다. 반항적이고 이상하고 거만한 세계를 보는 것 같았다. 밀림의 큰 나무에 거대한 양치식물과 칡넝쿨이 휘감겨 있는 것처럼 말이다. 그것들은 가난한 나무 집을 뒤흔드는 격렬한 바람과 머잖아 불의 언어로 노래를 시작할 화산의 시위 같았다.

마구 제조소의 말은 사뭇 달랐다. 나는 매일 학교에 갈 때마다 진열창에 잠시 멈춰 말이 여전히 그곳에 있는지 확인하곤 했다. 말은 문밖 높은 곳에 매달려 있지 않았다. 진짜 가죽으로 덮여 있었으며 발굽과 갈기가 있었고 꼬리도 진짜였다. 그 말은 바람과 남부의 차가운 빗방울을 맞기에는 너무나도 소중했다. 윤기 있는 가죽에 멋진 장식을 한 그 말은 아주 평온하고 자랑스러운 듯 그곳에 있었다. 그 말이 산으로 달려가거나 날아가지 않고 그곳에 있다는 걸 확인한 순간, 나는 어린 시절처럼 손을 뻗어 부드러운 콧등을 만져 봤다. 나무로 만든 그 큰 말은 햇빛과 비를 맞아 오면서 어린 학생이 자기를 어루만져줄 것이라는 것을 알고 있었다. 나는 그 말이 지닌 유리 눈의 시선에서 그걸 느낄 수 있었다.

도시는 과거의 모습을 잃고 변해 있었다. 겨울빛을 보이던 나무집들은 그지없이 슬픈 거대한 시멘트 집으로 변해 있었다. 길거리엔 사람들이 훨씬 많아졌다. 철물점을 찾는 짐마차나 말은 훨씬 줄어들었다. 그곳은 길거리에서 아라우카족을 만날 수 있는 유일한 도시였다. 나는 여전히 그렇다는 게 기꺼웠다. 자색 망토를 걸친 원주민 여인네들과 번개 모양 돌림무늬가 들어간 검은 폰초 차림의 원주민 사내들. 예전엔 직물이나 달걀, 암탉처럼 소박한 물품을 사거나 팔러 왔는데 이젠 뭔가 새로운 게 있었다. 그러니 그 얘기를 꺼내야겠다.

마을 사람들이 모두 내 시를 들으러 경기장에 모여들었다. 일요일 오전이었고 사람이 가득한 발표장에는 아이들이 떠들고 웃는 소리가 들려왔다. 아이들은 막강한 훼방꾼이다. 아침 식사를 달라고 졸라 대는 아이들의 떠들썩한 소리를 견뎌 낼 시는 없다. 나는 사람들과 인사를 나누며 연단에 오르는 사이에 어린아이를 잔인하게 대한 헤롯이 떠올랐다. 그 순간 침묵이 흘렀다. 그리고 그 침묵 속에서 지상에서 가장 낯설고, 가장 중요하며, 가장 오래되고, 가장 거친 음악이 안쪽에 있던 한 무리의 사람들 사이에서 흘러나왔다.

아라우카족 원주민들이 악기를 들고 그들의 고통스러운 멜로디를 노래하고 있었다. 역사상 그런 일은 처음이었다. 시적이고 정치적인 행사에 문명과 거리를 두고 사는 사람들이 제의에 쓰이는 예술을 선보인 적은 없었다. 내게 그런 일이 있을 줄은 꿈에도 몰랐다. 그들의 음악이 나를 향한 것이고 그 음악이 나를 감동시킬 것이라고는 전혀 예상치 않았다. 가죽으로 된 북과 커대한 플루트가 그 어떤 다른 음악에 앞서 울려 퍼지는 사이 내 눈은 젖어들었다. 작지만 날카로우며 단조롭지만 가슴을 파고드는 그 음악은 거센 바람에 몰아치는 빗소리나 땅속에서 죽어 가는 짐승의 신음소리 같았다.

그 아라우카니아 지역의 음악은 먼 옛날의 꿈에서 벗어나 지금까지 금지되었던 세계에 참여하려고 하는 것만 같았다.

시골도 변해 있었다. 산의 상당 부분이 잔혹하게 불타 사라져 버렸다. 많은 산이 대지의 뼈를 드러내며 민둥산으로 변해 있었고 무자비하게 파헤쳐져 있었다. 한편, 남쪽 지역 마을들의 많은 집들이 지진으로 기울어지거나 무너져 있었다. 시간이 흘렀지만 재건축은 도시 중심부의 부유한 지역에서만 이뤄졌다. 최근에 지어진 것으로 보이는 예쁘게 색칠된 몇몇 집들에는 하얀 바탕에 검은 글씨로 이렇게 쓰여 있었다. '이 주택은 미국인의 돈으로 지어졌다.'

최근 칠레에 닥친 불행에 많은 나라들이 도움을 줬다. 하지만 오직 미국인만이 예쁘게 색칠된 집으로 허세를 부린다. 그들은 칠레에서 구리를 채굴하여 얻은 돈으로 모든 도시를, 모든 길과 철로를, 모든 다리와 공장을, 이 나라에서 인간이 건설한 모든 것을 재건할 수 있을 것이라고는 말하지 않는다.

그토록 많은 변화를 목격한 말이 꼼짝도 하지 않고 나를 바라보고 있는 동안, 나는 나 또한 많이 변했다는 걸 인정해야 했다.

내 오랜 친구여, 내가 이 도시를 떠날 때, 나는 사랑과 밤에 대한 시, 더디게 싹을 틔우는 곡물의 씨앗이나 산속을 흐르는 비밀스러운 물 같은 노래를 썼다네. 너에게 말하건대, 내 시도 많이 변했다네. 내 시는 도시의 연기로 물들고, 사람들의 모임에서 나온 목소리를 포착하고, 무기이자 깃발로도 쓰였다네.

나는 만족하네, 오랜 친구여.

하지만 나는 이 시대의 정론의 상자에 담겨 불변의 카탈로그에 삽입되고 싶진 않네. 나는 끊임없이 변하고, 끊임없이 태어나고, 끊임없이 성장하고 싶네. 나는 비와 땅에 대한 애착으로 노래하고 싶네. 오랜 친구여, 나는 누구보다 많이 변했다는 걸 말해 주러, 그러면서도 여전히 나라는 걸 말해 주러 돌아왔다네.

나는 차마 입 밖으로 내뱉을 수 없어서 눈으로 이렇게 말을 던졌다. 나는 다시금 목마의 콧등을 쓰다듬으며 이별을 고하려 했다. 그 순간 나는 목마에 입혀진 가죽이 닳아서 나무가 만져진다는 걸 알았다. 그건 마치 말의 영혼을 만지는 것 같았다.

여태까지 나는 오직 나만이 어린 시절에 그 목마를 쓰다듬었다고 생각했다. 하지만 닳아 버린 가죽은 무수히 많은 사람이 그랬다는 것을 확인시켜 주었다. 나는 수많은 아이들이 학교와 집을 오가며 그렇게 했다는 걸 알았다.

그리고 나는 이 드넓은 세계의 어느 외딴 마을에 버려진 낡은 목마가 사랑을 노래할 수 있게 한다는 걸 이해했다. 먼 길을 가는 아이들의 사랑이 우리를 인간이 되도록 이끈다.

2 도시의 방랑자

자취집

매년 12월 수학 시험에서 곤욕을 치르기는 했지만 중등 과정을 무사히 마쳤으니 겉으로는 산티아고 데 칠레•에 있는 대학교에 진학할 준비가 되어 있었다. 내가 '겉으로'라고 말한 이유는 머릿속이 온통 책과 꿈 그리고 벌 떼처럼 윙윙거리는 시로 가득했기 때문이다.

칼날처럼 비쩍 마른 나는 시인의 필수품인 검정 양복에 양철 트렁크를 손에 들고 야간열차 삼등칸에 올랐다. 열차는 하룻밤과 하루 낮을 꼬박 달려서 산티아고에 도착했다.

이 장거리 열차는 다양한 지역과 기후를 통과했다. 이 열차를 수없이 타고 다녔는데도 여전히 이상한 매력을 느낀다. 비에 젖은 판초를 입은 농민, 닭 장수, 말수가 적은 마푸체족 등 삼등칸은 별의별 사

• 칠레의 수도. 스페인과 쿠바에도 산티아고라는 지명이 있으나 문맥이 확실하여 혼란의 여지가 없을 경우는 '산티아고'라고 부르기도 한다.

람이 다 타고 다녔다. 승객 중 상당수가 무임승차한 사람들이어서 검표원이 나타날 때마다 변신하는 사람들이 많았다. 갑자기 증발해 버리는 것이다. 어떤 사람들은 판초 밑으로 들어가 탁자가 되었다. 그러면 승객 두 사람이 그 위에서 트럼프를 치는 척했다. 검표원이 탁자를 눈여겨볼까 봐 주의를 딴 데로 돌리는 것이다.

그동안에도 열차는 내달렸다. 떡갈나무와 남양삼나무 그리고 비에 젖은 목조 가옥들이 즐비한 시골을 지나, 포플러와 먼지로 뒤덮인 흙벽돌 건물이 늘어선 칠레 중부 지방을 통과하고 있었다. 그 후로도 수도와 지방의 여러 도시를 수없이 왕복했지만 어머니처럼 푸근한 임야 지대를 벗어날 때마다 나는 항상 목이 메었다. 흙벽돌집과 역사를 간직한 도시는 이제 거미줄과 침묵만이 감도는 듯했다. 이렇게 한대 밀림을 떠났어도 나는 여전히 노천 시인, 한대 밀림의 시인이다.

소개장을 들고 마루리 거리 513번지 자취집을 찾아갔다. 이 번지수는 절대 잊지 못한다. 갖가지 날짜, 심지어는 연도까지도 망각하고 사는 사람인데도 513이라는 숫자는 수십 년 세월이 흐른 지금까지도 기억에 남아 있다. 그 집을 찾지 못하면 낯설고 거대한 도시에서 갈 곳이 없다는 두려움 때문에 번지수가 머릿속에 각인된 것이다. 마루리 거리에 살 때는 매일같이 발코니에 앉아서 저물어 가는 오후를 지켜보았다. 초록과 심홍색 띠를 두른 하늘과 불타는 노을에 금방이라도 타 버릴 듯한 교외 지붕의 비통한 광경을 바라보았다.

당시 자취생들 태반이 굶었다. 나는 전보다 훨씬 많은 시를 썼지만 먹는 것은 전에 비해 형편없었다. 그 시절 사귄 시인 가운데 몇 사람은 가난 때문에 제대로 먹질 못해 쓰러지고 말았다. 그중에서 생각나는 사람이 있다. 나보다 키가 훨씬 큰데 좀 촌스럽게 생긴 동갑내기 시인이다. 그의 섬세한 서정시는 군더더기가 없었고 시 낭송회에 몰려든 청중의 가슴을 흠뻑 적셨다. 이 시인의 이름은 로메오 무르가이다.

나는 로메오 무르가와 함께 시를 낭송하러 수도에서 멀지 않은 산베르나르도에 갔다. 우리가 무대에 오르기 전, 축제 분위기가 한창 무르익고 있었다. 축제에서 선발된 여왕이 금발의 백인 시녀들과 함께 등장하고, 그 지방 명사가 연설하고, 어설픈 악단의 연주가 있었다. 그러나 내가 무대에 등장하여 세상에서 가장 처량한 목소리로 자작시를 낭송하자 분위기가 삽시간에 가라앉았다. 관객들은 기침을 해 대고, 야유를 하고, 우울한 내 시를 듣고 무척이나 희희낙락거렸다. 나는 이런 야만인들의 반응을 보고 서둘러 시 낭송을 끝냈다. 그리고 로메오 무르가에게 무대를 넘겨주었는데, 그만 잊지 못할 사건이 발생하고 말았다. 2미터가 넘는 키에 허름한 검정 양복을 입은, 돈키호테 같은 사내가 무대에 등장하여 나보다 더 처량한 목소리로 시를 낭송하자 관객들은 더 이상 분노를 참지 못하고 고함을 지른 것이다.

"빌어먹을 시인들아, 당장 집어치워! 어디서 축제를 망치고 있어."

연체동물이 조가비를 떠나듯 나는 마루리 거리의 자취집을 나왔다. 조개껍데기에게 작별 인사를 하고 바다, 다시 말해서 세상을 알려고 나섰다. 미지의 바다는 바로 산티아고 시내였다. 그동안 다람쥐 쳇바퀴 돌듯이 오래된 대학 건물과 쓸쓸한 자취집만 오갔기 때문에 시내를 돌아다녀 본 적이 거의 없었다.

이번 모험에는 지금보다 더한 굶주림이 기다리고 있다는 사실을 잘 알고 있었다. 자취집 주인 여자는 몇 다리 건너면 고향과 연줄이 닿았기 때문에 동정심에서 가끔씩 감자나 양파를 갖다주었다. 그러나 더 이상 어쩔 도리가 없었다. 삶, 사랑, 명성, 자유가 나를 소리쳐 부르고 있었다. 아니, 그런 것 같았다.

내가 독립을 선언하고 처음으로 빌린 방은 사범대학 근처의 아르구에예스 거리에 있었다. 그 회색 거리의 한 창문에 '셋방 임대'라는 광고가 보였다. 집주인은 도로변에 위치한 방에 살았다. 귀족 티가 흐르는 초로의 남자였는데 눈빛이 조금 이상한 것 같았다. 다변가에 능변가이며 미용사로 생업을 꾸려 가고 있었으나 직업을 그다지 중요하게 여기지는 않았다. 집주인 말에 따르면 자기 관심은 눈에 보이지 않는 세계, 내세에 있다는 것이었다.

나는 테무코에서 들고 온 트렁크와 가방을 열어 책과 몇 벌 안 되는 옷가지들을 꺼냈다. 이제 방해할 사람도 없다고 생각하니 마음이 느긋했다. 책을 조금 읽다가 잘 생각으로 침대에 누웠다.

그 집에는 안뜰이 없었다. 그 대신 복도를 따라서 수많은 방이 늘어서 있었다. 방은 모두 잠겨 있었다. 다음 날 아침, 이 쓸쓸한 집 구석구석을 살펴보다가 벽마다, 심지어 화장실 벽에도 엇비슷한 문구가 붙어 있는 것을 보았다. "체념해라. 너는 우리와 가까이 지낼 수 없다. 너는 죽었다." 이런 오싹한 경고문이 방, 식당, 복도, 작은 거실 할 것 없이 도처에 붙어 있었다.

어느 추운 겨울날이었다. 내 조국 칠레 사람들은 스페인 식민 시대부터 억센 자연을 경멸하고 또 불편하게 여겼다.(지금 얘기하는 시절로부터 50년이 지난 어느 날, 일리야 예렌부르크는 눈 덮인 모스크바 거리에서 살다 온 사람이었는데도 칠레만큼 추운 곳도 없다고 말했다.) 그해 겨울은 유리창이 새파랗게 얼어붙었고 길거리 가로수도 추위에 떨었다. 낡은 마차를 끄는 말은 콧김을 무럭무럭 내뿜었다. 내세를 암시하는 으스스한 분위기의 그 집에서 살기 힘든 계절이었다.

귀부인 머리를 만지는 미용사이자 오컬티즘•에 심취한 집주인은 광기가 번뜩이는 눈으로 나를 뚫어지게 쳐다보더니 차분하게 설명했다.

"넉 달 전에 집사람 차리토가 죽었소. 지금이 죽은 사람에게는 가장 어려운 시기요. 그래서 자기가 살던 곳을 계속 찾아오지. 우리는 그 사람들을 볼 수 없는데 그 사람들은 그걸 몰라요. 따라서 이런 사실을 알려 줄 필요가 있소. 그래야 우리가 죽은 사람에게 무관심하지 않다는 것을 알고 서운하게 여기지 않지요. 그래서 집사람 보라고 여기저기에 저런 문구를 걸어 놓았다오. 이제 자기는 죽은 몸이라는 것을 한결 쉽게 이해할 수 있도록 말이지."

그러나 백발의 집주인은 내가 너무 영리하다고 생각한 모양이다. 내가 드나드는 것을 유심히 지켜보고, 여자들이 찾아오는 것도 규칙을 만들어 제한하고, 내 책과 편지도 몰래 들춰 보았다. 한번은 평상시보다 일찍 집에 돌아왔더니 집주인이 얼마 되지 않는 내 가방과 소지품을 뒤지고 있었다.

이처럼 사생활을 보장받을 수 없는 형편이니 혹독한 추위가 몰아치는 한겨울에 길거리를 쏘다니며 새 방을 구하지 않으면 안 되었다. 다행히 그 집에서 멀지 않은 곳에 방을 구할 수 있었다. 이번 집은 세탁소였다. 한눈에 보아도 세탁소 여주인은 내세와 무관한 사람이었다. 추운 안마당에는 초록색 물이끼가 두툼하게 오른 분수대가 있었고, 그 너머로 오랫동안 방치해 둔 정원이 보였다. 집 안쪽에 방이

• 자연의 신비한 현상이나 인간의 잠재력을 연구하는 점성술, 신지학, 강신술 등을 통칭하는 비학.

하나 있었다. 천장이 아주 높고 문짝도 상당히 높았다. 문짝과 천장 사이에 채광창이 나 있어서 천장은 실제보다도 훨씬 높아 보였다. 나는 이 방에 세 들었다.

우리 학생 시인들의 생활은 유별난 데가 있었다. 나는 시골에 있을 때부터 몸에 익은 습관대로 살았다. 방 안에 틀어박혀 차를 끓여 마시며 매일 여러 편의 시를 썼다. 그러나 내 방이나 우리 동네만 벗어나면 요란하게 살아가는 작가들을 만날 수 있었다. 나는 이런 생활에서 독특한 매력을 느꼈다. 이 작가들은 카페보다는 맥줏집이나 술집을 자주 찾았다. 새벽까지 대화를 나누고 시를 논했다. 내 학업은 점점 엉망이 됐다.

현장 근무 하는 아버지는 철도 회사로부터 두꺼운 펠트 망토를 지급받았는데 한 번도 입지 않았다. 나는 이 망토로 시인다운 멋을 냈다. 서너 명의 동료 시인들도 나와 비슷한 망토를 걸치기 시작했다. 사실은 내 망토가 이 사람 저 사람 손에 넘어간 것이다. 사람들은 이런 차림새를 못마땅하게 여겼다. 그중에는 선량한 사람도 있었지만 불량배도 더러 있었다. 당시는 아르헨티나에서 건너온 탱고가 한창 유행할 때였다. 탱고의 박자, 리듬, 아코디언, '티헤라'라는 요란한 가위춤뿐 아니라 건달 문화까지 함께 건너왔다. 이런 불량배들이, 즉 무용수와 건달들이 매일 밤 우리가 모이는 장소에 나타나서는 망토를 트집 삼아 이런 데 오지 말라고 시비를 걸었다. 우리는 작심하고 한바탕 싸웠다.

그 무렵 우연히 어떤 과부와 친하게 지내게 되었다. 지금도 잊을 수 없는 그 여인은 얼마 전에 죽은 남편을 생각할 때마다 커다란 푸른 눈에 애잔한 이슬이 맺혔다. 남편은 젊은 소설가였는데 체격이 좋기로 소문난 사람이었다. 두 사람은 누가 봐도 환상적인 부부였다.

여자는 밀밭 같은 금발 머리, 흠잡을 데 없는 몸매, 짙푸른 눈동자를 자랑하는 미인이었고 남자는 건장하고 키도 훤칠한 사람이었다. 그런 남편이 분마성 폐결핵으로 세상을 뜨고 말았다. 나중에야 금발의 아내 또한 분마(奔馬)처럼 날뛰는 비너스라는 사실을 깨달았다. 페니실린이 없던 시절이기는 하지만 건장한 남편이 두어 달 만에 쓰러진 데에는 몸이 뜨거운 부인도 일조했으리라고 짐작했다.

이 미모의 과부는 나를 만난 후에도 한동안 검은 옷을 벗지 않았다. 검은색과 자주색 비단옷을 두른 그 여자는 마치 애도라는 껍질 속에 눈처럼 새하얀 속살을 감추고 있는 과일 같았다. 어느 날 오후, 세탁소 안쪽에 있는 내 방에서 그 껍질이 벗겨졌고, 나는 타오르는 눈(雪) 같은 그 과일을 통째로 어루만질 수 있었다. 자연스러운 환희가 절정을 향해 치달아 갈 때, 그녀는 눈을 감고 신음인지 흐느낌인지 알 수 없지만 "로베르토, 로베르토!"라고 외쳤다.(내게는 의례적인 행위처럼 보였다. 불의 여신 베스타가 새로운 신을 모시기 전에 이미 떠나보낸 신을 부르는 것 같았다.)

그러나 혈기 왕성한 청년이었음에도 불구하고 내가 이 과부를 감당하기는 힘들다는 생각이 들었다. 그녀의 부르짖음은 갈수록 다급해졌으며 화톳불처럼 타오르는 가슴은 점점 내 기력을 쇠진하게 만들었다. 그처럼 과도한 분량의 사랑은 배를 곯는 사람과 궁합이 맞지 않았다. 영양실조 현상이 나날이 극심해지고 있었다.

수줍음

사실 청소년기에는 귀머거리처럼 벙어리처럼 살았다.

소년 시절부터 19세기 시인들처럼 의례적으로 검은 옷만 입고 다녔으나 스스로 그렇게 못생긴 얼굴은 아니라고 생각했다. 하지만 여자에게 접근하지는 않았다. 여자들 앞에만 서면 말을 더듬고 얼굴이 빨개졌기 때문에 못 본 척, 관심 없는 척 그냥 지나쳤다. 그렇다고 정말로 관심이 없었던 것은 절대 아니다. 내가 보기에 여자는 아주 신비한 존재였다. 은밀하게 타오르는 저 불길에 타 죽고 싶고, 깊이를 알 수 없는 저 우물에 빠져 죽고 싶었으나 불이든 물이든 간에 나 자신을 던질 용기가 없었던 것이다. 그리고 내 등을 떠밀 사람이 없던 탓에 웃음은커녕 쳐다보지도 못하고 매혹의 언저리를 그냥 지나쳤던 것이다.

어른들 앞에서도 마찬가지였다. 철도 회사 직원, 우체국 직원, 그리고 이들의 '사모님'(프티부르주아들은 마누라라는 말에 무슨 큰일이라도 난 듯 민감하게 반응하기 때문에 사모님이라고 불렀다.)과 같은 평범한 사람들 앞에서도 사정은 똑같았다. 아버지 손님들이 찾아오면 얌전히 앉아 대화를 들었다. 이렇게 저녁 식사를 함께한 사람들이라도 다음 날 만나면 인사할 엄두가 나지 않았다. 어떤 때는 인사하기가 쑥스러워 길 반대편으로 건너가기도 했다.

수줍음이란 마음의 병이며 고독으로 향하는 지름길이다. 또, 한 사람이 두 겹의 껍질을 가진 것처럼 고통을 겪는다. 겉껍질은 아무렇지도 않은데 속껍질은 자신을 못마땅하게 여기고 삶에서 움츠러든다. 인간의 속성 가운데 이러한 특성, 바람직하지 못한 특성은 장기적으로 강력한 자의식을 형성한다.

내성적인 내 성격은 필요 이상으로 오래 지속되었다. 산티아고에 도착한 이후 차츰 남자 친구와 여자 친구를 사귈 수 있었다. 사람들이 나를 대수롭지 않게 여길수록 쉽게 우정을 맺을 수 있었다. 그 당시에는 인류에 대해서 별다른 호기심을 갖지 않았다. 이 세상 사람들을 모두 다 알 수는 없다고 스스로 위안했다. 아무튼 오간다는 인사도 없이 항상 쓸쓸하게 혼자 다니는 열여섯 살 남짓한 시인의 출현은 사람들 사이에서 약간의 호기심을 불러일으켰다. 스페인풍의 긴 망토를 입은 내 모습이 허수아비처럼 보여서 그런 건 아니었다. 이렇게 유별난 복장이 가난 탓이라는 사실을 눈치챈 사람은 아무도 없었다.

호기심 때문에 나에게 접근한 사람들 가운데는 그 당시 오만하기로 정평이 나있던, 필로 야네스와 그 부인 미나가 있었다. 그들은 내가 꿈도 꾸지 못할 만큼 우아하고 여유로운 삶의 표본이었다. 실내 난방, 부드러운 조명, 안락한 소파를 갖춘 집을 나는 난생처음 보았다. 사방 벽면은 책으로 가득 채워져 있었다. 다채로운 색깔의 책등은 나로서는 향유할 수 없는 봄날이었다. 야네스 부부는 내가 겹겹이 세워 놓은 침묵과 고립의 장벽에도 아랑곳없이 몇 번씩이나 정중하게 집으로 초대했다. 나는 그 집을 다녀올 때마다 기분이 좋았다. 야네스 부부도 이 사실을 눈치채고 자주 초대했다.

그 집에서 처음으로 큐비즘 화가들의 그림을 보았다. 그 가운데는 후안 그리스•도 있었는데 파리에 있을 때 자주 왕래하던 사이였다고 귀띔해 주었다. 그러나 무엇보다도 내 시선을 사로잡은 것은 야네스의 잠옷이었다. 나는 어찌나 부러운지 틈만 나면 곁눈질했다. 그때는 겨울이었다. 당구대 천과 같은 두꺼운 플란넬로 만든 군청색 잠옷이었다. 그때까지만 해도 죄수복 같은 줄무늬 잠옷밖에 모르던 터라 그런 색깔의 잠옷이 있으리라고는 상상조차 못 했다. 야네스의 잠옷은 기존 관념을 완전히 깨뜨렸다. 두꺼운 플란넬 천, 눈부신 군청색

• 후안 그리스(1887~1927): 스페인 화가. 파리에서 피카소, 브라크 등과 함께 입체파를 형성했다.

은 산티아고 변두리에 사는 가난한 시인의 부러움을 사기에 충분했다. 그 후 50여 년이 지났건만 이때껏 그런 잠옷은 보지 못했다.

그 후 몇 년 동안 야네스 부부를 볼 수 없었다. 부인이 남편을 버린 것이다. 그녀는 산티아고에 순회공연 온 러시아 서커스단의 곡예사와 눈이 맞아 남편뿐만 아니라 부드러운 조명과 고급 안락의자도 내팽개쳤다. 그 뒤, 곡예사를 따라 오스트레일리아, 영국 등 이 나라 저 나라를 떠돌아다니며 서커스 입장권을 팔았다. 결국에는 장미십자회인가 뭔가 하는 프랑스 남부의 신비주의 단체에 들어갔다.

야네스는 후안 에마르로 개명하고, 역량 있는 작가로 변신했다. 우리는 평생 친구로 지냈다. 조용하고 점잖은 사람인데 가난하게 생을 마쳤다. 그가 남긴 많은 원고는 아직 출판되지 않았으나 이 씨앗은 머지않아 꽃을 피울 것이다.

이제 야네스, 다시 말해서 후안 에마르 얘기는 접어두고 수줍음 얘기로 다시 돌아가야겠다. 학창 시절 야네스는 자기 아버지에게 나를 소개하겠다고 고집을 부렸다. "틀림없이 너를 유럽에 보내 줄 거야."라고 말했다. 그 당시 라틴아메리카의 시인들과 화가들은 너나없이 파리를 동경하고 있었다. 야네스의 아버지는 고위 인사인 상원의원이었다. 사는 곳은 아르마스 광장 근처의 멋대가리 없이 큰 저택이었다. 대통령궁하고 가까운 곳이다. 틀림없이 지근거리에 있는 대통령궁에 들어가고 싶었을 것이다.

거실에 들어가자 친구들은 내가 조금이라도 정상적으로 보이도록 억지로 망토를 벗겨 냈다. 이어 상원의원의 서재 문을 열더니 나를 안으로 떠밀어 넣고 문을 닫아 버렸다. 굉장히 넓은 방이었다. 아마도 예전에는 연회장으로 사용했을 것이다. 서재는 텅 비어 있었다. 가만 보니 저쪽에 안락의자가 있었다. 상원의원은 스탠드를 켜고 안락의자에 앉아 신문을 읽고 있었다. 얼굴은 신문에 가려서 전혀 보이지 않았다.

한 걸음 내딛는 순간 번들번들하게 왁스를 먹여 놓은 마룻바닥에서 스키를 타듯 미끄러졌다. 걷잡을 수가 없었다. 어떻게든 멈추려고 애를 썼지만 비틀거리며 연신 넘어졌다. 마지막에는 상원의원 발끝에서 또 넘어졌다. 상원의원은 신문을 펼쳐 든 채 매서운 눈으로 나를 관찰하고 있었다.

겨우 상원의원 옆의 조그마한 의자에 앉았다. 그 거물급 인사는 짜증 난 곤충학자 같은 눈초리로 나를 뜯어보았다. 마치 누군가 보내 준 곤충 표본을 보고 한눈에 무해한 거미라고 파악한 것 같았다. 내 계획에 대해서 몇 가지 물어보았다. 나는 몇 번 넘어진 끝이라 더욱 수줍어했고 말도 평소처럼 유창하게 나오지 않았다.

상원의원에게 어떤 얘기를 했는지 기억나지 않는다. 이십 분쯤 후 상원의원은 손을 내밀었다. 이제 그만 나가 보라는 뜻이었다. 그때 아주 부드러운 목소리로 다시 연락하겠다고 분명히 약속했다. 상원의원은 다시 신문을 집어 들었다. 나는 미끄러지지 않게 조심조심 방을 나왔다. 그 방에 들어갈 때도 그렇게 걸었어야 했다. 물론 상원의원, 아니 친구 아버지는 아무런 소식도 주지 않았다. 얼마 후, 정말로 어리석고 반동적인 군사 쿠데타가 발생했고,• 상원의원은 신문을 쥔 채로 안락의자에서 벌떡 일어설 수밖에 없었다. 솔직하게 말해서 무척이나 고소했다.

• 1924년 9월 11일 루이스 알타미라노 장군과 후안 파블로 베네트 장군이 일으킨 우익 군사 쿠데타. 이 쿠데타 정권은 1925년 1월 23일 역쿠데타로 전복되고, 중단된 헌정 질서는 회복되었다.

학생연맹

테무코 시절에 나는 학생연맹 기관지《클라리다드》통신원으로 일했다. 학교 친구들에게 기관지를 이삼십 부씩 팔기도 했다. 1920년 테무코에서 들은 소식은 우리 세대 학생들에게 피멍을 남겼다. 과두 지배계급이 조직한 황금청년단이 학생연맹 본부를 습격한 것이다. 식민 시대부터 지금까지 부유층을 위해 봉사해 온 공권력은 가해자가 아니라 피해자를 감옥에 집어넣었다. 촉망받던 젊은 시인 도밍고 고메스 로하스는 고문을 당한 후 정신질환에 시달리다가 감방에서 죽었다. 이 사건이 칠레라는 작은 나라에 몰고 온 파장은 후일 스페인 시인 가르시아 로르카가 그라나다에서 암살당한 사건에 견줄 만큼 심각했다.

1921년 3월 대학에 입학하려고 산티아고로 올라왔다. 그 당시 산티아고의 인구는 15만 명 정도였다. 시가지에서는 가스 냄새와 커피 냄새가 났다. 수많은 건물에 낯선 사람들과 빈대가 득실거렸다. 대중교통 수단이라고는 작고 낡은 전차가 전부였다. 전차는 요란한 쇳소리와 종소리를 내며 느릿느릿 기어갔다. 인데펜덴시아 거리에서 도시 반대편 중앙역 근처에 있는 우리 대학까지 가는 데도 지겨울 정도로 시간이 많이 걸렸다.

학생연맹 본부에는 학생운동권의 유명 인사들이 드나들었다. 이념적으로 이들은 당시 강력한 영향력을 발휘하던 무정부주의 운동과 연계되어 있었다. 가장 널리 알려진 학생운동 지도자로는 알프레도 데마리아, 다니엘 슈바이처, 산티아고 라바르카, 후안 간둘포를 꼽을 수 있다. 이 중에서도 의사인 후안 간둘포는 급진적인 정치관과 대담성으로 명성을 날리던 걸출한 인물이었다. 간둘포는 나를 어린

아이 취급했다. 실제로 난 어린아이 같았다. 한번은 내가 진찰실에 늦게 나타나자 인상을 찌푸리며 "왜 제시간에 안 오는 거야? 다른 환자들이 기다리잖아."라고 꾸짖었다. 나는 몇 시나 되었는지 알 수가 없었다고 대답했다. 그러자 간둘포는 "자, 받아. 다음부터는 꼭 시간을 지켜야 해."라고 말하며 조끼 주머니에서 시계를 꺼내 건네주었다.

간둘포는 키가 작고 둥그런 얼굴에 일찌감치 대머리가 된 사람이다. 그렇지만 언제 봐도 중후한 무게가 있었다. 언젠가 쿠데타에 참여한 군인이 간둘포에게 결투를 신청했다. 시비 걸기 좋아하고 칼부림 좋아하기로 유명한 군인이었다. 간둘포는 결투 신청을 받아들이고 2주 동안 펜싱을 배운 다음 도전자의 간담이 서늘하도록 혼쭐을 냈다. 그 당시 간둘포는 내 첫 시집 『황혼 일기』의 표지화와 삽화를 목판으로 제작해 주었다. 예술적 창조와는 전혀 무관한 사람이 제작한 인상적인 판화였다.

혁명적인 성향의 문인들 가운데 가장 중요한 인물은 잡지 《후벤투드(청춘)》의 편집인 로베르토 메사 푸엔테스였다. 이 잡지도 학생연맹이 발행했으나 《클라리다드》보다 필진도 다양하고 편집 방향도 분명했다. 이 잡지 필진 중에서는 우리보다 한참 손위 연배인 곤살레스 베라와 마누엘 로하스가 돋보였다. 로하스는 오랫동안 아르헨티나에서 살다가 얼마 전에 귀국한 사람이었다. 우리는 로하스의 위압적인 키 그리고 경멸, 자부심, 긍지가 철철 넘치는 말솜씨에 깜짝 놀랐다. 로하스는 전직 라이노타이프(19세기에 발명된 자동 활자 주조 기계) 기사였다. 나는 경찰이 학생연맹을 급습한 이후 한동안 테무코에 피신해 있었는데, 그때 곤살레스 베라를 만났다. 테무코 역에 내리자마자 곧바로 역 근처에 있는 우리 집으로 찾아온 것이다. 곤살레스 베라의 갑작스러운 출현은 열여섯 살 난 시인에게 결코 잊을 수 없는 사건이었다. 그렇게 창백한 사람은 그때까지 본 적이 없었다. 깡마른 얼굴은 뼈나 상아로 조각해 놓은 것 같았다. 검은 옷을 입고 있었는데 소매 끝이나 바지 자락 끝이 다 해진 옷이었다. 그런데도 멋쟁이로 보였다. 그의 말은 첫마디부터 아이러니와 날카로움이 묻어났다. 비가 내리던 그날 밤 우리 집을 찾아온 곤살레스 베라를 보고 얼마나 감동을 받았는지 모른다. 비유하자면 라틴아메리카의 젊은 혁명가들이 본보기로 삼는, 안드레예프 소설의 주인공 사시카 지굴료프가 허무주의 혁명가의 방문에 감동한 것과 마찬가지였다. 물론 그 당시에는 사쉬카 지굴료프가 누구인지도 몰랐다.

알베르토 로하스 히메네스

내가 정치적, 문학적 활동가로 참여한 잡지 《클라리다드》는 알베르토 로하스 히메네스 혼자 운영하다시피 했는데 나중에는 우리 세대 중에서 가장 절친한 친구가 되었다. 로하스 히메네스는 코르도바 모자를 착용하고, 시몬 볼리바르(베네수엘라 출신으로, 라틴아메리카 독립 투쟁의 영웅)처럼 긴 귀밑털을 기르고 다녔다. 옷차림은 우아하고 단정했다. 가난에도 불구하고 말끔하게 차려입고 다니던 그는 경멸적인 태도, 신속한 상황 파악 능력, 세상만사에 대한 해박한 지식(또는 지식욕)과 같은 신(新)댄디즘의 모든 속성을 다 갖추고 있었다. 책과 여자, 술과 선박, 여행과 군도 등 모르는 것이 없었으며 사소한 언행에서도 이런 지식을 유감없이 드러냈다. 재능과 매력을 쓸데없는 곳에 낭비하면서도 무사태평하게 문단을 맴돌았다. 대부분이 가난하던 그 시절, 그가 매고 다니던 넥타이는 눈부신 풍요의 표본이었다. 끊임없이 이 집 저 집, 이 도시 저 도시로 떠돌아다녔다. 활달하고 유쾌한 성격과 타고난 보헤미안 행태는 그가 몇 주씩 머무는 랑카구아, 쿠리코, 발디비아, 콘셉시온, 발파라이소 사람들을 즐겁게 해 주었다. 언제나 불쑥 나타났다가 불쑥 사라지는 그는 가는 곳마다 시와 그림을 남기고 인상적인 넥타이를 휘날리며 사랑과 우정을 맺었다. 또 동화책 왕자처럼 인심이 후해서 가진 것을 모두 나눠 주었다. 모자, 셔츠, 양복은 물론이고 신발까지 줘 버렸다. 가진 것이 없을 때는 기발한 문구나 시를 종이에 적어 귀중한 보물인데 선심 쓴다는 표정으로 사람들 손에 쥐여 주고 자리를 떴다.

로하스 히메네스의 시는 당대를 풍미하던 아폴리네르 시론과 스페인 극단주의[•] 시학에 충실했다. 또 '아구'라는 시 운동을 주창하였는데 그는 이 말이 인간의 원초적 외침, 즉 갓난아이가 최초로 지어낸 시구라고 했다.

우리는 로하스 히메네스의 옷차림, 담배 피우는 방법, 글씨체를 한동안 모방했다. 로하스 히메네스가 자꾸만 놀려 대는 바람에 나는 침울한 기색을 떨쳐 버릴 수가 있었다. 물론 회의적인 태도와 폭음하는 술버릇에 물들지는 않았다. 그러나 주변을 밝게 만들고 마치 숨겨 둔 나비를 날려 보내듯이 가는 곳마다 아름다움을 날려 보내던 로하스 히메네스를 생각하면 지금도 감회가 새롭다.

로하스 히메네스는 미겔 데 우나무노(스페인의 실존주의 소설가로 『안개』를 썼다.)에게서 종이학 접는 법을 배웠다. 목이 긴 새를 접어 날개를 펼친 다음 바람을 불어넣었다. 그러곤 "생명을 불어넣는

• 아폴리네르의 큐비즘 시학과 우이도브로의 창조주의에 영향을 받아 1919년 스페인에서 시작된 아방가르드 시 운동. 스페인에서 이 운동에 참여한 보르헤스는 아르헨티나로 귀국하여 1921년 라틴아메리카 극단주의 시 운동을 전개하였다.

것"이라고 말했다. 그는 포도주 창고에서 포도주 병을 찾아내듯이 프랑스 시인들을 발굴했으며, 프랑시스 잠의 여주인공들에게 연애편지를 썼다. 아름다운 시를 호주머니에 구겨 넣고 다녔는데 언제나 출판될지 모르겠다.

후한 성격 탓에 로하스 히메네스는 많은 사람의 관심을 끌었다. 어느 날 카페에서 한 낯선 남자가 다가와 이렇게 말했다.

"선생님, 하시는 말씀을 죽 듣고 있었는데 무척 공감이 가는 얘기였습니다. 그런데 한 가지 부탁을 드려도 되겠습니까?"

"뭔데요?" 로하스 히메네스는 무뚝뚝하게 말했다.

"제가 선생님을 뛰어넘을 수 있게 해 주십시오." 낯선 남자가 말했다.

"하지만 어떻게요? 당신이 지금 탁자 앞에 앉아 있는 나를 뛰어넘을 수 있다는 얘깁니까?" 로하스 히메네스가 되물었다.

"그런 얘기가 아닙니다." 낯선 남자는 겸손하게 말했다. "선생님이 죽어 관 속에 누워 있을 때 뛰어넘겠다는 것입니다. 이건 제가 재미있다고 생각하는 사람들에게 바치는 존경의 표시입니다. 생전에 허락을 받고 죽은 다음에 뛰어넘는 것입니다. 저는 외로운 사람입니다. 이것이 유일한 제 취미랍니다." 그리고 수첩을 꺼내 보여 주며 말했다. "이게 제가 뛰어넘은 사람들의 명단입니다."

로하스 히메네스는 뛸 듯이 기뻐하며 그 이상한 제안을 흔쾌히 승낙했다. 몇 년 뒤 칠레에 기록적인 폭우가 쏟아지던 겨울, 로하스 히메네스는 죽었다. 평상시처럼 양복 상의는 산티아고 시내 어느 술집에 벗어 두고 그 추운 겨울에 셔츠 바람으로 킨타 노르말에 있는 여동생 로시타 집까지 걸어갔다. 이틀 뒤, 기관지 폐렴으로 그는 이 세상을 떠나고 말았다. 내가 만난 가장 매력적인 사람이었는데 종이학과 함께 비를 맞으며 하늘로 날아갔다.

그런데 그날 밤 장례식장에 모인 친구들은 이상한 조문객을 맞이했다. 폭우가 쏟아지고 번개가 치고 바람이 커다란 플라타너스를 뒤흔들고 있을 때 문이 열리더니 문상객 차림의 어떤 남자가 들어왔다. 그가 누군지 아는 사람은 아무도 없었다. 이 낯선 남자는 친구들의 예상을 뒤엎고 곧바로 관을 훌쩍 뛰어넘었다. 그리고 들어올 때처럼 나갈 때도 말 한마디 없이 비 내리는 밤거리로 총총히 사라졌다. 이처럼 로하스 히메네스의 경이로운 삶은 아무도 이해할 수 없는 신비한 의식으로 막을 내렸다.

스페인에 도착한 지 얼마 안 되어 로하스 히메네스의 부음을 들었다. 내가 그토록 상심한 적도 별로 없을 것이다. 바르셀로나에 있을 때인데, 그 즉시 「알베르토 로하스 히메네스가 날아가다」라는 애도시를 써 내려갔다. 얼마 후, 《레비스타 데 옥시덴테》에 이 시를 발표했다.

하지만 망자에 대한 모종의 예를 갖추어야만 했다. 로하스 히메네스는 여기 스페인에서 멀리 떨어진 칠레에서 공동묘지가 물에 잠길 정도로 폭우가 쏟아지던 날 죽었다. 문상을 갈 수도 없었고 마지막 가는 길에 동행할 수도 없었다. 그래서 어떤 의식을 생각해 냈다. 나는 화가인 친구 이사이아스 카베손과 함께 바르셀로나의 아름다운 성당 산타마리아 델 마르를 찾았다. 우리는 사람 키만 한 양초 두 자루를 사서 어두컴컴한 성당으로 들어갔다. 바닷사람들을 위한 성당이어서 분위기가 조금 낯설었다. 이 성당은 아주 옛날 어부들과 선원들이 돌을 쌓아 세운 것이었는데 완공 후에는 수천 가지 봉헌물로 치장했다. 이 아름다운 성당의 벽과 천장에는 모양도 다르고 크기도 다른 갖가지 배들이 영원을 항해하고 있었다. 나는 이곳이 고인이 된

로하스 히메네스에게 적합한 장소라고 생각했다. 만일 고인도 이곳을 알았더라면 틀림없이 좋아했을 것이다. 우리는 성당 중앙에서 커다란 초에 불을 붙였다. 그리고 각자 그린와인● 한 병씩을 들고 텅 빈 성당에 앉아 있었다. 영지주의자는 아니지만 이런 침묵의 의식을 통해 고인이 된 친구에게 다가가고 있다고 생각했다. 아무도 없는 성당 저 위에서 환하게 타고 있는 촛불은 고인의 두 눈 같았다. 비록 심장은 영원히 꺼져 버렸으나, 봉헌물에 둘러싸인 고인의 두 눈이 어둠 속에서 우리를 쳐다보고 있는 것 같았다.

겨울의 기인들

로하스 히메네스 얘기를 하다 보니 생각난 것인데 광기와 시는 밀접한 관계가 있는 것 같다. 이성적인 사람은 시인이 되기가 무척 어렵듯이 시인 또한 이성적인 사람이 되기가 무척 어렵다. 물론 이성이 우위를 점해야 하며 정의의 근간인 이성이 세계를 다스려야 한다. 칠레를 매우 사랑한 우나무노는 언젠가 이렇게 말했다. "도대체 이게 무슨 말이야. '이성 또는 힘으로'라니. '이성으로, 항상 이성으로.' 이렇게 말해야지."

이제 예전에 알고 지내던 괴짜 시인 알베르토 발디비아 얘기를 해야겠다. 발디비아만큼 비쩍 마른 사람도 세상에 없을 것이다. 누르스름한 얼굴에 뼈만 남은 사람 같았다. 덥수룩한 회색 머리에다 심한 근시 때문에 안경을 끼고 다녔다. 우리는 송장 발디비아라고 불렀다.

● 포르투갈에서만 생산되는 와인. 조금 덜 익은 상태에서 숙성이 시작되어 약간의 신맛을 내기 때문에 이런 이름이 붙었다.

발디비아는 이상한 신문지 다발을 옆구리에 끼고 술집, 동호회, 카페, 공연장을 소리 없이 조용히 드나들었다. 친구들은 발디비아를 껴안고 "사랑스러운 송장아!"라고 말했다. 몸은 간데없고 바람만 풀썩거리는 허공을 포옹하는 느낌이었다.

발디비아의 시는 섬세한 감수성과 강렬한 애상으로 충전되어 있었다. 예를 들어 이런 시다. "모두가 사라지리라, 오후, 태양, 생명까지도/ '돌이킬 수 없다'는, 그런 악이 승리하리라./ 오로지 너만 남으리라, 스러져 가는 내 생명과/ 뗄 수 없는 누이 같은 너만 남으리라."

우리들이 애정 어린 마음으로 송장 발디비아라고 부르던 그 사람은 진정한 시인이었다. 우리는 대놓고 이렇게 말했다. "송장아, 여기서 우리 같이 밥이나 먹자." 이런 말에도 그는 한 번도 화낸 적이 없었다. 가끔 얇은 입술에 웃음이 번지기도 했다. 말수는 적었지만 입을 열면 항상 정곡을 찔렀다. 우리는 매년 발디비아를 공동묘지로 데려가는 의식을 치렀다. 11월 1일 전날 저녁, 가난한 학생이자 글쟁이인 우리는 빈약한 호주머니를 털어서 발디비아에게 푸짐한 저녁을 대접했다. 송장이 주빈 자리에 앉았다. 12시 정각이 되면 식탁을 치우고 신나게 떠들며 공동묘지로 줄지어 갔다. 고요한 한밤중에 고인을 위한 추도사가 낭랑하게 울려 퍼졌다. 이어서 각자 고인에게 근엄한 작별을 고한 다음, 공동묘지 문 앞에 발디비아 혼자 남겨 두고 집으로 돌아갔다. 발디비아는 이런 악의 없는 연중행사를 흔쾌히 받아들였다. 그래서 처음부터 끝까지 능동적으로 역할을 수행했다. 우리는 집으로 돌아가기 전에 발디비아에게 약간의 노잣돈을 주었다. 무덤에서 샌드위치나 사 먹으라는 뜻이었다.

이삼 일 뒤 송장이 슬그머니 모임이나 카페에 모습을 드러내도 놀라는 사람은 없었다. 다음 해 11월 1일까지는 누구도 발디비아를 귀찮게 하지 않았다.

부에노스아이레스에서도 기인을 만났다. 아르헨티나 작가로 이름은 오마르 비놀레였다. 아직까지 생존해 있는지 잘 모르겠다. 비놀레는 굵직한 단장을 들고 다니는 거구의 사내였다. 한번은 나를 식당으로 초대했다. 시내 중심가에 위치한 식당이었는데 이미 자리에 앉아 있던 그는 나더러 앉으라고 손짓했다. 그리고 식당에 가득 찬 손님들 들으라고 쩌렁쩌렁한 목소리로 "오마르 비놀레 씨 앉으시오."라고 말하는 것이었다. 자리에 앉기는 앉았으나 언짢은 기분을 감출 수 없었다. 앉자마자 그에게 물었다. "아니, 왜 저를 오마르 비놀레라고 부릅니까? 오마르 비놀레는 당신이고 저는 파블로 네루다인데, 그것도 모르셨습니까?" "물론 잘 알고 있습니다. 그런데 이 식당에는 내 이름만 아는 사람들이 많습니다. 그중에는 나를 혼내 주고 싶은 사람도 꽤 될 겁니다. 당신이 나 대신 맞았으면 좋겠다는 거죠."

비놀레는 아르헨티나 어떤 지방에서 농촌 지도사로 일한 적이 있는데 그곳에서 소 한 마리를 데려와 절친한 친구로 삼았다. 이 소를 끌고 부에노스아이레스 곳곳을 돌아다녔다. 그 무렵 출판했던 책에도 『소의 생각』, 『소와 나』 등 암시적인 제목을 붙였다. 부에노스아이레스에서 처음으로 국제 펜클럽 대회가 개최되었을 때 빅토리아 오캄포• 진영의 작가들은 비놀레가 소를 끌고 대회장에 나타날까 봐 전전긍긍했다. 이들은 당국에 이 사실을 통보하고 협조를 구했고, 경찰은 플라자호텔 주변 도로를 차단했다. 이 기인이 소를 데리고 대회가 열리는 초호화 호텔에 들어가지 못하도록 제지하려는 속셈이

• 빅토리아 오캄포(1890~1979): 아르헨티나 최상류층 출신의 여성 작가. 보르헤스, 비오이 카사레스 등이 참여한 잡지 《수르》의 발행인이었다. 비오이 카사레스의 부인 실비나 오캄포의 친언니.

었다. 그러나 헛수고였다. 대회는 한창 진행되고 있었다. 참석자들이 그리스 고전 세계와 역사의 현대적 의미에 대해 진지하게 토론하고 있을 때, 비놀레가 소를 몰고 회의장에 나타났다. 엎친 데 덮친 격으로 소는 토론에 참여하고 싶다는 듯이 음매음매 울기 시작했다. 비놀레는 덮개가 있는 화물차에 소를 싣고 경찰의 감시를 피해 도심으로 진입했던 것이다.

비놀레 얘기를 하나 더 하겠다. 한번은 그가 프로레슬링 선수에게 도전장을 냈다. 프로레슬링 선수가 도전을 받아들임으로써 시합은 성사되었다. 시합 날 저녁 루나 공원에는 입추의 여지 없이 관중들이 들어찼다. 비놀레는 소를 데리고 정시에 등장하여 링 한구석에 소를 묶어 두고 화려한 가운을 벗어 던졌다. 그리고 '캘커타의 도살꾼'이라는 프로레슬링 선수와 맞섰다.

그러나 이번에는 소도 화려한 의상도 소용이 없었다. '캘커타의 도살꾼'은 비놀레에게 달려들더니 대번에 납작코를 만들어 버렸다. 게다가 링에 쓰러진 비놀레의 목을 발로 짓밟았다. 건방지게 굴지 말라는 뜻이었다. 시합을 좀 더 오래 보고 싶었던 관중들은 엄청난 야유를 퍼부었다.

몇 달 후, 새 책이 출판되었다. 제목은 『소와 나눈 대화』였다. 그 책 첫 페이지에는 결코 잊을 수 없는 독특한 헌사가 수록되어 있었다. 내 기억에 따르면 이런 헌사였다. "이 철학서를 2월 24일 밤 루나 공원에서 나에게 야유를 퍼붓고, 또 나를 죽이라고 고함치던 사만 명의 개자식들에게 바친다."

2차 세계대전이 발발하기 전의 일이다. 파리에서 알바로 게바라를 만났다. 유럽에서는 '칠레 게바라'로 알려진 화가였다. 어느 날 게바라가 내게 지급전화를 걸어 왔다. "아주 중요한 일이야."

내가 스페인에서 프랑스로 건너온 지 얼마 되지 않았을 때였다. 당시 우리의 투쟁 대상은 그 시대의 닉슨이라고 할 수 있는 히틀러였다. 마드리드에서 살던 우리 집은 파괴되었고, 남자, 여자, 어린아이 할 것 없이 폭격으로 결딴나는 장면을 목격했다. 세계대전이 임박해 있었다. 나는 동료 문인들과 함께 우리가 동원할 수 있는 방법을 다해 파시즘과 싸우기 시작했다. 그 방법이란 책을 통해 임박한 위험을 알리자는 것이었다.

게바라는 이런 투쟁에서 한 발짝 비켜나 있었다. 말수가 적은 그는 일거리도 많아 아주 바쁜 화가였다. 그러나 우리는 화약고에 앉아 있었다. 강대국들이 스페인 공화군의 방어용 무기 수입을 금지하고 곧이어 뮌헨에서 히틀러 군대에게 문을 열어 주었을 때• 이미 전쟁은 시작된 것이나 마찬가지였다.

아무튼 게바라의 전화를 받고 달려갔더니 정말 중요한 문제를 나에게 알려 주었다.

"무슨 일이야?" 하고 내가 물었다.

"한시가 급해." 게바라는 이렇게 대답했다. "자네가 반파시스트가 될 이유가 없어. 반대 운동을 할 필요가 없어. 문제의 핵심을 찾아야 하는데 내가 바로 그 핵심을 찾은 거야. 자네는 반나치즘 대회를 포기하고 진짜 필요한 일에 매진해야만 하네. 정말 급한 일이야."

"좋아. 그런데 도대체 무슨 일인지 말이나 해 봐. 요즘은 정말 바

• 1938년 10월, 영국, 프랑스, 이탈리아, 독일이 뮌헨에서 4자 회담을 개최하여 히틀러의 체코 침략을 묵인해 준 일을 가리킨다. 1939년 히틀러가 다시 폴란드를 침공하고 이에 대응하여 영국과 프랑스가 독일에 선전포고함으로써 2차 세계대전이 발발했다.

뻔니까."

"사실 내 생각은 3막짜리 연극에 표현되어 있어. 자네에게 읽어 주려고 가져왔지."

게바라는 가방에서 두툼한 원고 뭉치를 꺼내며 나를 뚫어지게 쳐다보았다. 고대의 권투 선수처럼 짙은 눈썹이 인상적이었다. 원고 뭉치를 보자 걱정스러웠다. 그래서 시간이 없다는 핑계로 인류를 구하기 위한 계획이 무엇인지 말로 설명해 달라고 부탁했다.

"콜럼버스 달걀 같은 거야. 설명해 주지. 감자 한 알을 심으면 몇 알이나 수확할까?"

"글쎄, 한 네댓 개 되려나." 나는 별다른 생각 없이 이렇게 대답했다.

"훨씬 많아. 마흔 개 정도 될 때도 있고 백 개가 넘을 수도 있어. 모든 사람들이 자기 집 뜰이나 발코니에 감자를 심는다고 생각해 봐. 칠레 인구가 얼마지? 팔백만이야. 팔백만이 감자 하나씩만 심어도, 네 배 아니 백 배로 불어나는 거야. 굶주림도 끝나고 전쟁도 끝이야. 중국 인구가 얼마지? 오억, 맞지? 중국 사람들이 감자 하나씩만 심어도 개당 마흔 개를 수확하니까 오억 곱하기 사십을 해 봐. 인류를 구할 수 있는 거야."

파리를 점령한 나치는 세계를 구할 수 있는 저 콜럼버스의 달걀, 아니 콜럼버스의 감자를 미처 알지 못했다. 게바라는 어느 안개 낀 추운 겨울날 밤 자기 집에서 체포되었다. 강제수용소로 끌려가서 팔에 문신을 새기고 포로 생활을 했다. 전쟁이 끝나고 지옥 같은 강제수용소에서 풀려났을 때는 해골 같았다. 그 후에도 건강을 회복하지 못했다. 마지막 여행지는 칠레였다. 게바라는 마지막 입맞춤으로, 몽유병자 같은 입맞춤으로 조국과 작별하고 프랑스로 돌아가 생을 마쳤다.

위대한 화가여, 사랑하는 친구 알바로 게바라여, 나는 그대에게 이 말을 들려주고 싶네. 그대는 이제 이 세상에 없고, 그대의 탈정치 감자론이 아무런 소용이 없었다는 것을 잘 알고 있다네. 나치가 그대를 죽였다는 것도 알고 있지. 그런데 작년 6월 런던박물관에 갔다네. 터너의 그림만 보려고 들어갔는데 중앙전시관 입구에서 인상적인 그림을 발견했어. 내게는 터너 그림만큼이나 아름답고 찬란한 작품이었다네. 에디스 싯웰(영국의 시인)이라는 아주 유명한 여자의 초상화였어. 바로 그대 작품이었지. 라틴아메리카 출신 화가의 작품으로는 유일하게 그대 작품이 여러 거장들의 작품과 나란히 런던박물관에 전시되는 영광을 차지하고 있었던 거야.

그러나 나에게는 그런 장소나 명예가 중요하지 않다네. 솔직하게 말해서 저 아름다운 그림도 그렇게 중요하게 생각하지 않는다네. 내가 진정으로 아쉬워하는 것은 우리가 서로 잘 알지도 못했고 또 이해하려고 노력하지도 않았다는 거라네. 저 감자 때문에 서로 이해하지도 못하고, 이 세상에서 그냥 스치고 지나가 버렸다는 것이라네.

나라는 사람은 너무나 단순하다. 이것이 내 장점이자 약점이다. 친구들의 장난기에 덩달아 합세했고, 또 화려한 옷차림, 못된 짓, 종이학, 소까지 부러워했다. 어쩌면 이런 것들도 문학과 모종의 관계가 있을지도 모르겠지만 말이다. 아무튼 나는 누구를 심판하기 위해서가 아니라 사랑하기 위해서 태어났다고 믿는다. 예전에는 내 시에서 자양분을 섭취하더니만 이제는 나를 공격하고, 내 눈을 빼먹으려고 패거리로 몰려다니는 분파주의자들이라고 할지라도 최소한 내 침묵을 받을 만한 가치는 있다. 나는 적들과 함께 다니면서 나 자신이 오염될까 두려워한 적은 한 번도 없다. 왜냐하면 오직 민중의 적만이 내 적이기 때문이다.

아폴리네르는 이렇게 말했다. "비현실의 경계를 탐험하는 우리들에게 자비를 내리소서." 내가 지금 이 말을 인용하는 까닭은 앞에서 이야기한 사람들을 생각하고 있기 때문이다. 그들이 기인이라고 해서 사랑을 덜 받아야 한다는 것도 아니며, 그들을 이해할 수 없다고 해서 그 가치가 떨어지는 것도 아니다.

큰 사업

우리 시인들은 항상 이런 생각을 하며 산다. 부자가 될 수 있는 훌륭한 아이디어를 갖고 있으며 사업 수완도 뛰어난데 다만 이런 천재성을 인정해 주는 사람이 없다고 말이다. 지금도 기억하는데 1924년 나는 이런 생각에 사로잡혀 『황혼 일기』의 판권을 칠레의 어느 출판사에 넘겼다. 일시적인 판권이 아니라 영구적인 판권이었다. 이 거래를 통해서 부자가 되리라고 확신한 나머지 공증인 입회 아래 계약서에 서명하고 500페소를 받았다. 이 돈은 당시 환율로 5달러도 채 안 되는 돈이었다. 로하스 히메네스, 알바로 이노호사, 오메로 아르세는 거나한 잔치로 이 성공적인 거래를 축하하려고 공증 사무소 바깥에서 기다리고 있었다. 우리는 당시 최고급 식당인 라바이아에서 값비싼 포도주, 담배, 술과 함께 식사를 했다. 식당에 가기 전에 구두를 거울처럼 광이 나게 닦았다. 그 거래로 횡재를 한 쪽은 식당, 구두닦이 네 명, 출판사 사장이었다. 시인에게까지 돌아오는 혜택은 없었다.

어떤 사업이든지 혜안이 있다고 자랑하고 다니던 사람은 알바로 이노호사였다. 우리는 알바로의 웅대한 사업 구상에 감동했다. 그 구상을 실행에 옮기기만 하면 돈벼락을 맞을 것이라고 생각했다. 참담한 보헤미안 생활을 하던 우리는 알바로의 탁월한 영어 실력, 고급 필터 담배, 다년간에 걸친 뉴욕 대학 생활로 미루어 볼 때 거창한 머릿속 사업이 실현 가능성이 있다고 믿었다.

어느 날, 알바로는 얘기 좀 하자며 나를 은밀히 불러냈다. 단시일 내에 부자가 될 수 있는 어마어마한 계획에 동업자로 참여하라는 것이었다. 돈이야 어떻게 마련하든 간에 몇 페소만 투자하면 50퍼센트의 지분을 주겠다는 조건이었다. 나머지는 모두 자기가 책임지겠다고 했다. 그날 우리는 하느님도 법도 무시하고 무엇이든지 제 맘대로 결정하는 자본가가 된 기분이었다.

"어떤 장사인데?" 나는 아무도 알아주지 않는 사업의 귀재에게 조심스럽게 물어보았다.

알바로는 지그시 눈을 감고 담배를 한 모금 깊숙이 빨아들여 동글동글한 구름 과자를 만들었다. 마침내 은밀한 목소리로 대답했다.

"가죽."

"가죽?" 나는 놀라서 되물었다.

"해표 가죽. 정확하게 말해서, 수염이 하나뿐인 해표 가죽."

더 이상 구체적인 내용을 물어볼 수가 없었다. 물개인지 해표인지, 아무튼 그런 동물에게 수염이 있는지 없는지도 잘 몰랐다. 칠레 남부 지방 해변에서 바위에 앉아 있는 해표를 보기는 했으나 내 눈에는 햇빛에 반짝이는 반들반들한 피부밖에 보이지 않았다. 늘어진 뱃가죽에 털이 나 있을 것이라고는 생각지도 못했다.

나는 서둘러 현금을 모았다. 방세도 내지 않고, 양복점과 구둣방

외상도 갚지 않았다. 이렇게 모은 사업 자금을 동업자 손에 쥐여 주었다.

우리는 가죽을 보러 갔다. 알바로가 여러 개의 무인도를 소유하고 있는 남부 지방 출신의 자기 숙모에게 구입한 가죽이었다. 해표는 황량한 바위섬에서 에로틱한 의식을 일삼았다. 그러던 것들이 못된 숙모가 고용한 사냥꾼들의 총을 맞고 노란 가죽으로 변해 내 눈앞에 있었다. 알바로는 고객의 눈을 현혹하기 위해 임대한 가게의 천장까지 가죽을 쌓아 놓았다.

"이 산더미 같은 가죽들을 다 어떻게 할 거야?" 나는 빙충맞게 물었다.

"살 사람은 많아. 두고 보면 알 거야."

우리는 가게에서 나왔다. 알바로는 헤어질 때도 사기가 충천해 있었지만 나는 아무 말 없이 고개를 숙이고 걸어갔다.

알바로는 '수염이 하나뿐인 해표 가죽'으로 만든 서류 가방을 들고 이곳저곳으로 뛰어다녔다. 사업가 티를 내려고 백지로 가득 채운 서류 가방이었다. 남은 자금은 모두 신문 광고에 쏟아부었다. 해표 가죽을 아는 재력 있는 사업가 한 사람만 광고를 봐도, 그날로 우리는 부자가 되는 것이었다. 멋 부리기 좋아하는 알바로는 영국산 양복지로 옷을 대여섯 벌 맞추겠다고 들떠 있었다. 알바로보다 훨씬 소박한 나는 하고 싶은 일이 많았지만 우선 쓸 만한 면도용 비누 솔부터 사고 싶었다. 지금 쓰고 있는 비누 솔은 털이 다 빠져 버려 바꿀 때가 한참 지났다.

드디어 구매자가 나타났다. 그는 키가 작고 다부진 체격의 가죽상이었다. 눈빛이 매서웠고 말도 아꼈다. 그리고 지나치게 솔직해서 무례하다 싶을 정도였다. 알바로는 관심 없는 척하며 사흘 후 1시쯤이면 물건을 보여 줄 수 있다고 말했다.

이 사흘 동안에 알바로는 최고급 영국 담배와 쿠바 시가 '로미오와 줄리엣'을 구입하여 가죽상이 나타날 시간이 되자 눈에 확 뜨이도록 양복 윗주머니에 꽂았다. 우리는 최상질 가죽만 골라 바닥에 진열해 놓았다.

가죽상은 약속 시간을 정확하게 지켰다. 모자도 벗지 않고 내키지 않는다는 듯이 겨우 우리에게 인사를 했다. 바닥에 진열한 가죽은 별게 아니라는 듯이 슬쩍 훑어보았다. 그러곤 날카로운 눈으로 가죽을 잔뜩 쌓아 놓은 진열장을 훑더니 막판에 뭉툭한 손가락으로 안쪽 구석 가장 위쪽에 쌓아 둔 가죽을 가리켰다. 내가 가장 질 나쁜 가죽을 처박아 놓은 곳이었다.

알바로는 위기의 순간을 넘겨 보려고 미리 준비한 아바나 시가를 가죽상에게 내밀었다. 이 장사치는 날쌔게 시가를 받아 들고 한쪽 끝을 물어뜯더니 질겅질겅 씹었다. 그러나 손가락은 여전히 구석을 가리키고 있었다.

보여 주는 수밖에 다른 방도가 없었다. 알바로는 사다리에 올라가서 사형 선고를 받은 죄수처럼 씩 웃으며 가죽 뭉치를 들고 내려왔다. 가죽상은 알바로가 건네준 시가를 피우며 그 뭉치를 한 장 한 장 자세히 살펴보았다.

가죽을 집어 들고 문질러 보고 접어 보고 침도 묻혀 보았다. 다른 가죽은 긁어 보고 비벼 보고 냄새도 맡고 떨어뜨려도 보았다. 이렇게 검사를 마치자 독수리 같은 눈으로 다시 한번 수염이 하나뿐인 해표 가죽 진열장을 빙 둘러보았다. 눈길이 멈춘 곳은 내 동업자이자 사업의 귀재 알바로의 이마였다. 그 순간은 감동적이었다.

그때 가죽상은 단호하고 메마른 목소리로 불후의 명문을(적어도 우리에게는 그랬다.) 남겼다. "이런 가죽하고는 결혼할 수 없소." 그리고 알바로가 건네준 귀한 시가를 입에 문 채 인사도 없이 나갔다. 백만장자가 되려는 우리의 꿈을 가차 없이 짓밟고 떠나 버렸다.

초기 시집

잔혹한 수줍음에 시달리던 나는 시에서 피난처를 찾았다. 산티아고에서는 새로운 문학 운동이 태동하고 있었다. 첫 시집은 마루리 거리 513번지에서 탈고했다. 매일 시를 두 편 이상 썼다. 오후에 해가 질 때면 우리 집 발코니에서는 무슨 일이 있어도 놓칠 수 없는 장관이 펼쳐졌다. 색깔과 빛이 중첩되어 주황색과 붉은색의 부채처럼 펼쳐지는 노을이었다. 이 시집 중간쯤에 '마루리의 황혼'이라는 소제목이 붙은 장(章)이 있다. 그런데 지금까지 마루리가 무슨 뜻이냐고 묻는 사람은 아무도 없었다. 아마도 극소수 사람들만이 장려한 노을이 찾아드는 허름한 거리라는 사실을 알았을 것이다.

이 첫 시집이 바로 1923년에 출판된 『황혼 일기』이다. 시집 발행 비용을 마련하느라 매일같이 단맛 쓴맛을 경험했다. 얼마 되지 않는 가구를 팔고 아버지가 엄숙한 표정으로 건네주신 시계, 손수 두 개의 작은 깃발을 엇갈리게 새겨 넣은 시계도 전당포에 맡겨야만 했다. 나중에는 검은색 시인 복장까지 전당포로 갔다. 인쇄소 사장은 피도 눈물도 없었다. 드디어 인쇄가 완료되고 표지 비용까지 지불했는데도 악랄한 표정으로 이렇게 말했다. "안 돼. 대금을 전부 결제하기 전에는 한 부도 가져갈 수 없어." 결국 비평가 알로네가 보태 준 돈까지 집어삼킨 다음에야 나는 책을 짊어지고 인쇄소를 나올 수가 있었다.

다 떨어진 신발을 신고 있었지만 뛸 듯이 기뻤다.

첫 시집! “작가의 작업은, 적어도 시인의 작업은, 신비하거나 비극적인 것이 아니라 개인적인 작업, 대중을 위한 작업이라고 나는 항상 생각해 왔다. 시와 가장 유사한 것은 빵이요 질그릇이요 서투른 솜씨로나마 정성껏 깎은 목각품이다.” 그러나 어떤 장인도 시인처럼 자신의 손으로 처음 창조한 대상에서 이러한 도취의 감정이나 아직도 꿈속을 헤매고 있는 것 같은 환희를 경험한 적은 단 한 번도 없을 것이다. 그러한 순간은 결코 두 번 다시 돌아오지 않을 것이다. 물론 판을 거듭할수록 더욱 완전하고 아름다운 책이 되고, 시인의 언어는 향기를 품고 노래하는 포도주처럼 다른 언어라는 술잔에 옮겨져 지구 곳곳을 누비겠지만 잉크가 채 마르지도 않은 빳빳한 새 책이 모습을 드러낸 저 순간, 날개를 활짝 펼치고 훨훨 날아가는 듯한 저 황홀한 도취의 순간, 높은 봉우리에 올라섰을 때 첫눈에 들어오는 꽃봉오리를 응시하는 그런 환희의 순간은 시인의 일생에서도 단 한 번밖에 없다.

첫 시집에 실린 작품 가운데 한 편이 저 미숙한 책을 박차고 나와 홀로 자신의 길을 가는 것 같다. 이 시가 바로 「작별」이다. 지금도 내가 가는 곳마다 사람들이 이 시를 외우고 있다. 전혀 뜻밖의 장소에서 이 시를 나에게 읊어 주기도 하고 낭송해 달라고 부탁하기도 한다. 어떤 모임에서는 참석하여 소개 인사가 끝나자마자 한 소녀가 인구에 회자되는 이 시를 소리 높이 낭송하는 바람에 무척이나 당황했다. 언젠가는 장관이 나를 만나자마자 거수경례를 붙이고 이 시의 첫 연을 읊어 몸 둘 바를 몰랐던 적도 있다.

수년 후, 스페인에서 가르시아 로르카를 만났는데 자기도 「바람난 여자」라는 시 때문에 나와 똑같은 일을 겪는다고 털어놓았다. 가르시아 로르카가 우정을 확인시켜 줄 수 있는 가장 확실한 방법은 사람들이 좋아하는 그 아름다운 시를 읊어 주는 것이었다. 우리 시인들은 작품 가운데 단 한 편만이 변함없는 사랑을 받는 것을 보면 알레르기가 돋는다. 이러한 알레르기는 생물학적으로 건강한 반응이다. 앞서 말한 독자들의 애착은 시인을 특정 순간에서 빠져나오지 못하게 만든다. 창작이란 부단한 연찬을 통해, 비록 참신성과 자발성은 떨어질지언정, 안정적으로 회전하는 바퀴와 같은 것이다.

이제 『황혼 일기』는 옛일이 되어 가고 있었다. 무서운 불안감이 내 시를 휘젓고 있었다. 남부 지방을 몇 번 여행하고서 활력을 되찾았다. 1923년 나는 흥미 있는 경험을 했다. 테무코에 있을 때인데 자정을 훨씬 넘은 시각에 귀가했다. 침대에 눕기 전에 창문을 열었다. 하늘을 보고 넋을 잃었다. 하늘을 뒤덮은 수많은 별들이 살아서 움직이고 있었다. 방금 전에 세수를 끝낸 듯한 밤, 남극의 별이 머리 위에서 펼쳐지고 있었다.

나는 별을 보고 도취됐다. 우주적, 천상적 도취였다. 그 즉시 책상으로 달려가 정신없이 써 내려갔다. 마치 누군가 불러 주는 말을 받아 적는 것 같았다. 이 작품이, 여러 제목을 거쳐 최종적으로 『열광적인 투척병(投擲兵)』으로 결정된 시집에 수록된 첫 시였다. 아무튼 나는 물 만난 물고기가 헤엄치듯 술술 시를 써 내려갔다.

다음 날 희열에 들떠서 그 시를 읽어 보았다. 나중에 산티아고에 갔을 때 마술사라는 별명을 가진 알리로 오야르순은 내 시를 읽고 연신 감탄했다. 그리고 진지한 표정으로 이렇게 물었다.

"카를로스 사바트 에르카스티의 영향을 받은 건 아니지? 그렇지?"

"그럼, 장담해. 단번에 써 내려간 시야."

그때 그 작품을 사바트 에르카스티에게 보여 주자는 생각이 들었다. 사바트 에르카스티는 위대한 우루과이 시인인데 지금까지도 정당한 평가를 받지 못하고 있다. 나는 이 시인의 작품에서 인간뿐만 아니라 자연과 그 신비한 힘까지 포괄하는 시를 쓰고 싶다는 내 야망이 실현되어 있음을 보았다. 우주의 위대한 신비와 인간의 가능성을 모두 아우르는 그런 서사시 말이다. 사바트 에르카스티와 서신을 교환했다. 한편으로 작품을 계속 다듬는 동시에 사바트 에르카스티가 무명의 젊은 시인에게 보내 준 편지를 주의 깊게 읽었다.

그날 저녁에 쓴 시를 몬테비데오에 사는 사바트 에르카스티에게 보내면서 내 작품이 그의 영향을 받았는지 물어보았다. 곧 고상한 답신을 받았다. "이렇게 훌륭하고 완성도가 높은 시는 좀처럼 보지 못했습니다. 그러나 분명하게 말하건대, 당신의 시에는 사바트 에르카스티의 시다운 데가 있습니다."

그 편지는 한밤중의 번갯불처럼 모든 것을 환하게 밝혀 주었다. 지금까지도 감사하게 생각한다. 그 편지를 몇 날 며칠이고 호주머니에 넣고 다녔다. 심하게 구겨졌다가 나중에는 아예 너덜너덜해졌다. 여러 가지로 혼란스러웠다. 특히 그날 밤의 열광도 불모의 꿈이었다는 사실을 좀처럼 쉽게 떨쳐 버릴 수가 없었다. 밤하늘의 별에 푹 빠져 버린 것도 저 남극 하늘의 폭풍을 내 감각으로 포착한 것도 다 공염불이 되어 버렸다. 실수를 한 것이다. 영감을 믿지 말아야 했다. 이성에 의지하여 한 걸음 한 걸음 좁은 길로 나아가야 했다. 겸손을 배워야 했다. 찢어 버린 원고도 많았고 다시 써야 하는 원고도 많았다. 이 원고는 10년 후에야 비로소 책으로 출판되었다.

사바트 에르카스티의 편지를 받고 장시를 쓰겠다는 야망을 접었다. 내가 제대로 천착할 수 없는 웅대한 시와는 담을 쌓았다. 의도적으로 문체와 표현을 낮추었다. 한결 소박한 표현과 내 고유의 조화로운 세계를 추구하면서 연애시를 쓰기 시작했다. 그 결과물이 『스무 편의 사랑의 시와 한 편의 절망의 노래』이다.

『스무 편의 사랑의 시와 한 편의 절망의 노래』는 목가적이고 또 고통스러운 시집이다. 이 시집에는 고뇌에 찬 청년 시절의 정열과 칠레 남부 지방의 거친 자연이 혼합되어 있다. 번뜩이는 우수에도 불구하고 실존의 기쁨이 드러나 있기 때문에 내가 아끼는 시집이기도 하다. 이 시집을 쓰는 데 많은 도움이 된 강과 강어귀가 있다. 바로 임페리알강이다. 『스무 편의 사랑의 시와 한 편의 절망의 노래』는 산티아고의 로맨스다. 학생들이 다니는 거리, 대학, 인동덩굴의 향기가 묻어 있다.

산티아고 부분은 에차우렌 거리와 에스파냐 거리 사이에서, 즉 낡은 사범대학 건물 안에서 썼지만 풍경은 항상 남부 지방의 물과 나무이다. 「절망의 노래」에 등장하는 부두는 카라우에와 바호임페리알의 낡은 부두로, 강물에 침식된 통나무와 부러진 널빤지를 볼 수 있었다. 강어귀에서는 예나 지금이나 갈매기의 날갯짓을 느낄 수 있다.

「절망의 노래」는 어느 난파선에서 떨어져 나온 좁고 긴 구명보트에서 『장 크리스토프』(프랑스 작가 로맹 롤랑의 소설)를 읽고 썼다. 머리 위로 펼쳐진 하늘은 두 번 다시 볼 수 없을 만큼 눈이 시리게 푸른색이었다. 뭍으로 올라온 구명보트에서 시를 쓴 것이다. 그 시절만큼 심오하고 고양된 느낌을 경험한 적이 없다. 저 위에는 침범할 수 없는 푸른 하늘이 있었고, 손에는 『장 크리스토프』와 방금 쓴 시가 들려 있었다. 내 곁에는 시에 나타난 그 모든 것들이, 이를테면 멀리서 들려오는 바닷소리, 새들 지저귀는 소리, 불멸의 가시나무처럼 끊임없이 타오르는 사랑의 불길이 존재하고 있었다.

『스무 편의 사랑의 시와 한 편의 절망의 노래』에 등장하는 여자가 누구냐고 묻는 사람들이 많은데 사실 대답하기 곤란한 질문이다. 이 우울하고 열정적인 시집에 등장하는 두세 명의 여자 이름을 편의상 마리솔과 마리솜브라라고 해 두자.• 마리솔은 무수한 별과 테무코의 젖은 하늘처럼 검은 눈을 지닌 매력적인 시골 처녀이다. 명랑하고 생기 넘치는 모습은 산 위로 떠오른 반달이나 항구의 물결과 함께 시집 전편에 걸쳐 나타난다. 마리솜브라는 산티아고 학생이다. 또한 회색 베레모이고 부드러운 눈길이며, 학창 시절의 연애 편력에 스며든 인동덩굴 향기이자, 도회지 은밀한 곳에서 열정적인 해후를 나눈 뒤에 찾아드는 육체의 평화이다.

한편 칠레는 변하고 있었다.

칠레 민중운동이 들끓어 올랐고, 학생들과 작가들에게 강력한 지지를 호소하였다. 다른 한편으로 프티부르주아의 위대한 지도자이자 역동적이고 선동적인 아르투로 알레산드리 팔마가 대통령에 선출되었다. 불길과도 같은 위협적인 연설로 온 나라를 뒤흔들지 않았다면 불가능한 일이었다. 그는 독특한 개성을 가진 인물이었음에도 권좌에 앉자마자 라틴아메리카의 전형적인 통치자로 변하고 말았다. 한때 투쟁 대상이던 과두 지배 계급은 입을 쩍 벌리고 혁명적인 연설을 꿀꺽 삼켜 버렸다. 온 나라가 심각한 갈등에 휩싸여 싸움

• 네루다가 만든 합성어로 마리솔의 문자적인 뜻은 '바다와 태양', 마리솜브라는 '바다와 어둠'이다.

그칠 날이 없었다.

이와 동시에 노동자계급의 지도자 루이스 에밀리오 레카바렌● 은 프롤레타리아트를 조직하고, 중앙 노동조합을 결성하고, 전국에 9, 10개의 노동자 신문을 창간하는 등 눈부신 활동을 펼치고 있었다. 대량 실업이 사회를 뿌리째 뒤흔들었다. 나는 매주《클라리다드》에 기고했다. 우리 학생들은 민중의 권익을 옹호하였다. 그리고 그 대가로 산티아고 거리에서 경찰에게 두들겨 맞았다. 수천 명의 초석 광산과 구리 광산 노동자들이 산티아고로 몰려왔다. 시위와 진압의 난무로 칠레 사회는 비극적인 상처를 안게 되었다.

그 시절부터, 간혹 공백도 있었지만, 정치는 내 시와 삶의 일부를 차지했다. 시를 쓸 때 젊은 시인의 가슴을 적시는 사랑, 삶, 기쁨, 슬픔을 외면할 수 없듯이 나는 길거리 일 또한 외면할 수 없었다.

● 레카바렌은 칠레 노동 운동 지도자이자 공산당 창설자로 20세기 칠레 정치와 사회에 지대한 영향을 미쳤다.

말

뭐든지 당신 뜻대로 하십시오. 그러나 노래하는 것은 말[言]입니다. 음정이 높아졌다 낮아졌다 하는 것도 말입니다. 나는 말 앞에서 고개를 숙입니다. 나는 말을 사랑하고 말에 집착하고 말을 추적하고 말을 물어뜯고 말을 용해시킵니다. 그토록 말을 사랑합니다. 예기치 못한 말을 사랑합니다. 풀썩 쓰러질 때까지 눈에 띄지 않는 곳에서 하염없이 기다리는 말을 사랑합니다. 사랑스러운 말은 색 돌처럼 빛납니다. 은빛 물고기처럼 뛰어오릅니다. 말은 거품이고 실이고 금속이고 이슬입니다. 나는 몇몇 말을 뒤쫓고 있습니다. 너무나 아름다워서 내 시에 모두 다 집어넣고 싶습니다. 나는 윙 하고 날아가는 말을 붙잡습니다. 말을 생포해서 잘 씻고 껍질을 벗겨 접시에 담아 내놓습니다. 내 느낌에, 이런 말은 수정 같고 공명판 같고 상아 같고 청초한 식물 같고 매끄러운 기름 같습니다. 과일처럼 해초처럼 마노(瑪瑙)처럼 올리브처럼 보입니다. 그런 말을 휘젓고 뒤흔들어 마십니다. 꿀꺽꿀꺽 삼킵니다. 말을 분쇄합니다. 말을 치장합니다. 말을 해방시킵니다. 말을 종유석처럼, 곱게 손질한 나뭇조각처럼, 석탄처럼, 파도에 밀려오는 난파선의 잔해처럼 시에 놓아둡니다. 모든 것이 말에 달렸습니다. 어떤 생각은 통째로 바뀌기도 합니다. 말이 자리를 옮겼기 때문이든지, 아니면 어떤 문장에 기대하지 않은 말이 느닷없이 끼어들더니만 이내 여왕 행세를 하면서 문장을 복종시켰기 때문입니다. 이런 말은 그림자, 투명함, 무게, 깃털, 머리카락 등 원래부터 지니고 있던 것과 강물에서 떠내려 오는 동안, 혹은 이 나라 저 나라로 돌아다니는 동안 들러붙은 것을 간직하고 있습니다. 아주 오래된 말도 있고 최신식 말도 있습니다. 숨겨 놓은 관(官)에 거처를 마련한 말도 있고 막 터지려는 꽃봉오리에 거처를 마련한 말도 있습니다. 우리말이 얼마나 훌륭한지 모릅니다. 흉포한 정복자들에게 물려받은 이 언어가 얼마나 훌륭한지 모릅니다. 정복자들은 세상에 다시없을 게걸스러운 식성으로 감자, 소시지, 콩, 담배, 금, 옥수수, 달걀 프라이를 찾아 험준한 산맥을, 거친 아메리카 대륙을 성큼성큼 돌아다녔습니다. 정복자들은 종교, 피라미드, 종족, 그리고 그들이 보따리에 담아 온 것과 다를 바 없는 우상을 모두 집어삼켰습니다. 가는 곳마다 땅을 갈아엎었습니다. 그러나 말은 이 야만적인 정복자들의 장화 밑바닥에 박혀 있던 조약돌처럼 수염에서, 투구에서, 편자에서 떨어졌습니다. 지금 그 빛나는 말이 여기 남아 반짝거리고 있습니다. 바로 우리의 언어입니다. 우리는 패자였습니다. 그리고 우리는 승자였습니다. 저들은 황금을 가져가기도 했지만 황금을 남기기도 했습니다. 모든 것을 다 가져갔지만 모든 것을 남겨 두고 갔습니다. 우리들에게 말을 남겨 놓은 것입니다.

3 세계의 길

발파라이소의 방랑자

발파라이소는 산티아고에서 아주 가까운 곳이다. 두 지역 사이에는 덤불만 무성한 산이 가로놓여 있는데, 정상에는 적의를 한껏 드러내며 꽃을 피우는 거대한 선인장들이 오벨리스크처럼 우뚝 솟아 있다. 그러나 발파라이소와 산티아고는 좀처럼 설명하기 어려운 차이점이 있다. 산티아고는 눈의 장벽에 갇힌 도시이다. 반면 발파라이소는 무한한 바다를 향해, 거리의 소음과 아이들의 눈동자를 향해 문을 열어 놓고 있다.

한참 앞뒤 없이 살던 그 시절, 우리는 항상 갑자기, 항상 새벽에, 항상 밤을 꼬박 새웠을 때, 항상 호주머니에 돈 한 푼 없을 때 삼등 열차에 몸을 실었다. 스무 살 남짓한 시인이자 화가인 우리들은 어떻게든 발산시키고 폭발시켜야 할 객기를 주체할 수가 없었다. 그런데 발파라이소라는 별은 매혹적인 손길로 우리를 부르고 있었다.

오랜 세월이 지난 뒤, 그때와 마찬가지로 설명할 수 없는 무언가가 나를 부른다는 느낌이 들었다. 마드리드에서 살 때였다. 맥줏집에 있을 때, 새벽에 극장 문을 나설 때, 아니면 그저 거리를 걷고 있을 때 문득 톨레도가 부르는 소리를 들었다. 유령처럼 소리 없는 목소리로, 침묵으로 나를 불렀다. 그러면 그 늦은 시간에도 젊은 시절의 내 친구들 못지않은 괴짜 친구들과 함께 고색창연한 톨레도를 향해 출발했다. 그러곤 타호 강변 모래밭이나 돌다리 밑에서 옷을 입은 채로 잠들었다.

무슨 까닭인지 잘 모르겠으나 그 느닷없는 발파라이소 여행 가운데서도 유독 기억나는 여행이 있다. 들판에서 자라는 야생초의 향기를 가득 머금은 채 머릿속에 각인된 여행이다.

우리는 발파라이소로 갔다. 삼등칸을 타고 프랑스로 떠나는 시인과 화가를 배웅하러 간 것이다. 그러나 주머니를 몽땅 털어도 허술한 호텔 방 하나 구할 수 없는 형편이었다. 하는 수 없이 우리와 같은 괴짜라서 좋아하던 친구 노보아를 찾아갔다. 그의 집을 찾는 게 그리 만만한 일은 아니었다. 어둠 속에서 우리를 인도하는 노보아의 실루엣을 쫓아 수많은 언덕을 오르내리며 꿋꿋하게 나아갔다.

무성한 턱수염과 두툼한 콧수염을 기른 노보아는 인상적인 사람이었다. 탈진한 우리가 정신없이 오르던 신비한 언덕에서 노보아의 검은 양복 자락이 날개처럼 펄럭거렸다. 노보아는 끊임없이 말했다. 우리 시인들은 노보아를 괴짜 성인으로 추존했다. 노보아는 골수 자연주의자였고 골수 채식주의자였다. 자기만이 알고 있는 자연 요법의 비결을 자랑삼아 늘어놓았다. 걷는 동안에도 끊임없이 설교를 했다. 제자처럼 뒤따라가는 우리들을 향해 큰 목소리로. 노보아의 거대한 몸집은 한적한 교외의 어둠 속에서 나타난 산크리스토발•처럼 앞으로 나아갔다.

마침내 집에 도착했다. 막상 들어가 보니 방 두 칸짜리 오두막이었다. 그중의 한 방에는 우리의 산크리스토발, 노보아의 침대가 놓여 있었다. 다른 방에는 커다란 고리버들 안락의자가 대부분의 공간을 차지했다. 등받이는 골풀로 엮은 로제톤 문양이었고, 팔걸이에는 기묘한 서랍이 달려 있었다. 빅토리아풍의 걸작품임에 틀림없었다. 이 거대한 의자가 그날 밤 내 잠자리였다. 친구들은 방바닥에 석간신문을 깔고 기사와 사설 위에 간신히 몸을 뉘었다.

숨소리와 코 고는 소리를 듣고 모두 잠들었다는 것을 알았다. 거대한 안락의자에 앉은 나는 피곤했는데도 쉽게 꿈나라로 가지 못했다. 고독한 언덕배기의 침묵이 들려왔다. 밤하늘을 가르는 개 짖는 소리와 항구에 드나드는 선박의 고동 소리가 발파라이소의 밤을 실감나게 해 주었다.

갑자기 이상하고 매혹적인 무언가가 몸속으로 스며드는 느낌이 들었다. 숲의 향기였다. 어릴 때는 늘 함께했으나 소란한 도시 생활을 하면서 잊어버린 풀잎 냄새, 초목 냄새였다. 나는 대지의 자장가에 파묻혀 아득한 꿈결을 헤매고 있었다. 그런데 저 대지의 야생적인 숨결, 저 순수한 향기는 도대체 어디에서 흘러나오는 것일까? 거대한 고리버들 의자 사이로 손을 넣어 보았다. 거기에는 무수히 많은 작은 서랍들이 있었다. 서랍 속에 손을 넣어 보았다. 말린 식물, 거칠고 둥근 나뭇가지, 창끝처럼 생긴 나뭇잎이 손끝에 잡혔다. 그것은

• 스페인어권에서 가장 대중적인 성자. 덥수룩한 구레나룻이 특징이며 운수업 종사자들이 특히 선호하는 수호 성자이다.

우리 채식주의 설교자의 건강 창고이자, 큼직한 손으로 약초를 채집하러 다니는 혈기 왕성하고 부지런한 산크리스토발의 생활 기록부였다. 의문이 해소되자 나는 약초 향기를 맡으며 편안하게 잠들었다.

1973년 8월 오늘, 이슬라네그라에서 그때를 기억해 보니 그 낯설고 향기롭던 밤을 함께한 모든 친구들은 비극적이거나 고요한 자신의 운명을 다하고 죽음을 맞이했다.

노보아는 이미 오래전에 사라졌다. 이튿날 파리로 떠난 친구들도 죽었다. 태평양에서 불어닥친 폭풍우는 그 당시 여행에서 나를 포근히 감싸며 잠재워 준 오두막과 의자를 쓸어 버렸다.

모든 게 사라졌다. 하지만 내 꿈속에 들어왔던, 그리고 어디서 왔는지 나만이 알고 있는 마른 야생초들의 향기는 아직도 내게 남아 가끔씩 나의 밤을 괴롭힌다.

나는 몇 주 동안 발파라이소의 좁은 골목에서 살았다. 소일로 에스코바르 집 맞은편이었다. 그 집 발코니와 내가 살던 집 발코니는 거의 붙어 있었다. 에스코바르는 아침 일찍 발코니로 나와 도인 같은 체조를 했는데 그때마다 하프처럼 앙상한 갈비뼈가 드러났다. 항상 낡은 작업복 아니면 다 해진 외투를 입고 다니던 에스코바르는 어찌 보면 선원 같고 어찌 보면 대천사 같았다. 오래전에 항해 업무, 세관 업무, 선원 업무에서 은퇴했으나 매일같이 솔로 나들이 양복을 정성 들여 손질했다. 검은 플란넬 천으로 지은 멋진 옷이었으나 벌써 몇 년째 몸에 걸치지 않았다. 항상 다른 귀중품과 함께 낡은 옷장에 보관해 두었다.

그러나 가장 애지중지 아끼는 보물은 스트라디바리 바이올린이었다. 일생 동안 소중하게 간직한 보물이었다. 자기도 이 악기를 연주하지 않았고, 다른 사람도 연주하지 못하게 했다. 에스코바르는 뉴욕에 가서 이 악기를 팔려고 생각했다. 거기서 그 유명한 악기를 팔면 한 재산 잡을 것이다. 간혹 낡은 옷장에서 그 악기를 꺼내 오면 우리는 숭앙하는 감정으로 쳐다보았다. 언젠가는 미국으로 날아갈 참이었다. 돌아올 때는 바이올린 대신에 호화찬란한 반지를 끼고, 오랫동안 빈자리로 남아 있던 치아에 금니를 해 넣을 것이었다.

어느 날 아침, 에스코바르는 발코니에 나타나지 않았다. 우리는 은자처럼 앙상한 조그만 몸에 처음으로 검은 양복을 입혀서 언덕 위 공동묘지에 안장했다. 스트라디바리는 이별을 슬퍼할 수도 없었다. 바이올린을 켤 줄 아는 사람이 아무도 없었다. 게다가 낡은 옷장을 열었을 때, 바이올린이 보이지 않았다. 바다로 날아갔는지 아니면 에스코바르의 꿈처럼 뉴욕으로 날아갔는지 모를 일이다.

발파라이소는 골목도 많고 모퉁이도 많고 숨겨진 것도 많은 곳이다. 산동네에서는 가난이 폭포수처럼 흘러내린다. 산동네 사람들이 무엇을 먹고 무엇을 입는지, 무엇을 못 먹고 무엇을 못 입는지 세상이 다 안다. 집집마다 내걸린 빨래와 끊임없이 늘어나는 맨발의 아이들은 벌집 같은 판자촌에서도 사랑은 식지 않았다는 증거이다.

그러나 바다 근처의 평지에는 발코니가 딸린 집이 많다. 창문을 닫아 놓은 품새가 아무나 발을 들여 놓으면 안 된다는 듯이 보인다. 내가 방문하려는 탐험가의 저택도 그곳에 있었다. 나는 커다란 구리 노커를 연신 두드렸다. 마침내 가벼운 발소리가 들렸다. 누군가 대문을 빠끔하게 열고 무슨 일이냐는 표정을 지었다. 믿을 수 없으니 들여보낼 수 없다는 눈치였다. 그 사람은 숄과 앞치마를 두르고 방금 전에 사각거리며 다가온 늙은 하녀였다.

탐험가 또한 아주 늙은 노인이었다. 탐험가와 늙은 하녀 단둘이서만 이 창문이 닫힌 넓은 집에 살고 있었다. 나는 탐험가의 수집품을 구경하러 간 것이다. 복도와 벽에는 선홍색의 조각품, 흰색과 회색 줄무늬 가면, 군데군데 수리한 해신상(海神像), 폴리네시아의 가발, 표범 가죽을 씌운 호전적인 방패, 맹수 이빨로 만든 목걸이, 잔잔한 바닷물을 가르던 노 등이 꽉 들어차 있었다. 어둠 속에서 시퍼렇게 번뜩이는 칼날 앞에서는 벽도 전율하는 듯했다.

남신 목각상은 어딘지 왜소해 보였다. 한결같이 수영복을 입혀 남근을 가려 놓았던 것이다. 하녀가 사용하던 숄과 앞치마로 만든 수영복이 틀림없었다. 그 정도는 척 보면 알 수 있다.

탐험가는 수집품 사이로 살금살금 돌아다녔고, 이 방 저 방 옮겨 가며 나에게 설명을 해 주었다. 단정적인 설명도 있었고 아이러니가 묻어나는 경우도 있었다. 경험이 많은 탐험가는 옛 추억을 곱씹으며 살아가고 있었다. 탐험가의 하얀 수염은 사모아섬의 신상 수염과 닮았다. 내게 적을 무찌르고 영양과 호랑이를 쓰러뜨린 장총과 권총을 보여 주었다. 중얼거리듯 일정한 톤으로 들려준 모험담은 굳게 닫힌 창문 사이로 들어온 한 줄기 햇살 같기도 하고 수집품 사이로 날아다니는 한 마리 나비 같기도 했다.

그 집을 나설 때 나는 곧 섬으로 떠날 계획이라고, 황금빛 모래를 밟는 게 내 소망이라고 말해 주었다. 그러자 탐험가는 사방을 둘러보더니 산발한 수염을 내 귀에 갖다 대고 떨리는 목소리로 비밀을 털어놓았다. "저 여자가 알면 안 되는 일이야. 절대 눈치채면 안 되는데, 나도 여행 떠날 준비를 하고 있다네."

탐험가는 손가락을 입술에 대고 밀림에서 호랑이 발소리를 들었을 때처럼 귀를 쫑긋 세웠다. 갑자기 대문이 닫혔다. 아프리카에 어둠이 내릴 때처럼.

주민들에게 물어보았다.

"요즘은 괴짜가 없습니까? 발파라이소에 왔으니 한번 만나 볼 만한 사람들 말입니다."

"글쎄요. 정 그렇다면 그 길로 쭉 따라 올라가세요. 바르톨로메를 만날 수 있을 거요."

"어떻게 알아보죠?"

"한눈에 알 수 있을 겁니다. 항상 큰 마차를 타고 다니거든요."

몇 시간 후, 과일 가게에 들러 사과를 사고 있을 때 마차 한 대가 문 앞에 섰다. 검은 옷에 촌스러운 키 큰 사람이 마차에서 내렸다.

그 사람도 사과를 사려고 왔다. 그 사람 어깨에 앉아 있던 초록색 앵무새가 갑자기 나를 향해 날아오더니 곧바로 내 머리 위에 앉았다.

"혹시 바르톨로메 씨 아닙니까?" 그 양반에게 물었다.

"그렇소, 내가 바르톨로메요." 그리고 망토에서 긴 검을 꺼내 나에게 건네주고, 자기는 광주리에 사과와 포도를 담았다. 길고 날카로운 옛날 검이었다. 손잡이에는 활짝 핀 장미꽃이 새겨져 있었다. 능숙한 은세공사의 솜씨였다.

그날 처음 만난 사람이고 앞으로 다시 만날 기회도 없는 사람이지만 나는 예의를 갖춰 길거리까지 따라 나가 공손히 마차 문을 열어주었다. 그리고 그 사람이 광주리를 들고 마차에 오를 때까지 기다렸다가 정중하게 앵무새와 칼을 넘겨주었다.

누구도 관심을 가지지 않는 발파라이소의 작은 세계들은 근원도 역사도 없다. 언젠가 창고 구석에 처박아 놓았는데 아무도 찾아가지 않는 상자처럼, 어디서 왔는지도 모르고 또 그곳 바깥으로 나가 본 적도 없는 그런 세계들이다. 어쩌면 이 비밀스러운 왕국에는, 이 발파라이소의 영혼 속에는 힘을 상실한 파도, 폭풍, 소금, 잔잔히 노래하는 바다가 들어 있는지도 모른다. 발파라이소의 작은 세계는 위협적이고 폐쇄적인 각자의 바다이고, 의사소통이 불가능한 소리이며, 꿈처럼 허무하게 사라져 버리는 고독한 몸짓이다.

나는 발파라이소 괴짜들의 삶에서 힘겨운 항구 생활과 아울러 어떤 통일성을 발견하고 깜짝 놀랐다. 저 위 산동네에서는 빈곤이 만발했다. 역청이 부글부글 끓어오르고 덩달아 기쁨도 부글부글 끓어오르는 동네였다. 해안을 뒤덮고 있는 기중기, 선창, 부두 노동은 덧없이 지나간 행복한 시절에 그려 놓은 마스카라 같았다. 그러나 어떤 사람들은 산동네로 올라오지도 않고 저 아래로 내려가 힘든 일을 하지도 않았다. 자신만의 무한한 세계, 자신만의 바다 한 조각을 상자 속에 간직하고 있었다.

그리고 망각이 안개처럼 밀려오고 있는데도 자신들의 고유한 무기로 이 세계를 수호했다.

발파라이소는 가끔 뒤흔들린다. 마치 상처 입은 고래가 뭍으로 올라와 발버둥치며 죽음을 맞이했다가 다시 살아나 꿈틀대는 것 같다.

이곳 사람들은 모두 지진을 기억하고 있다. 지진은 도시의 심장에 붙어 있는 공포의 꽃잎이다. 이 도시 사람들은 태어나기 전부터 이미 영웅이다. 항구의 기억 속에 천재지변, 흔들리는 땅의 전율, 땅속 깊은 곳에서 올라오는 포효 소리가, 마치 바다 밑 도시나 땅 밑 도시가 요란스럽게 경종을 울리며 인간에게 모든 것이 끝났다고 알려 주는 듯한 소리가 각인되어 있기 때문이다.

벽과 지붕이 무너지고 먼지와 화염이 치솟고 비명과 침묵이 감돌 때, 이제 모든 것이 죽어 버려 완전한 정적이 감돌 때, 마지막으로 달려드는 공포처럼 바다에서 거대한 파도가 나타난다. 거대한 푸른 손이 복수의 탑처럼 하늘 높이 솟구쳐 남아 있는 생명을 모두 휩쓸어 버린다.

처음에는 막연한 진동이 느껴진다. 그러면 자던 사람들은 벌떡 일어난다. 아직 잠이 덜 깬 사람들은 땅속 깊은 곳, 땅의 뿌리와 연락을 해 본다. 항상 언제쯤 지진이 닥쳐올지 알고 싶었는데 드디어 알게 된다. 이윽고 거대한 진동이 다가오면 피할 곳도 없다. 신들은 도망가 버렸고 허영의 성당은 이미 무너졌기 때문이다.

이러한 공포는 성난 황소가 달려들거나 칼로 위협받거나 물에 빠졌을 때 느끼는 그런 공포가 아니다. 우주적인 공포다. 한순간에 전 우주가 무너져서 산산조각 나는 그런 공포다. 그 사이에 땅은 그 누구도 알 수 없는 천둥 같은 소리를 내지른다.

가옥이 무너질 때 치솟았던 먼지가 조금씩 가라앉는다. 그러면 우리 곁에 남은 거라고는 시신뿐이다. 어떻게 살아가야 할지 앞이 막막해진다.

위를 쳐다봐도 아래를 내려다봐도 계단이 휘감겨 돌아간다. 계단은 머리카락처럼 가늘어지다가 층계참에서 조금 쉬는가 싶더니 다시 수직으로 휘감긴다. 현기증이 나도록 급경사를 이루다가 조금 완만

해지면 다시 내리막 계단이 나타난다. 계단은 결코 끝나지 않는다.

계단이 몇이나 될까? 층계는 몇이나 될까? 계단을 밟는 발은 얼마나 될까? 얼마나 긴 세월 동안 사람들은 책을 들고, 토마토를 들고, 생선을 들고, 빵을 들고 계단을 오르내렸을까? 저 계단이 닳아서 빗물이 졸졸 흘러내리는 배수 통로가 되기까지 얼마나 많은 시간이 흘렀을까?

계단!

어떤 도시도 발파라이소처럼 계단을 만들고, 부수고, 다시 만들지 않는다. 어떤 도시도 자기 얼굴에 이처럼 고랑을 파 놓지 않는다. 마치 하늘로 올라가거나 땅으로 내려가는 듯이 삶이 오가는 계단! 중간에 자주색 엉겅퀴 꽃이 피어 있는 계단! 아시아에서 돌아온 선원이 텅 빈 집이나 화목한 집으로 들어서는 계단! 술 취한 사람이 검은 유성처럼 떨어지는 계단! 태양이 언덕과 정사를 나누기 위해서 오르는 계단!

발파라이소의 계단을 전부 돌아다니면 세계를 한 바퀴 돈 셈이다.

안타까운 발파라이소여! 고독한 남태평양에서 이 무슨 일인가? 떠돌이 별인가, 아니면 재난 속에서 살아남은 개똥벌레 유충들의 싸움인가?

발파라이소의 밤! 거대한 우주의 조그만 행성에서 작은 점 하나가 빛났다. 반딧불이 깜빡거리더니 이내 산 너머로 황금 굴레가 타오르기 시작했다.

이윽고 황량한 밤이 끝없이 펼쳐지고 빛줄기가 수없이 불어났다. 멀리서 알데바란이 고동치고, 카시오페이아가 옷을 벗어 하늘의

문에 걸쳐 놓았다. 남십자성이라는 조용한 전차는 은하수라는 밤하늘의 정액 위에서 나뒹굴고 있었다.

그때 수염이 덥수룩한 사수자리에서 무언가가 떨어졌다. 잃어버린 두 다리를 대신해 박아 놓은 다이아몬드일까?• 아니면 예전에 살을 뜯어 먹던 벼룩일까?

불을 밝힌 발파라이소, 요란한 발파라이소, 물거품과 환락의 발파라이소가 태어났다.

어두운 골목은 밤의 요정들로 가득 찼다. 어둠에 휩싸인 문에서 손이 불쑥 튀어나오고, 뱃사람은 길을 잘못 들어 침대로 갔다. 술집에 둥지를 튼 폴리얀타, 트리테통가, 카르멜라, 플로르 데 디오스, 물티쿨라, 베레니세, 베이비 스위트는 광란의 조난자들을 보살펴 주었다. 이 여자들은 끊임없이 새 얼굴로 대체되었고 칠레인 특유의 끈끈한 우수에 젖어 시들하게 춤을 추었다.

예전에 가장 튼튼한 범선은 고래를 잡으려고 출항했다. 어떤 선박은 캘리포니아의 황금을 찾아 나섰다. 최근에는 세계에서 가장 건조한 땅 속에 마치 부서진 동상의 잔해처럼 매장된 초석을 싣고 오대양을 누볐다. 모두 위대한 항해였다.

발파라이소는 세계사의 어둠 속에서 반짝거렸다. 갖가지 선박이, 비둘기처럼 치장한 범선, 향료를 실은 선박, 케이프 혼에서 예상보다 지체했기 때문에 굶주림에 지친 군함이 세계 각지에서 들어왔다가 다시 세계 각지를 향해 출항했다. 방금 하선한 사람들은 풀밭 위에서도 비틀거렸다. 태평양과 대서양이 파나마에서 직접 만나지 못하고 저 아래 파타고니아 지방의 해협에서 어우러지던 그 힘들고

• 사수자리의 주인공 켄타우로스는 헤라클레스의 독화살을 밟아 양다리를 잃었다.

환상적인 시절, 발파라이소는 이곳을 사랑하는 사람이나 침을 뱉는 사람 모두에게 돈벌이가 되는 항구였다.

어떤 배는 그랜드피아노를 싣고 왔고, 어떤 배는 고갱의 할머니 플로라 트리스탄을 태우고 떠났다. 또 웨이거호는 후안페르난데스 섬에서 구조한 원조 로빈슨 크루소를 태우고 들어왔다. 다른 선박은 파인애플, 커피, 수마트라 후추, 과야킬 바나나, 재스민 향을 가미한 아삼 차, 스페인 아니스를 싣고 입항했다. 그 옛날 켄타우로스의 녹슨 편자 모양을 한 발파라이소는 이따금 몰려오는 향기로 진동했다. 어떤 거리에 들어서면 계피향이 달려들었고 어떤 거리에 들어서면 치리모야 향기가 화살처럼 날아왔고 어떤 골목길에서는 칠레 전역에서 몰려온 해초 부스러기가 흩날렸다.

그때 발파라이소가 밝아 왔다. 처음에는 짙은 황금빛이더니, 이내 바닷가 오렌지나무로 변하고, 잎이 무성해지고, 그늘을 드리우고, 눈부신 열매를 주렁주렁 맺었다.

발파라이소의 수많은 언덕은 사람들과 집들을 정상에서 밀어내기로 작정한 듯했다. 이는 붉은 황토와 노란 금영화와 우거진 덤불 때문에 사람들이 범접하기 힘든 벼랑에다 집을 지으라는 말이었다. 집이며 사람들은 그 높은 곳에 매달려 말뚝을 박고 둥지를 틀었다. 수직 벼랑에도 아랑곳하지 않고 이빨과 손톱으로 악착같이 매달렸다. 발파라이소 항구는 안데스산맥에서 빠져나온 지맥과 바다 사이의 투쟁이다. 그러나 이 싸움의 승리자는 인간이었다. 풍요로운 바다와 언덕이 만나 도시가 형성되었으며, 이런 도시 특유의 통일성도 형성되었다. 군대 막사와 같은 통일성이 아니라 약동하는 봄철의 다채로운 색깔과 시끄러운 소리로 이루어진 통일성이다. 집은 갖가지 색깔이 되었다. 보라색과 노란색, 심홍색과 코발트색, 초록색과 자주색으로 어우러졌다. 이리하여 발파라이소는 진정한 항구가 되고, 육지에 좌초했으나 멀쩡한 모습의 선박이 되고, 바람에 깃발을 펄럭이는 배가 되었다. 이 깃발의 도시에 대양의 바람이 찾아드는 것은 당연한 일이었다.

나는 이 상처 난 언덕에서, 이 향기로운 언덕에서 살았다. 트럼펫처럼 이리 휘고 저리 구부러진 길을 따라 아기자기한 삶이 고동치는 언덕이었다. 길에 나서면 주황색 회전목마, 계단을 내려가는 신부, 수박을 먹고 있는 맨발의 소녀, 떼로 몰려다니는 선원들과 여자들, 녹슨 양철 지붕의 간이 판매대, 조련사의 콧수염도 들어갈 것 같지 않은 미니 서커스 천막, 하늘 높이 치솟은 계단, 양파 바구니를 끌어올리는 도르래, 식수를 운반하는 당나귀 일곱 마리, 화재 현장에서 돌아오는 소방차, 독약과 양약이 나란히 놓여 있는 진열장이 기다리고 있었다.

그러나 이곳 언덕의 이름은 모두 깊은 뜻을 담고 있다. 이런 언덕들만 둘러본다 해도 끝없는 여행이 된다. 발파라이소 여행은 땅이나 말에서 끝나는 것이 아니기 때문이다. 그렇지만 언덕 이름이라도 열거해 보자. 기쁨 언덕, 나비 언덕, 폴란드 언덕, 병원 언덕, 탁자 언덕, 모퉁이 언덕, 로베리아꽃 언덕, 삭구(索具) 언덕, 도공 언덕, 땅딸이 언덕, 일엽초 언덕, 리트레 언덕, 풍차 언덕, 아몬드밭 언덕, 솔개 언덕, 참새 언덕, 아세베도 언덕, 잡초 언덕, 요새 언덕, 여우 언덕, 도냐 엘비라 언덕, 산에스테반 언덕, 아스토르가 언덕, 에메랄드 언덕, 아몬드나무 언덕, 로드리게스 언덕, 포병 언덕, 우유 배달부 언덕, 수태고지 언덕, 공동묘지 언덕, 선인장 언덕, 거목(巨木) 언덕, 영국 병원 언덕, 야자수 언덕, 빅토리아 여왕 언덕, 카르바요 언덕, 성 요한 언덕, 포쿠로 언덕, 만(灣) 언덕, 염소고기 언덕, 비스카야 언덕, 돈엘리아스 언덕, 곶 언덕, 사탕수수 언덕, 망루 언덕, 파라시아 언덕, 마르멜로 언덕, 황소 언덕, 플로리다 언덕.

나는 이처럼 많은 곳을 모두 돌아볼 수 없었다. 혹시 발이 여덟 개 달린 바다 괴물이라면 가능할지도 모르겠다. 발파라이소가 얼마나 광대한지에 대해 이야기할 수는 있지만 오른쪽의 아름답고 다채로운 색깔과 왼쪽에서 싹트는 불길한 맹아, 산꼭대기와 심연을 한꺼번에 다 보여 줄 수는 없다.

나는 다만 종소리와 굽이치는 기복과 이름을 따라갈 뿐이다. 특히 이름을 따라간다. 이름에는 큰 뿌리와 잔뿌리가 있고, 공기와 기름기가 있고, 역사와 오페라가 있으며, 그 음절에는 피가 흐르기 때문이다.

구멍에 파견된 칠레 영사

나는 대학생 백일장 대회 1등상을 수상하고, 인기 있는 시집을 발간하고, 저 유명한 망토를 걸치고 다녔기 때문에 문단 안팎으로 약간 존경을 받았다. 그러나 1920년대 칠레의 문화계는 몇몇 용기 있는 사람들을 제외하고는 전적으로 유럽에 의존하고 있었다. 코즈모폴리터니즘에 젖어든 엘리트들이 아메리카 대륙 각국에서 활개를 쳤고, 과두 지배 계급 출신의 작가들은 파리에 거주하고 있었다. 위대한 시인 비센테 우이도브로•는 프랑스어로 작품을 썼을 뿐만 아니라

• 비센테 우이도브로(1893~1948): 칠레의 시인으로 창조주의라는 아방가르드 운동을 전개했다. 이 책 후반부에서도 자세하게 기술하고 있듯이 네루다와는 사적으로 매우 불편한 관계였다.

이름도 뱅상이라고 프랑스식으로 바꾸었다.

사실, 나도 젊은 시인으로서 명성을 좀 얻게 되자 거리에서 만나는 사람마다 이렇게 물었다.

“아니, 지금 여기서 뭐 하십니까? 파리로 가야지요.”

한 친구가 외무부의 고위 관리에게 나를 추천했다. 관리는 즉시 만나자고 했다. 이미 내 시를 읽은 사람이었다.

“당신이 뭘 원하는지 알고 있습니다. 거기 편안한 의자에 앉으세요. 여기서는 광장이 한눈에 보입니다. 지금 광장에서 축제가 벌어지고 있군요. 저 차들 좀 보십시오. 다 허세입니다. 당신처럼 젊다는 게 한밑천이죠. 저 궁전이 보입니까? 예전에는 우리 집안 소유였습니다. 보시다시피 관료제에 둘러싸여 너저분하게 삽니다. 중요한 것은 정신인데 말입니다. 차이콥스키 좋아하세요?”

한 시간 남짓 문학 이야기를 나눈 후 고위 관리는 악수를 청하며 자신이 영사 업무 책임자이므로 내게 걱정하지 말라고 했다.

“이미 영사에 임명되었다고 생각하십시오.”

2년 동안 주기적으로 고위 관리의 사무실을 찾아갔는데, 그 사람의 아첨은 갈수록 늘어 갔다. 내가 사무실에 나타나는 순간 그는 사무적인 목소리로 비서를 불러 눈썹을 치켜세우며 이렇게 일렀다.

“아무도 만나지 않을 테니 자리에 없다고 해. 이 순간부터 딱딱한 산문(散文)은 잊고 싶으니까. 우리 부서에서 정신적인 일이란 이 시인의 방문뿐이야. 자주 들러 주셔야 하는데…….”

나는 그가 진심으로 그렇게 말했을 거라고 믿는다. 그 말이 떨어지기 무섭게 그는 혈통견 얘기를 쉬지 않고 늘어놓았다.

“개를 사랑하지 않는 사람은 어린이를 사랑하지 않는 사람입니다.”

그는 화제를 영국 소설로 바꾸었다가 다시 인류학과 심령술로 옮겨 갔다. 마지막에는 문장(紋章)과 계보학의 문제까지 들먹거렸다. 내가 작별 인사를 할 때면 그는, 마치 그것이 우리 두 사람만의 비밀이라도 되는 양, 영사직은 확실하다고 다시 한번 강조했다. 그날 밤, 나는 밥 사 먹을 돈도 없었지만 외교관이 된 듯한 기분으로 사무실을 나왔다. 친구들이 나에게 무슨 일을 하고 다니느냐고 물어보면 목에 힘을 주고 대답했다.

"음, 유럽 여행 준비를 하고 있지."

어느 날 비안치를 만날 때까지 그렇게 살았다. 칠레에서 비안치 집안은 명문가다. 화가, 대중음악가, 법관, 작가, 탐험가, 산악인을 배출했기 때문에 비안치 가문 사람들은 끊임없이 뭔가를 추구하고 또 날카로운 지성을 가진 사람들이라는 인상을 심어 줬다. 대사로 근무한 적이 있으며 외무부 내부 사정을 잘 알고 있는 비안치가 물었다.

"아직 임명장이 나오지 않았단 말이지?"

"곧 나올 겁니다. 예술을 사랑하는 외무부 고위 관리가 틀림없다고 말했거든요."

비안치는 씩 웃었다.

"장관을 만나러 가세."

비안치는 내 소매를 잡아끌고 대리석 계단을 올라갔다. 경비원들과 직원들이 서둘러 길을 비켜 주었다. 나는 너무 놀란 나머지 말이 나오지 않았다. 난생처음으로 외무부 장관을 만난 것이다. 장관은 키가 아주 작은 사람이었는데 어떻게든 이를 감춰 보려고 책상에 걸터앉았다. 비안치는 내가 얼마나 칠레를 떠나고 싶어 하는지 장관에게 설명했다. 장관이 초인종을 누르자 순식간에 그 고위 관리가 나타났다. 나는 어안이 벙벙해졌다.

"지금 공석이 어디지?" 하고 장관이 물었다.

그 멋쟁이 고위 관리는 이제 차이콥스키 이야기는 꺼낼 엄두도 못 내고 전 세계의 여러 도시를 줄줄 외웠는데, 내가 그때까지 듣도 보도 못한 이름이 귀에 들어왔다. 랑군.•

"자, 어디로 가고 싶습니까?" 하고 장관이 물었다.

"랑군입니다." 나는 주저하지 않고 대답했다.

"임명하시오." 이렇게 장관이 명령하자 고위 관리는 곧바로 장관실에서 나가더니 임명장을 들고 들어왔다.

장관실에는 지구의가 있었다. 비안치와 나는 랑군이라는 생소한 도시를 찾느라 정신이 없었다. 지구의가 오래된 것이라 아시아 쪽이 움푹 들어가 있었는데 우리가 찾던 랑군은 바로 그곳에 있었다.

"랑군, 여기가 랑군이야."

그러나 몇 시간 후 친구 시인들이 영사 임명을 축하해 주겠다고 했을 때, 나는 그 도시의 이름을 까맣게 잊어버렸다. 기쁨에 들뜬 나는 전설적인 동양의 영사로 임명되었으며, 내가 부임할 곳은 지구의 구멍 속에 있는 도시라고 설명할 수밖에 없었다.

몽파르나스

1927년 6월 어느 날, 알바로 이노호사와 나는 동양으로 출발했다. 우리는 부에노스아이레스에서 내 일등석 표를 삼등석 표 두 장으로 바꾸어 바덴호에 승선했다. 이 독일 여객선은 오직 한 등급만 있

• 1989년 버마는 국명을 미얀마로 바꾸고, 수도 명칭도 랑군에서 양곤으로 개칭했다. 2005년에는 수도를 내륙 지방 핀마나로 이전하였다.

다고 하는데, 이 한 등급이라는 건 5등급인 게 틀림없었다. 식사 시간에는 두 차례로 나누어 배식했다. 먼저 포르투갈과 스페인 승객들에게 신속하게 배식하고 그다음 나머지 승객들, 특히 라틴아메리카 광산이나 공장에서 귀국하는 독일인들에게 배식했다. 나와 함께 여행하던 알바로는 곧바로 여자 승객의 등급을 매겼다. 못 말리는 바람둥이 알바로는 여자를 두 부류로 분류했다. 한 부류는 남자에게 달려드는 여자이고 나머지 한 부류는 채찍에 복종하는 여자였다. 이런 공식이 항상 들어맞는 것은 아니었다. 알바로는 여자들의 사랑을 독차지하는 갖가지 비법에 도통해 있었다. 눈길을 끌 만한 여자 승객 두 명이 갑판에 나타나기만 하면 재빨리 내 손을 붙들고 손금을 보는 척하며 갖가지 신비스러운 표정과 몸짓을 보였다. 이런 광경을 목격한 여자들은 우리를 다시 만나면 손금을 봐 달라고 부탁했다. 알바로는 대번에 그 여자들의 손을 잡고 지나치다 싶을 정도로 어루만졌다. 손금으로 본 여자들의 운명은 항상 우리 선실을 방문하는 것이었다.

그러나 그 여행은 이내 엉뚱한 방향으로 나아갔다. 승객들은 어제도 오늘도 계속 감자만 나온다고 큰 소리로 항의했지만 나는 관심이 없었다. 주변 사람들도 지루한 대서양도 더 이상 쳐다보지 않았다. 오로지 브라질 처녀, 리우데자네이루에서 부모와 두 명의 남동생과 함께 승선한 전형적인 브라질 처녀의 크고 검은 두 눈만 하염없이 바라보았다.

리스본에 도착했을 때 나는 깜짝 놀랐다. 살라자르•가 실각한 리

• 안토니오 데 올리베이라 살라자르(1889~1970): 1926년 카르모나의 군사 쿠데타 정권에서 잠시 재무장관으로 일했으며, 1932년 수상으로 입각한 이후에는 가톨릭 정신에 입각한 일

스본 거리는 어디를 가나 어부들로 만원이었고 활기가 넘쳐났다. 우리가 묵은 작은 호텔의 음식은 맛깔스러웠다. 식탁에는 과일이 가득 담긴 커다란 쟁반이 놓여 있었다. 다채로운 색깔의 가옥, 아치 문이 달린 옛 궁전, 이미 몇 세기 전에 하느님이 다른 곳으로 떠나 버렸을 것만 같은 으스스한 성당이 즐비했다. 옛 궁전에는 카지노가 들어서고, 거리의 사람들은 어린애와 같은 호기심에 가득 차 있었다. 실성한 브라간사 공작 부인은 포도(鋪道) 위를 근엄하게 걸어가고 있었고 그 뒤를 장난꾸러기 아이들이 떼 지어 따라다녔다. 이것이 나를 맞이한 유럽이었다.

다음으로 발길이 닿은 곳은 마드리드. 사람들로 붐비는 카페가 즐비했다. 당시 스페인은 프리모 데 리베라•에게 독재 정치의 첫 수업을 받았고 나중에는 독재 정치라는 과목에 통달하게 되었다. 스페인 사람들이 내 시집 『지상의 거처』 첫 부분에 실린 시를 이해하기까지는 무척 오랜 시간이 걸렸다. 후일 라파엘 알베르티, 페데리코 가르시아 로르카, 비센테 알레익산드레, 헤라르도 디에고 같은 시인들이 출현한 다음에야 비로소 이해하게 되었다.•• 아무튼 나에게 스페인은 파리로 가는 지루한 기차 여행과 세계에서 가장 불편한 삼등칸

당 독재 정권을 수립, 1968년까지 실권을 장악하였다.

• 미겔 프리모 데 리베라(1870~1930): 1923년 군사 쿠데타로 집권하여 1930년까지 통치한 스페인 독재자. 아들 호세 안토니오 프리모 데 리베라는 1933년 스페인 팔랑헤 당을 창설했다.

•• 이 책에서 네루다가 동료 세대의 스페인 시인으로 자주 언급하는 페데리코 가르시아 로르카, 미겔 에르난데스, 라파엘 알베르티, 페드로 살리나스, 호르헤 기옌, 헤라르도 디에고, 다마소 알론소, 비센테 알레익산드레, 루이스 세르누다를 일컬어 '27년 세대'라고 부른다. 이들이 1927년 스페인 바로크 시인 케베도 서거 300주년 기념식에 모였기 때문에 이러한 명칭이 붙었는데, 실질적으로는 후안 라몬 히메네스의 순수시와 초현실주의에 깊은 영향을 받아 시적 이미지를 통해 미를 창조하려고 노력했다.

으로 기억에 남았다.

우리는 몽파르나스에서 우글거리는 인파 사이로 스며들었다. 아르헨티나 사람들, 브라질 사람들 그리고 칠레 사람들도 많았다. 그러나 고메스 정권• 아래서 숨죽이고 살던 베네수엘라 사람들은 아직 파리에 올 꿈도 못 꾸고 있었다. 우리는 그곳에서 긴 옷을 걸친 인도 사람들을 처음 보았다. 옆 식탁에 앉은 여자는 작은 뱀을 목에 감고 느긋하게 크림 커피를 마시고 있었다. 우리 남아메리카 출신들은 코냑을 마시고 탱고를 추며, 어디선가 싸움이라도 일어나면 본때를 보여 주겠다고 벼르고 있었다.

남아메리카의 촌동네 출신의 보헤미안들이 알고 있는 파리, 프랑스, 유럽이란 몽파르나스, 라 로통드, 르 돔, 라 쿠폴을 잇는 200미터 남짓한 거리와 서너 곳의 카페가 전부였다. 흑인 가수와 악사들이 노래하는 나이트클럽이 갓 유행하기 시작했다. 남아메리카 출신 가운데는 아르헨티나인들이 수도 가장 많았고 싸움도 자주 했으며 돈도 제일 많았다. 난장판이 벌어질 때마다 웨이터 네 명이 아르헨티나 사람을 붙잡고 탁자 너머 길바닥으로 집어던졌다. 부에노스아이레스에서 온 우리 이웃들은 바지가 구겨지고 또 무엇보다도 헤어스타일을 망쳐 놓은 이러한 거친 환대를 가만히 앉아서 당하지만은 않았다. 당시 포마드는 아르헨티나 문화에서 빼놓을 수 없는 필수품이었다.

사실 파리에서 며칠 체류하는 동안, 눈 깜짝할 사이에 시간이 지

• 후안 빈센트 고메스(1857~1935): 1908년부터 1935년 사망할 때까지 군부의 힘을 빌려 베네수엘라를 철권통치한 대통령.

나가 버렸지만, 아프리카나 오세아니아에서 온 사람들은 물론이고 단 한 명의 프랑스인, 단 한 명의 유럽인, 단 한 명의 아시아인도 만나지 못했다. 멕시코에서 파타고니아 지방에 이르기까지 스페인어를 사용하는 라틴아메리카 출신들은 무리 지어 다니며 저 잘났다고 서로 헐뜯는 게 일이었지만, 그렇다고 다른 사람 없이 혼자서 잘사는 것도 아니었다. 어떤 과테말라 사람은 파스퇴르 이론보다는 파라과이 출신의 부랑자와 즐거운 시간을 보내고 싶어 했다.

파리에서 며칠 지내던 이때, 페루 출신의 위대한 촐로• 세사르 바예호••를 만났다. 바예호의 시는 난해하고 야생동물 가죽처럼 우둘투둘하지만 초인간적인 차원을 담아 내고 있어서 웅장한 멋이 있다.

우리는 처음 만난 자리에서 약간 어색한 장면을 연출했다. 카페라 로통드에서 있었던 일이다. 서로 초대면 인사를 나눈 후 바예호는 세련된 페루 억양으로 인사를 건넸다.

"당신은 우리 라틴아메리카 시인들 중에서 가장 위대한 시인입니다. 루벤 다리오만이 당신과 견줄 수 있을 뿐이오."

나는 이렇게 대답했다.

"바예호, 우리가 친구로 지내길 바란다면 다시는 그런 말 하지 마십시오. 만일 우리가 상대방을 작가로 취급하기 시작하면 나중에 어떤 사이가 될지 알 수 없어요."

바예호는 내 말에 당황한 것 같았다. 나는 문학을 혐오하는 가정 환경에서 성장한 탓에 예의가 없었다. 반면에 바예호는 식민 시대 부

• 안데스 지역에서 사용하는 용어로 원주민과 백인의 혼혈인을 가리킨다. '메스티소'와 유사한 의미다.

•• 세사르 바예호(1892~1938): 페루 출신의 시인. 1923년부터 생을 마칠 때까지 파리에 거주했다. 평생 가난과 불운에 시달린 바예호는 언어적 실험과 우울한 비전을 담은 작품을 통해서 중남미 시단에 커다란 영향을 주었다.

왕청(副王廳)까지 거슬러 올라가는, 우리 집안보다 훨씬 유서 깊은 가문 출신이었다. 기분이 상한 바예호를 보고 내가 버릇없는 시골뜨기처럼 행동했다는 걸 깨달았다.

그러나 그 일은 바람결에 흩어져 버린 작은 구름 같았다. 그때부터 바예호와 나는 진정한 친구가 되었다. 수년 후, 내가 파리에 오래 머물게 되었을 때 매일같이 바예호를 만나면서 나는 그에 대해 좀 더 깊이 알게 되었다.

바예호는 나보다 키가 더 작고 날씬했다. 뼈마디는 훨씬 굵었다. 짙은 검은색 눈동자와 훤칠한 이마는 나보다 훨씬 원주민에 가까운 얼굴이었다. 아름다운 잉카인의 얼굴에 감출 수 없는 위엄이 서려 있어서 조금은 서글퍼 보였다. 모든 시인들이 그렇듯이 바예호 또한 자부심이 강해서 잉카인다운 외모를 자랑하길 좋아했다. 바예호는 내가 자세히 볼 수 있게 고개를 쳐들고 이렇게 말했다.

"정말 뭔가 있지, 맞지?" 이렇게 말한 다음에는 씁쓸하게 웃었다.

바예호의 자부심은 우이도브로가 종종 드러내는 자부심과는 전혀 다른 것이었다. 우이도브로는 여러 면에서 바예호와 정반대였다. 우이도브로는 이마에 머리카락 몇 가닥을 흘러내리게 하고 조끼에 손을 찔러 넣은 채로 가슴을 내밀며 물었다.

"어때, 나폴레옹 보나파르트 같지?"

바예호는 겉으로 보기에는 매우 음울한 사람이었다. 마치 오랫동안 어둠 속에서 지낸 사람 같았다. 천성적으로 근엄했으며, 경직된 표정은 가면 같고, 성직자 같았다. 그러나 속마음은 전혀 달랐다. 나는 그런 모습을 여러 번 보았다.(특히 우리 덕분에 프랑스인 부인의 손아귀에서 벗어났을 때 그랬다. 부인은 관리인의 딸로, 모든 것을 쥐고 흔드는 독선적인 성격이었다.) 마치 소년처럼 즐거워 깡충깡충

뛰는 모습을 볼 수 있었다. 그러나 조금 후에는 다시 근엄한 표정과 복종적인 자세로 돌아갔다.

파리의 어둠 속에서 뜻하지 않은 후원자가 출현했다. 우리는 항상 열망했지만 실제로 그런 후원자를 만나 본 적은 단 한 번도 없었다. 그 후원자란 알프레도 콘돈이라는 칠레 작가로, 라파엘 알베르티의 친구이고, 프랑스인의 친구이고, 세상 사람 절반이 친구였다. 무엇보다 중요한 사실은 칠레에서 가장 큰 선박 회사의 아들이었다는 점이다. 씀씀이가 크기로 유명했다.

갑자기 하늘에서 내려온 이 후원자가 한턱 내겠다면서 우리들을 백계 러시아인이 운영하는 나이트클럽으로 데려갔다. 상호는 '코카서스의 포도주 창고'였다. 나이트클럽 벽은 온통 코카서스 전통 의상과 풍경으로 장식되어 있었다. 우리는 곧 코카서스 지방의 농부 옷을 입은 러시아 여자들, 다시 말해서 가짜 러시아 여자들에게 둘러싸였다.

우리의 후원자는 러시아 데카당파의 마지막 후예 같았다. 연약하게 생긴 금발의 구세주는 계속해서 샴페인을 주문했고, 평생 본 적도 없는 카자흐인 춤을 흉내 내며 미친 듯이 뛰었다.

"여기 샴페인, 샴페인 더 가져와!"

그러더니 창백한 얼굴의 백만장자 후원자가 갑자기 바닥에 쓰러졌다. 마치 곰의 일격에 시체가 되어 버린 카자흐인처럼 정신을 잃고 탁자 밑에 뻗어 버린 것이다.

모두들 겁에 질렸다. 우리의 구세주는 얼음찜질을 하고 코 밑에 암모니아수를 들이대도 꼼짝하지 않았다. 당황해서 우왕좌왕하는 우리 모습을 본 무용수들은 한 사람만 남고는 모두 사라져 버렸다. 후원자의 호주머니에서 두툼한 수표책을 찾아냈지만 주인이 송장이 되어 버린 상황에서는 아무런 쓸모가 없었다.

나이트클럽 지배인은 당장 계산을 하라며 우리가 도망칠까 봐 출입문을 잠가 버렸다. 다른 방도가 없었다. 아직 손때도 묻지 않은 내 외교관 여권을 맡기고서야 카자흐 소굴에서 벗어날 수 있었다.

우리는 백만장자를 들쳐 업고 나왔다. 실신한 사람을 택시에 태우고 고급 호텔 앞에서 다시 끌어내리는 일은 무척 힘들었다. 호텔에서는 빨간 제복을 입은 거구의 안내인들에게 우리의 후원자를 맡겼다. 안내인들은 마치 함대 갑판에서 쓰러진 제독이라도 되는 것처럼 그를 호텔 안으로 정중하게 모시고 들어갔다.

나이트클럽에서 만난 여자가 택시 안에서 우리를 기다리고 있었다. 곤경에 빠진 우리를 끝까지 저버리지 않은 여자였다. 알바로와 나는 그녀에게 새벽이 되었으니 레알에서 양파 수프나 먹자고 권했다. 그러고는 시장에서 그녀에게 꽃을 사 주고 선한 사마리아 여인처럼 우리를 도와준 것을 감사하는 뜻에서 키스를 했다. 그리고 그녀가 생각보다는 매력적인 여자라고 생각했다. 예쁘지도 않았지만 그렇다고 못생긴 것도 아니었다. 하지만 전형적인 파리 여자처럼 약간 치켜 올라간 코가 그 모든 것을 상쇄하고도 남았다. 그 때문에 그녀를 우리가 묵고 있는 초라한 호텔로 초대했다. 그녀는 별로 내숭 떨지 않고 따라왔다.

그녀는 알바로 방으로 들어갔다. 나는 지쳐서 침대에 쓰러졌는데 갑자기 누군가가 나를 흔들어 깨웠다. 알바로였다. 흡족한 표정을 보아 예삿일이 아닌 것 같았다. 알바로가 말했다.

"일 났다. 저 여자 보통 여자가 아니야. 기막혀. 말로는 어떻게 설명을 못 하겠어. 너도 한번 해 봐."

몇 분 후 그 여자는 졸린 듯한 표정으로 슬그머니 내 침대로 들어왔다. 사랑을 나누면서 그녀의 신비한 능력을 확인할 수 있었다. 말로는 표현할 수 없는 그 무엇이 은밀한 곳에서 요동쳤다. 쾌락의 근원, 열락의 탄생지, 비너스의 은밀한 문까지 거슬러 올라가는 그런 것이었다. 알바로의 말이 맞았다.

다음 날 아침 식사가 끝나자 알바로는 스페인어로 나에게 주의를 주었다.

"지금 당장 저 여자를 떼어 내지 못하면 우리 여행은 끝장난 거나 마찬가지야. 바다에 빠져 죽는 것이 아니라, 바닥 없는 성의 성전에서 파멸하고 말 거야."

우리는 그녀에게 조그만 선물을 한 아름 안겨 주기로 작정했다. 꽃, 초콜릿, 그리고 수중의 돈 절반을 주었다. 그녀는 코카서스 나이트클럽에서 일하는 것이 아니었다. 전날 밤 그곳에 처음 갔다고 털어놓았다. 우리는 같이 택시에 올랐다. 낯선 동네를 지나고 있을 때, 택시를 세워 달라고 말했다. 우리는 키스로 작별 인사를 하고 그녀를 그곳에 내려놓았다. 그녀는 당황한 빛이 역력한데도 미소를 잃지 않았다.

그 뒤로 다시는 그녀를 만나지 못했다.

동양 여행

마르세유까지 타고 간 열차 또한 잊을 수 없다. 열차는 마치 이국적인 과일이 가득 담긴 바구니처럼 농촌 아낙네와 선원 등 각양각색의 사람들을 싣고 달렸다. 아코디언 반주에 맞춰 승객 모두가 합창했다. 우리는 지중해를 향하여, 빛의 관문을 향하여 가고 있었다. 그때가 1927년이었다. 나는 상업적 낭만주의에 물든 마르세유 시가지와 불안정한 대기에 부풀어 오른 돛이 날갯짓하는 구항(舊港)에 매료되었다. 그러나 우리가 싱가포르까지 타고 간 메사주리마리팀 여객선은 멀고 먼 동양의 식민지에서 한자리 잡아 보려고 떠나는 프티부르주아로 가득했다. 한마디로 그 여객선은 바다에 떠 있는 프랑스였다. 항해 도중 승무원들은 우리들이 휴대한 타자기와 타자 용지를 보고 자기들 편지도 타자기로 쳐 달라고 부탁했다. 마르세유, 보르도 그리고 시골에 사는 애인에게 보내는 편지였는데 어떻게 저런 편지를 쓸 수 있나 의아할 정도로 시시콜콜한 사연을 늘어놓았다. 승무원들의 관심은 편지 내용이 아니라 기계로 편지를 쓴다는 사실이었다. 승무원들의 편지는 트리스탕 코르비에르•의 시처럼 애정은 넘치지만 표현은 한결같이 투박했다. 우리 눈앞에 지중해의 여러 항구가 펼쳐지고, 양탄자와 상인과 시장이 나타났다. 홍해에서는 지부티 항이 인상적이었다. 아르튀르 랭보가 수없이 거닐던 석회질 모래, 과일 광주리를 머리에 이고 동상처럼 서 있는 흑인 여인들, 원주민들의 처참한 오두막, 천장에 유령 같은 조명이 걸려 있는 어수선한 분위기의 카페……. 그 카페에서는 레몬즙을 넣은 아이스티를 팔았다.

상하이에서는 밤에 무슨 일이 벌어지는지 꼭 보겠다고 마음먹었다. 악명 높은 이 도시는 위험한 여자처럼 사람들의 호기심을 자극했

• 트리스탕 코르비에르(1845~1875): 30세로 요절한 프랑스 시인. 사후 베를렌과 브르통이 재평가함으로써 문명을 얻었다.

다. 칠레라는 지구 변방 출신으로 돈은 없고 쓸데없는 호기심만 많은 삼등칸 여행객인 우리는 상하이의 밤거리로 빨려 들어갔다.

우리는 대형 나이트클럽 이곳저곳을 돌아다녔다. 주중인 탓인지 모두 텅 비어 있었다. 코끼리 수백 마리가 춤을 춰도 충분할 만큼 널찍한 무대인데 춤추는 사람이 아무도 없으니 보기에도 안쓰러웠다. 어두컴컴한 구석에서 뼈만 앙상하게 남은 제정 러시아 출신의 여자들이 하품을 하며 다가오더니 샴페인이나 한잔 시켜 달라고 부탁했다. 이렇게 우리는 유흥장 예닐곱 군데를 돌아봤으나 괜히 시간만 낭비한 꼴이었다.

부둣가의 복잡한 골목길을 빠져나와 나이트클럽까지 진출한 우리는 너무 늦기 전에 배로 돌아가야겠다고 생각했다. 그러나 걸어서 가기에는 너무 먼 거리였다. 그래서 각자 인력거를 탔다. 우리는 인간 말이 끄는 운송 수단에는 익숙지 않았다. 1928년 당시 인력거를 끄는 중국인들은 잠시도 쉬지 않고 먼 거리를 뛰어다녔다.

비가 오기 시작했다. 빗줄기가 굵어지자 인력거꾼은 조심스럽게 인력거를 세우더니 우리 이방인들의 코에 빗물이 튀지 않도록 수레 앞을 방수포로 가렸다.

'이 사람들은 참 사려가 깊네. 2000년 문화가 헛된 게 아니군.' 알바로와 나는 각자 달리는 의자에 앉아 이렇게 생각했다.

그런데 꺼림칙한 생각이 들었다. 방수포가 앞을 가려 밖이 보이지는 않았으나 쉭쉭거리는 듯한 인력거꾼의 말소리는 들을 수 있었다. 어느 순간부터 젖은 포장도로를 맨발로 뛰어가는 인력거꾼의 규칙적인 발소리와 함께 보조를 맞춰 같이 뛰고 있는 또 다른 발 소리가 들렸다. 마침내 발소리가 약해졌다. 포장도로를 벗어난 모양이다. 우리는 시내를 벗어나 맨땅을 달리고 있었다.

갑자기 인력거가 멈췄다. 인력거꾼은 능숙한 솜씨로 방수포를 걷어 올렸다. 배는커녕 배 그림자도 보이지 않는 황량한 교외였다. 알바로가 탄 인력거도 옆에 서 있었다. 알바로는 어리둥절한 표정으로 의자에서 내려왔다.

"머니! 머니!" 우리들을 에워싼 일고여덟 명의 중국인들이 차분한 목소리로 몇 번이고 반복해서 말했다.

알바로가 바지 주머니에 손을 넣어 무기를 꺼내려는 기색을 보이자마자 대번에 우리 두 사람은 뒤통수를 얻어맞았다. 나는 뒤로 벌렁 나자빠졌다. 그 순간 중국인들이 달려들어 머리가 땅에 부딪히지 않도록 내 몸을 떠안더니 조심스럽게 젖은 땅 위에 눕혔다. 중국인들은 번개 같은 손놀림으로 호주머니, 셔츠, 모자, 신발, 양말, 넥타이를 뒤졌다. 손대지 않은 곳이 없었다. 얼마 되지 않는 돈이지만 한 푼도 남기지 않고 깡그리 쓸어 갔다. 그러나 상하이 도둑의 전통적인 예법에 따라 우리 서류와 여권은 건드리지 않았다.

그들이 멀리 사라지고 우리 둘만 남자 불빛을 향해 발길을 옮길 수 있었다. 곧 100여 명의 중국인들을 만날 수 있었다. 밤늦은 시각인데도 모두들 마음씨가 고왔다. 프랑스어나 영어나 스페인어를 아는 사람은 하나도 없었으나 곤경에 처한 우리를 도와주려고 했다. 그리고 갖은 방법을 동원하여 우리가 꿈에 그리던, 천국 같은 삼등 객실까지 안내해 주었다.

우리는 일본에 도착했다. 칠레 정부가 우리에게 송금한 돈은 이미 영사관에 도착했을 것이다. 그러나 영사관에 가기 전까지는 요코하마의 선원 휴게소에서 숙식을 해결할 수밖에 없었다. 잠은 낡아 빠진 다다미 위에서 잤다. 밖에는 눈이 내리는데 숙소 유리창이 깨졌으니 뼛속까지 추위가 몰려왔다. 아무도 우리에게 신경 쓰지 않았다. 그런데 어느 날 새벽, 일본 근해에서 유조선이 두 동강 나는 사고가 발생해 선원 휴게소는 조난당한 선원들로 만원이 되었다. 이 가운데 스페인어와 바스크어만 구사할 줄 아는 바스크 사람이 한 명 있었다. 그는 나흘 밤낮을 배에서 떨어져 나온 널빤지를 붙잡고 표류했으며, 유조선에서 기름이 새어 나와 주변은 온통 불바다였다고 그동안 겪은 일을 들려주었다. 조난당한 선원들은 담요와 비상식량을 배급받았는데, 마음씨 좋은 바스크 사람이 우리의 구세주 노릇을 했다.

반면에 칠레 총영사는(이름이 데 라 마리나 아니면 데 라 리베라였던 것 같다.) 매우 젠체하는 사람으로 우리를 조난자만도 못하게 취급했다. 그는 늘 시간이 없었다. 그날 저녁은 백작 부인 유후상과 저녁 식사 약속이 있었고, 다음에는 황실에 초대받아 차를 마시러 가야 했고, 게다가 일본 황실에 대한 심층 연구에 매진해야 했다. 그러면서 "천황이 얼마나 세련된 분인지 모를 거야." 이따위 얘기나 하고 있었다.

전화도 없다고 했다. 요코하마에서 무슨 전화가 필요하겠느냐는 것이다. 전화를 가설해 봐야 일본어로만 걸려 오기 때문에 쓸모가 없고, 우리 돈 문제에 대해서는, 은행장과 절친한 사이인데 아직까지 아무런 통보도 받지 못했단다. 미안하지만 성대한 리셉션장에서 모두들 기다리고 있으니 이제 그만 가 봐야겠단다. 내일 다시 보자고 한다.

매일 똑같은 일이 반복되었다. 우리는 추워서 오들오들 떨며 영사관 건물을 나서야 했다. 상하이에서 강도를 당한 이후 입을 만한 옷이 거의 없었다. 따뜻한 옷이라고는 조난당한 선원들에게 지급된 허름한 스웨터가 전부였다. 체류 마지막 날, 칠레에서 송금한 돈이 우리보다 먼저 요코하마에 도착했다는 사실을 알게 되었다. 은행에서는 총영사 나리에게 세 차례나 안내문을 발송했는데 저 겉멋에 취한 도도한 관료께서는 너무 하찮은 일이라 잊어버린 모양이었다.(신문에서 어떤 영사가 분노한 교포들에게 살해되었다는 기사를 읽을 때마다 훈장까지 받은 저 유명한 관리의 모습이 눈에 선하게 떠오른다.)

그날 저녁 우리는 도쿄에서 가장 유명한 카페를 찾아갔다. 긴자에 있는 카페 쿠론코였다. 도쿄에는 훌륭한 음식이 많은 데다가 일주일이나 굶주렸으니 음식 맛은 꿀맛이었다. 우리는 아름다운 일본 여인들의 시중을 받으며 세계 곳곳에서 심술궂은 영사들에게 무시당하는 불행한 여행자들을 위해 수없이 건배를 들었다.

싱가포르. 우리는 바로 옆에 랑군이 있을 거라고 생각했다. 그 씁쓸한 실망감이란! 지도에서는 몇 밀리미터밖에 되지 않는 거리가 가공할 만한 심연으로 변해 버렸다. 아직도 뱃길로 며칠이나 더 가야 했는데 엎친 데 덮친 격으로 하나뿐인 랑군행 정기선이 바로 전날 출항했다는 것이다. 우리는 호텔에 묵을 돈은 물론 뱃삯조차 없었다. 랑군에 가야만 본국에서 송금해 준 돈을 찾을 수 있었다.

그렇지, 주싱가포르 칠레 영사는 두었다가 무엇에 쓰겠는가? 같은 동료 아닌가? 만시야 영사가 급히 달려왔다. 그러나 영사의 얼굴에서 웃음기가 조금씩 사라지기 시작하더니 결국에는 짜증을 냈다.

"내가 도울 수 있는 일이 아닙니다. 외무부와 직접 연락하는 게 좋겠습니다."

같은 영사끼리 서로 도우며 살아야 하지 않겠느냐고 설득했지만 소용이 없었다. 영사의 표정은 냉혹한 간수 같았다. 내가 마키아벨리식 묘안을 생각해 냈을 때 영사는 이미 모자를 집어 들고 문을 나서고 있었다.

"영사님, 그렇다면 우리나라에 관한 유료 강연회를 개최하는 수밖에 없습니다. 뱃삯을 모으려면 그 방법이 최선인 것 같군요. 집회 장소와 통역사 그리고 집회 허가서를 준비해 주시면 감사하겠습니다."

영사의 얼굴이 하얗게 변했다.

"칠레에 대한 강연회를 하신다고요? 여기 싱가포르에서 말입니까? 그건 내가 허락할 수 없소. 여기는 내 관할 구역이고, 나 이외에는 그 누구도 칠레 얘기를 할 수 없습니다."

"진정하십시오, 영사님. 칠레처럼 먼 나라에 대해서 얘기하는 사람이 많으면 많을수록 좋은 것 아니겠습니까? 그렇게 역정 내실 일만은 아닙니다."

결국 애국심을 가장한 이 엉뚱한 제안으로 우리는 타협점을 찾았다. 영사는 분노를 견디지 못하고 벌벌 떨면서 영수증에 우리 서명을 받고 돈을 건네주었다. 실제 수령액을 세어 보니 영수증에 기입된 액수보다 적었다.

"그건 이자입니다."라고 영사가 설명했다.

그로부터 열흘 후 랑군에 도착해서 빌린 돈을 수표로 변제했다. 물론 이자는 제외했다.

랑군에 입항할 때 갑판에서 보니 쉐다공 파야라는 거대한 파고

다의 황금색 지붕이 눈에 들어왔다. 부둣가에 환영 나온 수많은 인파는 마치 떼를 지어 서로 격돌하는 것 같았다. 넓고 더러운 강이 마르타반만으로 흘러들고 있었다. 이 강은 세계의 어느 강보다 아름다운 이름을 갖고 있다. 이라와디강.

이 강과 함께 새로운 삶이 시작되고 있었다.

알바로

도대체 영문을 알 수 없는 사나이 알바로 이노호사…… 지금 이름은 알바로 데 실바이다. 뉴욕에 살고 있는 그는 생애 대부분을 뉴욕이라는 밀림에서 보냈다. 시도 때도 없이 오렌지를 먹고, 성냥으로 담배 종이를 태우고, 주변 사람들에게 난처한 질문을 던지던 알바로의 모습이 떠오른다. 이것저것 모르는 것이 없는 팔방미인에다 왕성한 탐구심과 탁월한 지성의 소유자이기에 뉴욕 아니면 갈 데가 없었는지도 모른다. 그때가 1925년이었다. 길거리에서 만나 이름도 출신도 묻지 않고 곧바로 침대로 데려가려던 여자에게 제비꽃을 건네주는 순간 그만 땅에 떨어뜨려 안타까워하던 알바로. 끊임없이 제임스 조이스를 강의하던 알바로. 이런 알바로는 나를 비롯하여 많은 사람들에게 좀 이상한 견해를 주장하기도 했다. 알바로의 관점은 자기만의 영역에 살면서 음악, 회화, 서적, 무용을 관람하러 다니는 대도시인의 시각이었다. 끊임없이 오렌지를 먹고 사과를 깎아 먹는 특이한 식습관을 가진 알바로, 어떤 화제든지 해박한 지식을 과시하던 알바로. 이런 알바로는 우리가 보기에는 모든 시골 사람들이 꿈에 그리는 도회적인 인물, 시골티를 완전히 탈피하고 해외 여행, 공연장, 새벽까지 문을 여는 카페, 눈 덮인 대학교 교정이 생활화된 도회적인 인물이었다. 알바로는 나로서는 도저히 불가능한 삶을 살고 있었다. 어디를 가든 내 꿈은 식물처럼 사는 것이다. 한곳에 눌러앉아 그곳에 뿌리를 내리려고 한다. 그래야 생각할 수 있고 그래야 살아갈 수 있기에……. 알바로는 기술 분야에도 관심이 많았다. 한번은 영화 제작에 매료되어 그 즉시 회교도 복장을 하고 스튜디오를 찾아 나선 적이 있다. 내가 벵골 전통 의상을 입고 찍은 사진이 어디엔가 있는데 (어느 날 캘커타에서 이 옷을 입고 담뱃가게에 들어가 아무 말도 하지 않고 있었더니 사람들은 내가 타고르 집안 사람인 줄 알았다.) 그 사진이 바로 우리가 출연 계약을 하겠다고 덤덤 스튜디오를 찾아갔을 때 촬영한 것이다. 얼마 후 우리는 YMCA에 숙박료를 낼 돈이 없어서 줄행랑을 놓았다. 그리고 우리를 좋아하던 간호사들……. 알바로는 황당무계한 사업에 뛰어들었다. 아삼 차, 캐시미어 천, 시계, 골동품을 판매하려고 했으나 이내 파산하고 말았다. 캐시미어 견본품, 아삼 차 봉지들이 탁자며 침대에 널브러져 있었다. 그런데 알바로는 이미 보따리를 싸 들고 다른 곳을 떠돌고 있었다. 뮌헨으로, 뉴욕으로…….

나는 꾸준히 성실하게 많은 작품을 발표하는 작가들을 알고 있지만 알바로만큼 열심히 글을 쓰는 사람도 없다. 그런데 출판한 책이 없으니 이해할 수 없는 일이다. 알바로는 아침이면 침대에서 내려오기도 전에 안경을 콧잔등 위로 밀어 올리며 부지런히 타자기를 두들겼다. 종이라는 종이는 다 잡아먹으면서……. 알바로의 순발력, 비판력, 오렌지, 정기적인 연락, 뉴욕의 아지트, 너무나 명쾌하게 보이는 혼란스러운 글, 너무나 혼란스럽게 보이는 명쾌한 글……. 그런데 고대하던 작품은 아직까지도 나오지 않고 있다. 어쩌면 마음이 내키지 않아서, 어쩌면 작품을 쓸 수가 없기 때문인지도 모른다. 항상 너무 바쁘고 항상 너무 한가한 사람이니까. 하지만 알바로는 모르는 게 없다. 지구상에서 일어나는 모든 일을 꿰뚫어 보는 당돌한 푸른 눈, 섬세한 감수성에도 불구하고 시간의 모래알이 손가락 사이로 빠져나가도록 내버려 두고 있으니…….

4 빛나는 고독

밀림의 이미지

이런 추억에 잠겨 있다가 문득 정신을 차렸다. 바닷소리 때문에. 나는 지금 발파라이소 근처의 해변, 이슬라네그라에서 이 책을 집필하고 있다. 해변을 채찍질하던 폭풍이 마침내 한풀 꺾였다. 내가 창문으로 파도를 바라보고 있다기보다는 오히려 바다가 수천 개의 물거품 눈으로 나를 쳐다보고 있다. 아직도 가공할 만한 폭풍의 여파로 술렁대고 있다.

벌써 몇 년 전의 일이던가! 옛일을 되살리는 작업은 마치 내 귀에 들리는 저 파도 소리가 쉬지 않고 내 안으로 밀려 들어와 때로는 자장가처럼 나를 재우는 것 같기도 하고 때로는 난데없는 칼날을 들이대는 것과 같다. 이제 그러한 이미지들을 연대순에 개의치 않고 밀려오고 밀려가는 저 파도처럼 되짚어 보려고 한다.

1929년. 밤이었다. 길거리에 운집한 군중이 보인다. 이슬람 축제

일이다. 사람들은 길 한가운데 도랑을 파고 시뻘겋게 달아오른 석탄을 가득 채웠다. 나는 가까이 다가간다. 엷은 재 밑에서 주홍색 리본이 살아 움직이고 뜨거운 열기가 솟구쳐 얼굴이 화끈거린다. 그때 이상한 인물이 출현한다. 빨간 의상에 얼굴을 빨갛고 하얗게 칠한 사람이 마찬가지로 빨간 옷을 입은 네 남자의 어깨 위에 올라앉아 다가오고 있다. 그 사람은 땅으로 내려와서 "알라! 알라!"를 외치며 달아오른 석탄 위를 뒤뚱뒤뚱 걸어간다.

수많은 사람들이 숨을 죽이고 이 광경을 바라본다. 주술사는 이글거리는 긴 석탄 리본을 지나왔으나 상처 하나 없다. 그러자 이를 지켜본 어떤 남자가 갑자기 군중 속에서 뛰쳐나와 샌들을 벗어 던지고 맨발로 불길을 밟고 걸어간다. 여기저기서 너나없이 사람들이 앞으로 나선다. 어떤 사람들은 불길 중간에 멈춰 서서 힘차게 발을 구른다. 생각만 해도 섬뜩한 동작을 취하는 이 사람들은 하늘을 쳐다보며 연신 알라를 외친다. 또 어떤 사람들은 아이를 팔에 안고 불길을 걸어간다. 화상을 입은 사람은 아무도 없다. 어쩌면 있을지도 모르겠다. 하지만 불에 데었다는 사실을 모른다.

신성한 갠지스강 옆에 죽음의 여신, 칼리를 모시는 사원이 우뚝 솟아 있다. 우리는 여신의 은총을 빌기 위해 인도 곳곳에서 온 수백 명의 순례자들과 함께 사원 안으로 들어간다. 누더기 옷을 걸친 이 순례자들은 겁먹은 표정이 역력하다. 브라만들은 이들의 등을 떠밀고, 발걸음을 뗄 때마다 갖은 구실을 대 돈을 요구한다. 브라만들이 저주의 여신을 가리고 있는 일곱 개의 베일 가운데 하나를 걷어 올린다. 그 순간 세상이 무너질 것 같은 징 소리가 울린다. 순례자들은 하나같이 무릎을 꿇고, 합장을 하고, 이마가 땅에 닿도록 절을 드리고 나서 다음 베일로 간다. 사제들은 순례자를 마당에 모아 놓고, 도끼로 단숨에 염소의 머리를 자른 후 시주를 받는다. 제물이 된 동물들이 울부짖는 소리는 요란한 징 소리에 잠겨 버린다. 더러운 석회 벽 처마 밑까지 핏방울이 튄다. 여신의 얼굴은 검고 눈은 하얗다. 2미터나 되는 여신의 붉은 혀는 땅바닥까지 내려온다. 여신의 귀와 목에는 해골로 만든 귀걸이와 목걸이가 걸려 있다. 이 장식품은 죽음을 상징한다. 순례자들은 길거리로 떠밀려 나가기 전에 마지막 남은 동전까지 바친다.

내 주변에 둘러앉아 노래 부르고 시를 낭송하는 시인들은 이런 비참한 순례자들과는 너무나 달랐다. 긴 흰옷을 걸친 이 시인들은 풀밭에 쭈그리고 앉아 작은 북으로 장단을 맞추며 저음으로 짧게 짧게 끊어 소리를 질렀다. 그들의 입에서는 수천 년 전 고시가에서 사용하던 형식과 운율에 맞춰 작곡한 노래가 흘러나왔다. 그러나 가사는 달랐다. 관능적이고 흥겨운 노래가 아니라 저항 가요, 빈곤 퇴치 가요, 옥중에서 만든 가요였다. 인도 전역에서 만난 이 젊은 시인들의 근심 어린 눈동자를 결코 잊을 수가 없다. 그들은 방금 감옥에서 나왔는데 어쩌면 다음 날 다시 감옥에 들어갈지도 모르는 사람들이었다. 이유는 비참한 현실과 억압적인 신을 뒤엎으려고 기도했기 때문이다. 이것이 우리가 살고 있는 이 시대의 실상이다. 이 시대는 보편성을 지닌 시의 황금기다. 새로운 노래가 총부리에 쫓길 때, 봄베이(오늘날의 뭄바이) 변두리에서는 수백만 명의 사람들이 밤마다 도로 옆에서 잠을 잔다. 그렇게 자고 태어나고 죽는다. 집도 빵도 약도 없다. 문명국이라고 자부하는 영국이 식민지를 이 지경으로 만들어 놓았다. 식민지 신민들에게 학교, 공장, 주택, 병원은 하나도 남겨 두

지 않고, 오직 감옥과 빈 위스키 병만 산더미처럼 남겨 놓고 떠난 것이다.

파도처럼 밀려오는 애틋한 추억이 또 하나 있다. 오랑우탄 랑고. 나는 수마트라의 메단에 있는 허름한 식물원에 몇 번 들렀더랬다. 그런데 놀랍게도 매번 정문을 두들길 때마다 랑고가 나와 문을 열어 주었다. 우리는 손을 잡고 걷기도 하고 탁자에 같이 앉기도 했다. 랑고가 두 손과 발로 탁자를 두들기면 웨이터가 나타났다. 그러면 우리는 너무 작지도 너무 크지도 않아 오랑우탄과 시인이 마시기에 적당한 양의 맥주 피처를 주문했다.

싱가포르 동물원에서는 빨간색으로 빛나는 금조를 보았다. 에덴동산에서 금방 날아 나온 듯 눈부시게 반짝이는 아름다운 새였다. 조금 더 가다 보면, 검은색 암퓨마가 우리 안에서 어슬렁거리며 두고 온 정글 냄새를 풍기고 있었다. 그 퓨마는 한 폭의 별이 빛나는 밤하늘이었고, 쉬지 않고 돌아가는 녹음 테이프였고, 세상을 휩쓸어 버릴 것처럼 꿈틀대는 검은 화산이었고, 살아 있는 발전기였다. 칼끝처럼 예리한 노란색 두 눈은 불길을 내뿜으며 주위를 살피고 있었다. 자기의 수감 생활도 인류도 이해하지 못하는 눈치였다.

우리는 페낭시 교외에 자리 잡은 기이한 뱀 사원에 들렀다. 예전에는 이 지방을 인도차이나라고 불렀다. 뱀 사원은 여행가들과 저널리스트들이 많이 소개한 곳이다. 그 이후 지금까지 페낭에서 수없는 전투와 파괴가 벌어졌고, 또 숱한 풍상의 세월이 흘렀는데 아직도 그 사원이 남아 있는지 모르겠다. 무성한 바나나 잎 사이로 낮은 기와지붕 건물이 보였다. 그 건물은 열대지방의 빗줄기에 썩어 가고 있었다. 음습한 냄새. 프랑기파니 향기. 사원에 들어서면 처음에는 어두워서 아무것도 보이지 않는다. 분향 냄새가 코를 찌르는 가운데 저쪽에서 무언가 움직이는 것이 보인다. 기지개를 켜는 뱀이다. 조금씩 다른 사물들도 보이기 시작한다. 이윽고 십여 마리가 눈에 띈다. 조금 후에는 수백, 수천 마리의 뱀이 있다는 것을 알게 된다. 촛대를 감고 있는 작은 뱀, 검은 뱀, 금속 같은 뱀, 가느다란 실뱀. 한결같이 포만감으로 졸고 있는 듯하다. 실제로 여기저기에 도자기 밥그릇이 놓여 있다. 우유가 넘치는 그릇도 있고 새알이 담긴 그릇도 있다. 뱀은 우리를 쳐다보지도 않는다. 우리가 지나다니는 사원의 좁은 미로 곳곳에 뱀이 있다. 우리 머리 위 황금색 천장에도 매달려 있고 돌계단에도 널브러져 있고 제단 위에서도 똬리를 틀고 있다. 저기 무서운 러셀 독사가 지금 새알을 삼키고 있다. 그 옆에는 십여 마리의 치명적인 산호뱀이 있다. 주홍색 반점은 맹독을 품은 독사라는 표식이다. 나는 삼각 머리 독사, 거대한 비단뱀, 데루시 뱀, 노야 뱀을 식별할 수 있었다. 초록 뱀, 회색 뱀, 청색 뱀, 흑색 뱀들이 실내에 가득했다. 사방은 고요했다. 간혹 샛노란 가사를 걸친 승려가 어둠 속을 지나갔다. 밝은 승복 색깔 때문에 승려도 마치 새알이나 우유 그릇을 향해 느릿느릿 움직이는 뱀처럼 보였다.

누가 이 많은 뱀을 여기에 갖다 놓았을까? 어떻게 뱀을 길들였을까? 이렇게 묻자 입가에 웃음을 띤 사람이 이렇게 대답한다.

"뱀은 제 발로 왔고 또 떠나고 싶으면 언제든지 떠납니다. 문은 항상 열려 있고 뱀의 앞길을 가로막는 창살이나 유리창은 전혀 없답니다."

페낭에서 출발한 버스는 밀림 지대와 인도차이나 반도의 여러 마을을 지나 사이공을 향해 달리고 있었다. 스페인어를 아는 사람은 아무도 없었고 나 역시 그들의 언어를 알지 못했다. 끝없는 길을 달리던 버스가 밀림 속 길모퉁이에서 멈출 때마다 생소한 옷차림의 농부들이 차에서 내렸다. 전형적인 동양인처럼 눈꼬리가 올라간 이 농부들은 점잖고 말이 없었다. 무더운 열대야 속을 털털거리며 달리다가 곧 분해되어 버릴 것만 같은 이 낡은 버스 안에는 이제 승객 서너 명밖에 남지 않았다.

갑자기 나는 공포에 짓눌렸다. 내가 지금 어디에 있는 거야? 어디로 가고 있지? 도대체 왜 낯선 사람들 틈에 섞여 긴 밤을 지새우고 있지? 이제 라오스를 지나 캄보디아로 가고 있었다. 나는 마지막 남은 승객들의 무표정한 얼굴을 쳐다보았다. 모두들 눈을 크게 뜨고 있었다. 다들 생김새가 너무 무서웠다. 유명한 동양 이야기에 등장하는 전형적인 강도들에게 둘러싸여 있는 게 확실했다.

그들은 서로 눈짓을 주고받으면서 나를 곁눈질했다. 바로 그때 버스가 밀림 한가운데서 슬그머니 멈췄다. 나는 죽을 장소를 물색했다. 무슨 일이 있어도 하늘을 가리고 있는 저 이름 모를 나무 밑으로 끌려가서 제물이 되는 일만은 피해야 한다. 나는 여기서, 이 낡은 버스 좌석에서, 야채 광주리와 닭장(공포의 순간에 내가 의지할 만한 것은 이것뿐이었다.)을 실은 이 버스 안에서 죽을 것이다. 주위를 둘러보았다. 나를 죽이려는 사람들과 맞설 각오가 되어 있었다. 그런데 어느덧 그들도 사라지고 없었다.

나는 오랫동안 기다렸다. 이국 땅 캄캄한 어둠 속에서 이렇게 혼자가 되었으니 비통한 심정을 가눌 길이 없었다. 이제 쥐도 새도 모르게 죽게 생겼다. 내 사랑하는 조국에서 멀리 떨어진 이곳에서! 내 책들, 그리고 내가 아끼고 사랑하는 모든 것을 저 멀리에 놔두고 이 낯선 곳에서 죽게 생긴 것이다.

갑자기 불빛이 하나둘씩 나타났다. 길이 환하게 밝아졌다. 북소리가 들리고 귀청을 찢는 듯한 고음의 캄보디아 음악이 터져 나왔다. 피리, 북, 횃불이 길에서 한창 어우러지고 있었다. 어떤 남자가 버스에 올라오더니 영어로 설명했다.

"버스가 고장 났는데 고치려면 한참을 기다려야 할 겁니다. 새벽까지 기다려야 할지도 몰라요. 그런데 여기는 잘 만한 곳도 없습니다. 그래서 승객들이 당신을 즐겁게 해 주려고 악사와 무용수를 데려왔습니다."

이제 두려울 게 없는 나무 아래서 나는 몇 시간 동안 고귀한 전통 의식무(儀式舞)를 지켜보고 찬탄했으며, 해가 뜰 때까지 흥겨운 음악에 맘껏 젖어 들었다.

시인은 민중을 두려워해서는 안 된다. 삶은 내게 이런 경고를 한 것 같았다. 그리고 절대 잊을 수 없는 교훈을 얻었다. 겉으로 드러나지 않는 명예가 있으며 우리가 알지 못하는 형제애가 있고 어둠 속에서 꽃피는 아름다움이 있다는 교훈이었다.

인도 국민회의

오늘은 영광스러운 날이다. 우리는 인도 국민회의파(1885년에 결성된 인도의 다수파 정당) 집회에 참석했다. 인도 전역에서 해방 투쟁의 기운이 드높아지고 있었다. 수천 명의 대의원들이 여러 회의장을 가득 메웠다. 나는 간디를 만났다. 판디트 모틸랄 네루도 만났다. 네루 또한 해방운동 지도자이다. 그리고 네루의 아들 자와할랄 네루도 만났다. 고상하게 생긴 젊은이로 얼마 전에 영국에서 귀국했다. 네루는 즉각적인 독립을 주장하는 반면 간디는 독립의 예비 단계로서 단순한 자치를 주장한다. 간디는 인자한 얼굴을 하고 있지만 여우처럼 영리한 사람으로 실천적인 인물이다. 과거 라틴아메리카의 크리오요 지도자들과 유사한 정치인이며 쉴 새 없이 각종 위원회를 진두지휘하는 탁월한 전술가이다. 일렬로 늘어선 수많은 군중들은 공손하게 간디의 하얀 옷자락을 만지면서 "간디 선생님! 간디 선생님!"이라고 외치며 지나간다. 간디는 입가에 웃음을 띤 채 간소하게 답례한다. 안경은 벗지 않았다. 메시지를 받아 보고, 전보로 답장을 보내고 하는 일들을 힘들이지 않고 척척 해낸다. 간디는 지칠 줄 모르는 성자인 반면 네루는 혁명을 주장하는 학자다.

집회에 참석한 또 한 명의 위대한 인물은 수바스 찬드라 보세였다. 추진력 있는 선동가이고 과감한 반제국주의자인 인도인이 열광하는 정치인이다. 1914년 일본의 침략으로 전쟁이 발발했을 때 보세는 대영제국에 대항하여 침략자들 편에서 싸웠다. 몇 년 뒤 이곳 인도에서 만난 보세의 친구는 싱가포르 요새가 함락된 경위를 들려 주었다.

"우리는 싱가포르를 포위한 일본군을 향해 총구를 겨누고 있었죠. 그런데 갑자기 의문이 생긴 거예요. 우리가 왜 이런 짓을 하고 있지? 그래서 부하들에게 뒤로 돌아 명령을 내리고 총부리를 영국군에게 겨누었습니다. 아주 간단한 일이었습니다. 일본은 일시적인 침략자이지만 영국은 영원한 침략자로 보였거든요."

보세는 체포되었고 재판에서 대역죄가 확정되어 인도의 영국 법원에서 사형 선고를 받았다. 독립 운동 세력이 주도한 항의 집회가 대대적으로 확산되었다. 마침내 수차례에 걸친 법정 투쟁에서 그의 변호사였던 네루는 사면을 쟁취할 수 있었다. 그 순간부터 보세는 국민적인 영웅이 되었다.

와불

사방에 널린 불상…… 근엄하고 단아한 불상…… 동물의 광채처럼 황금색을 띤 불상은 벌레가 갉아먹고 풍상에 시달려 훼손되었다. 불상의 볼, 가사 주름, 팔꿈치, 배꼽, 입술에 흠집이 보인다. 곰팡이이거나 팬 자국이거나 동물의 배설물이다. 그리고 거대한 와불상……. 40미터나 되는 화강암 와불상…… 소곤거리는 잎사귀 사이에 창백한 모습으로 누워 있는 와불들이 밀림의 한구석에서, 원형 좌대 위에서 불쑥 나타난다. 이런 와불은 수백, 수천, 수만 년 동안 그곳에 누워 있었다. 그러나 온화하다. '회자정리 거자필반(會者定離 去者必返)'이라는 저 유명한 불가의 말을 체현한 탓이리라. 불상들은 단단하고 영구적인 돌임에도 헤아릴 수 없는 위엄과 자비로운 웃음을 머금고 있다. 이 피로 물든 땅에 누운 와불은 누구에게 저렇게 미소를 짓는 것일까? 그곳을 지나간 사람들은 도망치는 시골 여자들, 전화(戰火)에 휩싸인 남자들, 복면을 두른 게릴라들, 가짜 승려들, 탐욕스러운 관광객들이었다. 지금도 거대한 불상은 그 자리를 지키고 있다. 밀림에 사는 검은 새의 울음소리와 붉은 새의 날갯짓 아래에서 물결치는 가사 주름으로, 보이지 않지만 그럼에도 존재하는 시선으로, 완전히 비인간적이지만 어떤 형태로든 인간적이고, 신이면서도 신이 아니고, 돌이면서 돌이 아닌 모순된 형상으로 그 자리에 남아 있다. 이런 얘기에서 우리는 스페인으로부터 물려받은 무서운 그리스도상을 떠올리게 마련이다. 또한 상처투성이, 고름투성이, 흉터투성이의 그리스도상과 성당의 양초 냄새, 습기 냄새, 그리고 밀폐된 방의 곰팡이 냄새를 지우기도 어렵다. 하지만 그리스도는 자신이 인간인지 신인지 의심에 휩싸였다. 조각가들은 그리스도가 고통받는 사람, 산모, 참수형을 당한 사람, 불구자, 탐욕적인 사람, 교회 내부 사람과 교회 주변 사람 등을 외면하지 않는다는 것을 보여 주기 위해, 그리스도를 인간으로 만들기 위해, 그리스도상에 소름 끼치는 상처를 새겨 넣었다. 그리하여 기독교는 죄 지은 사람도 고통을 받지만 죄 없는 사람도 고통을 당하며, 산다는 것 자체가 고통이기 때문에 인간은 고통에서 벗어날 수가 없다고 가르치는 고난의 종교로 변질되어 버렸다. 그러나 여기는 그렇지 않다. 돌까지도 평화롭다. 조각가들은 고행하는 부처님이라는 기존 관념을 깨뜨려 버렸다. 거신(巨神)의 발을 지닌 이 거대한 불상들은 인간적이고 잔잔한 미소를 머금고 있어 고난과는 거리가 너무 멀다. 그리고 이 불상들은 거미줄이 걸린 제의방(祭衣房)의 숨 막히는 냄새가 아니라 초목 냄새를 풍긴다. 밀림의 깃털과 나뭇잎과 꽃가루가 흩날리는 바람 냄새를 풍긴다.

불행한 인간 가족

내 시에 대한 평론을 몇 편 읽어 보니 동양 생활이 시 작품에, 특히 『지상의 거처』에 상당한 영향을 끼쳤다고들 평가한다. 사실 그 시절에 쓴 시는 『지상의 거처』에 수록된 작품이 전부다. 아무튼 단정적으로 말하기는 어려운 일이나 동양 생활이 영향을 끼쳤다는 평가는 잘못이라고 말하고 싶다.

실제 동양에 가 보면 흔히 말하는 동양의 신비주의란 서구인이 직면한 불안, 노이로제, 혼란, 기회주의의 부산물임이 드러난다. 다시 말해서 자본주의의 위기에서 발생한 부산물인 것이다. 그 무렵 인도 사람들은 단전호흡이나 하며 명상에 잠길 만한 여유가 없었다. 야수와 같은 물질적 욕구에 시달리고, 식민 지배는 철저한 굴종을 강요하고, 매일같이 수천 명이 콜레라, 천연두, 열병, 기아로 죽어 나가고, 거대한 인구와 빈약한 산업으로 혼란에 빠진 봉건적인 제도가 잔혹하게 삶을 짓누르고 있었기 때문에 신비적인 명상은 엄두도 내지 못했다.

명상 센터는 미국인과 라틴아메리카인을 포함하여 대부분 서구 출신들이 운영하고 있었다. 물론 이들 가운데는 진실한 믿음을 가진 사람들도 있었으나 대다수는 싸구려 형이상학으로 포장한 이국적인 부적과 주물을 도매금으로 팔아넘김으로써 값싼 시장을 착취했다. 이런 사람들은 입만 열면 다르마(法)와 요가를 들먹였으며, 공허한 말장난에 지나지 않는 종교 수련에 열을 올렸다.

이런 이유로 동양은 불행에 시달리는 거대한 인간 가족처럼 느껴져서 내 양심상 동양의 신이나 의식에만 몰두할 수가 없었다. 따라서 이 시기에 창작한 시는 폭력적이고 낯선 세계에 이식된 이방인의 고독을 반영하고 있을 따름이다.

신비주의를 신봉하는 관광객 중에 유독 생각나는 채식주의 옹호론자가 있었다. 체구는 작고 나이는 중년이며 완전한 대머리에 날카롭고 냉소적인 파란 눈을 가진 이 사람의 이름은 파워스였다. 미국 캘리포니아에서 건너온 불교 신자로 강연할 때마다 항상 식이요법을 권장하는 말로 마무리를 지었다.

"록펠러가 말했듯이 하루에 오렌지 하나씩 먹읍시다."

나는 그의 활달한 성격이 마음에 들었다. 게다가 그는 스페인어를 할 줄 알았다. 강연이 끝난 후 우리는 항상 함께 식당에 가서 구운 양고기 요리(케밥)에 양파를 곁들여 배가 터지도록 먹었다. 진짜인지 가짜인지는 모르겠으나 자칭 불교학자인 그의 왕성한 식욕은 강연 내용보다 믿을 만했다.

얼마 후 파워스는 사랑에 빠졌다. 첫 번째 여자는 파워스의 이론과 턱시도에 반한 혼혈 여성으로, 빈혈 증세가 있어 눈만 봐도 아픈 사람 같았다. 이 여자는 파워스를 신, 즉 생불이라고 믿었다. 종교는 이렇게 탄생하는 것이다.

이 여자와 함께 산 지 몇 달쯤 지났을까? 어느 날 파워스는 나를 찾아와 결혼식에 참석해 달라고 부탁했다. 나는 그가 냉장고 세일즈맨으로 일하는 회사에서 제공한 오토바이를 함께 타고 숲과 사원과 논을 지나서 마침내 조그만 중국인 마을에 도착했다. 파워스가 들어서자 폭죽이 터지고 음악이 흘러나왔다. 하얗게 화장을 해 인형처럼 보이는 나이 어린 신부는 다른 사람들보다 높은 의자에 앉아 있었다. 우리는 음악을 들으며 여러 색깔의 레모네이드를 마셨다. 신랑과 신부는 한 번도 말을 주고받지 않았다.

우리는 시내로 돌아왔다. 파워스는 결혼식에 신부만 참석한다고 설명했다. 신랑이 없어도 결혼식은 계속되며, 나중에 신부하고 합방한다는 것이다.

"당신이 지금 하는 일이 일부다처제라는 것쯤은 알고 계시죠?"

"다른 아내도 알고 있습니다. 아마도 아주 좋아할 겁니다."

이런 그의 말은 하루에 오렌지 하나씩 먹으라는 말만큼이나 진리였다. 어느 날 우리가 첫 부인 집에 들렀을 때 혼혈 여자는 다 죽어가고 있었다. 협탁 위에는 독극물과 유서가 남겨져 있었다. 모기장 안에 실오라기 하나 걸치지 않은 거무튀튀한 육신이 축 늘어져 있었다. 몇 시간 전에 약을 먹은 모양이었다.

나는 파워스가 역겨웠지만 너무 마음 아파했기 때문에 곁에서 위로해 주었다. 평소의 냉소적인 태도는 이미 사라지고 없었다. 우리는 함께 장례를 치렀다. 강변에 장작을 쌓아 놓고 싸구려 관을 얹었다. 파워스는 산스크리트어로 불경을 암송하며 성냥을 그어 불쏘시개에 불을 붙였다.

오렌지색 옷을 걸친 악사들 몇몇이 구슬픈 악기를 연주했다. 장작불이 반쯤 타다가 꺼져 버려 몇 번이나 불을 다시 붙여야 했다. 강물은 강변에서 무슨 일이 벌어지건 아랑곳하지 않고 무심히 흘러갔다. 동양의 영원한 푸른 하늘 또한 불쌍한 여자의 쓸쓸한 다비식을 완전한 평정심과 무한한 무관심으로 지켜보고 있었다.

영사 업무는 석 달에 한 번씩 처리하면 됐다. 고형 파라핀과 대형 차(茶) 상자를 싣고 칠레로 떠날 배가 캘커타에 입항하면, 서류에 서명하고 날인하느라 눈코 뜰 새 없이 바빴다. 이렇게 한바탕 전쟁을 치르고 나면 다음 석 달 동안은 업무가 없었기 때문에 고즈넉하게 시장과 사원을 둘러보고 다녔다. 내 시 중에서 가장 고통스러운 작품을 쓴 것도 이때였다.

거리가 내 종교였다. 버마의 거리, 노천극장, 종이로 제작한 용과 화려한 등불이 내걸린 차이나타운. 힌두교도의 거리, 특정 카스트의 사업체인 사원이 있고, 가난한 사람들은 사원 밖 흙바닥에 무릎을 꿇어야 하는 가장 비천한 거리. 공작석 산처럼 빈랑나무 잎을 차곡차곡 포개 놓고 파는 시장. 야생 동물과 새를 파는 가게. 나긋나긋한 버마 여인들이 긴 시가를 입에 물고 다니는 구불구불한 길. 나는 이런 풍물에 매료되었고 차츰 실생활의 주문에 홀리게 되었다.

인도의 카스트제도란 사람들을 등급으로 분류하여 직육면체의 관람석을 층층이 쌓아 놓은 원형 경기장처럼 배열하고, 맨 위에는 신이 앉아 있는 구조다. 영국인들도 고유의 카스트제도를 유지하고 있었다. 소규모 가게 종업원으로부터 시작해서 전문직 종사자, 지식인, 수출업자를 거쳐 맨 꼭대기에는 대영제국의 귀족 문관과 은행가들이 앉아 있었다.

이 두 세계는 절대 서로 만나지 않았다. 현지인은 영국인 전용 장소에 들어갈 수 없었고, 영국인은 현지인의 숨결이 닿지 않는 곳에 살았다. 이런 상황 때문에 어려움이 많았다. 영국인 친구들은 내가 '가리'라는 조그만 마차를 타고 다니며 간단한 약속을 처리하는 것을 보고 영사는 어떤 경우에도 그런 마차를 타서는 안 된다고 점잖게 충고했다. 또 사람들도 많이 모이고 투명한 작은 잔에 세상에서 가장 맛있는 차를 마실 수 있어서 내가 자주 들르는 페르시아 식당에도 가지 말라고 일러 주었다. 이것이 마지막 경고였다. 그 뒤로는 나에게 인사도 안 했다.

그러나 이러한 배척 때문에 나는 오히려 행복했다. 편견에 사로

잡힌 유럽인들은 별다른 관심을 보이지 않았지만, 어쨌거나 나는 잠시 들렀다 가는 식민지 관리와 함께 살려고 동양에 온 것이 아니라 그 세계의 오랜 정신을 경험하고, 불행한 인간 가족과 함께 살려고 온 것이기 때문이다. 나는 현지인의 생활과 마음을 잘 알게 되었고, 결국에는 현지 여자와 사랑에 빠졌다. 이 여자는 길거리에 나설 때는 영국인 복장을 했다. 이름도 조시 블리스였다. 얼마 후 이 여자와 동거하게 되었는데 집안에서는 그런 복장과 이름을 벗어던지고 눈부신 사롱(미얀마어로는 '롱지')과 신비한 버마 이름을 걸쳤다.

홀아비의 탱고

내 사생활에는 어려움이 많았다. 상냥하던 조시 블리스는 점점 생각이 많아지고 격정적으로 변해 가더니 나중에는 질투의 화신으로 변했다. 그것만 아니었으면 나는 그녀 곁에 영원히 남아 있었을 것이다. 나는 그녀의 맨발과 검은 머리에 꽂은 하얀 꽃을 애틋하게 사랑했다. 그러나 그녀는 포악한 성격을 드러내기 시작했다. 외국에서 온 편지도 증오하고 질투했고, 전보는 개봉하기도 전에 감추었고, 내가 숨 쉬는 공기마저도 원망했다.

잠을 자다가 가끔 불빛 때문에 눈을 떠 보면 모기장 바깥에서 유령이 움직이고 있었다. 그녀였다. 하얀 옷을 걸친 채 날이 선 긴 칼을 휘두르고 있었다. 차마 나를 죽이지 못하고 밤새 침대 주변을 서성거렸던 것이다. 그녀는 "당신이 죽으면 내 공포도 끝날 거예요."라고 말했다. 그러고 다음 날이면 그녀는 내 변심을 막아 줄 신비한 의식을 올렸다.

그대로 계속 지냈다면 그녀는 끝내 나를 죽이고 말았을 것이다. 그러나 다행히도 실론(1972년 국명을 스리랑카로 개칭하였다.)으로 발령을 받았다. 아무도 모르게 떠날 준비를 했다. 어느 날 책이며 옷가지를 집에 놔두고 평소처럼 집을 나섰다. 그리고 실론행 배에 올랐다.

표범 같은 조시 블리스를 버마에 버렸다는 게 무척이나 가슴 아팠다. 배가 벵골만의 파도를 가르고 출발하자마자 나는 「홀아비의 탱고」라는 시를 썼다. 핏속에서 쉼 없이 분노의 화산이 들끓고 있었기 때문에 나를 잃어버린 여인, 아니 내가 잃어버린 여인에게 바치는 비극적인 시였다. 그날 밤은 왜 그리도 광막하게 보였으며 대지는 왜 그리도 외로워 보였던가!

아편

아편만 전문적으로 취급하는 거리가 있었다. 아편을 피우는 사람들이 낮은 평상에 누워 있었다. 그들은 인도에서 진정으로 종교적인 장소에 있었다. 이곳에는 태피스트리나 비단 방석 같은 사치품은 없었다. 페인트칠도 안 한 널빤지, 대나무 담뱃대, 중국식 사기 베개뿐이었다. 사원에서도 느껴 보지 못한 엄숙한 분위기가 감돌고 있었다. 몽롱해진 사람들은 움직이지도 않고 소리도 내지 않았다. 한 대 피웠다. 아무것도 아니었다. 희뿌옇고 따뜻하고 우유 같은 연기일 뿐. 네 대를 연달아 피우고 닷새를 아팠다. 척추에서 올라와 뇌에서 쏟아지는 구토에 시달렸다. 햇빛이 싫었고, 살아 있다는 게 싫었다. 아편의 복수였다. 그러나 이것과 다른 그 무엇이 틀림없이 있을 것 같았다. 말도 너무 많고, 글도 너무 많고, 또 세관에서 크고 작은 여행 가방을 샅샅이 뒤져 찾아내려는 그 유명하고 신성한 독극물이 바로 아편 아니던가. 어떻게든 이 메스꺼움을 이겨 내야만 했다. 아편에 대해 이야기하려면 아편을 경험하고 그 맛을 알 필요가 있었다. 나는 수없이 아편을 피워 댔고, 마침내 그 맛을 알게 되었다. 아편은 몽환도 환영도 발작도 일으키지 않았다. 은근하게 힘이 빠지는 기분이었다. 마치 끝없이 부드러운 음이 허공에 지속되는 듯했다. 몸속이 텅 비고 온몸이 나른해졌다. 모든 움직임이나 소리는(이를테면 팔꿈치나 목을 움직인다든지, 멀리서 들려오는 마차 소리, 경적 소리, 길거리 사람들의 목소리라든지) 한데 어우러져 느긋한 쾌감을 안겨 주었다. 플랜테이션의 품삯 노동자들, 막노동을 나가는 사람들, 하루 종일 인력거를 끄는 사람들이 왜 그곳을 찾아와서 몽롱한 정신으로 죽은 듯이 누워 있는지 알 것 같았다. 아편은 뜬소문처럼 이국 취향에 함몰된 사람들이 향유하는 천국이 아니었다. 착취당하는 사람들의 도피처였던 것이다. 아편굴에 드나드는 사람들은 한결같이 비참한 사람들이었다. 그곳에는 수를 놓은 방석과 같은 부유한 티가 나는 물건은 하나도 없었다. 반짝이는 것은 아무것도 없었다. 아편을 피우고 있는 사람들의 반쯤 감긴 눈에도 반짝이는 빛은 없었다. 그 사람들은 쉬고 있는 것일까, 자고 있는 것일까? 도무지 알 수가 없었다. 그 누구도 말을 하지 않았다. 단 한 마디도 하지 않았다. 가구도 없고 양탄자도 없었다. 아무것도 없었다. 기름때가 묻어 반질거리는 낡은 평상 위에 목침 몇 개가 눈에 띄고, 야릇하게 역겹고 강력한 아편 향과 정적만이 떠다닐 뿐이었다. 아편굴은 파탄으로 가는 지름길이 확실했다. 거부와 식민지 지배자들의 아편을 소비하는 사람들은 결국 식민지 피지배자들이었다. 아편을 피우러 들어오는 사람들은 입구에서 흡연 허가증을 맡겼다. 침묵과 무기력이 어두컴컴한 실내를 지배하고 있었다. 사람들은 나른하게 누워 잠시나마 불행을 잊고 피곤을 떨쳐 버리려는 것이다. 몽롱한 침묵은 아편굴이라는 물웅덩이에 가라앉은 부서진 꿈의 침전물이다. 눈을 반쯤 감고 섬세하고 감미로운 휴식을 즐기고 있는 그 사람들은 바다 밑에서 한 시간 동안 지내는 꿈을 꾸거나 언덕 위에서 하룻밤 지내는 몽환에 젖어 있었다.

그 이후 다시는 아편굴을 찾지 않았다. 이제 아편이 뭔지 알았으니까. 나는 연기 속에서 아른거리는 그 무엇을, 손에 쥘 수 없는 그 무엇을 만져 보았다.

실론

실론. 전 세계 큰 섬들 가운데 가장 아름다운 곳이다. 1929년경 그 섬은 인도나 버마와 동일한 식민지 구조를 형성하고 있었다. 영국인들은 자기들만의 구역과 클럽으로 성을 쌓고 살았다. 그리고 악사, 도공, 직공, 플랜테이션 노예, 노란 가사를 걸친 승려, 암벽에 새겨 놓은 거대한 신들이 이 성 주변을 에워싸고 있었다.

매일 저녁 턱시도를 차려입는 영국인들과 내가 범접할 수도 없는 광대한 세계를 형성한 힌두교도 사이에서 나의 선택지는 고독뿐이었기에 그 시절이 일생에서 가장 외로운 때였다. 그러나 나는 그때를 가장 빛나던 시기로 기억한다. 마치 어마어마하게 밝은 번갯불이 창문 밖에 머물면서 내 운명의 안팎을 속속들이 비춰 주는 것 같았다.

나는 얼마 전에 완공한 조그만 방갈로로 짐을 옮겼다. 방갈로는 웰라와타 근교의 바닷가에 위치하고 있었다. 주변에는 집들이 거의 없고 파도만이 산호초에 부서지는 곳이었다. 밤이 되면 바다의 음악은 더욱 커졌다. 아침이면 방금 세수하고 나타난 아름다운 자연이 나를 압도했다. 나는 이른 아침부터 어부들과 함께 살았다. 커다란 부표를 싣고 다니는 어선들은 바다에 사는 거미처럼 보였다. 어부들은 밀림에 사는 새 못지않게 강렬한 색깔의 물고기를 건져 올렸다. 어떤 물고기는 살아 있는 벨벳처럼 깊고 짙은 청색으로 반짝거렸고, 어떤 물고기는 가시 돋친 풍선처럼 부풀어 올랐다가 이내 바람 빠진 풍선처럼 쭈그러들었다.

이런 바다의 보물을 살육하는 광경을 지켜보면서 나는 무섭다는 생각이 들었다. 바다에서 잡아 올린 생선은 가난한 사람들에게 토막으로 팔았다. 바다 깊은 곳에 사는 신성한 동물을 살육자의 칼로 토막 내서 피 묻은 상품으로 만들어 버린 것이다.

해변을 따라 걷다가 코끼리 목욕탕을 보았다. 개를 데리고 나왔으니 길을 잃어버릴 염려는 없었다. 잔잔한 물에서 슬그머니 회색 버섯이 피어났다. 이 버섯은 조금 후 뱀으로 변하더니 다시 거대한 머리로 변했고 마침내 상아가 달린 산으로 변했다. 세계 어디에서도 이렇게 많은 코끼리가 길에서 일하는 모습을 본 적이 없다. 서커스나 동물원 우리에서 본 코끼리하고는 전혀 달랐다. 부지런한 일용 노동자처럼 이곳저곳으로 목재를 운반하는 코끼리의 모습을 보고 나는 놀라지 않을 수 없었다.

그때 나는 개와 몽구스를 키우고 있었다. 몽구스는 태어나자마자 정글에서 데려와 길렀다. 잠도 침대에서 같이 자고, 밥도 식탁에서 같이 먹었다. 몽구스가 얼마나 귀엽고 사랑스러운지 아마 상상할 수도 없을 것이다. 그놈은 내 생활을 속속들이 알고 있었고, 서류들 위에서 마구 뛰놀기도 했다. 아무튼 하루 종일 나만 쫓아다녔다. 시에스타 시간이 되면 내 어깨와 머리 사이에 누워 잠을 잤다. 야생동물이 그렇듯이, 몽구스도 전기에 감전된 것처럼 화들짝 놀라는 꿈을 자주 꾸곤 했다.

내가 키우던 몽구스는 이웃들 사이에서 유명해졌다. 몽구스는 무서운 코브라와 끝까지 용감하게 싸우는 것으로 신화적인 명성을 얻은 동물이다. 나는 몽구스와 뱀이 싸우는 것을 여러 차례 목격했기 때문에 그 명성을 믿는다. 몽구스는 민첩한 동작과 후추 색깔의 빽빽한 털로 뱀을 속이고 혼란스럽게 만들어 결국에는 승리한다. 그곳 사람들은 몽구스가 뱀과 싸운 후에는 해독 약초를 찾으러 간다고 믿고 있었다.

어느 날 오후 동네에 사는 아이들이 급히 우리 집으로 몰려왔다.

매일같이 내가 해변으로 데리고 나가 오랫동안 산책하는 몽구스의 명성을 듣고 찾아온 것이다. 무서운 뱀 한 마리가 길거리에 나타났다는데 내 몽구스 키리아를 데려가도 되느냐고 물었다. 아이들은 몽구스의 승리를 확신하고 환호성을 올리고 있었다. 나는 몽구스를 안고 전장으로 향했다. 내 뒤로는 허리에 두르는 간단한 사롱만 걸친 타밀족과 싱할리족 아이들이 따라오고 있었다.

상대는 검은빛을 띤 무서운 폴롱가 뱀이었다. 일명 러셀 독사라고 하는 이 뱀은 치명적인 독을 지니고 있는데, 풀밭의 하얀 수도관에 누워 햇볕을 쬐고 있었다. 흡사 새하얀 눈밭에 떨어진 채찍처럼 보였다. 나를 따라오던 아이들이 소리 없이 뒤로 물러났다. 나는 수도관을 따라 앞으로 나갔다. 2미터 전방에 독사가 보이자 몽구스를 내려놓았다. 몽구스는 위험을 알아차리고 천천히 뱀을 향해 다가갔다. 우리는 숨을 죽였다. 곧 큰 싸움이 시작될 것이다. 독사는 똬리를 틀고 머리를 번쩍 쳐들더니 아가리를 벌리고 최면을 거는 듯한 눈빛으로 몽구스를 노려보았다. 몽구스는 아랑곳하지 않고 앞으로 다가갔다. 그러나 독사 입에서 몇 센티미터 떨어지지 않은 곳에 다다르자 이제 무슨 일이 일어날지 깨달은 모양이었다. 그 순간 몽구스는 펄쩍 뛰더니, 뱀과 관중을 뒷전에 남겨 놓고 쏜살같이 달아나 버렸다. 나중에 보니 내 침실에 돌아와 있었다.

이렇게 웰라와타 교외 동네에서 톡톡히 망신을 당했는데, 벌써 30년도 더 지난 일이 되었다.

며칠 전 누이가 공책 한 권을 갖다주었다. 이 공책에는 오래전에, 1918년과 1919년 사이에 쓴 시가 적혀 있었다. 그 작품들을 다시 읽으면서 청소년기의 우울을 보고, 다시 말해서 내 젊은 시절의 모든 작품들에서 발산하는 문학적 고독을 보고 나는 빙그레 웃었다. 젊은 작가는 이런 몸서리쳐지는 고독 없이는 글을 쓸 수 없다. 설령 그것이 상상의 산물이라고 할지라도 그렇다. 이는 성숙한 작가가 인간적 동료의식, 사회의식 없이는 아무런 글도 쓸 수 없는 것과 같은 것이다.

웰라와타에서 살던 그 시절에 나는 진정한 고독을 알게 되었다. 그때는 군인이나 탐험가처럼 야전침대에서 잤다. 내 주변에 있는 것이라고는 식탁 하나와 의자 둘, 일과 개와 몽구스 그리고 낮에는 집안일을 해 주고 밤이면 자기 집으로 돌아가던 소년이 전부였다. 소년은 사실 동료라고 할 수는 없었다. 동양인 하인이라는 신분 때문에 눈에 띄지 않는 그림자처럼 행동했기 때문이다. 소년의 이름은 브람피였다. 모든 일을 알아서 척척 처리해서 군말이 필요 없었다. 식탁에 가면 식사가 준비되어 있었고, 옷장을 열어 보면 말끔히 다림질한 옷이 걸려 있었으며, 베란다에 가면 위스키병이 놓여 있었다. 말할 줄 모르는 사람 같았다. 말(馬)처럼 커다란 이빨을 드러내고 웃는 것이 전부였다.

이런 고독은 문학적 영감을 불러일으키는 고독이 아니라 감옥의 벽처럼 단단한 고독이었다. 아무리 벽에 머리를 박고, 아무리 고함을 치고, 아무리 울어도 달려오는 사람 하나 없었다.

푸른 하늘 저편에는 황금빛 모래, 원시림 저 너머에는 독사, 코끼리 떼 저 너머에는 수백 아니 수천 명의 사람들이 물가에서 노래하며 일하고 불을 지피고 질그릇을 빚는다는 것을 알고 있었다. 그리고 알몸으로 돗자리에 누워 무수한 밤하늘의 별을 바라보며 잠을 청하는 정열적인 여인들이 있다는 것도 알고 있었다. 하지만 어떻게 해야 그들에게 적대감을 불러일으키지 않으면서 약동하는 그 세계에 다가

갈 수 있을까?

그러나 나는 차츰 실론섬을 알게 되었다. 어느 날 저녁, 만찬에 초대받아 가는 길에 콜롬보 교외의 어두컴컴한 동네를 지나게 되었다. 불도 켜지 않은 어떤 집에서 노랫소리가 들려왔다. 소년 아니면 여자 목소리였다. 인력거를 세우라고 했다. 허름한 대문으로 걸어가는 동안 실론 특유의 역한 냄새가 코를 찔렀다. 재스민 향, 땀 냄새, 코코넛 기름, 프랑기파니 향, 목련 향이 뒤섞인 지독한 냄새였다. 어두운 밤과 냄새에 파묻힌 검은 얼굴들이 들어오라고 문을 열어 주었다. 나는 조용히 돗자리에 앉았다. 내 발걸음을 멈추게 했던 그 신비한 목소리는 어둠 속에서 노래를 계속 불렀다. 소년인지 여인인지 떨리는 듯 흐느끼는 목소리는 믿기 어려울 정도의 고음으로 치닫다가 갑자기 멈추더니 어둠이 물든 저음으로 내려왔고, 프랑기파니 향에 달라붙어 아라베스크처럼 굽이치다가 분수처럼 하늘 높이 치솟아 수정처럼 맑은 높이에서 갑자기 뚝 떨어져 재스민 꽃 사이로 사그라졌다.

목소리에 홀리고 북소리에 취한 나는 한참을 그 자리에 앉아 있다가 나왔다. 무어라고 꼬집어 말할 수 없는 감흥에 젖어 대지에서 분출하는 신비한 리듬에 취한 채 길을 걸었다. 향기와 어둠에 휩싸인 대지가 노래하고 있었다.

정장 차림의 영국인들은 이미 식탁에 앉아 있었다.

"죄송합니다. 오는 도중에 음악을 듣느라 늦었습니다."

실론에서 25년을 지낸 그 사람들은 점잖게 놀라움을 표시했다.

"음악이라니요? 원주민들에게도 음악이 있습니까?"

그 사람들은 전혀 그 사실을 모르고 있었다. 처음 듣는 얘기였다. 영국인 식민 지배자들과 방대한 아시아 세계 사이의 엄격한 분리는 결코 과거의 일이 아니었다. 이러한 분리는 비인간적인 고립을 의미하며 아시아인들의 삶과 가치에 대한 철저한 몰이해를 의미한다.

훨씬 나중에 들은 얘기지만, 이런 식민주의에도 예외가 있었다. 한번은 식민지 관료들로 구성된 사교 클럽의 영국인 회원이 인도 미인에게 푹 빠져 헤어나지 못했다. 그 사람은 즉시 클럽에서 제명되었고, 자국민들로부터 나병 환자 취급을 당하며 따돌림을 받았다. 그 무렵 이런 일도 있었다. 식민 지배자들은 싱할리족 농민의 오두막집에 불을 지르라는 명령을 내렸다. 농부를 내쫓고 땅을 빼앗으려는 목적이었다. 오두막을 소각하라는 명령을 받은 영국인 관리는 도덕심을 갖춘 사람으로, 이름은 레너드 울프였다. 울프는 소각 명령을 거부하여 해임되었다. 영국으로 돌아간 울프는 『정글 마을』을 저술했다. 이 책은 그때까지 출판된 동양에 관한 책들 가운데 손꼽히는 수작이었다. 진정한 동양인의 삶을 사실적으로 묘사한 문학작품으로도 손색이 없는 책인데도 세계적으로 인정받는 주관적 소설가인 그의 아내 버지니아 울프의 명성에 가려 빛을 보지 못했다.

도무지 뚫을 수 없을 것만 같던 껍질에 균열이 생기면서 친구가 몇 명 생겼다. 동시에 식민주의 문화에 물들어 입만 열면 영국에서 발간된 최신 서적을 들먹이는 젊은이들도 알게 되었다. 또 피아니스트이자 사진작가이며, 비평가이자 영화 제작자인 라이오넬 웬트도 만났다. 웬트는 실론섬의 문화를 무가치하다고 폄하하는 제국주의적 관점에 맞서 이를 온당하게 평가해야 한다고 주장하는 인물이었다.

웬트는 방대한 장서를 소장하고 있었으며, 영국에서 발행되는 신간 서적을 받아 보고 있었다. 또 관대한 사람이어서 매주 책을 한 보따리씩 자전거에 실어 시내에서 멀리 떨어진 우리 집에 보내 주는 수고를 아끼지 않았다. 덕분에 나는 엄청나게 많은 영국 소설을 읽을 수 있었다. 그중에는 피렌체에서 자비로 출판된 『채털리 부인의 연인』 초판본도 있었다. 인간들 사이의 은밀한 관계를 생생하게 포착한 이 작품은 마치 시와 같아서 매우 인상적이었다. 그러나 로렌스는 천재성에도 불구하고 다른 위대한 영국 작가들과 마찬가지로 독자를 훈계하려 들었기 때문에 실패하고 말았다. 로렌스는 우리가 삶과 사랑으로부터 자연스럽게 배우는 것과는 그다지 관계가 없는 성교육 강좌를 개설한 것이다. 나는 로렌스가 지겹게 느껴졌다. 그러나 성의 신비에 대한 고통스러운 탐구, 쓸모없기 때문에 더욱 고통스러운 이러한 탐구에 대해서는 감탄하지 않을 수 없었다.

실론 시절 일 가운데 지금도 기억나는 것은 코끼리 사냥이다. 어떤 지방에 코끼리가 지나치게 많이 번식하여 주택과 논밭에 피해를 입혔다. 그러자 농부들은 한 달가량 큰 강줄기를 따라다니며 불을 지르고 모닥불을 피우고 북을 두들기며 야생 코끼리를 조금씩 밀림으로 몰아넣었다. 밤낮으로 지피는 불과 북소리에 놀란 코끼리들은 느릿느릿 흐르는 강물처럼 섬의 서북 지역으로 들어갔다.

그즈음 농부들은 통나무로 울타리를 세워, 숲 한쪽을 완전히 가로막는 우리를 만들었다. 첫 번째 코끼리가 좁은 통로를 따라 우리 안으로 들어가고 있었다. 직감적으로 포위되었다고 느낀 모양이다. 그러나 늦었다. 이미 수백 마리가 통로를 따라 들어갔고, 500마리에 이르는 코끼리들은 앞으로 나아갈 수도, 그렇다고 뒤로 물러설 수도 없는 신세가 되었다.

힘센 수컷들이 우리를 쓰러뜨리려고 돌진했다. 그러나 우리 뒤편에서 수많은 창이 날아들자 곧 암컷과 새끼들 주변을 둥그렇게 에워싸고 보호했다. 코끼리의 조직력과 방어력은 감탄할 만했다. 절망감에 사로잡힌 코끼리 떼는 말 울음소리 같기도 하고 트럼펫 소리 같기도 한 비명을 내지르며 어린 나무를 송두리째 뽑아 버렸다.

그때 조련사들이 훈련된 코끼리 두 마리를 몰고 울타리 안으로 들어갔다. 훈련된 코끼리는 야만적인 경찰관처럼 행동했다. 양쪽에서 붙잡힌 코끼리의 옆구리를 밀어붙이고 움직이지 못하게 코로 툭툭 쳤다. 그러자 사냥꾼들은 굵은 밧줄로 얌전해진 코끼리의 뒷다리를 묶어 튼튼한 나무에 동여맸다. 이런 식으로 한 마리씩 코끼리를 붙잡았다.

나무에 묶인 코끼리는 며칠 동안 음식을 먹지 않았다. 그러나 사냥꾼들은 코끼리의 약점을 잘 알고 있었다. 한동안 굶도록 내버려 두었다가 코끼리가 자유롭게 밀림을 돌아다닐 때 즐겨 먹던 식물의 순이나 여린 줄기를 코앞에 들이밀었다. 코끼리는 더 이상 버티지 못하고 그 음식을 먹었다. 이제 길들여진 것이다. 지금부터는 고된 노동을 배우게 될 것이다.

콜롬보 생활

콜롬보에서는 혁명의 기미조차 보이지 않았다. 이곳의 정치 상황은 인도와 전혀 달랐다. 어딜 가나 억압과 침묵이 짓누르고 있었다. 그저 영국에 최상급 차나 공급하는 처지였다.

실론 사회는 여러 영역 또는 계층으로 나뉘어 있다. 정원이 딸린 주택에서 사는 영국인들이 피라미드의 꼭대기를 점유하고, 그 아래에는 남아메리카에서도 흔히 볼 수 있는 중산층이 있다. 이들을 '버거'라고 부르는데, 인근 남아프리카에 정착한 네덜란드인, 즉 보어인 후예들이다. 보어인들은 19세기 식민 전쟁이 발발했을 때 실론섬으로 건너왔다. 그 밑으로는 수백만을 헤아리는 싱할라족 불교도와 회교도가 있다. 이들 밑에는 열악한 임금을 받는 수백만 노동자 계층이 있는데, 인도 남부 지역에서 이주한 사람들이다. 이들은 타밀어를 사용하며 힌두교를 믿는다.

아름다운 클럽을 드나들며 멋이나 부리는 콜롬보 사교계에서 유명한 속물 두 사람이 영역 다툼을 하고 있었다. 한 사람은 드모니 백작이라는 가짜 프랑스 귀족으로 상당한 추종자를 끌어모았다. 다른 한 사람은 우아하면서도 성격이 소탈한 폴란드인 빈제르로 몇 안 되는 고급 살롱을 주름잡고 있었다. 친구로 사귄 빈제르는 무척 재치 있고 또 냉소적인 사람으로 만물박사였다. 직업도 희한했다. '문화재 및 고고학적 보물 보호자'. 한번은 공식적인 업무를 수행하는 빈제르를 따라다녔는데 나에게는 정말로 새로운 경험이었다.

밀림이 삼켜 버린 고대 도시 아누라다푸라와 폴로나루와가 발굴되었다. 고대 싱할라 왕국의 기둥과 회랑이 다시 한번 찬란한 햇빛을 보게 된 것이다. 물론 운반이 가능한 유물은 단단히 포장하여 모조리 대영박물관으로 보냈다.

빈제르는 업무 처리에 능란했다. 멀리 떨어진 사원들을 찾아다니며 1000년도 더 된 거대한 석조 불상을 대영박물관으로 보내기 위해 공무 수행 트럭으로 반출하면서도 승려들에게 큰 기쁨을 안겨 주었다. 고대 유물의 대체물로 일본에서 만든 조잡한 셀룰로이드 부처 그림을 받아 든 승려들의 만족스러운 표정은 볼만했다. 승려들은 경건한 자세로 셀룰로이드 그림을 받아, 수 세기 동안 벽옥이나 화강암으로 만든 불상이 미소를 띠고 있던 자리에 안치했다.

빈제르는 대영제국의 탁월한 산물이었다. 즉, 우아한 철면피였다.

태양이 불타던 그 시절 한 조각 먹구름 같은 일이 발생했다. 성난 폭풍우 같은 버마의 여인 조시 블리스가 느닷없이 우리 집에 들이닥쳤다. 멀리 떨어진 자기 나라에서 나를 찾아 이곳까지 온 것이다. 버마에서만 쌀이 난다고 생각한 그녀는 쌀 한 자루를 등에 지고, 우리가 즐겨 듣던 폴 로브슨(미국의 흑인 인권 운동가이자 가수)의 음반 몇 장과 돗자리를 싸들고 왔다. 질투심에 사로잡힌 그녀는 현관문 앞에서 망을 보다가 나를 찾아오는 사람만 나타나면 무턱대고 달려들어 욕설을 퍼붓고, 우리 집에 불을 질러 버리겠다고 위협했다. 나를 찾아온 예쁘장한 유라시아 소녀에게 긴 칼을 빼 들고 덤벼들던 모습이 아직도 눈에 선하다.

식민지 경찰은 그녀의 무절제한 행동이 조용한 거리 질서를 해친다고 판단하고, 집 안에 들이지 않으면 추방하겠다고 경고했다. 나는 며칠 동안 고민했으나 사랑을 얻지 못한 그녀에 대한 연민과 그녀에 대한 공포감 사이에서 갈피를 잡을 수 없었다. 그러나 집 안에 발을 들여놓게 할 수는 없었다. 그녀는 무슨 일이든지 할 수 있는 사랑의 테러리스트였다.

드디어 그녀는 떠나기로 결심하고, 배 타는 데까지만 바래다 달라고 간절히 부탁했다. 배가 닻을 올리고, 나는 배에서 내려야 할 때가 되었다. 그녀가 승객들을 헤치고 뛰어나왔다. 슬픔과 사랑에 복받쳐 내 얼굴을 키스와 눈물로 뒤덮었다. 그러고는 무슨 의식을 행하듯 내 팔과 옷에 키스를 하더니 갑자기 내 구두에 얼굴을 묻었다. 미처 말릴 틈도 없었다. 그녀가 일어났을 때, 얼굴은 백구두의 초크 가루로 뒤범벅이 되어 있었다. 그러나 떠나지 말라는 얘기는 못 했다. 이제 떠나면 영원히 못 만날 테니 우리 함께 배에서 내리자는 말은 못했다. 이성적인 판단으로는 도저히 그런 말을 할 수가 없었다. 그러나 그 일은 내 가슴에 지워지지 않는 상처로 남아 있다. 가눌 길 없이 북받쳐 오르던 저 설움, 초크 가루로 뒤범벅된 얼굴 위로 흘러내리던 처절한 눈물은 평생 잊지 못할 것이다.

시집 『지상의 거처』가 거의 마무리 단계에 이르렀다. 그러나 도무지 작업 속도가 붙지 않았다. 내 세계 칠레는 소식조차 들을 수 없을 정도로 멀리 떨어져 있었고, 주변의 낯선 세계에 진정으로 참여할 수도 없었으므로.

이처럼 허공에 뜬 내 삶의 이야기가 이 시집에서는 자연스러운 일처럼 표현되어 있다. 잉크보다는 피를 가까이하라는 말이 바로 이런 게 아니겠는가. 아무튼 내 문체는 한결 정제되었고, 반복되는 광적인 우수를 훌륭하게 표현할 수 있었다. 진리와 수사법을(이러한 밀가루로 시라는 빵을 만든다.) 고려할 때 씁쓸한 문체를 고집할 수밖에 없었다. 내 고유의 문체를 체계적으로 파괴한 것이다. 문체가 곧 그 사람이라는 말이 있으나 이것이 전부는 아니다. 문체란 인간을 둘러싸고 있는 모든 것이기도 하다. 대기가 스며들지 않은 시는 죽은 시다. 숨을 쉴 수 없기 때문에 죽을 수밖에 없다.

콜롬보 교외에서 살 때만큼 오랫동안 혼자 지내면서 수많은 책들을 즐겁게 읽은 적은 없었다. 때때로 랭보, 케베도,• 프루스트의 작

• 프란시스코 데 케베도(1580~1645): 17세기 스페인 바로크 시대의 풍자시인. 후일 네루다는 그를 역사상 가장 위대한 '민중시인'이라고 평했다.

품을 읽기도 했다. 『스완네 집 쪽으로』를 읽을 때는 사춘기 시절의 고통, 사랑, 질투가 되살아났다. 프루스트가 "기체 같고 향기로운" 음악이라는 구절로 뱅퇴유의 소나타를 기술한 부분에서는 정열적인 음악에 대한 절묘한 묘사를 맛보았을 뿐만 아니라 주체할 수 없는 열정도 실감할 수 있었다.

그런 고독한 환경에서 내가 당면한 문제는 프루스트가 언급한 음악을 찾아서 듣는 것이었다. 음악가이자 음악학자인 친구의 도움을 받아 프루스트가 언급한 뱅퇴유는 슈베르트, 바그너, 생상, 포레, 댕디, 세자르 프랑크를 모두 합쳐 놓은 인물이라는 결론에 도달했다. 음악에 문외한인 내게는 전혀 모르는 음악가가 대부분이었다. 작품을 들어 본 적도 없으며 설령 들었다 해도 기억해 낼 수가 없었다. 아주 특징적인 멜로디마저도 겨우 식별할 정도로 귀가 둔감하기 때문이다.

이러한 조사를(음악적인 조사가 아니라 문학적인 조사였다.) 진행하는 과정에서 마침내 세자르 프랑크의 「피아노와 바이올린을 위한 소나타」가 수록된 세 장짜리 앨범을 구했다. 의심할 여지가 없었다. 뱅퇴유의 소절이 거기에 있었다. 정말 눈곱만큼도 의심할 여지가 없었다.

내 관심은 순전히 문학적인 것이었다. 시적 리얼리즘의 거장 프루스트는 그가 사랑하고 또 증오한 빈사 상태의 사회를 비판적으로 묘파한 이 소설에서 수많은 예술품, 그림, 성당, 여배우, 책을 감동적으로 묘사했다. 이처럼 소설 곳곳에서 프루스트의 통찰력이 빛을 발하고 있지만 유독 뱅퇴유 소나타의 매력만큼은 몇 번이나 반복해서 이야기하며, 그때마다 다른 묘사에서는 볼 수 없는 강렬한 문장을 구사했다. 프루스트의 글은 내 삶에 활력을 불어넣었고 오래전에 망실한 감정을 되살려 주었다. 또 프랑크 음악에서 프루스트의 마술적 이야기 기법을 찾아내려던 나는 음악의 날개에 실려 가게 되었다.

프랑크 소나타의 그 악장은 장중한 음이 한동안 굽이치다가 갈수록 무거워져 마침내 어두운 심연으로 빠져든다. 마치 비탄으로 고딕 건축물을 짓고 있는 것처럼 보인다. 소용돌이 무늬가 첨탑을 향해 쉼 없이 올라가는 리듬을 타고 반복적으로 굽이치는 그런 건물 말이다.

고통에서 탄생한 소리는 마침내 승리의 출구를 찾아간다. 그러나 그 순간에도 슬픔으로 흐트러진 원래의 모습을 부정하지 않는다. 암울한 피아노 반주가 간헐적으로 그 소리의 죽음과 부활을 드러내는 동안에도 비탄의 소용돌이에 휘말려든 것처럼 보인다. 가슴 에이는 피아노 선율은 가끔씩 탄생의 순간을 드러내며, 끝내는 사랑과 고통이 하나 되어 힘겨운 승리를 얻는다.

이것이 프루스트 작품에 등장하는 악절이고 소나타라는 것은 추호도 의심할 여지가 없었다.

느닷없는 어둠이 웰라와타의 야자나무 숲에 파묻힌 우리 집을 강타했다. 그러나 매일 밤 나는 소나타를 들으며 살았다. 나를 휘감는 그 소나타의 영원한 슬픔, 그 장려한 우수에 몸을 내맡겼다.

지금까지 내 시를 파헤친 비평가들은 방금 고백한 영향을 밝혀내지 못했는데, 이는 『지상의 거처』 대부분을 웰라와타에서 썼기 때문일 것이다. 이 시집에 수록된 시는 "기체 같고 향기로운" 시가 아니라 서러운 지상의 시이지만, 반복적으로 등장하는 상복(喪服)이라는 테마는 내가 즐겨 듣던 프랑크 음악의 수사법과 밀접한 관계가 있다.

수년 후 칠레로 돌아왔을 때, 문학 예술인 모임에서 칠레 음악의 젊은 거장 세 사람을 한꺼번에 만났다. 1932년 마르타 브루넷 집이었던 것 같다.

한쪽 구석에서 클라우디오 아라우, 도밍고 산타 크루스, 아르만도 카르바할이 이야기를 나누고 있었다. 그들은 내가 다가가도 거들떠보지 않고 여전히 음악과 음악가들 얘기에 열중하고 있었다. 그래서 나는 세자르 프랑크 소나타 이야기를 꺼내며 내가 가진 유일한 음악 지식을 뽐내려 했다.

그들은 슬쩍 나를 쳐다보더니 제대로 알고나 하는 소린지 모르겠다는 투로 말했다.

"세자르 프랑크? 왜 하필이면 세자르 프랑크입니까? 베르디나 들으시죠."

이렇게 무식쟁이 취급을 해 버리고 자기들끼리 이야기를 계속했는데, 아직까지도 그 무지를 못 벗어나고 있다.

싱가포르

콜롬보에서 보낸 쓸쓸한 생활은 힘겨웠을 뿐만 아니라 정신 상태까지 혼미하게 만들었다. 내가 살던 거리에는 친구도 얼마 되지 않았다. 다양한 피부색의 여자들이 내 야전 침대에 들렀으나 육체적 번갯불 이외에 아무런 사연도 남기지 않았다. 내 몸은 열대 해변에서 밤낮으로 타오르는 외로운 모닥불이었다. 친구 팻시가 여자들을 데리고 종종 찾아왔다. 보어인, 영국인, 드라비다족의 거무튀튀한 여자와 황금빛 여자들이었다. 이런 여자들은 스포츠를 즐기듯 거리낌 없이 나와 잠자리를 함께했다.

그중 한 여자가 합숙소에서 벌어진 이야기를 해 주었다. 합숙소란 가게나 회사에서 일하는 젊은 영국인들이 돈과 식량을 절약하기 위해 공동으로 거주하는 방갈로를 일컫는 말이다. 그녀는 아무렇지도 않다는 표정으로 마치 자연스러운 일인 양, 한번은 열네 명과 같이 잤다는 이야기를 들려주었다.

"어떻게 그럴 수가 있지?" 하고 내가 물었다.

"그날 저녁 파티를 했는데 여자라고는 나밖에 없었어요. 전축을 틀어 놓고 한 사람씩 번갈아 가며 춤을 추었죠. 춤을 추다가 살짝 침실로 사라지는 거죠. 그렇게 해서 모두 다 만족했어요."

그녀는 창녀가 아니었다. 그보다는 식민주의의 산물이었다. 식민주의라는 나무에 열린 솔직하고 헤픈 열매였다. 그녀의 이야기는 나에게 깊은 인상을 남겼다. 그 뒤로 나는 그녀에게 연민을 느꼈다.

내 외로운 방갈로는 시내에서 멀리 떨어져 있었다. 처음 세를 들었을 때 화장실이 보이지 않아 한참을 찾았다. 알고 보니 욕실에서 상당히 떨어져 집 뒤쪽에 있었다.

나는 호기심에서 화장실을 유심히 살펴보았다. 화장실은 가운데 구멍을 뚫어 놓은 나무 상자였다. 어릴 때 칠레의 시골에서 보았던 것과 아주 비슷했다. 그러나 칠레의 화장실은 깊은 웅덩이나 흐르는 물 위에 놓여 있었는데, 여기는 둥그런 구멍 아래 양철통만 달랑 놓여 있었다.

매일 아침이면 양철통은 깨끗하게 비워져 있었다. 나는 내용물이 어떻게 사라졌는지 알 수가 없었다. 어느 날 아침 평상시보다 일찍 일어났는데 내 눈앞에서 벌어진 광경을 보고 깜짝 놀랐다.

거무스름한 조각상 같은 여자가, 이제까지 실론에서 본 여자 가운데 제일 아름다운 여자가 집 뒤쪽으로 걸어가고 있었다. 그녀는 불가촉천민 파리아 카스트에 속하는 타밀족으로, 싸구려 천으로 만든 붉은색과 황금색 사리를 걸치고 있었다. 맨발에 무거운 발목 장식을 달고 걸었고, 양쪽 코끝에는 새빨간 장신구가 반짝였다. 평범한 유리에 불과하겠지만 그녀의 얼굴에서는 루비처럼 빛났다.

그녀는 엄숙하게 화장실 쪽으로 걸어갔다. 나를 쳐다보지도 않았다. 아니, 내가 거기에 있다는 사실조차 모르는 것처럼 그 혐오스러운 용기를 머리에 이고 여신 같은 걸음걸이로 눈앞에서 사라졌다.

천한 일에 종사하는 여자인데도 얼마나 눈부시도록 아름다운지 마음속에서 지워 버릴 수가 없었다. 그녀는 사람을 피하는 정글의 짐승 같았다. 전혀 다른 세계에 속하는 존재였다. 그녀를 불러 봤으나 아무런 반응이 없었다. 그 후 나는 그녀가 지나다니는 길목에 비단이나 과일 같은 선물을 놓아두었다. 그녀는 거들떠보지도 않고 지나쳤다. 비록 비천한 일이었으나 까무잡잡한 절세미인이 그런 일을 하고 있으니, 마치 냉담한 여왕이 의무적으로 치러야 하는 의식으로 보였다.

어느 날 아침 끝장을 보기로 마음먹었다. 나는 그녀의 손목을 움켜잡고 얼굴을 들이밀었다. 그런데 의사소통할 수 있는 언어가 없었다. 그녀는 내가 무슨 짓을 해도 저항하지 않았다. 하지만 단 한 번도 웃지 않았다. 이내 알몸이 된 그녀는 침대에 누워 있었다. 가냘픈 허리, 풍만한 엉덩이, 흘러넘치는 젖가슴은 마치 인도 남부의 수천 년 묵은 조각상 같았다. 우리의 결합도 한 남자와 조각상의 결합이었다. 그녀는 처음부터 끝까지 아무런 반응도 보이지 않고 눈만 커다랗게 뜨고 있었다. 그녀가 나를 경멸하길 잘했다. 나는 다시는 그런 짓을 되풀이하지 않았으니까.

전보를 받고도 한동안 믿을 수가 없었다. 나를 싱가포르와 바타비아(인도네시아의 수도 자카르타) 겸임 영사로 임명한다는 외무부 장관 명의의 발령 전보였다. 이로써 나는 최하위 빈곤층에서 한 단계 위로 올라갈 수 있게 되었다. 콜롬보에서는 총 166달러 66센트를 받았는데, 이제 두 지역을 동시에 관장하게 됨으로써 그 액수의 두 배인 333달러 32센트를 받을 수 있게 되었다. 이는 곧 야전침대 생활을 졸업할 수 있게 되었다는 뜻이다. 나의 물욕은 그렇게 과한 게 아니었다.

그런데 몽구스 키리아를 어떻게 처리할까? 동네 아이들에게 넘겨줄까? 그건 상상할 수도 없는 일이었다. 키리아의 뱀 퇴치 능력을 더 이상 믿지 않는 아이들이니 함부로 다룰 것이 분명했다. 나처럼 식탁에서 밥을 먹이지도 않을 것이다. 원시 상태로 돌아가게 정글에 풀어 줄까? 절대로 그럴 수는 없었다. 키리아가 방어 본능을 상실한 이상 맹수의 먹이가 될 것은 보나 마나 시간문제였다. 그렇다면 어떻게 데리고 간다는 말인가? 그런 유별난 승객은 절대로 태워 주지 않을 텐데.

그래서 싱할리족 사환 브람피를 데려가기로 작정했다. 하인까지 데려가는 것은 백만장자나 누리는 사치이고, 또 브람피에게는 전혀 말이 통하지 않는 말레이시아와 인도네시아로 가는 것이기 때문에 미친 짓이나 다름없었다. 몽구스는 광주리에 담아 갑판 밑에 숨기면 되겠다고 생각했다. 브람피는 나만큼 키리아를 잘 알고 있었다. 세관이 문제였지만 꾀가 많은 브람피가 요령껏 통과시키리라 믿었다.

그렇게 나는 슬픔과 기쁨을 안고 몽구스와 함께 실론섬을 떠나 또 다른 미지의 세계로 향했다.

칠레 정부가 왜 세계 곳곳에 수많은 영사관을 설치했는지 아마 이해하기 어려울 것이다. 남극 근처의 구석에 처박힌 작은 공화국이 지구 반대편에 있는 군도, 해안, 산호초에까지 공식 대표를 파견하고 주재시키는 것이 이상하게 보일 것이다.

내 생각에 이런 영사관은 본질적으로 우리 라틴아메리카인들에게서 흔히 볼 수 있는 자존심과 환상의 산물이다. 다른 한편으로는, 이미 언급한 대로 칠레는 이처럼 멀리 떨어진 외국에서 황마와 양초의 원료인 고형 파라핀, 그리고 무엇보다도 엄청난 양의 차를 수입한다. 칠레 사람들은 하루에 네 번 차를 마시는데 국내에서는 차를 재배할 수가 없다. 한때는 이 이국적인 기호 식품의 공급 부족으로 인해 초석 광산 노동자들이 대규모 파업에 돌입하기도 했다. 어느 날 위스키 몇 잔을 마신 후 영국인 수출업자들은 칠레에서 그렇게 많은 차를 수입해서 도대체 뭘 하느냐고 물었다.

"하긴 뭘 해요, 마시지요."

만일 나를 통해서 차를 무슨 비밀 산업에 이용하는지 알아내려고 했다면 크게 실망했을 것이다.

싱가포르 영사관은 10년 전에 설치되었다. 아무튼 나는 스물세 살다운 자신감으로 무장하고 싱가포르에 상륙했다. 브람피와 몽구스도 물론 데리고 갔다. 우리는 래플스 호텔에 여장을 풀고, 적지 않은 빨랫감을 호텔 세탁소에 맡겼다. 그러곤 베란다 안락의자에 느긋하게 앉아서 진파이트 칵테일을 한 잔 시키고, 두 잔 시키고, 세 잔까지 시켰다.

마치 서머싯 몸의 소설 속 한 장면 같았다. 영사관을 찾으려고 전화번호부를 뒤지기 전까지는 그랬다. 그런데 이런, 전화번호부에는 영사관이 없었다. 빌어먹을! 그 즉시 영국 총독부에 전화를 걸어 알아보았으나 이곳에는 칠레 영사관이 없다는 대답이었다. 칠레 영사 만시야에 대해서도 아는 것이 없다고 했다.

난감한 일이었다. 수중에 있는 돈으로는 하루 저녁 호텔비와 세탁비를 치르기도 빠듯했다. 그때 이 유령 같은 영사관이 바타비아에 있을 거라는 생각이 언뜻 머리를 스쳤다. 우리가 타고 온 배의 목적지가 바로 바타비아이고 아직 부두에 정박하고 있었다. 나는 그 배에 다시 타기로 작정했다. 브람피에게 물통에 담아 놓은 빨래를 꺼내 오라고 시켰다. 브람피는 물기가 흐르는 빨래를 둘둘 말았다. 우리 일행은 헐레벌떡 부둣가로 뛰어갔다.

이미 승선 사다리가 올라가고 있었다. 나는 씩씩거리며 사다리를 올라갔다. 승객들과 승무원들이 의아한 눈초리로 우리를 쳐다보았다. 나는 아침에 나왔던 선실로 다시 들어갔다. 그러곤 배가 이 재수 없는 항구를 빠져나가는 동안 침대에 누워 눈을 감고 있었다.

그 배에서 한 유대인 여자를 알게 되었다. 이름은 크루지였다. 금발에 약간 뚱뚱하고 눈은 오렌지색이었다. 명랑하고 쾌활한 성격이었다. 바타비아에 좋은 일자리가 있어 가는 길이라고 했다. 고별 파티 때 나는 그녀 곁에 줄곧 붙어 있었다. 그녀는 술을 마시며 간간이 나를 끌고 나가 춤을 추었다. 그 당시 유행하던 느린 박자의 춤을 서툰 솜씨로 따라 추었다. 그 마지막 저녁 우리는 선실에서 다정하게 사랑을 나누었고 이렇게 우연히 단 한 번밖에 만나지 못하는 운명을 아쉬워했다. 나는 그동안 겪은 일을 이야기했다. 그녀는 나를 따뜻하게 위로해 주고 부드럽게 어루만져 주었다.

크루지 역시 바타비아에서 진짜 하려는 일이 무언지 털어놓았다. 유럽 여자들을 권세 있는 아시아인들의 침실에 들여보내 주는 국제적인 조직이 있었다. 그녀는 마하라자, 즉 샴 왕국의 왕자와 돈 많은 중국인 무역상 중에서 하나를 선택할 수 있었는데 젊지만 점잖은 중국인을 선택했다고 한다.

다음 날 부두에 내렸을 때 중국인의 롤스로이스가 보였다. 꽃무늬 커튼이 드리워진 차창 너머로 중국인의 얼굴도 볼 수 있었다. 크루지는 붐비는 사람들과 짐짝들 사이로 사라졌다.

나는 데어 네덜란던 호텔에 여장을 풀었다. 점심을 먹으려고 나가려는데 크루지가 들어왔다. 그녀는 내 품에 안겨 흐느꼈다.

"나를 추방한대요. 내일 떠나야 해요."

"그런데 누가, 왜 당신을 쫓아낸다는 거죠?"

그녀는 계속 흐느끼며 자초지종을 들려주었다. 그녀가 롤스로이스에 타려는 순간 이민국 관리가 제지했다. 야만적인 심문에 시달린 그녀는 죄다 털어놓을 수밖에 없었다. 네덜란드 당국은 중국인의 첩으로 들어간다는 것이 중대한 범죄 행위라고 단정했다. 당국은 그녀가 중국인을 찾아가지 않으며, 입국한 선박 편으로 그다음 날 서양으로 돌아간다는 조건으로 그녀를 풀어 주었다.

무엇보다도 그녀가 가슴 아파하는 것은 자기를 기다리던 남자를 실망시켰다는 것이다. 이런 감정은 고급 롤스로이스와 결코 무관하지 않았다. 그러나 크루지는 천성적으로 감상적인 여자였다. 그녀가 우는 것은 일을 망친 탓도 있지만 꼭 그것만은 아니었다. 말 못 할 굴욕과 모욕을 당한 게 분명했다.

"그 사람 주소는 알아요? 전화번호는?"

"알아요. 하지만 체포될까 봐 겁나요. 감옥에 처넣겠다고 협박했거든요."

"더 이상 손해 볼 것도 없는 처지니까 어서 그 사람을 찾아가 보세요. 잘 알지도 못하는 당신을 기다리던 그 사람에게 최소한 몇 마디라도 해 줘야 하지 않겠어요? 이제 와서 네덜란드 경찰을 걱정할 게 뭐 있겠어요? 멋지게 복수 한번 하세요. 어서 그 중국인에게 가요. 조심만 하면 얼마든지 그 못된 경찰들을 따돌릴 수 있어요. 그러고 나면 기분이 나아질 거고 최소한 기분 좋게 이 나라를 떠날 수 있을 겁니다."

그녀는 그날 저녁 늦게 돌아와서 우편으로 소개받은 구혼자를 만난 이야기를 들려주었다. 그 동양인은 프랑스인이나 다름없는 교양인이었다. 기혼자로서 중국식 부부 관계의 법도를 준수하고 있었지만 무척이나 따분한 결혼 생활을 하고 있었다.

그 중국인은 서양에서 시집올 백인 여자를 위해 정원이 딸린 방갈로, 방충망이 달린 창문, 루이 16세풍 가구, 그리고 커다란 침대를 마련해 놓았다.(그날 저녁에 이 침대를 처음으로 사용했다.) 그리고 씁쓸한 표정으로 그녀를 위해 준비한 소품들과 은제 나이프와 포크(그는 젓가락만 사용했다.)와 유럽산 술을 진열해 놓은바, 과일을 가득 채워 넣은 냉장고를 보여 주었다.

그리고 단단하게 잠긴 커다란 궤로 다가가 바지에서 조그만 열쇠를 꺼내 궤를 열고 야릇한 보물을 보여 주었다. 갖가지 종류의 여자 속옷이었다. 수백 수천 벌도 넘는 여자들의 은밀한 속옷을 백단향이 코를 찌르는 궤 안에 곱게 모셔 놓은 것이다. 형형색색으로 온갖 종류의 실크 옷이란 옷은 다 모아 놓았다. 자주색, 노란색, 갖가지 분홍색, 신비한 초록색, 강렬한 빨간색, 윤기 도는 검은색, 하늘색, 옥색, 순백색까지 다양했다. 그것은 패티시에 물든 남자가 관능적 쾌락을 충족시키기 위해 수집한 색욕의 무지개였다.

"까무러칠 뻔했어요." 크루지가 다시 흐느끼며 말했다. "손에 잡히는 대로 한 움큼 가져왔어요. 보세요."

나 또한 인간의 신비에 놀라지 않을 수 없었다. 근엄한 중국인 무역상은 마치 나비를 채집하듯이 여자 속옷을 수집한 것이다. 어느 누가 상상이나 할 수 있었겠는가?

"어디 하나만 줘 보세요." 하고 크루지에게 말했다.

그녀는 하얀색과 초록색이 뒤섞인 옷을 골라 부드럽게 만져 보다가 건네주었다.

"여기에 몇 자 적어 주세요."

그녀는 팬티를 조심스럽게 펼쳐 내 이름과 자기 이름을 쓰고 나서 눈물을 떨어뜨렸다.

그녀는 다음 날 아침 나를 보지 않고 떠났다. 그 뒤로 그녀를 만나지 못했다. 그녀의 헌사와 눈물이 담긴 그 팬티는 옷과 책을 담아 놓은 여행 가방 속에서 몇 년 동안 굴러다녔다. 그런데 언제 어느 얄미운 여자가 그 팬티를 입고 내 방을 나갔는지 모르겠다.

바타비아

그때만 해도 모텔이라는 것이 없었으므로 데어 네덜란던 호텔은 약간 이상해 보였다. 식당과 사무실이 있는 커다란 본관 건물과 손님들이 묵는 방갈로가 서로 떨어져 있었다. 방갈로와 방갈로 사이에는 나무가 무성하게 우거진 작은 정원이 있었다. 나무 꼭대기에는 무수한 새와 이 가지에서 저 가지로 넘나드는 다람쥐와 정글에서처럼 마음껏 우는 곤충이 살고 있었다. 브람피는 새 보금자리에 적응을 못하는 몽구스를 돌보는 데 정성을 쏟았다.

이곳에 칠레 영사관이 있었다. 최소한 전화번호부에 올라 있었다. 나는 하루 동안 충분한 휴식을 취했다. 다음 날 정장을 입고 영사관으로 향했다. 커다란 건물 정면에 칠레 영사관 문장이 걸려 있었다. 해운회사 건물이었다. 어떤 직원이 나를 본부장 사무실로 안내했다. 뚱뚱하고 혈색이 좋은 네덜란드인은 해운 회사 본부장이라기보다는 부두 노동자 같았다.

"새로 부임한 칠레 영사입니다." 이렇게 내 소개를 했다. "지금까지 수고가 많으셨습니다. 영사관 주요 현안에 대해 브리핑해 주시면 감사하겠습니다. 이 자리에서 업무를 인계받고 싶습니다."

"여기 영사는 나밖에 없어!" 하고 그는 화를 냈다.

"그게 무슨 말씀입니까?"

"당신네들이 진 빚부터 갚으시오!"라고 그는 고함을 질렀다.

그 사람은 해운은 알고 있을지 모르겠으나 예절이 뭔지는 전혀 모르는 사람이었다. 싸구려 시가를 질겅질겅 씹으며 거침없이 욕설을 뱉어 냈다. 담배 연기 때문에 실내 공기가 탁했다.

그 무례한 인간은 내가 말할 틈도 주지 않았다. 울화와 시가 때문에 연신 기침을 하고 가래침을 뱉었다. 드디어 말할 기회가 생겼다.

"선생님, 저는 빚진 것도 없고 갚을 것도 없습니다. 저는 선생님이 명예 영사라고 알고 있습니다. 그게 문제라면 이렇게 큰소리를 낸다고 해결되는 일은 아닙니다. 그리고 더 이상 상소리는 듣고 싶지 않군요."

나중에야 그 무례한 네덜란드인도 나름대로 사정이 있었다는 것을 알게 되었다. 그는 사기 행각의 피해자였다. 그렇다고 칠레 정부나 내가 책임질 일은 아니었다. 원인 제공자는 바로 만시야라는 사기꾼이었다. 이 작자는 바타비아에서 영사 업무를 본 적이 한 번도 없었다. 오래전부터 파리에 거주하고 있었다. 만시야는 네덜란드인에게 영사 업무를 위임하고, 매달 서류와 영사관 수입금만 파리로 보내도록 합의했다. 만시야는 그 대가로 매달 일정액의 수당을 주기로 약속했으나 그때까지 한 푼도 주지 않았던 것이다. 그래서 이 순진한 네덜란드인은 엉뚱한 사람에게 울분을 쏟아 낸 것인데, 나로서는 마른하늘에 날벼락이었다.

다음 날 나는 하염없이 아팠다. 발열과 독감, 외로움과 출혈에 시달렸다. 온몸이 불덩이 같고 땀이 비 오듯 했다. 옛날 추운 테무코에서 그랬던 것처럼 코피까지 쏟아졌다.

만신창이가 된 몸을 간신히 이끌고 네덜란드 총독부를 찾아갔다. 청사는 보이텐조르히(현재 명칭은 보고르)라는 잘 가꾸어진 식물원 안에 있었다. 푸른 눈의 관료들은 서류에서 눈을 떼는 일조차 힘들어했다. 펜을 쥔 손도 땀에 절었고, 내 이름 몇 자를 받아쓰는 순간에도 땀방울이 종이에 떨어졌다.

청사에서 나올 때는 들어갈 때보다 상태가 훨씬 안 좋았다. 나는 길을 내려오다가 큰 나무 아래 주저앉았다. 나무 밑에서는 모든 것이 건강하고 시원했으며 생명체는 조용하면서도 힘차게 숨쉬고 있었다. 눈앞에는 거대한 나무들이 치솟아 있었다. 곧고 반들반들한 은색 나무는 높이가 100미터도 더 되는 것 같았다. 에나멜을 칠한 명패를 읽어 보니 유칼립투스의 변종이었다. 처음 보는 나무였다. 높은 나무에서 쏟아지는 신선한 기운이 코로 스며들었다. 이 황제 같은 나무가 나를 가엾게 여긴 모양이다. 그렇기에 신선한 기운을 내려보내 내 원기를 회복시켜 준 것이리라.

식물원의 장엄한 초록 물결, 온갖 모양의 나뭇잎, 서로 뒤엉킨 덩굴, 나뭇가지에서 불가사리처럼 반짝이는 난초, 심해와 같은 산림, 앵무새의 울음소리, 원숭이들이 떠드는 소리, 어쩌면 이 모두가 꺼져가는 촛불 같던 나에게 자신감을 심어 주고 삶의 의욕을 북돋아 주었는지도 모른다.

기운을 차리고 호텔로 돌아와서 방갈로 베란다에 앉았다. 탁자 위에는 몽구스가 앉아 있었다. 그리고 종이도 있었다. 칠레 정부에 전보를 보낼 작정이었다. 그런데 잉크가 없었다. 호텔 종업원을 불러 영어로 잉크를 갖다 달라고 부탁했다. 그러나 종업원은 전혀 알아듣지 못한 눈치였다. 그 종업원은 역시 맨발에 하얀 옷을 입은 다른 종업원을 불러서 내 말을 통역해 달라고 부탁했다. 그러나 아무런 도움이 되지 않았다. 내가 '잉크'라고 발음하며 펜을 들어 잉크병에서 잉크를 찍는 시늉을 하자, 애초의 종업원을 도와주러 나타난 예닐곱 명의 종업원들은 호주머니에서 일제히 펜을 꺼내 들고 내 동작을 따라하며 "잉크, 잉크." 하고 자지러질 듯이 웃었다. 마치 새로운 의식을 배운다고 여기는 것 같았다. 가슴이 답답해진 나는 옆 방갈로로 뛰어들어갔다. 흰옷을 입은 종업원들도 나를 따라왔다. 책상 위에 다행히도 잉크병이 있었다. 잉크병을 들고 휘둥그레진 종업원들의 눈앞에서 흔들어 대면서 소리쳤다.

"이거야, 이거."

그들은 웃음 띤 얼굴로 합창했다.

"띤타, 띤타."

이렇게 해서 말레이어로 잉크는 스페인어와 마찬가지로 띤타라는 것을 알게 되었다.

얼마 후 영사 업무를 인계받았다. 말썽 많은 영사관의 재산이라고는 낡은 고무 인장, 스탬프 잉크, 수입 지출 명세서 몇 장이 끼워진 서류철이 전부였다. 영사관에서 발생한 이익은 몽땅, 파리에서 조종하던 전 영사의 호주머니로 들어가고 없었다. 네덜란드인은 농락당한 마스토돈(코끼리처럼 생긴 신생대 공룡)처럼 끊임없이 싸구려 시가를 씹으며 씁쓸한 웃음과 함께 쓸모없는 서류 뭉치를 넘겨주었다.

나는 가끔씩 영사 송장에 서명을 하고 낡은 관인을 찍었다. 이렇게 일하고 받은 달러를 길더(네덜란드 화폐)로 환전하면 내 숙식비, 브람피의 임금, 하루에 계란을 서너 개씩 먹어치우며 부쩍부쩍 자라나는 키리아의 식비를 겨우 충당할 수 있었다. 이 외에도 어쩔 수 없이 하얀 턱시도와 연미복을 각각 한 벌씩 월부로 구입해야 했다. 이따금씩 넓은 수로 옆의 혼잡한 노천 카페에 혼자 앉아 맥주나 진을 마셨다. 쉽게 말해서 답답하고 외로운 생활이 다시 시작된 것이다.

호텔 식당의 음식은 호화찬란했다. 열 명에서 열다섯 명의 종업원들이 음식 그릇을 높이 치켜들고 줄줄이 식당으로 들어왔다. 그릇마다 칸막이가 있었고, 칸막이마다 신비하고 맛있는 음식이 담겨 있었다. 이런 음식은 모두 쌀밥 위에 얹혀 있었다. 나는 식사량이 많은 편인 데다 오랫동안 제대로 먹지 못한 탓에 종업원들이 들고 나오는 음식을 빼놓지 않고 접시에 담았더니 금방 산더미처럼 쌓였다. 이국적인 생선 요리, 무슨 알인지도 알 수 없는 알 요리, 처음 보는 채소 요리, 이게 정말 닭고기인지 의심이 가는 닭고기 요리, 희한한 고기 요리가 점심이라는 산봉우리를 뒤덮고 있었다. 중국인들은 음식의 3대 요소로 맛, 향기, 색깔을 꼽는다. 그러나 이 호텔의 식탁에는 한 가지 장점이 더 있었다. 바로 풍부한 양이었다.

몽구스 키리아를 잃어버린 것도 이 무렵이다. 키리아에게는 매우 위험한 버릇이 있었다. 내가 어디를 가든 소리 없이 빠른 걸음으로 뒤따라온다는 것이었다. 이것은 곧 차, 트럭, 인력거, 네덜란드인, 중국인, 말레이인 보행자들이 붐비는 길거리로 무작정 뛰어든다는 의미다. 이 세상에서 사람이라고는 단 두 사람밖에 모르던 순진한 키리아에게는 너무 복잡한 세계였다.

기어이 일이 터지고 말았다. 호텔로 돌아와서 브람피의 얼굴을 보는 순간 불상사가 생겼다는 걸 직감했다. 아무것도 묻지 않았다. 그러나 내가 베란다에 앉아 있어도 키리아가 무릎에 뛰어오르거나 털이 보송보송한 꼬리를 얼굴에 문지르지도 않았다. 일간지에 광고를 냈다. "몽구스를 찾습니다. 키리아라고 부르면 대답함." 아무도 연락을 주지 않았다. 이웃 사람들도 키리아를 보지 못했다고 했다. 어쩌면 이미 죽었는지도 모른다. 그렇게 키리아는 영원히 사라졌다.

키리아를 보살피던 브람피는 면목이 없다고 생각했는지 한동안 내 앞에 얼씬거리지 않았다. 유령이 옷이며 신발을 챙겨 주는 것 같았다. 가끔 한밤중에 나무에 올라간 키리아가 낑낑거리며 나를 부르고 있는 것 같은 생각이 들었다. 불을 켜고 창문과 현관문을 열어 놓고 야자나무를 자세히 살펴보았다. 키리아가 아니었다. 키리아는 세상에 된통 당한 것이다. 세상을 너무 믿은 탓에 도시라는 위험한 정글에서 봉변을 당하고 만 것이다. 나는 한동안 울적한 기분을 떨쳐버릴 수 없었다.

면목이 없어진 브람피는 결국 자기 나라로 돌아가겠다고 결심했다. 내키지 않는 일이었으나 사실 우리 사이를 이어 준 끈은 키리아뿐이었다. 어느 날 오후 브람피는 새 옷을 보여 주었다. 실론으로 돌아갈 때 입을 나들이옷을 구입한 것이다. 브람피는 목까지 단추를 채운 하얀 옷을 입고 나타났다. 설상가상으로 새까만 머리에 커다란 주방장 모자까지 쓰고 있었다. 나는 터져 나오는 웃음을 도저히 참을 수가 없었다. 브람피는 모욕이라고 생각하지는 않았다. 오히려 넉넉한 웃음으로 나를 대했다. 내 무지를 너그럽게 이해한다는, 그런 웃음이었다.

바티비아에서 새로 얻은 집은 프로볼링고 거리에 있었다. 거실 하나, 침실 하나에 부엌과 화장실이 딸린 집이었다. 차를 사지 않았기 때문에 차고는 항상 비어 있었다. 작은 집이었으나 나 혼자 살기에는 공간이 남아돌았다. 자바인 요리사를 고용했다. 나이가 많은 농촌 여자로 평등주의자였는데 매력적인 사람이었다. 하인도 고용했다. 역시 자바인으로 부엌일과 세탁 일을 맡았다. 이곳에서 나는 『지상의 거처』를 탈고했다.

외로움은 점점 깊어만 갔다. 결혼을 하고 싶었다. 혼혈 여자, 정확하게 말하면 말레이 피가 몇 방울 섞인 네덜란드 여자를 만나 무척이나 사랑하게 되었다. 그녀는 키가 크고 마음씨가 고운 여자로 문학과 예술에는 문외한이었다.(그로부터 몇 년 뒤 내 전기를 쓴 작가이자 친구인 마르가리타 아기레는 이 결혼을 두고 이렇게 썼다. "네루다는 1932년에 칠레로 돌아왔다. 귀국하기 2년 전, 바타비아에서 자바섬에 정착한 젊은 네덜란드 여인 마리아 안토니에타 아헤나르와 결혼했다. 그녀는 영사의 아내라는 신분을 매우 자랑스럽게 여기며, 아메리카를 매우 이국적인 곳으로 생각하고 있다. 스페인어를 한 마디도 못하기 때문에 지금 열심히 배우고 있다. 그러나 그녀가 이해하지 못하는 것이 언어만은 아닌 게 분명하다. 여러 가지 어려움에도 불구하고 그녀는 정서적으로 네루다와 굳게 결합되어 있다. 두 사람은 늘 함께 나다닌다. 마루카(네루다는 그녀를 이렇게 부른다.)는 키가 크고 온화하며 성직자 같다.")

내 생활은 단조로웠다. 곧 친절한 사람들을 여럿 사귀게 되었다. 쿠바 영사 부부는 직업도 같고 언어도 같아서 친구가 되었다. 카파블랑카(쿠바 태생의 체스 명인)와 같은 나라 출신인 이 영사는 영구 기관처럼 쉬지 않고 말했다. 공식적으로는 쿠바 독재자 마차도 정권의 대표였다. 그러나 나를 만나면 쿠바 정치범의 소지품(시계, 반지, 종종 금이빨까지)이 아바나만에서 잡힌 상어 배 속에서 나온다는 뒷이야기도 들려주었다.

독일 영사 헤르츠는 현대 조형미술의 예찬가로 프란츠 마르크의 청색 말과 빌헬름 렘브루크의 길쭉한 인물상을 좋아했다. 감수성이 예민하고 낭만적인 기질의 헤르츠는 오랜 문화유산을 물려받은 유대인이었다. 한번은 그에게 이런 질문을 던졌다.

"히틀러라는 이름이 간혹 신문에 오르내리던데, 이 반유대주의자, 반공주의자가 권력을 잡지 않겠습니까?"

"불가능합니다."

"왜 불가능하다고 생각합니까? 역사를 보면 얼마나 터무니없는 일이 많은데요."

"당신이 독일을 몰라서 하는 얘깁니다." 그는 잘라 말했다. "그 사람처럼 미친 선동가는 시골 면장조차 할 수 없는 나라가 바로 독일입니다."

아, 불쌍한 친구, 불쌍한 헤르츠 영사! 그 미친 선동가가 세계를 지배할 뻔하지 않았던가. 순진한 헤르츠는 고상한 낭만주의와 문화를 가슴에 부여안은 채 어느 이름 없는 가스실에서 생을 마쳤을 것이다.

5 가슴속의 스페인

페데리코 가르시아 로르카

1932년, 두 달에 걸친 여행 끝에 다시 칠레로 돌아왔다. 칠레에서 원고 더미 속에 묻혀 있던 『열광적인 투척병』과 동양에서 집필한 『지상의 거처』를 출판했다. 1933년에는 부에노스아이레스 주재 칠레 영사로 임명을 받고 그해 8월에 부임했다.

그 무렵 가르시아 로르카도 부에노스아이레스에 도착했다. 롤라 멤브리베스 극단이 「피의 결혼식」을 초연하기 때문에 공연을 지도하려고 온 것이다. 우리는 서로 안면이 없었다. 그러나 이곳에서 처음 만난 이후, 작가와 친구들이 우리 두 사람을 함께 초대했다. 물론 사건도 없지 않아 있었다. 로르카를 비방하는 사람들이 있었다. 내 경우도 마찬가지였는데 아직도 그런 사람들이 나를 따라다닌다. 이런 비방자들은 어떻게 하든 사람들 눈을 가려 보려고 혈안이었다. 그때 이런 일도 있었다. 펜클럽(PEN Club)이 로르카와 나를 초청하여 플라자 호텔에서 만찬을 개최한다는 뉴스가 커다란 화제를 불러일으키자 어떤 훼방꾼이 하루 종일 전화통을 붙들고 앉아 만찬이 취소되었다는 소문을 퍼뜨렸다. 호텔 지배인, 전화 교환원, 주방장에게 전화를 걸어 예약을 취소하고 식사를 취소했다. 그렇지만 방해 공작은 결국 실패로 끝났고 우리는 수백 명의 아르헨티나 작가들과 만날 수 있었다.

우리는 깜짝 놀랄 만한 행사를 기획했다. '알알리몬' 연설을 준비한 것이다. 아마 독자들은 알알리몬이 무슨 뜻인지 모를 것이다. 그 당시에는 나도 잘 몰랐다. 기발한 생각을 잘 해내는 로르카는 이렇게 설명했다.

"투우사 두 명이 망토 한 장을 같이 들고 투우와 싸우는 경우가 있지. 투우에서 가장 위험한 도전 방식이라 자주 볼 수는 없어. 백년에 두세 번밖에 안 하거든. 그리고 투우사 두 명이 형제이거나 최소한 피가 섞인 친척일 때만 그런 경기를 하는 거야. 이것을 알알리몬 투우라고 하는데 우리 둘이 연설에서 한번 시도해 보자는 거야."

이것이 바로 우리가 준비한 연설이었다. 그러나 사전에 이 사실을 안 사람은 아무도 없었다. 우리는 만찬회를 개최한 펜클럽 회장에게 감사의 인사를 하려고 함께 자리에서 일어났다. 알알리몬 투우사들처럼 동시에 일어나서 연설을 하려고 한 것이다. 만찬회장이라 식탁이 여기저기 놓여 있었고 로르카와 나는 떨어져 앉아 있었다. 주위에 앉은 사람들은 내 실수라고 생각하고 옷자락을 잡아당겼다. 나더러 앉으라는 것이었다. 로르카도 저편에서 똑같은 일을 당하고 있었다. 그러나 우리는 동시에 연설을 시작했다. 내가 "신사"라고 하면 로르카는 "숙녀 여러분"이라고 이어받았다. 이처럼 서로 말을 주고받더라도 처음부터 끝까지 하나의 연설처럼 보이도록 준비했다.

루벤 다리오•에게 바치는 연설이었다. 로르카나 나를 모데르니스모 시인이라고 여기는 사람은 아무도 없을 것이다. 하지만 우리 생각에 루벤 다리오는 스페인어권에서 누구보다도 독창적인 위대한 시인이었다.

그 연설 전문을 여기에 옮긴다.

네루다 신사……

로르카 숙녀 여러분. 투우에는 '알알리몬'이라는 경기 방식이 있습니다. 두 명의 투우사가 망토 한 장을 같이 들고, 달려드는 투우를 피하는 것입니다.

네루다 로르카와 저는, 전선(電線)으로 연결된 우리 두 사람은 그처럼 짝을 이루어 이 영광스러운 자리를 마련해 준 여러분에게 화답하고자 합니다.

로르카 이러한 모임에 참석한 시인은, 소중하든 하찮든 자신만의 생생한 경험을 들려주고 또 자신만의 고유한 목소리로 동료 시인과 친구들에게 인사를 드리는 게 관례입니다.

네루다 그러나 우리는 이미 고인이 된 분을 이 자리에 모시고자 합니다. 그 어떤 죽음보다 더 무서운 죽음이라고 할 수 있는 어둠 속에 쓸쓸하게 묻혀 버린 시인이며, 당대 사람들에게는 자랑스러운 남편이었으나 이제는 홀아비가 되어 버린 분을 모시고자 하는 것입니다. 우리는 그분의 불타는 그림자 밑에 서려고 합니다. 그분의 업적이 망각이라는 장애물을 뛰어넘을 때까지 그 이름을 부르고자 합니다.

• 루벤 다리오(1867~1916): 니카라과 출신의 시인. '모데르니스모' 시 운동을 주창하여 라틴아메리카는 물론 스페인의 현대시에도 지대한 영향을 주었다.

로르카 우리는 먼저 훌륭한 시인 아마도 비야르(만찬을 주최한 아르헨티나 시인)에게 펭귄처럼 따뜻한 우의를 표하는 바입니다. 우리는 곧 포도주 잔이 깨지고, 포크가 눈알을 찌르자고 날아다니고, 해일이 식탁보를 더럽히리라 확신하지만 그래도 여러분의 식탁 위에 위대한 이름을 쏟아 놓으려고 합니다. 우리는 아메리카와 스페인의 시인 루벤……

네루다 다리오를 불러 보려고 합니다. 신사……

로르카 숙녀 여러분,

네루다 여기 부에노스아이레스 어느 곳에 '루벤 다리오 광장'이 있습니까?

로르카 어느 곳에 루벤 다리오 동상이 있습니까?

네루다 공원을 사랑하는 분이었는데, 어느 곳에 '루벤 다리오 공원'이 있습니까?

로르카 어느 곳에 '루벤 다리오 꽃 가게'가 있습니까?

네루다 어느 곳에 '루벤 다리오 거리'가 있습니까?

로르카 어느 곳에 루벤 다리오의 핸드프린팅이 있습니까?

네루다 루벤 다리오의 백조, 수지(樹脂), 기름은 도대체 어느 곳에 가야 볼 수 있습니까?

로르카 루벤 다리오는 '고향 니카라과'에 잠들어 있습니다. 인조 대리석으로 만든 사자상 아래 묻혀 있습니다. 이런 사자상은 부자들이 현관에 장식품으로 설치합니다.

네루다 수많은 사자를 길러 낸 사람에게 싸구려 사자상을 던져 주고, 별을 노래한 사람에게 별 하나 없는 초라한 사자상을 안겨 준 것입니다.

로르카 루벤 다리오는 형용사 하나로 밀림의 소리를 창조해 냈습니다. 언어의 마술사 프라이 루이스 데 그라나다•처럼 레몬에서, 사슴 발자국에서, 두려움에 떠는 연체동물에서 성운(星雲)을 보았습니다. 순양함이 떠다니는 암울한 바다를 볼 수 있도록 천진난만한 우리 눈을 뜨게 해 주었고, 더할 나위 없이 음산한 오후에도 술 향기 가득한 큰길을 만들어 주었습니다. 낭만주의 시인답게 뜨거운 가슴으로 어두운 남서풍도 친구처럼 반겼으며, 코린트식 기둥에 손을 얹고 모든 시대를 냉소적으로 회의했습니다.

네루다 우리는 루벤 다리오의 붉은 마음을 기억해야 합니다. 가슴이 찢어지는 처절한 고통, 작열하는 회의, 지옥의 밑바닥까지 내려가는 치열한 삶, 명예의 전당에서 찬란히 빛나는 업적, 불세출 위대한 시인의 자질, 이 모두를 함께 기억해야 합니다.

로르카 스페인 시인으로서 다리오는, 오늘날 우리 시인들에게서 찾아보기 힘든 관대한 마음과 보편적인 정신으로 나이 많은 선생들과 어린아이를 가르쳐 주셨습니다. 바예 인클란,••후안 라몬 히메네스, 마차도 형제•••의 스승이었습니다. 그의 목소리는 유서 깊은 우리말 밭고랑을 적시는 물이고 거름이었습니다. 로드리고 카로••••에서 아르헨솔라 형제•••••와 후안 데

• 프라이 루이스 데 그라나다(1504~1588): 도미니크회의 수사이며, 신비주의 철학을 설파한 『죄인들의 안내서』로 유명하다.

•• 라몬 델 바예 인클란(1869~1935): 스페인의 극작가. 기이한 옷차림과 풍자적인 작품으로 한 시대를 풍미했다.

••• 스페인의 98세대 시인 마누엘 마차도(1874~1947)와 안토니오 마차도(1875~1939)를 가리킨다.

•••• 로드리고 카로(1573~1647): 스페인 바로크 시대의 시인. 『이탈리아의 폐허에서』를 비롯하여 많은 작품을 남겼다.

••••• 소네트로 유명한 레오나르도 아르헨솔라(1559~1613)와 바르톨로메 아르헨솔라(1561~1631)를 가리킨다.

아르기호[•]에 이르기까지 스페인어가 루벤 다리오 작품에서만큼 빛과 소리와 형식의 언어 축제를 벌인 적은 없었습니다. 벨라스케스의 풍경과 고야의 모닥불과 케베도의 우울에서 탐스러운 사과 같은 마요르카 지방의 시골 처녀들에 이르기까지 루벤 다리오는 스페인 땅을 마치 고향 땅인 양 지나다녔습니다.

네루다 루벤 다리오는 해류를 따라 칠레로 왔습니다. 북반구의 난류에 떠밀려 험준한 암석 해안에 내던져졌습니다. 바다는 물거품과 파도 소리로 그를 강타했고, 발파라이소의 검은 바람은 소금기 밴 노래를 만들어 냈습니다. 오늘 밤, 눈에 보이지 않는 공기로 루벤 다리오의 동상을 만들어 담배 연기와 대화 소리가 떠도는 곳, 풍경과 생명이 있는 곳에 세워 놓읍시다. 그리하여 탁월한 루벤 다리오의 시가 꿈과 소리를 찾도록 합시다.

로르카 그러나 나는 공기로 만든 이 동상에 피가 돌게 하고 싶습니다. 파도에 몸을 뒤척이는 산호처럼 붉은 피가 돌게 하고 싶습니다. 사진 속의 번갯불과 같은 신경을 부여하고 싶습니다. 미노타우로스 같은 그의 머리를 동상에 올려놓고 싶습니다. 그리하여 벌새가 날아다니며 공고라[••]가 말한 하얀 눈(雪)을 칠하고, 눈물의 백만장자다운 퀭한 눈을 새기고, 결점 또한 새기고 싶습니다. 이미 들풀이 무성하게 자라고 있는 책장, 진탕한 술자리가 끝난 코냑 병에서 들리는 공허한 플루트 소리, 촌스러운 취향, 수많은 시에서 사람 냄새가 나게 만드는 철면피

• 후안 데 아르기호(1567~1622): 스페인 바로크 시대의 시인.

•• 루이스 데 공고라(1561~1627): 스페인 시인으로 케베도와 더불어 전형적인 바로크 시의 양대 산맥을 형성했다. 작품에서는 고도로 난해한 수사법을 구사하여 '공고리즘'의 창시자가 되었다.

한 넋두리를 새기고 싶습니다. 위대한 루벤 다리오 시의 본질적인 풍요는 규범과 형식과 말초적인 감각 너머에 있습니다.

네루다 스페인 사람 페데리코 가르시아 로르카와 칠레 사람인 저는 오늘 밤 동료 여러분들이 마련해 주신 이 영광을 루벤 다리오에게 돌리고자 합니다. 우리보다 훨씬 고상하게 노래했고, 유례없는 목소리로 아르헨티나 땅의 찬가를 불렀으나 지금은 어둠 속에 서 있는 저 위대한 시인에게 말입니다.

로르카 칠레 사람 파블로 네루다와 스페인 사람인 저는 우리의 언어로 하나가 되었고, 니카라과 — 아르헨티나 — 칠레 — 스페인의 위대한 시인 루벤 다리오에 의해 하나가 되었습니다.

네루다, 로르카 루벤 다리오의 영예를 위하여 우리 모두 잔을 높이 듭시다.

미겔 에르난데스

부에노스아이레스 주재 영사로는 얼마 근무하지 않았다. 1934년 초에 바르셀로나 영사로 발령을 받은 것이다. 스페인 주재 칠레 총영사 툴리오 마케이라가 내 직속 상관이었다. 그는 내가 만난 칠레 영사들 중에서 가장 모범적인 관료였다. 엄격하고 과묵하기로 소문난 사람이었으나 내게만은 예외적으로 친절하고 이해심 깊고 따뜻하게 대해 주었다.

툴리오 마케이라는 내가 뺄셈과 곱셈이 매우 서툴고 나누기도 모른다는 것을(나누기를 배운 적이 없었다.) 이내 간파했다. 그는 이렇게 말했다.

"파블로, 당신은 마드리드에 가서 살아야겠어요. 그곳에 가야 시가 있습니다. 여기 바르셀로나에는 지겨운 곱셈과 나눗셈만 있어요. 그런 일은 나 혼자 처리해도 충분해요."

요술처럼 하루아침에 마드리드 주재 칠레 영사로 변신한 나는 로르카와 알베르티의 친구들을 만날 수 있었다. 상당히 많은 사람들이었다. 며칠 되지 않아 이 스페인 시인들과 친해졌다. 당연하지만 스페인 시인들과 라틴아메리카 시인들은 서로 차이가 있었다. 이런 차이는 항상 자부심이나 상대방에 대한 오해를 수반한다.

내 세대의 스페인 시인들은 라틴아메리카 시인들보다 우의도 좋고 단결력도 강하고 쾌활했다. 이와 동시에 우리 라틴아메리카 시인들이 더 세계적이고, 다른 언어와 문화에 익숙하다는 사실도 확인할 수 있었다. 스페인 시인들 가운데 스페인어 이외의 언어를 구사할 수 있는 사람은 몇 되지 않았다. 그래서 프랑스 시인 데스노스와 크레벨•이 마드리드를 방문했을 때 내가 통역을 맡을 수밖에 없었다.

로르카와 알베르티의 친구 중에 젊은 시인 미겔 에르난데스가 있었다. 내가 에르난데스를 만난 것은 그가 농부들이 입는 코르덴 바지에 운동화를 신고 염소지기로 일하던 고향 오리우엘라에서 갓 올라왔을 때였다. 내가 발행하던 잡지 《초록 말》에 그의 시를 게재하였는데, 찬연하고 생동감 넘치는 시를 보고 감탄사가 절로 나왔다.

에르난데스는 흙냄새 물씬 풍기는 농부였다. 얼굴을 보면 아직도 신선한 흙냄새를 풍기는 감자나 흙덩어리 생각이 났다. 마드리드에서는 우리 집에서 살며 시를 썼다. 아메리카적인 내 작품은 다른 지평과 평원을 보여 줌으로써 그의 시 세계에 영향을 주었고, 변화를

• 로베르 데스노스(1900~1945)와 르네 크레벨(1900~1935)은 모두 프랑스 초현실주의 시인. 크레벨은 개인적인 갈등을 이기지 못하고 서른다섯의 나이로 자살하였다.

일으켰다.

에르난데스는 종종 동물과 새 이야기도 들려주었다. 마치 다듬지 않은 돌처럼, 순수한 숲과 굽이치는 생명력을 지닌 자연에서 솟아나온 작가였다. 잠든 암염소의 배에 귀를 대 보면 얼마나 재미있는지도 얘기해 주었다. 그렇게 하고 있으면 젖통으로 젖이 흘러 들어가는 소리를 들을 수 있다는 것인데, 저 염소 시인이 아니라면 어느 누구도 들을 수 없는 소리일 것이다.

어떤 때는 나이팅게일의 노래에 관한 이야기를 들려주었다. 그의 고향 동부 스페인은 꽃이 만발한 오렌지와 나이팅게일로 가득했다. 내 조국에는 빼어난 노래꾼인 나이팅게일이 없다고 하자 조금 엉뚱한 데가 있는 에르난데스는 나이팅게일이 노래하는 모습을 생생하게 보여 주고 싶었는지 가로수 위로 올라갔다. 그리고 나무 꼭대기에 걸터앉아서 나이팅게일처럼 휘파람을 불며 지저귀었다.

나는 생계가 막연한 에르난데스에게 일자리를 구해 주고 싶었다. 스페인에서 시인은 직업을 얻기 어려웠다. 마침 외무부의 고위 관료로 일하는 한 자작이 사정을 듣고, 에르난데스의 시를 읽고 감탄했는데 기꺼이 도와주겠으니 원하는 직책만 알아 오라고 말했다. 나는 들뜬 마음으로 그 소식을 전했다.

"에르난데스, 드디어 직업이 생겼어. 자작이 자네에게 한자리 주겠대. 이제 아주 높은 자리에 앉게 된 거야. 원하는 자리가 뭔지 말해 봐. 그래야 임명을 하지."

에르난데스는 생각에 잠겼다. 때 이른 주름살이 깊이 파인 얼굴에 근심의 그림자가 드리워졌다. 몇 시간이 지난 오후에야 그는 대답을 주었다. 인생 문제의 해답을 찾은 사람처럼 두 눈을 반짝이며 이렇게 말했다.

"내가 여기 마드리드 근처에서 염소 떼를 키울 수 있게 해 줄 수는 없을까?"

에르난데스에 관한 추억은 내 가슴속에서 절대 지워지지 않으리라. 동부 스페인의 나이팅게일 노래, 첨탑처럼 치솟은 오렌지꽃 그늘에서 노래하는 새소리를 결코 떨쳐 버릴 수가 없었다. 그 노랫소리는 핏속에 흐르고 있었고, 흙냄새 물씬한 야생적인 시 속에 흐르고 있었다. 왕성한 젊음의 향기와 풍요가 배어 있고, 동부 스페인의 색깔, 향기, 소리가 무성하게 뒤엉켜 있는 시 속에 아직도 그 노랫소리가 살아 있다.

에르난데스의 얼굴은 스페인의 얼굴이었다. 햇빛에 깎이고, 씨를 뿌려 놓은 밭처럼 고랑이 파인 얼굴은 빵이나 지구처럼 둥글둥글한 데가 있었다. 바람에 그을려 까칠까칠해진 얼굴에서 불길처럼 이글거리는 두 눈은 강인함과 온유함을 동시에 담고 있었다.

나는 에르난데스의 말에서 시적 요소가 솟아나는 것을 보았다. 그러나 이제 그 말은 새로운 위대성과 야생의 빛과 노인의 피를 어린 아들의 피로 변화시키는 기적에 의해 변화가 일어났다. 시인으로서, 세계 곳곳을 방황하는 시인으로서 살아온 나는 아직까지 에르난데스만큼 투철한 소명과 뛰어난 언어 감각을 지닌 시인을 만나지 못했다.

잡지 《초록 말》

로르카와 알베르티(두 사람은 우리 집 근처 다락방에 살았다. 숲 한쪽을 헐고 지은 집이라서 남아 있는 숲이 내려다보였다.), 알베르토(원래 톨레도에서 제빵사로 일했는데 그때는 이미 추상 조각의 거장이었다.), 알톨라기레, 베르가민, 위대한 시인 루이스 세르누다, 무한한 차원을 보여 주는 시인 비센테 알레익산드레, 건축가 루이스 라카사. 우리는 매일 집이나 카페에서 만났다. 물론 몇 사람만 모일 때도 있고, 여러 사람이 같이 모일 때도 있었다.

카스테야나 거리나 코레오스 맥줏집에 일차로 모인 우리는 아르구에예스에 있는 우리 집('꽃집'이라고 불렀다.)으로 몰려오기도 했다. 칠레 출신의 위대한 코타포스가 봄바르돈(튜바와 유사한 금관악기)이라고 부르던 2층 버스 위층에서 내린 우리는 시끌벅적하게 먹고 마시고 노래 불렀다. 이렇게 시를 좋아하고 또 놀기 좋아하는 젊은 동료들 중에는 시인 아르투로 세라노 플라하, 재기 발랄한 화가 호세 카바예로, 안달루시아에서 곧장 우리 집으로 찾아온 안토니오 아파리시오가 있었다. 그 밖에도 이제는 죽었거나 내 곁을 떠났지만, 그 시절에 나누던 우정을 생각하면 마치 내 몸이나 영혼의 일부가 떨어져 나간 것처럼 그립고 아쉬운 친구들이 있다.

아, 그 시절의 마드리드! 우리는 갈리시아 지방 출신의 화가 마루하 마요와 함께 하층민 동네를 돌아다니며 바구니와 돗자리를 파는 가게, 물통 제조업자의 거리, 밧줄 제조업자의 거리, 마드리드의 심장을 옥죌 만큼 다양한 물건을 진열해 놓은 만물상을 찾아다녔다. 스페인은 건조하고 바위가 많은 나라다. 수직으로 쏟아지는 햇살은 들판에서 불꽃을 일으키고 먼지 자욱한 빛의 성곽을 만들어 낸다. 스페인의 진정한 강은 시인들이다. 케베도의 시는 깊은 초록색 물과 검은 거품이며, 칼데론•의 시는 강물처럼 노래하는 음절이며, 아르헨솔라 형제의 시는 수정처럼 맑은 물이며, 공고라의 시는 루비 강이다.

• 페드로 칼데론 데라바르카(1600~1681): 스페인 황금 세기의 마지막을 장식한 극작가. 『인생은 꿈이다』 외 주옥같은 희곡 작품을 남겼다.

바예 인클란은 딱 한 번 만났다. 하얀 수염을 길게 기른 깡마른 사람이었다. 마치 자기가 쓴 책의 책갈피 속에 납작하게 눌려 있다가 누런 종이 물이 든 채로 걸어 나온 사람 같았다.

라몬 고메스 데라세르나•는 그가 늘상 드나들던 폼보 카페에서 처음 만났는데, 나중에 그의 집에서 다시 보게 되었다. 고메스 데라세르나가 카페에 앉아서 쩌렁쩌렁한 목소리로 대화를 주도하고, 웃고, 담배를 피우고, 생각에 잠기던 모습이 기억난다. 나는 고메스 데라세르나를 우리 스페인어권에서 가장 훌륭한 작가라고 생각한다. 그의 천재성에는 케베도와 피카소처럼 호방한 데가 있다. 그의 작품을 손에 들고 아무 곳이나 펼쳐 보라. 물질적인 것과 형이상학적인 것, 진실과 환영을 날렵하게 파헤치는 솜씨를 볼 수 있다. 그가 스페인에 대해 아는 것, 그리고 그가 스페인에 대해 쓴 것은 그만이 할 수 있는 것이다. 그는 비밀스러운 우주를 구축했다. 스페인어의 문장 구조를 자기 식으로 바꾸어 사용했기 때문에 문장에 찍힌 그의 지문은 아무도 지울 수 없다.

안토니오 마차도도 여러 번 만났다. 공증인처럼 검은 정장 차림으로 입을 다물고 점잖게 카페에 앉아 있는 마차도는 스페인의 고목처럼 의젓해 보였다. 문단의 악동으로 입이 험한 후안 라몬 히메네스••는 안토니오 마차도를 가리켜 항상 담뱃재나 묻히고 다니며, 주머니 속에는 담배꽁초밖에 없는 사람이라고 말한 적이 있다.

각광받는 시인 후안 라몬 히메네스, 이 사람을 보고 그 유명한 스

• 라몬 고메스 데라세르나(1888~1963): 스페인의 작가. '그레게리아스'라는 간결하고 유머가 넘치는 글쓰기를 시도했다.

•• 후안 라몬 히메네스(1881~1958): 1956년 노벨 문학상을 수상한 스페인 시인. 1914년에 출판된 시집 『플라테로와 나』로 문명을 얻었다.

후안 라몬 히메네스

페인인의 시기심이 어떤 것인지 알게 되었다. 사실 후안 라몬 히메네스는 다른 사람을 시기할 필요가 없는 사람이었다. 암울한 20세기 초에 그의 시집은 찬란한 빛으로 떠올랐기 때문이다. 그럼에도 그는 은둔자 행세를 하고 살면서 자기 명성을 가린다 싶으면 닥치는 대로 비난을 퍼부었다.

페데리코 가르시아 로르카, 라파엘 알베르티, 호르헤 기엔, 페드로 살리나스 등 젊은 시인들은 후안 라몬 히메네스에게 끊임없이 시달렸다. 수염을 곱게 기른 이 악마 같은 사람은 매일 이 사람 저 사람을 겨누고 화살을 쏘아 댔다. 일간지《엘 솔》일요일판에는 밴댕이 속 같은 평론을 기고하여 매주 나를 공격했다. 하지만 그따위 일에 상관하지 않고 살기로 마음먹었다. 한마디도 응수하지 않았다. 공격적인 비평에는 절대 대응하지 않았으며, 지금도 그런 자세를 유지하고 있다.

하루는 인쇄소를 운영하는 시인 알톨라기레가 우리 집으로 찾아와서 멋진 시 전문 잡지를 창간할 생각이라고 말했다. 스페인을 대표할 만한 최고의 잡지를 만들겠다는 것이었다.

"그 잡지를 편집할 사람은 한 사람밖에 없습니다. 바로 당신이오."

나는 한때 욕심을 부려 수많은 잡지를 창간했지만 곧 손을 떼기도 하고 또 밀려나기도 했다. 1925년에는《카바요 데 바스토스》를 창간했다. 그 무렵 우리들은 마침표가 없는 글을 썼으며, 제임스 조이스 작품을 읽고 더블린의 모습을 상상했다. 그때 움베르토 디아스 카사누에바는 터틀넥 스웨터를 애용했는데, 시인으로서는 파격적인 복장이었다. 그의 시는 그 이후의 작품도 그렇지만 순결하고 아름다웠다. 로사멜 델 바예는 시인답게 모자에서 신발까지 온통 검은색으로 두르고 다녔다. 잡지에 적극적으로 참여한 사람은 이 두 사람으로 기억하고 있다. 다른 사람들은 생각이 나지 않는다. 아무튼 우리가 발행한 잡지《카바요 데 바스토스》는 당대를 뒤흔들었다.

"좋습니다. 잡지 편집을 맡겠습니다."

알톨라기레는 훌륭한 인쇄 기술자였다. 손수 보도니 활자를 뽑아 판을 짰다. 대천사처럼 부지런히 일하는 그의 손길을 거치면 어떤 시라도 한결 빛을 발했다. 그는 셸리가 키츠의 죽음을 애도하여 쓴 「아도니스」를 직접 번역하여 멋진 책으로 출판했고, 페드로 에스피노사•의 시집 『헤닐강의 우화』도 발간했다. 글자가 종이 위로 돋아난 듯이 보이는 훌륭한 인쇄술 덕분에 반짝이는 황금빛 시구들이 얼마나 찬란하게 보였는지 모른다.

내가 편집한《초록 말》은 5호까지 시중에 나왔다. 말할 필요 없이 멋진 잡지였다. 알톨라기레는 언제나 웃으면서 활자를 뽑고, 판을 짜고, 소형 인쇄기를 발로 돌려 작업했다. 가끔 자기 딸의 유모차에 잡지를 싣고 다녔는데, 지나가던 사람들은 이 모습을 보고 농담을 던졌다.

"참 훌륭한 아빠구나. 이런 번잡한 거리에 자식을 데리고 나오다니!"

• 페드로 에스피노사(1578~1650): 시기적으로 공고라나 케베도의 바로크 시대에 속하는 시인이나 작품은 간결하고 명징한 문체를 구사했다.

여기서 자식이란 《초록 말》을 타고 여행하는 시다. 이 잡지에는 에르난데스의 신작, 그리고 페데리코 가르시아 로르카, 루이스 세르누다, 비센테 알레익산드레, 호르헤 기옌의 작품이 실렸다. 신경증이 있고 19세기 사람 같은 후안 라몬 히메네스는 일요일마다 나를 겨냥하여 다트를 던졌다. 알베르티는 잡지 제목을 마땅찮게 여겼다.

"초록색 말도 있나? 붉은 말이라고 해야지."

나는 색깔을 바꾸지 않았다. 그러나 그 문제로 알베르티와 말다툼을 벌이지는 않았다. 어떤 문제가 발생하든지 알베르티와 언쟁을 한 적은 없었다. 세상은 무지개 색깔처럼 다양한 말(馬)과 시인을 받아들이고도 남으니까.

《초록 말》 6호는 제본도 못 하고 비리아토 거리에 남겨 두었다. 6호는 제2의 로트레아몽이라고 할 수 있는 훌리오 에레라 이 레이시그(우루과이 출신의 모데르니스모 시인) 특집이었다. 스페인 시인들이 쓴 원고는 세상의 빛도 보지 못한 채 시들어 버렸다. 1936년 7월 19일이 발행 예정일이었으나 그날 거리는 화약 연기가 자욱했다. 프란시스코 프랑코라는 무명의 장군이 아프리카 주둔군을 이끌고 공화국에 반기를 들었던 것이다.

그라나다의 범죄

지금 이 글을 쓰고 있는 순간에도 스페인에서는 수십 년 전(벌써 이렇게 세월이 흘렀다.) 반란의 성공을 기념하는 공식 행사가 열리고 있다. 이 순간에 마드리드에서는 황금색과 청색 제복을 입은 괴수 프랑코가 무어인 경호대의 호위를 받으며 미국, 영국 등 세계 각국 대사들과 함께 군대를 사열하고 있다. 사열을 받는 대부분의 병사들은 스페인 내전을 경험하지 못한 청년들이다.

나는 내전을 경험한 사람이다. 스페인 사람 백만 명이 죽었다! 백만 명은 망명했다! 저 피 묻은 가시는 인류의 양심에 영원히 박혀 있을 것처럼 보였다. 그런데 무어인 경호대 앞에서 사열하는 저 청년들은 섬뜩한 역사의 진상을 모르는 것 같다.

나에게 스페인 내전은 1936년 7월 19일 밤에 시작된 셈이다. 다정다감하고 모험을 좋아하는 칠레인 보비 데글라네는 마드리드의 프리세 경기장에서 프로레슬링 프로모터로 일하고 있었다. 한번은 내가 그런 스포츠도 진짜 스포츠라고 할 수 있는지 의심스럽다고 말했더니 로르카와 함께 경기장에 나와서 얼마나 진지한 스포츠인지 확인해 보라고 권유했다. 나는 로르카를 설득하여, 시합이 시작될 무렵 경기장에서 만나기로 약속했다. 우리는 '가면 쓴 혈거인', '아비시니아의 교살자', '사악한 오랑우탄' 선수의 혈투를 즐길 참이었다.

그런데 로르카가 약속 장소에 나타나지 않았다. 그때 그는 이미 죽음을 맞이하고 있었다. 우리는 더 이상 만날 수가 없었다. 로르카는 또 다른 교살자를 만났던 것이다. 이렇게 나에게 스페인 내전은 한 시인의 실종으로부터 시작되었으며 곧이어 내 시의 성격을 바꾸어 놓았다.

로르카는 진정한 시인이었다. 우아한 기품과 천재성, 뜨거운 가슴과 맑은 폭포수가 그렇게 완벽하게 결합된 시인은 아직까지 보지 못했다. 로르카는 사방에 빛을 뿌리는 요정이었다. 가슴에 모아 둔 기쁨을 주변에 퍼뜨리며 행성처럼 삶의 행복을 반사하는 사람이었다. 순진하고 재미있고 세계적이고 지방적이고 독특한 음악가이고 명석하고 겁이 많고 미신적이고 명랑하고 고상한 로르카는 스페

페데리코 가르시아 로르카

인 역사에서 개화한 민중 문화를 한눈에 보여 준 시인이었다. 또한 아랍-안달루시아 전통을 계승한 시인으로, 자유로운 스페인이라는 저 무대(안타깝게도 지금은 사라지고 없다.)에서 재스민나무처럼 빛을 발하고 향기를 내뿜었다.

나는 로르카 작품의 은유가 가지는 힘에 매혹되었으며 그가 쓴 모든 작품에 관심을 가졌다. 로르카 또한 종종 내게 최신작을 읽어 달라고 부탁했다. 내가 반쯤 읽어 내려가면 "그만! 그만해! 이러다간 자네 영향을 받겠어." 하고 소리를 질렀다.

연극에서나 시에서나 군중 속에서나 사교 모임에서나 미를 증폭시키는 사람이었다. 그토록 마술적인 손재주를 지닌 사람을 본 적이 없으며 그토록 명랑한 친구를 만난 적도 없다. 로르카는 언제나 웃었고 노래했고 악기를 연주했고 팔딱팔딱 뛰었고 창조했고 번뜩이는 재치를 발휘했다. 온갖 재능을 타고났을 뿐만 아니라 위대한 시를 모으는 벌처럼 부지런히 일했다. 그러나 가끔은 재능을 쓸데없이 낭비하기도 했다.

"이봐." 로르카는 내 팔을 붙잡으며 이야기를 꺼냈다. "저 창문 보이지? '초르파텔리코'하지 않아?"

"초르파텔리코가 무슨 뜻인데?"

"나도 잘 몰라. 하지만 초르파텔리코한 것과 그렇지 않은 것쯤은 알아야지. 그런 것도 모르면 안 되지. 저 개 좀 봐. 정말 초르파텔리코하군."

한번은 그라나다에서 『돈키호테』 출판 기념 행사에 초대를 받아 초등학교에 갔다고 했다. 교실에 들어서자 어린 학생들이 여자 교장 선생님의 지휘 아래 이런 노래를 부르고 있어서 할 말을 잃었다는 것이다.

로드리게스 마린•이
주석을 달아 놓은 이 책은
이곳에서도 저곳에서도
언제나 언제나 칭송받으리라

언젠가 로르카를 주제로 강연을 한 적이 있다. 그가 죽은 뒤의 일이었다. 그때 청중 중 누군가가 이런 질문을 했다.

"선생님은 「페데리코 가르시아 로르카에게 바치는 송시」에서 왜 사람들이 로르카를 위해 병원을 청색으로 칠한다고 하셨습니까?"

나는 이렇게 대답했다.

"음, 시인에게 이런 질문을 하는 것은 숙녀에게 나이를 묻는 것이나 마찬가집니다. 시란 정태적인 물건이 아니라 흐르는 물과 같습니다. 시를 창작한 사람의 손아귀에서 빠져나가는 일이 허다합니다. 시란 존재하면서 동시에 존재하지 않는 요소, 존재하면서 동시에 존재하지 않는 사물로 형성됩니다. 어쨌거나 질문에 성실하게 답변하겠습니다. 나는 청색이 제일 아름다운 색깔이라고 생각합니다. 청색은 하늘처럼 자유와 기쁨을 향해 나아가는 인간적인 공간이라는 뜻을 함축하고 있습니다. 로르카는 인간적인 매력을 지닌 사람으로 어떤

• 1912년 『돈키호테』 주석본을 발행한 스페인 학자.

자리든 얼굴만 내밀어도 분위기가 살아났습니다. 질문하신 내 시구는 아마 그런 가르시아 로르카의 마술적인 힘에 영향을 받아 병원마저도, 슬픔이 감도는 병원마저도 아름다운 청색 건물로 바뀌었다는 것을 보여 주고자 했을 것입니다."

로르카는 죽음을 예감하고 있었다. 언젠가 연극 순회공연을 마치고 돌아온 후 나를 불러 이상한 사건을 얘기해 주었다. 그는 라바라카 극단과 함께 카스티야 지방의 외진 마을에 도착해 마을 입구에 무대를 세웠다. 순회공연의 압박감 때문에 잠을 이룰 수가 없어서 새벽에 자리에서 일어나 혼자 주변을 산책하고 있었다. 카스티야 지방의 칼날 같은 추위는 낯선 여행자를 경계하는 듯했다. 안개까지 짙게 깔려 유령이 나올 것만 같은 으스스한 분위기였다.

웬 커다란 쇠창살이 보였다. 녹이 슬어 있었다. 부서진 동상과 기둥이 낙엽 더미 위로 뒹굴고 있었다. 그는 오래된 저택 대문 앞에 서 있었다. 드넓은 중세의 장원으로 들어가는 입구였다. 추운 새벽에 혼자 내버려졌다고 생각하니 외로움이 뼈에 사무쳤다. 갑자기 무언가 나타날 것만 같고, 무슨 일이 일어날 것만 같은 섬뜩한 느낌이 들어 나뒹구는 기둥 위에 털썩 주저앉고 말았다.

그런데 어디선가 새끼 양 한 마리가 나타나 폐허 사이로 돌아다니며 풀을 뜯어먹었다. 안개로 만든 작은 천사 같은 양의 출현으로 외로움이 누그러졌다. 마치 고독한 땅에 떨어진 사랑의 꽃잎 같았다. 로르카는 더 이상 혼자가 아니라고 생각했다.

갑자기 돼지 떼가 그곳으로 몰려왔다. 네댓 마리쯤 되는 검은 돼지는 닥치는 대로 먹어 치웠다. 발톱이 꼭 돌 같아서 돼지가 아니라 검은 야수처럼 보였다.

그때 로르카는 섬뜩한 장면을 목격했다. 돼지 떼가 새끼 양을 덮

치더니 공포에 떨고 있는 로르카 바로 옆에서 갈기갈기 찢어 먹어 버리는 것이었다. 이 피비린내 나는 장면을 목격한 로르카는 즉시 순회공연단을 깨워서 길을 재촉했다.

로르카는 이 이야기를 들려줄 때까지도 공포에 사로잡혀 있었다. 내전이 일어나기 석 달 전의 일이다. 나중에 깨달았지만, 이 사건은 죽음의 예고, 믿을 수 없는 비극적인 죽음의 전조였다. 로르카는 처형된 게 아니라 암살당했다. 그가 살해되리라고 어느 누가 상상이나 했겠는가. 그 어떤 스페인 시인보다 많은 사랑과 애정을 받던 사람이고 너무나 명랑해서 어린애 같던 사람인데, 그 어떤 괴물이 그런 사람을 고향 땅에서 죽이는 상상도 못 할 범죄를 저질렀단 말인가.

이 사건이 긴 내전 기간에 내가 겪은 가장 가슴 아픈 일이었다. 스페인은 항상 검투사들의 경기장이었고, 무수한 피가 뿌려진 땅이었다. 잔혹하게 희생물을 죽이는 장면을 우아하고 화려하게 포장한 투우장에서는 고대로부터 내려오는 어둠과 빛 사이의 필사적인 투쟁이 반복되고 있다.

프라이 루이스 데 레온[•]은 종교재판을 받고 투옥되었고, 케베도는 지하 감방에서 고초를 당했으며, 콜럼버스는 발목에 쇠고랑을 차야만 했다. 엘 에스코리알 궁전[••]의 납골당을 보라. 현재의 '전몰자 계곡'[•••]도 그렇지만, 100만 명이 죽고 무수한 사람들이 투옥되었는

• 루이스 데 레온(1528~1591): 아우구스티누스 학파의 수도사이자 시인. 살라망카대학에서 가르치던 그는 성서를 스페인어로 번역했다는 죄목으로 종교재판을 받고 실형을 살았다. 다시 강단에 선 그는 "어제 얘기했듯이……"라는 말로 강의를 시작했다고 전한다.

•• 엘 에스코리알 궁전은 스페인의 펠리페 2세가 1563년부터 20년에 걸쳐 건축한 건물로, 역대 왕의 유해를 안장한 영묘와 별장으로 사용되었다.

••• 전몰자 계곡은 프랑코가 내전의 희생자를 추모하기 위해 돌산을 통째로 깎아 만든 대성당이다.

데도 십자가 하나만 덩그러니 서 있을 뿐이다.

『어두운 사랑의 소네트』

가르시아 로르카는 인간적 사랑에 대한 자신의 열정적이고 묘사적인 시에서 좀처럼 깊은 감정의 열쇠를 보여 주지 않는다. 그는 아마도 상이한 방식의 사랑을 했던 것 같다. 하지만 그 방식을 밝히기에는 내가 그의 문제에 대해 아는 게 없다.

하지만 그 문제를 밝혀 줄 오랜 소네트가 있다. 물론 페데리코가 쓴 최고의 작품 중 하나이다. 나는 늘 그에게 다시 들려 달라고 청했고 언젠가 어느 식당에서는 그가 종이에 연필로 써 준 적도 있다. 암기하고 있던 시를 써 주면서 내게 이렇게 말했다. "당신에게 정말로 선물로 드릴게요. 사본은 없어요."

다음은 그 시구 중 하나이다.

뼈로 된 아폴로가 비인간적인 하상을 지운다.
그곳에서 내 피가 봄날의 갈대를 엮는다.

그리고 이렇게 끝맺는다.

아, 가녀린 허리의 작은 갈색 피부의 여인이여!
아, 금속과 우수의 페루여!
아, 스페인, 아, 단단한 돌 위로 죽어 버린 달!

가르시아 로르카는 이 시를 칠레인 알프레도 콘돈의 부인이자 페루인인 카르멘을 위해 썼다.

또한 살해되기 몇 주 전, 마누엘 알톨라기레의 집에서 내게 『어두운 사랑의 소네트』를 낭송해 줬다. 나는 그 시에서 대단한 아름다움을 느꼈다. 분명 그의 마지막이자 진정한 사랑을 위해서 쓴 것이었다.

그 작품은 죽은 시인이 남긴 종이들 속에 훼손되지 않고 온전히 남아 있었다고 한다. 그게 사실이고 가르시아 로르카의 가족이 비도덕적으로 출판을 막았다면 그건 용서받지 못할 일이다. 하지만 나도 확인할 방도는 없다. 몇 해 전에 상파울루에서 가르시아 로르카를 만났을 때는 이 문제에 대한 해명을 들을 기회가 없었다.

페데리코 가르시아 로르카의 마지막 사랑

페데리코 가르시아 로르카의 동성애 성향을 덮으려는 사람들이 있지만, 내 생각에 이 주제는 피할 도리가 없다. 스페인과 라틴아메리카에선 아주 조심스럽게 페데리코의 성적 취향을 숨기려고 한다. 그런 행동에는 살해된 시인에 대한 경의가 담겨 있다. 그러나 성적인 문제에 대한 금기, 스페인 제국과 식민화가 남긴 종교적 유산, 19세기적인 위선도 존재한다.

스캔들을 제기한 사람들도 있었다. 그들은 거의 대부분 반동적이었다. 그들은 잔인한 정치적 범죄를 숨기려고 가르시아 로르카가 죽음을 맞게 된 원인이 성적 취향 때문이었다고 주장했다. 그것은 일종의 연막이었다. 스페인의 파시즘은 독일이나 이탈리아와 마찬가지로 지식인을 제거하는 데 일가견이 있었다.

나치는 자신들이 정복한 땅의 작가, 전문가, 예술가, 과학자 들을 학살했다. 나치는 열 명 중 한 명이 죽어 버린 폴란드에 대서인으로 일할 사람 수천 명만 남겨 두고 모조리 죽이려고 했다.

그 점에 있어서는 스페인도 마찬가지였다. 갈리시아에서는 교사, 전문인, 조합원, 대학생에 대한 만행이 극에 달했다. 한밤중에 끌려간 지식인들은 바다호스 투우 경기장에 감금되거나 새벽에 아무 데서나 사살당했다. 갈리시아의 여성 화가 마루하 마요는 얼어 죽을 정도의 추위에 노천에서 잠을 잤다고 했다. 그녀는 그렇게 석 달 동안 공포에 휩싸여 있었다. 아침이 되어 몰래 집으로 돌아갔는데, 가는 길에 새벽에 사살된 대여섯 구의 시체에 발이 걸려 넘어졌다고 한다.

가르시아 로르카는 처형됐다. 알베르티나 마차도가 붙잡혔어도 그렇게 됐을 것이다. 프랑코는 가르시아 로르카의 죽음을 내전 초기의 무질서 탓으로 돌렸다. 그러나 미겔 에르난데스가 오랫동안 감옥에 갇혀 있다가 죽음을 맞았다는 사실을 상기하면 프랑코의 말이 거짓임이 쉽게 밝혀진다. 사실 그를 석방할 기회는 많았다. 그러나 스페인의 파시즘을 비판하던 대사관, 추기경, 작가들은 오히려 미겔 에르난데스의 감금을 연장하는 결과를 낳고 말았다. 그의 죽음은 페데리코의 죽음처럼 역겨운 정치적 처형이었다.

가르시아 로르카의 성적 취향으로 돌아가자. 사실 나는 동성애자를 만나거나 접할 기회가 별로 없었다. 하지만 1933년 부에노스아이레스에서 몇 달간 매일처럼 그를 만났지만 그의 기질을 알지 못했고, 그가 '여성적'이라는 것도 알 수 없었다. 그의 지적인 빛은 고귀한 보석처럼 반짝였다. 그의 굵직한 얼굴과 갈색 피부는 전혀 '여성적'이지 않았다. 그의 매력은 자연적이고 지적인 것이었다. 그가 동성애자라는 것은 나중에서야 알았다. 행복한 동성애자도 있고 불행한 동성애자도 있을 것이다. 그건 슬픔에 잠긴 상황에서 더욱 잘 알아볼 수 있다. 페데리코는 행복을 발산하는 사람이었다.

부에노스아이레스에 있으면서 그가 지닌 사랑의 기질에 의문을 품은 적이 있었다. 한번은 젊은 여성 시인들이 그의 호텔방을 채워서 도무지 숨을 쉴 수가 없다고 얘기한 적이 있다. 물론 농담처럼 한 말이었다. 나는 그가 여자들의 포위에 두려움을 느낀다는 걸 알고 그를 돕기로 했다. 다음에 그런 상황이 생기면 바로 내게 전화하라고 했다. 그러면 빛의 속도로 호텔로 달려가 그를 추종하는 여성들을 뿌리 뽑는 유쾌한 미션을 수행하겠다고 했다.

그렇게 협약이 체결되고 예기치 않았던 상당한 성과도 있었다. 페데리코의 빛에 이끌린 몇몇 비둘기들이 내 품으로 들어왔으니 말이다.

어느 날 저녁 우주적인 분위기에서 거창한 연애를 하던 중, 로르카에게 황당한 도움을 받은 일이 기억난다. 로르카와 나는 아르헨티나나 미국 같은 나라에서나 볼 수 있는 백만장자로부터 저녁 초대를 받았다. 독학으로 공부한 백만장자는 반골 기질이 다분한 사람으로 선정적인 신문을 발행하여 막대한 부를 축적했다. 거대한 공원으로 둘러싸인 저택은 벼락부자의 요란한 꿈이 실현된 것이었다. 대문에서 저택으로 향하는 길가에는 수백 개의 새장을 늘어놓고 세계 각지에서 수집한 가지각색의 꿩을 기르고 있었다. 서재는 전신을 통해 유럽 서적 경매장에서 구입한 고서적들로 뒤덮여 있었다. 책장 한두 칸도 아니고 사방에 빼곡히 꽂혀 있었다. 그러나 무엇보다도 눈에 띄는 것은 이 드넓은 서재 바닥을 완전히 뒤덮고 있는 표범 가죽이었다. 수많은 표범 가죽을 한 장 한 장 이어서 만든 어마어마한 크기의 양탄자였다. 백만장자는 대리인을 통하여 아프리카, 아시아, 아마존에서 표범, 스라소니와 같은 진귀한 고양잇과 동물 가죽을 수집했는데 그 가죽이 우리 발밑에서 광채를 발하고 있었다.

이곳은 바로 유력한 자본가이자 부에노스아이레스의 여론을 지배하는 그 유명한 나탈리오 보나타의 저택이었다. 식탁에서 로르카와 나는 주빈석 양쪽에 앉았다. 우리 맞은편에는 키가 큰 금발의 여성 시인이 앉았는데, 초록색 눈동자의 열정이 넘치는 여자였다. 그녀는 만찬을 즐기는 동안 로르카보다는 내게 더 많은 눈길을 주었다. 식사는 소 한 마리였다. 8~10명의 가우초들이 커다란 바비큐 판을 어깨에 메고 들어왔다. 벌겋게 달아오른 숯불 위에서 소 한 마리가 노릇노릇하게 익고 있었다. 짙푸른 저녁 하늘에 별들이 찬란하게 빛나고 있었다. 가죽째 굽는 소고기(아르헨티나 사람들의 숭고한 발명품이다.) 냄새가 팜파의 향기, 토끼풀과 박하의 향기, 무수한 귀뚜라미와 개구리 울음소리와 함께 어우러지고 있었다.

식사 후 우리는 함께 자리에서 일어났다. 나와 시인 그리고 기분이 좋아서 웃고 있는 로르카, 이렇게 우리 세 사람은 환하게 조명이 밝혀진 수영장 쪽으로 갔다. 앞장을 선 로르카는 입이 쉴 새 없이 이야기를 하고 또 웃었다. 행복에 젖어 있었다. 항상 그랬다. 행복은 피부와 마찬가지로 로르카의 일부분이었다.

불빛이 환한 수영장에는 높은 탑이 우뚝 서 있었다. 새하얀 석회칠이 불빛을 받아 눈부시게 빛났다.

우리는 천천히 탑 꼭대기에 있는 전망대로 올라갔다. 전망대에 올라간 우리 세 시인들, 각자 상이한 스타일의 시인들은 세상과 유리되었다. 아래쪽에는 수영장의 푸른 눈이 반짝이고, 저 멀리 만찬장에서 기타와 노랫소리가 들려왔다. 우리 머리 바로 위에 별이 빛나는 밤하늘이 펼쳐져 있었다. 마치 밤하늘의 심연에 머리를 담그고 있는 듯했다.

나는 키 큰 금발의 여성 시인을 끌어안고 키스했다. 육감적이고 탄탄한 몸매, 나무랄 데 없이 성숙한 여인이었다. 로르카야 놀라든 말든 우리는 아랑곳하지 않고 전망대 바닥에 몸을 눕혔다. 그녀의 옷을 벗기고 있는데, 도대체 이게 무슨 일인가 싶었던지 로르카가 휘둥그레진 눈으로 우리를 내려다보고 있는 게 아닌가.

“얼른 꺼져! 아무도 못 올라오게 해!”

탑 위에서 별이 쏟아지는 밤하늘과 밤의 아프로디테에게 드리는 의식이 무르익을 때, 로르카는 협력자로서, 보초로서 임무를 수행하기 위해 신나게 탑을 내려갔다. 그러나 급히 서두르다 보니 어두컴컴한 계단에서 그만 굴러떨어지고 말았다. 그녀와 나는 로르카를 일으켜 세워야 했는데, 여러 가지로 어려움이 많았다. 로르카는 보름 동안 다리를 절고 다녔다.

1934년 마드리드에 갔을 때 나는 로르카와 알베르티의 친구들을 알게 됐다. 상당히 많은 사람들이었다. 며칠 되지 않아 이 스페인 시인들과 친해졌다. 당연하지만 스페인 시인들과 라틴아메리카 시인들은 차이가 있었다. 이런 차이는 항상 자부심이나 상대방에 대한 오해를 수반한다.

내 세대의 스페인 시인들은 라틴아메리카 시인들보다 우의도 좋고 단결력도 강하고 쾌활했다. 이와 동시에 우리 라틴아메리카 시인들이 더 세계적이고, 다른 언어와 문화에 익숙하다는 사실도 확인할 수 있었다. 스페인 시인들 가운데 스페인어 이외의 언어를 구사할 수 있는 사람은 몇 되지 않았다. 그래서 프랑스 시인 데스노스와 크레벨이 마드리드를 방문했을 때 내가 통역을 맡을 수밖에 없었다. 로르카도 프랑스어는 몇 마디 하지 못했다. 당연히 예외도 있었다. 알베르티, 기옌, 살리나스는 프랑스를 여행한 적이 있었고 그들의 세계는 훨씬 넓었다. 내 눈에 스페인 사람들은 전반적으로 유럽의 지방 사람들 같았다. 나도 처음엔 이게 마음에 들었다. 나중에서야 나는 스페인의 핵심적인 힘, 정신적 합리성 혹은 불합리성이 영토적 한계에 기인함을 이해했다. 그건 또한 비극일 수도 있었다.

스페인에 사는 동안 매일같이 만났던 로르카의 친구들 중에는 동성애자가 거의 없었다. 아마도 뛰어난 투우사처럼 화려한 로르카의 성관계는 다른 데 있었던 것 같다. 나중에 우리의 모임에 강인한 인상에 남성다우며 체격이 좋은 청년이 늘 함께 어울리게 됐다. 나는 조금씩 그가 페데리코의 영속적인 사랑, 그의 마지막 사랑이라는 걸 깨달았다. 그의 이름은 라파엘 라핀이었고 노동자 출신이었다. 소심한 그는 구불구불한 긴 머리에 키가 크지도 않았고 아주 마른 편도 아니었다. 그는 순박했으며 온전히 남성적이었다. 그를 포함해서 그와 함께 카페에 오던 청년들은 성관계에 연연해하지 않는 것 같았다. 그래서 어느 날 내가 아버지라도 되는 양 로르카의 친구를 포함해 두세 명을 데리고 인근에 있던 홍등가에 갔다. 그런데 조숙한 라틴아메리카인인 나로서는 그 청년들이 성경험이 없다는 게 믿기지 않았다.

스페인의 성관계에 대한 배고픔은 대단했다. 어느 날 오후 우리는 고전적인 오락거리가 많은 봄비야 지구를 지나 아래로 내려가 하얀 담벼락이 수 킬로미터에 달하는 비포장도로를 따라 만사나레스로 향했다. 석회가 발라진 그 끝없는 하얀 담벼락이 어두워지는 지점까지 온통 시커먼 낙서가 가득하다는 게 놀라웠다.

나는 확인하고 싶은 호기심에 차에서 내렸다. 그런데 사실 그 모든 낙서는 별의별 크기의 조악한 글씨로 이렇게 쓰여 있었다. "한번 하고 싶어서 페페가 다녀감." "안토니오, 알베르토, 호세 마리아가 한번 하고 싶어서 다녀감." "7월 3일 P.S.와 R가 한번 하고 싶어서 다녀감." 이런 식이었다.

이 광적인 에로티즘이 스페인의 일부이자 스페인의 끝, 스페인의 침묵, 스페인의 철갑옷의 일부였다. 낯부끄러운 일이었다. 나는 거의 미성년자 시절에 여인들의 몸과 침대를 경험했다. 비록 라틴아메리카도 식민적 순결의 강압을 견뎌야 했지만 모든 이들이 그 순결을 비웃었다.

나는 청년들을 홍등가에 데려간 일을 대단치 않게 생각하고 있었다. 내가 멋쩍어하며 로르카에게 얘기했을 때, 로르카도 그 일에 웃음만 보일 따름이었다. 이 얘기를 하는 건 로르카의 정서적 일탈이 그에게 힘든 일이 아니었음을 말하려는 것이다.

왜냐하면 뉴욕에 대한 로르카의 시에서도 확인되듯이, 로르카는 퇴폐적인 것에 격분하는 사람으로 보였기 때문이다. 그는 순수한 인간이었다. 그의 사랑은 자연의 성스러운 질서에 따라 불규칙적으로 튀어나왔으며 그는 그 자연을 거부할 수 없었다.

스페인 내전이 벌어지는 동안 반동주의자들의 반란은 그 행복한 시인의 생을 끝내 버렸다.

그가 죽고 몇 주 뒤에 로르카의 연애의 주인공이던 라파엘 라핀 또한 죽음을 맞았다.

그는 테루엘에서 죽었다. 그는 포대를 담당하고 있었는데 적의 포탄이 그가 있던 자리에 떨어졌다.

수려하던 청년은 완전히 사라져 버렸다. 그의 뼈와 피는 스페인 땅 위로 산산이 흩어져 거의 보이지 않는 얼룩이 돼 버렸다. 그렇게 스페인의 대지는 매일 수천의 이름 없는 죽음을 집어삼켰다.

시간이 흘러갔다. 우리는 전쟁에서 지고 있었다. 시인들은 스페인 민중 편에 섰다. 로르카는 이미 그라나다에서 피살당했다. 에르난데스의 시는 저항시로 변모했다. 그는 군복을 입고 최전방에서 시를 낭송하며 돌아다녔다. 알톨라기레는 인쇄기를 들고 우리를 따라와 동부 전선 헤로나 근처의 오래된 수도원에 인쇄기를 설치했다. 이곳에서 우여곡절 끝에 내 시집 『가슴속의 스페인』이 출판되었다. 책의 역사에서도 그 시집만큼 곡절이 많은 책은 찾아보기 힘들 것이다.

전선에 배치된 군인들이 조판 일을 배웠다. 그런데 종이가 없었다. 낡은 풍차 방앗간에서 종이를 만들기로 했다. 포탄이 떨어지는 전장 한가운데서 희한한 혼합물이 만들어졌다. 적군의 깃발에서부터 무어인 병사의 피 묻은 옷에 이르기까지 닥치는 대로 방아에 집어넣은 것이다. 제지술 경험도 없는 사람들이 이상야릇한 재료로 만들었는데도 그지없이 아름다운 종이가 탄생했다. 이 시집이 아직도 몇 권 남아 있는데, 기묘하게 만든 종이와 인쇄술 때문에 사람들은 놀라움을 금치 못한다. 수년 후 워싱턴 국회도서관에 갔더니 20세기 희귀본 진열장에 이 시집이 있었다.

아무튼 시집 인쇄와 제본이 끝나자마자 공화군의 패색이 짙어졌다. 스페인을 탈출하는 수십만의 피난민들이 길을 가득 메웠다. 스페인 역사상 가장 가슴 아픈 사건이었다.

피난민 가운데는 동부 전선에서 살아남은 생존자들도 있었다. 그중에는 알톨라기레, 그리고 그와 함께 종이를 만들고 『가슴속의 스페인』을 인쇄한 병사들도 끼어 있었다. 내 시집은 죽음을 무릅쓰고 만들어 낸 이 사람들에게는 자랑거리였다. 식량이나 옷가지보다 내 시집을 먼저 배낭에 챙겨 넣은 사람이 많았다. 그 배낭을 어깨에 짊어지고 프랑스를 향한 긴 여정에 올랐던 것이다.

끝없는 피난 행렬은 수백 번도 넘게 폭격을 당했다. 수많은 병사들이 쓰러지고 길 위에 책들이 흩어졌다. 나머지 사람들은 지난한 피난길을 계속 갔다. 국경을 넘어 피난소에 도착한 스페인 사람들은 야만적인 대우를 받았다. 마지막 남은 시집마저 모조리 소각했으니, 전쟁의 포화 속에서 태어나 장렬한 불꽃으로 산화해 버린 책이었다.

에르난데스는 칠레 대사관으로 피신했다. 칠레 대사관은 내전 기간 동안 사천 명에 달하는 어마어마한 숫자의 프랑코 추종자에게 피신처를 제공한 곳이다. 그러나 당시 칠레 대사 카를로스 모를라 린치는 친구라는 표현을 사용하면서도 에르난데스의 망명 요청을 받아 주지 않았다. 며칠 뒤, 에르난데스는 체포되어 감옥으로 갔고, 그로부터 삼 년 뒤 폐결핵에 걸려 옥사하고 말았다. 나이팅게일은 수감 생활을 견딜 수가 없었던 것이다.

내 영사 생활도 끝이 났다. 칠레 정부는 공화군 편에 가담했다는 이유로 나를 해임했다.

전쟁과 파리

파리에 도착했다. 나는 라파엘 알베르티와 그의 아내 마리아 테레사 레온과 함께 센 강변의 오를로쥐 거리에 아파트 하나를 얻었다. 경치가 아름답고 조용한 동네였다. 우리 아파트에서는 퐁네프와 앙리 4세의 동상과 센강에서 낚시하는 사람들이 보였다. 아파트 뒤로는 나무가 우거지고 식당이 늘어선 도피네 광장이 있었다. 그 광장에 프랑스 작가 알레호 카르펜티에르● 가 살고 있었다. 내 생전 그렇게 중립적인 사람은 처음 보았다. 그 어떤 문제에 대해서도 자기 견해를 밝히려고 하지 않았다. 심지어 굶주린 늑대처럼 파리로 달려드는 나치에 대해서도 아무런 견해가 없었다.

루이 아라공

발코니 오른쪽에서 창밖으로 고개를 한껏 내밀면 콩시에르주리의 검은 탑이 눈에 들어왔다. 내 생각으로는 이 탑에 붙어 있는 커다란 황금색 시계가 우리 동네의 끝이었다.

프랑스에서는 운이 좋았다. 프랑스 문학의 두 거장 폴 엘뤼아르, 루이 아라공과 오랫동안 절친하게 지낼 수 있었기 때문이다. 두 사람은 예나 지금이나, 유쾌한 인물과 진지한 인물의 전형으로서 프랑스 문단이라는 숲에서 커다란 자리를 차지하고 있다. 이와 동시에 두 사람은 확고한 역사의식으로 양심의 편에 선 사람들이었다. 그러나 이 두 사람만큼 성격이 판이한 경우도 찾아보기 힘들 것이다. 나는 엘뤼아르와 함께 시간을 허비하는 미학적 즐거움을 여러 차례 누렸다. 시인들이 앙케트 조사에 솔직하게 대답한다면 금방 비밀이 들통 날 것이다. 시간을 허비하는 것만큼 아름다운 것은 없다는 비밀 말이다. 이렇게 시간을 허비하는 데도 각자 나름의 방식이 있다. 엘뤼아르와 같이 있으면 낮과 밤이 어떻게 지나가는지 알 수가 없었다. 우리 얘기가 중요한지 어떤지 도무지 알 수가 없었다. 아라공은 지성과 학

● 알레호 카르펜티에르(1904~1980): 프랑스계 쿠바 작가. 네루다는 그가 프랑스인이나 다름없다는 뜻에서 프랑스 작가라고 평한 것이다.

식, 독설과 능변을 두루 갖춘 전자 제품 같은 사람이었다. 엘뤼아르 집을 나설 때는 까닭을 모르겠으나 나는 항상 빙그레 웃고 있었다. 반면에 아라공 집에 몇 시간 있다 나오면 진이 다 빠져 버렸다. 생각을 하지 않고는 못 배기게 만드는 희한한 사람이었다. 두 사람 모두 뿌리치기 어려운 막역한 친구다. 어쩌면 두 사람 개성이 너무 다르기 때문에 내가 그들을 좋아했는지도 모른다.

낸시 큐나드

낸시 큐나드와 함께 시 전문 잡지를 발행하기로 합의했다. '세계 시인들은 스페인 민중을 지지한다'라는 잡지 제목은 내가 정했다.

낸시는 프랑스 시골 별장에 조그만 인쇄 시설을 갖추고 있었다. 지금은 마을 이름조차 잊었지만 아무튼 파리에서 상당히 먼 곳이었다. 우리가 별장에 도착했을 때는 휘영청 밝은 달이 떠 있었다. 눈이 쌓인 별장 주변은 달빛 아래 커튼처럼 너울거렸다. 나는 흥분을 감추지 못하고 산책을 나갔는데 돌아오는 길에 진눈깨비가 무섭게 휘몰아쳤다. 길을 잃고 30분 동안이나 하얀 눈밭을 헤매고 다녀야 했다.

낸시는 인쇄를 해 본 경험이 있었다. 아라공과 사귈 때 두 사람은 공역으로 루이스 캐럴의 시집 『스나크 사냥』을 출판했다. 사실 이 시집은 번역이 불가능하다. 이와 유사한 광란의 언어 유희는 공고라 작품에서나 볼 수 있을 것이다.

난생처음으로 식자(植字)를 해 보았다. 더할 수 없이 엉터리였다. 내 서툰 솜씨 때문에 p자가 d자로 인쇄되었다. 어떤 행에 눈까풀(parpados)이라는 단어가 두 번 나왔는데, 두 번 모두 다르다포스

(dardapos)로 변해 버렸다. 그 후 몇 년 동안 낸시는 런던에서 편지를 보낼 때마다 "친애하는 다르다포스 씨"라고 나를 놀려 댔다. 그러나 우리가 발간한 잡지는 아주 근사하게 나왔고, 6호인가 7호까지 발행했다. 잡지에 실린 작품은 곤살레스 투뇬과 알베르티의 저항시, 몇몇 프랑스 시인의 작품과 더불어 오든, 스펜서의 열정적인 시였다. 이 영국 시인들은 내가 굼뜬 손가락으로 조판하느라 얼마나 고생했는지 짐작조차 못 할 것이다.

영국에서 낸시의 친구들이 가끔씩 찾아왔다. 옷깃에 하얀 꽃을 꽂은 멋쟁이 시인들이었는데, 모두 반프랑코 시를 창작하고 있었다.

지성사에서 스페인 내전만큼 시인들에게 풍부한 소재를 제공한 사건도 없다. 스페인 사람들이 흘린 피는 한 시대의 시를 요동치게 만든 자기장 같았다.

우리의 출판 활동이 성공적이었는지는 잘 모르겠다. 그 무렵 스페인 내전은 비극적인 결말로 끝나고, 세계대전이라는 새로운 비극이 시작되었기 때문이다. 2차 대전은 그 규모와 잔혹성, 그리고 영웅적인 투쟁 면에서는 비교할 데가 없으나 스페인 내전만큼 시인들의 가슴을 뒤흔들지는 못했다.

그로부터 얼마 후 나는 유럽을 떠나 조국 칠레로 돌아가야 했다. 곧이어 낸시도 투우사와 함께 칠레로 왔다. 그러나 이 투우사는 투우도 낸시도 모두 산티아고에 내팽개치고 소시지 판매업을 시작했다. 최상류층 속물이었던 내 친구 낸시는 쉽게 포기하는 사람이 아니었다. 칠레에서 바스크 출신의 칠레인을 애인으로 삼았다. 이 남자는 재능이 없다고는 할 수 없으나 치아가 하나도 없는 추레한 떠돌이 시인이었다. 게다가 구제불능의 술주정뱅이여서 밤마다 영국 귀족 가문 출신인 낸시를 구타했고, 이 때문에 낸시는 외출할 때마다 항상 커다란 검은 안경을 착용해야 했다.

사실 낸시는 돈키호테 같은 인물이었다. 낸시만큼 고집 세고 용감하고 열정적인 사람도 드물었다. 영국 큐나드 해운 회사의 유일한 상속인인 낸시는 1930년 사보이 호텔에서 일하는 재즈 악단의 흑인 멤버와 도피 행각을 벌임으로써 런던을 발칵 뒤집어 놓았다.

큐나드 부인은 텅 빈 낸시의 방에서 흑인 남자와 운명을 같이하겠다는 당돌한 편지 한 장을 발견하고, 변호사를 불러서 상속권을 박탈하는 절차를 밟았다. 내가 낸시를 만났을 때는 이렇게 영국 귀족 가문에서 쫓겨나 세계를 떠돌아다니고 있을 때였다. 큐나드 부인이 주최하는 모임에는 조지 무어(낸시의 생부라는 소문도 있었다.), 토머스 비첨 경, 올더스 헉슬리, 영국 왕세자(후일 윈저 공작)가 자주 참석했다.

낸시도 반격했다. 어머니가 상속권을 박탈한 그해 12월, 영국 귀족들은 크리스마스 선물로 빨간색 표지에 『흑인 남자와 백인 귀족 처녀』라는 제목이 붙은 소책자를 받았다. 나는 이보다 더 신랄한 글을 본 적이 없다. 그중 몇 구절은 스위프트 글만큼이나 통렬했다.

흑인을 옹호하는 낸시의 주장은 큐나드 부인과 영국 사회의 뒤통수를 내려친 격이었다. 기억나는 대로 한번 여기에 옮겨 보려고 한다. 물론 낸시의 글이 훨씬 더 웅변적이다.

> 백인 귀부인인 당신이나 당신 가족이 훨씬 힘이 강한 부족에게 납치되어 구타당하고, 쇠사슬에 묶여 영국에서 먼 이국땅으로 노예로 팔려가서 열등한 인간으로 조롱당하고, 채찍을 맞으며 강제 노동에 시달리고, 음식을 제대로 먹지도 못했다고 가정해 봅시다. 그러면 당신 인종은 어떻게 되었겠습니까? 흑인들은 이보다 더한

폭력과 잔혹한 일을 당했습니다. 그러나 수 세기에 걸친 이러한 고통에도 불구하고 흑인들은 가장 훌륭하고 늠름한 운동선수가 되었으며, 다른 어떤 음악보다 더 보편적인 새로운 음악을 창조했습니다. 당신과 같은 백인들은 그와 같은 고초를 당하고도 이렇게 우뚝 일어설 수 있으리라고 생각합니까? 자, 이제 누가 더 훌륭합니까?

이런 식으로 30쪽이나 되는 소책자는 이어졌다.

낸시는 그 뒤 다시는 영국에 발붙일 수 없게 되었다. 그때부터 낸시는 박해당하는 흑인의 대의를 온몸으로 껴안았다. 이탈리아가 에티오피아를 침략했을 때에는 아디스아바바로 갔다. 그 후에는 미국으로 건너가서 무고하게 성폭력범으로 기소된 스코츠보로 흑인 소년들을 옹호했다.• 흑인 소년들은 인종차별적인 미국 법정에서 유죄 선고를 받았고, 민주적인 미국 경찰은 낸시를 추방했다.

내 친구 낸시 큐나드는 1969년 파리에서 죽었다. 죽음의 고통에 시달리던 낸시는 거의 알몸으로 호텔 엘리베이터를 타고 내려왔다. 호텔 로비 바닥에 쓰러진 낸시는 그 사랑스러운 하늘색 눈을 영영 감고 말았다.

임종 시 그녀의 몸무게는 35킬로그램밖에 되지 않았다. 해골이나 다름없었다. 자기 몸을 갉아먹으며 이 세계의 불의와 오랜 투쟁을 벌여 온 것이다. 그러나 그 대가는 갈수록 깊어지는 외로움과 돌봐주는 사람 하나 없는 쓸쓸한 죽음뿐이었다.

• 스코츠보로 사건: 1931년 미국 앨라배마주에서 발생한 날조 재판 사건. 피해자가 강간 사실을 부정했는데도 앨라배마주 법원은 흑인 소년들에게 장기 99년 형을 선고했다.

반파시즘 작가 대회

스페인 내전은 악화 일로로 치달았지만 스페인 민중들의 저항 정신에 전 세계는 감동했다. 이미 국제의용군이 스페인에서 싸우고 있었다. 1936년 마드리드에 있을 때 군복을 입고 도착한 국제의용군을 보았다. 나이나 머리 색깔이나 피부색도 제각기 다른 사람들이 대의를 위해 한데 모인 것이다.

1937년 파리에 머물던 우리의 과제는 세계 반파시즘 작가 대회를 조직하는 일이었다. 이 대회는 마드리드에서 개최될 예정이었다. 내가 아라공의 진면목을 알게 된 것도 바로 이 일을 하면서부터였다. 아라공의 놀라운 조직력과 업무 처리 능력을 보고 처음부터 감탄을 금치 못했다. 그는 수많은 편지를 구술하고 교정하고 또 기억하고 있었다. 아무리 사소한 일이라도 놓치지 않았다. 작은 사무실에 장시간 앉아서 쉬지 않고 일했다. 모두가 알다시피 아라공은 방대한 양의 산문을 썼으며 프랑스어 시 중에서 가장 아름다운 시 작품을 창작했다. 러시아어나 영어를 번역한 원고를 교정하고, 교정지가 나온 다음에 재교정하는 모습도 보았다. 아라공이 진정으로 특출한 사람이라는 것을 그때서야 비로소 나는 인식하게 되었다.

이미 영사직에서 해임된 뒤여서 내 수중에는 한 푼도 없었다. 이런 형편 때문에 아라공이 관장하는 문화 단체에서 월 400프랑(구화폐)을 받고 일해야 했다. 그 당시 내 아내인 델리아 델 카릴이 부유한 지주 집안 출신이라는 소문이 나돌았지만 실제로는 나보다 더 가난한 신세였다. 우리 부부는 싸구려 호텔에서 살았다. 나중에 알고 보니 1층은 시간 손님만 받는 그런 호텔이었다. 몇 달 동안은 식사를 거르거나, 먹더라도 아주 형편없는 음식으로 배를 채웠다. 그러나 반파시즘 작가 대회는 현실로 모습을 드러내고 있었다. 세계 각지에서 소중한 답장이 도착했다. 한 통은 아일랜드 민족시인 예이츠의 답신이었고, 또 한 통은 위대한 스웨덴 여성 작가 셀마 라게를뢰프•의 답신이었다. 이 두 사람은 너무 고령이어서 사방으로 포위된 채 끊임없이 공습을 당하고 있는 마드리드까지 여행하기에는 무리였지만 스페인 공화국을 끝까지 옹호했다.

프랑스 외무부에 내 신상 정보 보고서가 있다는 사실을 알게 되었다. 그 보고서는 대강 이런 내용이었다. "네루다와 그의 부인 델리아 델 카릴은 스페인을 자주 방문하여 소비에트의 지령을 전달받는다. 이들에게 지령을 전달하는 사람은 러시아 작가 일리야 예렌부르크로, 네루다와 함께 비밀리에 스페인을 방문하기도 했다. 네루다는 은밀하게 접촉할 목적으로 예렌부르크가 거주하는 동일한 건물의 아파트를 임대했다."

말도 안 되는 모략이었다. 장 리샤르 블로흐가 외무부 고위 관리인 자기 친구에게 소개장을 써 주었다. 나는 외무부 고위 관리를 만난 자리에서, 터무니없는 가정에 근거하여 나를 프랑스에서 추방하고 싶다면 어떻게 하면 되는지 한 수 가르쳐 주겠노라고 했다. 또 예렌부르크를 만나고 싶어 안달이 났지만 불행하게도 아직까지 그런 영광을 얻지 못했노라고 덧붙였다. 외무부 고위 관리는 곤혹스러운 표정으로 나를 쳐다보더니 사실 확인을 하겠다고 약속했다. 그러나 빈말에 지나지 않았고, 나는 근거 없는 비난에 계속 시달려야 했다.

• 셀마 라게를뢰프(1858~1940): 스웨덴의 소설가. 1909년 『예스타 베를링의 전설』로 노벨 문학상을 수상했다.

예렌부르크를 만나 봐야겠다고 결심했다. 예렌부르크가 매일 라쿠폴 식당에 들러 러시아식으로 늦은 점심 식사를 한다는 사실을 알고 있었다.

"저는 파블로 네루다라고 하는 시인입니다. 칠레 사람입니다. 경찰은 우리가 아주 가까운 친구라고 하더군요. 내가 당신과 같은 건물에 산다고 얘기합니다. 당신 덕분에 프랑스에서 쫓겨날 처지가 되었으니, 하다못해 얼굴이라도 뵙고 악수라도 나누어야겠다 싶어 이렇게 불쑥 찾아왔습니다."

예렌부르크는 세상에 어떤 일이 벌어져도 호들갑을 떨 위인은 아니다. 그럼에도 희끗희끗한 앞머리는 분노로 들썩이고 눈썹은 꼿꼿해져서 잠시 멍한 눈빛으로 나를 쳐다보았다.

"저도 네루다 씨를 만나고 싶었습니다. 당신 시를 좋아합니다. 그건 그렇고, 이 슈크루트 한번 들어 보시지요. 알자스 지방 음식입니다."

그 순간부터 우리는 친구가 되었다. 예렌부르크는 아마 그날부터 내 시집 『가슴속의 스페인』을 번역하지 않았나 싶다. 이왕 말이 나왔으니까 분명히 밝혀 두겠는데, 프랑스 경찰은 의도하지는 않았지만 내게 예렌부르크와 돈독한 우정을 나눌 기회를 마련해 주었고, 그 덕에 내 시집이 훌륭한 러시아 번역본으로 출판될 수 있었다.

나라는 사람은 구체적인 일이나 고상한 일에는 젬병이라고 생각한다. 이 때문에 스페인 정부가 보낸 수표를 받고 어안이 벙벙했다. 반파시즘 작가 대회의 일반 경비는 물론이고 다른 대륙에서 파견된 대표단의 여비까지 충당할 수 있는 상당한 액수였다. 10여 명의 작가들이 이미 파리로 오고 있었다.

나는 당황하여 어쩔 줄 몰랐다. 이 돈을 어떻게 써야 한단 말인가? 결국 대회 조직위원회 기금으로 기부했다.

"나는 그 돈을 보지도 못했지만, 관리할 자신도 없었다네." 그 당시 파리에 체류하던 알베르티에게 이렇게 털어놓았다.

"이 사람 진짜 바보야." 알베르티가 말했다. "스페인을 옹호하다가 영사직까지 박탈당했고, 지금은 구멍 난 신발이나 끌고 다니는 신세잖아. 최소한 몇천 프랑은 챙겨 놓아야 일도 하고 생활도 할 것 아니야."

신발을 살펴보았다. 정말로 구멍이 뚫려 있었다. 알베르티가 새 신발을 사 주었다.

몇 시간 후면 대표단과 함께 마드리드로 출발할 예정이었다. 나와 아내 델리아 델 카릴 그리고 암파로 곤살레스 투논은 전 세계에서 몰려온 작가들의 비자 발급 서류에 파묻혀 있었다. 프랑스 출국 비자가 수없이 문제를 일으켜서 우리가 비자 발급 기관인 프랑스 경찰서를 사실상 점령하다시피 했다. 어떤 때는 우리가 직접 '탐폰'이라고 부르는 비자 스탬프를 여권에 찍기도 했다.

노르웨이 사람들, 이탈리아 사람들, 아르헨티나 사람들과 함께 멕시코 시인 옥타비오 파스(1990년 노벨 문학상을 수상했다.)가 천신만고 끝에 도착했다. 아무튼 파스를 참석시킨 것이 자랑스러웠다. 그 당시 파스는 시집 한 권밖에 출판하지 않아서(두 달 전에 그 시집을 받아 보았는데, 진정한 시인의 가능성이 엿보였다.) 그를 아는 사람이 아무도 없었다.

내 오랜 친구 세사르 바예호가 우중충한 얼굴로 나를 찾아왔다. 성격이 유별난 자기 아내가 아직까지 표를 받지 못해 화가 났던 것이다. 얼른 표를 구해서 손에 쥐여 주었는데도 들어올 때와 마찬가지로 우거지상을 짓고 나갔다. 틀림없이 무슨 일이 있었다. 몇 달 뒤에야 자세한 내막을 알 수 있었다.

속사정을 알고 보니 이런 일이 있었다. 칠레 시인 비센테 우이도브로가 반파시즘 작가 대회에 참석하려고 파리에 도착했다. 우이도브로와 나는 서로 인사도 하지 않고 지낼 정도로 사이가 나빴다. 그런데 우이도브로는 세사르 바예호와 절친한 사이였고, 파리에 며칠 머무르는 틈을 이용하여 순진한 세사르 바예호에게 나를 음해하는 이야기를 잔뜩 늘어놓았던 것이다. 후일 세사르 바예호와 열띤 대화를 통해 모든 것이 명확하게 정리되었다.

파리에서 출발하는 열차에 그렇게 많은 작가들이 한꺼번에 탄 적은 없을 것이다. 우리는 복도에서 서로 아는 척하기도 하고 또 모른 척하기도 했다. 어떤 사람들은 잠을 잤고, 어떤 사람들은 줄담배를 피웠다. 많은 사람들에게 스페인은 수수께끼였고, 그 시대 역사의 본질을 드러낸 나라였다.

바예호와 우이도브로도 열차 어디엔가 있을 것이다. 나는 앙드레 말로와 잠시 이야기를 나누었다. 그는 어깨에 코트를 걸치고 있었는데 씰룩거리는 안면 경련은 여전했다. 전에는 항상 조종사 코르통 몰리니에와 붙어 다녔는데 이번에는 동행이 없었다. 그 조종사는 말로와 함께 공방전을 벌이던 스페인 창공을 비행함으로써 공화파 비행대에 큰 공헌을 한 사람이었다.

내 기억으로, 우리가 탄 열차는 국경에서 오랫동안 지체했다. 그런데 우이도브로가 여행 가방을 잃어버렸던 모양이다. 모두들 열차가 지체된 데에만 신경이 쏠려 있었기 때문에 우이도브로에게 관심을 보일 만한 상황이 아니었다. 가방을 찾으러 돌아다니던 우이도브로는 플랫폼으로 나갔다가 때마침 그곳에 서 있던 말로를 만났다. 말로는 천성적으로 신경질적인 사람인 데다가, 이번 원정대의 책임자로서 여러 가지 문제를 떠안게 되었으니 인내심이 한계에 도달한 상태였다. 어쩌면 우이도브로라는 이름도 들어 본 적이 없고, 얼굴도 본 적이 없었을 것이다. 우이도브로가 말로에게 다가가서 가방이 없어졌다고 투덜거리자 마지막 남은 인내심마저 바닥이 난 말로가 꽥 하고 고함을 질렀다. "언제까지 그렇게 사람들을 귀찮게 하고 다닐 거요. 꺼져. 바보 같으니라고."

우이도브로가 망신을 당하는 이 사건을 나는 정말 우연하게 목격했다. 그 순간 나는 천리만리 달아나고 싶었다. 그러나 알다가도 모르는 게 인생사이다. 그 열차에 탄 사람들 가운데 우이도브로가 싫어하는 사람이 딱 한 명 있었는데, 그게 바로 나였다. 그런 내가, 더구나 같은 칠레인인 내가 그 사건을 목격한 것이다. 열차에 백 명도 넘는 작가들이 타고 있었는데 유일하게 나만이 현장을 목격한 증인이었다.

열차가 다시 움직이기 시작했다. 한밤중에 스페인 땅을 달리고 있을 때 우이도브로 생각이 났다. 잃어버렸다는 가방도 생각나고 볼썽사나운 일을 당하던 순간도 생각났다. 마침 중앙아메리카 젊은 작가들이 내 객실로 인사차 찾아왔기에 이렇게 일렀다.

"우이도브로에게도 한번 들러 주세요. 아마 외롭고 울적할 겁니다."

그들은 20분 후에 밝은 얼굴로 돌아왔다. 우이도브로가 이렇게 말했다고 한다. "더 이상 그 가방 얘기는 꺼내지 맙시다. 중요한 일도 아니니까. 더 큰 문제는 말이죠, 시카고, 베를린, 코펜하겐, 프라하 대학이 내게 명예 학위를 수여했는데 정작 당신네들 그 작은 나라 대학에서는 나를 무시하고 있다는 것입니다. 창조주의에 대한 강연조차 부탁하지 않는다는 말입니다."

우리나라의 위대한 시인은 정말 구제불능이었다.

마침내 마드리드에 도착했다. 대회 참가자들이 환영 행사에 참석하고 숙소를 배정받는 동안, 떠난 지 거의 일 년이 되어 가는 옛집에 가 보고 싶었다. 책이며 물건이며 모두 그대로 두고 떠났더랬다. 내가 살던 아파트는 대학 캠퍼스 정문 근처에 있는 '꽃집'이라는 건물이었다. 프랑코 군대가 이미 그 지역까지 진출했고, 건물의 주인도 여러 차례 바뀌었다.

의용군 복장에 총을 맨 에르난데스가 승합차를 얻어 왔다. 내가 소중하게 여기는 책과 몇 가지 물품을 운반하려는 것이었다.

5층으로 올라간 우리는 가슴을 졸이며 아파트 문을 열었다. 유리창은 기관총을 맞아 모조리 깨졌고, 벽에는 구멍이 나 있었다. 책장에서 쏟아진 책이 방바닥에 널브러져 있었다. 사방에 파편이 널려 있어서 뭐가 어디에 있는지 도저히 알 수가 없었다. 아무튼 허겁지겁 몇 가지 물건을 찾아보았다. 묘하게도 잘 입지도 않는 행사용 옷가지만 없어졌다. 방어군 아니면 침략군 병사들이 가져갔을 것이다. 냄비, 재봉틀, 접시는 여기저기 뒤죽박죽으로 처박혀 있었으나 모두 말짱했다. 그러나 영사 예복, 폴리네시아 가면, 동양에서 구입한 검(劍)은 흔적도 찾을 수 없었다.

"에르난데스, 전쟁은 꿈만큼이나 종잡을 수가 없어."

에르난데스가 흩어진 서류 더미 속에서 이미 책으로 출판된 몇몇 원고를 찾아냈다. 그러나 그렇게 어질러진 모습은 내 인생의 한 시기가 끝났다는 의미였다. 나는 에르난데스에게 이렇게 말했다.

"아무것도 가져가고 싶지 않아."

"정말? 책 한 권도 안 가져갈 거야?"

"음."

우리는 빈 차로 돌아왔다.

가면과 전쟁

우리 집은 양 진영 사이에 끼어 있었다. 한쪽에서는 무어인들과 이탈리아군이 진격하고, 다른 쪽에서는 마드리드를 방어하는 세력이 전진과 후퇴를 거듭했다. 기관총 탄환이 벽을 뚫고 들어왔다. 창문은 산산조각이 났다. 책이 널브러진 방바닥에는 탄피가 굴러다녔다. 하지만 소장하고 있던 가면들은 온데간데없이 사라졌다. 샴, 발리, 수마트라, 말레이 군도, 반둥에서 수집한 가면인데……. 황금색 가면, 회색 가면, 토마토처럼 새빨간 가면, 은색 눈썹 가면, 청색 가면, 으스스한 가면, 의기양양한 가면…… 이런 가면은 혈혈단신으로 찾아온 나를 분뇨 냄새, 아편 냄새, 땀 냄새, 진한 재스민 냄새, 프랑기파니 냄새, 길거리 과일 썩는 냄새로 반겨 주던 동양에서 가져온 유일한 기념품이었는데…… 사원 앞의 지순한 춤을 떠올려 주던 가면이었는데…… 신화로 채색한 나뭇조각이었는데…… 아메리카 태생의 나에게는 이질적일 수밖에 없는 꿈, 관습, 악마, 신비를 보여 주던 찬란한 신화의 산물이었는데……. 그때…… 어쩌면 총알이 빗발치던 현장에서 의용군들은 무어인들에게 공포감을 심어 주기 위해서 가면을 쓰고 창밖으로 고개를 내밀었는지도 모른다. 그랬기에 그 자리에 피 묻은 가면 조각이 나뒹굴고 있었을 것이다. 다른 가면들은 총격전의 충격으로 벽에서 떨어져 5층 방바닥에 굴러다니고 있었다. 가면 앞에 프랑코 군대가 진을 치고 있었다. 가면 앞에서 무식한 용병 패거리들이 고함을 지르고 있었다. 우리 집에 있던 서른 개의 아시아 가면, 다시 말해서 아시아 신들은 죽음의 춤이라는 마지막 춤을 추며 승천했다. 내가 찾아갔을 때는 휴전 기간이었다. 전세는 이미 몇 번이나 뒤바뀌었다. 나는 자리에 앉아서 상흔을, 돗자리에 물든 핏자국을 보았다. 그리고 포격으로 날아가 버린 창문을 통해서, 그 낯선 창문을 통해서 대학 캠퍼스 저 너머로 펼쳐진 평지와 고성(古城)을 바라보았다. 스페인이 텅 빈 것 같았다. 내가 초대한 마지막 손님들이 영원히 떠나 버린 것 같았다. 가면이야 있건 없건 군가를 부르고 총격전이 벌어지는 사이에 황홀한 기쁨, 믿기 어려운 방어, 죽음, 삶, 이 모든 것들이 내게는 이미 끝난 일이었다. 잔치가 끝나고 정적만이 내려앉아 있었다. 마지막 잔치가 끝난 뒤…… 사라진 가면과 더불어, 방바닥에 나뒹굴던 가면과 더불어, 우리 집에 무단 침입한 저 병사들과 더불어, 내가 사랑하던 스페인은 이미 사라지고 없었다.

6 쓰러진 사람들을 찾아서

한 길을 선택했다

나중에 칠레로 돌아와서 공식적으로 입당한 후에야 당원 증명서를 발급받았으나, 스페인 내전 기간 동안 나는 스스로를 공산주의자라고 생각했다. 이러한 신념을 가지게 되기까지 여러 가지 일을 겪었다.

모순에 찬 동료이자 니체풍의 시인 레온 펠리페는 호감이 가는 사람이었다. 무엇보다도 비꼬는 투로 규범을 무시하는, 무정부주의적이고 반항아적인 기질이 매력적이었다. 그러나 한참 내전이 진행되고 있을 때 이베리아 무정부주의 연맹(FAI)의 요란한 선전에 쉽게 넘어가고 말았다. 무정부주의 집회에 자주 참석하여 자신의 사상을 개진하고, 우상 파괴적인 자작시를 낭송했다. 이러한 연설과 시에는 막연하게나마 반권위적이고 반교권적인 이데올로기가 반영되어 있었다. 한편으로는 하느님에게 간구하고, 다른 한편으로는 하느님을 모독하는 요소도 없지 않았다. 다른 사람들이 점점 다가드는 전선에서 싸우고 있을 때 그는 말로써 마드리드에서 부쩍 늘어 가던 무정부주의 집단을 사로잡았다. 무정부주의자들은 전차와 버스에 반은 빨갛고 반은 노랗게 칠을 했다. 머리와 수염을 길게 기르고 탄환으로 목걸이와 팔찌를 만들어 끼고 다니던 이들은 스페인에서 벌어지고 있던 죽음의 축제에서 주연을 맡아 열연하고 있었다. 나는 반은 빨갛고 반은 검은 구두를 신고 다니는 사람들을 여럿 보았다. 이 신발은 무정부주의자의 징표였는데, 제화공들은 이런 구두를 만들면서 꽤나 애를 먹었을 것이다. 그러나 이 모두를 유치하지만 무해한 장난쯤으로 치부해서는 안 된다. 이들은 칼, 권총, 장총, 카빈을 들고 다녔다. 건물 출입구에 떼거리로 모여서 담배를 피우거나 침을 뱉으면서 보라는 듯이 무기를 자랑하고 있었다. 주 목적은 세입자에게 겁을 주어 임대료를 받아 내거나, 자진해서 귀금속, 반지, 시계를 내놓도록 으름장을 놓는 것이었다.

어느 날 저녁 늦은 시각에 나는 우리 집 근처 카페에서 무정부주의 강연회를 마치고 돌아온 레온 펠리페를 만났다. 스페인 망토를 걸친 모습이 예수 그리스도풍의 수염과 잘 어울렸다. 그런데 카페를 나서다가 우아하게 주름이 잡힌 옷자락이 좌석에 앉아 있던 성마른 무정부주의자의 몸에 스친 모양이었다. 옛날 하급 귀족과 유사한 레온 펠리페의 근사한 차림새가 뒷골목 '영웅'의 비위에 거슬렸는지도 모르겠다. 아무튼 몇 걸음 못 가서 그 영웅을 위시한 무정부주의자 패거리들이 우리 앞길을 막고 신분증을 보자는 것이었다. 신분증을 슬쩍 훑어보더니, 무장한 두 사람이 레온 펠리페를 따로 데려갔다.

그들은 레온 펠리페를 우리 집 근처의 총살장 쪽으로 데려가고 있었다. 그곳에서 한밤중에 들리는 총소리 때문에 자주 잠을 설쳤던 나로서는 걱정이 태산이었다. 그때 전선에서 돌아온 의용군 두 사람이 눈에 띄었다. 나는 의용군들에게 레온 펠리페가 어떤 사람이며, 피해를 당한 사람이 누구인지 설명했다. 결국, 이들의 도움으로 친구를 구할 수 있었다.

이러한 이념적 혼란과 무분별한 파괴를 목격한 나는 많은 생각을 하게 되었다. 한 오스트리아 무정부주의자의 활약상에 대해 들은 적도 있다. 이 사람은 근시에다가 금발을 길게 기른 노인이었는데, 주 특기가 '산책'이었다. 단체를 하나 조직하고 이름을 '새벽'이라고 지었다. 주로 해가 뜰 무렵에 활동했기 때문이다.

"가끔 머리가 아프지 않아요?" 이 오스트리아 사람은 희생자에게 이렇게 물었다.

"예, 물론 가끔 아파요."

"그러면 좋은 진통제를 하나 주겠소." 그러고 나서 희생자의 이마에 권총을 대고 방아쇠를 당겼다고 한다.

이 같은 무리들이 마드리드 밤거리에서 준동하고 있을 때 오로지 공산주의자들만이 세력을 조직하고 군대를 창설하여 이탈리아인들, 독일인들, 무어인들, 팔랑헤 당원들과 대적하였다. 이와 동시에 공산주의자들은 반파시즘 투쟁과 저항을 지탱해 주는 정신적 힘이었다.

간단하게 말해서, 어떤 길이든 하나를 선택할 수밖에 없었다. 그 당시 내가 한 일은 바로 이러한 선택이었으며, 희망과 절망이 교차하는 비극적인 시기에 내린 결정에 대해서 한 번도 후회해 본 적이 없다.

라파엘 알베르티

시는 언제나 평화적인 행위이다. 밀가루가 있어야 빵을 만들 수 있듯이, 평화가 있어야 시인도 있다.

불장난을 좋아하고 전쟁을 즐기는 승냥이 같은 인간들은 시인을 태워 죽이고 찔러 죽이고 물어뜯어 죽인다. 어떤 칼잡이는 치명적인 부상을 입은 푸시킨을 음침한 공원 구석에 처박아 놓았다. 페퇴피(헝가리의 국민 시인이자 혁명가)의 시신 위로는 화약을 실은 마차가 미친 듯이 질주했다. 바이런은 그리스에서 반전 투쟁을 벌이다 죽었다. 스페인 파시스트들은 위대한 시인 로르카를 살해함으로써 내전을 개시했다.

라파엘 알베르티는 기적적으로 목숨을 구한 사람이다. 죽을 고비를 골백번도 더 넘겼다. 로르카가 죽은 그라나다에서도 목숨을 잃을 뻔했고 바다호스에서도 아슬아슬한 순간을 넘겼다. 햇빛이 넘실대는 세비야에서, 고향 푸에르토 데 산타마리아와 카디스에서도 어떻게든 그를 죽이려고 혈안이 되어 있었다. 다시 한번 시를 죽이려고 했던 것이다.

그러나 시는 죽지 않았다. 시는 동요에 등장하는 고양이처럼 목숨이 일곱 개나 되는 불사신이다. 시를 괴롭히고 길거리로 끌고 다니고 침을 뱉고 조롱거리로 만들고 목 졸라 죽이려 들고 추방하고 감옥에 집어넣고 총알을 난사해도 여전히 살아남아서 갓 씻은 해맑은 얼굴을 보이고 갓 찧은 쌀알 같은 웃음을 짓는다.

나는 청색 와이셔츠에 빨간 넥타이를 매고 마드리드 시내를 돌아다니던 알베르티를 보았다. 민중의 편에 서서 의용군으로 활동하는 모습도 보았다. 그때만 해도 그 어려운 길을 선택한 시인은 별로 없었다. 아직 스페인을 위해 종은 울리지 않았지만 알베르티는 장차 무슨 일이 닥쳐올지 알고 있었다. 스페인 남부 지방 태생으로, 고향에 가면 지근거리에서 수런거리는 바다와 토파즈처럼 황금빛으로 넘실대는 포도주 창고를 볼 수 있다. 따라서 알베르티는 포도의 붉은 빛과 파랗게 일렁이는 파도 소리를 가슴에 간직하고 있었다. 어렸을 때는 잘 드러나지 않았으나 태생적으로 시인이었다. 얼마 후에는 스페인 사람들이 모두 인정하는 시인이 되었고 곧이어 전 세계인이 인정하는 시인이 되었다.

운 좋게도 스페인어를 모국어로 사용하는 우리들에게 알베르티라는 이름은 스페인어로 쓴 찬란한 시를 의미한다. 알베르티는 선천적으로 타고난 시인일 뿐만 아니라 위대한 장인이었다. 그의 시는 한겨울에 꽃망울을 터뜨린 붉은 장미처럼 공고라의 눈송이, 호르헤 만리케의 뿌리, 가르실라소 데라베가의 꽃잎, 구스타보 아돌포 베케르의 서러운 향기를 담고 있다.• 다시 말해서 스페인 시의 정수가 알베르티의 시라는 크리스털 잔에 녹아 있는 것이다.

이 붉은 장미는 스페인에서 파시즘과 투쟁하는 사람들이 걸어가는 길을 밝게 비춰 주었다. 세상은 이 영웅적이고 비극적인 투쟁의 역사를 잘 알고 있다. 알베르티는 서사시적인 성격의 소네트를 창작하여 막사와 전선에서 낭독했을 뿐만 아니라 시적 게릴라, 즉 반전시라는 시적 게릴라를 창조했다. 포성 속에서 날개가 돋아나고 나중에는 전 세계를 날아다니게 된 노래를 창조했다.

• 호르헤 만리케(1440~1478)는 『아버지의 죽음을 애도하며』라는 시로 유명한 스페인 시인이며 가르실라소 데라베가(1503~1536)는 이탈리아에서 11음절 시 형식을 도입하여 주옥같은 작품을 남긴 스페인의 서정시인이다. 구스타보 아돌포 베케르(1836~1870)는 스페인 후기 낭만파 시인이다.

순수한 시의 혈통을 이어받은 알베르티는 세계적인 위기의 순간에 시는 유용한 공공재라는 사실을 가르쳐 주었다. 이 점에서 마야콥스키와 유사하다. 유용한 공공재로서 시는 힘, 애정, 기쁨, 진정한 본질에 기초하고 있다. 이러한 특성을 갖지 못한 시는 소리야 나겠지만 노래하지는 못한다. 알베르티의 시는 항상 노래한다.

안개의 선물

스페인 내전이 발발하기 직전에 마드리드에서 라파엘 알베르티에게 수캐인지 암캐인지 모를 개 한 마리를 선물했다.

내게 너무나도 많은 것을 준 사람에게 내가 준 유일한 선물이었다.

먼저 나의 선물을 얘기한 뒤 그의 선물에 대해 얘기하겠다.

어느 날 밤 나는 카사 델 라스 플로레스에서 나무가 무성한 마르케스 데 우르키호 길이 내려다보이는 큰 테라스가 있는 라파엘의 집으로 향했다. 스페인에 반기를 든 폭도를 쓸어버린 잔혹한 장군 소유인 그 주택의 입구에는 필리핀에서 가져온 거대한 대왕조개가 하나 있었는데 내가 본 것 중 가장 큰 것이었다.

알베르티의 집과 나의 집은 예닐곱 블록 정도 거리가 있었다. 나는 그 길을 걸어 즐거운 라파엘의 집에 가는 게 좋았다. 나는 식민지풍 대령의 기억을 괴롭히는 선물을 옛사람들이 성수를 담는 데 쓰는 거대한 조개에 놓아두곤 했다. 나는 어두침침한 나선형 계단을 오른 뒤, 고요 속에서 빛을 발하는 라파엘의 집으로 들어갔다. 금발의 마리아 테레사 부인이 함께였는데, 그녀는 실내를 더욱 빛내고 있었다. 라파엘은 나처럼 매일 많은 일을 했기에 밤에도 파티를 여는 것 같았다.

나는 그곳에 수캐인지 암캐를 데리고 도착했다. 성별도 종도 어떻게 짖는지도 몰랐다. 그 개는 우리 집에서부터 날 따라온 짙은 안개에 털이 헝클어지고 눈썹과 수염도 엉켜 있었다.

한겨울이었다. 마드리드에서는 낯선 일이지만 안개가 빽빽하게 거리를 채우고 있었다. 그 안개로 인해 걷기는커녕 앞을 분간하기도 어려웠다. 하지만 무슨 소리가 들려왔고 뭔가가 날 쫓아오고 있다는 걸 눈치챘다. 유령이나 까마귀 같은 무언가라고 생각했다. 안개 속에서 반쯤 길을 잃은 채 완전한 고독 속을 걷고 있었다. 어떤 행인도 없었지만 내 뒤에서 유령의 발걸음처럼 탁탁거리는 이상한 소리는 분명히 들렸다. 내가 걸음을 멈추면 그 소리도 멈췄다. 그러다 다시 걸음을 옮기면 내 뒤를 따라 다시 걷는 소리가 들렸다. 안개 속에서 그런 일을 겪으니 적잖이 불쾌했다. 알베르티의 집 대문에 도착했을 때 부드러운 털을 지닌 개 한 마리가 안개 속에서 나타나 계단을 타고 내 뒤를 따랐다. 변두리 지역의 개였다. 절반의 안개와 절반의 꿈결 속에서 그 개는 무성한 은빛 털 틈으로 우리를 바라봤다. 그 개는 야생의 순수함을 눈에 담고 도시를 헤매는 양처럼 보였다.

내가 개를 데리고 나타나자 라파엘은 즉시 그 개를 '안개'라고 불렀다. 아직 그 개가 안개에 젖어 있는 것처럼 보였기 때문이다. 그 개는 시인의 사랑에 자기를 내맡기듯 방 한가운데 자리를 잡고 앉았다. 그 이상한 개는 알베르티의 집을 채우고 있던 알베르토 산체스의 돌과 금속으로 된 추상적 조각품들 사이에서 자연스럽고도 필연적인 것처럼 느껴졌다.

야생의 털을 지닌 안개라는 이름의 그 개는 라파엘의 기억할 만한 개가 되었고 길을 걸을 때나 시를 쓸 때도 함께하게 되었다. 그렇게 밤에 나타난 그 개는 무엇에든 도움이 되었다. 하지만 우리에게서 너무나도 많은 것을 앗아간 전쟁이 그들을 갈라놨다. 알베르티는 안 개라는 이름의 개와 헤어져 스페인을 떠나야 했다.

내 생에 푸에르토 데 산타마리아의 시인이자 영웅적인 마드리드의 시인이며 수많은 작품을 남긴 망명 시인인 알베르티에게 준 선물은 그게 전부일 것이다.

수년 동안 알베르티가 내게 준 많은 것들과 내가 그에게 빚지고 있는 것은 완전히 다른 얘기다. 이에 대해선 내가 언젠가 시에서 밝힌 적이 있다.

이게 전부는 아니다. 내가 빚진 게 많지만, 더 많은 것을 빚질 수 있었다면 나는 그렇게 했을 것이다.

나보다 2년 먼저 60세가 된 알베르티는 그들이 라틴아메리카로 망명할 때 그와 그의 사랑하는 아내인 레오나를 나의 조국 칠레로 불러오고 싶었다는 걸 알아야 한다. 하지만 그들은 부에노스아이레스의 섬광에 휘감겼다.

그들이 부에노스아이레스에 머무는 동안 나는 알베르티와 그녀에게 엄청난 빚을 졌다. 그들은 삶의 은총이었고 누구보다도 행복을 나눌 수 있었다.

알베르티는 섬광처럼 빛을 발하는 사람이다. 수년간 그와 허물없이 즐겁게 지낼 수 있었던 건 모두 알베르티 덕분이다. 나는 대지를 사랑하는 사람이다. 내게는 내가 태어난 지역의 검은 빛이 스며 있다. 남극에 가까운 칠레의 남부, 거대한 숲의 비, 내 나라의 차가운 면류관을 만들어 낸 화산들. 알베르티는 내가 꿀을 찾을 수 있게, 꽃이 만발한 열린 공간으로 갈 수 있게 창문을 열어 준 사람이다.

나는 그 누구와도 라파엘 알베르티만큼 즐겨 보지 못했다. 아마도 알베르티만큼 나를 웃게 한 사람이 있다면 가르시아 로르카가 전부일 것이다. 그들과는 참으로 순수하게 웃을 수 있었다. 빵이나 과일처럼 반드시 필요한 웃음 말이다. 그 두 사람은 너무나도 다르지만 내 마음속에서 늘 함께였다. 둘 중 한 사람이 적에게 살해되기 전까지는.

라파엘 알베르티는 여전히 훌륭하며 쾌활하고 전투적이다. 그의 완전한 인격과 진중한 투쟁은 지금도 앞으로도 그의 불멸의 시에 투명하게 결합되어 있을 것이다.

칠레의 나치

다시 삼등칸을 타고 조국 칠레로 돌아왔다. 라틴아메리카에는 셀린, 드리외라로셸, 에즈라 파운드처럼 파시즘으로 전향한 배신자는 없었으나 히틀러를 추종하는 무리들이, 재정적인 지원을 받든 안 받든, 강력한 세력을 형성하고 있었다. 나치스 돌격대원 복장을 하고 팔을 높이 쳐들어 파시스트처럼 경례를 하는 소규모 집단이 곳곳에서 생겨나고 있었다. 소규모 집단만 그런 것은 아니었다. 라틴아메리카의 봉건적 과두 지배 세력은 반공주의라면 독일에서 유래한 것이든 크리오요 극좌파에서 유래한 것이든 상관하지 않고 무조건 수용했다. (지금도 여전히 그렇다.) 이에 덧붙여 칠레, 브라질, 멕시코의 특정 지역에 가면 독일계 후손들이 절대다수를 차지하고 있다는 사실도 기억할 필요가 있다. 이러한 사회 영역은 혜성같이 출현한 히틀러와 독일 천년왕국 신화에 쉽게 현혹되었다.

히틀러가 요란한 승리를 구가하던 그 무렵, 칠레 남부의 도시나 궁벽한 시골에는 하켄크로이츠 깃발이 무더기로 내걸려 있었다. 한 번은 남부의 조그만 마을에 갔는데, 마을에 하나밖에 없는 전화기를 사용하려다 그만 총통에게 경례하고 말았다. 독일인 가게 주인이 전화기를 아주 교묘하게 설치해 놓아서 전화를 걸려면 히틀러 초상화를 향해서 손을 높이 쳐들 수밖에 없었던 것이다.

《칠레의 여명》이라는 잡지의 편집자로 일할 때는 문학적 무기(다른 무기는 없었다.)를 총동원하여 이 나라 저 나라를 집어삼키고 있는 나치를 겨냥했다. 히틀러의 하수인인 칠레 주재 독일 대사는 이른바 신게르만 문화 관련 책자를 국립도서관에 기증했다. 이에 대응하여 우리 잡지는 진정한 독일을 알 수 있는 진짜 독일어 책, 히틀러가 금서로 지정한 책을 기증하라고 요구했다. 대단한 경험이었다. 나를 죽이겠다는 협박도 받았다. 지저분한 내용의 책자도 상당히 많이 도착했다. 또한 반유대적이고 가학적이고 선정적인 주간 신문《돌격대》(1923년부터 1945년까지 발행된 나치즘 주간지) 전질도 받았다. 이 신문의 발행인 줄리우스 스트라이허는 전쟁이 끝나고 뉘른베르크에서 교수형을 당했다. 아무튼 시간이 지나면서 하인리히 하이네, 토마스 만, 안나 제거스, 아인슈타인, 아르놀트 츠바이크의 독일어 책이 조금씩 모이기 시작했다. 500권쯤 모았을 때 국립도서관에 기증하러 갔다.

그런데 이게 웬일인가! 국립도서관 측은 우리가 방문한다는 소식을 듣고 문이라는 문은 모두 자물쇠를 채워 버렸다.

우리는 포기하지 않고 니묄러 목사●와 오시에츠키●●의 초상화를

● 니묄러(1892~1984): 독일의 평화운동가. 나치에 반대하여 1945년까지 강제수용소에 갇혔다.

●● 오시에츠키(1889~1938): 독일의 언론인. 나치의 재무장을 언론에 폭로하였다는 이유로

앞세우고 대학교 명예의 전당으로 들어갔다. 무슨 행사였는지 지금은 기억나지 않지만, 아무튼 외무부장관 미겔 크루차가 토코르날이 주재하는 행사가 열리고 있었다. 우리는 조심스럽게 책과 초상화를 단상에 올려놓았다. 싸움에서 이긴 것이다. 그들은 우리가 수집한 책을 받아들일 수밖에 없었다.

이슬라네그라

창작에 전력투구하기로 다짐했다. 스페인 내전을 경험한 덕분에 나는 훨씬 강해지고 성숙해졌다. 이제 우울한 시는 쓸 수 없었다. 『스무 편의 사랑의 시와 한 편의 절망의 노래』의 우수에 찬 주관주의나 『지상의 거처』에 담긴 고통스러운 애상은 막을 내렸다. 두 시집을 형성하는 광맥은 지하 암반에서 캐낸 것이 아니라 온갖 책갈피 속에서 찾은 것처럼 보였다. 시가 우리 인간을 위해서 봉사할 수 있을까? 시가 인류의 투쟁에 동반자가 될 수 있을까? 지금껏 시는 비합리적이고 부정적인 영역을 실컷 걸어 왔다. 이제는 걸음을 멈추고 휴머니즘의 길을 찾아야 한다. 비록 휴머니즘이 현대문학에서 추방되었다고는 하나 인간 존재의 염원에 깊이 뿌리를 내리고 있기 때문이다.

나는 『모두의 노래』를 집필하기 시작했다.

그런데 집필을 하려면 작업실이 필요했다. 마침 바다가 보이는 석조 가옥이 눈에 띄었다. 이슬라네그라라는 곳인데 세상 사람들에게 잘 알려지지 않은 고장이었다. 집주인은 스페인 출신의 늙은 사회

강제수용소에 수감되어 생을 마쳤다. 1935년 노벨 평화상을 수상하였다.

주의자이자 선장인 엘라디오 소브리노였다. 가족과 함께 살 요량으로 짓고 있었는데, 내게 팔겠다고 선뜻 나섰다. 그런데 어떻게 그 집을 산단 말인가? 더구나 당시 내 작품을 여러 편 출판하고 있던 에르시야 출판사에 『모두의 노래』를 집필하겠다고 제안했지만 거절당한 형편이었다. 결국 다른 여러 출판사의 도움으로(이들이 직접 집주인에게 대금을 지불했다.) 1939년 이슬라네그라에 작업실을 마련할 수 있었다.

역사적 사건, 지리적 환경, 우리 민중들의 삶과 투쟁을 모두 아우르는 총괄적인 시를 반드시 써야 할 필요가 있었다. 이슬라네그라의 거친 해변과 대양의 사나운 물결 덕분에 나는 이 시의 창작에 몰두할 수 있었다.

스페인 사람들을 데려오시오

그러나 곧 이슬라네그라에서 나와야 했다. 세상이 그렇게 한가하지 않았던 것이다.

스페인 사람들이 대대적으로 탈출하고 있다는 섬뜩한 소식이 칠레까지 전해졌다. 오십만 명 이상의 남자와 여자, 전투원과 시민들이 프랑스 국경을 넘었다. 그러나 반동 세력의 압력을 받은 프랑스의 레옹 블룸 정권은 피난민들을 강제수용소에 몰아넣었다. 감옥과 성에 분산 수용했는데, 일부는 사하라 사막 근처의 아프리카 지역으로 이송했다.

칠레의 정권도 바뀌었다. 칠레 민중이 스페인 민중의 투쟁 정신을 본받은 덕분에 진보적인 정권이 들어섰다.

칠레 인민전선 정부는 나를 프랑스로 파견하기로 결정했다. 내 인생에서 가장 고귀한 임무를 완수하라는 것이었다. 다시 말해서, 포로가 된 스페인 사람들을 칠레로 데려오는 일이었다. 이렇게 되면 내 시는 빛줄기처럼 아메리카에서 뻗어나가 누구보다도 더 영웅적이고 고초를 겪은 저 사람들 사이로 퍼지게 될 것이다.

당시 내 몸 상태는 수술을 받은 지 얼마 되지 않아 한쪽 다리에 깁스를 하고 있었으니 장애인이나 다름이 없었다. 이런 몸으로 이슬라네그라를 출발하여 페드로 아기레 세르다 대통령을 면담했다. 대통령은 나를 반갑게 맞아 주었다.

"네루다, 수천 명에 달하는 스페인 사람들을 데려오시오. 그 사람들에게 일자리를 주겠소. 어부도 데려오고, 바스크 지방 사람들도 데려오고 카스티야 지방 사람들, 에스트레마두라 사람들도 데려오도록 하시오."

며칠 뒤, 깁스도 풀지 못하고 프랑스로 출발했다.

내 임무는 아주 구체적이었다. 임명장에 기재된 직함은 스페인 피난민 이민 담당 영사였다. 나는 파리 주재 칠레 대사관에 임명장을 제출했다.

칠레의 정부와 정치 상황은 이전과 달라졌다. 그러나 파리 주재 대사관은 변한 것이 하나도 없었다. 겉멋이 든 외교관들은 스페인 사람들을 칠레로 데려가겠다는 계획을 듣고 격노했다. 주방 옆에 내 사무실을 마련해 주고 온갖 훼방을 놓았다. 심지어 타자기용 종이마저도 주지 않으려고 했다. 이미 대사관 정문 앞에는 피난민들이 장사진을 이루고 있었다. 부상병, 법률가, 작가, 진료실이 없어진 전문의, 각종 직업을 가진 노동자들이었다.

그 사람들이 내 사무실까지 오려면 온갖 난관을 통과해야 했다.

못된 대사관 직원들은 내 사무실이 4층에 있다는 사실에 착안하여 엘리베이터 운행을 중지시켰다. 스페인인들 대다수가 전쟁에서 부상을 당하거나 아프리카의 수용소에서 고초를 겪은 사람들이었는데 이런 사람들이 4층까지 힘겹게 걸어 올라오는 모습을 보니 가슴이 찢어지는 것 같았다. 그러나 잔인한 대사관 직원들은 내가 곤혹스러워하는 모습을 보고 쾌재를 불렀다.

사악한 인물

칠레 인민전선 정부는 대리 공사를 파견하겠다고 공문을 보냈다. 나는 무척이나 반가웠다. 신임 대리 공사가 피난민 이민 업무와 관련된 갖가지 장애물을 제거해 줄 것으로 기대했기 때문이다. 생나자레 역에 도착한 인물은 새파란 젊은이였다. 코안경을 착용하고 있어서 책벌레 같은 인상이었는데, 나이는 스물넷이나 스물다섯 살 정도였고 목소리는 여자처럼 높은 톤이었다. 그 사람은 흥분한 나머지 말도 제대로 잇지 못했는데, 아무튼 나를 상사로 모시겠으며 여기에 온 목적은 오로지 내 조수로서 나를 도와 "전쟁에서 영광스럽게 패배한 사람들"을 칠레로 이송하는 위대한 과업을 수행하는 것이라고 말했다. 새로운 협조자를 얻었다는 만족감에도 불구하고 썩 내키지 않는 사람이었다. 허풍 섞인 자랑을 늘어놓는 품이 무언가를 숨기고 있는 것 같았다. 나중에 알게 된 일이지만 그는 예수회 단체인 카바예로 데 콜론에 몸담았다가 칠레 인민전선이 승리하자 공산주의 청년단체 일원으로 갑작스럽게 변신한 인물이었다. 공산주의 청년단체는 조직을 확장하면서 이 사람 아레야노 마린의 지적 능력에 매료되었다. 희극과 논문을 쓰고, 박학다식한 대중연설가로서 도대체 모르는 것이 없었기 때문이다.

2차 세계대전이 임박해 있었다. 파리에서는 밤마다 독일군 공습에 대비했다. 집집마다 공습 대피 훈련을 하고 있었다. 나는 매일 밤 센 강변의 작은 집으로 귀가하여 아침이면 피곤한 몸을 이끌고 대사관으로 돌아왔다.

파리에 도착한 지 얼마 안 되는 마린은 단 며칠 만에 나로서는 넘볼 수 없는 명사가 되어 있었다. 내가 마린을 네그린, 알바레스 델 바요• 그리고 스페인 정당 지도자들에게 소개했다. 그런데 불과 일주일 만에 마린은 이 사람들과 막역한 사이가 되었다. 나와 안면도 없는 스페인 지도자들이 그의 사무실을 출입하기 시작했다. 장시간 동안 무슨 대화를 나누는지 나로서는 도무지 알 수 없는 일이었다. 가끔 마린은 나를 불러서 어머니에게 선물하려고 구입한 다이아몬드나 에메랄드를 보여 주었다. 요염한 금발 여자 때문에 카바레에서 과다하게 지출을 한다는 얘기를 털어놓기도 했다. 당시 프랑스에서는 공산당을 탄압하고 있었으므로 우리는 아라공 부부에게 대사관을 피신처로 제공했는데 마린은 이내 이 부부와, 특히 부인 엘자 트리올레와 절친한 사이가 되었다. 마린은 아라공 부부에게 작은 선물을 주고 갖은 정성을 쏟았다. 엘자가 소설에서 마린에 관한 얘기를 한두 번 하고 있는 것으로 보아 이 인물의 심리에 흥미를 느낀 것이 틀림없다.

• 후안 네그린(1892~1956)은 스페인 공화정부의 재무장관을 거쳐, 내전이 발발한 후에는 총리를 지내고(1937~1939), 1939년에는 망명 정부의 대통령에 취임했다. 훌리오 알바레스 델 바요(1891~1974)는 스페인 공화정부의 외무장관으로서 소련의 지원을 얻어 낸 인물이다.

아무튼 나는 마린이 갈수록 사치품과 금전에 탐욕을 부린다는 사실을 알게 되었다. 눈썰미가 신통찮은 나 같은 사람이 보기에도 그랬다. 걸핏하면 자동차를 바꾸고, 으리으리한 저택을 임대했다. 그리고 요염한 금발 여자의 요구는 갈수록 마린을 궁지로 몰아넣고 있는 것 같았다.

나는 스페인인의 이송과 관련된 중요한 문제를 처리하기 위해 브뤼셀로 자리를 옮겼다. 저렴한 호텔에 묵고 있었는데, 하루는 호텔 입구에서 화려하게 차려입은 마린을 만났다. 호들갑을 떨면서 인사를 건네더니 그날 점심 식사에 초대했다.

마린이 묵고 있는 호텔로 찾아갔다. 브뤼셀에서 가장 비싼 호텔이었다. 우리 식탁에는 난이 놓여 있었다. 당연히 캐비아와 샴페인을 주문했다. 식사를 하는 동안 나는 말을 아꼈다. 마린은 넉넉한 휴가 계획과 보석을 구입한 이야기를 들려주었다. 마치 갑자기 졸부가 되어 제정신이 나간 사람처럼 보였으나 눈빛만은 날카로웠고 어조는 확신에 차 있어서 도무지 갈피를 잡을 수 없었다. 아무래도 이번 기회에 따끔한 충고를 해 주어야 할 것 같아서 할 이야기가 있으니 방에 가서 커피 한잔 달라고 말했다.

마린과 이야기를 나누면서 호텔 현관 계단을 올라가고 있을 때 남자 둘이 다가왔다. 처음 보는 얼굴들이었다. 마린은 그들에게 스페인어로 잠시 후에 내려올 테니 기다리라고 말했다.

객실에 들어서자마자 커피는 필요 없다고 말했다. 긴장감이 감도는 대화였다. 나는 이렇게 말했다.

"내가 보기에 자네는 나쁜 길로 빠진 것 같아. 돈에 환장한 사람이 되어 버렸다는 말이야. 아직 어려서 세상 물정을 모르니 그럴 수도 있겠지. 그러나 우리의 정치적 임무는 막중한 거라네. 수천 명의 운명이 우리 손에 달려 있으니 가볍게 여길 일이 아니야. 자네 사생활을 왈가왈부할 생각은 없으나 충고 한마디 해 주고 싶었네. 세상에는 불행한 일이 닥친 뒤에야 충고해 주는 사람이 없었다느니 경고해 주는 사람이 없었다느니 하고 말하는 사람이 많지. 이제 자네는 그런 말을 할 수는 없어. 내가 충고를 해 주었으니 말이야. 자, 이제 가겠네."

방을 나오면서 그를 쳐다보았다. 눈물을 줄줄 흘리고 있었다. 갑자기 안쓰러운 생각이 들었다. 내가 너무 지나친 게 아닐까? 나는 그에게 다가가서 어깨를 잡고 말했다.

"울지 말게."

"화가 나서 웁니다." 하고 대답했다.

나는 더 이상 아무 말도 하지 않고 방을 나섰다. 파리로 돌아온 다음에도 다시는 그 모습을 볼 수 없었다. 내가 계단을 내려오는 것을 보자 기다리고 있던 두 사람이 급히 그의 방으로 올라갔다.

이 이야기의 결말은 세월이 한참 흐른 뒤, 멕시코에서 알게 되었다. 당시 나는 멕시코 주재 칠레 총영사로 근무하고 있었다. 어느 날 스페인 망명객들로부터 점심 식사 초대를 받았는데, 두 사람이 나에게 알은체를 했다.

"우리가 전에 만난 적이 있습니까?" 하고 내가 물었다.

"브뤼셀에서 영사님이 아레야노 마린 방에서 나오는 것을 보고 그 방으로 올라갔던 사람들입니다."

"아, 그래요? 그 뒤 무슨 일이 있었는지, 항상 그게 궁금했습니다."

그들은 아주 이상한 이야기를 들려주었다. 방에 들어서니 마린은 감정을 주체하지 못하고 펑펑 울면서 이렇게 말했다는 것이다.

"금방 너무 큰 충격을 받았습니다. 조금 전에 이 방에서 나간 네루다가 당신들을 위험한 스페인 공산주의자라고 게슈타포에게 밀고하겠답니다. 내가 몇 시간만 말미를 달라고 설득했으나 소용이 없었습니다. 그러니 지금 당장 몸을 피해야 합니다. 가방은 제게 맡겨 두면 잘 보관했다가 다음에 꼭 돌려드리겠습니다."

"나쁜 자식! 아무튼 독일군 손아귀에서 빠져나올 수 있었으니 천만다행입니다."

"그런데 가방에는 스페인 노동조합의 공금 9만 달러가 들어 있었습니다. 그 후 돌려받기는커녕 구경도 못 했습니다."

그 뒤 그 사악한 인물이 애인을 데리고 근동 지방으로 장기 유람 여행을 떠났다는 이야기를 들었다. 게다가 이것저것 사 달라고 졸라대던 요염한 금발 여자가 사실은 소르본대학교에서 공부하던 남학생이었다는 것이다.

한참 뒤 칠레에서는 마린이 공산당을 탈당했다고 보도했다. "심각한 이념적 차이로 인해 이런 결정을 하게 되었습니다." 신문사에 보낸 편지에서 그는 이렇게 말했다.

장군과 시인

내전에서 패배하고 포로 생활을 겪은 사람들의 이야기는 하나같이 눈물과 웃음과 고독과 낭만이 묻어나는 소설감이었다. 그중에서도 몇몇 이야기는 특히 인상적이었다.

한번은 어떤 공군 장군을 만났는데 키가 크고 마른 사람이었다. 사관학교 출신으로 온갖 직책을 두루 거친 인물이었다. 파리 길거리를 돌아다니는 그 장군을 보면 카스티야 지방의 포플러처럼 쭈뼛하고 늙은 모습이 어딘지 모르게 돈키호테를 닮았다.

프랑코 군대가 스페인 공화국을 양분했을 때, 이 에레라 장군은 칠흑 같은 어둠 속에서 정찰 비행을 하며 방어군의 위치를 알아내고 여기저기로 정신없이 명령을 내려야 했다. 깜깜한 밤에 불 하나 켜지 않고 적진 상공을 비행했다. 이따금씩 프랑코 군의 대공포가 기체를 스쳐 지나가기도 했다. 장군은 어둠 속에서 비행하는 것이 너무 지루한 나머지 점자를 배우기 시작했다. 점자를 완전히 익힌 다음에는 저 아래에서 치솟는 불길과 전쟁의 비명 소리에도 아랑곳하지 않고 손가락으로 책을 읽으면서 위험한 임무를 수행했다. 장군의 이야기로는 『몬테크리스토 백작』을 독파하고 『삼총사』를 시작한 지 얼마 안 되어 공화파가 패배했기 때문에 망명길에 오르게 되었다는 것이다.

내가 잊지 못하는 또 다른 이야기는 안달루시아 출신의 시인 페드로 가르피아스의 경험담이다. 망명길을 떠돌던 가르피아스는 마침내 스코틀랜드 어느 귀족의 성(城)에 머물게 되었다. 그 성에는 찾아오는 사람도 없었기 때문에 가르피아스는 부지런한 안달루시아 사람답게 매일같이 인근 술집을 찾아갔다. 그러나 아무 말 없이 술만 마셨다. 영어를 할 줄 몰랐고, 또 나 같은 사람조차 알아듣기 힘든 집시풍의 스페인어만 알고 있었기 때문에 우울하게 혼자 앉아서 맥주만 마신 것이다. 어느 날 저녁, 술손님들이 다 돌아간 후에 술집 주인은 한잔하자고 말을 붙여 왔다. 두 사람은 벽난로 옆에 앉아서 조용히 술을 마셨다. 타닥거리며 타오르는 장작만이 두 사람을 대신해서 이야기를 나누고 있었다.

이런 술자리는 일종의 의식이 되었다. 매일 저녁 가르피아스는 술집 주인에게 대접을 받았다. 아내도 가족도 없는 술집 주인 역시 가르피아스처럼 고독한 사람이었다. 두 사람은 차츰 말문을 열게 되었다. 가르피아스는 전형적인 안달루시아 사람답게 고성과 악담과 욕설을 섞어 가며 스페인 내전 이야기를 들려주었다. 술집 주인은 경건하게 경청하고 있었다. 물론 가르피아스의 말은 한마디도 알아듣지 못했다.

술집 주인 역시 살아오면서 고생한 이야기를 들려주었다. 아마도 집을 나가 버린 아내 이야기였을 것이고, 군복을 입은 자식들 사진을 벽난로 위에 놓아둔 것으로 보아 아마도 자식 자랑이었을 것이다. 내가 '아마도'라는 수식어를 사용한 까닭은, 몇 달 동안 대화를 나누었음에도 불구하고 가르피아스 역시 한마디도 알아듣지 못했기 때문이다.

그러나 외로운 두 사람은 상대방이 이해할 수 없는 언어로 가슴에 묻어 둔 이야기를 주고받는 동안에 우정을 다지게 되었다. 매일 저녁 서로 만나 날이 새도록 이야기를 나누지 않으면 직성이 풀리지 않았다.

가르피아스가 멕시코로 떠날 때, 두 사람은 술을 마시고 이야기를 나누고 서로 부둥켜안고 울었다. 서로의 고독을 위로하면서 두 사람은 이토록 깊은 교감을 나눈 것이다.

"가르피아스, 그 사람이 어떤 얘기를 했다고 생각해?" 나는 여러 차례 이렇게 물어보았다.

"글쎄, 한마디도 못 알아들었어. 하지만 그 사람 얘기를 듣고 있으면 다 이해가 되었지. 아니, 그런 느낌이었어. 그 사람도 내 이야기를 틀림없이 이해하고 있다고 믿었다네."

위니펙호

어느 날 아침 대사관에 들어갔더니 대사관 직원들이 웃으면서 긴 전문을 건네주었다. 그런데 평소에 안부 인사조차 건네지 않던 사람들이 웃고 있으니 수상한 일이었다. 뭔지 모르겠지만 그 사람들에게는 희소식이 틀림없었다.

칠레에서 보낸 전문이었다. 아기레 세르다 대통령의 서명이 눈에 들어왔다. 나에게 스페인 망명자를 배에 실어 데려오라고 단호하게 명령을 내린 바로 그 대통령이었다.

그런 훌륭한 대통령이 그날 아침에서야 내가 스페인 망명자들 입국을 준비하고 있다는 보고를 받고 소스라치게 놀랐으며, 당장 이 터무니없는 보고를 해명하라고 요구하고 있으니 어안이 벙벙해졌다.

내가 보기에 터무니없는 일은 바로 대통령의 전문이었다. 나 혼자서 이민 관련 행정 업무를 처리하고, 게다가 이민 희망자까지 면접하고 선별하자니 무척이나 힘들었다. 다행히도 스페인 망명 정부가 내 업무의 중요성을 이해하고 있었다. 그러나 날마다 뜻하지 않은 돌발 사태가 발생했다. 한편 프랑스와 아프리카의 수용소에 수용된 수천 명의 망명객 가운데 이미 수백 명이 칠레로 떠날 준비를 하고 있었다.

스페인 망명 정부가 배 한 척을 구입했다. 위니펙호였다. 승객 정원을 늘리기 위해 개조까지 끝낸 이 배는 보르도 근처의 조그만 항구 트롬펠루프에서 출항만 기다리고 있었다.

이제 이 사태를 어떻게 처리할 것인가? 2차 세계대전이 임박한 시점에서 우여곡절을 겪으면서 진행해 온 그 일은 내 일생에서 가장 중요한 일이었다. 내가 내민 손은 박해받는 망명자들에게는 구원이나 다름없었고, 조국 칠레의 포용력과 투쟁 정신을 한눈에 보여 주는 사례였다. 그런데 이런 희망이 대통령의 전문으로 물거품이 되어 버린 것이다.

나는 네그린과 상의하기로 결정했다. 다행히도 네그린 대통령, 알바레스 델 바요 장관을 비롯하여 스페인 공화국 정부의 요인들과 친분이 있었다. 네그린은 아주 흥미로운 사람이었다. 스페인 고위 정치인임에도 내가 보기에는 시야가 넓지 못한 일개 지방 정치인에 불과했다. 한편 네그린은 세계적이지는 못하더라도 최소한 유럽적인 인물이었다. 라이프치히에서 공부했고, 대학 교수를 지냈다. 파리에서는 껍데기뿐인 스페인 망명 정부를 지키는 데 혼신의 노력을 경주하고 있었다.

우리는 대화를 나누었다. 나는 네그린에게 상황을 설명했다. 대통령이 보낸 이상한 전문 때문에 나는 망명자들에게 허황된 일이나 떠벌리고 다니는 협잡꾼이자 사기꾼으로 전락하게 되었으니, 이제 세 가지 대처 방안이 남았다고 말했다. 첫째 방안은 정말 못마땅하지만 스페인 난민을 칠레로 이송하려는 계획이 취소되었다고 간략하게 발표하는 것이다. 둘째 방안은 극적인 것으로, 대통령의 조치에 대한 반대 입장을 공개적으로 밝히고, 내 임무가 이제 끝났다는 말과 함께 내 머리에 총을 겨누고 방아쇠를 당기는 것이다. 셋째 방안은 도전적인 것으로, 당국의 허가가 없더라도 배에 난민들을 가득 싣고 무조건 발파라이소를 향해 출항하는 것이다.

네그린은 의자에 앉아 커다란 시가를 피우고 있었다. 이윽고 씁쓸하게 웃더니 이렇게 말했다.

"전화를 할 수는 없을까요?"

그 당시 유럽과 아메리카 사이의 전화 통화는 정말 웬만한 인내심으로는 엄두가 나지 않는 일이었다. 몇 시간씩 기다리기 일쑤였다. 귀가 멍멍해지는 잡음과 갑작스러운 통신 두절을 참아 내며 간신히 외무부 장관의 아득한 목소리를 들을 수 있었다. 통화가 중간에 끊기는 바람에 같은 말을 수십 번씩 반복했건만 도대체 상대방이 말을 알아들었는지 확인할 도리가 없었다. 목청껏 고함을 질러도 들려오는 대답은 웅웅거리는 대서양의 고동 소리뿐이었다. 나는 오르테가 장관에게 대통령의 명령을 수행하지 않겠다는 뜻을 분명하게 전달했다고 생각했다. 또한 오르테가 장관에게서 다음 날까지 기다려 달라는 말을 들었다고 생각했다.

당연한 일이지만 그날 밤 나는 파리의 조그만 호텔에서 뜬눈으로 밤을 새웠다. 다음 날 오후, 외무부 장관이 그날 아침 사표를 제출했다는 사실을 알게 되었다. 외무부 장관 또한 내 항명을 받아들일 수 없었던 것이다. 내각이 술렁거렸고, 사람 좋은 우리 대통령은 외부 압력에 의한 일시적인 혼란을 극복하고 기강을 바로 세웠다. 나는 이민 계획을 추진하라는 새로운 전문을 받았다.

마침내 우리는 위니펙호에 승선했다. 선착장에서 남편과 아내, 부모와 자식들이 해후하였다. 오랫동안 서로 떨어져 지냈거나 유럽과 아프리카로 뿔뿔이 헤어졌던 사람들이었다. 열차가 도착할 때마다 기다리고 있던 사람들이 앞다투어 달려갔다. 울고불고 소리를 지르며 달려가 차창 밖으로 고개를 내민 사람들 사이에서 사랑하는 이들을 찾아냈다. 모두 배에 승선했다. 그들은 어부, 농부, 노동자, 지식인 들로서 힘과 영웅심과 노동의 표본이었다. 나의 시는 투쟁을 통해 그들에게 조국을 찾아 주는 데 성공했다. 한없는 자부심을 느꼈다.

신문을 사 들고 바렌쉬르센 거리를 걷고 있었다. 폐허를 뒤덮은 붉은색 담쟁이덩굴이 첨탑을 휘감은 고성(古城) 옆을 지나갔다. 오랜 옛날 롱사르와 플레이아드 시인들이 만났던 이 고성의 돌과 대리석, 그리고 옛날의 황금 언어로 쓴 11음절 시구는 어떤 위엄을 간직하고 있었다. 나는 신문을 펼쳤다. 바로 그날 2차 세계대전이 발발했다. 더러운 검은색 잉크로 대문짝만 하게 찍힌 글자였다. 지금은 폐허가 되어 버린 옛 성에서 신문을 떨어뜨리고 말았다.

모든 사람들이 예상하던 일이었다. 진작부터 히틀러는 여기저기서 영토를 삼키고 있었고, 영국과 프랑스의 정치인들은 우산을 들고 히틀러에게 달려가 새로운 도시와 왕국과 사람들을 갖다 바치고 있었다.

거대한 혼돈이 양심을 뒤덮고 있었다. 내 방 창문 너머로 앵발리드 광장을 바라보았다. 첫 출정 부대가 떠나고 있었다. 군복도 제대로 입을 줄 모르는 청년들이 죽음의 아가리 속으로 들어가고 있었다.

참담한 출정이라는 사실만은 어떻게 감출 도리가 없었다. 싸우기도 전에 이미 패배한 전쟁이나 다름없었다. 국수주의자들은 거리를 쏘다니며 진보적인 지식인들을 핍박하고 있었다. 그들이 보기에 적은 라발• 일당과 같은 히틀러의 추종자들이 아니라 프랑스 최고의 지성인들이었다. 칠레 대사관은(그동안 많은 변화가 있었다.) 위대한 시인 아라공에게 피난처를 제공했다. 짐승만도 못한 무리들이 아라공을 죽이려고 파리 전역을 들쑤시고 다니는 동안 아라공은 칠레 대사관에 나흘 동안 머물면서 밤낮없이 글을 썼다. 마침내 칠레 대사관에서 소설 『지붕 칸의 여행객들』을 끝마쳤다. 닷새째 되던 날 아라공은 군복을 입고 전선으로 향했다. 독일과 두 번째 전쟁을 치르러 나선 것이다.

• 피에르 라발(1883~1945): 페탕의 비시 정권에서 부주석을 지낸 부역자로 1945년 처형되었다.

암울한 그 시절 나는 혁명과 같은 지각 변동은 두려워하면서도 전쟁이라는 치명적인 독소가 숨쉬는 공기와 먹는 빵에 스며들어도 수수방관하는 유럽인들의 우유부단한 태도에 익숙해졌다. 위대한 도시 파리는 야간 공습이 두려워 매일 밤 소등했다. 700만이라는 인구가 공유하는 저 암흑, 찬란한 빛의 도시라고 자부하던 도시에 드리워진 저 짙은 어둠이 아직도 내겐 생생한 기억으로 남아 있다.

긴 여행

한 시대가 저물어 가고 있는 지금, 그동안의 긴 여행이 헛고생이었을까? 나는 다시 한번 새로 발견한 땅 위에 홀로 남게 되었다. 탄생의 순간처럼, 초기 시의 원천이었던 형이상학적 공포에 경악했을 때처럼, 내 작품에서 창조한 새로운 황혼을 맞이했을 때처럼 지금 나는 또다시 고뇌와 고독에 휩싸여 있다. 어디로 갈 것인가? 어디로 돌아갈 것이며 어디로 나아갈 것인가? 어디를 향해 침묵하며 또 어디를 향해 소리칠 것인가? 빛의 영역과 어둠의 영역을 제아무리 둘러보아도 아무것도 눈에 띄지 않는다. 오직 내 손으로 공들여 만들어 놓은 공허뿐.

그러나 지금 이 순간, 가장 가까이 있던 것, 가장 근원적인 것, 가장 강렬한 것, 가장 소중한 것이 길 위에 모습을 드러냈다. 나는 세상에 대해서는 깊이 생각했지만 구체적인 인간에 대해서는 생각해 본 적이 없었다. 잔인하고 고통스럽게 인간의 마음을 탐구했을 뿐이다. 인간을 염두에 두지 않고 도시를 바라보았으니 텅 빈 도시만 눈에 들어왔다. 비참한 모습의 공장을 둘러보았으나 지붕 밑에서, 길거리에서, 정류장에서, 도시와 농촌에서 신음하는 사람들은 보지 못한 것이다.

최초의 탄환이 스페인 기타를 관통하고 거기서 음악 대신 피가 솟구쳐 나오자 내 시는 인간의 절망이 널브러진 길 한가운데서 유령처럼 서성거렸고, 시에서는 무수한 뿌리가 생겨나고 피가 강물처럼 흘렀다. 그때부터 내 길은 다른 사람들의 길과 합류하게 되었다. 그리고 문득 고독이라는 남쪽에서 민중이라는 북쪽으로 방향을 전환한 나 자신을 보게 되었다. 내 보잘것없는 시는 민중에게 칼이 되고 손수건이 되어, 무거운 고통으로 흘린 땀을 닦아 주고 빵을 위한 투쟁의 무기가 되기를 열망했다.

그러자 세상이 넓어지고 깊어지고 영원해졌다. 이제 우리는 대지 위에 당당히 발을 딛고 서 있다. 우리는 존재하는 모든 것을 무한정 소유하고자 한다. 우리는 그 어떤 신비도 찾지 않는다. 우리들이 바로 신비이기 때문이다. 내 시는 끝없이 광활한 세상의 일부가 되고, 바닷속과 지하세계의 일부가 되고, 놀라운 식물 세계로 들어가고, 대낮에도 유령과 대화를 나누고, 땅속 깊은 곳에 숨겨진 광물을 탐색하고, 가을과 인간 사이의 관계를 다시 맺어 주고 있다. 대기가 어두워진다. 가끔씩 인광과 공포로 충전된 번갯불이 환하게 빛난다. 명확한 언어, 진부한 언어와 전혀 무관한 새로운 구조물이 공중에 모습을 드러낸다. 내 시에서 가장 신비한 재료로 만든 새로운 대륙이 솟아나고 있다. 나는 이 대륙에 정착하고, 이 대륙에 이름을 붙이고, 신비한 해안선을 만져 보고, 파도를 잠재우고, 동물들이 사는 땅을 둘러보고, 지형을 측량하는 데 어둡고 고독하고 아득한 몇 년의 세월을 보냈다.

7 멕시코, 꽃과 가시의 땅

멕시코로 발령이 났다. 수많은 고통과 혼란을 겪은 탓에 고뇌에 짓눌려 버린 나는 1940년 아나우악고원(멕시코시티)에 도착했다. 알폰소 레예스가 누차 강조한 바 있는 "공기가 청명한 지역"에서 숨을 쉬게 된 것이다.

멕시코, 백년초와 뱀의 땅. 꽃과 가시의 땅이자 가뭄과 폭풍우의 땅이며, 강렬한 그림과 색채의 땅이자 격렬한 분출과 창조의 땅인 멕시코는 마술적인 분위기와 눈부신 햇살로 나를 감싸 안았다.

나는 몇 년 동안 시장을 돌아다녔다. 멕시코의 참모습은 시장에 있기 때문이다. 영화에 나오는 걸걸한 노랫소리나 콧수염에 권총을 차고 다니는 가짜 인물에 있는 것이 아니다. 멕시코는 진홍색과 번쩍이는 청록색이 어우러진 숄의 고장이다. 멕시코는 막사발과 항아리의 고장이고, 곤충이 갉아먹은 과일의 고장이다. 멕시코는 노란 가시와 강철처럼 파르스름한 잎을 자랑하는 용설란의 고장이다.

세상에서 가장 아름다운 멕시코 시장에 가면 이 모두를 다 만날 수 있다. 과일과 양모, 토기와 직물에서 예나 지금이나 변함이 없는 멕시코인의 다양한 손재주를 볼 수 있다.

나는 멕시코 이곳저곳을 두루 여행했다. 마치 번갯불에 타 버린 듯한 벼랑이 높이 치솟은 해안을 모두 둘러보았다. 시날로아 지방의 토폴로밤보에서 출발하여 저 멕시코 특유의 지명들, 잔혹한 신들이 자기들보다는 덜 잔혹한 인간들 밑으로 들어가 살라고 명령했을 때 멕시코인에게 물려준 저 발음하기 어려운 지명들을 따라서 아래로 내려왔다. 신비하고 장려한 음절로 이루어져 오로라 같은 소리를 내는 고장을 돌아다녔다. 소노라와 유카탄, 나야리트에서 미초아칸에 이르기까지 땅의 온갖 향기를 담고 식어 버린 화로처럼 치솟은 아나우악고원, 연기가 모락모락 피어나던, 미초아칸 지방의 작은 섬 하니치오, 용설란 익는 냄새가 물씬 풍기는 할리스코. 그리고 파리쿠틴 화산의 유황 냄새는 파츠쿠아로 호수의 비릿한 생선 냄새와 뒤섞였다. 멕시코는 지구상에 마지막으로 남은 마법의 나라이다. 멕시코의 고대 유물과 역사는 마술적이고, 음악과 지리 또한 마술적이다. 영원히 지워지지 않는 붉은 피로 채찍질당한 바위들, 피와 이끼가 띠를 두르고 있는 저 바위들 사이로 떠돌아다니는 나 자신 또한 광대해지고 고대 사람이 된 기분이 들었고, 따라서 태고의 창조물 사이를 누비고 다닐 만한 자격이 충분하다고 생각했다. 갑자기 쩍 갈라져 거대한 암벽을 드러낸 계곡, 칼로 끝을 잘라 놓은 듯이 여기저기 뭉툭하게 솟아 있는 언덕, 나무가 무성하고 뱀이 득시글거리며, 새와 전설이 지저귀는 방대한 열대우림 등 장기간에 걸친 투쟁의 결과 곳곳에 사람이 살고 있는 이 거대한 땅을 돌아보며 우리들, 즉 칠레와 멕시코만큼 아메리카에서 상이한 나라도 없다는 사실을 깨달았다. 나는 얼마 전 칠레의 체리 농장에서 만난 일본 대사의 외교적인 인사에 감동하지 않는다. 칠레 해안의 안개를 본 영국인이, 그리고 주변에 둘러싸인 눈을 본 독일인이나 아르헨티나인이 우리가 비슷하다고, 모든 나라가 아주 비슷하다고 말한다고 해서 감동하지 않는다. 나는 지상의 다양성과 지구 곳곳에서 생산되는 다채로운 산물을 보고 기쁨을 느끼는 사람이다. 내가 사랑하는 나라 멕시코는 태평양 연안에 위치하고 있어 해산물과 곡식이 풍부한 칠레와 너무 다르다고 묘사한다고 해서 멕시코를 조금이라도 낮춰 보는 것은 아니다. 나는 차이점을 부각시킴으로써 우리 아메리카가 지니고 있는 여러 층위와 높이와 깊이를 자랑하고 싶은 것이다. 아메리카 대륙에서, 어쩌면 지구상에서 멕시코와 멕시코인만큼 심오한 존재들도 찾아보기 어렵다. 멕시코인의 찬란한 업적에서, 그리고 어마어마한 실책에서조차 우리는 원대한 포용력, 뿌리 깊은 생명력, 무궁한 역사, 무한한 성장 잠재력을 엿볼 수 있다.

나는 어촌에 들렀다. 마을에 널어 놓은 그물이 얼마나 투명한지 마치 잃어버린 은빛 비늘을 찾으러 다시 바다로 돌아가는 거대한 나비처럼 보였다. 탄광촌에도 들렀다. 갓 캐낸 광물이 눈부신 은괴로 변하는 도시였다. 길가에 우뚝 선 가톨릭 수도원은 거대한 백년초처럼 두툼하고 가시가 돋쳐 있었다. 시장에도 들렀다. 채소를 꽃처럼 진열해 놓았고, 갖가지 색깔과 향기가 어우러져 현기증을 느꼈다. 이렇게 멕시코 여러 고장을 지나서 마침내 세계에서 가장 오래된 마야족이 출현한 땅, 유카탄 반도에 도착했다. 이 유카탄 반도는 역사에 시달리고 과도한 경작에 시달린 땅이다. 지금도 에네켄 농장 옆에는 과거에 고도의 지식을 성취하고 희생 제의를 올리던 유적이 고개를 내밀고 있다.

길이 끝나는 지점에서 거대한 영역이 시작된다. 그곳 밀림에는 고대 멕시코인이 아로새겨 놓은 역사가 숨어 있다. 그곳에서 우리는 새로운 종류의 물, 지상의 물 가운데 가장 신비한 물을 만난다. 그 물은 바다도 아니고, 개천도 아니고, 강도 아니다. 우리가 알고 있는 그 어떤 종류의 물도 아니다. 유카탄 반도의 물은 모두 땅속에 있다. 갑자기 땅이 움푹 꺼지면서 거대한 천연 웅덩이가 생긴 것이다. 웅덩이 가장자리에는 열대식물이 무성하게 우거지고, 저 아래에 하늘을 담은 짙은 초록색 물이 어른거린다. 마야인들은 이 천연 웅덩이를 가리켜 세노테라고 부르고, 신성하게 여긴 나머지 기묘한 의식을 거행했다. 모든 종교가 그러하듯이 마야인도 처음에는 필요한 것과 풍요를 신성시하였는데, 건조한 유카탄 땅의 목을 축여 주려고 땅이 움푹 꺼지더니 숨겨진 물이 드러난 것이다.

그 이후 수천 년 동안 원주민들의 종교와 침략자들의 종교는 이 신성한 세노테의 신비를 더욱 증폭시켰다. 꽃과 황금으로 장식한 수백 명의 처녀들은 세노테 가장자리에서 혼례 의식을 치른 다음에 보석 장신구와 함께 깊은 웅덩이 속으로 내던져졌다. 꽃다발과 화관은 물 위로 떠올랐으나 황금 사슬에 묶인 처녀들은 웅덩이 바닥으로 가라앉았다.

그로부터 수천 년이 지난 오늘날 이곳에서 발굴한 극소수의 장신구는 멕시코와 미국의 박물관 진열장에 전시되어 있다. 그러나 나는 이러한 고독 속에 들어갈 때 황금이 아니라 수장된 처녀들의 비명을 찾았다. 새들의 기괴한 울음소리는 목이 쉬도록 소리를 지르는 처녀들의 비명 같았다. 음침한 태고의 물웅덩이 위로 날렵하게 날아가는 새들의 모습에서 죽은 처녀들의 노란 손을 보았다.

한번은 이 영원의 물 위에 그림자를 드리우고 있는 석조 조각상의 손으로 비둘기 한 마리가 내려앉는 것을 보았다. 독수리에게 쫓기고 있었는지도 모르는. 아무튼 비둘기는 그 지역 토박이 새가 아니었다. 밀림을 정복하고 사냥을 하거나 아름다움을 뽐내는 토박이 새는 말을 더듬듯이 우는 쏙독새, 깃털이 휘황찬란한 케찰, 청록색 벌새, 맹금류 등이다. 석상의 손에 앉은 비둘기는 마치 열대지방의 바위 위에 내려앉은 눈송이 같았다. 나는 비둘기를 지켜보고 있었다. 다른 세계에서, 중용과 조화의 세계에서, 피타고라스의 원주와 지중해 수(數)의 세계에서 온 새였기 때문이다. 어둠의 가장자리에 머물면서 태초의 세계, 피 묻은 고대 아메리카 세계의 한 부분이 되어 버린 나의 침묵을 존중해 주던 그 비둘기는 이내 하늘 높이 아득히 사라졌다.

멕시코 화가들

멕시코의 지적 생활은 회화가 지배했다.

멕시코 화가들은 역사와 풍물, 시민 항쟁, 격렬한 논란의 대상을 그림으로 표현하여 시가지를 뒤덮었다. 최정상급의 작가로는 마른 체구의 외팔이 거인 호세 클레멘테 오로스코를 꼽을 수 있다. 변화무쌍한 멕시코에서 고야와 같은 인물이다. 오로스코와 나는 많은 대화를 나누었다. 그의 작품은 격렬하지만 성격은 결코 그렇지 않았다. 오로스코는 마치 물레에서 한쪽 손을 잃고도 남은 손으로 계속 세계를 창조해야 한다고 생각하는 도공처럼 인품이 온화한 사람이었다. 남녀 병사들, 마름의 총에 맞고 쓰러진 농민들, 끔찍한 십자가형을 당한 사람들을 그린 오로스코의 작품은 우리 아메리카 회화의 불멸

호세 클레멘테 오로스코

의 역작이며, 우리의 잔혹함을 폭로하는 증거로 남으리라.

그 무렵 디에고 리베라는 엄청난 작업을 해냈을 뿐만 아니라 모든 사람들과 엄청나게 다투었기 때문에 이미 전설적인 화가가 되어 있었다. 그래서 리베라를 처음 만났을 때 비늘 붙은 물고기 꼬리나 갈라진 발굽이 없다는 게 이상하게 느껴질 정도였다.

리베라는 항상 무언가를 창조하는 사람이었다. 1차 세계대전 전에 일리야 예렌부르크는 리베라의 행적과 일화를 담은 『훌리오 후레니토의 인생 역정』이라는 책을 파리에서 출판했다.

그로부터 30년이 지난 후에도 리베라는 대단한 화가일 뿐만 아니라 대단한 재담꾼이었다. 인육(人肉)이야말로 건강식품이자 최고의 진미에 속하는 음식이라고 우겼다. 그리고 어린아이에서 어른까지 나이별로 사람들을 요리하는 조리법도 창안했다. 한때는 레즈비언 연애 이론을 대대적으로 설파한 적도 있었다. 자기가 직접 지휘한 발굴 작업에서 출토된 고대 유물을 살펴볼 때 레즈비언만이 정상적인 사랑이라고 주장했다.

어떤 때는 원주민처럼 생긴 두툼한 눈꺼풀을 깜박거리며 몇 시간씩 이야기를 했는데, 자기 선조가 유대인이라는 것이었다. 그리고 또 한번은 전에 했던 말은 다 잊어버리고, 자기가 로멜 장군•의 아버

• 아프리카에서 승전하여 '사막의 여우'라는 별칭을 얻은 히틀러의 육군 원수.

오로스코, 「나사로를 살린 예수님」

지인데 만일 이 사실이 공개되면 심각한 외교 문제가 발생할 것이니 무슨 일이 있어도 비밀을 지켜 달라고 부탁하는 것이었다.

리베라는 비록 거짓말일지언정 설득력 있는 어조로 구체적인 사항까지 아주 상세하게 묘사하는 창의력을 지닌 허풍쟁이였다. 이는 리베라를 만나 본 사람이면 결코 부정할 수 없는 매력이다.

그 무렵 다비드 알파로 시케이로스는 감방에 있었다. 누군가 트로츠키의 집을 무장 침입하라고 시켰던 것이다. 교도소에서 시케이로스를 면회했다. 사실을 말하자면 교도소 바깥에서도 만났다. 우리는 교도소장 페레스 룰포와 함께 사람들 눈에 잘 띄지 않는 모처로 술을 마시러 나갔다가 밤이 되어서야 교도소로 돌아왔다. 우리는 포옹으로 작별 인사를 나누었고, 시케이로스는 다시 철장 안으로 들어갔다.

하루는 시케이로스와 함께 술집에 갔다가 감방으로 돌아오는 길에 그의 동생 헤수스 시케이로스를 만났다. 헤수스는 아주 기묘한 사

디에고 리베라, 「꽃 파는 여자」

람인데, 좋은 의미에서 앙큼한 사람이라고 하면 정확하게 들어맞을 것이다. 그는 아무런 인기척도 내지 않고 골목길을 돌아다녔고, 가끔 우리 뒤나 옆에서 홀연히 모습을 드러냈다. 말이 없는 사람이었는데, 어쩌다 말을 할 경우에도 꼭 중얼거리는 것 같았다. 그런 사람이 작은 가방에 권총을 무려 사오십 자루씩 넣어 다녔다. 우연한 기회에 그의 가방을 열어 보았더니 검은색, 은색, 자개가 박힌 손잡이가 달린 권총이 가득 들어 있어서 깜짝 놀랐다.

그러나 아무런 문제도 일으키지 않았다. 다비드 시케이로스는 매우 격정적인 성격인 데 비해 헤수스 시케이로스는 너무나 얌전했다. 헤수스는 배우로서, 정확하게 말하자면 팬터마임 배우로서 탁월한 재능을 지니고 있었다. 몸이나 손을 전혀 움직이지 않고, 또 아무 소리도 내지 않고 오로지 자유자재로 변하는 얼굴 표정만으로 공포, 고통, 기쁨, 애정을 생생하게 표현했다. 헤수스는 유령처럼 창백한 얼굴로, 이따금씩 한 번도 사용해 보지 않은 권총을 들고, 미로 같은 세상을 떠돌았다.

이런 활화산 같은 화가들은 대중의 시선을 사로잡았다. 가끔 그들은 무시무시한 논쟁을 벌였다. 한번은 논리가 궁해진 리베라와 시

디에고 리베라, 멕시코 혁명을 묘사한 모자이크(부분)

케이로스가 커다란 권총을 꺼내 들고 거의 동시에 방아쇠를 당겼다. 상대방을 향해 쏜 것이 아니라 극장 천장에 있는 석고상 천사의 날개를 쏘았던 것이다. 묵직한 석고 파편이 관중들 머리 위로 떨어지자 극장은 갑자기 텅 비고, 토론 또한 지독한 화약 냄새와 함께 막을 내렸다.

그 당시 루피노 타마요(멕시코의 초현실주의 화가)는 멕시코에 거주하지 않았다. 복잡하고 열정적이며 시장의 과일이나 직물만큼이나 멕시코적이며, 복잡하고 또 열정적인 그림을 그리던 이 화가는 뉴욕에서 작업하고 있었다.

리베라의 그림과 시케이로스의 그림 사이에는 아무런 유사성도 없다. 리베라는 선을 중시하는 고전주의적인 화가다. 끝없이 물결치는 선으로, 마치 서예로 역사를 묘사하듯이, 멕시코의 역사적 사건, 풍습, 비극을 엮어 낸다. 시케이로스의 작품은 화산이 폭발하는 듯하지만, 사실은 찬탄할 만한 기법과 대상에 대한 치밀한 연구가 잘 결합되어 있다.

감옥에서 살그머니 빠져나와 술을 마시며 이런저런 대화를 나누던 시케이로스와 나는 탈옥 계획을 세웠다. 시케이로스는 내가 직접 여권에 찍어 준 비자를 들고 부인 앙헬리카 아레날레스와 함께 칠레로 건너갔다.

멕시코 정부는 지진으로 폐허가 된 칠레의 도시 치얀에 학교를 지어 주었는데, 시케이로스는 이 '멕시코 학교'에 아주 훌륭한 벽화를 그렸다. 이처럼 나는 우리 나라 문화에 공헌을 했건만 그 보답으로 칠레 정부는 두 달간 영사 업무를 중지시켰다.

과테말라의 나폴레옹, 우비코

과테말라를 방문하기로 마음먹고 자동차에 몸을 실었다. 우리 일행은 멕시코의 엘도라도 테우안테펙 지방에 들렀다. 그곳 여자들은 나비처럼 옷을 입었고, 공기 속에는 꿀과 설탕의 향기가 그윽했다. 이어 거대한 치아파스 밀림으로 들어갔다. 밤에는 밀림이 전신기를 두들기는 듯한 온갖 소리가 들렸다. 우리 일행은 겁을 먹고 차를 세웠다. 수천 마리의 매미가 얼마나 시끄럽게 울어 대는지 귀청이 찢어질 정도였다. 초록색 숲으로 뒤덮인 고대 건축물, 회화, 보석, 그리고 돌로 만든 기념비와 거대한 두상(頭像)과 동물상은 멕시코의 신비감을 더해 주었다. 이 모두가 밀림에, 수많은 미지의 유적들이 존재하는 밀림에 흩어져 있었다. 중앙아메리카 고원을 가로지르는 국경을 넘자 거대한 나무와 칡덩굴이 우거진 좁은 도로가 나타나고, 이어 고산지대에 자리 잡은 잔잔한 호수가 펼쳐졌다. 마치 신들이 한눈을 팔다가 깜박 잊은 눈동자 같았다. 마지막으로 소나무 숲과 태고의 모습을 간직한 넓은 강이 나타났다. 강물에서는 물소 떼가 사람처럼 물 밖으로 고개를 내밀고 있었다.

일주일 동안 미겔 앙헬 아스투리아스•와 함께 지냈다. 당시만 하더라도 아스투리아스의 소설은 잘 알려져 있지 않았다. 아무튼 우리는 형제처럼 친하게 지냈으며, 매일같이 함께 시간을 보냈다. 밤에는 안개 자욱한 산속이나 열대지방에 위치한 유나이티드 프루트 사의 바나나 수출항을 찾아갈 계획을 세우기도 했다.

과테말라 사람들은 입을 막고 살았다. 다른 사람 앞에서 정치 이야기를 하는 사람은 아무도 없었다. 벽에도 귀가 있었다. 우리는 몇 번인가 높은 고원에 차를 세우고, 나무 뒤에 누가 없는지 확인한 후에야 정치에 대해 마음껏 이야기를 나눌 수 있었다.

독재자의 이름은 우비코••였는데, 벌써 오래전부터 과테말라를 통치하고 있었다. 우비코는 뚱뚱했고, 눈빛이 얼음장 같아서 잔인한 인상이었다. 그의 말이 곧 법이었고, 그의 분명한 지시 없이는 과테말라에서 그 어떤 일도 할 수 없었다. 나는 우비코의 비서 한 사람을 만났다. 지금은 내 친구로, 그는 혁명가가 되었다. 그 친구가 아주 사소한 문제에 대해 이견을 제시하자 우비코는 그 즉시 대통령 관저의 기둥에 그를 묶어 놓고 사정없이 채찍을 휘둘렀다.

젊은 시인들이 나에게 시 낭송회를 부탁했다. 그리고 우비코에게 전보를 보내 집회 허가를 받아 냈다. 지인들과 젊은 학생들이 강

• 미겔 앙헬 아스투리아스(1899~1974): 1967년에 노벨 문학상을 수상한 과테말라 소설가.

•• 호르헤 우비코: 1931년부터 1944년까지 과테말라를 철권으로 통치한 독재자. 미국의 다국적 바나나 회사 유나이티드 프루트의 이익을 대변하다가 민중 시위로 물러나 미국으로 망명했다.

당을 가득 메웠다. 나는 기쁜 마음으로 시를 낭송했다. 저 거대한 감옥에 창문을 내는 일처럼 보였기 때문이다. 제일 앞줄에 앉아 있는 경찰청장이 유독 눈에 띄었다. 나중에야 기관총 4정이 나를 비롯해 청중을 겨누고 있었다는 사실을 알았다. 경찰청장이 자리를 박차고 일어나서 낭송회가 중단되면 즉시 발포한다는 사전 계획을 세워 놓은 것이다.

호르헤 우비코

그러나 그런 불상사는 일어나지 않았다. 그 작자는 끝까지 자리를 지키고 앉아 내 시를 듣고 있었다.

그 후, 어떤 사람들이 나를 나폴레옹과 같은 광기에 홀린 독재자 우비코에게 소개하려고 했다. 우비코는 머리카락 한 줌이 이마 위로 흘러내린 헤어스타일을 좋아했으며, 보나파르트의 유명한 자세로 찍은 사진도 몇 장이나 됐다. 나는 그런 제안을 거절하면 위험해질 거라는 충고를 들었지만, 우비코와 악수하고 싶지 않아서 서둘러 멕시코로 돌아왔다.

권총 선집

그 무렵 멕시코에는 총잡이라고 말하기는 뭐하지만 아무튼 총기 소지자가 많았다. 일종의 권총 숭배, 45구경에 대한 물신 숭배가 횡행했다. 끊임없이 총구가 불을 뿜었다. 국회의원 입후보자들과 언론이 총기 소지 금지 운동을 펼치고 있었으나, 멕시코인은 생니를 뽑았으면 뽑았지 애지중지 여기는 총기는 내놓으려고 하지 않았다.

한번은 멕시코 시인들의 초대를 받았다. 소치밀코 호수에서 꽃으로 장식한 배를 타고 유람하자는 것이었다. 열다섯 명인가 스무 명쯤 되는 시인들은 나를 꽃으로 장식한 배에 태우고 수로를 따라 물길을 헤치고 나아갔다. 아스테카 제국 시절부터 전해 오는 뱃놀이였다. 우리가 탄 배는 색깔과 생김새가 눈에 띄게 화려한 꽃으로 빈틈없이 장식되어 있었다. 멕시코인은 중국인과 마찬가지로 손재주가 뛰어나 돌이든 은이든 흙이든 카네이션이든 손만 대면 근사한 물건을 만들어 낸다.

그런데 뱃놀이가 한창 무르익었을 때, 테킬라 몇 잔을 마신 탓인지 어떤 시인이 나를 기념하는 특별 행사를 하겠다고 고집을 부렸다. 은과 금으로 화려하게 장식한 자기 권총을 내줄 테니 하늘을 향해 쏘라는 것이었다. 그러자 내 곁에 있던 동료가 재빠르게 자기 권총을 꺼내 들었다. 흥분을 가라앉히지 못한 시인은 애초에 제안한 시인의 권총을 밀쳐 내고 내 손에 자기 총을 들려 주며 쏘라고 했다. 그 순간 한바탕 소란이 벌어졌다. 거기 모인 시인들은 저마다 자기 총을 쏴야 한다면서 소지한 권총을 꺼내 내 앞에 들이밀었다. 내 코앞이나 겨드랑이 사이로 휙휙 지나다니는 총구가 너무 위험했다. 마침내 묘안이 떠올랐다. 나는 커다란 멕시코 모자를 내밀며 시와 평화의 이름으로 권총을 모두 모자에 담으라고 부탁했다. 시인들은 모두 내 말을 따라 주었다. 이렇게 수거한 권총은 며칠 동안 우리 집에 안전하게 보관했다. 이렇게 시인들에게서 여러 가지 권총을 모았으니, 권총 선집이 아니고 무엇이겠는가? 그리고 이런 영광을 얻은 시인은 아마 내가 유일할 것이다.

왜 네루다인가

이 세상의 소금 같은 사람들이 멕시코에 모였다. 유럽에서는 전쟁이 계속되고 이미 프랑스와 이탈리아를 점령한 히틀러 군대가 연전연승할 때 여러 나라의 작가들이 자유를 찾아 멕시코로 망명했다. 이런 사람들 가운데 안나 제거스와 지금은 실종된 체코의 유머 작가 에곤 에르빈 키쉬•가 있었다. 키쉬는 감칠맛 나는 책을 몇 권 남겼는데, 나는 이 사람의 기발한 생각과 어린아이 같은 호기심 그리고 마술 솜씨를 무척이나 부러워했다. 키쉬는 우리 집에 들어오자마자 한쪽 귀에서 달걀을 꺼냈다. 그리고 무언가를 삼키더니 궁핍한 망명자 신세이면서도 동전 일곱 개를 꺼내 놓았다. 우리는 이미 스페인에서부터 알고 지냈는데, 키쉬는 어떻게 해서 내가 네루다라는 필명을 사용하게 되었는지 꼬치꼬치 캐물었다. 나는 장난삼아 이렇게 대답했다.

"키쉬 선생, 당신이 레들 대령(1914년 오스트리아에서 적발된 유명한 스파이 사건의 주인공이다.)의 비밀을 밝혔다고 하더라도 내 필명 네루다의 비밀은 절대 알아낼 수 없을 거요."

키쉬는 끝내 그 비밀을 밝혀내지 못했다. 해방된 조국에서 온갖 명예를 얻고 프라하에서 운명했지만, 그 염탐 전문가는 죽는 날까지 네루다가 왜 네루다인지 알지 못했다.

그 대답은 너무 단순하고 또 재미있는 뒷얘깃거리도 없어서, 될

• 에곤 에르빈 키쉬(1885~1948): 체코슬로바키아의 언론인이자 작가. 독일어로 글을 썼다. 레들 대령 사건을 파헤친 르포로 세계적인 명성을 얻었다.

수 있으면 입을 다물고 살았던 것이다. 내가 열네 살이었을 때, 아버지는 노골적으로 문학을 못 하게 막았다. 당신 아들이 시인이 되는 게 너무나 못마땅했던 것이다. 그래서 처음으로 시를 발표할 때 아버지가 전혀 눈치채지 못할 필명을 사용했다. 어떤 잡지에서 네루다라는 체코인의 이름을 보고 필명으로 사용한 것인데, 당시만 하더라도 그 사람이 체코인에게 존경받는 위대한 작가로서 아름다운 발라드와 로맨스를 창작하였으며, 프라하의 말라스트라나에 기념 동상이 있다는 사실도 몰랐다. 그 뒤 체코슬로바키아에 갔을 때, 구레나룻을 기른 네루다 동상 앞에 꽃 한 송이를 바쳤다.

진주만 공격의 전야

우리 집에 자주 들른 망명객으로는 스페인 살라만카에서 온 웬세슬라오 로세스, 공화파이자 마우라 백작의 친척이고 미국에서 베스트셀러가 된 『호화로움의 자리에』의 작가인 콘스탄시아 데라모라, 시인 레온 펠리페, 후안 레하노, 모레노 비야, 에레라 페테레 그리고 화가 미겔 프리에토와 로드리게스 루나가 있었다. 이들은 모두 스페인 사람들이다. 마리오 몬타냐와 5사단의 카를로스 사단장으로 더 유명한 비토리오 비달레와 같은 이탈리아 사람들도 자주 들렀다. 이 이탈리아 망명자들은 여러 나라 문화를 체험한 사람들로서 경험도 풍부하고 신기한 이야기도 많이 들려주었다. 자크 수스텔과 길버트 메디오니도 자주 얼굴을 내밀었다. 이 사람들은 드골파 지도자로서 '자유 프랑스'의 대표였다. 그 밖에도 중앙아메리카에서 자진 망명하거나 혹은 강제로 망명길에 오른 과테말라인, 엘살바도르인, 온두라스인들이 있었다. 이런 사람들로 인해 멕시코는 국제적인 색채가 감돌았고, 산앙헬에 있는 구식 저택인 우리 집은 때로 마치 세계의 심장처럼 고동쳤다.

자크 수스텔, 그 당시에는 좌익 사회주의자였으나 훗날 알제리 독립에 반대함으로써 드골 대통령에게 골칫거리가 되었던 자크 수스텔과 나 사이에 있었던 일을 이야기해야겠다.

1941년 중반 무렵이었다. 나치가 소련 깊숙이 들어가 레닌그라드를 포위하고 있었다. 당시 일본은 베를린-로마-도쿄로 이어지는 추축국을 형성하고 있었는데, 여우 같은 일본 군부 지도자들은 독일이 소련과의 전쟁에서 승리하면 일본의 몫으로 돌아올 전리품이 없어지지 않을까 우려하고 있었다. 온갖 소문이 나돌았다. 막강한 군사력을 보유한 일본이 극동 지방에서 전쟁을 일으킬 때가 임박했다는 소문이었다. 그럼에도 불구하고 일본 평화 사절단은 워싱턴에서 미국 정부에 굽실거리고 있었다. 그때는 전격전이 유행이었으므로 일본이 기습 공격을 단행할 것이라는 데는 추호도 의심할 여지가 없었다.

내 이야기를 이해하려면, 오래전부터 일본 증기선이 칠레와 일본 사이에 정기 취항하고 있었다는 사실을 알아야 한다. 나도 이 노선을 몇 번 타 봐서 잘 알고 있다. 선장은 칠레 항구에 배를 정박시키고 고철을 구입하거나 사진을 찍는 데 열중했다. 그리고 칠레, 페루, 에콰도르의 항구를 거쳐서 멕시코의 만사니요항까지 거슬러 올라간 다음, 뱃머리를 요코하마로 돌려 태평양을 횡단한다.

아무튼, 내가 멕시코 주재 칠레 총영사로 근무하던 어느 날 일본인 일곱 명이 찾아왔다. 즉석에서 칠레 비자를 발급해 달라는 것이었다. 모두 샌프란시스코, 로스앤젤레스 같은 미국 서부 해안 도시에서 온 사람들이었다. 그런데 초조한 기색이 역력했다. 서류는 하자가 없었다. 옷도 말쑥하게 차려입고 있어서 기술자나 회사 간부처럼 보였다.

나는 그 사람들에게 왜 멕시코에 도착하자마자 곧바로 칠레행 비행기를 타려고 하느냐고 물었다. 나로서는 당연한 질문이었다. 그 사람들은 칠레 북부의 초석 수출항 토코피야에서 일본행 배를 타고 싶다는 것이었다. 나는 그런 일이라면 굳이 남반구 끝에 있는 칠레까지 갈 필요가 없다고 말했다. 그 일본행 배가 여기서 가까운 만사니요항에 들르니까 설령 걸어간다고 하더라고 늦지 않을 것이라고 말했다.

그 사람들은 서로 쳐다보고 겸연쩍은 미소를 짓더니 자기네 말로 뭐라고 이야기를 주고받았다. 그리고 동행한 일본 대사관 영사하고도 협의를 했다.

일본인 영사는 솔직하게 털어놓겠다며 이렇게 말했다.

"영사님, 제 말 좀 들어 보십시오. 공교롭게도 이 배는 항로를 변경했기 때문에 만사니요항에 입항하지 않습니다. 그러니 이 전문가 분들은 칠레에서 승선하는 수밖에 없습니다."

예삿일이 아니라는 직감이 머릿속을 스쳐 지나갔다. 나는 그들에게 여권, 사진, 미국에서 취업한 증명서 등을 제출하고 나서 다음 날 다시 오라고 말했다.

그 사람들은 난색을 표명했다. 돈은 얼마든지 내겠으니 즉석에서 비자를 발급해 달라고 부탁했다.

나는 시간을 벌 요량으로 즉석 비자 발급 업무는 내 소관이 아니므로 다음 날 다시 만나서 이야기해 보자고 말했다.

그 사람들이 나가고 혼자 남았다.

머릿속으로 의문 사항을 하나씩 점검해 보았다. 왜 도망치다시피 미국에서 나와서 저렇게 급하게 비자를 발급받으려 할까? 30년 동안 아무 일 없이 다니던 일본 배가 갑자기 항로를 바꾸다니? 이게 무슨 의미일까?

갑자기 머릿속이 환해졌다. 이 중요한 인물들은 틀림없이 일본 스파이로부터 확실한 정보를 입수하고, 중대한 일이 발생하기 전에 급하게 미국을 탈출한 것이다. 중대한 일이란 일본이 전쟁에 뛰어드는 일밖에 없었는데, 그 사람들은 이미 그 비밀을 알고 있었던 것이다.

이런 결론에 도달한 나는 극도로 긴장했다. 이제 어떻게 해야 하나?

멕시코 주재 연합국 대표 가운데 내가 아는 영국인이나 미국인은 한 명도 없었다. 내가 직접적인 접촉을 유지하고 있는 사람들은 드골 장군 측의 공식 대표단과 멕시코 정부 인사들이 전부였다.

먼저 프랑스 대표단에게 급하게 연락을 취해 상황을 설명했다. 일본인들의 신상 자료가 우리 수중에 있었으므로 프랑스 대표단이 조치를 취하기로 결정만 하면 얼마든지 체포할 수 있었다. 그러나 아무리 목소리를 높여도 프랑스 대표단은 요지부동이었다. 막판에는 안달이 나서 이렇게 말했다.

"젊은 외교관님들, 좋은 기회입니다. 저 일본인들의 비밀을 밝혀내십시오. 저는 비자를 발급해 주지 않을 겁니다. 하지만 신속하게 결정을 내려야 합니다."

이런 줄다리기 속에 이틀이 지났다. 수스텔은 이 문제에 관심조차 없었다. 프랑스 대표단은 어떤 조치도 취하려고 하지 않았다. 일개 영사에 불과한 나로서는 더 이상 어떻게 해 볼 도리가 없었다. 내가 비자 발급을 거부하자, 그 일본인들은 외교관 여권을 발급받아 칠레 대사관을 찾아갔고, 제때에 토코피야에 도착해서 일본행 배에 승선했다.

일주일 뒤, 사람들은 진주만 공격 소식을 듣고 나서야 정신을 차렸다.

연체동물학자

몇 년 전 칠레의 한 일간지에 이런 기사가 실렸다. 절친한 내 친구이자 저명한 교수인 줄리언 헉슬리가 산티아고 공항에 도착해서 내 근황을 물었단다.

"시인 네루다 말입니까?" 신문기자들이 되물었다.

"아니요. 나는 시인 네루다가 누군지 모릅니다. 내가 찾는 사람은 네루다라는 '말라콜로고'입니다."

'말라콜로고'란 그리스어에서 유래한 말로 연체동물학자라는 뜻이다.

아무튼 나를 폄하할 의도가 다분한 이 기사를 보고 얼마나 즐거웠는지 모른다. 물론 줄리언 헉슬리와 나는 오래전부터 알고 지냈으므로 이 기사는 사실이 아니다. 또 줄리언 헉슬리는 그 유명한 동생 올더스 헉슬리보다 훨씬 명민하고 재치 있고 진솔한 사람이다.

나는 멕시코에 거주할 때 해변을 거닐거나 맑고 따뜻한 물에서 수영을 하며 아름다운 조개껍데기를 수집했다. 그 뒤 쿠바를 포함하여 여러 나라에서도 조개껍데기를 교환하거나 구입했다. 때로는 선물로 받기도 하고, 때로는 훔치기도 했다.(수집가치고 정직한 사람은 별로 없다.) 이렇게 모은 바다의 보물은 방을 가득 채우고, 이내 집을 가득 채우게 되었다.

중국, 필리핀, 일본, 발트해에서 희귀종을 구했다. 남극 소라와 쿠바의 폴리미타 달팽이 껍데기도 손에 넣었다. 카리브해의 댄서들처럼 빨간색과 주황색, 청색과 보라색 옷을 입고 있다. 솔직하게 말해서 아직 구하지 못한 희귀종도 몇 있는데, 그 가운데 하나가 브라질 마투그로스 지방의 달팽이 껍데기이다. 딱 한 번 구경했는데, 매입할 수가 없었다. 그렇다고 정글까지 날아갈 수도 없는 노릇이었다. 이 달팽이 껍데기는 온통 녹색이어서, 갓 탄생한 에메랄드처럼 아름다웠다.

나는 먼 바다도 마다하지 않고 찾아 나설 만큼 열성적으로 조개를 수집했다. 내 친구들도 조개나 소라 껍데기를 모으기 시작했다.

1만 5000개쯤 수집하자 장식장이 가득 찼고, 탁자나 의자 위에도 조개껍데기들이 굴러다녔다. 서재는 패각학 또는 연체동물학 관련 서적들로 가득했다. 어느 날 이 수집품을 커다란 상자에 모조리 담아서 칠레대학교로 가져갔다. 난생처음 모교에 물품을 기증한 것이다. 당시 내 수집품은 상당한 유명세를 얻고 있었다. 라틴아메리카의 훌륭한 기관들이 그렇듯이, 내 모교도 기증을 받을 때는 갖은 칭찬과 찬사를 늘어놓더니만 돌아서자마자 창고에 처박아 버린 모양이다. 그 뒤로 내 수집품을 본 사람은 아무도 없다.

잡지 《아라우카니아》

먼 이국의 여러 섬을 전전하며 생활할 때, 바다는 내게 끊임없이 속삭여 주었다. 그 조용한 세상에는 어디를 가나 말벗이 되어 외로움을 달래 주는 사물로 가득했다. 그러나 열전과 냉전을 거치는 동안 영사 업무에도 구정물이 튀었고, 결국 영사는 인격 없는 자동인형 신세가 되어 버렸다. 영사가 독자적으로 결정할 수 있는 사항은 아무것도 없었으며, 업무 또한 경찰 업무와 유사해졌다.

외무부에서 아프리카, 아시아, 이스라엘 인종의 기원을 조사하라는 명령이 내려왔다. 그동안 이 종족 집단에 속하는 사람들은 우리나라에 입국할 수가 없었다.

이런 어리석은 사고가 극도에 달하여 결국에는 나 자신도 피해자가 되었다. 나는《아라우카니아》라는 근사한 잡지를 발간했다. 국고 보조는 한 푼도 받지 않았다. 잡지 표지에 이를 드러내 놓고 활짝 웃고 있는 아름다운 아라우카족 여인의 사진을 실었는데, 이게 문제가 되었다. 외무부 장관은 칠레의 위신을 손상시켰다는 이유로 나를 문책했다. 그 당시 칠레 대통령은 페드로 아기레 세르다였다. 후덕하고 고상하게 생긴 대통령의 얼굴에는 우리 혼혈 민족의 모든 요소가 다 드러나 있었는데 말이다.

주지하듯이, 아라우카족은 오래전에 거의 전멸했고 이제는 기억마저 희미해졌다. 역사는 정복자들이나 정복을 향유하는 자들이 쓴다. 그러나 아라우카족보다 고귀한 종족은 드물 것이다. 장차 우리는 아라우카족의 대학에서 아라우카 말로 인쇄된 책들을 보게 될 것이다. 그들의 명석함, 순수성, 활화산 같은 힘을 보고 우리가 무엇을 잃어버렸는지 깨닫게 되리라.

라틴아메리카의 몇몇 국가는 여러 민족이 혼합된 혼혈 국가이면서도 불합리한 인종주의 편견에 사로잡혀 있는데, 이는 과거 식민 시대의 잔재물이다. 모두들 정상에 오르고 싶어 하지만, 이 정상이란 극소수의 백인 속물들만이 순수 아리안족이나 위선적인 관광객 앞에서 의기양양하게 뽐내며 얼굴을 내밀 수 있는 곳이다. 다행히도 이런 편견은 점차 사라지는 추세이고, 유엔은 흑인과 몽골족 대표들로 가득 차게 되었다. 한마디로 말해서, 인간 종족이라는 나무에 지성이라는 수액이 타고 올라감으로써 다양한 색깔의 나뭇잎이 무성하게 자란 것이다.

마침내 지칠 대로 지친 나는 어느 날 총영사직을 영원히 사임했다.

마술과 신비

게다가 멕시코 사회는 억압적이고 폭력적이고 민족주의적이며 또 스페인 정복 이전 시대의 공손함으로 둘러싸여 있으나, 내가 이곳에 없어도, 내가 증언하지 않아도 멕시코는 그 상태를 유지할 것이라는 걸 깨달았다.

칠레로 귀국하기로 결심할 무렵 멕시코인의 삶은 내가 처음 이 땅을 밟았을 때보다 더 이해하기 힘들었다.

문학과 예술 활동은 경쟁적인 단체를 통해서 이루어졌다. 그러나 외부인이 특정 단체나 개인에 대한 호오(好惡)를 밝히면 여기저기서 몰매를 맞았다.

귀국 준비가 끝나 갈 즈음 멕시코인들은 나를 위해 거창한 행사를 마련했다. 이 연회에는 약 3000명이 참석했다. 행사장에 들어오지 못한 사람도 수백 명에 달했다. 멕시코의 전현직 대통령들까지 인사를 보내 왔다.

아무튼 멕시코는 아메리카의 시금석이다. 이 멕시코에서 지혜와 신비와 빛의 근원인 '태양의 돌'이 만들어졌다는 것은 결코 우연이 아니다.

멕시코에서는 무슨 일이든지 일어날 수 있었고, 또 실제로 일어났다. 하나뿐인 야당계 신문은 정부 보조금을 받았다. 상상 이상으로 독재적인 민주주의 국가가 멕시코였다.

내가 몸서리쳤던 비극적인 사건이 기억난다. 어떤 공장에서 파업이 일어나 장기화되고 있었는데 도무지 해결의 실마리가 보이지 않았다. 그러자 파업 노동자 부인들이 집회를 열고 대통령을 면담하기로 결의했다. 아마도 생활이 어렵고 힘들다는 얘기를 전달하려고 했던 것 같다. 물론 무기는 소지하지 않았다. 가두 행진을 하면서 대통령이나 대통령 부인에게 선물하려고 꽃도 구입했다. 파업 노동자 부인들이 대통령궁으로 들어가려고 하자 경비대가 길을 막았다. 들어갈 수 없다는 것이다. 대통령은 만나 주지도 않을 터이니 해당 부처로 가 보라는 것이었다. 게다가 즉시 해산하라고 했다. 최후통첩이었다.

그러나 파업 노동자 부인들은 일단 찾아온 이유를 밝혔다. 아무런 문제도 일으키지 않을 것이며, 다만 대통령에게 이 꽃을 전해 주고 파업 사태를 조속히 해결해 달라고 부탁하려고 한다, 아이들 먹을 것도 없는 형편이니 더 이상 견디기가 힘들다고 간청했으나, 경비대 장교는 어떤 얘기도 전달할 수 없다고 단호하게 거절했고, 부인들은 그냥 물러날 수는 없다고 버텼다.

그때 경비대 쪽에서 일제 사격이 시작되었다. 예닐곱이 현장에서 즉사했다. 부상당한 부인들도 많았다.

그다음 날 서둘러 장례를 치렀다. 피살당한 부인들의 장례식에 거대한 인파가 모일 것이라고 예상했으나 실제로 모인 사람들은 몇 안 되었다. 물론 거물급 노조 지도자가 연설을 했다. 이 사람은 걸출한 혁명가로 널리 알려진 인물이다. 아무튼 장지에서 행한 연설은 흠 잡을 데가 없었다. 다음 날 신문에 실린 연설문을 읽어 보았다. 그 연설문에는 단 한 줄의 항의도, 단 한마디의 분노도 포함되어 있지 않았다. 학살의 책임자들을 재판에 회부하라는 요구조차 들어 있지 않았다. 두 주가 지나자 이 사건을 언급하는 사람은 더 이상 아무도 없었다. 그 뒤로도 이 사건을 기억하는 글은 본 적이 없다.

멕시코 대통령은 아스테카 제국의 황제나 마찬가지였다. 영국 왕족보다도 몇천 배나 지고한 분이었다. 어떤 신문도 농담으로든 진담으로든 각하 어르신을 비판할 수 없었다. 그 즉시 치명타를 얻어맞기 때문이다.

이런 풍조는 멕시코의 연극에서도 그대로 드러난다. 누구라도 연극의 짙은 알레고리를 보면 기절초풍할 것이다. 알레고리는 갈수록 삶의 본질적인 맥박, 피가 흐르는 육신과 멀어졌다. 미사여구를 애용하는 철학자들은 실존주의적인 설교를 늘어놓았다. 바로 곁에 활화산을 두고도 이런 장광설을 늘어놓다니, 어리석기 짝이 없는 노릇이었다. 시민운동은 간헐적이고, 그나마도 매우 어려웠다. 사회의 각 부문이 왕좌를 중심으로 계층화되었음에도 이를 군말 없이 받아들이고 인정했다.

그러나 멕시코에서는 마술적인 일이 끊임없이 벌어진다. 가난한 농부가 콩을 심던 밭에서 느닷없이 화산이 분출했다는 얘기부터 시작해서 코르테스가 황금 투구와 함께 멕시코에 묻혔다는 소문만 믿고 유골을 찾기에 혈안이 됐다는 얘기까지 끝이 없다. 또한 이미 400년 전에 사라진 아스테카 제국의 콰우테목 황제 유골이 나타났다는 얘기도 심심찮게 들린다. 원주민들이 비밀리에 보관해 왔다는 것인데, 막상 찾으려고 나서면 그새 종적도 없이 사라져 버린다.

멕시코는 지금도 내 몸 안에서 살아 숨쉬고 있다. 마치 길 잃은 작은 독수리처럼 핏줄을 타고 온몸을 순환한다. 이 독수리는 내가 죽은 다음에야 심장 위에서 날개를 접을 것이다.

8 암담한 조국

마추픽추

외무부는 서둘러 내 사직서를 수리했다.

자청해서 총영사직을 사임한 덕분에 아주 즐거운 일이 생겼다. 칠레로 돌아갈 수 있게 된 것이다. 사람은 자기 나라에서 살아야 한다. 뿌리 뽑힌 사람이 맛보는 좌절감은 어떤 형태로든 영혼을 흐리게 한다고 생각한다. 나는 고향 땅이 아니고는 살 수가 없다. 내 땅에 발을 딛고, 내 땅을 만지고, 내 땅의 소리를 듣지 않고는 살 수가 없다. 내 땅의 물소리와 그림자를 느끼지 않고는 살 수가 없다. 내 땅에 깊이 뿌리내리고 자양분을 흡수하지 않으면 살 수가 없다.

그러나 칠레로 돌아가기 전에 새로운 세계를 발견했다. 이 발견으로 내 시는 한층 더 두터워졌다.

페루에 잠시 머무는 동안 마추픽추 유적을 찾았다. 당시에는 차량용 도로가 개설되지 않아 말을 타고 올라갔다. 정상에 오르자 높고 짙푸른 안데스산맥의 봉우리에 둘러싸인 고대 석조물이 보였다. 수세기에 걸친 세월에 침식되고 풍화된 요새에서 거센 물살이 쏟아져 내리고 있었다. 빌카마요강에서는 하얀 물안개가 뭉게뭉게 피어올랐다. 나는 돌로 만든 세계의 배꼽, 당당하게 치솟은 세계의 배꼽, 이제는 사람이 살지 않는 세계의 배꼽, 그러나 어떤 형태로든 나 자신도 속해 있는 세계의 배꼽 한가운데 서 있었다. 나 자신이 초라한 미물에 불과하다는 생각이 들었고, 아득한 옛날 내가 여기에 살면서 밭이랑을 갈고 돌을 다듬은 것만 같았다.

나는 칠레인이자 페루인이고 아메리카인이라고 느꼈다. 저 험준한 봉우리에서 영욕의 세월을 거친 유적을 돌아보며 나는 추후 작품의 영감을 얻었다.

시집 『마추픽추 산정』은 이렇게 태어났다.

초석 산지

1943년이 저물어 갈 무렵에 산티아고로 돌아와 장기 분할 상환 조건으로 집을 한 채 구입했다. 아름드리나무가 우거진 이 집에 책을 쌓아 놓고, 다시 고단한 삶을 시작했다.

그리고 또다시 조국의 아름다움을 찾아 나섰다. 거친 자연의 아름다움, 여성들의 매력, 동료들의 작업, 동포들의 지혜를 찾아 나섰다.

칠레는 변한 것이 없었다. 들판 속에 잠들어 있는 촌락, 찢어지게 가난한 광산촌, 컨트리클럽에서 우글거리는 멋쟁이들은 여전했다. 결단이 필요했다. 나는 이 결단으로 인해 영광스러운 순간도 맛보았고 핍박도 많이 받았다. 하지만 어떤 시인이 그런 일을 후회하겠는가.

지금 이야기하려는 일이 있고 몇 년 뒤에, 나와 인터뷰한 이탈리아 소설가 쿠르치오 말라파르테는 신문 기사에서 이런 말을 했다. "나는 공산주의자가 아니다. 하지만 내가 칠레 시인이었다면 파블로 네루다처럼 공산주의자가 되었을 것이다. 이곳에서는 캐딜락을 타고 다니는 사람들 편을 들든지 아니면 교육도 받지 못하고 신발도 없는 사람들 편을 들든지, 둘 중 하나를 선택해야 한다."

이처럼 교육도 받지 못하고 신발도 없는 사람들이 1945년 3월 4일 나를 상원의원으로 선출했다. 구리와 초석을 생산하는 대규모 광산 지역, 칠레에서 가장 낙후된 지역의 수많은 주민들로부터 표를 받았다는 사실을 나는 항상 자랑스럽게 여기고 있다.

도보로 사막을 돌아다니는 건 여간 힘든 일이 아니었다. 반세기 동안 비 한 방울 내리지 않은 그 지역 광부들의 얼굴은 사막을 닮았다. 피부는 햇볕에 검게 그을렸고, 검고 강렬한 눈동자에는 고독과 소외감이 서려 있었다. 사막에서 산악 지대로 올라가고, 가난한 집을 방문하고, 등골이 휘어지게 일하는 모습을 목격하고, 궁벽한 사람들의 희원을 안다고 해서 내 책임을 다했다고 말할 수는 없다. 하지만 내 시는 소통의 통로가 되었다. 시 덕분에 고단한 삶을 사는 동포들과 한데 어울릴 수 있었고, 그들은 나를 둘도 없는 형제처럼 받아 주었다.

파리인지 프라하인지 기억은 분명하지 않지만 그곳에서 사귄 사람들은 무척이나 박식했다. 대부분 작가나 학생이었는데 문득 의심이 생겨서 이렇게 물었다.

"지금 우리들은 칠레를 화제로 많은 이야기를 나누고 있습니다. 내가 칠레인이라서 그렇겠죠. 그런데 칠레를 조금이라도 알고 계십니까? 예를 들어, 칠레에서는 어떤 운송 수단을 이용할까요? 코끼리, 자동차, 열차, 비행기, 자전거, 낙타, 썰매 중에서 어떤 것을 이용할까요?"

대부분이 코끼리라고 아주 진지한 표정으로 대답했다.

칠레에는 코끼리나 낙타가 없다. 하지만 이해할 수 있는 일이다. 칠레는 얼어붙은 남극에서 시작하여 북쪽에 이르면 비 한 방울 내리지 않는 암염 산지와 사막이 펼쳐진 국가이니, 상상조차 어려웠을 것이다. 나는 이런 사막을 수년 동안 돌아다녔다. 궁벽한 이곳 주민들이 선출해 준 상원의원으로서, 평생 한 번도 넥타이를 매어 본 적이 없는 구리 광산과 초석 광산 노동자들의 대표로서 이 지역을 샅샅이 둘러보았다.

그런 땅에 발을 들여 끝없이 펼쳐진 모래밭과 마주하고 있노라면 마치 달에 온 것 같다. 아무것도 보이지 않는 텅 빈 지표면 밑에는 막대한 지하자원이 묻혀 있다. 하지만 하얀 비료(초석)와 붉은 광물(구리)은 메마른 땅과 바위산에서 캐내지 않으면 안 된다. 지구상에서 이곳처럼 힘든 삶을 영위하는 곳도 흔치 않을 것이다. 물을 길어 오거나 하찮은 꽃이라도 보려고 화초를 키우거나 개나 토끼나 돼지를 기르려면 이루 말로 표현할 수 없는 고생을 해야 한다.

나는 이런 북쪽 출신이 아니라 정반대인 남쪽 출신이다. 땅은 푸르고 삼림은 울창한 고장에서 태어났다. 어마어마하게 많은 비와 눈을 맞으며 성장했다. 그런 나에게는 단지 이러한 달나라 같은 사막을 대하는 것만으로도 인생이 뒤바뀔 만큼 큰 의미가 있었다. 의회에서 지역민의 여론, 소외감, 지역 이익을 대변하는 일은 매우 어려운 과제였다. 물 한 방울 없고 풀 한 포기 자라지 않는 황량한 땅은 도대체 어디에서부터 문제를 풀어 나가야 할지 감도 잡히지 않는 난제 중의 난제였다. 강가에 펼쳐진 숲 속에 들어가면 주변 풍경이 말을 걸어온다. 그러나 사막은 의사소통이 불가능하다. 나는 사막의 언어, 다시 말해서 침묵을 이해할 수 없었다.

초석 기업들은 오래전부터 이곳에 문자 그대로 왕국을 건설하고 있었다. 영국인, 독일인을 비롯하여 각국의 침탈자는 초석 광산을 독점하고, 회사 이름을 지명으로 사용했다. 광산 지역마다 독자적인 화폐를 사용했으며, 모든 종류의 집회를 금지했다. 정당 활동이나 언론의 취재도 허용하지 않았다. 특별 허가증을 받은 극소수의 사람들만이 그 지역에 들어갈 수 있었다.

어느 날 오후, 나는 마리아 엘레나 초석 광산의 기계창에서 노동자들과 이야기를 나누고 있었다. 거대한 작업장의 바닥에는 항상 물, 기름, 산(酸)이 고여 있었다. 노동조합 지도자들과 나는 웅덩이 위에 놓인 널빤지를 밟고 다녔다.

"이 널빤지 하나 놓으려고 파업을 열다섯 번 하고, 8년 동안 줄기차게 회사와 씨름했습니다. 결국 일곱 명이 목숨을 잃었답니다."

죽은 노동자들이란 회사 경비원들이 끌고 나간 파업 지도자들이다. 말을 탄 회사 경비원들은 노동자들을 밧줄에 묶어 황량한 모래밭으로 끌고 갔다. 그러고는 총을 쏘아 살해했다. 동료 노동자들은 태양이 작열하는 사막에 나뒹구는 시신을 수습하여 장례를 치렀다.

전에는 상황이 훨씬 더 심각했다. 예를 들어, 1906년 초석 광산 파업 노동자들은 정부와 직접 협상하기 위하여 인근 이키케시로 갔다. 긴 여행에 지친 수천 명의 노동자들은 학교 앞 광장에서 휴식을 취했다. 다음 날 아침, 시장을 면담하고 요구 조건을 제시할 계획이었다. 그러나 그 일조차 불가능했다. 새벽이 되자 대령이 지휘하는 군대가 광장을 포위하고 아무런 사전 경고도 없이 노동자들을 향해 총을 난사했다. 6000명도 넘는 노동자들이 목숨을 잃은 참사가 벌어진 것이다.

1945년에는 상황이 개선되었다고는 하나, 내가 보기에는 예전처럼 노동자들을 몰살하는 시절이 되돌아온 것 같았다. 한번은 노동조합 강당에서 연설을 하려고 했는데 그것마저 제지당했다. 나는 노동자들을 강당에서 불러내 사막 한가운데서 상황을 설명하고 대책을 강구했다. 그때 모인 사람들은 200명 정도였다. 문득 엔진 소리가 들려 주변을 살펴보니 장갑차 한 대가 눈에 들어왔다. 불과 사오 미터 전방이었다. 포탑의 해치가 열리고 기관총이 올라오더니 나를 겨누었다. 기관총 옆에는 말쑥한 복장의 장교 한 명이 부동자세로 서서 연설하는 나를 주시하고 있었다. 그러나 다행히 그 이상의 문제는 발생하지 않았다.

초석 광산의 수많은 노동자는 대부분이 문맹이었으나 공산주의자를 신뢰했다. 이는 전적으로 그 지역에서 투쟁을 시작한 레카바렌 덕분이었다. 레카바렌은 처음에는 무정부주의자이자 단순한 선동가에 불과하였으나 곧 동에 번쩍 서에 번쩍 하는 거물이 되었다. 칠레 전역을 누비고 다니며 노동자를 조직하고 노동조합을 설립했다. 그리고 새로 창설한 조직을 유지하기 위해 열다섯 개도 넘는 신문을 발행했다. 돈 한 푼 없이 이런 일을 성취했다. 소요 자금은 새로운 의식으로 무장한 노동자들이 충당했다.

레카바렌이 운영하던 인쇄소 몇 곳을 둘러볼 기회가 있었다. 이미 40년이 지났는데도 여전히 힘든 과업을 계속하고 있었다. 경찰이 때려 부숴 버린 인쇄기는 정성을 다해 수리했다. 곱게 땜질해 놓은 곳을 자세히 살펴보니 커다란 상흔이 눈에 띄었다.

장기간에 걸쳐 지역구를 돌아다니다 보니 사막 사람들의 누추한 집, 판잣집이나 오두막집에서 하룻밤 묵는 일도 익숙해졌다. 회사 정문 앞에 도착하면 항상 조그만 깃발을 든 사람들이 기다리고 있다가 머물 곳으로 안내했다. 남녀를 불문하고 하루 종일 열악한 노동 조건이나 개인적인 문제를 들고 나를 찾아왔다. 그 사람들의 불만 사항 중에는 외국인들이 들으면 웃거나 고개를 갸우뚱할 만한 일도 있었다. 예를 들어, 홍차의 공급 부족은 심각한 파업을 야기할 수도 있다. 그런 황량한 지역에서 영국인들의 기호식품이 얼마나 중요한지 상상조차 할 수 없을 것이다. 나를 찾아와서 왜 홍차가 부족한지 모르겠다고 하소연하던 맨발의 노동자들은 미안했던지 이렇게 둘러댔다.

"차를 마시지 않으면 극심한 두통에 시달려서요."

하늘을 보나 땅을 보나 그저 막막한 침묵의 장벽에 둘러싸여 살던 그 지역 사람들은 정치에 관심이 많았다. 유고슬라비아에서, 중국에서 무슨 일이 일어나고 있는지 알고 싶어 했다. 사회주의 국가가 직면한 곤경, 이탈리아에서 발생한 대규모 파업의 귀추, 전쟁의 소문, 아득히 먼 이국에서 태동하는 혁명에도 관심을 보였다.

여기저기 수백 번도 넘게 집회에 참석했는데, 그때마다 항상 요구하는 것이 있었다. 내 시를 낭송해 달라는 것이었다. 아예 시 제목까지 지정해 주는 경우도 많았다. 물론 그 사람들이 내 시를 얼마나 이해했는지는 모를 일이다. 숨소리 하나 내지 않고 경건한 태도로 경청하고 있었으니 도무지 알 수가 없는 노릇이었다. 하지만 그게 무슨 상관이랴? 많이 배웠다는 나 역시 도무지 이해할 수 없는 횔덜린과 말라르메 시가 한두 편이 아니니, 유식한 바보가 아닌가? 분명히 말하지만, 나 역시 청중과 마찬가지로 경건한 태도로 시를 낭송했다.

그 지역 주민들이 잔치 분위기를 내고 싶을 때 내오는 음식은 닭고기 요리였다. 광산 지역에서는 귀한 고기였다. 식탁에 흔히 오르는 음식은 삶은 기니피그였는데, 다른 사람은 모르겠으나 나는 씹기도 힘들었다. 열악한 자연환경 때문에 실험실용으로 태어난 동물까지 자주 식탁에 올린 것이다.

내가 묵은 집은 헤아릴 수도 없이 많지만 하나같이 침대는 수도원 분위기였다. 시트는 눈처럼 하얗고, 얼마나 빳빳하게 풀을 먹여 놓았는지 세워 놓아도 그대로 서 있을 것 같았다. 침대는 맨땅만큼이나 딱딱했다. 그곳 사람들은 매트리스가 뭔지 몰랐다. 그저 매끄럽게 대패질한 널빤지로 만든 침상이 전부였다.

그래도 잠은 잘 잤다. 어느 곳을 가더라도 별 어려움 없이 꿈나라로 들어갔다. 대낮에는 건조하고 숯불처럼 지글지글 타올랐으나 밤이 되면 별이 총총 박힌 하늘 아래로 신선한 기운이 감돌았다.

내 시와 삶은 아메리카 대륙의 강처럼 흘러갔다. 남반구의 깊은 산속에서 발원하여 쉼 없이 바다를 향해 흘러가는 칠레의 거친 물살처럼. 내 시는 그 물살에 떠내려가는 어느 것 하나도 배척하지 않았다. 열정을 흡수하고 신비한 세계를 천착하며 민중들의 마음과 마음을 이어 주었다.

고통받으며 투쟁하고, 사랑하며 노래하는 것이 내 몫이었다. 승리의 기쁨과 패배의 아픔을 세상에 나누어 주는 것이 내 몫이었다. 빵도 맛보고 피도 맛보았다. 시인이 그 이상 무엇을 바라겠는가? 눈물에서 입맞춤에 이르기까지, 고독에서 민중에 이르기까지, 그 모든 것이 내 시 속에 살아 움직이고 있다. 나는 시를 위해 살아왔고, 시는 내 투쟁의 밑거름이었다. 지금까지 수많은 상(償)을 받았는데, 이런 상이란 나비 날개에 묻은 꽃가루처럼 덧없는 것이다. 내가 받은 제일 큰 상은, 대부분의 사람들이 경멸하지만 실제로는 정말 받기 어려운 그런 상이다. 어려운 미학적 연찬을 거치고 수많은 언어의 미로를 통과한 끝에 민중 시인이 되었는데, 이것이 바로 내가 받은 상이다. 여러 나라 말로 번역된 내 글이나 시집도 아니고, 시어를 해석하거나 해부한 비평서도 아니다. 햇볕이 이글거리는 대낮에 힘겨운 노동으로 얼굴이 상하고 먼지 때문에 두 눈이 벌겋게 충혈된 광부가 흡사 지옥에서 올라온 사람처럼 로타 탄광의 갱도에서 나오더니 나를 보자마자 대번에 투박한 손을 내밀고 눈동자를 반짝거리며 "오래전부터 당신을 알고 있었습니다."라고 말하는 그런 묵직한 순간이 바로 내가 받은 상이다. 이것이 바로 내 시의 월계관이자, 척박한 광산 지역에 형성된 삶의 여유 공간이다. 이 공간에서 노동자들은 칠레의 바람과 밤과 별이 속삭이는 소리를 듣는다. "너는 혼자가 아니야. 네 아픔을 생각해 주는 시인이 있어."

1945년 7월 15일, 나는 칠레 공산당에 가입했다.

곤살레스 비델라

나와 동지들은 상원에서 암담한 현실을 대변하기까지 여러 가지 난관에 부딪혔다. 안락한 상원 회의장에는 불만에 찬 대중의 아우성을 삼켜 버리는 방음벽이 설치된 것 같았다. 우리 야당 의원들은 애국적이고 거창한 연설 하나만은 전문가 빰치는 수준이었다. 나는 겉만 번지르르한 말잔치에 숨이 막혔다.

그런데 갑자기 희망이 생겼다. 대통령 후보로 나선 곤살레스 비델라•가 정의 실현을 공약으로 내걸었기 때문이다. 게다가 곤살레스 비델라는 열변으로 큰 호응을 얻었다. 나는 선거운동 홍보 책임자로서 전국 방방곡곡에 희소식을 전했다. 마침내 곤살레스 비델라는 민중의 전폭적인 지지로 대통령에 당선되었다.

그러나 우리 혼혈 아메리카에서는 당선만 되면 이상하게 변하는 대통령이 한둘이 아니다. 곤살레스 비델라의 경우도 예외는 아니었다. 대통령에 취임하자마자 지지 세력을 배신하고 귀족계급과 혼사를 맺더니, 점차 거창한 선동가로 변해 갔다.

솔직히, 곤살레스 비델라는 라틴아메리카의 전형적인 독재자 축에 끼지도 못하는 인물이다. 볼리비아의 멜가레호나 베네수엘라의 고메스 장군을 보면, 적어도 대중적인 인기라도 있었다. 위대한 풍모도 없지 않아 있었고, 비장한 각오로 행동하는 것처럼 보이기도 했다. 물론 필요하다면 전투와 총알도 마다하지 않았다.

이에 반해 곤살레스 비델라는 정치적 야합의 산물이며, 겉으로는 강한 척하지만 실제로는 경솔하고 줏대 없는 사람이었다.

우리 아메리카에서 '위대한 독재자'는 한결같이 거대한 공룡이었다. 태고의 땅에 세워진 막강한 봉건제도에서도 살아남은 동물이었다. 이에 반해 칠레의 유다 곤살레스 비델라는 폭군 흉내나 내는 애송이에 지나지 않았고, 공룡으로 치면 유해한 도마뱀 수준이었다.

• 가브리엘 곤살레스 비델라: 칠레의 대통령(1946~1952). 좌파와 연합하여 집권에 성공했으나 취임 후에는 우파 독재자로 돌변하여 로타 광산의 파업을 무자비하게 진압했고, 1948년에는 '민주주의 수호법'을 제정, 공산당을 불법화했다.

그렇지만 칠레에 해악을 끼칠 만한 힘 정도는 있었다. 적어도 역사를 후퇴시킬 수는 있었다. 칠레 사람들은 서로 쳐다보며 낯부끄러워했으나, 왜 일이 이 지경으로 되었는지 사태를 정확하게 파악한 사람은 없었다.

곤살레스 비델라라는 인간은 곡예사였다. 의회에서 줄타기 곡예를 벌인 끝에 좌익 흥행사로서 입지를 굳혔다. 거짓말이 난무하는 정치판에서 챔피언이 된 것이다. 이 점에 이의를 제기하는 사람은 아무도 없다. 정치인들이 지나치게 엄숙하거나 엄숙한 척하는 나라에서 그의 가벼운 처신은 신선하게 받아들여졌다. 그러나 방정맞게 춤을 추던 이 인물이 품 안을 벗어났을 때 돌이킬 수 없는 상황이 전개되었다. 감옥은 정치범으로 넘쳐났고, 그것도 모자라 피사과에 정치범 수용소까지 생겨났다. 경찰국가가 수립된 것이다. 칠레에서는 처음 있는 일이었다. 이런 상황에서 인간다운 삶을 되찾기 위해서는 지하 투쟁을 전개하며 때를 기다리는 수밖에 없었다.

곤살레스 비델라의 동료들, 선거 운동에서 끝까지 함께한 사람들은 대부분 산악 지역이나 사막에 있는 감옥에 수감되었다. 곤살레스 비델라의 변절에 동조하지 않았기 때문이다.

예전에도 수차례 그러했듯이 실제로는 상류 지배계급이 막강한 경제력을 동원하여 다시 한번 칠레 정부를 집어삼켜 버린 것이다. 그러나 이번에는 소화를 시키지 못했고, 그 결과 칠레는 마취 상태와 혼수상태를 오락가락하는 중병에 시달렸다.

우리 손으로 선출한 대통령이 미국의 비호를 받는 흡혈귀 새끼가 되어 버린 것이다. 곤살레스 비델라는 대통령궁 근처에 호화로운 안가를 마련하고 향락을 즐겼으나 밤에는 양심의 가책 때문에 잠을 이루지 못했을 것이다. 이 한심한 인간은 정신세계도 보잘것없었을 뿐더러 심성 또한 비뚤어졌다. 대대적인 공산주의 탄압을 시작하던 바로 그날 저녁 노동운동 지도자 두 명인가 세 명을 만찬에 초대했다. 만찬이 끝난 후, 대통령궁 계단 아래까지 배웅을 나온 곤살레스 비델라는 이들을 껴안고 눈물을 흘리며 이렇게 말했다. "내가 왜 우는지 아시오? 당신들 체포령을 내렸기 때문이오. 정문을 나서면 바로 구금될 거요. 우리가 다시 만날 날이 있을지 모르겠소."

출세주의자의 초상

나폴리에 있던 가브리엘라 미스트랄이 곤살레스 비델라가 칠레 대통령으로 선출된 것을 두고 나를 비난했다. 그녀는 콧노래 같으면서도 참으로 무자비한 목소리로 나와 공산주의자들이 잘못한 탓이라는 듯 힐책했다. 무슨 잘못? 예언자가 되지 못한 잘못?

한데 가브리엘라는 왜 당시에는 입 다물고 있었을까? 이런 부류의 뒤늦은 충고는 몽둥이로 죽은 당나귀를 때리는 일과 마찬가지다. 공산주의자들이 아무리 정치적이라고 해도 점쟁이는 아니지 않은가.

나는 사건의 전말을 일부분 그녀에게 들려줬고 누군가가 물에 돌을 던지면 물은 움직이지도 않고 그 돌을 집어삼키듯이 그녀는 눈을 동그랗게 뜨고 차분히 내 얘기를 들어 줬다. 칠레 사회민주주의의 소심하고 미적지근한 분위기에서 용맹하게 전장에 나가려고 하는 사람은 곤살레스 비델라밖에 없는 것 같았다. 그는 반프랑코주의자들, 반페론주의자들, 유대 국가를 꿈꾸는 유대인들, 당시에 대중투쟁의 모토를 휘저은 단체들의 대통령으로 선출됐다. 그가 속한 당의 그 누구도 민중의 대의에, 농업 개혁에, 노동계의 요구에, 북미 제국주의에 대항한 투쟁에 관심을 갖지 않았다. 그런데 비델라는 대통령에 당선되자 반프랑코주의자들과 노동계 지도자들에게 제동을 걸었고, 재빨리 유대인들을 배신했으며, 노동조합 신문을 폐간하고 피와 불로 파업 광부들을 해산했다. 그런데 그건 더딘 프로세스의 정점이었다. 얼마 전에 내무부가 과거에 미국 대사를 지낸 클로드 바워스(1939~1954)에 대한 보고서를 출판했다.

이 백인은 곤살레스 비델라가 무슨 짓을 할지 이미 오래전에 예견하고 있었다. 그는 미리 알아야 할 것을 알고 있었다. 그는 이렇게 말했다. 배신자는 배신할 것이며, 상인은 팔 것이고, 배교자는 벌을 받을 것이다.

나는 파리에서 일할 때 그를 알게 됐다. 내 일은 내전에서 패한 스페인 사람들을 모아 칠레로 데려가는 것이었다. 칠레 대사관에서 일하던 어느 날 새로운 대사가 도착했다. 그가 바로 훗날 대통령이 될 자였다. 나는 그를 알지 못했다.

그는 작은 키에 천박한 옷차림이었다. 그는 새로 구입한 큰 치열을 드러내며 자신의 생각을 감췄다.

그는 내가 느끼기에 이상적인 말로 자신을 소개했다. 소르본대학에 입학하여 공부를 하고 싶다고 했다. 아는 게 많지 않고 교육도 성급하게 이뤄졌고 불완전하다고 했다. 그렇게 대사가 학생인 드문 경우가 될 것처럼 보였다.

— 멋집니다. 내가 대답했다.

그러나 그는 결코 소르본대학에 등록하지 않았다. 오히려 연회에만 이름을 올렸다.

「찢긴 육신」

상원에서 내 연설은 갈수록 격렬해졌다. 회의장은 내 연설을 들으려고 온 방청객으로 항상 만원이었다. 얼마 후, 곤살레스 비델라 대통령은 법원에 내 면책특권 박탈을 요청했고, 대법원을 이를 받아들였다.• 경찰에는 체포령이 떨어졌다.

우리 시인들은 본래부터 여러 가지 속성을 가지고 있는데, 그중 하나가 연기를 내뿜는 불길이다. 이러한 불길로 나는 창작에 전념했다. 내가 경험한 일을 고대 아메리카 역사와 결부시켰다. 도망다니며 숨어 지내던 바로 그해, 가장 중요한 내 시집 『모두의 노래』를 탈고했다.

매일같이 집을 옮겨 다녔다. 어디를 가나 대문을 열고 나를 숨겨주었다. 모두 낯선 사람들이었는데도 며칠이고 자기 집에 머물기를 바랐다. 몇 시간이든 몇 주든 상관없이 숨겨 주겠다고 했다. 나는 농촌, 항구, 도시, 공사장을 전전했고, 농부, 기술자, 변호사, 선원, 의사, 광부의 집에서 묵었다.

아메리카 대륙 여러 나라에서 부르는 민요가 있다. 「찢긴 육신」이라는 노래인데, 발은 여기 있고 신장은 저기 있다는 식으로 농촌과 도시 곳곳에 흩어진 신체를 묘사한다. 그 시절 내 심정이 그랬다.

가는 곳마다 가슴 뭉클한 사연이 많았으나, 그중에서도 발파라이소 달동네의 방 두 칸짜리 집이 유독 기억에 남는다.

나는 방 안에 틀어박혀서 콧구멍만 한 창문으로 발파라이소 시

• 이때 네루다는 국가원수 모독죄로 재판에 회부되었으나 임기 8년의 상원의원직은 유지하였다. 그러나 1950년 오랜 궐석을 이유로 상원의원직을 상실하였고, 보궐선거에서 라도미로 토미크가 당선되어 네루다의 잔여 임기를 채웠다.

내를 내려다보았다. 길거리 한 자락만이 겨우 시야에 들어왔고, 밤에는 바삐 지나가는 사람들이 보였다. 가난한 변두리 동네였는데, 창문에서 100미터 아래에 있는 좁은 길이 그 동네의 불빛을 독점하고 있었다. 구멍가게와 술집이 줄지어 있는 곳이었다.

쪽방에 갇힌 신세라고 생각한 탓인지 내 호기심은 끝이 없었다. 가끔 풀지 못한 문제도 있었다. 예를 들어, 왜 저 길거리를 지나다니는 사람들은 한가한 사람이나 바쁜 사람이나 한결같이 같은 가게 앞에서 발길을 멈출까? 그 가게 진열장에 도대체 어떤 신기한 물건이 있길래? 어떤 때는 아이를 목말 태운 일가족이 그 가게 앞에서 발길을 멈추고 오랫동안 서 있기도 했다. 틀림없이 그 사람들은 황홀한 표정으로 진열장을 바라보고 있으리라고 상상해 보곤 했다.

여섯 달이 지나서야 그곳이 평범한 신발 가게라는 것을 알게 되었다. 그리고 신발이야말로 사람들에게 가장 큰 관심사라는 결론을 내리고, 이 명제를 연구하여 글로 발표하겠다고 다짐했다. 그런데 지금까지도 시간을 내지 못해서 도피라는 특수한 상황에서 다짐한 이 약속을 지키지 못하고 있다. 그렇지만 내 시를 보면 신발이라는 단어가 적잖이 등장한다. 신발을 노래하는 시인이 되겠다고 작심한 것도 아닌데 시 여기저기에서 신발 소리가 들린다.

내가 숨어 있던 그 집에 느닷없이 손님이 들이닥쳐 장시간 얘기를 나누는 일도 있었다. 그러나 바로 지척에, 신문지로 도배한 골판지 칸막이 뒤에 전문적인 인간 사냥꾼들이 뒤쫓고 있는 시인이 있다고는 상상도 못 했을 것이다.

토요일 오후와 일요일 아침에는 이 집 딸의 애인이 찾아왔다. 그 청년조차 내가 숨어 있다는 사실을 몰랐다. 젊은 노동자로서 여자의 마음은 사로잡았으나, 아이쿠 이를 어쩌나, 가족들로부터는 아직 신뢰를 얻지 못했다. 조그마한 창문을 통해서 그 청년이 자전거에서 내리는 모습을 지켜보았다. 달동네를 돌아다니며 달걀을 배달할 때 타고 다니는 자전거였다. 얼마 후 청년은 콧노래를 부르며 집으로 들어왔다. 그 청년은 조용한 내 시간을 방해하는 원수나 다름없었다. 내가 원수라고 말한 까닭은, 나와 불과 몇 센티밖에 떨어지지 않은 곳에서 여자와 사랑을 나누려고 안달했기 때문이다. 여자는 공원이나 극장에 가서 순수한 사랑을 나누자고 했으나 청년은 막무가내였다. 나는 집 안에만 틀어박혀 있겠다고 고집을 부리는 순진한 달걀 배달부가 그렇게 미울 수가 없었다.

이 집 가족들, 과부가 된 어머니, 아름다운 두 처녀, 부두에서 일하는 두 아들은 내가 숨어 있다는 사실을 알고 있었다. 두 아들 모두 항구에서 바나나 하역 작업을 했는데 가끔 일자리를 주는 배가 없다고 투덜거렸다. 나는 그들을 통해 낡은 선박을 해체한다는 소식을 들었다. 내 지시를 받은 그들은 뱃머리에서 아름다운 조각상을 떼어 내 항구에 있는 창고에 숨겨 두었다. 여러 해가 지나고 도피와 망명 생활이 끝난 뒤에야 그 조각상을 볼 수 있었다. 바닷가 옆에서 이 회고록을 집필하고 있는 지금 이 순간에 나무로 만든 아름다운 여인상이, 옛 범선의 선수상(船首像)이 모두 그렇듯이 그리스 여인의 얼굴 조각상이 애잔한 눈길로 나를 내려다보고 있다.

우리는 계획을 세웠다. 나는 이 집 아들이 승선한 배에 몰래 들어가 선실에 숨어 있기로 했다. 에콰도르의 과야킬에 입항하면 모두들 바나나 하역 작업으로 분주할 테니, 그 틈을 타 하선한다는 계획이었다. 아들은 배가 과야킬 항구에 닻을 내리면 내가 쏜살같이 갑판에 나타나야 한다고 신신당부했다. 또 승객처럼 정장 차림에 시가를 입에 물고 있어야 한다고 일러 주었다. 나는 시가를 한 번도 피워 본 적이 없다. 아무튼 출발 날짜가 임박했으므로 내가 입을 정장은 집에서 짓기로 했다. 열대지방의 냄새가 물씬 풍기는 우아한 옷이었다. 다행히 옷을 짓는 데 별 어려움은 없었다.

단숨에 옷이 완성되었다. 그 옷을 받을 때처럼 기뻤던 적은 한 번도 없었다. 그 집 여자들의 유행 감각은 당시 유행하던 영화 「바람과 함께 사라지다」에서 상당한 영향을 받았다. 반면에 그 집 남자들은 할렘의 댄스홀이나 카리브해 술집에서 흔히 볼 수 있는 옷이 정장이라고 생각했다. 벨트가 달린 더블 브레스티드 재킷은 무릎까지 내려왔고, 바지는 발목에 바싹 달라붙었다.

나는 마음씨 좋은 그 사람들이 정성으로 만들어 준 울긋불긋한 옷을 챙겨 넣었다. 그러나 입을 기회가 없었다. 나는 몰래 배를 타지도 않았고, 클라크 게이블 같은 복장으로 과야킬에서 하선하지도 않았다. 따뜻한 바닷길을 버리고 추운 산길을 택한 것이다. 칠레의 최남단, 남미의 최남단을 향해 출발했다. 안데스산맥을 넘을 작정이었다.

원시림의 길

그 무렵 리카르도 폰세카가 우리 당의 총서기였다. 항상 웃는 얼굴에 심지가 굳은 사람이었다. 나처럼 추운 남부 지방 출신으로 카라우에가 고향이다. 내 지하 생활, 은신처, 비밀 활동, 내가 작성한 팸플릿 발간은 모두 폰세카가 도맡아 처리했는데 특히 내 주소지가 밝혀지지 않도록 각별히 조심했다. 1년 반을 숨어 지내는 동안 내가 어디서 먹고 자는지 아는 사람은 오로지 이 젊고 총명한 지도자 폰세카뿐이었다. 그러나 그는 건강이 날로 악화되어 눈자위가 푸르스름해지고 웃음기도 사라지더니, 어느 날 우리 곁을 영원히 떠나고 말았다.

우리 당은 완전히 불법화되었다. 그런 와중에도 갈로 곤살레스를 새 지도자로 선출했다. 그는 발파라이소항의 부두 노동자 출신으로 억센 사람이었다. 그러나 성격은 조금 복잡했다. 단호한 면과 아울러 융통성도 있었다. 분명히 말하지만, 우리 당은 한 번도 개인 숭배에 빠진 적이 없었다. 물론 구식 조직체로서 갖가지 이념적 취약성에 시달렸으나 무엇이든 자기 손으로 처리하는 칠레 민중의 양식으로 어려움을 잘 극복해 냈다. 칠레 역사를 보면 막강한 힘을 지닌 실력자가 드문데, 우리 당도 이러한 역사적 전통을 반영하고 있었다.

그러나 스탈린 시대의 피라미드식 통치 방식의 영향과 더불어 우리 당이 불법화된 탓에 약간 경직된 분위기가 당내에 감돌고 있었다.

갈로 곤살레스는 당원들과 의사소통을 할 수가 없었다. 극심한 탄압이 시작되고 있었기 때문이다. 체포된 사람만 수천 명이 넘었다. 황량한 피사과 해안에는 특별 수용소가 설치되었다.

갈로 곤살레스는 법망을 피해 혁명 활동을 수행하고 있었으나 당 지도부와 당원 사이의 접촉 부재 현상은 나날이 심각해져 갔다. 갈로 곤살레스는 위대한 사람이고, 현명한 지도자이자 용감한 투사였다.

당에서는 나를 도피시킬 새로운 계획을 수립하여 갈로 곤살레스에게 보고했다. 이번에는 일 처리가 정확했다. 이 계획에 따르면 나는 수도에서 수천 킬로미터 떨어진 곳으로 이동하여, 말을 타고 안데스산맥을 넘어야 했다. 아르헨티나의 동지들이 약속 장소에서 나를 기다리고 있을 터였다.

해 질 무렵, 우리는 자동차에 몸을 숨기고 출발했다. 운이 좋았다. 당시 기마 경찰대에서 의사로 일하던 내 친구 라울 불네스 박사가 직접 운전하는 차에 타고 있었으니 안전했다. 산티아고 외곽에서는 당 조직이 책임을 맡았다. 장거리 여행 준비를 마치고 대기 중인 차로 갈아탔더니, 낯익은 에스코바르 동지가 운전석에 앉아 있었다.

우리는 밤낮 없이 달렸다. 나는 턱수염과 안경으로 변장했으나 대낮에 시가지나 마을을 통과한다든지 주유소에 들를 때에는 망토를 몸에 둘러 다른 사람들이 눈치채지 못하게 했다.

고향 테무코를 지날 때는 대낮이었다. 차를 세우지 않고 시내를 통과했다. 다행히도 나를 알아보는 사람도 없었다. 테무코가 탈출로가 된 것은 순전히 우연이었다. 다리를 건너고, 파드레 라스 카사스 마을을 지났다. 시가지에서 상당히 떨어진 곳에 이르러서야 차를 멈추고 바위에 앉아 간단한 요기를 할 수 있었다. 산비탈에서 실개천이 물소리를 내며 흘러내리고 있었다. 내 어린 시절이 나에게 작별 인사를 하는 것이었다. 나는 이 도시에서 자랐다. 내 시들은 이곳 언덕과 강에서 태어났으며 이곳의 빗소리를 담고 있고 이곳의 나무와 숲의 향기를 품고 있다. 자유를 찾아가는 도중 테무코 근처에서 잠시 쉬고 있는데, 나에게 노래를 가르쳐 준 물소리가 들려온 것이다.

우리는 다시 길을 나섰다. 딱 한 번 아슬아슬한 순간이 있었다. 카빈총을 든 장교가 도로 한복판에 버티고 서서 차를 세우라고 소리를 질렀다. 순간 아찔했다. 하지만 기우에 지나지 않았다. 그 장교는 100킬로미터 남짓한 곳까지 태워 달라고 부탁했다. 그리고 운전석 옆에 앉아 에스코바르 동지와 다정하게 이야기를 나누었다. 나는 입을 열지 않으려고 자는 척했다. 칠레에서는 하찮은 돌멩이까지도 내 목소리를 알아먹기 때문이다.

우리는 별다른 어려움 없이 목적지에 도착했다. 벌목장이었다. 겉보기에는 사람이 살지 않는 듯했다. 사방이 물이었다. 먼저 배를 타고 널따란 란코 호수를 건너 관목과 아름드리나무가 우거진 숲에서 내렸다. 거기서부터 한동안 말을 타고 가다 마이우에 호수에서 다시 배를 탔다. 첩첩산중 무성한 나뭇잎에 가려 눈에 잘 띄지 않는 곳에 집이 한 채 있었다. 칠레는 세계에서 가장 외진 곳이라는 말을 흔히 듣는다. 그런데 원시림으로 뒤덮이고 눈과 호수로 둘러싸인 그곳이야말로 진정 지구상에서 가장 외진 땅이었다.

내가 묵을 집은 그 지역 집들이 모두 그렇듯이 임시 가옥이었다. 주철 난로가 밤낮으로 타올랐다. 산에서 방금 잘라 온 생나무 장작을 때고 있었다. 남쪽에서 몰려온 폭우가 쉴 새 없이 창문을 후려쳤다. 집을 부숴 버릴 것만 같았다. 무성한 숲과 호수와 화산과 밤을 손아귀에 넣은 빗줄기는 이 인간의 은신처가 다른 법을 따르고 또 자신의 승리를 인정하지 않기 때문에 격노한 나머지 계속 공격해 댔다.

집주인 호르헤 베예트는 나와는 초면이었는데 비행기 조종사 출신으로 현실적인 면과 아울러 탐험가적인 면도 지니고 있었다. 장화를 신고 두툼한 조끼를 입고 있는 품에서 장군 같은 지도자 기질이 엿보였다. 그곳에는 풍성한 나무들이 군인처럼 도열하고 있었으니 주변 환경과 썩 어울리는 사람이었다.

안주인은 가냘픈 여자로, 노이로제 증상이 있었다. 그곳의 묵직한 적막, 끝없이 내리는 비, 추위, 이 모든 것들이 그녀의 인격을 모독한다고 여겼다. 하루 종일 훌쩍거리며 지냈지만 해야 할 일은 척척 처리한 덕분에 우리는 숲이나 강에서 가져온 신선한 음식을 먹을 수 있었다.

베예트는 목재 회사의 책임자였다. 주로 철도 침목을 만들어 스웨덴과 덴마크로 수출했다. 하루 종일 나무 자르는 톱질 소리가 요란했다. 처음에 쿵 하고 땅이 울렸다. 나무 넘어가는 소리였다. 5분 내지 10분 간격으로 땅이 뒤흔들리며 북소리를 냈다. 수천 년 전 바람에 실려 와 싹을 틔우고 자연의 보살핌 아래 거목으로 성장한 라울리, 알레르세, 마니오나무가 쓰러지는 소리였다. 이어 웽 하고 톱날이 돌아가며 거목의 몸통을 동강 냈다. 땅이 북을 울리며 거목이라는 신을 받아들인 직후, 원시의 바이올린처럼 날카로운 금속성을 뽑아내는 톱질 소리는 신화적인 분위기, 신비의 분위기, 우주적 공포의 분위기를 연출하고 있었다. 원시림이 죽어 가고 있었다. 나는 원시림의 통곡에 마음이 무거웠다. 마치 마지막 절규를 내뱉는 원시림의 목소리를 들으려고 여기에 온 것 같았다.

이곳 원시림의 소유자는 나하고 전혀 안면이 없는 산티아고 사람이었다. 그 사람이 여름이 끝나기 전에 이곳에 찾아온다는 소식을 듣고 나는 걱정이 됐다. 그의 이름은 페페 로드리게스. 소문에 의하면 방직 공장 이외에도 공장을 몇 개 더 소유한 현대 자본가로서, 부지런하고 기민하며 다혈질인 인물이었다. 게다가 칠레 극우 정당 소속으로 골수 반동이었다. 잠깐 동안이지만 이런 사람 소유지에 머무는 게 나로서는 훨씬 안전했다. 나를 체포하려 이곳까지 올 사람은 아무도 없었다. 민정 책임자나 경찰 당국자는 이 사람 수족처럼 움직였고, 나 또한 이 사람과 마주칠 가능성은 거의 없었다.

떠날 때가 임박했다. 산에는 곧 눈이 내릴 것이고, 또 안데스산맥은 결코 만만하지 않기 때문에 철저한 사전 준비가 필요했다. 동료들은 매일 길을 찾았다. 말이 좋아 길이지, 사실은 오래전에 눈과 낙엽으로 뒤덮여 버린 오솔길을 찾아 나서는 탐험이었다. 기다림은 고문 같았다. 게다가 아르헨티나 쪽 동지들은 벌써부터 나를 기다리고 있을 것이다.

모든 준비가 끝나 갈 무렵, 벌목장의 '사령관' 호르헤 베예트가 예기치 못한 사태가 발생했다고 일러 주었다. 얼굴에는 당황한 빛이 역력했다. 주인이 이틀 후에 도착한다는 소식을 받았다는 것이다.

순간 가슴이 철렁했다. 아직도 준비할 게 몇 가지 더 남아 있었다. 오랫동안 고생을 하며 여기까지 왔는데, 만약 주인이 우리가 자기 땅에 머물고 있다는 사실을 알게 되면 큰 낭패였다. 그 사람이 곤살레스 비델라와 절친한 사이라는 것은 세상이 다 아는 사실이었다. 그리고 곤살레스 비델라가 나를 잡으려고 현상금을 내걸었다는 것도 모르는 사람이 없었다. 자, 이제 어떻게 해야 하나?

베예트는 처음부터 주인 로드리게스와 맞부딪혀 보자고 주장했다.

"저는 그 사람을 잘 압니다. 진짜 사나이다운 사람입니다. 절대 신고하지 않을 겁니다."

나는 반대했다. 당은 어떤 일이 있어도 비밀을 엄수하라고 지시했으며, 베예트의 주장은 그런 지시 사항을 위반하는 것이라고 말했다. 우리는 열띤 토론을 벌였다. 난상 토론 끝에 내 거처를 마푸체족 추장 집으로 옮기기로 결정을 내렸다. 추장의 집은 원시림 발치에 둥지를 틀고 있는 오두막이었다.

추장의 집으로 거처를 옮겼으나 내 처지는 한층 위험해졌다. 결국 많은 반대에도 불구하고 제재소와 원시림의 소유주인 로드리게스를 만나 보기로 결심했다. 우리가 만나기로 한 장소는 로드리게스의 집도 아니고 추장의 오두막도 아닌 중립 지대였다. 해가 질 무렵 지프 한 대가 다가왔다. 베예트와 함께 로드리게스가 차에서 내렸다. 원기 왕성한 백발의 노익장으로 다부진 인상이었다. 로드리게스의 첫마디는 그 순간부터 자기가 내 안전을 책임지겠다는 것이었다. 이렇게 말한 이상, 나를 체포하려고 달려들 사람은 아무도 없었다.

처음에는 냉랭한 분위기가 감돌았으나 그는 점차 내 경계심을 무너뜨렸다. 날씨가 매우 추웠기 때문에 나는 추장의 집으로 들어가자고 권했다. 오두막 안에서 계속 이야기를 나누었다. 그의 말이 떨어지기가 무섭게 샴페인이 들어왔다. 위스키와 얼음도 들어왔다.

위스키를 네 잔쯤 마셨을 때, 우리는 큰 소리로 언쟁을 벌이고 있었다. 신념이 뚜렷한 사람이었다. 흥미 있는 얘기도 들려주었는데 아무튼 모르는 게 없었다. 하지만 로드리게스의 거만한 태도에는 은근히 부아가 치밀어 올랐다. 우리 두 사람은 손바닥으로 추장의 탁자를 내려치며 고성을 지르기도 했으나 결국에는 원만한 분위기 속에서 위스키를 다 비웠다.

우리의 우정은 오랫동안 지속되었다. 로드리게스의 장점 가운데 하나는 주도권을 장악한 사람 특유의 솔직 담백함이었다. 내 시도 아주 독특한 방식으로 낭송했다. 지적이면서도 굵직한 목소리로 낭송할 때는 내 시가 다시 태어나는 듯했다.

로드리게스는 산티아고로 돌아가기 전에 마지막 조치를 취했다. 내 곁에 부하들을 모아 놓고 특유의 명령조로 이렇게 지시했다.

"다음 주까지는 여기 레가레타 선생이 밀수꾼 통로를 통해서 아르헨티나로 넘어갈 텐데, 만일 난관에 봉착하거든 당신들은 국경까지 새로운 길을 뚫도록 하시오. 제재소 일을 모두 중단하고 오로지 길 뚫는 작업에 매진해야 해요. 명심들 하시오."

레가레타(기록에 따르면 라고레타)는 당시 내가 사용하던 가명이다.

위압적이고 봉건적인 사나이 로드리게스는 그로부터 2년 후에 죽었다. 사업은 파산하고 쫓기는 신세였다. 대규모 밀수를 했다는 혐의를 받고 여러 달 동안 감방에 수감되었으니, 자존심 강한 성격에 감내하기 어려운 고통을 받았을 것이다.

나에게는 로드리게스의 혐의 사실을 확인할 수 있는 그 어떤 객관적인 자료도 없다. 그러나 한 가지 사실만은 알고 있다. 얼마 전만 하더라도 관대한 로드리게스의 초대를 받고 싶어 밤잠을 설치던 칠레의 과두 세력은 로드리게스가 몰락하고 재판정에 서는 순간 등을 돌렸다는 것이다.

나는 지금도 그 사람 편이다. 그 사람을 기억에서 지울 수가 없다. 내가 생각하는 로드리게스는 자유를 찾아가는 한 시인을 위해서 원시림에 60킬로미터나 되는 길을 뚫으라고 명령한 작은 황제다.

안데스산맥

안데스산맥에는 사람들이 잘 모르는 길이 있다. 예로부터 밀수꾼들이 이용하는 통로인데, 워낙 길이 험난해서 경찰도 순찰을 포기해 버렸다. 그래도 통행인의 길을 가로막는 장애물이 있으니, 바로 강과 벼랑이다.

호르헤 베예트가 원정대 대장이었다. 말을 잘 타는 다섯 사람이 호위를 맡았는데, 여기에 나의 오랜 친구 빅토르 비안치가 합세했다. 비안치는 측량 기사로 토지 분쟁이 발생한 이 지역에 출장 왔다가 우리와 동행하게 되었다. 처음에는 나를 알아보지 못했다. 1년 반 동안 숨어 지내며 구레나룻을 기른 탓이었다. 비안치는 원시림을 뚫고 국경을 넘겠다는 계획을 듣자마자 베테랑 경험자로서 여러 가지 도움을 주었다. 이미 아콩카과를 등반한 사람이었다. 그 비극적인 등반에서는 여러 사람이 희생되어 생존자는 비안치뿐이라고 해도 과언이 아니다.

엄숙한 새벽녘, 우리는 일렬로 출발했다. 오랜만에 말안장에 올랐다. 어릴 적 이후로 처음이었다. 남부 안데스산맥에는 커다란 나무들이 빽빽하게 우거져 있었다. 거대한 알레르세나무와 마이틴나무 그리고 테파나무와 침엽수가 보였다. 커다란 라울리나무의 둥치를 보고 혀를 내둘렀다. 말에서 내려 둘레를 재 봤더니, 그 지름이 말의 몸길이만 했다. 고개를 들어 보니 하늘이 보이지 않았다. 발아래엔 몇백 년 동안 떨어져 쌓인 낙엽이 두꺼운 부엽토층을 형성하고 있어서 말발굽이 푹푹 빠졌다. 이처럼 우리는 원시적인 자연의 위대한 성채를 조용히 지나고 있었다.

길이 눈에 띄지 않았으므로 희미하게 남아 있는 흔적을 더듬어 가는 수밖에 없었다. 오솔길은커녕 사람 발자국조차 보이지 않았다. 나는 일행 네 명과 함께 말을 타고 숲과 강과 바위와 눈밭을 지나 자유의 길로 나아갔다. 우리 일행은 방향을 잘 알고 있어서 무성한 숲 속에서도 길을 잃어버릴 염려는 없었다. 하지만 안전을 기하기 위해 마체테(날이 넓고 긴 손도끼)로 여기저기 큰 나무에 표시를 해 두었다. 나를 목적지까지 데려다주고 돌아올 때 길을 인도할 표지였다.

우리는 저 끝없는 고독의 세계, 푸르고 하얀 침묵의 세계를 뚫고 앞으로 나아갔다. 우람한 나무, 무성한 덩굴 식물, 수백 년 동안 쌓인 부엽토, 느닷없이 우리 앞을 가로막고 나선 나무둥치를 헤치고 전진했다. 이 모두는 신비하고 눈부시게 아름다운 자연이면서 동시에 갈수록 심해지는 추위와 눈과 추적의 위험을 뜻했다. 고독, 위험, 정적, 절박한 심정이 한꺼번에 우리를 엄습했다.

가끔 가느다란 오솔길을 따라가기도 했다. 아마도 밀수꾼이나 도망치는 범법자들이 남겨 놓은 흔적일 것이다. 이들 가운데 얼마나 많은 사람들이 혹독한 겨울 추위와 거센 눈보라에 덜미를 잡혀 죽었을지 모를 일이었다. 안데스산맥에서 눈보라가 몰아치면 지나가던 사람은 수십 미터나 되는 눈 속에 파묻혀 버리니까.

나는 오솔길 양옆에서 사람의 손길을 보았다. 바로 오랜 풍상에 시달린 나뭇가지 더미였다. 이 길을 지나간 수백 명의 사람들이 바친 제물이었다. 이곳에서 죽은 사람들, 눈 속에 영원히 잠들어 있어서 더 이상 함께 갈 수 없는 사람들을 추모하는 나뭇가지 무덤이었다. 동료들은 마체테를 꺼내 들고 머리 위로 늘어진 침엽수 가지와 겨울이 닥쳐오기 직전 바람 앞에서 얼마 남지 않은 잎사귀를 떨고 있는 떡갈나무 가지를 잘라 냈다. 나도 이름 모를 나그네를 추념하는 뜻으로 잘라 낸 나뭇가지들을 올려놓았다.

이제 우리는 강을 건너야 했다. 안데스산맥의 봉우리에서 쏟아지는 작은 물줄기들은 아래쪽으로 흐르면서 급류가 되어 어지럽게 소용돌이치다가, 아득한 높이에서 거세게 떨어지는 폭포수로 변하여 땅과 바위를 부숴 놓는다. 그러나 우리가 이번에 만난 물은 거울처럼 잔잔한 여울이었다. 일행이 탄 말은 주저 없이 물 속으로 들어가 건너편까지 헤엄쳐 갔다. 나도 말을 타고 물 속으로 들어갔다. 그런데 한가운데쯤에 이르렀을 때 갑자기 아래가 허전한 느낌이 들더니 몸이 휘청거렸고, 말은 머리를 물 밖에 내놓고 허우적거렸다. 어렵게 물을 건너 땅 위로 올라오자 나를 호위하던 농부 일행이 씩 웃으면서 물었다.

"많이 무서웠죠?"

"혼났습니다. 이제 죽을 때가 됐나 보다 생각했습니다."

"우리는 선생님 뒤에서 밧줄을 준비하고 있었습니다."

그들 가운데 어떤 사람이 덧붙였다.

"우리 아버지는 바로 그 자리에서 급류에 휩쓸려 떠내려갔습니다. 선생님에게 그런 일이 일어나게 할 수는 없지요."

우리는 계속 나아갔다. 천연 동굴이 나타났다. 아마도 예전에 이곳에 거센 강물이 흘렀거나 지각 변동이 일어나 거대한 화강암 바위를 뚫어 놓았을 것이다. 우리는 굴 안으로 들어갔다. 몇 발 떼지 않아 말발굽이 미끄러졌다. 울퉁불퉁한 바위를 디딜 때마다 말 다리는 휘청거리고 편자에서는 불똥이 튀었다. 나는 몇 번씩이나 바위 위로 굴러떨어졌다. 내가 탄 말도 코와 다리에서 피가 흘렀다. 그러나 우리는 굴하지 않고 거대하고 장엄하고 또 험난한 길을 꿋꿋이 나아갔다.

저 원시림 한가운데 무언가가 우리를 기다리고 있었다. 문득 시야가 탁 트였다. 산기슭에 둥지를 튼 작고 아담한 초원이었다. 맑은 물, 푸르른 풀밭, 야생화, 강물 소리, 파란 하늘, 게다가 수목이 그다지 울창하지 않아 햇살이 아낌없이 쏟아지고 있었다.

우리 일행은 마술로 펼쳐 놓은 듯한 그 초원에서 발길을 멈추었다. 신성한 장소에 초대받은 손님이라도 된 듯한 기분이었다. 이런 기분은 그 뒤에 참여한 의식으로 더욱 강렬해졌다. 동행하던 농부들이 말에서 내렸다. 초원 한가운데는 무슨 의식에서나 볼 법한 황소 머리가 하나 놓여 있었다. 일행은 한 사람씩 조심스럽게 다가가 돈과 음식을 두개골에 넣었다. 나도 일행과 함께 길을 잃고 유랑하는 율리시스 같은 사람들, 온갖 종류의 도망자들을 위해서 제물을 올렸다. 이들은 이 황소 머리에서 허기도 채우고, 빈 호주머니도 채울 것이다.

그러나 지금도 생생하게 기억하고 있는 그 의식은 이것으로 끝이 아니었다. 농부 일행은 모자를 벗어 들고 이상한 춤을 추기 시작했다. 한 발로 깡충깡충 뛰며, 이전에 이곳에서 춤을 춘 사람들의 발길을 따라 황소 머리 주변을 돌았다. 춤을 추는 우리 일행을 곁에서 바라보던 나는, 어렴풋하나마 낯선 사람끼리 의사소통이 가능하며 비록 멀리 외따로 떨어져 있으나 서로 부탁하고 응답할 수 있다는 사실을 깨달았다.

한참을 더 가서 국경 근처에 도착했다. 오랫동안 나와 조국을 갈라놓을 국경이었다. 국경선 근처의 계곡에 도착했을 때는 밤이었다. 문득 불빛이 보였다. 사람이 사는 것이 분명했다. 가까이 가 보니 낡고 허름한 오두막집이 몇 채 있었다. 아무도 살지 않는 것 같았다. 우리는 그중 한 집으로 들어갔다. 따뜻한 기운이 감돌았다. 방 한가운데서 통나무가 타고 있었다. 거대한 통나무들이 몇 날 며칠 연기를 내며 밤낮없이 타고 있었다. 솟아오른 연기는 천장 틈새로 빠져나가 검푸른 천처럼 밤하늘을 흔들어 놓았다. 치즈 더미가 눈에 띄었다. 이 산중에서 치즈를 만드는 사람들이 쌓아 놓은 것이다. 남자 몇 사람이 모닥불 옆에 웅크리고 누워 있었는데, 얼핏 보면 곡물 자루 같았다. 정적 속에서 기타 선율과 노랫소리가 들려왔다. 우리가 길을 떠난 이후 처음 들어 보는 사람 목소리였다. 향수와 사랑을 담은 노래였다. 지나간 청춘을 애달프게 생각하고, 떠나온 고향을 그리워하고, 속고 속이는 인생을 한탄하는 노래였다. 그 사람들은 우리가 누군지 관심이 없었다. 내가 수배자라는 사실도 전혀 몰랐다. 내 시도, 내 이름도 몰랐다. 어쩌면 알고 있었는지도 모른다. 정말 우리가 누군지 알고 있었을까? 어쨌거나 우리는 불가에 앉아 함께 먹고 노래했다. 그리고 어둠 속을 걸어서 방 같은 곳으로 들어갔다. 그곳에는 온천수가 흐르고 있었다. 산속에 흘러나와 우리를 따뜻하게 감싸 주는 온천수에 몸을 담갔다.

우리는 신나게 첨벙거리며 몸을 닦고, 긴 여행에서 쌓인 피로를 씻어 냈다. 새벽에 일어났을 때는 상쾌했다. 새로 태어나 세례를 받은 기분이었다. 그날 하루 몇 킬로미터만 더 가면 암담한 조국 땅을 벗어날 것이다. 우리는 말을 타고 노래를 부르며 길을 나섰다. 신선한 바람이 불어왔다. 우리를 더 큰 세상으로 떠미는 바람이었다. 지금도 기억이 생생한데, 우리는 그 사람들에게 돈을 주려고 했다. 노래, 식사, 온천수, 잠자리 등 기대하지 않은 환대에 보답하고 싶었다. 그러나 단번에 거절했다. 우리를 접대한 것, 그뿐이다. "그뿐이다"라는 이 말은 여러 가지 뜻을 내포하고 있었다. 어쩌면 우리를 알고 있었는지도 모르고, 어쩌면 같은 꿈을 꾸고 있었는지도 모른다.

산마르틴 데 로스 안데스

버려진 오두막을 보고 국경선을 넘었구나 생각했다. 이제 나는 자유로운 몸이 되었다. 그 오두막 벽에 "조국이여, 잘 있거라. 나는 이렇게 떠나지만 항상 너와 함께하리라."라고 썼다.

칠레인이 산마르틴 데 로스 안데스 마을에서 우리를 기다리기로 되어 있었다. 아르헨티나의 이 산중 마을은 어찌나 작은지, 내가 받은 지시는 한마디였다.

"제일 좋은 호텔로 가면 페데리코 라미레스가 당신을 기다릴 거요."

하지만 세상일은 그렇게 호락호락하지 않다. 산마르틴 데 로스 안데스에는 제일 좋은 호텔은 하나가 아니라 둘 있었다. 어느 곳으로 가야 하나? 아름다운 마을 광장에 호텔이 있었으나 나는 숙박료가 더 비싼 마을 어귀의 호텔을 택했다.

그러나 그 호텔은 얼마나 고급인지 우리를 받아 주지도 않았다. 며칠간 말을 타고 여행한 끝이라 수염이 덥수룩한 먼지투성이 얼굴에 배낭까지 걸머지고 있는 우리를 호텔 지배인은 꺼리는 눈치였다. 나라도 우리 일행을 선뜻 받아 주지 않았을 것이다.

호텔 지배인의 눈에는 더더욱 이상하게 보였을 것이다. 호텔 고객은 주로 연어 낚시를 즐기려고 찾아온 스코틀랜드 혈통의 영국 귀족들이었는데, 우리는 귀족을 닮은 구석조차 없었으니 말이다. 호텔 지배인은 연극을 하듯이 과장된 표정과 몸짓을 섞어 가며 하나 남은 객실은 10분 전에 손님이 들었다는 거짓말로 우리에게 물러가라는 뜻을 전했다. 바로 그때 멋진 신사가 영화배우 같은 금발 여인을 동반하고 문 앞에 모습을 드러냈다. 한눈에 봐도 군인 장교가 틀림없었는데, 쩌렁쩌렁한 목소리로 이렇게 말했다.

"잠깐. 칠레 사람을 쫓아내서는 안 됩니다. 여기 묵게 하시오."

그 덕분에 우리는 그 호텔에 묵게 되었다. 우리를 도와준 장교는 페론과 똑같이 생겼고, 동반한 여자는 에비타를 닮았다. 우리는 모두 '그래, 그 사람들이야!'라고 생각했다. 그러나 몸을 씻고 옷을 갈아입은 후 테이블에 앉아 샴페인 같지도 않은 샴페인을 마실 때, 장교는 지역 경비대의 사령관이고 여자는 부에노스아이레스에서 찾아온 여배우라는 사실을 알게 되었다.

우리는 큰 거래를 하러 온 목재상인 척했다. 사령관은 나를 '산사람'이라고 불렀다. 빅토르 비안치는 모험을 좋아하고 또 나와의 우정을 생각해서 여기까지 따라왔는데, 어디에서 기타를 찾아냈는지 신랄한 칠레 노래를 불러 아르헨티나 남자와 여자들로부터 박수갈채를 받았다. 그러나 사흘이 지났는데도 페데리코 라미레스는 나타나지 않았다. 나는 당황하지 않을 수 없었다. 우리는 깨끗한 셔츠 한 벌도 없었으며, 그렇다고 새 옷을 살 돈도 없었다. 큰 거래를 하는 목재상이라면 최소한 깨끗한 셔츠는 있어야 된다고 빅토르 비안치가 말했다.

그사이에 사령관은 우리를 부대로 초대하여 점심을 대접했다. 사령관은 우리와 사이가 가까워지자, 외모는 페론을 닮았으나 사실은 반페론주의자라고 고백했다. 우리는 칠레 대통령과 아르헨티나 대통령 가운데 누가 더 나쁜지 한참 동안 이야기를 나누었다.

어느 날 아침, 페데리코 라미레스가 느닷없이 우리 방을 박차고 들어왔다.

“이 망할 자식! 뭐 때문에 이렇게 늦게 온 거야?” 하고 내가 소리쳤다.

그러나 곧 전세가 역전되었다. 페데리코 라미레스는 다른 호텔에서, 마을 광장에 있는 호텔에서 차분히 기다리고 있었던 것이다.

10분 후, 우리는 자동차를 타고 광활한 팜파를 달리고 있었다. 밤낮으로 달렸다. 때때로 아르헨티나 사람들은 자동차를 세우고 마테차를 마시기도 했지만, 이내 다시 시동을 걸고 단조로운 팜파를 가로질렀다.

파리 여행과 여권

부에노스아이레스에서 내가 직면한 가장 큰 문제는 두말할 나위없이 새 신분증을 만드는 일이었다. 아르헨티나 국경을 넘어올 때 사용한 위조 서류로는 대서양을 건너 유럽으로 갈 수가 없었다. 필요한 서류를 어떻게 손에 넣을 것인가? 한편, 아르헨티나 경찰은 칠레 정부의 요청으로 나를 찾느라 혈안이 되어 있었다.

궁지에 몰리자 까마득하게 잊고 있던 일이 생각났다. 과테말라 출신의 소설가이자 내 오랜 지기인 미겔 앙헬 아스투리아스가 외교관 신분으로 부에노스아이레스에 주재하고 있었다. 우리 두 사람은 외모가 조금 닮은 편이었다. 그래서 우리들은 서로 '촘피페' 같다고 고개를 끄덕인 적도 있었다. 촘피페란, 과테말라와 멕시코 일부 지역에서 사용하는 원주민 언어로 칠면조라는 뜻이다. 우리 둘 모두 코가 길고, 얼굴과 몸이 통통해서 칠면조와 닮았기 때문이었다.

아스투리아스가 내 은신처로 찾아왔다.

"어이, 촘피페. 자네 여권 좀 빌려줘야겠어. 미겔 앙헬 아스투리아스로 변장하고 유럽에 발을 딛게 도와주면 고맙겠네."

한 가지 짚고 넘어가야 하겠는데, 아스투리아스는 자유주의자로서 정치적 투쟁과 거리가 먼 사람이었다. 하지만 주저하지 않고 내 말을 들어주었다. 며칠 후, 나는 "아스투리아스 선생님, 이쪽으로 오십시오." "아스투리아스 선생님, 저쪽으로 가십시오."를 몇 번 듣는 사이에 아르헨티나와 우루과이를 갈라놓는 넓은 강을 건넜다. 몬테비데오로 들어간 나는 공항 검색대를 무사히 통과하여 마침내 파리에 도착했다.

그러나 프랑스에서 내 신분은 다시 문제가 되었다. 위조 여권으로는 조사가 철저하기로 소문난 파리 경찰청을 속일 수 없었다. 어쩔 수 없이 미겔 앙헬 아스투리아스를 포기하고 파블로 네루다로 돌아가야만 했다. 하지만 프랑스에 입국한 사람은 미겔 앙헬 아스투리아스인데, 어떻게 입국하지도 않은 파블로 네루다가 프랑스에 있을 수 있다는 말인가. 내 주변 사람들은 '조르주 5세 호텔'에 묵으라고 권했다.

“그 호텔에는 전 세계의 저명인사들이 많아서 자네 신분증을 보자고 할 사람은 아무도 없을 거야.”

그래서 며칠 그 호텔에 머물렀다. 내 산행 복장은 저 사치스러운 세계와 전혀 어울리지 않았으나 그다지 신경 쓰지 않았다. 그때, 뛰어난 천재성 못지않게 친절한 마음씨를 가진 피카소가 나타났다. 피카소는 얼마 전 생애 처음으로 연설을 했다면서 어린애처럼 기뻐했다. 그 연설에서 내 시를 이야기하고, 칠레 경찰의 추적을 받던 내가 행방불명되었다고 얘기했다. 천재성을 자랑하는 이 현대 회화의 미노타우로스는 이제 내가 직면한 사소한 문제까지 걱정하고 있었다. 피카소는 당국자들과 대화하고, 많은 사람들과 전화 통화를 했다. 나 때문에 그리지 못한 걸작이 얼마나 되는지 알 수 없다. 피카소의 황금 같은 시간을 빼앗는 것이 너무나 가슴 아팠다.

그 무렵 파리에서는 평화 대회가 열리고 있었다. 나는 마지막 순간에 대회장에 나타나 시 한 편을 낭송했다. 모든 대표들이 박수갈채와 더불어 나를 포옹했다. 내가 죽었다고 생각한 사람들도 많았다. 무자비한 칠레 경찰의 추적을 어떻게 따돌렸는지 믿기지 않는다는 눈치였다.

다음 날 프랑스 통신사의 베테랑 기자 알데레테가 호텔로 찾아왔다.

“칠레 정부는 당신이 지금 파리에 있다는 언론 보도를 단호하게 부정했습니다. 파리에 나타난 파블로 네루다는 가짜라고 합니다. 진짜 파블로 네루다는 칠레에 있으며, 현재 경찰이 소재지를 파악하고 있으므로 체포는 시간문제라고 발표했습니다. 한 말씀 해 주시죠."

문득 머릿속에 셰익스피어 작품에 대한 논쟁이 떠올랐다. 셰익스피어 작품은 셰익스피어가 쓰지 않았다는 복잡하고도 터무니없는 논쟁에 끼어든 마크 트웨인은 이런 의견을 피력했다. "사실 그 희곡을 쓴 사람은 윌리엄 셰익스피어가 아니라 다른 영국인입니다. 다만 우연히 셰익스피어와 같은 날 같은 시각에 태어나 같은 날 같은 시각에 죽었습니다. 게다가 그 사람 이름 또한 윌리엄 셰익스피어였습니다."

"기자 양반, 이렇게 쓰세요. 나는 파블로 네루다가 아니라 다른 칠레인입니다. 하지만 그는 시를 쓰고, 자유를 위해 싸우며, 이름 또한 파블로 네루다라고요."

내 서류 문제는 그렇게 간단한 일이 아니었다. 아라공과 폴 엘뤼아르가 나서서 도와주었다. 그동안 반은 숨어 살다시피 했다.

이 집 저 집 전전하며 지내던 나는 프랑수아 지루 부인의 집에도 머물렀다. 매우 독특하고 지적인 이 부인을 절대 잊을 수 없다. 부인의 아파트는 콜레트 광장 인근의 팔레 루아얄에 있었다. 부인은 베트남 소년을 양자로 들였다. 그 당시 프랑스군은 베트남에서 훗날 미군이 떠맡을 작전을 수행하고 있었다. 다름 아니라, 죄 없는 베트남 양민을 죽이고 있었던 것이다. 그래서 부인은 베트남 소년을 양자로 들였다.

지금 생각났는데, 부인은 피카소 그림을 한 점 소장하고 있었다. 내가 본 피카소 그림 가운데 가장 아름다운 작품이었다. 피카소가 큐비즘에 발 들이기 이전에 그린 작품으로, 빨간색 플러시 천 커튼 두 짝이 창문처럼 반쯤 열린 채 탁자 위로 흘러내리고 긴 바게트 빵이 탁자 한쪽 끝에서 다른 쪽 끝까지 길게 가로놓여 있었다. 내가 보기에는 현현의 순간을 그린 작품 같았다. 탁자 위의 거대한 빵은 고대 성화(聖畵)의 중심인물처럼 보이기도 하고, 스페인 엘 에스코리알 궁전에 걸려 있는 엘 그레코의 「순교자, 성 마우리시오」처럼 보이기도 했다. 그래서 '성 빵의 승천'이라고 나 나름대로 작품명을 붙였다.

하루는 피카소가 나를 만나러 이 집에 왔기에, 그림 앞으로 그를 데려갔다. 아주 오래전에 그린 그림이라서 정작 피카소 본인은 까마득하게 잊고 있었다. 피카소는 매우 진지하게 그림을 살펴보았다. 비상한 집중력으로 그림 속으로 완전히 빠져들었는데, 얼굴에는 좀처럼 보기 힘든 우수의 빛이 감돌고 있었다. 아무 말 없이 앞으로 다가갔다 뒤로 물러섰다 하며 10분도 넘게 자기 작품을 감상했다. 피카소가 감상을 끝냈을 때 나는 이렇게 말했다.

"보면 볼수록 좋은 그림이야. 우리나라 박물관에 이 그림을 구입하라고 제안할 생각이야. 지루 부인도 팔 의향이 있다고 말했거든."

피카소는 고개를 돌려 다시 한번 그림을 쳐다보았다. 거대한 빵을 뚫어지게 쳐다보고 있던 피카소는 마지막으로 한 마디 던졌다.

"괜찮은 작품이야."

셋집을 구했다. 내 처지에는 호화로운 집이었다. 그 집은 15구의 피에르밀가에 있었다. 그 지역은 노동자들과 가난한 중산층이 사는 곳으로, 지하철을 타고 몇 시간을 가야만 했다. 그 집이 마음에 든 이유는 새장을 닮았기 때문이다. 4층 집이었는데, 복도와 작은 방들이 있었다. 뭐라고 설명하기 어려운, 새장 같은 집이었다.

톱밥 난로가 있는 1층이 제일 넓었다. 나는 1층을 서재와, 간혹 찾아오는 손님 접대용 방으로 사용했다. 2층은 내 지인들이 들어와 살았다. 대부분 칠레 출신이었다. 화가 호세 벤투렐리, 네메시오 안투네스, 그리고 이름은 기억나지 않지만 몇 사람이 더 살았다.

그 무렵 소련 문학의 거장 세 사람이 나를 찾아왔다. 시인 니콜라이 티호노프, 극작가 알렉산드르 코르네이추크(이 사람은 우크라이나 주지사였다.) 그리고 소설가 콘스탄틴 시모노프였다. 그때 처음으로 만난 사람들이었으나 그들은 마치 오랫동안 만나지 못한 형제라도 되는 듯이 나를 포옹했다. 포옹만 한 것이 아니라 소리가 나도록 입술에 키스를 했다. 슬라브인들에게 남자끼리의 키스는 우정과 존경의 표시였으나 이런 관습에 익숙해지기까지 나는 퍽이나 곤혹스러웠다. 훗날, 남자들 키스의 성격을 이해하게 되었을 때, 다음과 같은 말로 내 이야기를 시작할 기회가 있었다.

"나에게 처음 키스해 준 남자는 체코슬로바키아 영사였습니다."

칠레 정부는 나를 무척이나 싫어했다. 칠레에 살 때도 그러더니만 외국에 나와 있어도 마찬가지였다. 내가 가는 곳마다 미리 외교메모를 보내든가 전화질을 해서 해당 정부가 나를 적대시하도록 만들었다.

어느 날, 줄 쉬페르비엘이 찾아왔다. 그때는 이미 내 명의로 된 칠레 여권을 소지하고 있었다. 아무튼 이 늙고 고상한 우루과이 시인은 외출을 거의 하지 않는 사람이었는데, 갑자기 나를 찾아와 한편으로는 감동했고 한편으로는 조금 놀랐다.

"중요한 전갈이 있어서 왔네. 내 사위 베르토가 자네를 좀 만나고 싶다네. 무슨 일이지는 잘 모르겠어."

베르토는 경찰청장이었다. 우리는 집무실로 찾아갔다. 늙은 시인과 나는 경찰청장 책상 앞에 나란히 앉아 있었다. 그렇게 전화가 많은 책상은 처음 보았다. 몇 개나 됐을까? 최소한 스무 개는 넘었다. 전화기 뒤편에 앉은 경찰청장은 지적이고 날카로운 시선으로 나를 응시하고 있었다. 나는 얽히고설킨 이 방의 전화선은 파리의 비선 조직과 연결되어 있을 것이라고 추측했다. 팡토마와 메그레 경감•이 떠올랐다. 경찰청장은 내 시집을 읽었고, 뜻밖에도 내 시를 잘 알고 있었다.

"칠레 대사로부터 당신 여권을 압수해 달라는 요청을 받았습니다. 대사는 당신이 외교 여권을 사용하고 있다면서, 그건 불법이라고 주장합니다. 사실입니까?"

"내 여권은 외교 여권이 아닙니다. 공무 여권일 뿐입니다. 나는 칠레 상원의원으로서 이 여권을 소지할 자격이 있습니다. 아무튼 여기 있으니 잘 살펴보십시오. 하지만 내 개인 물품이기 때문에 압수는 안 됩니다."

"만료일이 지난 건 아니겠죠? 누가 갱신해 주었나요?" 경찰청장은 내 여권을 집으며 말했다.

"물론 만료일이 지난 것은 아닙니다. 갱신해 준 사람 이름을 알려 드릴 수는 없습니다. 칠레 정부가 그 직원을 당장 해임할 테니까요."

경찰청장은 내 여권을 천천히 살펴보았다. 그리고 수많은 전화기 가운데 하나를 집어 들고 칠레 대사를 연결하라고 지시했다.

전화 통화는 내가 있는 자리에서 이루어졌다.

"그렇게 안 됩니다, 대사님. 저는 그렇게 할 수 없습니다. 여권은

• 팡토마는 20세기 초에 발간된 동명의 프랑스 추리소설 주인공. 메그레 경감은 벨기에 태생의 프랑스 추리소설 작가 시므농 작품의 주인공.

아무 문제가 없습니다. 누가 그 여권을 갱신했는지는 모릅니다. 다시 말씀드리지만 여권 압수는 부당한 처사입니다. 대사님, 죄송하지만 그렇게 할 수가 없습니다."

대사는 틀림없이 억지를 부리고 있었다. 경찰총장도 약간 짜증이 나 있었다. 마침내 수화기를 내려놓고 내게 말했다.

"그 사람은 당신의 적인 것 같군요. 그러나 기간에 상관없이 프랑스에 체류하실 수 있습니다."

나는 쉬페르비엘과 함께 경찰청을 나왔다. 늙은 시인은 무슨 일인지 잘 이해하지 못했다. 나는 이겼다는 생각과 함께 울화가 치밀어 올라와서 착잡했다. 나를 못살게 굴던 그 대사, 칠레의 박해자와 협력하던 그 대사가 바로 나와 절친한 척하고 기회가 있을 때마다 알랑거리는 호아킨 페르난데스였다. 그자는 그날 아침에도 과테말라 대사를 통해서 나에게 다정한 안부 인사를 전했던 것이다.

뿌리

내 시를 읽고 또 번역하던 일리야 예렌부르크는 '뿌리'가 너무 많다고, 내 시에 뿌리가 너무 많이 나온다고 투덜거렸다. "도대체, 왜 이렇게 '뿌리'가 많아?"

예렌부르크 말이 사실이다. 내 시는 개척지 땅에 뿌리내렸고 한 번도 그 땅에서 벗어난 적이 없었다. 내 인생도 긴 순례였다. 항상 돌고 돌아 칠레 남부의 숲으로, 무성한 밀림으로 되돌아왔다.

그곳의 거대한 나무는 수령 700년이라는 나이의 무게를 견디다 못해 쓰러지거나, 폭풍에 뿌리가 뽑히거나, 눈에 부러지거나, 아니면 산불로 소실되었다. 나는 깊은 숲속에서 타이탄이 쓰러지는 소리를 들었다. 알고 보니 떡갈나무가 귀가 멍멍할 정도로 큰 소리를 내며 쓰러진 것이었다. 마치 거인이 자기를 땅에 묻어 달라고 거대한 손으로 지구의 문을 두들기는 듯했다.

그러나 나무뿌리는 지상에 모습을 드러내고, 시간과 습기와 이끼와 부단한 소멸의 과정에 몸을 맡기고 있었다.

이렇게 지상에서 상처 입고 불에 탄 뿌리만큼 아름다운 것도 없다. 이런 뿌리는 오솔길을 가로막고 우리에게 나무가 자라는 땅속의 비밀을 들려주고, 나뭇잎이 무성하게 우거질 수 있는 신비를 보여 주며, 식물 왕국을 일으켜 세운 근육을 자랑한다. 무성한 이끼에 덮여 비극적인 생을 마치는 뿌리에는 또 다른 아름다움이 있다. 땅속 깊은 곳에서 만들어 낸 조각품, 자연이 만들어 낸 걸작이 바로 뿌리이기 때문이다.

한번은 라파엘 알베르티와 오소르노(화산과 호수가 있는 칠레 남부 도시) 근처의 숲과 잡목과 폭포를 구경하고 다녔다. 알베르티는 나무들이 가지도 서로 다르고, 잎도 저마다 다양한 형태로 뽐내고 있다면서 이런 소감을 덧붙였다.

"조경사가 멋진 공원을 만들려고 하나하나 신중하게 골라 놓은 것 같아."

몇 년 뒤, 로마에서 만났을 때도 알베르티는 그때의 산책과 풍성한 칠레의 숲을 기억하고 있었다.

그러나 예전의 모습일 뿐이다. 지금은 그렇지 않다. 나는 소년 시절과 청년 시절에 보로아와 카라우에를 돌아다니던 일이며, 해안의 언덕을 따라 톨텐 근처를 방랑하던 일을 생각하면 서글퍼진다. 얼마나 많은 것을 발견했던가! 비가 온 뒤 계피나무의 우아한 풍채와 상긋한 향기, 겨울철 숲 이곳저곳에 수염처럼 늘어진 이끼!

갑충이 번개처럼 날아가는 모습을 보려고 낙엽을 헤치기도 하였다. 황금색 먼지벌레는 나무뿌리 아래서 무지갯빛을 뿜으며 발레를 하고 있었다.

그 후, 아르헨티나로 가기 위해 말을 타고 안데스산맥을 넘을 때 거대한 나무가 만들어 낸 초록색 돔 아래로 장애물이 나타났다. 말을 탄 우리들의 키보다 더 높은 나무뿌리가 길을 가로막고 있었던 것이다. 무척 힘들여 도끼질을 한 끝에 겨우 길을 낼 수 있었다. 그런 나무뿌리는 마치 성당을 뒤집어 놓은 것 같다. 우리를 압도하려고 장대한 모습을 드러낸 것이다.

9 망명의 시작과 끝

소련 방문

1949년, 추방 위기를 모면하자마자 푸시킨 탄생 150주년 기념 행사에 초청을 받아 처음으로 소련을 방문하게 되었다. 석양 무렵 목적지에 도착했다. 목적지는 진주처럼 빛나는 차가운 발트해 연안의 고도(古都)이자 새롭고 고귀하고 영웅적인 도시 레닌그라드(지금의 상트페테르부르크)였다. 한때는 표트르 대제의 이름을 붙였으나 이제는 위대한 레닌의 이름을 붙인 이 도시에는 파리처럼 '천사'가 있었다. 그것은 회색 천사였다. 강철색의 거리, 납빛 돌로 지은 궁전, 초록색 강철 바다. 내 눈앞에는 세계에서 가장 찬란한 박물관이 줄지어 있었다. 차르의 그림, 제복, 반짝이는 보석, 예복, 무기, 식기까지 모두 볼 수 있었다. 순양함 오로라호라는 새로운 불멸의 기념물도 거기 있었다. 이 순양함은 레닌의 사상에 따라 발포함으로써 과거의 벽을 허물고 새로운 역사의 문을 열었다.

나는 백여 년 전에 죽은 시인이자 소설가이며 지금도 인구에 회자되는 전설적인 일화를 남긴 알렉산드르 푸시킨을 만나려고 그곳에 갔다. 이 민중 시인의 왕자는 위대한 소련의 심장이다. 러시아인들은 푸시킨 탄생 150주년을 기념하기 위해 돌을 하나하나 다시 쌓아 차르의 궁전을 재건했다. 나치의 포격으로 폐허가 되어 버린 자리에 과거의 모습 그대로 다시 벽을 세우고, 예전의 궁전 설계도와 문서들을 세밀하게 검토하여 화려한 창틀, 수를 놓은 듯한 코니스, 꽃무늬 장식의 기둥머리를 재현했다. 이 모두가 지난 시대의 특출한 시인 푸시킨 박물관을 건립하기 위한 작업이었다.

소비에트 연방공화국의 첫인상은 광활한 땅이라는 것이었다. 드넓은 평지에서 물결치는 자작나무, 누구의 손길도 닿지 않은 광대한 숲, 큰 강, 밀밭 위로 무리지어 달리는 말.

나는 첫눈에 소련 땅을 사랑하게 되었다. 이 땅은 전 세계인에게 정신적 교훈을 주었고 역사 발전의 가능성을 깨닫게 하였으며, 생산과 분배의 영역에서 눈부신 진보를 이룩했다. 이와 더불어 나는 순수한 자연을 그대로 보전하고 있는 이 스텝 지대에서부터 획기적인 비상이 시작되리라고 생각했다. 전 인류는 그곳에서 거대한 진리를 만들어 내고 있다고 알고 있으며, 전 세계는 무슨 일이 벌어질지 숨죽이며 기다리고 있다. 어떤 사람들은 공포에 질린 채로, 어떤 사람들은 막연하게, 어떤 사람들은 확신에 차서 기다리고 있다.

나는 숲속에 있었다. 그곳에서 전통 축제 의상을 입은 수천 명의 농부들이 푸시킨의 시를 듣고 있었다. 사람들, 나뭇잎, 싹이 돋기 시작한 광활한 밀밭 등 주변의 모든 것이 약동하고 있었다. 자연과 인간이 일체가 되어 승리를 구가하고 있는 것처럼 보였다. 미하일롭스키 숲에 울려 퍼지는 푸시킨의 시에서, 장차 우주 공간을 비행할 사람이 태어난 것이 틀림없었다.

농부들이 축제 분위기에 흠뻑 젖어 있을 때 폭우가 쏟아졌다. 행사장 바로 옆에 번개가 내려쳐 나무 밑에 서 있던 남자가 숯덩이로 변했다. 그 모든 일이 맹렬한 자연이 그려 놓은 풍경화 속에서 일어난 것처럼 보였다. 게다가 빗소리에 장단을 맞추는 그런 시는 이미 내 시집에도 들어 있었기 때문에 나도 그곳의 일부가 된 것 같았다.

소비에트 공화국은 지속적으로 변화하고 있다. 대규모 도시와 운하의 건설로 지도가 바뀌고 있다. 그러나 처음 방문했을 때 소련 사람들에게서 끈끈한 유대감을 느낀 것은 부인할 수 없는 사실이지만 다른 한편으로 내 사고방식과 너무 달라서 도무지 이해할 수 없는 일도 많았다.

모스크바 작가들은 언제나 활기 차게 생활하고, 끊임없이 토론을 벌인다. 나는 그곳에서 마야콥스키와 더불어 파스테르나크가 소련 최고의 시인이라는 사실을 알았다. 스캔들을 좋아하는 서양인들이 떠들어 대기 훨씬 전의 일이다. 천둥 같은 목소리와 동상 같은 풍채를 지닌 마야콥스키는 포용력 있는 대중 시인으로, 언어를 변화시키고 정치적 시의 가장 어려운 문제들과 정면으로 맞섰다. 파스테르나크는 위대한 황혼의 시인, 즉 형이상학적 사색의 시인으로, 정치적인 면에서는 솔직한 반동이었다. 조국의 변화를 바라보는 식견은 영민한 교회 집사 수준을 벗어나지 못했다. 하지만 정치적 후진성을 신랄하게 비판하는 사람들조차 파스테르나크의 시를 줄줄 외우고 있었으며, 여러 차례 나에게 읊어 주기도 했다.

교조주의(사회주의적 리얼리즘)가 소련 예술계를 장기간 지배했다는 사실은 부인할 수 없다. 그러나 소련 문단에서는 교조주의를 항상 결점으로 간주했으며, 교조주의와 정면 대결도 불사했다는 점 또한 덧붙이지 않을 수 없다. 뛰어난 교조주의자 주다노프의 테제와 개인 우상화는 소련 문화 발전에 심각한 장애 요인으로 작용했다. 그러나 곳곳에서 이러한 경향에 대한 비판이 쏟아졌다. 주지하듯이, 생명은 계율보다 강인하다. 혁명은 생명이나, 계율은 스스로 무덤을 파는 행위이다.

예렌부르크는 적지 않은 나이에도 불구하고 여전히 가장 진실하고 활기차게 소련 문화를 선도하고 있다. 당시 나는 예렌부르크와 절친한 사이였으므로 피카소의 판화와 그림이 걸려 있는 고리키가의 아파트에도 자주 들르고 모스크바 근처의 다차(러시아의 시골 별장)에도 가 보았다. 예렌부르크는 식물을 아주 좋아해서 내가 찾아갈 때마다 정원에서 잡초를 뽑고 있든가, 아니면 집 주변에서 자라는 식물 얘기를 들려주었다.

그 뒤, 키르사노프와 우정을 나누었다. 내 시를 러시아어로 훌륭하게 번역한 시인이다. 소련 시인들이 모두 다 그렇듯이 키르사노프도 열렬한 애국자였다. 카르사노프의 시에는 섬광처럼 번뜩이는 소리가 있었다. 요란한 굉음과 함께 펜으로 허공에 쏘아 올린 러시아어가 아름답게 울리고 있었다.

모스크바와 시골에서 자주 만난 사람이 한 명 더 있었다. 바로 터키 출신의 위대한 시인 나짐 히크메트였다. 괴상한 터키 정부가 18년 동안이나 감방에 가둬 둔 전설적인 작가였다.

나짐 히크메트는 터키 해군의 반란을 선동했다는 혐의를 받고 온갖 고초를 치렀다. 재판은 전함에서 열렸다. 나짐 히크메트에게 들은 얘기로는, 탈진할 때까지 전함 갑판 위를 걸어야 했으며, 나중에는 인분이 50센티미터나 차 있는 화장실에 들어가야 했다. 지독한 분뇨 냄새 때문에 머리가 어지러워 실신할 지경이었다. 그때 이런 생각이 들었다. 지금 그자들이 어디선가 나를 지켜보고 있다. 내가 쓰러지는 꼴을, 내가 똥통에 뒹구는 모습을 보고 싶어 한다. 그러자 자존심이 발동하고, 다시 힘이 솟구쳤다. 노래를 부르기 시작했다. 처음에는 낮은 목소리로 중얼거리다가 나중에는 목청이 터져라 소리를 질렀다. 노래란 노래는 모두 불렀다. 기억나는 사랑의 시는 모두 읊었다. 자기 시도 읊고 민요도 부르고 민중들의 저항 가요도 불렀다. 아는 노래는 죄다 불렀다. 이렇게 해서 오물을 견뎌 내고 순교자 신세를 면할 수 있었다. 나짐 히크메트가 이야기를 마쳤을 때 나는 이렇게 말해 주었다. "당신은 우리 모두를 생각하고 노래한 것입니다. 이제 그 점은 확실하므로, 앞으로 할 일을 생각해 봅시다. 우리 모두는 언제 노래를 불러야 하는지 알고 있습니다."

나짐 히크메트는 터키 민중이 겪는 고통도 얘기했다. 봉건적인 지주 계급은 농민을 무자비하게 억압했다. 나짐 히크메트는 교도소에 들어온 농민들이 배급받은 빵 조각을 담배와 바꾸는 것을 보았다. 그런 농민들이 교도소 뒤뜰에서 자라는 풀을 멍하니 바라보기 시작하더니, 곧이어 눈을 떼지 못하고 마른침까지 삼켰다. 어느 날엔가 그 사람들은 풀잎을 조금 입에 넣었다. 조금 더 지나자 손으로 풀을 뜯어 게걸스럽게 먹어 치웠다. 막판에는 말처럼 네 발로 기어 다니며 풀을 뜯어먹었다.

열렬한 반교조주의자 나짐 히크메트는 소련에서 오랜 망명 생활을 했다. 그가 소련을 얼마나 사랑했는가는 다음과 같은 말에서 여실히 드러난다. "나는 시의 미래를 믿습니다. 이렇게 믿는 이유는, 내가 살고 있는 이 나라 사람들이 무엇보다도 시를 갈구하기 때문입니다." 얼핏 들어서는 잘 모르겠지만, 사실 이 말에는 여러 가지 뜻이 있다. 소련 사람들은 어떤 도서관이나 강의실이나 극장이라도 자유롭게 출입할 수 있었으므로 작가들의 관심은 항상 이 사람들에게 집중되었다. 문학의 궁극적 목적을 논의할 때 이런 사실을 잊어서는 안 된다. 문학에서 새로운 형식, 즉 기존 형식의 혁신은 관습적인 틀을 넘어서거나 깨뜨려야 한다. 하지만 문학이 어떻게 철저하고 광범위한 혁명과 보조를 맞추지 않을 수 있다는 말인가? 어떻게 정치, 경제, 사회 체제의 근본적인 변화에 직면하고 있는 수많은 민중들이 경험한 승리, 갈등, 인간적인 문제, 풍요, 진보, 성장을 핵심적인 주제에서 제외할 수 있단 말인가? 어떻게 잔인한 침략자들에게 짓밟히고 집요한 식민주의자들과 온갖 종류의 우민화를 자행하는 세력에게 포위된 저 소련의 민중들과 연대하지 않을 수가 있다는 말인가? 과연 문학이나 예술이 이처럼 본질적인 사안을 외면하고 공허한 자율성만을 고집해도 된다는 말인가?

하늘이 하얗다. 그러나 오후 4시에는 까맣게 변한다. 이 시각부터 도시는 어둠에 잠긴다.

모스크바는 겨울 도시다. 아름다운 겨울 도시다. 첩첩이 겹친 지붕 위에 눈이 내려앉아 있다. 눈에 덮여 한결같이 정갈한 도로는 눈부시게 빛난다. 공기는 매섭도록 맑고 차갑다. 단단한 투명 유리다. 부드럽게 빛나는 강철, 깃털처럼 휘날리는 눈발, 추위에는 아랑곳하지 않고 길거리를 오가는 수많은 행인들. 이런 풍경 때문에 우리는 모스크바가 어쩌면 살아 있는 듯이 보이고 어쩌면 환영처럼 보이는, 이상한 장식품으로 가득 찬 거대한 겨울 궁전이라고 상상한다.

이 같은 영하 30도의 모스크바가 눈과 불로 이루어진 별처럼, 불타는 심장처럼 지구의 가슴 한가운데 위치하고 있다.

창밖을 내다본다. 의장대가 길거리에 나와 있다. 무슨 일일까? 흩날리던 눈발조차 허공에 멈춰 버렸다. 위대한 비신스키•의 장례식이다. 장례 행렬에 자리를 비켜 준 길거리도 엄숙하다. 위대한 투사를 추모하기 위해 겨울의 심장이 잠시 멈춰 섰다. 깊은 정적이 감돈다. 불같은 사나이 비신스키가 소련의 흙으로 되돌아갔다.

장례 행렬이 지나갈 때 받들어총을 했던 군인들은 아직도 대오를 유지하고 있다. 간혹 한두 명이 장갑을 낀 손을 조금 쳐들거나 높은 장화를 신은 발을 슬쩍 굴러 본다. 이런 동작을 제외하고는 부동자세로 서 있다.

스페인 출신의 내 친구는 이런 얘기를 들려주었다. 2차 세계대전 때의 일이었다. 매섭게 추운 어느 날, 공습이 막 끝났는데 모스크바 사람들은 길거리를 다니면서 아이스크림을 먹고 있었다. "그때 이 사람들이 전쟁에서 이길 줄 알았어. 그런 영하의 날씨에서, 그것도 전쟁의 공포가 휘몰아치고 있는 와중에 태연하게 아이스크림을 먹고 다니는 것을 보고 짐작했지."

겨울철 모스크바 공원의 나무는 새하얀 눈을 뒤집어쓰고 있다. 이 수정 같은 꽃봉오리보다 아름다운 것이 세상에 또 있을까? 햇살을 받은 수정 꽃봉오리는 반투명하게 변하고, 하얀 불꽃을 늘어뜨린다. 하지만 꽃봉오리 형태가 변하는 일은 없다. 이곳은 나뭇가지의 세계이다. 눈꽃송이 덮인 나뭇가지 사이로 크렘린 궁전의 탑, 수천 년 된 첨탑, 바실리카 성당의 황금색 돔이 얼핏 보인다.

• 안드레이 비신스키(1883~1954): 소련의 정치가, 외교관, 법률가로 1936~1938년에는 트로츠키스트 재판을 담당했고, 1947년 이래 병사할 때까지 유엔 수석대표로 일했다.

다른 도시로 가려고 차에 올랐다. 모스크바 외곽을 벗어나자 넓고 하얀 길이 보인다. 알고 보니 얼어붙은 강이다. 이 흐르지 않는 강물 위로 이따금씩 눈에 띄는 낚시꾼은 마치 눈부시게 새하얀 식탁보에 내려앉은 파리 같다. 낚시꾼은 이 새하얀 천 위에 자리를 잡고 얼음에 묻혀 버린 강물이 드러날 때까지 구멍을 뚫는다. 물고기는 금방 잡히지 않는다. 얼음 끌로 구멍을 뚫는 소리에 놀라서 달아나 버린 것이다. 그때 낚시꾼은 떡밥을 뿌려 도망간 물고기를 유인한다. 낚싯바늘을 얼음 구멍에 넣고 기다린다. 혹독한 추위 속에서 몇 시간이고 기다린다.

작가의 작업도 저 얼음 낚시꾼의 작업과 공통점이 많다는 게 내 생각이다. 작가는 강을 찾아야 한다. 만일 강이 얼어붙었다면 끌로 구멍을 파야 한다. 인내심을 가지고 혹독한 비판을 견디고 조소를 이겨 내야 한다. 또한 깊은 강물을 찾아 적절한 낚싯바늘을 던지고 끝없는 노력을 경주한 다음에 아주 조그마한 물고기를 낚아야 한다. 그리고 다시 낚시를 던지고 추위와 고통을 견뎌 내면 시간이 갈수록 더 큰 물고기를 잡을 수 있다.

한번은 작가 대회에 초청을 받았다. 단상에는 소련의 위대한 어부들, 즉 위대한 작가들이 앉아 있었다. 하얀 이를 드러내며 웃는 은발의 파데예프, 영국 어부처럼 갸름하고 날카롭게 생긴 페딘, 머리는 헝클어지고 옷맵시가 없어 새 옷을 입어도 헌 옷처럼 후줄근하게 보이는 예렌부르크, 그리고 티코노프가 보였다.

단상에는 이들과 함께 몽골 작가들도 앉아 있었다. 최근에 발행된 책을 들고 나온 이들은 소비에트 공화국의 변방 지역 문학을 대표하는 사람들이었다. 전에는 문자도 없는 이들 유랑 민족의 이름조차 들어 본 적이 없었다.

푸시킨에게

사랑하는 친구에게

그대의 탄생 150주년을 맞아 작가들이 나를 초청했다네. 소련은 첫 방문이었네. 이유는 모르겠지만 그대가 날 초대한 것 같았네. 그 순간부터 나는 내가 그대의 굴곡진 삶과 관련이 있다고 느꼈네. 나는 그대의 친구일세. 그대의 삶과 시가 숨 쉬는 곳에서 치러진 행사는 참으로 아름다웠네. 봄이 온통 푸시킨으로 가득했네. 그대의 커져 가는 영롱한 시는 강이 되어 우리 곁을 흐르고 있네. 나무에도 그대의 시구가 꽃을 피우고 있네.

우리가 문학이라고 하는 것의 스승들이 있다네. 그 스승들은 책의 언어를 매일의 일상으로 변화시키며 문학을 뛰어넘는다네. 그리고 언어에 새로운 속도와 공기를 불어넣으며 언어의 조합을 변화시킨다네. 국민적 시인은 창을 열어 고요함, 대지의 소리, 격정적인 역사의 움직임, 바다의 천둥과 새들의 노래가 들어오게 하네. 이것이 그대가 남긴 위대한 유산이네.

이제 나는 이 성대한 회의에서 그 유산이 50년 동안 소련의 문학에 남아 있음을 입증코자 하네. 이 시인들은 참으로 민족적이며 외국의 문화에 대단히 관대하다네. 혁명이 낳은 이 작가들은 소련의 민중들과 함께 건물을 짓고 인쇄소를 세웠다네. 그리하여 책이 무장을 하고 존중되었으며 새로운 사회의 중심이 되었다네. 이 일은 이 땅에서 전에 없던 투쟁과 변화의 시대에 어렵게 이뤄졌네. 소련의 작가들은 민중의 영웅이자 사람들의 희망의 영웅이라네.

참혹한 전쟁이 발밑에 다다랐을 때, 침략자들이 민중과 문화를 파괴하려 했을 때, 소련의 작가들은 싸우고 쓰러지고도 또 싸우고 승리하면서 10월 혁명의 숭고한 휴머니즘과 그대의 유산을 지켜 내기 위해 자신의 피와 말과 사랑과 열정을 바쳤다네.

책은 강해졌고 도시와 시골과 마을을 침범했으며 도서관과 길과 집과 병원과 공장을 채우며 먼 지역까지 다다랐네. 그렇게 모든 지역의 소련인이 한 손에 책을 들고 일을 했네. 이제 곧 책을 품고 달에 도달할 터이네.

그렇게 그대의 빛나는 유산이 지켜지고 널리 퍼졌다네. 저 먼 남미의 한 시인이 그대에게 말하고 있네. 그대가 우리와 함께 이곳에 있다면 이렇게 말해 주겠네.

"푸시킨 동지, 만족스럽지 않은가."

다시 찾은 인도

1950년 갑자기 인도에 가게 되었다. 파리에 있을 때, 졸리오퀴리*가 나를 부르더니, 한 가지 일을 맡겼다. 뉴델리를 방문하여 다양한 정파의 인사들과 접촉해 보고 인도 평화 운동의 활성화 방안을 현지에서 강구해 보라는 것이다.

졸리오퀴리는 '세계 평화 대회' 의장이었다. 우리는 많은 이야기를 나누었다. 졸리오퀴리는 인도를 걱정하고 있었다. 인도는 평화적인 국가라는 평판을 들어 왔으며 네루 수상 또한 인도인들이 전통적으로 추구해 온 대의, 즉 평화를 사랑하는 지도자로 명성이 자자한데

* 퀴리 부인의 사위. 퀴리 부인의 딸인 이렌과 남편 장 프레데리크 졸리오퀴리 부부는 1935년 노벨 화학상을 수상하였다.

그럼에도 이상하게도 평화론자들의 영향력이 미미하다는 것이다.

졸리오퀴리는 내게 편지 두 통을 건네주었다. 한 통은 봄베이의 어느 과학자에게 전해 줄 것이고, 또 한 통은 네루 수상에게 직접 전달할 편지였다. 비록 장거리 여행이지만 겉보기에는 아주 쉬운 일인데 다른 사람도 아니고 하필이면 나에게 왜 이런 일을 맡기는지 알 수 없는 일이었다. 아마도 내가 젊었을 때 인도에서 얼마간 지냈고 그 나라를 좋아한다는 점을 고려한 것 같다. 또 그해 「나무꾼이여 깨어나라」라는 시로 파블로 피카소, 나짐 히크메트와 함께 '국제 평화상'을 받았다는 점도 작용한 것 같다.

봄베이행 비행기에 올랐다. 30여 년 만에 가 보는 인도였다. 인도는 이제 해방을 위해 투쟁하는 식민지가 아니라 엄연한 주권 국가였다. 간디의 꿈이 실현된 것이다. 1928년 간디가 주도한 국민회의에 참석한 적이 있다. 그 당시 혁명 운동을 하던 학생들은 나를 친구처럼 믿고 투쟁 이야기를 들려주었는데, 이들 가운데 살아남은 사람은 아마 한 명도 없을 것이다.

비행기에서 내려 곧바로 세관으로 갔다. 세관을 통과하면 아무 호텔에나 방을 잡고 물리학자 라만에게 편지를 전한 뒤 뉴델리로 갈 계획이었다. 세관에서 문제가 발생하리라고는 꿈에도 생각하지 못했다. 그런데 내 짐이 세관 검색대에서 못 나오고 있었다. 몇 사람이 달라붙어 내 가방을 샅샅이 뒤지고 있었다. 그때는 겉모습만 보고 세관 직원이겠거니 짐작하고 말았다. 아무튼 세관 검사를 많이 받아 보았지만 이런 경우는 처음이었다. 짐이라고 해야 얼마 되지 않았다. 옷가방 하나하고 세면도구를 넣은 작은 가죽 가방이 전부였는데, 무려 다섯 명이나 달라붙어 바지, 팬티, 구두를 꺼내더니 꼼꼼하게 살펴보았다. 심지어 호주머니와 옷 솔기까지 검사했다. 로마를 경유할 때 구두를 가방에 그냥 넣으면 옷이 더러워질까 봐 호텔 방에 굴러다니던 신문지로 둘둘 말아 넣었다. 아마《로세르바토레 로마노》(로마 교황청에서 발간하는 일간지)였을 것이다. 그런데 조사관들은 그 신문지를 테이블 위에 펼쳐놓고 찬찬히 들여다보고, 불빛에도 비춰 보더니, 비밀 문서라도 되는 양 조심스럽게 접어서 내 서류와 함께 옆으로 비켜 놓았다. 내 구두까지 귀중한 화석을 검사하듯이 안팎으로 샅샅이 살펴보았다.

이런 어처구니없는 조사만 두 시간이 걸렸다. 조사관들은 여권, 주소록, 네루 수상에게 전달할 서한, 그리고《로세르바토레 로마노》를 단단히 포장하더니 내 면전에서 밀랍으로 봉인했다. 그때서야 호텔로 가도 된다고 말했다.

나는 칠레인답게 흥분해서는 안 된다고 마음속으로 다짐하고, 신분증이 없으면 호텔에 투숙할 수 없으며 수상에게 서한을 전달하려고 이곳 인도까지 왔는데 내 서류를 다 압수하면 어떻게 되겠느냐고 항의했다.

"호텔은 연락을 해 놓을 테니 아무 문제가 없을 겁니다. 서류는 때가 되면 돌려드리겠습니다."

내가 젊었을 때 이따위 나라의 독립 투쟁을 돕겠다고 나섰다는 말인가? 그런 생각이 들었다. 여행 가방을 닫으면서 동시에 입도 봉해 버렸다. 머릿속에 이런 단어가 떠올랐다. "개똥이다!"

호텔에서 우연히 바에라 교수를 만나 내가 겪은 황당한 일을 들려주었다. 바에라는 성격이 좋은 힌두교도였다. 그런 일은 심각하게 받아들이지 않았다. 자기 나라는 아직도 체계가 잡히지 않아 그런다고 너그럽게 생각했다. 나는 그 반대였다. 그처럼 터무니없는 일을 보고 뭔가 잘못되고 있다는 생각이 들었다. 신생 독립국에서 있을 수 없는 일이었다.

소개장을 들고 찾아간, 졸리오퀴리의 친구는 인도 핵물리학 연구 책임자였다. 이 사람은 연구소 시설을 보여 주고, 수상의 누이동생이 그날 오찬에 우리를 초대했다고 알려 주었다. 내 삶은 항상 이런 식이다. 한쪽에서는 몽둥이로 패고, 다른 쪽에서는 진정하라며 꽃다발을 건네준다.

핵 연구소 내부는 밝고 깨끗하고 반짝거렸다. 남녀 연구원들은 속이 비치는 하얀 가운을 입고 물 흐르듯이 복도와 실험 기구와 칠판과 수조 사이로 움직이고 있었다. 과학적인 설명은 좀처럼 이해할 수 없었다. 그러나 연구소를 나섰을 때는 깨끗한 목욕탕에 들어갔다 나온 것처럼 경찰로부터 당한 오욕의 구정물이 씻겨 나간 듯했다. 연구소에서 여러 가지를 봤는데, 어렴풋한 기억으로는 분수대 비슷한 곳에 수은을 담아 놓았던 것 같다. 생명을 가진 동물처럼 꿈틀거리는 이 금속보다 놀라운 것이 또 있을까. 마술을 부리듯이 자유자재로 움직이며 여러 가지 모양으로 변하는 수은은 언제 봐도 감탄스럽다.

그날 함께 오찬을 한 네루의 누이동생의 이름은 잊어버렸다. 그녀와 마주하고 있으니 나쁜 기억은 말끔히 가셔 버렸다. 빼어난 미모의 여성으로 이국적인 여배우처럼 치장하고 있었다. 몸에 걸친 사리는 갖가지 색깔로 반짝거렸고, 황금과 진주 장신구도 찬연한 빛을 내뿜었다. 무척이나 호감이 가는 여자였다. 이처럼 세련된 여인이 보석 반지를 낀 손가락으로 카레를 집어 먹는 모습은 너무나 대조적이었다. 나는 뉴델리로 가서 오빠도 면담하고 세계 평화를 위해 노력하는 사람들도 만나 보겠다고 말했다. 그녀는 자기 견해로도 전 인도 국민이 평화 운동에 동참해야 한다고 대답했다.

그날 오후 호텔에서 서류를 돌려받았다. 그런데 봉인이 뜯겨 있었다. 저 사기꾼 같은 경찰은 내 면전에서 자기들 손으로 봉인한 서류를 뜯어 본 것이다. 틀림없이 세탁소 영수증까지 하나도 빠뜨리지 않고 사진을 찍어 놓았을 것이다. 나중에야 내 수첩에 이름이 적혀 있는 사람들은 모두 조사를 받았다는 사실을 알게 되었다. 당시 내 처형인 고 리카르도 구이랄데스 부인도 그중 하나였다.• 처형은 경박한 신지학자로, 아시아 철학에 심취한 나머지 인도의 외딴 마을에 살고 있었다. 그런데 내 수첩에 이름이 등장하는 바람에 말 못 할 고초를 당했다.

뉴델리에 도착한 당일 예닐곱 명의 인사를 만났다. 장소는 호텔 정원. 뜨거운 햇볕을 막아 주는 파라솔 밑에서 얼굴을 마주 보고 앉았다. 내가 만난 사람들은 작가, 철학자, 힌두교 승려, 불교 승려로서 가식이 전혀 없는 그야말로 소박한 인도인들이었다. 이들은 한결같이, 평화 옹호자들은 유서 깊은 인도의 정신, 즉 관용을 추구해 온 인도의 전통과 합치하는 운동을 전개해야 한다고 말했다. 또한 종파주의나 패권주의의 폐해를 답습하지 않도록 공산주의자든 불교도든 부르주아지든 한 세력이 평화 운동을 독점해서는 안 된다고 덧붙였다. 대원칙은 모든 경향의 사람들이 동등하게 참여한다는 것이다. 나도 동의했다.

저녁 식사를 하고 있는데 칠레 대사 후안 마린이 찾아왔다. 후안 마린은 작가이자 의사이며 또 오랜 지인이기도 했다. 대사는 한참 말을 돌리다가 경찰청장을 만났다는 얘기를 꺼냈다. 경찰청장은 정부 관료들이 외교관과 면담할 때 으레 그렇듯이 아주 점잖은 태도로, 인

• 네루다가 언급하는 부인의 이름은 아델라이다이며 1969년 사망했다. 네루다는 1943년 아델라이다의 동생 델리아 델 카릴과 재혼하여 1955년까지 부부로 살았다. 스무 살 연상인 델리아 델 카릴은 네루다의 정치 활동을 적극적으로 권유했다.

도 정부는 내 활동을 우려하고 있으며 조만간 인도를 떠나 주길 바란다고 말했단다. 나는 대사에게 활동이라고 해 봐야 호텔 정원에서 예닐곱 명의 저명인사들과 만난 것밖에 없다면서 이 사람들의 사상은 모두가 잘 알고 있을 것으로 믿는다고 말했다. 그리고 졸리오퀴리의 서한을 수상에게 전달하고 나면, 비록 이 나라가 추구하는 대의를 지지하고는 있어도 까닭 없이 무례하게 대하는 이런 나라에 더 이상 머물고 싶지 않다고 덧붙였다.

대사는 칠레 사회당 창당에도 참여한 사람이었으나 나이와 외교적 지위 때문인지 유화적인 인물로 변해 버렸다. 인도 정부의 어리석은 태도 앞에서 불쾌감조차 토로하지 않았다. 나도 협조를 구하지 않았다. 우리는 서로 기분 상하지 않게 헤어졌다. 대사는 내 방문으로 야기된 부담을 덜었을 테지만, 나는 무감각하고 무심한 대사에게 한없이 실망했다.

다음 날 아침 수상 집무실에서 네루를 만났다. 네루는 자리에서 일어나더니 환영한다는 의례적인 웃음조차 띠지 않고 손을 내밀었다. 네루의 얼굴이야 사진에서 많이 보았을 테니 여기서 굳이 설명할 필요는 없다. 나를 바라보는 검고 차가운 눈동자에는 아무런 감정도 담겨 있지 않았다. 30년 전 독립운동가들 집회에서 네루와 네루 아버지를 소개받은 적이 있었다. 이런 사실을 이야기해도 네루의 표정은 바뀌지 않았다. 내가 어떤 이야기를 해도 여전히 차가운 시선으로 외마디 대답만 할 뿐이었다.

서한을 전달했다. 네루는 졸리오퀴리에게 존경심을 느낀다고 말하고, 천천히 편지를 읽었다. 그 편지에는 내 이야기도 들어 있었다.

졸리오퀴리는 네루에게 내 일을 도와달라고 부탁했다. 네루는 편지를 다 읽자 다시 봉투에 집어넣고 아무 말 없이 나를 쳐다보았다. 문득, 내가 이곳에 나타난 것을 무척이나 못마땅하게 여기고 있다는 생각이 들었다. 동시에 저 검붉은 얼굴의 사내는 육체적으로든 정치적으로든 감정적으로든 지금 매우 힘든 순간을 보내고 있다는 생각도 뇌리를 스치고 지나갔다. 통치자가 흔히 그러하듯이 네루는 오만하고 다소 경직된 인물이었으나 통솔력은 없는 사람 같았다. 네루의 아버지 판디트 모틸랄은 자민다르, 즉 전통적인 귀족 지주계급 출신으로 간디의 재정을 담당했으며, 정치적 조언뿐만 아니라 국민회의에 막대한 재산을 쏟아부었다는 사실이 떠올랐다. 어쩌면 내 앞에서 침묵을 지키고 있는 이 사람도 자민다르의 속성을 못 버리고 마치 맨발로 다니는 농부들을 대하듯이 무관심과 경멸적인 태도로 나를 쳐다보고 있다는 생각이 들었다.

"파리로 돌아가서 졸리오퀴리 교수에게 무슨 말을 전할까요?"

"답장을 쓰겠습니다." 네루는 무뚝뚝하게 잘라 말했다.

몇 분 동안 침묵이 흘렀다. 무척이나 길게 느껴진 시간이었다. 내가 보기에 네루는 아무 말도 하고 싶지 않았다. 그렇다고 초조한 기색을 드러내지도 않았다. 마치 내가 거물급 인사의 귀중한 시간이나 빼앗고 미안한 마음에 하릴없이 그 자리에 앉아 있는 것 같았다.

아무래도 내 일을 간략하게 설명할 필요가 있었다. 냉전은 언제라도 작열하는 열전으로 돌변할 태세였다. 또다시 전쟁이 일어나면 인류는 전멸할지도 몰랐다. 나는 핵무기의 가공할 만한 위험을 얘기했다. 그리고 전쟁을 막으려는 사람들의 힘을 모으는 일이 중요하다고 말했다.

네루는 내 말이 들리지 않는 듯이 몇 분 동안 생각에 잠겨 있었

자와할랄 네루

다. 그리고 이렇게 말했다.

"사실, 양 진영 모두 평화를 명분으로 내세워 서로를 공격하고 있습니다."

"내가 보기에, 평화를 말하거나 평화를 위해 무언가 기여하고자 하는 사람들은 모두 같은 편이 될 수 있습니다. 함께 운동을 전개할 수 있습니다. 복수와 전쟁을 외치는 사람만 아니라면 그 어떤 사람도 배제하지 않습니다."

침묵이 이어졌다. 나는 대화가 끝났다고 생각했다. 자리에서 일어나 작별 인사를 하려고 손을 내밀었다. 네루는 아무 말 없이 내 손을 잡고 악수를 했다. 내가 문을 향해 돌아서자 조금 부드러운 목소리로 물었다.

"제가 도와드릴 게 있습니까? 뭐 필요한 것은 없으신지요?"

나는 순발력이 떨어지고, 또 가시 돋친 말을 제때에 쏘아붙이지도 못하는 사람이다. 그런데 평생에 단 한 번 예외가 있었다.

"물론 있지요. 깜박 잊고 있었습니다. 예전에 이곳에서 지낸 적이 있습니다만 타지마할을 구경할 기회가 없었습니다. 뉴델리에서 매우 가깝다던데 말입니다. 이번 기회에 한번 들러 보려고 생각했는데, 경찰이 뉴델리 바깥으로는 나가지 말고 가능하면 빨리 유럽으로 돌아가라고 통고하는 바람에 포기했습니다. 내일 떠납니다."

통렬하게 꼬집어 주었다는 생각에 한결 가벼운 기분으로 작별 인사를 하고 집무실에서 나왔다.

호텔 프런트에서 지배인이 기다리고 있었다.

"선생님께 전할 말씀이 있습니다. 방금 정부 쪽에서 전화가 왔는데, 원하신다면 언제라도 타지마할에 가실 수 있답니다."

"계산서나 가져오십시오. 유감스럽게도 이번에는 불가능할 것 같군요. 지금 당장 공항으로 가서 파리행 비행기를 타야겠습니다."

5년 뒤 모스크바에서 레닌 평화상 심사위원회가 소집되었다. 당시 나는 매년 시상하는 이 상의 국제 심사위원이었다. 그해 수상자를 결정할 때가 되자 인도 대표가 네루 수상을 추천했다.

쓴웃음이 나왔다. 하지만 그 뜻을 아는 심사위원들은 아무도 없었다. 다른 심사위원들과 마찬가지로 나 역시 찬성표를 던졌다. 네루는 국제적인 상을 수상함으로써 세계 평화의 옹호자로 추앙받게 되었다.

첫 중국 방문

중국은 혁명 이후 두 번 방문했다. 첫 방문은 1951년이었다. 쑨원(孫文)의 미망인 쑹칭링(宋慶齡) 여사에게 레닌 평화상을 전달하기 위해 일행과 함께 중국을 찾았다.

중국 국무원 부총리이자 작가인 궈모뤄(郭沫若)의 추천으로 쑹칭링은 레닌 평화상의 황금 메달을 받게 되었다. 궈모뤄는 아라공과 함께 심사위원회 부위원장을 맡고 있었다. 심사위원은 나를 포함하여 안나 제거스, 영화인 알렉산드로프, 에렌부르크 그리고 지금은 이름이 기억나지 않지만 아무튼 몇 사람이 더 있었다. 아라공과 에렌부르크와 내가 은밀히 손을 잡고 애쓴 결과 피카소, 베르톨트 브레히트, 라파엘 알베르티도 다른 해에 상을 받을 수 있었다. 물론 쉬운 일은 아니었다.

우리 일행은 시베리아 횡단 열차를 타고 중국으로 향했다. 전설적인 횡단 열차에 오르니 무한하고 신비한 공간을 항해하는 배를 탄 기분이었다. 달리고 또 달려도 차창 밖 풍경은 온통 노란색이었다. 시베리아는 가을이 한창이었는데, 눈에 보이는 것은 단풍이 노랗게 물든 은색 자작나무뿐이었다. 이어 툰드라 지대와 타이가 지대가 나타났다. 끝없이 펼쳐진 초원처럼 보였다. 간혹 신도시에 들어선 역사가 나타났다. 그때마다 나는 예렌부르크와 함께 굳은 몸을 풀려고 열차에서 내렸다. 대합실은 보따리와 가방을 든 농부들로 발 디딜 틈이 없었다.

시간이 빠듯해서 도시를 다 돌아볼 수는 없었다. 게다가 이 도시나 저 도시나 똑같았다. 어느 곳이나 어김없이 시멘트로 만든 스탈린 동상이 서 있었다. 은색 칠한 동상, 금색 칠한 동상, 그 판에 박은 듯한 수십 기의 동상 중에 어느 것이 더 추잡한지 잘 모르겠다. 일주일이나 걸린 여행 기간 내내 예렌부르크는 시내를 구경하고 열차로 돌아오면서 회의적이고 재치 있는 이야기로 나를 즐겁게 해 주었다. 예렌부르크는 진정한 애국자이고 또 소비에트 사람이지만, 당시 사회상에 대해서 조소를 섞어 가며 이야기했다.

예렌부르크는 붉은 군대[赤軍]와 함께 베를린까지 갔다. 지금까지 그 어떤 전쟁 종군자도 예렌부르크보다 뛰어나지 못했다. 붉은 군대 병사들은 비사교적인 이 기인을 무척이나 좋아했다. 얼마 전 모스크바에 갔을 때의 일이다. 예렌부르크는 그때 병사들이 폐허가 된 독일에서 습득한 물건을 선물로 받았다면서 내게 보여 주었다. 하나는 벨기에 무기 공장에서 나폴레옹 보나파르트에게 제작해 준 장총이었고, 다른 하나는 소형 책자 두 권이었다. 이 책자는 1650년 프랑스에서 인쇄한 롱사르 작품집으로, 불에 그슬렸고 빗물인지 핏물인지 모르겠지만 책갈피가 젖은 흔적이 있었다.

예렌부르크는 나폴레옹의 멋진 장총을 프랑스 박물관에 기증했다. 세공한 총신과 반들반들한 개머리판을 만져 보더니 내가 이걸 가져서 뭐 하겠느냐고 말했다. 그러나 롱사르의 책은 내놓지 않겠다며 자기가 챙겼다.

예렌부르크는 열렬한 친불파였다. 열차를 타고 갈 때 숨겨 놓은 시 한 편을 나에게 낭송해 주었다. 프랑스를 사랑하는 여인에 빗대어 노래한 짧은 시였다.

내가 그 시를 숨겨 놓은 시라고 말하는 이유는, 당시 러시아에서는 코즈모폴리터니즘을 비판하고 있었기 때문이다. 신문은 종종 여론 몰이를 했으며, 현대 예술은 모두 코즈모폴리터니즘으로 간주했다. 이런 비판을 받은 작가나 화가는 곧바로 추락하고, 이름조차 사라졌다. 이런 이유로 예렌부르크는 친불 성향의 시를 남들이 봐서는 안 될 꽃처럼 가슴속에 숨기고 있었다.

예렌부르크를 통해서 알게 된 많은 작품은 스탈린 치하의 암흑기에 흔적도 없이 사라졌다. 작품이 반항적이고, 체제와 배치된 탓이라고 생각한다.

헝클어진 앞머리, 깊은 주름살, 니코틴으로 누렇게 변한 치아, 차가운 회색빛 눈동자, 서글픈 웃음. 이런 모습의 예렌부르크는 내가 보기에 골수 회의주의자이자 미망에서 깨어난 사람이었다. 그 당시 나는 위대한 혁명에 눈을 뜬 지 얼마 되지 않아 사악한 의도로 전개되고 있는 여러 사건들의 구체적인 실상은 간파할 수 없었다. 그 시절에 흔히 볼 수 있는 유치한 일, 즉 금색이나 은색으로 칠한 시멘트 동상도 그리 큰 문제로 생각하지 않았다. 시간이 지나고 보니 내 판단이 틀렸다. 그러나 에렌부르크조차도 그 비극이 얼마나 방대한 규모로 전개되고 있는지 정확하게 파악하지 못했다. 그 비극은 20차 전당대회• 에서 낱낱이 드러났다.

몇 날 며칠을 달려도 사방은 노랗게 물든 자작나무뿐이었다. 기차가 아주 느릿느릿 기어가고 있다는 착각이 들 정도였다. 이렇게 우리는 우랄산맥을 지나 시베리아를 가로지르고 있었다.

어느 날 식당차에서 점심을 먹던 중 저쪽 테이블에 앉은 군인이 눈에 띄었다. 발그스레하게 취한 얼굴로 웃고 있는 젊은 군인이었다. 그는 웨이터가 가져온 날계란을 접시에 깨뜨리자마자 곧바로 두 개를 더 주문했다. 어린애 같은 파란 눈동자와 활짝 웃는 모습으로 보아하니 무척 신나는 모양이다. 오래전부터 그런 짓을 하고 있었는지 접시에서 노른자위와 흰자위가 넘쳐 객실로 떨어질 기세였다.

"토바리치!"(러시아어로 '친구'라는 뜻) 군인은 큰 소리로 웨이터를 부르더니 또 달걀을 주문했다.

나는 이 천진난만한 초현실주의 장면을 멍하니 바라보고 있었다. 고적한 시베리아 벌판에서 맞닥뜨린 너무나 뜻밖의 광경이었다.

놀란 웨이터가 헌병을 불렀다. 키가 훤칠한 헌병이 완전무장을 하고 나타나 군인을 노려보았다. 그러나 군인은 전혀 개의치 않고 계속 달걀만 깨뜨리고 있었다.

헌병이 망나니 같은 군인에게 호통을 칠 줄 알았다. 그러나 곧 어

• 1956년 개최된 이 대회에서 흐루쇼프는 스탈린 독재 체제의 죄악상을 비판했다.

안이 벙벙해졌다. 거인 같은 헌병은 군인 옆에 앉아서 다정하게 금발 머리를 쓰다듬고, 웃으면서 조용조용 타일렀다. 그러더니 어느 순간 군인을 일으켜 세워 겨드랑이를 부축하고 객차 바깥으로, 역 바깥으로 나가 버렸다.

만일 에콰도르 열차에서 술에 취한 원주민이 저렇게 달걀을 깨뜨렸다면 어떻게 되었을까 하고 생각하니 입맛이 씁쓸했다.

예렌부르크는 시베리아 횡단 열차를 타고 여행하는 동안 아침저녁으로 열심히 타자기를 두들겼다. 이렇게 탈고한 작품이 『제9의 파도』인데, 『해빙』 직전에 나온 소설이다. 나는 짬짬이 『대장의 노래』에 수록된 시 몇 편을 썼을 뿐이다. 이 시집은 마틸데에게 바치는 사랑의 노래로, 후일 나폴리에서 익명으로 출간했다.

우리는 이르쿠츠크에서 내렸다. 몽골행 비행기를 타기 전에 유명한 바이칼호를 구경하러 갔다. 시베리아 경계선에 위치한 이 호수는 차르 시대에는 '자유의 관문'으로 통했다. 죄수와 망명자들의 꿈과 사상은 이 호수를 향해 나아갔다. 그것이 유일한 탈출구였다. 아직도 러시아 사람들은 굵직한 음성으로 "바이칼! 바이칼!" 하고 옛 노래를 부르고 있다.

'바이칼호 연구소'에 점심 식사 초대를 받았다. 연구원들은 한 가지 비밀을 털어놓았는데, 아무도 우랄산맥의 아들이자 눈동자라고 할 수 있는 이 호수의 정확한 깊이를 모른다는 것이었다. 그리고 수심 2000미터쯤에서, 그 칠흑 같은 심연에서 이상하게 생긴 장님 물고기가 잡힌다고 했다. 갑자기 맛을 보고 싶다는 생각이 들었다. 연구원들에게 그 이상한 물고기를 식탁에 올릴 수 없겠느냐고 넌지

시 떠보았다. 점심때 맛 좋은 시베리아 보드카를 곁들여 그 물고기 요리를 먹었는데, 아마도 그 고기 맛을 본 사람은 세상에 몇 안 될 것이다.

거기서 우리는 몽골로 날아갔다. 아직도 유목민 천막에서 사는 사람들이 최초의 인쇄소와 대학교를 건설하고 있는 그 달나라 같은 풍경이 내 기억에 희미하게 남아 있다. 울란바토르 주변은 칠레의 아타카마 사막처럼 끝없이 펼쳐진 황무지였다. 간혹 지나가는 낙타 떼마저 태초의 고독을 한층 더 짙게 만들었다. 나는 기막힌 솜씨로 세공한 은잔에 몽골 위스키를 따라 마셨다. 민족마다 토산물을 이용하여 술을 만든다. 내가 마신 술은 낙타 젖을 발효시킨 술이었다. 그 맛을 떠올리면 지금도 등골이 오싹하다. 그러나 울란바토르에 가 보았다는 것만으로도 굉장한 일이었다. 특히 나처럼 아름다운 지명에서 살기를 좋아하는 사람에게는 대단한 일이었다. 나는 꿈의 궁전에서 살듯이 아름다운 지명에서 살았다. 싱가포르, 사마르칸트에 살 때는 지명의 발음을 음미하면서 살았다. 내가 죽거들랑 바다 근처 지명이 아름다운 곳에 묻어 주기 바란다. 지명을 말할 때마다 아름다운 소리가 내 유골 위에서 되울렸으면.

중국인은 세상에서 가장 잘 웃는 사람들이다. 혹독한 식민 시대와 혁명, 기아와 학살을 겪었으나 다른 어떤 민족보다도 잘 웃는다. 중국이라는 거대한 인구가 수확한 가장 귀한 쌀은 어린아이의 웃음이다.

그러나 중국인의 웃음에는 두 종류가 있다. 하나는 노란색 얼굴이 환하게 밝아지는 자연스러운 웃음이다. 농부들과 대다수 민중들은 이런 웃음을 짓는다. 다른 하나는 코 밑에 붙였다 뗐다 할 수 있는 웃음이다. 이는 관료들의 웃음이다.

예렌부르크와 함께 난생처음 베이징 공항에 내렸을 때는 두 종류의 웃음을 구별한다는 게 여간 어려운 일이 아니었다. 며칠 동안 진짜 웃음, 선한 웃음을 대할 수 있었다. 우리를 극진하게 맞아 준 중국 작가, 소설가, 시인 들은 이런 웃음을 보여 주었다. 우리가 만난 작가는 스탈린상을 수상한 소설가이자 작가연맹의 회장인 딩링(丁玲), 그리고 마오둔(茅盾)과 샤오아이메이(蕭愛梅)였다. 골수 공산주의자이자 중국 시단의 최고봉이며 매력이 넘치는 아이칭(艾靑)도 만났다. 이들은 프랑스어나 영어를 할 줄 알았다. 수년 후 문화대혁명 때 모두 숙청되었으나 우리가 중국을 방문했을 당시에는 중국 문학을 대표하는 문인들이었다.

다음 날, 레닌상(당시에는 스탈린상이라고 불렸다.) 수여식을 마치고 소련 대사관에서 만찬회가 열렸다. 수상자 쑹칭링을 비롯해서 저우언라이(朱恩來), 고령의 장군 주더(朱德) 등 여러 인사가 참석했다. 소련 대사는 스탈린그라드 전투의 영웅으로 전형적인 군인이었는데, 노래를 부르며 쉴 새 없이 건배를 청했다. 나는 기품 있고 여전히 아름다운 쑹칭링 옆자리에 앉았다. 그녀는 그 무렵 가장 존경받는 여성이었다.

참석자들 앞에는 보드카가 가득 담긴 작은 병이 하나씩 놓여 있었다. 여기저기서 건배를 외치는 소리가 끊이지 않았다. 건배란 술을 한 방울도 남기지 말고 잔을 비워야 하는 중국식 주법이다. 내 맞은편에 앉은 주더 장군은 연신 잔을 비웠는데, 그때마다 껄껄 웃으면서 나에게 술을 권했다. 식사가 거의 끝나 갈 무렵, 주더 장군이 한눈파는 사이에 그 앞에 놓인 보드카 병에서 술을 따라서 맛을 보았다. 내 짐작이 틀림없었다. 내가 불덩이 같은 독주를 들이켜는 동안 장군은 맹물을 마시고 있었던 것이다.

커피가 나오자 옆 좌석에 앉은 쑨원의 부인 쑹칭링, 우리가 메달을 전달한 저 훌륭한 여사는 담뱃갑에서 담배를 꺼내 물었다. 여사는 우아한 웃음을 띠고 내게도 담배를 권했다. "감사합니다. 그런데 저는 담배를 피우지 않습니다." 하고 사양했다. 담뱃갑이 멋지다고 말했더니 "내게는 아주 소중한 추억이 담긴 물건이어서 애지중지 여깁니다."라고 대답했다. 황금에 다이아몬드와 루비를 박아 넣은 눈부시게 아름다운 담뱃갑이었다. 나는 다시 한번 유심히 살펴보고 정말 아름답다는 인사말과 함께 여사에게 돌려주었다.

그런데 여사는 내가 담뱃갑을 돌려주었다는 사실을 그새 잊어버리고, 자리에서 일어나더니 나를 쏘아보며 말했다.

"제 담뱃갑 돌려주셔야죠."

돌려준 게 틀림없었으나 그래도 혹시나 하는 마음에 식탁 아래위를 살펴보았다. 담뱃갑은 보이지 않았다. 여사의 얼굴에서는 웃음기가 사라지고 나를 잡아먹을 듯이 노려보았다. 그 소중한 담뱃갑은 어디에도 없었고, 물건을 잃어버린 게 꼭 내 탓 같았다. 여사의 눈빛을 보니 내가 보석 담뱃갑을 훔쳤다고 확신하는 눈치였다.

입장이 난처해서 어쩔 줄 모르고 있을 때 여사의 손에 쥐고 있는 담뱃갑이 보이는 게 아닌가. 물론 찾고 있던 그 담뱃갑이었다. 여사는 웃음을 되찾았지만 나는 몇 년 동안 웃을 수가 없었다. 어쩌면 문화대혁명 때 그 아름다운 담뱃갑을 빼앗겼을지도 모르겠다.

그 시절 중국 사람들은 남녀 가릴 것 없이 모두 정비사 작업복 같은 파란 옷을 입고 다녀서 거리는 파란 물결 일색이었다. 해진 옷을 입은 사람은 없었다. 그러나 자동차도 없었다. 어디를 가나 사람들로 북적거렸다.

중국 혁명 두 돌째 되는 해였으니 틀림없이 곳곳에서 물자 부족과 여러 가지 어려움에 시달렸을 텐데도 베이징 시내를 돌아다니던 우리 눈에는 그런 기미조차 보이지 않았다. 예렌부르크와 내가 우려한 것은 아주 사소한 일, 전체 체제의 사소한 부분이었다. 우리가 양말이나 손수건 한 장을 사려고 해도 국가 차원의 문제가 되었다. 안내를 맡은 중국인들은 저들끼리 한참을 의논했다. 마침내 우리는 자동차 행렬을 이루며 호텔을 출발했다. 우리가 탄 차가 선두에 서고, 이어 경호원 차, 경찰차, 통역관 차가 뒤따라왔다. 자동차 행렬은 사람들 사이를 헤집고 빠른 속도로 달렸다. 사람들은 좁은 길에서 눈사태라도 만난 듯이 우리 일행에게 길을 비켜 주었다. 백화점에 도착하자 중국 측 요원들이 차에서 뛰어나와 순식간에 손님들을 몰아내고, 몸으로 길을 막아 다른 사람들의 출입을 차단했다. 이렇게 만들어 준 길을 통해 나와 예렌부르크는 고개를 숙이고 백화점에 들어갔다가, 15분 후 작은 꾸러미를 하나 들고 다시 고개를 숙이고 나왔다. 그때 다시는 중국에서 양말 따위를 사지 않겠다고 굳게 다짐했다.

예렌부르크는 이런 일 때문에 분개했다. 지금 얘기하려는 식당 사건도 그중 하나다. 호텔에서 제공하는 영국 음식은 형편없었다. 식민 시대가 중국에 남긴 폐습 같은 음식이었다. 중국 요리를 좋아하는 나는 젊은 통역관에게 그 유명한 베이징 요리를 맛보고 싶다고 부탁했다. 통역관은 상의해 보겠다고 대답했다.

통역관이 실제로 상의했는지는 모를 일이나 그 이후로도 여전히 맛없는 로스트비프만 씹어야 했다. 나는 통역관에게 재차 부탁했다. 통역관은 신중한 표정으로 대답했다.

"동지들이 여러 차례 만나 상황을 검토했습니다. 조금만 기다리시면 됩니다."

다음 날 환영위원회의 주요 인사가 우리를 찾아왔다. 그는 얼굴 가득 억지웃음을 띠고 정말로 중국 음식을 먹고 싶으냐고 물었다. 예렌부르크는 주저 없이 그렇다고 대답했다. 나 역시, 젊었을 때부터 광둥 요리를 좋아했는데 이제 유명하다고 소문난 베이징 요리를 한번 맛보고 싶다고 말했다.

"곤란합니다." 그 인사는 난처하다는 표정이었다. 잠시 입을 다물고 있더니만 고개를 가로저었다. "아무래도 불가능한 일 같습니다."

예렌부르크는 타고난 회의주의자답게 쓴웃음만 짓고 있었다. 그러나 나는 분개하지 않을 수 없었다.

"동지. 지금 당장 파리로 갈 테니 출국 수속을 밟아 주십시오. 중국에서 중국 음식을 먹을 수 없다고 하시니, 라탱 구에 가서라도 마음 편하게 먹어야겠습니다."

이런 내 반발이 효과가 있었다. 네 시간 뒤, 우리는 환영위원회 위원들을 앞세우고 500년 전통을 자랑하는 오리구이 전문 식당에 도착했다. 지금 생각해도 정말 맛있는 요리였다. 그런데 그 식당은 밤낮으로 문을 열고, 우리 호텔에서 불과 300미터도 안 되는 거리에 있었다.

『대장의 노래』

이곳저곳을 떠돌며 망명 생활을 하던 중 한 번도 가 보지 못한 나라에 발을 딛게 되었다. 이제는 열렬히 사랑하게 된 이 나라는 바로 이탈리아다. 보는 것마다 찬탄하지 않을 수 없었다. 특히 올리브유,

빵, 포도주에서 이탈리아인의 질박한 삶을 엿볼 수 있었다. 경찰이 내 앞에 나타날 때까지는 그랬다. 경찰에게 불려 가거나 조사를 받는 일은 없었다. 하지만 정말 끈질기게 쫓아다녔다. 어느 곳을 가나 경찰을 만났다. 심지어는 꿈에서도 나타났고, 수프 그릇 안에서도 어른거렸다.

한번은 문인들이 시를 낭송해 달라고 초청했다. 나는 아무 거리낌 없이 여러 곳을 돌아다니며 시를 낭송했다. 대학에서, 원형 극장에서, 제노바의 부두 노동자들 앞에서, 피렌체의 양모 박물관에서, 토리노에서, 베네치아에서 낭송했다.

강당을 가득 메운 청중들 앞에서 시를 낭송할 때는 한없는 기쁨을 느꼈다. 내가 시를 읽으면 옆에 있던 사람이 웅장한 이탈리아 말로 옮겨 주었다. 그렇게 번역된 시를 듣고 있으면 내 시가 더욱 빛을 발하는 것 같았다. 그러나 경찰은 그다지 좋아하지 않았다. 스페인어는 무사통과시켰지만 이탈리아 번역은 여기저기 잘라먹었다. '서구 세계'가 금지하는 평화를 찬양하는 시구는 물론이고 민중 투쟁을 고무하는 시구 또한 위험하다고 여겼다.

지방의회 선거에서 군소 민중 정당이 승리한 덕분에 많은 시의회에서 나를 귀빈으로 초청했다. 또한 여러 차례 명예 시민으로 추대되었다. 이를테면, 밀라노, 피렌체, 제노바의 명예 시민이 되었다. 의원들은 시 낭송회 전이나 후에 명예 시민 수여식을 거행했다. 저명인사, 귀족, 주교 들이 강당을 가득 메웠다. 나는 작은 샴페인 잔을 들고 아득히 멀리 떨어진 조국의 이름으로 감사 인사를 전했다. 포옹도 하고 손등에 입도 맞추는 등 작별 인사를 나누고 시의회 계단을 내려왔다. 길에서는 한순간도 쉴 틈을 주지 않는 경찰이 정탐하고 있었다. 베네치아에서 있었던 일은 한 편의 활극이었다. 강당에서 시 낭송을 한 다음, 명예 시민으로 추대되었다. 그러나 경찰은 데스데모나•가 태어난 이 도시에서 떠나 주길 바랐다. 밤이고 낮이고 형사들이 내가 묵고 있는 호텔 앞을 지키고 있었다.

오랜 친구 비토리오 비달레, 일명 '카를로스 사령관'이 시 낭송회에 참석하려고 트리에스테에서 일부러 찾아왔다. 나는 비토리오 비달레와 함께 곤돌라를 타고 수로를 가르며 즐거운 한때를 보냈다. 저 멀리 잿빛 궁정들이 스쳐 가고 있었다. 경찰은 이제 노골적으로 쫓아왔다. 불과 2미터 뒤에서 우리를 따라왔다. 그때 나는 카사노바처럼, 포위망이 좁혀 드는 베네치아에서 탈출하기로 마음먹었다. 비토리오 비달레, 그리고 그곳에서 우연히 만난 코스타리카 작가 호아킨 구티에레스와 함께 있는 힘을 다해 내달렸다. 베네치아 경찰관 두 명이 우리를 쫓아오고 있었다. 우리는 재빨리 공산당 소속의 베네치아 시장 곤돌라에 올라탔다. 베네치아에서 모터가 달린 곤돌라는 그것뿐이었다. 시장의 곤돌라는 빠른 속도로 물살을 가르며 수로를 달렸다. 경찰도 허겁지겁 다른 배에 올랐다. 경찰이 탄 곤돌라는 베네치아에서 연인들이 타는 곤돌라였다. 검은색에 금빛 장식을 단 로맨틱한 곤돌라로, 노를 젓는 배였던 것이다. 경찰은 돌고래를 쫓는 오리처럼 저 뒤에서 느릿느릿하게 우리를 쫓아왔다.

어느 날 아침 나폴리에서 드디어 예상했던 일이 일어났다. 경찰이 호텔로 찾아온 것이다. 그렇게 이른 시간은 아니었다. 나폴리에서는 이른 아침부터 일하는 사람은 아무도 없다. 경찰도 마찬가지다. 아무튼 내 여권에 기재가 잘못됐다는 핑계로 경찰서로 가자고 했다.

• 셰익스피어의 비극 『오셀로』에서 남편 오셀로에게 살해당하는 베네치아 출신의 여성.

경찰서에 들어갔더니 에스프레소 커피 한 잔을 주면서 그날로 이탈리아를 떠나야 한다고 통고했다.

내가 이탈리아를 좋아한다고 말해도 소용이 없었다.

"틀림없이 뭔가 착오가 있는 겁니다." 하고 내가 말했다.

"착오는 없습니다. 선생님을 매우 존경하지만 떠나 주셔야 되겠습니다."

그리고 칠레 대사관이 추방을 요청했다는 사실을 우회적으로, 아주 은근히 일러 주었다.

열차는 그날 오후에 출발했다. 지인들은 작별 인사를 하기 위해 만반의 준비를 갖추고 이미 역에 배웅 나와 있었다. 입맞춤, 꽃다발, 환호성. 그리고 파올로 리치와 알리카타 형제를 비롯하여 여러 사람들 얼굴이 보였다. 아리베데르치(또 만납시다.)…… 안녕, 안녕.

로마행 열차에 오르자 호송을 맡은 경찰은 내 수족처럼 움직였다. 짐을 들어 열차 선반에 올려 주고, 신문도 《루니타》(이탈리아 공산당 기관지), 《파에세 세라》와 같은 좌익 신문만 사 주었다. 또 사인을 해 달라고 부탁하기도 했다. 자기들이 갖거나 친척에게 주겠다는 것이다. 그렇게 사근사근하고 친절한 경찰은 여태까지 본 적이 없다.

"선생님, 죄송합니다. 일가족을 책임진 가장이라 싫어도 위에서 시키는 대로 할 수밖에 없는 처지입니다."

로마에서 국경을 넘는 열차로 갈아타야 했다. 차창 밖을 내다보니 사람들이 운집해 있었다. 함성이 들렸다. 꽃다발을 머리 위로 쳐든 사람들이 서로 밀고 부딪치며 열차 쪽으로 다가왔다.

"파블로! 파블로!"

열차에서 내릴 때만 해도 경찰이 우아하게 나를 둘러싸고 있었다. 그러나 이내 내 주변은 아수라장이 되어 버렸다. 순식간에 남녀 작가들, 신문 기자들, 국회의원들, 천 명쯤 되는 사람들이 몰려들어 경찰의 손아귀에서 나를 빼앗았다. 그러자 경찰이 다시 달려들어 나를 탈취해 갔다. 이런 난장판 속에서도 저명인사들의 얼굴이 눈에 들어왔다. 알베르토 모라비아, 그의 부인이자 소설가인 엘사 모란테, 유명한 화가 레나토 구투소 같은 시인과 화가들 얼굴이 보였다. 『그리스도는 에볼리에 머물렀노라』로 유명한 작가 카를로 레비는 장미 꽃다발을 건네주었다. 이 틈바구니에 꽃다발은 땅에 나뒹굴고, 모자와 우산이 날아다니고, 여기저기서 주먹다짐하는 소리가 요란했다. 경찰은 수세에 몰리고, 나는 다시 친구들 품에 안겨 있었다. 소동 중에 온순한 성격의 엘사 모란테가 비단 파라솔로 경찰의 머리를 후려치는 모습을 보았다. 갑자기 짐꾼들이 손수레를 끌고 나타났다. 그중 건장한 짐꾼이 몽둥이로 경찰의 등을 후려쳤다. 로마 민중들이 가세한 것이다. 상황이 걷잡을 수 없이 악화되자 경찰은 나를 붙잡고 호소했다.

"선생님, 제발 저분들에게 진정하라고 한말씀만 해 주십시오."

사람들은 함성을 지르고 있었다.

"네루다는 로마에 머물라! 네루다는 이탈리아를 떠나지 마라! 저 시인에게 체류를 허락하라! 칠레인은 남고, 오스트리아인은 쫓아내라!"(오스트리아인이란 당시 이탈리아 수상 데 가스페리를 가리킨 말이다.)

소동이 시작된 지 30분쯤 지났을 때, 상부로부터 이탈리아 체류를 허락한다는 명령이 떨어졌다. 지인들은 나를 껴안고 키스를 퍼부었다. 역을 떠날 때 소동으로 짓뭉개진 꽃을 보니 가슴 아팠다.

다음 날 아침, 면책특권을 가진 상원의원 집에서 눈을 떴다. 레나토 구투소가 정부 당국의 말을 믿지 못하겠다면서 그 집으로 데려다준 것이다. 그때 카프리섬에서 보낸 전보를 받았다. 발신자는 유명한 역사가 에드윈 체리오였는데, 직접 만나 본 적은 없었다. 체리오는 전보에서 이탈리아 전통과 문화를 무시한 정부의 처사에 분노를 금할 수 없다면서 말미에 카프리섬의 별장을 제공하겠다는 의사를 밝혔다.

이 모든 일이 꿈만 같았다. 마틸데 우루티아와 함께 카프리섬에 도착한 후에도 이게 꿈인지 생시인지 도무지 믿기지 않았다.

아름다운 카프리섬에 도착했을 때는 겨울밤이었다. 어둠 속에서 높다랗게 치솟은 하얀 해안이 보였다. 낯설고 적막한 해안이었다. 이제 무슨 일이 일어날까? 우리는 무슨 일을 겪게 될까? 작은 마차가 기다리고 있었다. 마차는 인적이 끊긴 밤길을 오르고 또 올랐다. 묵묵히 서 있는 하얀 집들과 급경사의 좁은 골목길. 마침내 마차가 멎었다. 마부가 우리 짐을 집 앞에 내려놓았다. 다른 집들과 마찬가지로 하얗고, 텅 빈 듯한 집이었다.

집 안에 들어서자 거대한 벽난로가 활활 타오르고 있었다. 불을 밝힌 촛대 곁에 키가 큰 남자가 앉아 있었다. 머리카락도 수염도 옷도 하나같이 하얀색이었다. 그 사람이 역사학자이자 박물학자이며 카프리섬의 반을 소유하고 있는 에드윈 체리오였다. 그는 동화책에 나오는 조물주처럼 어스름한 빛 속에서 일어났다.

아흔이 다 된, 이 섬에서 가장 유명한 사람이었다.

"내 집이라 생각하고 편하게 지내도록 하세요. 여기서는 아무도 당신들을 귀찮게 하지 않을 겁니다."

우리만 남겨 놓고 떠난 그 사람은 일부러 오랫동안 모습을 보이지 않았다. 간간히 자기 집 정원에서 기른 꽃이나 나뭇잎과 함께 우아한 필체로 소식이나 권유를 담은 쪽지를 보내왔을 뿐이다. 우리 눈에 비친 에드윈 체리오는 도량이 넓고 관대하고 향기로운, 이탈리아의 심장이었다.

그 후, 에드윈 체리오의 저서를 읽을 기회가 있었는데, 알렉스 먼서의 책만큼 유명하지는 않지만 훨씬 더 가치가 있었다. 고상한 체리오는 "카프리 광장은 하느님의 걸작이야." 하고 짓궂은 농담을 건넸다.

나와 마틸데는 오붓한 생활을 즐겼다. 우리는 긴 산책로를 따라서 섬 서쪽의 아나카프리까지 다녀오기도 했다. 수많은 과수원으로 나누어진 이 작은 섬의 눈부신 풍광은 지나치다 싶을 정도로 많이들 얘기하지만, 부인할 수 없는 사실이다. 태양과 바람이 가장 많이 부딪치는 바위틈 메마른 흙에서 옹기종기 솟아난 작은 식물과 꽃은 정원사가 공을 들여 가꾸어 놓은 듯하다. 그러나 이러한 카프리섬의 진짜 비경은 오랫동안 이 섬을 돌아다녀 보고, 관광객이라는 딱지가 떨어진 후에나 눈앞에 나타난다. 암석과 자그마한 포도밭이 가득하고, 소박하고 부지런히 일하는 서민들이 살아가는 카프리섬은 사람들을 매혹하고도 남는다. 이쯤에 이르면 외부인도 이곳 사물과 사람들에게 동화되었다고 할 수 있다. 마부와 어시장 아낙네들이 알은체 인사를 하며, 자신도 카프리섬의 가난한 사람들과 하나가 된다. 그리고 어느 곳에 가면 좋은 포도주를 구할 수 있고, 어느 곳에 가면 카프리의 원주민들이 먹는 올리브를 살 수 있는지 알게 된다.

어쩌면 저 대궐 같은 저택에서는 대중소설에 등장하는 갖가지

난잡한 행태가 벌어지고 있을지도 모른다. 그러나 나는 완벽한 고독 속에서, 세상에서 가장 순박한 사람들 사이에서 행복한 생활을 누리고 있었다. 잊을 수 없는 시간이었다. 나는 오전 내내 시를 쓰고, 마틸데는 오후에 타자기로 옮겼다. 우리가 한 집에서 기거한 것은 그때가 처음이었다. 넋이 나갈 정도로 아름다운 그곳에서 우리 사랑은 점점 깊어 갔다. 우리는 더 이상 떨어져 살 수 없게 되었다.

그곳에서 정열적이고 고통스러운 사랑의 노래를 탈고했다. 이 시집이 후일 나폴리에서 익명으로 출판된 『대장의 노래』이다.

이제 이 시집 이야기를 해야겠다. 내 작품 중에 많은 논란의 대상이 된 이 시집은 오랫동안 비밀에 싸여 있었다. 한동안 책표지에 내 이름이 찍혀 있지 않았으니, 내가 이 작품과 의절했거나 아니면 누가 아버지인지 모르는 작품이 되어 버린 것이다. 세상에는 남몰래 키워 온 사랑의 산물, 흔히 얘기하는 사생아가 있듯이 내 작품에도 그런 시집이 있는데, 바로 『대장의 노래』이다.

이 시집에 수록된 시는 유럽 여기저기에서 망명 생활을 하는 동안에 집필했고, 1952년 나폴리에서 익명으로 출판되었다. 마틸데를 향한 사랑, 칠레에 대한 향수, 열렬한 사회의식이 저자의 이름도 없이 재판을 거듭한 이 시집에 담겨 있다.

초판본을 인쇄할 때 화가 파올로 리치는 고급 인쇄용지, 고풍스러운 보도니 활자 그리고 폼페이 항아리 문양을 베낀 판화를 구입했다. 그뿐만 아니라 자기 일처럼 만사를 제쳐 놓고 초판본 구매자를 물색했다. 곧 멋진 초판본이 모습을 드러냈다. 50부 남짓했다. 우리는 꽃으로 장식한 식탁에서 프루티 디 마레(살짝 데친 해산물 요리),

물처럼 투명하게 보이는 카프리산 포도주로 조촐한 출판 기념회를 열었다. 그 자리에는 우리의 사랑을 기꺼이 축하해 주던 친구들도 있었다.

의심이 많은 몇몇 비평가들은 정치적 이유 때문에 이 시집을 익명으로 출판했다고 주장한다. "당이 반대했다." 또는 "당이 용납하지 않았다."라는 것이다. 그러나 이는 사실이 아니다. 다행히도 우리 당은 어떠한 미의 표현에도 반대하지 않는다.

이 시집이 익명으로 나온 이유는 내가 원했기 때문이다. 이 시집 때문에 그 무렵 헤어질 수밖에 없었던 델리아 델 카릴이 상처를 받을까 염려했기 때문이다. 델리아 델 카릴은 격동의 시기에 꿀처럼 달콤하고 강철처럼 강인한 실로 내 손을 묶어 놓은 상냥한 반려자였다. 지난 18년간 더할 나위 없이 훌륭한 동반자였다. 그러나 느닷없는 정열로 불타오르는 이 시집은 유순한 그녀가 보면 돌팔매질이나 마찬가지였을 것이다. 이것이 바로 내가 익명을 고집했던 근본적이고, 개인적이고, 존경할 만한 단 하나의 이유이다.

그 후 이 시집은 이름도 성도 없는 사생아 신분임에도 꿋꿋하게 성장하여 이제는 성년이 되었다. 이처럼 혼자 삶을 개척한 이상, 나도 인정해 주지 않을 수가 없었다. 이제 『대장의 노래』는 진정한 대장의 명패를 달고 거리(책방과 도서관)를 돌아다니고 있다.

망명의 끝

망명 생활도 끝이 보이기 시작했다. 1952년이었다. 우리는 스위스를 거쳐 프랑스 칸에 도착했다. 이탈리아 선적의 몬테비데오행 배

파블로 네루다

를 탈 생각이었다. 프랑스에서는 아무도 만나고 싶지 않아서 알리스 가스카르에게만 슬쩍 귀띔해 주었다. 오랫동안 교분을 나눈 알리스는 내 시를 프랑스어로 섬세하게 번역해 준 사람이다. 그런데 칸에 도착하니 예상치 못한 일이 기다리고 있었다.

선박 회사 근처의 길거리에서 폴 엘뤼아르와 그의 부인 도미니크를 만났다. 두 사람은 내가 온다는 이야기를 듣고, 점심 식사에 초대하려고 기다리고 있었던 것이다. 피카소도 온다고 했다. 곧이어 칠레 화가 네메시오 안투네스와 그의 부인 이네스 피게로아도 우연히 만나게 되어 함께 점심을 하기로 했다.

그러나 폴 엘뤼아르를 본 게 그때가 마지막이 되고 말았다. 파자마 같은 청색 옷을 입고, 강렬한 태양 아래 눈부시게 빛나는 칸 시내에 서 있던 엘뤼아르의 모습이 눈에 선하다. 햇볕에 그을려 불그죽죽한 얼굴, 짙푸른 눈동자, 싱그러운 웃음을 결코 잊을 수 없다. 엘뤼아르는 나에게 작별 인사를 하려고 일부러 생트로프에서 찾아왔다. 피카소를 부르고, 점심 식사도 준비했다. 이제 자리에 앉기만 하면 되었다.

그런데 어처구니없는 일을 당하는 바람에 그날은 엉망이 되었다. 마틸데는 우루과이 비자가 없었다. 급하게 우루과이 영사관을 찾아가야 했다. 나는 택시를 잡아 마틸데를 영사관 안으로 밀어 넣고, 문밖에서 기다렸다. 마틸데는 영사와 면담을 시작할 때만 해도 일이 쉬울 것이라고 생각하고 웃음을 띠었다. 영사의 첫인상은 친절하게 보였다. 콧노래로 「나비 부인」을 흥얼거리던 영사는 복장도 영사답지 않게 셔츠와 반바지 차림이었다. 마틸데는 면담을 하는 동안에도 이 자식이 날강도로 돌변하리라고는 상상조차 못 했다. 핑커튼(「나비 부인」의 남자 주인공)을 닮은 영사는 시간 외 수당을 요구했을 뿐만 아니라 갖가지 구실을 내세워 아침 내내 우리를 잡아 놓았다. 점심으로 먹은 부야베스(마르세유의 명물인 생선 스튜)는 쓸개 맛 같았다. 마틸데는 몇 시간을 허비한 끝에 비자를 받을 수 있었다. 핑커튼처럼 생긴 녀석이 쓸데없이 까탈을 부리는 바람에 사진을 찍고, 달러화를 프랑으로 바꾸고, 보르도로 장거리 전화를 해야 했다. 입국 비자는 무료인데도 무려 120달러가 넘는 돈이 들어갔다. 마틸데가 출항 시각을 맞추지 못한다면 나도 승선하지 않을 작정이었다. 아무튼 한동안 그날 일만 생각하면 참담한 기분을 떨쳐 버릴 수가 없었다.

어설픈 해양학

바다에 관한 한 나는 아마추어다. 오래전부터 관련 지식을 쌓아 오기는 했으나 육지로만 돌아다녔기 때문에 쓸모가 거의 없었다.

이제 칠레로, 해양 국가인 조국 칠레로 돌아가는 길이다. 내가 탄 배는 아프리카의 해안으로 접근하고 있었다. 예전에는 헤라클레스의 기둥이라고 불렀고, 이제는 철 지난 제국주의의 보루가 되어 버린 지브롤터 해협●은 이미 통과했다.

나는 마치 해수면과 심해에 통달한 해양학자처럼 초연한 태도로 바다를 바라보았다. 문학적 희열보다는 바다의 맛을 아는 고래처럼 바다를 보았다.

언제 들어도 바다 이야기는 즐거웠다. 책장에는 그물을 놓아 두었고, 윌리엄 비브의 저서나 남극해의 소라를 다룬 단행본을 즐겨 펼

● 스페인의 남단에 위치한 지브롤터 해협의 일부는 1704년 이래 현재까지 영국이 점령하고 있다.

쳐 보았다.

플랑크톤에도 관심이 많았다. 이 미세한 크기의 생물이 바다를 붉게 물들이는 모습이 흥미로웠다. 이런 과정을 거쳐, 마침내 고래는 무수하게 번식하는 이 바다 생물만 먹고 산다는 사실을 알게 되었다. 아주 작은 식물성 플랑크톤과 눈에 잘 보이지도 않는 동물성 섬모충류 플랑크톤이 우리 아메리카 대륙의 바다에 서식한다. 고래는 이동할 때 커다란 입을 벌려 입천장에 혀를 딱 붙이고, 바닷물을 한껏 들이켜 플랑크톤을 걸러 먹는다. 이슬라네그라의 우리 집 앞을 지나 남태평양의 열대 섬으로 회유하는 귀신고래는 이런 식으로 먹이를 잡아먹는다.

이 길은 인간이 사냥하는 고래 가운데 가장 칠레다운 고래라고 할 향유고래의 이동 경로이기도 하다. 칠레의 뱃사람들은 이 고래를 이용하여 소박한 삶을 담아냈다. 큐피드의 화살이 박힌 심장 모양을 고래 이빨에 새겨 정표를 만들기도 하고, 유치한 솜씨로 선박이나 애인의 모습을 새겨 넣기도 했다. 그러나 대담한 고래잡이 선원들이 그저 이빨이나 뽑자고 위험한 향유고래를 뒤쫓아 거센 파도가 일렁이는 케이프 혼이나 남극해를 돌아다닌 것은 아니다. 그들이 노린 것은 향유고래의 기름과, 산더미만 한 배 속에 들어 있는 용연향이라는 보물이었다.

이제 나는 고국으로 돌아가고 있다. 짙푸른 지중해와 동굴과 해안선에서 멀어지고 있다. 바다를 파랗게 물들이며 바위로 올라온 사이렌이 헝클어진 머리를 빗는다는 카프리섬의 바다를 뒤로하고 떠나고 있다.

나폴리 수족관에서는 원시 생물체가 발산하는 전기를 볼 수 있었다. 은색의 해파리가 전기 띠를 두른 몸통을 자랑하며 위아래로 장중하게 유영하고 있었다. 지금까지 바다에 사는 어떤 귀부인도 이런 띠를 두르고 다닌 적은 없었다.

벌써 오래된 일이지만, 인도 마드라스에 있을 때 아주 멋진 수족관에 들른 적이 있었다. 반들거리는 물고기, 독을 가진 곰치, 화려한 무지개 색깔을 자랑하며 몰려다니던 물고기 떼, 그리고 수없이 많은 눈과 다리와 빨판과 지혜를 지닌 듯 신중하게 움직이는, 금전등록기 색깔의 문어도 아직 기억에 생생하다.

모두가 알다시피, 빅토르 위고의 『바다의 노동자』에는 거대한 문어가 등장한다.(시인으로서의 빅토르 위고도 촉수를 가지고 자유자재로 움직이는 문어와 같다.) 코펜하겐의 자연사 박물관에 갔더니 이런 종류의 문어 다리 표본이 전시되어 있었다. 정말로 그 문어는 고대 전설에 등장하는 크라켄이었다. 범선을 발로 칭칭 감아 물속으로 끌고 들어간다는 공포의 괴물이 틀림없었다. 알코올에 보관된 표본으로 크기를 어림해 보니 30미터도 훨씬 넘었다.

그러나 내가 신경을 곤두세우고 찾는 것은 일각고래의 흔적, 아니 살아 움직이는 일각고래의 생생한 모습이었다. 주변 사람들은 북극해에 사는 일각고래에 대해 전혀 모르기 때문에 나 자신이 일각고래 특파원인 것 같기도 하고, 때로는 나 자신이 일각고래가 된 것 같기도 하다.

일각고래가 정말 존재할까?

일각수처럼 이마에 뾰쪽하고 빙빙 꼬인 뿔이 사오 미터나 돋아나 있으나 겉보기와 다르게 유순하기 이를 데 없는 이 바다 동물이 어떻게 사람들 눈에 띄지 않을 수 있는지 알다가도 모를 일이다.

해양 동물 가운데 일각고래보다 아름다운 이름을 가진 동물은 없다. 그 이름에서 '노래하는 바다의 술잔' 또는 '수정 뿔피리'를 연상하지 않을 수 없다.

그런데 왜 그 이름을 아는 사람이 없을까?

왜 나르발(일각고래의 스페인어 이름)이라는 성(姓)도 없고, 나르발이라는 아름다운 건물도 없고, 나르발 라미레스, 나르발라 카르바할 같은 이름도 없을까?

사실 일각고래는 아직도 신비에 싸여 있다. 긴 뿔을 달고 어두컴컴한 심해에서 해류를 따라 미지의 대양을 오가며 살고 있다.

중세 때는 바다의 일각수든 육상의 일각수든, 일각수 사냥은 신비롭고 심미적인 스포츠였다. 육상의 일각수는 화려한 벽포에 영원히 아로새겨져 있다. 머리를 높다랗게 올린 새하얀 피부의 귀부인들과 찬란한 깃털을 뽐내며 노래하는 갖가지 새들에 둘러싸여 위용을 자랑한다.

일각고래의 경우, 중세 군주들은 그 뿔을 진귀한 선물로 주고받았다. 뿔을 갉아 술에 타 먹으면, 인간의 영원한 꿈인 건강과 젊음과 힘을 얻는다고 여겼다.

한번은 덴마크를 돌아다니다가 유서 깊은 자연사 가게에 들어간 적이 있었다. 우리 아메리카에는 이런 업종이 없는데, 그곳 사람들은 이런 물품에 흠뻑 빠져 있는 것 같았다. 아무튼 가게 한쪽 구석에서 서너 개의 일각고래 뿔을 발견했다. 가장 긴 뿔은 5미터쯤 되었다. 한동안 이리저리 만져 보고 휘둘러 보기도 했다.

늙은 가게 주인은 내가 뿔 창을 꼬나 쥐고 눈에 보이지 않는 바다의 풍차를 향해 막무가내로 돌진한다고 여겼을 것이다. 그러나 차례차례 제자리에 되돌려 놓을 수밖에 없었다. 기껏해야 새끼 일각고래의 뿔 하나만 구입할 수 있었다. 순진하게 뿔을 앞으로 내밀고 차가운 북극 바다를 탐험하러 나섰던 어린 일각고래의 뿔이었다.

이렇게 구입한 뿔을 여행 가방에 고이 간직하고 다녔다. 그런데 스위스 레만 호수 근처의 베세나스 펜션에 머물 때였다. 불현듯 보물단지 같은 일각고래의 뿔을 보고 싶은 충동에 사로잡혔다. 가방에서 뿔을 꺼냈다.

그 후로 뿔이 어디로 갔는지 모르겠다.

그때 깜빡 잊고 베세나스 펜션에 두고 나왔는지, 짐을 챙길 때 침대 밑으로 떨어졌는지, 아니면 기적 같은 일이 일어나 북극 바다로 되돌아갔는지 도무지 알 수가 없다.

나는 대서양의 잔물결을 바라보며 새 아침을 맞이하고 있다.

뱃머리 양쪽으로 하얗고 푸르고 누르스름한 물살이 갈라지자 바다는 포말을 일으키며 요동친다.

대서양이라는 문이 흔들린다.

그 문 위로 반투명한 은빛 물고기가 치솟아 오른다.

이제 망명 생활을 마치고 고국으로 돌아간다.

오랫동안 바닷물을 응시한다. 나는 이 물을 건너 다른 물로 나아가고 있다. 내 조국의 격랑을 항해하고 있다.

긴 하루의 하늘이 대양을 뒤덮고 있다.

곧 밤이 다가올 것이다. 신비하고 거대한 초록색 궁전을 다시 한 번 어둠이 뒤덮을 것이다.

10 여행과 귀환

우리 집 양

얼마 전 선거에서 상원의원으로 당선된 한 친척이 이슬라네그라의 우리 집에서 며칠 지내려고 찾아왔다. 이렇게 양 이야기는 시작된다.

열렬한 상원의원 지지자들이 몰려들어 잔치를 벌였다. 잔치 첫날 오후, 양 한 마리를 긴 장대에 꽂아 모닥불에 구웠다. 칠레 농촌에서는 이것을 '장대구이'라고 하는데, 포도주와 애절한 통기타 연주를 곁들여 즐기는 요리다.

또 한 마리는 다음 날 잔치에 쓰려고 내 방 창문 밖에 묶어 놓았다. 양은 밤새 울고 낑낑거리며 안달이었다. 떨리는 목청으로 처량하게 우는 소리를 듣고 있자니 가슴이 찢어지는 것 같았다. 새벽 일찍 일어나 양을 풀어 주기로 작정했다.

다음 날 새벽, 양을 차에 싣고 150킬로미터 떨어진, 산티아고에 있는 우리 집으로 달려갔다. 집 안에 풀어 놓자마자 양은 정원에서 맛있는 풀만 골라 게걸스럽게 뜯어 먹었다. 튤립을 얼마나 좋아하는지 한 송이도 남기지 않고 다 먹어 치웠다. 덩굴장미는 가시 때문에 입을 대지 않았지만, 스토크꽃과 백합은 신나게 해치웠다. 어쩔 수 없이 양을 다시 묶어 놓았다. 그러자 나를 바라보며 다시 애절한 울음을 터뜨려 마음이 안쓰러웠다. 난감한 일이었다.

이제 후아니토 이야기와 양 이야기가 합쳐지게 된다. 그 무렵 남부 지방에서는 농업 노동자들의 파업이 있었다. 일꾼들에게 일당 20센트(달러화)밖에 주지 않던 지주들은 각목과 투옥으로 파업을 중단시켰다.

겁을 먹은 시골 소년 후아니토는 기차역에서 막 출발하는 열차에 올라탔다. 독실한 가톨릭 신자로 세상 물정 모르는 소년이었다. 검표원이 차표를 달라고 하자, 표가 없다고 대답했다. 자기는 산티아고로 간다고 했다. 그리고 열차는 어디론가 가고 싶으면 그냥 올라타도 되는 줄로만 알았다고 말했다. 물론 검표원은 열차에서 내리게 할 작정이었다. 그런데 삼등칸 승객들은 인정이 넘치는 시골 사람들이라서 돈을 모아 열차 삯을 내 주었다.

후아니토는 옷 보따리를 팔에 끼고 산티아고의 거리와 광장을 배회했다. 아는 사람이 없었으므로 그 누구에게도 말을 걸지 않았다. 시골에서 듣기로 산티아고는 도둑놈 천지라고 했으므로 신문지로 둘둘 말아 옆구리에 낀 옷과 신발을 강탈해 갈까 봐 두려웠던 것이다. 낮에는 가장 붐비는 거리를 배회했다. 낯선 별에서 떨어진 이 카스파 하우저(19세기 독일 뉘른베르크에 버려진 소년)는 바쁜 사람들 틈에서 이리 치이고 저리 치였다. 밤에도 사람들이 많이 모여드는 거리를 돌아다녔다. 그곳은 유흥가여서 소년의 차림새는 더욱 이상하게 보였다. 마치 죄인들 사이에서 길을 잃은 목자 같았다. 돈 한 푼 없어서 먹지도 못한 소년은 어느 날 의식을 잃고 길바닥에 쓰러졌다.

호기심 많은 사람들이 몰려들었다. 쓰러진 곳은 작은 식당 문전이었다. 사람들은 소년을 식당 안으로 데려가 바닥에 눕혔다. 심장 질환이라는 사람도 있었고, 간 질환이라는 사람도 있었다. 식당 주인이 다가와 살펴보고는 배를 곯았다고 말했다. 음식을 몇 숟가락 떠먹이자 송장처럼 누워 있던 소년은 생기를 되찾았다. 주인은 소년에게 접시 닦이 일을 시켰는데, 산더미처럼 쌓인 접시를 닦으면서도 항상 미소를 지었기 때문에 소년을 무척이나 예뻐했다. 모든 일이 잘 풀렸다. 먹는 것도 시골에 있을 때보다 훨씬 나았다.

도시에서는 일이 이상하게 꼬이기도 한다. 그리하여 어느 날 목동과 양은 우리 집에서 만나게 되었다.

아무튼 소년은 도시를 둘러보고 싶었다. 산더미처럼 쌓인 접시에서 잠시 벗어나 발걸음을 옮겼다. 길을 따라 광장을 건넜다. 모두가 황홀했다. 그러나 막상 식당으로 돌아가려고 했을 때는 길을 찾을 수가 없었다. 글을 몰라서 주소를 적어 놓지도 않았다. 자기를 받아 준 친절한 식당을 찾으려고 했으나 헛수고였다. 다시는 그 식당을 찾을 수가 없었다.

소년을 불쌍하게 여긴 어떤 사람이 시인 파블로 네루다에게 가 보라고 일러 줬다. 그 사람이 왜 그런 말을 했는지 모르겠다. 아마도 칠레 사람들은 떠돌아다니는 사람이나 사물만 보면 나에게 무작정 떠맡기고 만약 일이 잘못되면 나에게 책임을 둘러씌우고 싶은 모양이다. 참 이상한 풍조다.

아무튼, 어느 날 우리 집을 찾아온 소년은 묶여 있는 양을 보았다. 필요도 없는 양을 떠맡은 마당에 소년 한 명 더 떠맡는다고 해서 부담이 크게 늘어날 일도 아니었다. 소년에게 양 돌보는 일을 맡겼다. 저 양은 미식가처럼 꽃만 뜯어 먹는데, 가끔은 정원에 자라는 풀도 먹이라고 일렀다.

둘은 금방 친해졌다. 소년은 처음 며칠 동안 양의 목에 리본처럼 형식적으로 줄을 매고 이리저리 끌고 다녔다. 양은 쉴 새 없이 먹었고, 양치기 소년 역시 끊임없이 먹어 댔다. 둘이서 온 집 안을 돌아다녔다. 심지어 내 방까지 들어왔다. 둘은 혼연일체였다. 대지의 탯줄에 의해 연결되어 있는 듯이 보였다. 이처럼 몇 달이 지나갔다. 양치기와 양 모두 두툼하게 살이 올랐다. 특히 양은 양치기 소년을 따라다니기에도 벅찰 정도로 뚱뚱해졌고, 이따금 슬그머니 방으로 들어와 나를 멍하니 쳐다보다가 방바닥에 검은 로사리오 구슬을 남기고 밖으로 나갔다.

그러나 이런 생활도 얼마 가지 않아 끝났다. 시골이 그리운 소년은 어느 날 내게 고향으로 돌아가겠다고 말했다. 최후통첩이었다. 소년은 고향 마을의 수호신 동정녀 마리아에게 맹세를 해야 하는데, 양을 데리고 갈 수는 없다고 했다. 소년은 양과 눈물겨운 이별을 하고 열차에 올랐다. 이번에는 손에 차표를 쥐고 있었다. 떠나는 소년을 보니 마음이 착잡했다.

내 정원에 남은 것은 양이 아니라 골치 아픈 문제, 아니 뚱뚱한 문제였다. 이 동물을 어떻게 해야 한단 말인가? 이제 누가 돌봐 준단 말인가? 나는 정치적인 문제로 시달리고 있었다. 전투적인 시 때문에 박해를 받고 있어서 집 안은 엉망이었다. 양은 다시 처량한 목소리로 울부짖기 시작했다.

나는 눈을 딱 감고, 누이에게 양을 데려가라고 부탁했다. 아, 그런데 이를 어쩌나. 이번에는 아무래도 장대구이 신세를 면치 못할 것 같다.

1952년 8월부터 1957년 4월까지

1952년 8월부터 1957년 4월까지는 회고록에 상세하게 기록할 만한 일이 없었다. 이 기간에는 주로 칠레에서 지냈는데, 특별한 일이나 독자들이 재미있어할 사건도 없었다. 몇 가지 중요한 일을 언급할 필요는 있다. 오랫동안 원고로 들고 다니던 시집 『포도와 바람』을 출판했다. 그리고 『소박한 것들에 바치는 송가』, 『소박한 것들에 바치는 새로운 송가』, 『세 번째 송가집』을 쓰는 데 정열을 쏟았다. 또 '라틴아메리카 대륙 문화 대회'를 조직했다. 산티아고에서 개최된 이 대회에는 라틴아메리카 전역에서 유명 인사들이 참석했다. 산티아고에서 쉰 번째 생일을 맞이했는데, 세계 각지에서 유명한 작가들이 찾아 주었다. 중국에서는 아이칭과 샤오아이메이, 소비에트 연방에서는 일리야 예렌부르크, 체코슬로바키아에서 드르다와 쿠트발렉이 왔으며, 라틴아메리카 작가로는 미겔 앙헬 아스투리아스, 올리베리오 히론도, 노라 랑헤, 엘비오 로메로, 마리아 로사 올리베르, 라울 라라 외에도 많은 사람들이 축하해 주었다. 칠레대학교에 장서와 소장품을 기증했다. 또 레닌 평화상의 심사위원 자격으로 소련에 한 번 다녀왔다. 그 무렵 이 상을 받기도 했다. 델리아 델 카릴과는 완전히 헤어졌다. 우리 집 차스코나•를 신축하고, 마틸데 우루티아와 함께 들어가 살았다. 잡지 《칠레 소식》을 창간하고, 처음 몇 호를 발행했다.

• '라 차스코나'는 '너저분한 집'이라는 뜻으로, 산티아고에 있는 네루다의 집을 가리킨다. 마틸데의 헤어스타일이 너저분하다고 해서 따온 이름이다.

칠레 공산당 선거 운동 및 여타 당 활동에• 참여했다. 부에노스아이레스의 로사다 출판사는 인디언지(紙)로 내 전집을 발간했다.

젊은 시인 바르케로

스무 살의 시인 에프라인 바르케로가 우리 집에 왔을 때, 나는 30년 전 고향에서 쓴 시집을 겨드랑이에 끼고 이 나라의 수도로 왔던 내가 떠올랐다. 당시에 나는 나의 첫 시들을 출판하려고 출판사를 찾아다녔다.

하지만 1922년 출판업계에는 일종의 낭만주의가 있었다. 오늘날엔 그렇지 않다. 바르케로의 시를 어떻게 출판할 수 있을지 모르겠다. 지금은 종이도 비싸지고 인플레이션으로 출판 비용도 천문학적으로 올랐다. 출판사들은 젊은 시인들의 작품을 출판하려 하지 않으며 유명한 작가의 작품도 겨우 받아들일 정도이다.

그럼에도 라틴아메리카에선 독자층이 두터워지고 있다. 문화적 발전과 전에 없던 독서 열풍이 라틴아메리카의 도시들을 사상과 논쟁과 묘사와 이야기들과 시로 채우고 있다. 배신과 탐욕으로 실패해 버린 독립을 다시금 쟁취하고자 투쟁하는 민중의 길과 더불어 새로운 문이 열리며, 어디서든지 과거의 지혜와 새로운 지혜를 담은 책들이 읽히고 있다.

과거 식민 시대에 프랑스의 백과사전 집필자들의 책들은 종교적인 책처럼 출판됐으며 비밀리에 읽혔다. 오늘날 과테말라, 칠레, 페

• 1952년 11월 6년 임기의 대통령에 당선된 카를로스 이바녜스는 '민주주의 수호법'을 폐지함으로써 1948년 이래 불법화된 공산당을 합법화했다.

루, 콜롬비아 등 라틴아메리카의 여러 국가에서는 미국이 그렇듯이 책과 잡지를 찾아내 태우고 금서로 지정한다. 그러나 진리와 자유와 문화가 라틴아메리카에서 강력하게 자라나기 시작해 박해받은 모든 국가에서 그 열매가 맺히고 있다.

최선의 노력을 다하여 바르케로의 첫 작품이 출판되었을 때 나는 서문에 그의 시적 장래성에 대해 이렇게 말했다. "에프라인 바르케로의 시에는 육체가 있다. 그건 아주 풍요로운 질료로, 그는 무용해 보이는 단어와 문장을 삶의 법칙에 따라 재구성함으로써 검처럼 번쩍거리고 와인처럼 빛나게 만들며 돌처럼 변하여 시의 품위를 새로이 고양하고 있다."

그의 첫 작품에서 그에 대해 너무 많은 말을 해서인지 그의 다음 작품이 걱정되긴 한다.

내 청춘은 오래전에 지나갔지만 지금 청년들의 길은 밝아지기는커녕 커다란 장애물에 부딪히고 있다.

서구 사회는 그런 문제를 해결하는 데에 전혀 진보하지 않았으며 청년들은 고통스러운 방식으로 자신들을 표출하고 있다. 칠레인 바르케로의 재능은 제 운명을 확신하는 듯했다. 하지만 1956년 지금 이곳에 비쩍 마르고 창백하고 갓 고향을 떠나 수도로 건너와 200만 명에 이르는 사람들 속에서 길을 잃은 청년이 손에 시집을 들고 있다.

그가 가을에 접어든 황금빛 산티아고 거리를 지나는 걸 보면 30년 전에 추운 거리를 돌아다니던 나를 보는 것 같다.

강인한 투쟁의 손은 내 시의 불꽃을 꺼트리기는커녕 내 핏속에 불꽃을 당겼다.

나는 바르케로와 라틴아메리카의 젊은 시인들을 생각하면 고립무원이라 하더라도 부디 시에 대한 재능과 빛의 인장이 살아남기를 바랄 뿐이다.

그들의 투쟁은 명예와 시를 다시 구원할 것이다.

부에노스아이레스에서 투옥되다

이 기간의 끝 무렵, 오래전에 내가 살았던 실론의 콜롬보에서 개최되는 평화 대회에 초청받았다. 그때가 1957년 4월이었다.

비밀 경찰과 마주치는 게 대수롭지 않은 일일 수도 있지만, 아르헨티나의 비밀 경찰이라면 사정이 다르다. 인정사정도 없으며, 어떤 일이 벌어질지 예측할 수도 없다. 그날 저녁, 먼 나라로 여행할 준비를 하고 아르헨티나에 도착한 나는 피곤에 지쳐 침대에 누웠다. 막 잠이 들려고 하는데 경찰이 들이닥쳤다. 경찰은 느긋하게 집 안을 수색했다. 서적과 잡지를 압수하고, 옷장을 열더니 속옷까지 샅샅이 뒤졌다. 골방에서 나를 찾아냈을 때는 이미 집주인은 연행된 뒤였다.

"누구시죠?" 하고 경찰이 물었다.

"파블로 네루다라고 합니다." 내가 대답했다.

"어디 아픈가요?" 하고 아내에게 물었다.

"예, 편찮아요. 장시간 여행한 탓에 몹시 지쳤습니다. 우린 오늘 도착했고, 내일이면 유럽으로 떠납니다."

"그래요." 경찰은 방에서 나갔다.

한 시간 후, 경찰은 앰뷸런스를 불러 다시 찾아왔다. 마틸데가 항의했지만 아무 소용이 없었다. 상부의 지시를 받았는데, 내가 피곤하든 건강하든 아프든 안 아프든 죽었든 살았든 간에 무조건 연행해야 한다는 것이었다.

그날 밤은 비가 내리고 있었다. 둔중한 부에노스아이레스 하늘에서 굵은 빗방울이 떨어졌다. 나는 이해할 수 없었다. 페론은 이미 실각했다. 아람부루 장군이 민주주의의 이름으로 폭군 페론을 타도한 것이다. 그런데 지칠 대로 지치고 몸도 편치 않은 나는 도대체 무슨 영문인지도 모르고 감방으로 끌려가고 있었다. 나를 들것에 태워 데려가던 경찰관 네 명은 계단을 내려갈 때나 엘리베이터를 탈 때나 복도를 지날 때 고역을 치렀다. 모두들 비지땀을 흘리며 숨을 몰아쉬었다. 마틸데는 고생 좀 하라는 듯이 사근거리는 목소리로 내 몸무게가 110킬로그램이라고 말했다. 스웨터와 코트를 입고 머리끝까지 담요를 뒤집어썼으니 정말로 그 정도 무게가 나갔을 것이다. 나는 아르헨티나 민주주의 정권이 제공한 들것에 누워서 커다란 짐짝처럼, 오소르노 화산처럼 빛을 발했다. 내 몸무게에 짓눌려 비지땀을 흘리는 사람은 저 불쌍한 경찰관들이 아니라 바로 아람부루 장군이라고 상상하니 정맥염 증세가 한결 호전된 것 같았다.

나는 수감 절차에 따라 소지품을 영치했다. 심심할 때 읽으려고 가져간 추리소설도 허용하지 않았다. 사실 심심하다고 느낄 틈도 없었다. 철창문이 시끄러운 소리를 내며 열렸다가 닫힐 때마다 들것은 점점 안쪽 깊숙한 곳으로 들어갔다. 문득 주변을 둘러보니 수많은 사람들이 있었다. 그날 밤 체포된 사람들이었다. 전부 2000명도 넘었다. 나는 격리 대상이었다. 아무도 내 근처에 올 수 없었다. 그러나 담요 밑으로 손을 뻗는 사람도 있었고, 어떤 군인은 총을 내려놓고 사인을 부탁한다며 종이를 내밀었다.

마침내 위층 가장 구석진 감방에 수감되었다. 벽 높은 곳에 작은 창문 하나가 달린 감방이었다. 나는 쉬고 싶었다. 실컷 잠을 자고 싶었다. 그러나 잘 수 없었다. 이내 날이 밝아 왔고, 또 아르헨티나 수감자들이 리버플레이트와 보카주니어스의 축구 경기를 관전할 때처럼 고막이 찢어질 듯이 요란한 소리를 냈기 때문이다.

몇 시간 후, 아르헨티나와 칠레를 비롯하여 여러 국가의 작가와 친구들이 힘쓴 효과가 나타나기 시작했다. 감방에서 의무실로 옮기더니 영치품을 돌려주고 석방시켰다. 유치장을 나설 때 정복을 입은 교도관이 다가와 종이 한 장을 손에 쥐여 주었다. 나에게 바치는 시였다. 민중 예술품처럼 투박한 시였다. 나처럼 자기를 감시하던 교도관으로부터 시를 헌정받은 시인은 얼마 없을 것이다.

시와 경찰

이슬라네그라에서 지내던 어느 날 하녀가 다가와 이렇게 말했다. "사모님, 파블로 선생님, 저 임신했습니다." 그리고 얼마 후 아들을 낳았다. 우리는 아이의 아버지가 누구인지 몰랐다. 엄마도 애 아버지에게는 관심이 없었다. 오로지 마틸데와 내가 그 아이의 대부모가 되어 주기만 바랐다. 그러나 불가능했다. 우리는 대부모가 될 수 없었다. 우리 집에서 가장 가까운 성당은 자동차에 휘발유를 넣으러 다니던 엘타보라는 아담한 마을에 있었다. 신부는 고슴도치처럼 발끈했다. "공산주의자를 대부로 삼는다고요? 절대 안 됩니다. 네루다가 애를 안고 온다 해도 저 문 안으로는 발도 들여 놓지 못할 거요." 하녀는 고개를 떨군 채 집으로 돌아와서 빗자루를 들었다. 그녀는 이해할 수가 없었다.

아스테리오 역시 이와 유사한 일을 겪었다. 그는 나이가 많은 시계 수리공이었다. 경험도 많아 발파라이소에서는 제일가는 기술자였다. 해군의 크로노미터도 도맡아 수리했다. 그런데 50년 동안 부부로 함께 살아온 아내가 죽어 가고 있었다. 나는 그를 위해 뭔가 쓰고 싶었다. 가슴 아픈 그에게 위로가 되고, 또 죽어 가는 아내에게 읽어 줄 수 있는 무언가를 써 줘야겠다고 생각했다. 이런 생각이 옳은 것인지는 잘 모르겠다. 아무튼 시를 썼다. 그의 솜씨를 찬탄하고 그에 대한 내 감정을 담은 시였다. 똑딱거리는 낡은 시계와 동고동락한 삶을 노래했다. 사리타 비알이 그 시를 신문사로 가져갔다.《라우니온》이라는 그 신문사의 편집인 이름은 파스칼이었다. 그런데 파스칼은 신부였다. 신부는 시 게재를 거부했다. 신문에 실어 줄 수 없다는 것이다. 그 시를 쓴 사람 네루다는 공산주의자이며, 교회로부터 파문당했다는 게 이유였다. 아스테리오의 아내가 죽었다. 그래도 신부는 시를 싣지 않았다.

나는 파문 없는 세상에서 살고 싶다. 나 역시 그 누구도 파문시키지 않을 것이다. 파스칼 같은 신부에게 "당신은 반공주의자이기 때문에 영세를 주어서는 안 되오."라고 말하지 않을 것이다. 또 "당신은 반공주의자이기 때문에 당신의 시, 당신의 창작물을 게재할 수 없소."라는 따위의 말도 하지 않을 것이다. 사람은 사람일 뿐, 그 외의 어떤 규칙이나 호칭이나 딱지를 붙이지 않는 세상에서 살고 싶다. 누구나 성당에 들어갈 수 있고, 인쇄소에 들어갈 수 있기를 바란다. 누군가를 체포하거나 추방하려고 시장을 면담하는 일이 없기를 바란다. 누구나 웃는 얼굴로 시청을 드나들 수 있기를 바란다. 곤돌라를 타고 도망가는 사람도, 오토바이를 타고 뒤쫓는 사람도 없기를 바란다. 또 대다수 사람들이, 아니 모두가 말하고 읽고 듣고 번영하기를 바란다. 내가 생각하는 투쟁이란 모든 투쟁을 끝내기 위한 투쟁일 뿐이며, 강력한 대응이란 모든 강력한 대응을 끝내기 위한 강력한 대응이다. 나는 지금까지 오로지 한 길을 추구해 왔는데, 그 이유는 이 길이 우리 모두를 영원한 사랑으로 이끌 수 있다고 믿기 때문이다. 이런 덕목이 광범위하게 확산되고 고갈되지 않도록 투쟁한다. 내 시와 경찰 사이의 거듭되는 대결에도 불구하고, 앞서 얘기했듯이 내가 경험한 황당한 일이나 이제는 얘기조차 못 하게 된 사람들이 겪은 수많은 고초에도 불구하고, 우리는 인류애라는 숭고한 목표를 향해 전진하고 있다고 확신한다. 이 글을 쓰는 지금 이 순간에도 우리 모두의 머리 위에는 언제 터질지 모르는 핵폭탄이 도사리고 있다. 이 폭탄이 터지면 지구상에는 남아나는 것이 없을 것이다. 그러나 이런 사실이 내 희망을 꺾지는 못한다. 이 위기의 순간에도, 이 전멸의 위협 속에서도 사태를 직시하면 서광을 발견할 수 있다. 우리 모두는 서로를 이해하고 함께 발전할 수 있다. 그 어떤 시련도 이런 희망을 꺾을 수 없다.

다시 찾은 실론

인류의 대의, 반핵 투쟁을 위해 다시 콜롬보로 날아갔다. 대규모의 우리 대표단은 소련에서 TU-104 특별기를 타고 인도로 향했다. 사마르칸트 근처의 타슈켄트를 경유하여, 이틀 후에 인도의 심장부 뉴델리에 기착할 예정이었다.

비행기는 1만 미터 상공을 날았다. 히말라야산맥에 접근할 때는 고도를 더 높여 1만 5000미터까지 치솟았다. 그 높이에서 내려다본 지상의 풍경은 거의 변함이 없었다. 장벽이 시야에 들어왔다. 히말라야산맥의 푸르고 하얀 봉우리들이었다. 저 아래 어딘가에는 거구의

설인(雪人)이 가공할 고독 속을 걷고 있을 것이었다. 이어 왼쪽으로 에베레스트산이 눈에 띄었다. 흡사 눈 왕관에 생긴 조그만 흠집처럼 보였다. 이 생소한 풍경 위로 햇빛이 쏟아지자 산맥의 윤곽이, 뾰쪽뾰쪽한 산봉우리가, 정적에 휩싸인 장엄한 설봉이 또렷하게 드러났다.

몇 차례나 넘어 본 경험이 있는 안데스산맥이 떠올랐다. 히말라야산맥에서는 안데스산맥 같은 무질서, 키클롭스(그리스 신화의 외눈박이 거인) 같은 분노, 화롯불 같은 사막을 찾아보기 어려웠다. 훨씬 고전적이고 질서 정연한 모습이었다. 설봉은 광활한 대지에 우뚝 솟은 수도원이나 탑 같았다. 고독의 영역도 훨씬 넓었다. 그림자는 험준한 석벽처럼 치솟지 않고, 거대한 수도원의 신비한 정원처럼 펼쳐졌다.

나는 대기 상층부의 공기를 숨 쉬고 있고, 지상에서 가장 높은 봉우리를 내려다보고 있다고 되뇌었다. 선명함과 자부심, 속도와 눈이 뒤섞인 독특한 느낌이었다.

어느덧 우리는 실론을 향해 날아가고 있었다. 얼마 전 따뜻한 인도 땅에 착륙했다. 뉴델리에서 내려 인도 비행기로 갈아탄 것이다. 비행기가 난기류를 통과할 때는 날개가 삐걱거리고 동체가 흔들렸다. 이 와중에도 내 마음은 꽃이 만발한 실론섬에 가 있었다. 나는 스물두 살 때 실론에서 살았다. 외롭고 쓸쓸한 생활이었다. 그때는 낙원 같은 자연에 둘러싸여 있으면서도 더할 나위 없이 음울한 시를 썼다.

그로부터 오랜 세월이 흐른 지금, 실론 정부가 후원하는 평화 대회에 참석하기 위해 다시 방문한 것이다. 수많은 사람들이 대회에 참석했다. 가끔은 샛노란 가사를 걸친 승려들도 눈에 띄었다. 부처님의 제자답게 정중하고 명상적인 사람들이다. 이 승려들은 전쟁, 파괴, 죽음을 반대함으로써 평화와 조화라는 싯다르타 고타마 왕자의 가르침을 되새긴다. 이런 태도는 공식적이고 호전적인 스페인 교회를 닮은 우리 아메리카 교회와 얼마나 다른가. 만일 가톨릭 사제들이 강론대에서 가공할 만한 죄악에 맞선 싸움, 수백만의 무고한 사람들을 일시에 몰살하고 인류에 영원토록 생물학적 오점을 남길 핵폭탄에 반대하는 싸움을 전개한다면 독실한 가톨릭 교인들은 용기를 얻을 텐데. 이런 생각이 들었다.

기억을 더듬어 예전에 살던 집을 찾아 나섰다. 웰라와타 골목길을 한동안 헤매고 다녔다. 나무는 자랐고, 거리의 얼굴은 낯설었다.

고뇌와 고통으로 가득 찬 시를 창작하던 옛집은 금방이라도 무너질 것 같았다. 문짝은 벌레가 갉아먹고 벽은 열대의 습기로 허물어졌지만, 그래도 나와의 마지막 작별을 기다리며 버티고 서 있었다.

옛 친구들은 한 사람도 만나지 못했다. 그렇지만 실론섬은 예리한 파도 소리와 찬연한 햇빛으로 마음의 문을 두드렸다. 바다는 아직도 야자수 아래서, 산호초 위에서 옛 노래를 흥얼거리고 있었다. 예전처럼 밀림 속 길을 걸었다. 길을 막고 장중하게 걸어가는 코끼리도 보았다. 예전처럼 자극적인 향기에 현기증을 느끼기도 하고, 밀림의 생명이 약동하는 소리도 들었다. 마침내 옛날 어느 미친 왕이 요새를 세웠다는 시기리야 바위산에 올랐다. 예전처럼 거대한 불상에 예를 올렸다. 불상의 그림자 속을 걸어가는 사람들이 작은 곤충처럼 보였다.

다시 실론섬을 떠나면서 이제는 두 번 다시 오지 못할 거라고 생각했다.

두 번째 중국 방문

콜롬보에서 평화 대회를 마치고, 조르지 아마두와 그의 부인 젤리아와 함께 인도로 날아갔다. 인도 비행기는 항상 화려한 터번을 두른 승객과 광주리로 가득 찼다. 비행기에 어떻게 그토록 많은 사람이 탈 수 있는지 상상이 되지 않았다. 첫 기착지에서 한 무리가 내리면 또 다른 무리가 올라와 그 자리를 채웠다. 우리는 마드라스를 지나 캘커타로 가는 길이었다. 열대 폭풍우를 만난 비행기가 한동안 요동을 쳤다. 밤 같은 낮, 진짜 밤보다 더 어두운 하늘이 갑자기 우리를 덮쳤다. 이내 환한 하늘이 보이는가 싶더니, 비행기는 다시 요동치고 천둥 번개가 일순간에 들이닥친 어둠을 밝혔다. 조르지 아마두의 안색이 하얗게, 노랗게 다시 시퍼렇게 변했다. 아마두는 내 안색도 그렇게 변했다고 했다. 우리를 옥죄는 공포 때문이었다. 비행기 안으로 빗물이 스며들었다. 한겨울의 테무코를 생각나게 만드는 굵은 물방울이었다. 1만 미터 상공의 비행기에서 비가 샌다는 게 결코 웃을 일은 아니다. 그러나 우리 뒤에 앉은 승려를 보고 나는 실소를 금치 못했다. 그는 그 와중에도 우산을 펼쳐 들고 태연자약하게 경전을 읽고 있었다.

우리는 무사히 버마의 랑군에 도착했다. 그때로부터 만 30년 전, 무명이었던 나는 버마에 체류하면서 시를 썼다. 정확하게 말하자면 스물세 살이던 1927년 배를 타고 이 도시에 내렸다. 현란한 색깔의 땅이자 알아들을 수 없는 언어의 땅이었고 정신이 혼미해질 정도로 무더운 땅이었다. 영국인 통치자들에게 질곡을 겪고 착취당하는 식민지였음에도 도시는 깨끗하고 반짝거렸고 거리에는 활기가 넘쳤으며 영국 상품이 가게 진열장을 채우고 있었다.

그런데 이제 랑군은 텅 비어 있었다. 진열장은 황량했고, 거리에는 쓰레기가 산을 이루고 있었다. 사실 독립 투쟁은 결코 쉬운 일이 아니다. 민중 봉기로 자유의 깃발을 세운 다음에는 온갖 고난과 시련을 헤치고 나가야 한다. 지금 이 순간까지도 나는 버마 독립의 역사를 모른다. 마치 이라와디 강변이나 황금탑 발치에 은둔한 국가 같다. 그러나 길거리의 쓰레기와 애잔하게 일렁이는 쓸쓸함 너머로 신생 공화국을 뒤흔드는 어두운 드라마를 짐작할 수 있었다. 과거가 여전히 신생국을 억압하고 있는 것 같았다.

나를 끈질기게 쫓아다니던 조시 블리스, 「홀아비의 탱고」의 여주인공은 그림자조차 찾을 수 없었다. 살았는지 죽었는지, 귀띔해 주는 사람도 없었다. 우리가 함께 살았던 동네는 흔적도 없이 사라져 버렸다.

버마를 떠난 우리는 이제 중국과 국경을 이루는 산맥을 가로지르고 있었다. 한적하고 삭막한 풍경이었다. 만달라이에서 이륙한 비행기는 논 위로, 탑 위로, 수많은 야자수 위로, 버마의 동족상잔 위로 높이 치솟아 중국의 고요하고 엄정하고 직선적인 풍경 속으로 들어갔다.

국경을 지나 처음으로 기착한 쿤밍(昆明)에서는 아이칭이 우리를 기다리고 있었다. 그의 넓적하고 까무잡잡한 얼굴, 장난기와 선량함이 흘러넘치는 커다란 눈, 번뜩이는 재치로 미루어 보건대 앞으로 여행이 사뭇 즐거울 것 같았다.

호치민처럼 아이칭도 가혹한 식민 통치와 고단한 파리 생활로 단련된 동양의 정통 시인이다. 자연적이고 서정적인 목소리의 이 시인들은 옥고를 치렀다. 아이칭은 외국에서 가난한 학창 시절을 보냈고, 호치민은 식당 웨이터로 일했으나 두 사람 모두 혁명을 잊은 적이 없었다. 시는 감미로우나 정치적으로는 강고한 이들은 주어진 사명을 완수하기 위해 조국으로 돌아왔다.

쿤밍에 있는 수목원의 나무는 모두 성형수술을 받은 것 같았다. 자연 그대로의 형태로 자란 나무는 하나도 없었다. 가끔은 절단부를 진흙으로 덮어 놓았거나 깁스를 하듯이 철사로 칭칭 감아 뒤틀어 놓은 나뭇가지도 보였다. 우리는 이 이상한 수목원을 다스리는 악랄한 천재 정원사를 만났다. 수고가 30센티미터도 안 되는 고목 분재를 비롯하여 볍씨만 한 귤이 주렁주렁 매달린 귤나무 분재도 있었다.

석림(石林)도 둘러보았다. 바늘처럼 삐죽삐죽 곤두서 있거나 치솟는 파도 같은 형상의 암석이 무리를 이루고 있었다. 중국인은 예로부터 이상한 형태의 돌을 애호한다. 유서 깊은 도시의 광장은 기묘한 형상의 거대한 바위로 장식해 놓았다. 옛날 지방 관리들은 황제에게 최상의 진상품으로 이런 거대한 돌을 갖다 바쳤다. 이런 돌을 베이징까지 보내려면 노예 수십 명이 수년 동안 수천 킬로미터를 밀고 가야 했다.

내가 보기에 중국은 수수께끼 같은 나라가 아니었다. 현재 강력한 혁명적 추동력을 얻고 있기는 하나, 이미 수천 년 동안 건설되었고, 항상 건설 중인 나라로 보였다. 인간과 신화, 즉 전사와 농민과 신들이 들락거리는 거대한 탑 같았다. 즉흥적인 것은 아무것도 없었다. 웃음마저도 그랬다. 어떤 이는 작고 조야한 민화, 비록 원근법에 따른 묘사는 부정확하더라도 거장의 경지에 근접한 민화를 찾아 사방을 뒤졌으나 헛수고였다. 중국 인형, 도자기, 석물, 목각품은 수천 년 된 모형을 재현하고 있다. 한결같이 완벽한 작품의 재현이라는 표시가 난다.

가장 신기하고 놀라운 일은 시골 장터에서 우연히 보게 된 대나무 매미집이었다. 찬탄사가 절로 나오는 죽공예품이었다. 정교하게 만든 조그마한 방마다 매미가 한 마리씩 들어 있었는데, 이렇게 층층이 쌓아 올린 높이가 무려 1미터나 되어 성채 같았다. 엮인 대나무살과 연초록색 줄기를 보고 있노라니, 기적을 만드는 순수한 민중의 손길이 되살아나는 듯했다. 내가 넋을 잃고 바라보는 것을 알아차린 농부는 매미 소리 요란한 성채를 팔려고 하지 않고 내게 선물로 그냥 주었다. 이렇게 해서 몇 주 동안 매미 소리와 함께 중국의 이곳저곳을 구경했다. 어릴 적을 제외하고는 이처럼 기억에 남는 정겨운 선물은 받아 본 적이 없었다.

우리 일행은 수천 명의 승객을 실은 배를 타고 양쯔강을 거슬러 올라갔다. 승객들은 농부, 노동자, 어부 등 생업에 종사하는 사람들이었다. 며칠 동안 난징(南京)을 향해 넓은 강을 따라 올라갔다. 강변 여기저기에 정박한 배와 일하는 사람들이 눈에 띄었다. 수많은 사람들이 일상사와 꿈을 싣고 강을 오가고 있었다. 양쯔강은 중국의 중추 도로였다. 넓고 잔잔한 강이지만 이따금 좁은 협곡이 나타나면 지나가는 선박은 애를 먹었다. 강 양쪽으로 하늘을 찌를 듯이 치솟은 암벽에는 간혹 화공이 그려 넣은 듯한 구름 조각이 걸리기도 하고, 바위틈에 지어 놓은 정자가 보이기도 했다.

지구상에 이런 비경을 간직한 곳은 얼마 되지 않는다. 여기에 견줄 만한 경치로는 아마도 코카서스의 험준한 산악이나 고적하고 장엄한 칠레의 마젤란 해협 정도일 것이다.

5년 전에 비하면 현저한 변화가 있었는데, 이는 중국 내륙으로 깊이 들어갈수록 확연하게 드러났다.

처음에는 뭔가 변했다는 막연한 생각뿐이었다. 무엇이 달라졌을까? 길거리와 사람들 모습에 어떤 변화가 있을까? 아, 청색이었다. 5년 전 이맘때쯤 찾아왔을 때 거리는 인파로 넘쳐났으며 활기를 띠고 있었다. 사람들은 한결같이 푸른 프롤레타리아트 복장, 즉 청바지 천 비슷한 능직 작업복을 입고 있었다. 남녀노소 할 것 없이 모두 똑같은 복장이었다. 나는 색조만 조금 다를 뿐인 이 단순한 복장이 마음에 들었다. 무수한 푸른 점들이 거리를 오가는 모습이 참 아름다웠다.

그런데 이것이 변했다. 무슨 일이 일어났을까?

지난 5년 동안 중국의 섬유 산업은 눈부시게 성장하여 여성들은 온갖 색상의 꽃무늬, 줄무늬, 물방울무늬와 갖가지 비단 옷을 입을 수 있게 되었고, 남자들도 다양한 색상의 질 좋은 옷을 입게 된 것이다.

이제 길거리는 중국인의 세련된 취향 덕분에 화려한 무지개로 변했다. 원래 중국인은 무엇이나 아름답게 만든다. 단순한 짚신 하나만 보더라도 마치 짚으로 만든 꽃송이 같다.

양쯔강을 여행하면서, 중국 고대 회화는 현실을 충실하게 모사한 작품이라는 생각이 들었다. 높은 협곡 저 위에 서 있는 구부러진 소나무를 보는 순간 절로 동양화가 떠올랐다. 아득하게 치솟은 이 양쯔강의 협곡만큼 비현실적이고 환상적이고 놀라운 곳도 없을 것이다. 협곡의 바위틈에는 사오 미터쯤 되는 채마밭이나 5층 암자 등 사람의 손길이 닿은 흔적이 보였다. 가물가물하게 보이는 바위 꼭대기에서는 신선의 도포 자락이 아른거렸다. 그것은 동양화의 거장들이 즐겨 그린 구름이고 날아가는 새였다. 심오한 시는 이런 장엄한 자연에서 흘러나온다. 새의 날갯짓 같고, 고여 있는 듯이 흐르는 시냇물의 반짝거림 같은 간결하고 투명한 시가 흘러나오는 것이다.

하지만 무엇보다도 이색적인 풍경은 절벽 바위틈 사이에서 손바닥만 한 밭을 일구는 농부의 모습이었다. 까마득하게 높은 저 수직 절벽에도 발을 붙이고 자연과 투쟁할 수 있는 땅뙈기가 있는 모양이다. 이처럼 중국의 대지는 광활하고 또 거칠다. 인간은 이런 대지에 적응하는 동안 꼼꼼하고 근면하고 성실한 노동 수단이 되었다. 광활한 대지와 뛰어난 노동력을 가진 중국은 점진적인 불의의 시정을 통하여 아름답고 호방하고 심오한 인성을 꽃피울 것이다.

양쯔강을 여행하는 동안 줄곧 아마두는 침울해 보이고, 또 신경이 곤두서 있었다. 아마두와 젤리아는 선상 생활이 여러 모로 불편했던 모양이다. 그러나 젤리아는 불길 속에서도 당황하지 않고 빠져나올 수 있을 만큼 침착한 여자였다.

무엇보다도 우리 의사와 상관없이 귀빈 대접을 받는다는 게 마뜩잖았다. 수백 명의 승객이 초만원을 이룬 배에서 우리만 특실과 전용 식당을 사용하고 있었으니, 마음이 불편할 수밖에. 아마두는 어처구니없다는 눈빛으로 나를 쳐다보며 신랄한 말을 쏟아 냈다.

사실, 스탈린 시대의 실상이 폭로되자 아마두는 융통성을 잃고 경직되었다. 아마두와 나는 오랜 친구로서 함께 망명 생활을 한 적도 있으며 동일한 신념과 희망을 공유하고 있었다. 그러나 나는 부질없는 종파주의자는 아니었다. 타고난 성격과 칠레인다운 기질 탓에 가능하면 타인을 이해하려고 노력했다. 반면에 아마두는 언제나 엄격했다. 그의 스승 루이스 카를로스 프레스치스는 거의 15년이나 수감 생활을 했다. 이런 끔찍한 일은 절대 잊을 수 없으며, 인간을 완고하게 만든다. 나는 아마두의 종파주의에 공감하지는 않았으나 그 심정은 충분히 헤아릴 수 있었다.

20차 소련 공산당 전당대회 보고서는 우리 혁명가들을 새로운 상황으로 내몬 해일이었다. 우리와 같은 일부 사람들은 그토록 가혹한 혁명기가 있었다는 사실을 고통스러워하고, 새롭게 태어나야 했다. 어둠과 공포를 말끔히 씻어 내고 재출발해야 했고, 진리의 등불을 손에 들고 계속 전진해야 했다.

반면에 아마두는 양쯔강의 절경을 누비는 선박 위에서 이전과는 다른 삶을 시작한 것 같았다. 그 후, 그는 조용해졌으며, 말과 행동에서 훨씬 유화적인 자세를 취했다. 나는 그가 혁명에 대한 믿음을 잃었다고 생각하지는 않는다. 하지만 그는 작품에 몰두했고, 이전 작품처럼 정치적 색채를 노골적으로 드러내지 않았다. 마치 가슴속에 잠재하고 있던 쾌락주의가 갑자기 분출하기라도 한 듯이, 관능과 환희가 흘러넘치는 『가브리엘라, 정향과 계피』(1958)를 비롯하여 훌륭한 작품을 잇달아 펴냈다.

시인 아이칭은 우리를 안내하던 대표단의 책임자였다. 매일 저녁 나와 아마두, 젤리아, 마틸데, 아이칭은 전용 식당에서 식사를 했다. 식탁은 황금색과 초록색의 야채, 새콤달콤한 생선 요리, 특별한 방법으로 조리한 오리와 닭고기 요리로 가득했다. 그러나 진귀하고 맛있는 음식인데도 며칠을 계속 먹다 보니 물리기 시작했다. 마침내 우리는 이런 진수성찬에서 벗어날 수 있는 기회를 잡았다. 그러나 우리 앞에 놓인 길은 험난했고, 애초의 계획은 수형을 잡아 놓은 분재의 가지처럼 갈수록 더 심하게 꼬여만 갔다.

내막은 이러했다. 그 무렵이 내 생일이었다. 마틸데와 젤리아는 식단에 변화도 줄 겸 해서 서양 음식으로 생일상을 차린다는 계획을 세웠다. 아주 간단한 식단이었다. 우리 방식으로 구운 통닭 한 마리와 칠레식 토마토와 양파 샐러드가 전부였다. 여자들은 우리에게 귀띔도 해 주지 않고, 몰래 아이칭을 찾아갔다. 아이칭은 약간 난처한 표정을 짓더니 위원들과 상의해 보겠다고 말했다.

깜짝 놀랄 만한 답변이 돌아왔다. 현재 중국 전역에서 내핍 운동을 전개하고 있기 때문에 마오쩌둥도 생일잔치를 취소한 판국인데 어떻게 내 생일잔치를 할 수가 있단 말인가? 젤리아와 마틸데는 실상은 그 반대라고 대답했다. 어떤 때는 우리가 손도 대지 않는 닭 요리, 오리 요리, 생선 요리 같은 진수성찬 대신 조그만 통닭 한 마리만 서양식으로 오븐에 구우면 된다고 설명했다. 아이칭은 내핍을 강조한 위원들과 다시 회의를 하고(위원들은 눈에 보이지도 않았다.) 그 다음 날 우리가 탄 배에는 오븐이 없다고 통고했다. 그러나 이미 요리사와 상의한 젤리아와 마틸데는 아아칭에게 뭔가 잘못 알고 계신다고, 근사한 오븐을 이미 달구어 놓았으니 통닭만 넣으면 된다고 대답했다. 아이칭은 눈살을 찌푸리고 강물만 물끄러미 쳐다보고 있었다.

7월 12일, 내 생일날 식탁에는 구운 통닭이 올라왔다. 노릇노릇한 게 논쟁에서 획득한 금상 같았다. 작은 쟁반 위에 토마토 두 알과 얇게 썬 양파가 반짝거렸다. 여느 날과 마찬가지로 커다란 식탁에는 맛있는 중국 요리가 담긴 찬란한 접시가 거창하게 늘어서 있었다.

1928년 잠시 홍콩과 상하이에 들른 적이 있었다. 그 당시 가혹한 식민 통치를 받던 중국은 도박꾼, 아편쟁이, 창녀, 강도, 가짜 러시아 공작 부인 그리고 바다와 육지의 해적들 천국이었다. 대도시 홍콩과 상하이의 금융 기관 정면에는 여덟아홉 척의 전함이 배치되어 있었다. 이는 불안과 공포, 식민지 약탈, 그리고 이미 송장 냄새를 풍기기 시작한 제국주의의 말로를 잘 드러내고 있었다. 부패한 영사들의 비호 아래 중국과 말레이시아의 해적선에는 온갖 나라의 국기가 펄럭였다. 매음굴은 국제적인 기업의 수중에 있었다. 또 앞에서도 얘기했듯이, 나는 강도를 당해 옷과 돈을 모두 잃고 길거리에 버려졌다.

혁명 중국에 도착했을 때 그때의 기억이 되살아났다. 그러나 이젠 완전히 새로운 나라였다. 무엇보다도 청렴함에 놀라지 않을 수 없었다. 내가 앞서 얘기한 결점, 갈등, 오해는 아주 사소한 문제였다. 내가 받은 주된 인상은, 세계에서 가장 오래된 문화를 간직한 거대한 땅이 성공적으로 변화하고 있다는 것이었다. 곳곳에서 수많은 실험이 진행되고 있었다. 봉건적인 농업이 변화를 맞고 있었다. 도덕적 분위기는 태풍이 지나가고 난 후의 대기처럼 맑고 투명했다.

내가 이런 중국과 거리를 두게 된 이유는 마오쩌둥이 아니라 마오쩌둥주의 때문이다. 다시 말해서, 마오-스탈린주의, 사회주의 신에 대한 우상 숭배 때문이었다. 그 누가 위대한 조직가로서, 위대한 인민 해방자로서 마오쩌둥의 정치적 위상을 부정하겠는가? 내가 어떻게 마오쩌둥의 고전적이고 우울하고 시적인 소탈함이나 전설적인 후광에 감동하지 않을 수 있겠는가?

그러나 중국을 여행하는 동안, 가난한 농민들이 일터에서 돌아오기가 바쁘게 이제는 신이 되어 버린 후난성 출신의 소탈한 게릴라 마오쩌둥 초상화 앞에서 무릎을 꿇고 절하는 모습을 보았다. 또 탁구 경기를 하든, 맹장염을 치료하든, 정치적 문제를 토의하든 간에 수많은 사람들이 만병통치약처럼 빨간 수첩을 흔들어 대는 광경을 보았다. 이런 아첨은 사람들의 입에서도, 신문과 잡지에서도, 공책과 책에서도, 연감(年鑑)과 연극에서도, 조각과 그림에서도 흘러나왔다.

스탈린의 경우, 나도 개인 숭배에 어느 정도 기여했다. 그러나 당시 스탈린은 우리에게 히틀러 군대를 물리친 승리자, 인류의 구원자로 보였다. 이러한 스탈린이 어떻게 타락하게 되었는지는 미스터리이며, 우리들은 아직도 수수께끼로 여기고 있다.

그런데 땅도 하늘도 광대한 이 혁명 중국에서, 그것도 대낮에, 한 인간을 신화로 만드는 과정을 목격한 것이다. 혁명적 의식을 독점하게 만드는 신화, 즉 모두가 참여해야 하는 새로운 세상의 창조를 한 사람의 손아귀에 맡겨 버리는 신화였다. 나는 이처럼 쓰디쓴 약을 두 번씩이나 삼킬 수는 없었다.

충칭에서 중국인 친구들의 안내로 장강대교를 둘러봤다. 다리는 언제 봐도 감탄스러웠다. 내가 이토록 다리를 좋아하게 된 것은 철도원이던 아버지의 영향 탓이다. 아버지는 결코 다리라고 부르지 않는 분이었다. 폄하하는 말이라고 여겼던 것 같다. 대신 예술 작품이라고 불렀다. 내 시는 말할 것도 없고, 회화와 조각도 예술 작품이라고 부르지 않았다. 오직 다리만이 예술 작품이었다. 아버지는 자주 나를 데리고 칠레 남부 지방의 마예코 철교를 구경하러 갔다. 이때까지만 해도 나는 그 철교가 세상에서 가장 아름다운 다리라고 생각했다. 칠레 남부의 높고 푸른 산을 가로지르는 그 철교는 코이푸이 지방의 바람이 연주하는 강철 바이올린 같았다. 그러나 양쯔강을 가로지르는 장강대교는 차원이 달랐다. 소련 기술진의 도움을 받기는 했지만, 중국 공학의 걸작품이었다. 게다가 양쯔강으로 양분된 충칭은 수세기 동안 상호 왕래가 불편하여 낙후된 지역이었으므로 이 다리는 오랜 분열의 시대를 마감하는 의미를 지니고 있었다.

중국 친구들이 열정적으로 다리 여기저기를 구경시켜 주는 바람에 다리에 힘이 다 빠졌다. 수천 년 전부터 흘러 왔던 강물을 보려고 교각 꼭대기까지 올라갔다가 다시 교각 밑바닥으로 내려갔다. 1킬로미터나 되는 이 철로로 기차가 달릴 거고, 이건 자전거 전용 도로고, 이 넓은 길은 보행자용이라고 설명했다. 입이 딱 벌어질 정도로 웅장한 규모였다.

저녁 때 아이칭은 오래된 식당으로 우리를 데려갔다. 전통 요리 전문점이었다. 눈발처럼 휘날리는 벚꽃, 죽순 샐러드, 100년 묵은 계란, 어린 암상어 입술 요리가 인상적이었다. 중국 요리는 말로 표현할 수 없을 만큼 복잡하고 다양하고 신기하고 화려했다. 아이칭은 중국에서는 훌륭한 요리를 가늠하는 세 가지 기준이 있다고 일러 주었다. 첫째가 맛이요, 둘째가 향이며, 셋째가 색이다. 무슨 일이 있어도 이 세 가지는 반드시 고려해야 한다. 맛은 훌륭해야 하고, 향기는 감미로워야 하며, 색깔은 입맛을 돋우고 조화로워야 한다. 마지막으로 아이칭은 이렇게 덧붙였다. "이 식당만의 특징이 하나 더 있는데, 그것은 바로 소리입니다." 갖가지 음식이 가득 차려졌다. 마지막 순간에 벌겋게 달아오른 번철 위로 새우 꼬리가 우수수 떨어지자, 연신 타닥거리는 피리 소리가, 음악이 들렸다.

베이징에서는 환영 위원회의 총책임자인 딩링이 마중을 나왔다. 구면인 샤오아이메이도 사진작가인 독일인 부인을 대동하고 참석했다. 유쾌하고 즐거운 시간이었다. 우리 일행은 중국의 마지막 여제가 개인 별장으로 사용한 거대한 인공 호수(이화원의 쿤밍호)에서 유람선에 올라 연꽃 사이를 누비고 다녔다. 공장, 출판사, 박물관, 탑도 둘러보았다. 황실 후손이 운영하는 식당에서 식사를 했는데, 이 식당은 식탁이 하나밖에 없는, 세계에서 가장 배타적인 식당이었다. 우리 부부는 아마두 부부와 함께 중국 문인들의 집에 모여 먹고 마시고, 담배를 피우며 담소를 즐겼다. 중국이 아니라 마치 아메리카 대륙에 와 있는 기분이었다.

나는 날마다 '리'라고 부르는 젊은 통역관에게 신문을 건네주면서 전혀 뜻을 알 수 없는 한문 기사를 손가락으로 가리켰다.

"이것 좀 번역해 주세요."

통역관은 갓 배운 스페인어로 번역을 해 주었다. 농업에 관한 사설, 마오쩌둥의 수영 실력, 마오-마르크스주의 이론, 군사 소식 등을 읽어 주었는데, 시작하자마자 금방 지루해지기 일쑤였다.

"잠깐. 여기 있는 기사 한번 읽어 주세요."

이렇게 어느 날 손가락으로 가리킨 곳에서 나는 큰 충격을 받았다. 그 기사는 내가 매일 만나는 시인들이 피고인으로 등장하는 정치 재판 보도였다. 이들은 아직도 우리 환영위원회의 일원이었다. 예전부터 진행된 재판이었는데도 그 사람들은 조사받고 있다는 얘기도 하지 않았고, 불안한 운명의 그림자가 닥치고 있다는 말도 하지 않았다.

시대가 변했다. 모든 꽃이 시들어 가고 있었다. 이 꽃들이 마오쩌둥의 명령으로 만발했을 때, 공장과 작업장, 대학과 사무실, 농장과 오두막에는 지도자와 관료들의 부정, 부패, 비리를 고발하는 대자보가 수도 없이 나붙었다.

예전 대약진 운동을 전개할 때 파리와 참새 퇴치 운동이 뜻하지 않은 역효과를 초래하자 최고 권력자가 시급히 중단 명령을 내렸듯이, 이번 운동은 화관(花冠)이 드러나자 급격히 막을 내렸다. 그리고 우익 분자를 색출하라는 새로운 지시가 상부에서 내려왔다. 그 즉시 중국인들은 조직마다, 작업장마다, 가정마다 이웃의 자백을 강요하거나 자아비판하기 시작했다.

소설가 딩링은 장제스의 부하 군인과 내연 관계였다는 혐의를 받았다. 그것은 사실이었지만 위대한 혁명 운동이 시작되기 전의 일이었다. 게다가 혁명을 위해 애인을 버리고, 옌안(延安) 시기부터 갓난아이를 안고 영웅적인 장정에 가담했다. 그러나 이러한 사실은 아무런 소용이 없었다. 딩링은 작가연맹 회장직을 박탈당하고, 수년 동안 이끌어 온 연맹 식당에서 종업원으로 일하라는 선고를 받았다. 그러나 너무도 당당한 자세로 근무했기 때문에 벽지의 인민공사 식당으로 하방(下放)되었다. 이것이 위대한 공산주의 작가, 중국 문학계의 거장 딩링에 관한 마지막 소식이다.

샤오아이메이는 어떻게 되었는지 전혀 알지 못한다. 가는 곳마다 우리를 안내하던 아이칭의 삶은 기구했다. 그는 처음에는 고비사막으로 쫓겨났다. 나중에 글을 써도 된다는 허가를 받았으나 국내외로 잘 알려진 이름을 사용하지 않는다는 단서가 붙었다. 이런 식으로 아이칭은 문학적 자살형을 언도받은 것이다.

조르지 아마두는 이미 브라질로 떠났다. 얼마 뒤에 나도 쓴 입맛을 다시며 중국을 떴다. 아직도 입맛이 씁쓸하다.

수후미의 원숭이

다시 소련으로 돌아왔을 때, 남부 지역을 방문해 달라는 요청을 받았다. 비행기를 타고 광활한 영토를 지나갔다. 방대한 스텝 지대,

공장과 고속도로 그리고 소련의 크고 작은 도시가 내려다보였다. 내가 도착한 곳은 전나무와 야생동물이 번식하는 위압적인 코카서스 산맥이었다. 짙푸른 옷을 입은 흑해가 발밑에서 우리를 반기고 있었다. 강렬한 오렌지꽃 향기가 사방에서 스며들었다.

우리는 소련의 압하지야(압하스) 자치공화국의 수도 수후미에 와 있었다. 기원전 6세기 이아손이 황금 양털을 훔치러 온 전설의 고장 콜키스가 바로 이곳이다. 얼마 후에 박물관에서 그리스 대리석에 얕은 돋을새김의 거대한 조각상을 보았다. 최근에 흑해에서 건져 올린 유물이었다. 이 해변에서 헬레네의 신들은 비밀스러운 의식을 올렸다. 오늘날 이 의식은 소련 인민들의 순박하고 근면한 삶으로 대체되었다. 이곳 사람들은 레닌그라드 사람들과 달랐다. 풍부한 햇볕, 광활한 밀밭, 넓은 포도밭은 지중해 기운을 띠고 있었다. 이곳 남자들은 걸음걸이가 달랐으며, 여자들의 눈과 손은 이탈리아 여자나 그리스 여자를 닮았다.

소설가 콘스탄틴 시모노프의 집에서 며칠 묵는 동안 따뜻한 흑해에서 수영을 즐겼다. 시모노프는 정원의 아름다운 나무를 보여 주었다. 내가 아는 나무들이었기 때문에 시모노프가 나무 이름을 말할 때마다 나는 칠레 농부처럼 응수했다.

"이 나무는 칠레에도 있습니다. 그 나무도 있지요. 저 나무도 있답니다."

시모노프는 나를 쳐다보며 익살스러운 웃음을 지었다.

"산티아고 우리 집에 있는 야생포도나무를 보셔야 하는데…… 안타깝습니다. 가을철이면 포플러나무가 황금색으로 물드는데, 그런 색은 어디에서도 볼 수 없을 겁니다. 봄에 피는 벚꽃이나 볼도나무 향기도 좋지요. 멜리피아 거리를 지나면서 농부들이 노란 옥수수를 지붕에 너는 모습을 보면 감탄하실 겁니다. 이슬라네그라의 맑고 차가운 물에 발을 담가 본 적 없으셨죠? 그런데, 시모노프 씨, 국가가 장벽을 쌓고 상호 적대시하고 냉전에서도 총을 쏘기 때문에 우리 인간들은 고립되어 있습니다. 초고속 로켓을 타고 우주로 올라가는 세상인데도 상호 우의조차 다지지 못하고 있습니다."

"언젠가는 그런 세상이 오겠지요." 하고 시모노프는 웃으며 대답했다. 그리고 흑해 깊은 곳에 잠겨 있는 신들에게 하얀 조약돌을 던졌다.

수후미의 자랑거리는 전 세계에서 수집한 원숭이다. 실험의학연구소는 아열대 기후를 이용해서 갖가지 종류의 원숭이를 기르고 있었다. 안으로 들어가 보니, 거대한 우리 속에서 날뛰는 원숭이, 가만히 있는 원숭이, 몸집이 거대한 원숭이, 근육질 원숭이, 털 없는 원숭이, 털이 덥수룩한 원숭이, 생각에 잠긴 원숭이, 눈동자가 반짝거리는 원숭이, 과묵한 원숭이와 폭군 같은 원숭이가 있었다.

잿빛 원숭이, 하얀 원숭이, 엉덩이에 세 가지 색깔이 있는 원숭이, 덩치가 크고 엄숙한 표정을 짓고 있는 원숭이도 있었다. 그리고 다처제를 고집하며 자기 허락 없이는 암컷이 못 먹게 하고, 근엄한 표정으로 자기 먹이를 다 먹은 후에야 암컷에게 먹이를 주는 원숭이도 있었다.

이 연구소는 최첨단 생물학 연구를 수행하고 있었다. 원숭이들은 신경조직, 유전 그리고 생명의 신비와 생명 연장에 관한 연구에 활용되었다.

그중 어린 새끼 둘을 거느린 작은 암컷 원숭이가 눈에 띄었다. 한 마리는 어미를 계속 쫓아다니고, 다른 한 마리는 어미가 사랑스럽게 껴안고 있었다. 연구소 소장은 어미가 안고 있는 새끼는 자기가 낳은 게 아니라 양자 삼은 놈이라고 말했다. 새끼를 낳은 직후에 원래 어미가 죽었는데, 그때 저 암컷도 새끼를 낳았다. 그때부터 고아가 된 원숭이를 양자로 삼아 지극정성으로 보살폈다. 자기가 낳은 새끼는 뒷전이었다. 과학자들은 다른 암컷의 새끼를 양자로 들인 것은 강렬한 모성 본능에서라고 생각했으나 어미는 저 새끼 외의 다른 새끼들은 거들떠보지도 않았다. 이러한 태도는 단순한 모성 본능 때문이 아니라 어미들 사이의 연대 의식 때문이었다.

아르메니아

이제 우리 일행은 전설의 땅이자 힘겨운 노동의 땅을 향해 날아갔다. 도착한 곳은 아르메니아였다. 멀리 남쪽으로 눈 덮인 아라라트 산이 아르메니아의 역사를 내려다보고 있었다. 성경에 의하면, 바로 이 산에 노아의 방주가 정박했다. 그리하여 지상에 다시 만물이 번성하게 되었다고 하는데, 실제로는 보통 어려운 일이 아니었을 것이다. 아르메니아는 용암 대지이기 때문이다. 아르메니아인들은 이런 땅을 일구면서 이루 말할 수 없는 고생을 했고, 그 결과 고대 세계에서 최고의 민족 문화를 일궈 냈다. 사회주의는 이 고결한 순교의 땅을 눈부시게 발전시켰다. 수 세기 동안 터키 침략자들은 아르메니아인들을 학살하거나 노예로 끌고 갔다. 황무지의 돌멩이마다, 수도원의 포석마다 아르메니아인의 피가 묻어 있다. 이 나라의 사회주의적 부흥은 한마디로 기적이며, 소련의 제국주의를 운운하는 사람들이 얼마나 악의적인 거짓말을 하고 있는지를 증명하는 사례이다. 나는 5000명의 노동자가 일하는 방직 공장, 대규모 수리 시설과 에너지 시설을 비롯하여 중공업 단지를 방문했다. 또한 도시에서 농촌까지 방방곡곡을 돌아다녔는데, 어디를 가나 아르메니아 남자들과 여자들뿐이었다. 거무스름한 피부와 검은 눈동자를 가진 이곳 사람들 사이에서 러시아 사람이라고는 세반 호수의 수력 발전소에서 근무하는 푸른 눈동자의 기술자 단 한 명뿐이었다. 세반 호수는 광대한 수면적에 비해 물이 빠져나가는 강은 하나뿐이어서 소중한 물이 상당량 증발되었고, 아르메니아는 수자원을 효과적으로 활용할 수 없었다. 증발량 감소를 위해 강폭을 넓힌 결과, 호수의 수심이 얕아지고 강물의 유량이 증가하여 여덟 기의 수력 발전소를 건설할 수 있었다. 또한 새로운 산업 단지와 대규모 알루미늄 산업, 전국적인 규모의 전력 공급과 용수 공급이 가능하게 되었다. 아르메니아의 푸른 하늘이 어른거리는 맑은 호숫가에 삐죽이 고개를 내민 수력발전소가 잊히지 않는다. 신문기자들이 아르메니아의 오래된 교회와 수도원을 둘러본 인상을 물었을 때, 나는 조금 부풀려 대답했다.

"무엇보다도 인상적인 교회는 호숫가에 위치한 수력 발전소라는 교회였습니다."

아르메니아에서 많은 것을 보았다. 예레반(현재 아르메니아의 수도)은 분홍색 장밋빛을 띤 응회암 건물의 도시로, 참으로 아름다웠다. 뷰라칸 천문대에서는 난생처음 항성의 글을 보았다. 정밀한 기계가 항성의 맥동 현상을 기록하고 있었는데, 마치 우주의 심전도 같았다. 비록 지상의 시인의 눈으로는 이해할 수 없지만, 이러한 그래픽을 통해 항성은 제각기 황홀하게 떨리는 글자를 가지고 있다는 사실을 알게 되었다.

예레반 동물원에 입장하자마자 곧장 콘도르 우리를 찾았다. 콘도르는 자기와 같은 나라 출신인 나를 알아보지 못했다. 벗어진 정수리와 회의적인 눈빛으로 우리 한구석에 있던 콘도르는 고향 산천을 그리워하고 있었다. 나는 이제 고향으로 돌아가는데 콘도르는 무기수처럼 우리에 갇혀 있을 것이라고 생각하니 애잔한 마음이 들었다.

맥을 보았을 때는 조금 다른 느낌이었다. 예레반 동물원을 포함하여 극소수의 동물원만이 맥을 사육하고 있었다. 맥은 몸집은 황소 같고 코는 길고 눈은 조그마한 아마존 원산의 기이한 동물로, 솔직하게 말해서 나와 무척이나 닮았다. 누구나 다 아는 사실이므로 숨길 이유도 없다.

우리 안 연못가에서 졸고 있던 맥은 나를 보자 눈동자가 초롱초롱 빛났다. 아마도 우리가 브라질에서 만난 적이 있는 모양이다. 동물원 원장은 맥이 수영하는 것을 보고 싶으냐고 물었다. 나는 맥이 수영하는 모습을 볼 수만 있다면 세계를 한 바퀴 돌아서라도 찾아갈 수 있다고 대답했다. 동물원 직원들이 작은 문을 열었다. 맥은 행복한 표정으로 나를 쳐다보더니 물에 풍덩 들어가서 해마처럼, 털북숭이 트리톤(그리스 신화의 반인반어 해신)처럼 씩씩거렸다. 물 위로 뛰어올랐다가 커다란 물보라를 일으키며 잠수한 맥은 기쁨에 취한 듯 다시 고개를 내밀고 숨을 몰아쉬었다. 맥은 아주 빠른 속도로 이런 신기한 곡예를 계속하고 있었다.

"저놈이 저렇게 좋아하는 건 처음 봅니다." 동물원 원장은 나를 보고 이렇게 말했다.

문인 협회에서 주최한 오찬에서 감사 연설을 할 때 아마존 맥의 기막힌 연기를 언급하며 내가 맥을 얼마나 좋아하는지 얘기했다. 덧붙여 나는 세계 어디를 가나 동물원은 반드시 들러 본다고 말했다.

아르메니아 문인 협회 회장은 답사에서 이렇게 말했다.

"네루다 시인이 꼭 동물원에 가실 필요가 있었을까요? 문인 협회만 방문해도 온갖 종류의 동물을 다 보실 수 있는데 말입니다. 여기 우리들 가운데 사자, 호랑이, 여우, 물개, 독수리, 뱀, 낙타, 앵무새가 다 있잖습니까."

포도주와 전쟁

귀국길에 모스크바에 들렀다. 나에게 이 도시는 사회주의의 장려한 수도, 즉 수많은 이상이 실현된 장소일 뿐만 아니라 절친한 친구들이 사는 곳이기도 하다. 나에게 모스크바는 축제의 현장이었다. 그곳에 도착하자마자 혼자 길거리를 돌아다니며 살아 숨쉬고 있다는 행복에 젖어 쿠에카(칠레의 전통 춤과 노래)를 흥얼거렸다. 그리고 러시아 남자의 얼굴, 러시아 여자의 눈동자와 땋은 머리, 길거리 아이스크림, 조화(造花), 진열장을 살펴보며 새로운 것, 삶을 그윽하게 만드는 사소한 물건들을 찾았다.

이번에도 예렌부르크를 찾아갔더니 노르웨이산 아쿠아비트 술병을 보여 주었다. 커다란 범선이 그려진 상표가 붙어 있었다. 이면에는 출고 일자 및 선편으로 오스트레일리아까지 갔다가 다시 노르웨이로 반송된 날짜가 찍혀 있었다.

우리는 술 이야기를 나눴다. 내가 젊었을 때 우리나라 포도주는 질 좋고 수요도 많아 외국으로 수출되기 시작했다. 그 당시 포도주는 철도 승무원 망토를 걸치고 폭풍 같은 보헤미안 삶을 살던 우리의 호주머니 사정으로는 너무나 비싼 술이었다.

어느 나라를 방문하든 나는 양조 과정에 관심이 많았다. 으깬 포도를 발효시켜 초록색 병이나 아름다운 유리병에 담는 순간까지 샅샅이 알고 싶었다. 스페인의 갈리시아 지방에서는 리베이로 포도주를 즐겨 마셨다. 잔에 따라 마시고 나면 밑바닥에 진한 핏방울이 남는 술이다. 헝가리에서는 '황소의 피'라고 부르는 독한 포도주를 맛본 적도 있었다. 취기가 올라오면 집시가 연주하는 바이올린도 딸가닥거린다는 술이다.

고조부는 포도밭을 소유하고 있었다. 내가 태어난 파랄은 떫은 맛이 나는 햇포도주의 주산지였다. 아버지와 숙부들(호세 앙헬, 호엘, 오세아스, 아모스)에게서 막포도주와 여과된 포도주를 구별하는 법을 배웠다. 그러나 발효통 꼭지에서 쏟아지는 막포도주를 애호하는 그들의 입맛은 이해할 수가 없었다. 만사가 그렇듯이, 잘 숙성된 포도주의 부케 향에 익숙해진 미각인데 다시금 강렬한 막포도주에 입맛을 길들이기란 여간 어려운 일이 아니었다. 예술로 비유하면, 아침에 눈을 뜰 때 프락시텔레스•의 아프로디테상을 보았는데, 조야한 오케아니데스••상을 눈앞에 들이대는 격이다.

파리의 최고급 집에서 최고급 포도주 맛을 보았다. 그 포도주는 무통 로쉴드였는데, 흠잡을 데 없는 색감, 형용 불가능한 향기, 완벽한 촉감을 지니고 있었다. 포도주를 마신 곳은 루이 아라공의 집이었다.

"방금 전에 이걸 받았는데, 자네가 왔으니 개봉해야지."

• 기원전 4세기 그리스 조각가로 특히 우아한 「크니도스의 아프로디테」로 유명하다.

•• 오케아니데스는 그리스 신화에 등장하는 바다의 요정들이다.

아라공은 이렇게 말하고, 이 포도주의 내력을 이야기했다.

독일군이 프랑스 영내에서 진군하고 있을 때였다. 프랑스 최고의 지성인이자 시인이며 장교인 루이 아라공은 최전선 진지에 배치되었다. 남자 간호사 파견대를 지휘하던 아라공은 그 지점에서 300미터 전방에 위치한 건물까지 전진하라고 명령했다. 그러자 진지 책임자인 프랑스군 대위가 제지했다. 그 대위가 바로 아라공보다 젊고 아라공만큼이나 혈기 왕성한 알퐁스 드 로쉴드 백작이었다.

"이 지점을 벗어나서는 안 되오. 곧 독일군 포격이 시작될 거요."

대위가 이렇게 말하자 아라공은 핏대를 세우며 응수했다.

"내 방침은 저 건물까지 가는 거요."

"더 이상 전진하지 말고 여기서 대기하라는 게 내 명령이란 말이오."

아라공을 잘 아는 나로서는 두 사람이 언쟁을 벌일 때 틀림없이 칼날이 부딪치고 수류탄이 터진 것처럼 불꽃이 튀었을 것이라고 생각했다. 그러나 언쟁은 10분도 채 못 되어 끝이 났다. 로쉴드와 아라공이 서로 눈을 부라리고 있는데, 갑자기 독일군 박격포가 날아와 그 건물은 순식간에 연기와 화염에 휩싸여 버린 것이다.

이렇게 로쉴드 대위의 고집 덕분에 프랑스 최고의 시인은 목숨을 구할 수 있었다.

그 뒤, 아라공은 해마다 그날만 되면 로쉴드 백작 가문에서 양조한 최고급 무통 로쉴드를 몇 병씩 선물로 받았다.

모스크바의 일리야 예렌부르크 집에서 이런 이야기를 나누고 있었다. 이 위대한 문인 게릴라는 나치에게는 사만 사단 병력만큼 위협적이지만 다른 한편으로는 세련된 에피쿠로스주의자였다. 나로서는 그가 스탕달 전문가인지 아니면 푸아그라 전문가인지 도통 헷갈릴 정도였다. 호르헤 만리케의 시를 입에 올릴 때는 포므리 샴페인을 시음한 것처럼 흐뭇해했다. 그는 프랑스 것이라면 무엇이든지 통째로 사랑했다. 맛있고 향기로운 프랑스의 영혼과 육신 전부를 열렬히 사랑했다.

전쟁이 끝난 후 모스크바에는 출처가 모호한 프랑스 포도주를 판매할 것이라는 소문이 돌았다. 예전에 베를린으로 진군하던 붉은 군대가 동굴 요새를 점령했는데, 그 안에는 괴벨스의 광란적인 선전물과 더불어 프랑스 전역에서 약탈한 포도주가 가득 차 있었다. 선전물과 포도주는 모두 붉은 군대 사령부로 운송되었다. 선전물은 연구 자료로 활용하였으나 포도주는 어떻게 처리해야 할지 몰랐다.

우아한 포도주 병에는 생산 연도가 표시된 라벨이 자랑스럽게 붙어 있었다. 모두 드높은 명성을 자랑하는 포도주였다. 로마네, 본, 샤토네프 뒤 파프와 더불어 연한 황금색의 푸이이, 호박색의 부브레, 벨벳 빛이 감도는 샹베르탱이 어깨를 견주고 있었다. 그뿐만 아니라 하나같이 최고의 품질을 자랑하는 수확 연도에 제조된 포도주였다.

프랑스 양조업의 숭고한 트로피나 다름없는 이들 포도주는 사회주의의 평등 정신에 입각하여 러시아 포도주와 동일한 가격으로 주류 판매소에 공급됐다. 그러나 한 명당 정해진 수량만 구입하도록 제한 조치가 뒤따랐다. 사회주의 정책은 더할 나위 없이 훌륭하지만 우리 시인들은 세계 어디를 가나 똑같다. 문단의 동지들은 친척, 이웃, 지인들을 동원하여 헐값에 최고급 포도주를 구입했다. 시중에 나온 포도주는 하루 만에 동이 났다.

밝힐 수 없는 양의 포도주가 불굴의 반나치주의자 에렌브루크

집으로 들어왔다. 이런 연유로 나는 포도주 판매점이 되어 버린 예렌부르크 집에서 포도주에 얽힌 얘기를 나누고, 괴벨스 동굴에서 나온 포도주를 마시며 시를 기리고 승전을 축하했던 것이다.

민중이 되찾은 궁전들

나는 부호들의 대저택에 초대받은 적도 없지만, 나 역시 대저택에는 그다지 호기심을 못 느낀 게 사실이다. 칠레인이 즐기는 국민적 스포츠는 '청산 세일'이다. 우리나라 특유의 주말 경매에는 구름 같은 인파가 모여들어 북새통을 이룬다. 경매가 붙은 저택은 파국을 맞는다. 경매가 시작되면 나 같은 보통 사람들의 출입을 가로막던 철대문을 비롯하여 안락의자, 그리스도 수난상, 오래된 초상화, 접시, 숟가락, 평생 놀고먹는 후손을 만들어 대던 침대 시트가 최고가 응찰자에게 낙찰된다. 칠레 사람들은 저택으로 들어가서 물건을 만지고 구경하기를 좋아한다. 그러나 정작 구매하는 사람은 극소수에 불과하다. 이윽고 건물을 허물어 건축 자재를 경매에 붙인다. 구매자들은 눈(창문)을 가져가고, 내장(계단)을 가져가고, 발(마루)을 가져가고, 마침내 정원의 야자수까지 나눠 갖는다.

이에 반해 유럽에서는 대저택을 보존한다. 그 덕분에 가끔 우리는 운 좋은 화가만이 두 눈으로 볼 수 있던 공작과 공작 부인의 초상화 앞에서 선과 색을 음미할 수 있다. 또한 그들의 비밀과 호기심을 자극하는 범죄와 가발을 비롯하여 이채로운 문서철, 다시 말해서 후대의 영화관 벽이 그러하듯이 수많은 대화가 스며든 태피스트리도 엿볼 수 있다.

나는 초청을 받고 루마니아로 갔다. 루마니아 작가들은 아름다운 트란실바니아 숲속의 문인 별장으로 나를 안내했다. 예전에 이곳은 난잡한 애정 행각으로 세계적인 화제가 되었던 카롤 국왕의 궁전이었다. 현대식 가구와 대리석 욕조를 갖춘 이 궁전을 이제는 루마니아 시와 사상의 산실로 이용하고 있었다. 나는 왕비가 사용하던 침대에서 잠을 푹 자고 난 후, 다음 날 시인 에우젠 제벨레아누, 미하이 베니욱, 라두 보우레아누의 안내로 박물관과 휴양소로 개조한 성을 둘러보았다. 신록의 아침에 우리는 예전 왕실의 정원 깊숙이 들어가서 음정이야 맞든 틀리든 고래고래 노래를 부르고, 큰 소리로 떠나갈 듯이 웃고, 온갖 언어로 목청껏 시를 낭송했다. 루마니아의 시인들은 파시스트 군주 치하에서 오랫동안 갖은 수난을 당했으면서도 세상에서 가장 용감하고 동시에 가장 쾌활한 사람들이었다. 울창한 루마니아 숲에 사는 새들만큼이나 루마니아적이며, 확고한 애국심과 굳건한 혁명 정신으로 무장하고 삶을 열렬히 사랑하는 이 루마니아 시인들은 나에게는 한 줄기 서광과도 같은 존재였다. 사실 이곳에서처럼 순식간에 많은 친구들을 사귄 적이 없었다.

나는 루마니아 시인들이 즐거워할 것 같아 마드리드의 귀족 저택을 둘러본 경험담을 들려주었다. 스페인 내전이 한창일 때 찾아간 리리아 궁전• 얘기였다. 프랑코가 이탈리아 군대와 무어 용병들 그리고 스와스티카 부대를 동원하여 스페인인 말살이라는 성전(聖戰)을 벌이며 진군하던 때, 의용군이 리리아 궁전을 장악하고 있었다. 1934년에서 1935년 사이에 아르구에예스 거리를 지나다니며 수없이 쳐다봤던 건물이었다. 버스를 타고 가면서 경외의 눈길로 바라보았는데,

• 18세기 영국의 버위크 리리아 공작은 스페인 알바 공작의 딸과 결혼해 이 궁전을 건축했다. 알바 공작 부인이 고야의 유명한 그림 「마하」의 실제 모델이었다.

이는 알바 공작 가문에 대한 복종심 때문이 아니었다. 실제로 아메리카 출신으로 국적도 다르고 반야만적인 시인에 불과한 나를 복종시킬 수는 없었다. 다만 하얀 석관(石棺)처럼 말없이 서 있는 건물의 위용에 매료되었을 뿐이다.

내전이 발발하자 알바 공작은 영국에 체류했다. 실제 성은 버워크였기 때문에 수많은 명화와 보석을 챙겨서 영국으로 피신한 것이다. 공작의 피신 얘기를 하다 보니 중국에서 들은 소문이 떠올라 그 이야기도 들려주었다. 중국 혁명 직후, 공자의 사당과 유골로 부를 축척한 공자의 후손은 그림과 집기를 모두 챙겨 타이완으로 도망갔다. 공자의 유골도 가져갔으니, 사당 입장료만 챙겨도 평생 편안하게 살았을 것이다.

그 당시 '유서 깊은 알바 공작 저택, 빨갱이가 약탈', '처참한 파괴의 현장', '역사적 보물을 구출해야' 등등 듣기만 해도 오싹한 뉴스가 스페인발로 세계 곳곳에 타전되었다.

나는 그 저택에 가 보기로 했다. 약탈자로 지목받은 청색 멜빵바지 차림의 의용군이 총을 들고 정문을 지키고 있었다. 독일군 폭격기가 마드리드를 막 공습하기 시작했다. 의용군에게 안으로 들어가겠다고 말했더니, 내 신분증을 꼼꼼하게 살펴보았다. 이제 으리으리한 저택 안으로 발을 들여도 되겠다고 생각한 순간, 의용군은 질겁하며 나를 제지했다. 입구에 놓인 매트에 신발부터 닦으라는 것이었다. 저택 바닥은 진짜 거울처럼 반짝였다. 나는 신발을 닦고 안으로 들어갔다. 벽 군데군데 하얀 직사각형 자국이 남아 있었다. 그림이 걸려 있던 자리였다. 의용군은 내막을 훤히 알고 있었다. 공작은 이미 수년 전에 그림을 런던으로 옮겨 은행 안전금고에 보관하고 있었다. 거대한 홀에 남아 있는 물건 가운데 눈길을 끄는 것은 뿔이 달린 짐승 머리와 온갖 짐승의 뿔이었다. 특히 홀 한가운데 양발을 활짝 벌린 채 이빨을 드러내고 웃고 있는 커다란 흰곰이 인상적이었다. 의용군이 소중히 여기는 박제품으로, 아침마다 털을 빗겨 준다고 했다.

당연히 나는 침실에 관심이 많았다. 수많은 알바 가문 사람들은 밤마다 플랑드르 귀신이 발바닥을 간질이는 악몽에 시달렸기 때문이다. 이제 그들의 발은 그곳에 없었으나 엄청난 양의 신발은 남아 있었다. 영국으로 피신한 알바 공작은 화랑을 늘린 적은 없었으나 신발장 하나만은 놀랍고 믿기지 않을 정도였다. 천장까지 닿는 긴 유리문 신발장에는 수천 켤레의 신발이 진열되어 있었다. 도서관에서 흔히 볼 수 있는 사다리가 놓여 있어서 높은 곳에 있는 신발도 굽을 잡고 꺼낼 수 있었다. 좀 더 유심히 살펴보았다. 노란색과 검은색의 고급 승마화가 수백 켤레나 있었다. 플러시 천을 덧대고 자개 버튼을 단 신발도 있었다. 그리고 오버슈즈, 단화, 각반도 많았는데 모두 신골이 들어 있어서 마치 신고 있는 듯했다. 유리문만 열리면 공작을 뒤쫓아 런던으로 달려갈 태세였다. 생각 같아서는 방 서너 개에 쫙 늘어놓고 전리품으로 나눠 주어도 좋을 것 같았다. 그러나 총을 든 의용군이 파리 한 마리도 얼씬거리지 못하게 지키고 있었으므로 눈요기로 만족할 수밖에 없었다. 그들은 "문화"라고 말했다. "역사"라는 말도 했다. 그러나 내 머릿속에는 운동화를 신고 험난한 소모시에라 고지(마드리드 북쪽의 산악 지대)에서 눈과 진흙에 파묻혀 파시즘을 저지하고 있는 불쌍한 젊은이들이 떠올랐다.

금테를 두른 액자가 공작의 침대 곁에 놓여 있었다. 고딕체 대문자가 눈에 띄었다. "이런, 알바 공작의 가계도구나." 그러나 내 생각이 틀렸다. 그것은 러디어드 키플링의 「만약」이라는 시로, 《리더스 다이제스트》의 선조쯤 되는 유치한 처세훈이자, 지적 수준이 공작의 신발 굽에도 못 미치는 작품이었다. 대영제국이여, 이런 평가를 용서해 주기 바란다.

공작 부인의 욕실은 도발적일 것이라고 예상했다. 갖가지 추측이 떠올랐다. 특히, 프라도 박물관에 누워 있는 마하 부인이 떠올랐다. 마하 부인의 그림을 보면 젖가슴 사이가 너무 벌어져 있기 때문에 혁명적인 화가 고야가 어떻게 그 거리를 쟀을까 상상하게 된다. 아마도 키스로 재었을 테니, 젖가슴 사이에는 눈에 보이지 않는 키스 목걸이가 걸려 있겠지. 그러나 나는 또 틀렸다. 곰, 희극적인 신발장, 「만일」에 이어 내가 발견한 것은 여신의 욕실이 아니었다. 사이비 폼페이풍의 원형 욕실에는 바닥에 매립한 욕조, 조야한 백조 석고상, 천박한 샹들리에가 전부였다. 한마디로, 미국 영화에 등장하는 여배우 욕실이었다.

씁쓸한 기분으로 방을 나서는데, 내 기분을 알았던지 의용군이 점심에 초대했다. 그들과 함께 주방으로 내려갔다. 공작이 부리던 남녀 하인, 요리사, 정원사 등 사오십 명쯤 되는 사람들이 저택에 남아 의용군 식사를 제공했다. 나는 귀빈 대접을 받았다. 그 사람들은 귓속말을 주고받고 여기저기 돌아다니며 인수증에 서명하더니 먼지가 뿌옇게 내려앉은 병 하나를 들고 나타났다. 100년 묵은 '라크리마 크리스티'(그리스도의 눈물)였는데, 나에게 건네준 잔은 몇 모금도 되지 않았다. 꿀 같으면서도 불 같은 느낌, 강하면서도 미묘한 맛을 지닌 화끈한 포도주였다. 이제 알바 공작의 저 눈물은 좀처럼 잊을 수 없게 되었다.

일주일 후, 독일 폭격기가 리리아 궁전에 소이탄 네 발을 떨어뜨렸다. 우리 집 테라스에서 하늘을 가르는 흉조 두 마리를 보았다. 벌겋게 치솟아 오르는 불꽃을 보고 궁전도 마지막이라고 생각했다.

"그날 오후 아직도 연기가 피어오르고 있는 궁전에 가 보았습니다." 나는 이야기를 마치려고 루마니아 작가들에게 이렇게 말했다. "거기서 가슴 뭉클한 이야기를 들었습니다. 하늘에서 포탄이 떨어져 땅이 흔들리고 불길이 치솟는 와중에도 의용군은 흰곰을 빼내 왔다는 겁니다. 하마터면 목숨을 잃을 뻔했답니다. 대들보가 내려앉고 사방이 불길에 휩싸여서 창문이나 문으로 빼내려고 했는데, 덩치가 너무 커서 고생했답니다. 마지막으로, 발을 크게 벌리고 우스워 죽겠다는 표정으로 저택의 잔디밭에 서 있는 흰곰을 보고 나왔습니다."

우주 비행사들의 시대

다시 모스크바로 돌아왔다. 11월 7일 오전에는 인민과 운동선수와 자랑스러운 소련 젊은이들의 열병식을 지켜보았다. 그들은 보무당당하게 붉은 광장을 행진했다. 이미 오래전에 죽은 사람이 날카로운 눈으로 이들을 바라보고 있었다. 바로 이러한 안정, 기쁨, 힘의 토대를 마련한 블라디미르 일리치 울리야노프, 즉 레닌이었다.

이번에는 선보인 무기는 많지 않았다. 하지만 거대한 대륙간미사일이 처음으로 공개됐다. 손을 뻗으면 그 거대한 시가를 만질 수 있을 것 같았다. 겉모습은 저렇게 양순한데 지구상 어디라도 핵폭탄을 떨어뜨릴 수 있는 무기라니…….

우주에서 돌아온 소련인 두 명이 그날 훈장을 받았다. 나 자신도 우주를 다녀온 듯한 느낌이었다. 시인의 일이란 대부분이 상상의 나래를 펴는 일이다. 사실 모스크바 거리를 지날 때, 흑해 해안을 거닐 때, 소련 코카서스 협곡을 통과할 때 칠레의 새에 관한 책을 쓰고 싶은 유혹에 사로잡혔다. 이처럼 테무코 출신의 시인이 아득히 먼 조국의 새, 참새와 굴뚝새, 지빠귀와 되새, 콘도르와 댕기물떼새에 관해 상상의 나래를 펼칠 동안 두 명의 인간 새, 두 명의 소련 우주 비행사들은 우주 공간으로 솟아올랐고 전 세계인이 넋을 잃고 그들을 바라보았다. 우리 모두는 머리 위에서 우주선을 느끼면서, 눈으로 지구를 선회한 우주선을 보면서 숨을 멈추고 있었다.

그날 우주 비행사들은 훈장을 받았다. 지상에 안착한 그들 곁에는 가족들이 있었다. 그들의 근원이자 뿌리가 있었다. 노인들은 농부 특유의 덥수룩한 수염을 길렀고, 여자들은 농촌과 시골에서 흔히 볼 수 있는 숄을 두르고 있었다. 우주 비행사들이라고 해서 일반인과 다르지는 않았다. 시골, 농촌, 공장, 사무실에서 일하는 우리들과 똑같은 사람들이었다. 붉은 광장에서 니키타 흐루쇼프는 소련의 이름으로 이들을 환영했다. 나중에 이들을 성 게오르그 홀에서 보았다. 나는 두 번째 우주 비행사 게르만 티토프를 소개받았는데, 크고 빛나는 눈을 가진 상냥한 청년이었다.

"소령, 한 가지 묻고 싶은데, 우주에서 지구를 봤을 때 칠레를 확실히 구별할 수 있던가요?"

이건 마치 "자네가 맡은 중요한 임무는 우주에서 조그만 칠레를 보는 것이다."라고 말하는 것과 같았다.

이미 예상한 대로 웃지는 않았다. 그는 잠시 생각하더니 이렇게 대답했다.

"남아메리카에서 노란 산맥을 본 기억이 납니다. 상당히 높았습니다. 아마 칠레였을 것입니다."

당연히 칠레지, 동지.

사회주의 혁명 40주년 기념일에 모스크바에서 열차를 타고 핀란드로 향했다. 역으로 가는 동안 화려한 불꽃놀이가 시작되었다. 파란색, 붉은색, 자주색, 초록색, 노란색, 오렌지색 불꽃이 높은 하늘에서 환호성을 올리고 있었다. 승리를 축하하는 그날 밤, 전 세계 민중에게 보내는 상호 이해와 우정의 신호탄 같았다.

핀란드에서 일각고래의 뿔을 하나 산 후, 여행을 계속했다. 스웨덴의 예테보리에서 아메리카로 데려다줄 배에 올랐다. 아메리카와 내 조국도 시대에 발맞추어 나가고 있었다. 발파라이소를 향하던 중 베네수엘라에 들렀을 때, 미국 국무성이 총애하는 귀염둥이이자 트루히요와 소모사[•]의 사생아 격인 독재자 페레스 히메네스[••]는 나와 아내가 하선하지 못하도록 전쟁을 치르고도 남을 만한 병력을 동원했다. 그러나 내가 발파라이소에 도착할 무렵, 자유의 물결에 쫓겨난 베네수엘라의 폭군은 잠이 덜 깬 토끼처럼 마이애미로 도망갔다. 스푸트니크호 발사 이후 세계는 빠른 속도로 변해 갔다. 발파라이소에 입항하자 맨 먼저 우리의 선실 문을 두들기며 귀국을 환영한 인물이 바로 흑해를 떠날 때 수영을 즐기고 있던 소설가 시모노프일 거라고 누가 상상이나 했겠는가?

• 라파엘 트루히요(1891~1961)는 1937년 자국에 체류하던 수많은 아이티 노동자를 살해한 도미니카공화국의 독재자이며, 소모사는 1937~1979년 대를 이어 국가를 사유 기업처럼 통치한 니카라과의 독재자이다.

•• 마르코스 페레스 히메네스(1914~2001): 베네수엘라의 독재자이자 폭압적 반공주의자로 1952년부터 1958년까지 대통령에 재임했다.

11 시는 직업이다

시의 힘

전쟁과 혁명 그리고 대규모 사회 변동을 경험한 우리 시대는 그 누구도 상상할 수 없을 만큼 넓은 땅에 시를 경작할 수 있는 특혜를 받았다. 보통 사람들은 고독 속에서 또는 대중 집회의 군중 속에서 상처 주고 상처받으며 이 시대와 직면해야만 했다.

처음으로 시집을 펴냈을 때만 해도 나중에 광장에서, 거리에서, 공장에서, 강의실에서, 극장에서 그리고 정원에서 시를 낭송하리라고는 상상도 못 했다. 그러나 나는 칠레 구석구석을 돌아다니며 동포들에게 내 시를 뿌렸다.

산티아고에서 가장 크고 가장 붐비는 베가 센트랄 시장에서 겪은 일을 이야기해 보겠다. 새벽이면 손수레, 마차, 소달구지, 트럭이 탐욕스러운 수도 근교의 밭에서 야채, 과일 등을 싣고 줄지어 시장으로 들어왔다. 짐꾼들(벌이도 시원찮고 종종 맨발로 다니는 수많은 조합원들)은 시장 근처의 카페나 간이 숙소나 싸구려 음식점에 모여 있었다.

하루는 어떤 사람이 차를 몰고 나를 데리러 왔다. 어디로, 왜 가는지도 정확하게 알지 못한 채 차에 올랐다. 내 호주머니에는 시집 『가슴속의 스페인』이 들어 있었다. 차 안에서 설명을 들었다. 베가 센트랄 시장의 일용 노동자 조합 강당에서 강연을 해야 한다는 것이다.

허름한 강당에 들어서자, 호세 아순시온 실바•가 「밤」이라 시에서 노래한 것과 같은 한기가 느껴졌다. 한겨울이어서만은 아니었다. 강당 안의 분위기가 너무 충격적이었기 때문이다. 쉰 명 남짓한 사람들이 나무 상자에 걸터앉아 나를 기다리고 있었다. 어떤 이들은 마대 자루를 앞치마처럼 허리에 두르고 있었고, 어떤 이들은 해진 러닝셔츠를 입고 있었고, 어떤 이들은 아예 웃통을 벗은 채로 칠레의 7월 추위를 견디고 있었다.•• 나는 이상야릇한 청중 앞에 놓인 탁자에 앉았다. 모두들 우리나라 민중 특유의 검고 시들한 눈동자로 나를 쳐다보았다.

라페르테•••의 말이 떠올랐다. 이처럼 무표정한 얼굴로 한없이 쳐다보고 있는 무감각한 청중에게 이름을 붙여 주었는데, 나는 그 이야기를 듣고 웃지 않을 수 없었다. 언젠가 라페르테는 초석 광산 지역에서 이렇게 말했다.

"이보게. 저기 강당 뒤쪽에 기둥에 기대고 우리를 쳐다보고 있는 사람들 말이야. 무슬림처럼 보이지 않아? 터번만 두르면 딱 용맹스

• 호세 아순시온 실바(1865~1896): 19세기 후반에 활동한 콜롬비아 출신의 모데르니스모 시인.

•• 칠레는 남반구에 있으므로 계절이 북반구와 정반대이다.

••• 엘리아스 라페르테(1886~1961): 1945년 당시 칠레 공산당 대표로 상원의원 선거에서 네루다의 유세를 지원하였다.

러운 사막의 전사들이야."

이런 청중을 어떻게 대해야 하나? 이 사람들에게 무슨 이야기를 하나? 어떤 이야기를 해야 관심을 가질까? 묘안이 떠오르지 않았다. 자리를 박차고 나가고 싶은 충동을 억누른 채 호주머니에서 책을 꺼내 들고 이야기를 시작했다.

"저는 얼마 전에 스페인에 있었습니다. 그곳에서는 전쟁이 일어나 총성이 멈출 줄 몰랐습니다. 그럼 제가 스페인 내전을 보고 쓴 시를 한번 들어 보십시오."

미리 얘기하건대 『가슴속의 스페인』은 내가 생각해도 이해하기 쉬운 시집이 아니다. 분명한 메시지 전달을 열망하고 있어도 저 어마어마한 고통의 소용돌이에 휘말려 든다.

아무튼 나는 시 몇 편을 읽고 몇 마디 설명을 한 다음에 자리를 뜰 생각이었다. 그러나 상황이 변했다. 시를 한 편, 한 편 읽어 나가며 내 목소리가 깊은 우물과 같은 침묵 속으로 떨어지고 있다고 느꼈을 때, 또 저 노동자들의 검은 눈동자와 눈썹이 점차 내 시에 빠져들고 있는 것을 보았을 때, 나는 그제야 진정한 독자를 만났다는 사실을 깨달았다. 나는 운율에 취하고 또 버려진 영혼들이 시에 젖어 들고 있다는 사실에 흥분한 나머지 계속 시를 낭독했다.

한 시간도 넘게 시를 낭독했다. 내가 강당을 나서려고 하자 한 사람이 일어섰다. 허리에 마대 자루를 두르고 있었다.

"이 사람들을 대표해서 감사드립니다. 그리고 한 가지만 말씀드리자면 지금까지 이렇게 감동을 받은 적도 없었습니다."

말을 마치고 난 그 사람은 눈물을 감추지 못했다. 다른 사람들도 눈물을 흘리고 있었다. 나는 눈시울이 젖은 사람들과 뜨거운 악수를 나누고 거리로 나왔다.

이처럼 냉대와 열광을 한꺼번에 경험한 뒤에 달라지지 않을 시인은 없을 것이다.

티나 모도티에 대한 기억은 아득해서 한참을 더듬어 생각해야 한다. 마치 눈에 잘 보이지도 않고 쉽사리 흩어져 버리는 안개를 붙잡으려는 것처럼. 내가 정말로 티나를 만나기나 했던가?

그때도 티나는 여전히 아름다웠다. 새하얀 피부의 계란형 얼굴, 양쪽으로 흘러내린 까만 귀밑머리, 세월을 꿰뚫어 보는 커다란 눈도 여전했다. 디에고 리베라는 티나를 벽화에 그려 넣고, 꽃과 옥수수 싹을 곁들여 눈에 띄게 묘사했다.

티나는 이탈리아 출신의 혁명가이자 뛰어난 사진작가였다. 오래전 티나는 사람들과 기념물을 촬영하려고 소련에 갔다. 사회주의 건설에 매진하는 그곳의 광경을 보고 감격한 나머지 티나는 카메라를 모스크바강에 집어던지고, 아무리 하찮은 일을 할지라도 공산당을 위해 목숨을 바치겠다고 맹세했다. 멕시코에서 티나를 만났을 때도 여전히 그 맹세를 지키고 있었는데, 나는 바로 그날 저녁 티나가 머지않아 죽을 것이라고 직감했다.

그때가 1941년이었다. 그 당시 남편은 '5연대 카를로스 사령관'으로 더 많이 알려진 비토리오 비달레였다. 티나는 집으로 돌아오는 길에 택시 안에서 심장마비로 죽었다. 심장이 나쁘다는 것을 알고 있었지만 혁명 사업을 줄이라고 할까 봐 아무에게도 말하지 않았다. 그 누구도 원치 않는 일은 티나가 도맡았다. 사무실 바닥을 쓸고, 먼 거리를 걸어가고, 밤을 새워 편지를 쓰고, 문서를 번역했다. 또 스페인 내전이 발발했을 때에는 간호사로 참전하여 공화국 부상병을 보살폈다.

멕시코에서는 참담한 일을 겪기도 했다. 멕시코에 망명한 쿠바의 청년 지도자 훌리오 안토니오 메야와 동거할 때의 일이다. 쿠바의 독재자 헤라르도 마차도•는 메야를 죽이려고 암살단을 파견했다. 어느 날 오후, 티나와 메야는 팔짱을 끼고 영화관에서 나오고 있었는데, 난데없는 기관총 소리가 들렸다. 두 사람은 그 자리에서 쓰러졌다. 티나는 피범벅이 되었다. 즉사한 메야가 흘린 피였다. 암살자들은 경찰의 비호를 받으며 도망쳤다. 게다가 경찰 당국은 암살자들을 비호한 것만으로도 모자라서 티나에게 암살 누명을 씌우려 했다.

그로부터 12년 후, 티나는 조용히 죽었다. 멕시코의 반동 세력은 메야가 암살당했을 때와 마찬가지로 이번에도 스캔들을 만들어 티나의 이름에 먹칠을 하려고 했다. 카를로스와 나는 티나의 왜소한 시신을 지켰다. 카를로스처럼 강인하고 용감한 남자가 울부짖는 모습은 보기에도 안타까웠다. 그러나 티나의 죽음만으로도 상심이 큰데, 이제 고인이 되어 버린 사람에게 오명까지 씌우려고 하니 피를 토하고 싶은 심정이었을 것이다. 카를로스는 벌겋게 충혈된 눈으로 사자처럼 울부짖었다. 작은 관에 안치된 티나는 밀랍인형 같았다. 나는 이 비통한 광경 앞에서 무기력하게 침묵만 지키고 있었다.

신문은 온갖 추잡한 기사로 지면을 도배했다. 티나는 "모스크바에서 온 미스터리한 여자"라고 떠들었다. 어떤 신문에서는 "너무 많은 것을 알고 있었기 때문에 죽었다."라고 했다. 카를로스가 얼마나 원통하고 억울해하는지, 나도 뭔가 해야겠다고 결심하고 죽은 동료의 이름을 더럽히는 자들을 통렬하게 비판하는 시를 썼다. 그리고 모

• 헤라르도 마차도(1871~1939): 쿠바의 대통령(1925~1933)으로 폭압적인 방법으로 정권을 유지하여 '도살자'라는 별명을 얻었다.

든 신문사에 이 시를 보냈다. 게재하리라고는 꿈에도 생각하지 않았다. 그런데 이게 어찌 된 일인가! 다음 날 신문 일면에는 전날 예고한 선정적인 폭로 기사 대신에 격노로 들끓는 내 시가 실려 있었다. 「티나 모도티는 죽었다」라는 제목의 시이다. 그날 아침, 나는 멕시코 장지에서 이 시를 낭독했다. 티나가 영원히 잠든 곳에 세워진 멕시코 화강암 비석에도 이 시가 새겨져 있다.

그 이후, 멕시코 언론은 티나 모도티를 폄하하는 기사를 단 한 줄도 싣지 않았다.

오래전 칠레의 로타 지방에서 있었던 일이다. 약 1만여 명의 광부가 참석한 집회가 열렸다. 전통적으로 빈곤 때문에 소요가 끊이지 않던 이 탄광 지대의 광부들이 광장을 가득 메웠다. 정치인들의 연설이 지루하게 계속되었다. 석탄 냄새와 짠 바다 냄새가 후텁지근한 정오의 대기 속에 떠돌고 있었다. 지척에 있는 바다 밑으로 10킬로미터가 넘는 어두컴컴한 갱도가 뻗어 있었다. 이 갱도에서 석탄을 채굴하는 광부들이 광장에 모인 것이다.

광부들은 한낮의 뙤약볕 밑에서 연설을 듣고 있었다. 연단이 아주 높아서 연단에서 바라보니 광부들의 검은 모자와 헬멧밖에 보이지 않았다. 내가 마지막 연사였다. 내 이름과 시 「스탈린그라드에 바치는 새로운 찬가」를 소개하자 예상치 못한 일이 일어났다. 내 평생 잊을 수 없는 의식이었다.

내 이름과 시의 제목을 듣자마자 그곳에 모인 수많은 사람들이 조용히 모자를 벗었다. 정치인들의 뻔한 연설을 듣고 있던 사람들이 내 시에, 아니 시를 낭독하겠다니까 그 말에 모자를 벗고 얼굴을 드러낸 것이다. 나는 높은 연단 위에서 거대한 물결을 이루고 있는 모자들을 보았다. 잔잔한 바다에서 해일이 일어난 듯 1만여 개의 모자가 일제히 파도를 일으키더니, 무언의 존경을 담은 검은색 포말을 일으키며 아래로 사라졌다.

나는 시를 낭독하면서 그 어느 때보다도 전쟁과 해방을 강조했다.

젊었을 때는 이런 일도 있었다. 당시 나는 검은 망토를 애용하는 학생 시인이었다. 당시 시인들이 다 그랬듯이, 제대로 먹지도 못해서 비쩍 마른 데다가 시집 『황혼 일기』를 출간한 직후라서, 나라는 사람은 새털보다 더 가벼울 정도로 미미한 존재였다.

탱고가 유행하고 건달이 판을 치던 그 무렵 하루는 친구들과 어울려 허름한 술집에 들어갔다. 그런데 갑자기 춤이 중단되고, 탱고는 벽에 던진 유리잔처럼 산산조각이 났다.

무대 한가운데서 유명한 건달 두 사람이 서로 손가락질하며 욕설을 퍼붓고 있었다. 한 명이 주먹을 쥐고 덤벼들었다. 다른 건달이 뒤로 물러나자, 동시에 테이블 뒤에서 이 광경을 지켜보고 있던 수많은 손님들도 뒤로 물러났다. 그 광경은 마치 원시림 한복판에 자리잡은 평지에서 두 마리 짐승이 춤을 추는 것 같았다.

나는 별다른 생각 없이 앞으로 나섰다. 그러곤 몸도 허약한 주제에 버럭 소리를 질렀다.

"이런 허접쓰레기들, 여기가 어디라고 싸움질이야. 여기 온 사람들은 조용히 춤추러 왔지 이따위 쌈박질이나 구경하러 온 게 아니라고!"

두 사람은 깜짝 놀라서 서로 멍하니 쳐다보고 있었다. 자기 귀를 의심하는 것 같았다. 키가 작은 쪽 건달은 전직 권투선수였는데, 나를 보더니 잡아먹을 듯이 다가왔다. 그 순간 어디선가 느닷없이 주먹이 날아들었고, 정통으로 얻어맞은 권투선수는 바닥에 나뒹굴었다. 아마 그런 일이 없었더라면 나는 그 자리에서 죽었을 것이다. 아무튼 주먹을 날린 사람은 바로 상대방이었다.

쓰러진 권투선수가 보릿자루처럼 끌려 나가고, 테이블 여기저기서 우리에게 술병을 내밀고, 여자 무용수들은 우리를 보고 활짝 웃었다. 그러자 나를 위해 케이오 펀치를 날린 건달도 환호성을 올렸다. 당연한 일이었다. 그러나 나는 벽력같은 소리를 내질렀다.

"꺼져! 너도 똑같은 놈이야!"

잠시 후, 내 영광의 순간은 끝이 났다. 친구들과 함께 좁은 복도를 지나고 있을 때, 몸집은 산만큼 거대하고 허리는 표범처럼 날씬한 사람이 눈에 띄었다. 내 말에 혼쭐이 난 건달이 빚을 갚으려고 길을 막고 있었던 것이다.

"기다리고 있었다."

건달은 나를 가볍게 떠밀고 문안으로 들어갔다. 친구들은 정신없이 도망쳐 버렸다. 이제 도와줄 사람 하나 없이 혼자 건달과 맞서게 되었다. 손에 쥘 만한 물건이 없나 하고 주변을 흘낏 보았다. 아무것도 없었다. 정말 아무것도 없었다. 무거운 대리석 탁자와 내 힘으로는 도저히 들어 올릴 수도 없는 철제 의자뿐이었다. 꽃병이나 술병도 없었다. 누군가 깜빡 잊고 두고 나간 지팡이 같은 물건도 없었다. 건달이 입을 열었다.

"얘기 좀 하자."

나는 꼼짝없이 당할 일만 남았다고 생각했다. 나를 유심히 살펴보고 있는 건달은 새끼 사슴을 막 잡아먹으려는 호랑이 같았다. 주눅이 든 모습을 보여서는 안 되겠다는 생각에, 건달이 나를 떠밀었듯이 나 역시 건달을 떠밀었다. 꼼짝도 하지 않았다. 철벽 같았다.

갑자기 건달이 고개를 들었다. 야수 같던 눈빛이 사라졌다.

"시인 파블로 네루다죠?"

"그런데요."

건달은 고개를 숙이고 말을 이었다.

"아무래도 나는 멍청이야. 진짜 존경하는 시인을 이렇게 눈앞에 두고도 못 알아보다니. 지금 눈앞에 그 사람이 서 있단 말이야, 이 바보야!"

그러고 나서 건달은 양손으로 머리를 감싸고 훌쩍거렸다.

"난 건달에 불과하지만 아까 나하고 싸운 사람은 코카인 밀수업자입니다. 우리들은 쓰레기만도 못한 사람들입니다. 하지만 내게도 순수한 면은 있습니다. 그건 내 애인, 애인에 대한 사랑입니다. 자, 보세요. 애인 사진입니다. 당신이 이 사진을 만져 봤다고 이야기하겠습니다. 너무 좋아할 거예요."

건달은 웃고 있는 여자 사진을 건네주었다.

"그녀가 나를 좋아하게 된 건 다 당신 때문입니다. 우린 당신 시를 함께 외웠거든요."

그리고 곧바로 시를 낭송하기 시작하는 것이었다.

"나처럼 생긴 슬픈 소년이 그대 안에서 무릎을 꿇고 우리를 바라본다……."•

그때 문이 벌컥 열렸다. 내 친구들이 단단히 무장하고 돌아온 것이었다. 문안으로 들어오던 친구들은 모두들 어리둥절한 표정이

• 『황혼 일기』에 수록된 「작별」이라는 시의 첫 구절이다.

었다.

나는 천천히 방을 나왔다. 건달은 좀 전의 그 자세로 여전히 시를 외우고 있었다. "그 아이의 핏속에서 불타오를 생명으로 우리 삶을 묶어야만 할 것이다." 건달은 시에 패배한 것이다.

정찰 임무를 띠고 소련 영공을 날던 미국 비행기가 어마어마하게 높은 고도에서 추락하는 사건(1960년 5월 1일 발생한 U2기 격추 사건)이 일어났다. 가공할 만한 미사일 두 발을 맞고 구름 속에서 떨어진 것이다. 기자들은 험준한 산악 지역에 위치한 미사일 발사 기지로 달려갔다.

미사일을 발사한 병사는 외롭게 생활하던 두 청년이었다. 전나무와 강과 눈뿐인 황량한 세계에서 사과를 먹고 체스를 두고 아코디언을 연주하고 책을 읽으면서 경계 임무를 수행하고 있었다. 광활한 조국 러시아를 지키기 위해 하늘을 겨냥하고 있었다.

기자들이 질문 공세를 퍼부었다.

"어떤 음식을 먹습니까? 부모님은 누굽니까? 춤추는 것을 좋아합니까? 무슨 책을 읽습니까?"

이 마지막 질문에 청년 중 한 사람은 시를 좋아한다고 대답했다. 그리고 제일 좋아하는 시인은 러시아의 고전 시인 푸시킨과 칠레의 네루다라고 덧붙였다.

나는 이 이야기를 듣고 한없이 행복했다. 하늘 높이 치솟아서 오만한 제국의 콧대를 꺾어 버린 저 미사일에는 비록 원자 정도에 불과할지라도 열렬한 내 시가 실려 있었으므로.

나무들의 지속적인 영향력

모든 시인의 시는 유기체적이어야 하며 시인의 피와 맥박과 숨결이 그 안에서 흘러야 한다. 시는 시험이 필요치 않은 친밀한 질료이지만 격정에 맞서야 한다.

나는 아주 젊었을 때 글을 쓰기 시작했다. 시를 쓰는 걸 빼고는 좋은 일도 나쁜 일도 하지 않은 것 같다. 나는 늘 거대한 나무들과 세상의 남부이기도 한 내 조국 남부의 자연으로부터 지속적으로 영향을 받았다. 연중 비가 끊이지 않고 내리는 그곳은 사람이 거의 살지 않는 지독한 고독의 공간이다.

나는 그 어둡고 황량한 환경에서 비롯한 우수에 젖은 시를 썼다.

당시에 나는 먼 곳의 친구들이 많았다. 그들 중 상당수가 러시아에서 온 친구들이었다. 그들은 비통하게 살아가던 내 성장기의 고독을 버티게 해 준 위대한 문학의 인물이자 우발적인 사건이었으며 엄청난 고통이자 즐거움이었다. 나는 그 뜨겁던 독서의 밤을 결코 잊지 못할 것이다. 그 독서의 밤엔 미시킨의 감성과 고르제예프의 삶의 부침이 남부의 군도에 부딪히는 격랑처럼 마음속에서 뒤섞였다.

나는 사랑, 죽음, 삶에 대한 시를 많이 썼지만 상당수의 시가 라틴아메리카 민중의 격렬한 투쟁에 관한 것이었다. 라틴아메리카라는 거대한 대륙 곳곳이 피와 단말마와 승리와 고통에 물들어 있다. 라틴아메리카인의 순교당한 심장을 고려하지 않는다면 지리학도 시도 무용하다. 맹금류 같은 착취자들이 포식자처럼 사방에서 흘러 들어와 이 땅 구석구석으로 퍼졌으니 누군가는 그 역사를 이야기하고 노래해야 한다.

그러나 시가 전적으로 정치적이어야 한다고 생각지는 않는다. 시인은 모든 지평에 열린 감각을 지니고 있어야 한다. 그 지평이 미지의 것이라도 말이다. 위대한 시 중에는 어둠과 대화를 하는 시가 있다. 예컨대 호르헤 만리케의 「애가」와 토머스 그레이의 「애가」는 닫혀 있는 죽음의 문을 두드리는 작품이다. 인간이 살아 있는 한 그 두드리는 소리는 계속 들릴 것이다.

나는 시를 통해 가장 순박하고 일상적이며 기본적인 것들을 이야기하고 싶었다. 그리하여 나는 목재, 공기, 돌, 시계, 바다, 토마토, 자두, 양파에 대한 시를 썼다. 그 시들은 넘치는 기쁨에 대한 시이다. 그 시 속에서 나는 이미 노래한 모든 것들을 다시 노래하고자 했다. 그리하여 모든 것이 다시 생동하기를 바랐다. 마찬가지로 나는 라틴아메리카의 피와 착취의 비극적 역사를 소생시켜야 했다. 나는 일상의 사물들을 깨끗이 씻어 내고 모든 살아 있는 것들을 위해 새로운 식탁보를 펼치는 게 시인으로서의 의무라고 생각했다.

이상한 일이지만, 나를 훨씬 잘 이해해야 할 사람들이 나를 충분히 이해하지 못한 때도 있었다. 어느 도시의 청년들이 이끄는 신문에서 내게 끈질기게 원고를 청해 왔다. 그래서 나는 옥수수와 자두에 대한 시를 보냈다. 단순하고 명확하고 즐거운 두 편의 시였다. 그런데 그들은 그 작품들을 발표하지 않았다. 마음에 들지 않았기 때문이다. 하지만 그건 특별한 선물 같았다. 그 젊은이들이 나보다 더 늙었다는 인상을 받았으니 말이다.

시

이 세상에 미술 작품은 얼마나 많은가. 더 이상 전시할 공간이 없을 정도다. 전시실 밖에 걸어 놓아야 한다. 책은 또 얼마나 많은가. 큰 책, 작은 책…… 이렇게 수많은 책을 모두 읽을 수 있는 사람이 있을까? 만약 책을 먹을 수 있다면 왕성한 식욕으로 샐러드를 만들거나 양념을 곁들여 요리를 할 텐데. 이제는 어떻게 해 볼 도리가 없다. 책이 산더미처럼 쌓여 있다. 세계는 책의 홍수에 잠겨 버렸다. 언젠가 피에르 르베르디는 이렇게 말했다. "우체국에 가서 더 이상 책을 배달하지 말라고 부탁했어. 소포를 뜯어 볼 수도 없거든. 공간도 부족해. 천장까지 쌓여 있어서 무너질까 봐 두려워. 내 머리를 덮칠 것 같다니까." T. S. 엘리엇을 모르는 사람은 없다. 엘리엇은 화가가 되기 전에, 희곡 연출가가 되기 전에, 비평가가 되기 전에 내 시를 읽었다. 나는 우쭐해졌다. 엘리엇보다 내 시를 잘 이해한 사람은 아무도 없었다. 그런데 어느 날, 엘리엇은 나에게 자작시를 읽어 주려고 했다. 이기심에 사로잡힌 나는 자리를 박차고 일어나 도망가면서 투덜거렸다. "읽지 마요. 제발, 읽지 말라고요." 나는 욕실로 들어가서 문을 잠갔다. 엘리엇은 문틈에 대고 시를 읽었다. 얼마나 슬펐는지 모른다. 스코틀랜드 출신의 시인 제임스 조지 프레이저(영국의 인류학자로 『황금가지』의 저자)가 그 자리에 있었는데 그는 나를 나무랐다. "왜 엘리엇을 그렇게 대하나." 나는 이렇게 대답했다. "내 독자를 잃고 싶지 않으니까요. 엘리엇은 내가 키운 사람이에요. 내 시의 주름살까지 속속들이 알고 있죠. 재능도 뛰어나. 그림도 그리고 평론도 쓴다고요. 나는 이런 독자를 잃고 싶지 않아요. 희귀한 식물처럼 물을 주며 가꾸고 싶단 말이에요. 이해할 수 있죠? 프레이저." 만일 실제로 이런 일이 계속된다면 시인은 다른 시인을 위해서만 출판할 것이다. 각자 자기 시를 꺼내서 다른 시인의 주머니에 넣어 줄 것이다. 자기 시를 다른 시인의 접시에 놓아 줄 것이기 때문이다. 언젠가 케베도는 왕의 냅킨 밑에 시를 넣어 두었다. 마땅히 그래야 한다. 다시 말해서, 대낮에 광장에서 읽는 시가 되어야 한다. 책이란 숱한 사람들의 손길에 닳고 닳아 너덜너덜해져야 한다. 그런데 시인을 위한 시집 출판은 나를 자극하거나 유혹하거나 도발하지도 못한다. 그럴 바에는 출판사고 책이고 모두 버리고 파도나 바위와 같은 자연 속에 파묻히고 싶다. 시는 이미 독자와 관계가 끊어졌다. 이 관계를 회복시키지 않으면 안 된다. 어둠을 헤치고 나아가 인간의 가슴을 만나고, 여인의 눈을 만나고, 길거리의 낯선 사람들을 만나고, 또 노을을 쳐다보거나 한밤중에 별을 바라보며 시 한 구절을 읊조리고 싶은 사람들을 만나야 한다. 이렇게 문득 찾아든 시는 우리 시인들이 그동안 읽고 배우느라 투여한 갖은 고생을 상쇄하고도 남을 만큼 보람있는 일이다. 우리 시인들은 낯선 사람들과 섞여 살아야 한다. 그리하여 낯선 사람들이 길거리에서, 해변에서, 낙엽 속에서 문득 시를 낭송할 수 있어야 한다. 우리들이 지은 시를 소중하게 낭송할 수 있어야 한다. 그럴 때만이 우리는 진정한 시인이며 시는 살아남을 수 있을 것이다.

언어와 함께 살기

나는 1904년에 태어났다. 1921년에는 시 한 편을 잡지에 발표했다. 1923년 첫 시집 『황혼 일기』를 출판했다. 그리고 1973년 현재, 이 회고록을 집필하고 있다. 첫 시집을 출판한 지도 어언 50년이 지났다. 고고성(呱呱聲)을 터뜨리며 활기차게 발버둥치고, 여느 갓난아이처럼 주목을 끌고 싶어 안달하는 인쇄된 아기를 받아들었을 때는 무척이나 가슴이 설렜다.

언어와 한평생 같이 살다 보면 친근감이 몸에 배어 언어를 잡아당겨 보고, 탐구해 보고, 머리카락과 배를 뒤져 보게 된다. 나는 이런 식으로 스페인어를 다루었다. 구어도 색다른 맛이 있으나 문어 또한 예상 외로 맛깔스러운 면이 있다. 작가의 개성은 언어를 옷이나 피부처럼 사용함으로써, 소매나 기운 자국이나 땀이나 핏자국을 통해서 드러난다. 이것이 문체이다. 젊은 시절에는 프랑스 문화의 혁명적 경향들이 들끓고 있었다. 이런 문예 운동은 매혹적이었으나 어쩐지 내 몸에 맞는 옷은 아니라는 생각이 들었다. 칠레 시인 우이도브로는 프랑스 문화의 최신 경향을 수용하여 감탄할 만큼 자기 방식대로 소화해 표현해 냈다. 모델로 삼은 프랑스 시인들보다 뛰어난 면도 없지 않았다. 루벤 다리오가 스페인어권 시단에 출현했을 때에도 이와 동일한 현상이 발생했으나 그 파장은 훨씬 광범위했다. 차이점이 있다면, 루벤 다리오는 지축을 흔드는 거대한 코끼리와 같아서 스페인어로 제작한 당대의 유리창을 모두 깨뜨려 버리고, 스페인어권 시단이라는 실내로 신선한 공기를 불어넣었다.

가끔 발음을 기준으로 라틴아메리카인과 스페인인을 구분하기도 한다. 그러나 양자의 차이는 무엇보다도 언어 감각에 있다. 바로크 시대의 스페인 시인 공고라가 애용한 고도의 압축미는 우리 라틴아메리카인의 정서에는 잘 맞지 않는다. 그러나 그 후 최근에 이르기까지, 바람직하지 못한 면도 있지만, 공고라의 영향을 받지 않은 스페인어 시는 없다. 우리 아메리카 대륙의 지층은 먼지 이는 자갈밭과 부서진 용암과 피 섞인 진흙으로 구성되었다. 이런 우리들은 크리스털을 세공할 줄 모른다. 정교하게 조탁된 라틴아메리카 시는 왠지 공허해 보인다. 『마르틴 피에로』에 등장하는 포도주 한 방울이나 가브리엘라 미스트랄의 시에 나오는 흐릿한 꿀 한 방울 정도가 제격이다. 이런 소소한 사물도 이곳 라틴아메리카에서는 꽃을 꽂아 둔 화병만큼이나 두드러져 보이니까.

스페인어는 세르반테스 이후 아름답게 정제되어 은은한 기품을 지니게 되었다. 그러나 곤살로 데 베르세오•나 아르시프레스테••의 작품에서 어른거리는 야생마 같은 힘을 잃어버렸고, 케베도의 작품에서 꿈틀거리는 생식력을 상실하였다. 이와 같은 일은 영국에서도, 프랑스에서도, 이탈리아에서도 일어났다. 초서와 라블레 작품의 호방한 성격은 거세당했다. 이탈리아에서는 페트라르카풍으로 조탁하고 세공함으로써 수많은 에메랄드와 다이아몬드가 반짝거리게 되었으나, 걸작이 탄생한 샘물은 말라붙기 시작했다.

이런 샘물은 예전에만 해도 전인적 존재, 즉 도량이 넓고 사고가 풍부하며 감성이 넘쳐흐르는 인간상과 밀접한 관계가 있었다.

이것이 내가 직면한 문제였다. 물론 위에서 말한 용어로 그 문제

• 곤살로 데 베르세오: 13세기 스페인 시인. 알레고리를 사용하여 성모 마리아의 기적을 노래했다.

•• 아르시프레스테의 본명은 후안 루이스이며 작품으로는 거칠 것 없는 유머가 돋보이는 『훌륭한 사랑 이야기』가 전한다.

를 제기하지는 않았지만 말이다. 만약 내 시에 어떤 의미가 있다면, 골방에만 틀어박혀 있지 않고 무한히 펼쳐진 공간으로 나아가고자 하는 경향일 것이다. 나의 한계를 넘어서야만 했다. 그렇다고 또 다른 문화의 틀 속에 가두고 싶지도 않았다. 나 자신이 되어야 했다. 그러기 위해서는 내 고향 개척지 사람들이 땅을 넓혀 갔듯이 나 자신을 넓히려는 노력이 필요했다. 이런 과정에서 도움을 준 시인이 바로 맨해튼에 살던 월트 휘트먼이었다.

비평가도 고통을 당해 보라

로트레아몽의 『말도로르의 노래』는 본질적으로 위대한 신문 연재물이다. 뒤카스는 이 작품을 쓰기 위해 연재소설가 외젠 쉬가 1837년 샤트네에서 집필한 소설 『라트레아몽』에서 필명을 따왔다는 사실을 잊어서는 안 된다. 그러나 로트레아몽은 외젠 쉬의 라트레아몽하고는 판이한 인물이다. 우선 훨씬 밑바닥에 있는 인물이다. 지옥에 사는 악마가 되고자 했기 때문이다. 동시에, 훨씬 급이 높은 인물이다. 저주받은 대천사장이 되고자 했기 때문이다. 말도로르는 지독한 불행에 시달리면서도 "천상과 지옥의 결혼"을 축하한다. 노도처럼 휘몰아치는 로트레아몽 수사법의 힘은 분노, 찬탄, 고뇌이다. 말도로르는 곧 말돌로르•였다.

로트레아몽은 새로운 시 세계로 나아갈 계획이었다. 자신이 지니고 있는 우울한 면모를 철저히 부정하고, 낙관적인 시를 쓰려는 시

• 스페인어로 '지독한 고통'이라는 뜻으로 발음의 유사성에 기초한 네루다의 언어유희다.

도로 서문까지 썼으나 완성할 수 없었다. 우루과이 태생의 청년 로트레아몽이 파리에서 죽음을 맞이했기 때문에. 그러나 이러한 시 세계의 변화, 선과 건전성의 추구는 많은 비판을 야기했다. 고통에 시달리는 로트레아몽은 칭찬을 받았으나 기쁨으로 다가서는 로트레아몽은 비난의 대상이었다. 시인은 고통으로 몸부림쳐야 하며, 절망적인 삶을 살아야 하며, 변함없이 절망적인 노래만 불러야 한다는 것. 이것이 바로 일부 사회 계급의 견해였다. 많은 시인들은 묘비명이나 다를 바 없는 이런 관념 때문에 이루 말할 수 없는 고통 속에 살아야 했다. 눈에 보이지 않는 이러한 분위기가 시인을 가난한 골방에 처박았고, 해진 신발이나 신게 만들었으며, 병원과 영안실로 떠밀었다. 이래야 사람들은 만족했다. 그리고 눈물 몇 방울을 흘리는 둥 마는 둥 하더니 여전히 신나는 잔치판을 벌였다.

그러나 이젠 사정이 달라졌다. 세상은 바뀌었고, 갑자기 우리 시인들은 기쁨을 향한 대열의 선봉장이 되었다. 불운의 작가, 고난의 작가들이 자본주의의 황혼기에 펼쳐지는 행복의 제전에 참여하게 되었다. 사람들의 취향도 기민하게 바뀌어 이제 불행은 위대한 창조에 필요한 효모라고 추켜세웠다. 무례한 행동과 질병은 시 창조에 없어서는 안 될 요소로 간주했다. 횔덜린은 정신병자로서 불행하게 생을 마감했고, 랭보는 신산에 찬 방랑자의 길을 갔으며, 네르발은 빈민촌 골목길 가로등에 목을 매고 자살했다. 19세기 말에 이르면 이런 시인들이 미의 극치로 여겨졌을 뿐만 아니라 고통과 고난 속에서 살아가는 시인의 삶을 정당화하는 구실이 되었다. 이런 가시밭길이 정신적 활동의 본질적인 조건이 되어야 한다는 어이없는 신조가 등장한 것이다.

최근에 이런 순교자의 길을 강요당한 시인이 딜런 토머스였다.

이처럼 구태의연한 부르주아지 관념이 아직도 몇몇 사람들의 정신을 사로잡고 있는데, 왜 이런 사람들은 코로 세상의 맥박을 재지 않는지 알다가도 모를 일이다. 세상의 코는 미래의 냄새를 맡으므로 코로 세상의 맥박을 재야 당연하지 않겠는가.

덩굴 식물 같은 비평가들이 있다. 남들에게 뒤떨어져 보일까 두려워서 덩굴손으로 최신 유행만 뒤쫓는다. 그러나 뿌리는 여전히 과거 깊숙이 박혀 있다.

우리 시인들은 행복을 누릴 권리가 있다. 단, 우리가 민중과 강고한 유대를 맺고, 민중의 행복을 위해서 투쟁한다는 단서가 붙을 때만.

일리야 예렌부르크는 어느 글에선가 "파블로는 내가 만난 사람 중에서 몇 안 되는 행복한 사람이다."라고 쓴 적이 있다. 예렌부르크가 말한 파블로가 바로 나인데, 결코 틀린 말이 아니다.

따라서 명석한 저널리즘 비평가들이 내 재산에 관해 이러쿵저러쿵 입방아를 찧는 것도 이상하게 여길 일은 아니다. 물론 사생활은 비평의 대상이 될 수 없지만 말이다. 내가 행복하게 살 것이라는 추측만으로도 수많은 사람들이 분개하는데, 이것도 물론 이해한다. 그러나 진실을 말하면 나는 마음이 행복한 사람이다. 양심은 편안하고 지성은 불안한 사람이다.

시인의 생활 수준으로는 너무 높은 거 아니냐고 질책하는 비평가들을 한번 초대하고 싶다. 그리하여 시집이 출판되어 팔리고 비평가들이 관심을 사기까지 일련의 과정에서 시인들이 느끼는 자부심을 보여 주고 싶다. 또 저작권료를 받으며, 적어도 몇몇 작가들은 신성한 노동으로 생활을 꾸려 갈 수 있다는 사실을 자랑하고 싶다. 비평가는 이런 시인의 자부심을 널리 알려야 한다. 다 된 밥에 재만 뿌리고 다녀서는 안 된다.

얼마 전 내 작품에 관한 비평을 읽었다. 성직자이자 명석하기로 소문난 젊은 비평가의 글이었는데, 명석한 비평가라고 해서 오류를 범하지 않는다는 보장은 없다는 생각이 들었다.

그 비평가에 따르면 내 시의 약점은 바로 행복감이었다. 그리고 대안으로 고통을 처방했다. 이런 논리라면, 맹장염을 앓아야만 탁월한 산문을 쓸 수 있고, 복막염을 앓아야만 숭고한 시를 창작할 수 있을 것이다.

나는 앞으로도 내 수중에 있는 소재, 나라는 존재를 형성하고 있는 소재로 작업할 것이다. 나는 잡식성이어서 감정, 존재, 책, 사건, 전투 등 무엇이든 삼킨다. 온 땅을 먹고 싶고, 온 바다를 마시고 싶다.

단시와 장시

행동하는 시인으로서 나는 자기도취와 싸웠다. 따라서 객관성과 주관성 사이의 갈등은 나라는 존재 내부에서 해결되었다. 충고라기보다는 혹시 도움이 될까 하고 내 경험을 이야기하련다. 우선 결과부터 살펴보자.

당연한 일이나, 내 시는 수준 높은 비평의 대상이자, 어떻게든 폄하하고 싶은 질시의 대상이기도 하다. 이미 판은 벌어진 것이다. 내가 이 논쟁에서 목소리를 낼 수는 없다. 하지만 투표권은 있다. 내 시집, 내가 지금까지 쓴 시가 바로 적확한 비평 쪽에 행사한 찬성표이다. 적대적인 비난에 대해서도 투표권이 있는데, 이 역시 부단한 창작 활동으로 내 의사를 표시한다.

내 말이 자만심 섞인 얘기로 들릴 수도 있겠다. 어쩌면 그런 독자의 생각이 옳을지도 모른다. 그렇다고 하더라도 내 경우는, 오랜 세월 변함없는 애정으로 한 가지 일에만 전념해 온 장인으로서의 자만심으로 이해해 주기를 바란다.

한 가지 만족스럽게 생각하는 것은 바로 나 때문에 적어도 우리 조국에서는 시를 쓰는 일, 즉 시인이라는 직업을 얼마간 존경하게 되었다는 것이다.

내가 시를 쓰기 시작한 무렵에는 두 부류의 시인이 있었다. 한 부류는 상류층 인사로 돈 때문에 존경받고, 합법적이든 비합법적이든 지위의 덕을 본 사람들이다. 다른 부류는 싸움질 좋아하는 유랑 시인, 술집의 터줏대감, 호기심을 자극하는 기인, 고뇌에 시달리는 몽유병 환자들이다. 그리고 쇠사슬에 묶인 갤리선 노예처럼 공공기관 사무실에 묶여 있던 작가들도 빼놓을 수 없다. 이 사람들의 꿈은 산더미 같은 공문서와 비아냥거리는 상사 때문에 산산조각 날 지경이었다.

나는 가진 것 없이 맨몸 하나로 인생을 시작했다. 그러나 무슨 일이 있어도 시만은 포기할 수 없다고 굳게 결심했다. 이처럼 확고부동한 자세는 나 자신에게 도움이 되었을 뿐만 아니라 어리석은 사람들이 함부로 비웃지 못하게 만드는 방패가 되었다. 어리석은 사람들 가운데 그나마 양식 있는 사람은 후일 내 시에 공감하여 선한 사람이 되었다. 그러나 심성이 비뚤어진 사람은 점점 나를 두려워했다.

이리하여 사람들은 시를 존중하게 되었다. 시뿐만 아니라 시인도 존경하게 되었다. 모든 시와 모든 시인들을 존경하게 되었다.

나는 이런 공헌을 했다는 사실에 자부심을 느끼고 있으며, 또 훈장처럼 패용하고 다니기를 좋아한다. 따라서 이런 명예를 빼앗으려는 사람은 용납할 수 없다. 다른 것은 논란의 여지가 있을지 모르겠으나 이 점은 그 누구도 부인할 수 없는 역사적 사실이다.

집요하게 나를 공격하는 사람들은 갖가지 무모한 주장을 내세울 것이다. 젊었을 때는 나를 비렁뱅이라고 부르더니 이제는 내가 무슨 엄청난 재산을 소유한 갑부라도 되는 양 호들갑을 떨고 다닌다. 정말 가능하다면 그런 부자가 되고 싶다. 여러 가지 이유가 있으나, 무엇보다도 그 사람들이 노발대발 날뛰는 모습을 한번 보고 싶다.

내 시의 길이를 재는 사람들도 있다. 시행이 너무 짧다거나 혹은 너무 길다고도 한다. 어처구니없는 일이다. 아니, 시행이 좀 더 짧아야 한다거나 좀 더 길어야 한다거나, 좀 더 좁아야 한다거나 좀 더 넓어야 한다거나, 좀 더 노란색이어야 한다거나 좀 더 빨간색이어야 한다는 규칙을 누가 정해 놓았단 말인가? 모든 결정권은 시를 쓰는 시인에게 있다. 피와 한숨 그리고 있는 지식과 없는 지식을 총동원하여 결정한다. 이 모두가 시라는 빵에 들어가는 것이다.

리얼리스트가 아닌 시인은 죽은 시인이다. 그러나 리얼리스트에 불과한 시인도 죽은 시인이다. 비합리주의적인 시인은 자기와 자기를 사랑하는 사람만 이해할 수 있는데, 참으로 한심한 일이다. 오로지 합리주의만을 추구하는 시인은 바보라도 이해할 수 있는데, 이 또한 한심한 일이다. 이런 방정식은 정답이 있는 것도 아니며 하느님이나 악마가 제시한 해법도 없다. 합리와 비합리라는 양극단은 시 내부에서 부단히 다투고 있으며 한 번은 이쪽이 승리하고 다음 번에는 저쪽이 승리한다. 하지만 시 자체는 결코 패하는 법이 없다.

시인이라는 직업이 지나치게 남발되고 있다. 수많은 남녀 시인들이 우후죽순처럼 등단하기 때문에 머지않아 독자는 사라지고 모두가 시인이 될 것 같다. 우리 시인들은 독자를 찾아나서야 한다. 독자가 있는 곳이라면 낙타를 타고 사막을 횡단하거나 우주선을 타고 하늘을 비행하는 수고도 마다하지 않아야 한다.

시는 인간의 심오한 감성에서 우러나온다. 바로 이런 감성에서 예배와 찬송이 우러나왔고, 나아가서 종교가 탄생했다. 시인은 갖가지 자연 현상과 대담하게 맞섰고, 원시시대에는 사제라는 이름으로 직책을 유지했다. 근대에 이르러는 자신의 시를 방어하기 위해 일반 대중이 부여한 자격을 등에 업었다. 오늘날 시민 사회에서도 시인은 여전히 고대의 사제 행세를 하고 있다. 옛날에는 어둠과 결탁했다면, 이제는 빛과 함께해야 한다.

독창성

나는 독창성을 믿지 않는다. 독창성이란 급속도로 몰락해 가는 우리 시대가 만들어 낸 미신에 불과하다. 나는 개성을 믿는다. 예술 창조에서 어떤 언어와 형식을 사용하든, 또 예술품에 어떤 의미를 부여하든 개성은 드러나게 마련이다. 그러나 독창성이라는 어처구니없는 관념은 근대의 발명품이자 속임수의 산물이다. 시인들 가운데는 한 국가나 한 언어권이나 전 세계의 계관시인으로 등극하고자 열망하는 사람들이 있다. 이런 사람들은 선거인단이나 찾아다니며 경쟁자가 될 만한 사람을 음해하기 일쑤이니, 제대로 된 시가 나올 리 없다.

그러므로 탁월한 시인이 되려면 자신이 추구하는 방향을 고수하고, 자연, 문화, 사회생활에 대한 지나친 관심을 통제하는 것이 매우 중요하다.

고매하고 엄격한 예전 시인들, 이를테면 케베도 같은 시인들은 경계의 의미로 「호라티우스를 모방하여」, 「오비디우스를 모방하여」, 「루크레티우스를 모방하여」…… 이런 유의 제목이 붙은 시를 썼다.

내 경우에는 나만의 고유한 어조를 유지하고 있는데, 모든 살아 있는 생명체가 그러하듯이 이 어조도 차츰 강화되어 오늘에 이르게 되었다. 주지하듯이, 내 초기 시집에서는 감정이 큰 부분을 차지하고 있다. 시인이 가슴에서 들끓는 분노나 애정을 노래하지 못한다면 이 얼마나 한심한 일인가! 그러나 40년이라는 세월이 지난 지금, 시는 감정보다 한층 본질적인 영역을 표현할 수 있다고 믿는다. 다시 말해서, 통제된 자발성을 믿는다. 이를 위해 시인은, 이를테면 긴급 상황에 대비한 비상 용품처럼, 언제든지 사용할 수 있는 자원을 비축하고 있어야 한다. 첫째 품목은 단어, 음성, 비유에 대한 형식적, 실제적 정보이다. 이런 것들은 벌처럼 귓가를 휙 스치고 지나가기 때문에 재빨리 낚아채서 주머니 속에 갈무리해 두어야 한다. 나는 이런 면에서는 아주 게으른 사람이나 좋은 충고인 것만은 틀림없다. 마야콥스키는 수첩을 들고 다니면서 끊임없이 무언가를 적었다. 그리고 감정이라는 품목도 있다. 이런 감정을 어떻게 갈무리한다는 말인가? 감정이 생길 때, 그것을 의식하는 것이다. 그러면 종이 앞에서 그 의식을 기억해 낼 수 있는데, 감정보다 훨씬 더 선명하다.

나는 상당수의 시집에서 시인은 장차 직면할 문제, 인류에게 필요할지도 모르는 문제에 대해서 쓸 수 있다는 것을 증명하고 싶었다. 고대의 위대한 작품들은 대부분 엄격한 요구 조건에 따라 쓰였다. 이를테면, 베르길리우스의 『농경시』는 로마 농촌의 농업을 선전하기 위한 작품이었다. 시인은 대학이나 노동조합, 블루칼라나 화이트칼라를 위해 글을 쓸 수 있다. 이런 글을 쓴다고 해서 자유를 잃은 것은 결코 아니다. 신비한 영감이라든가 시인과 하느님 사이의 교감이란 사실은 불순한 의도를 지닌 허구에 지나지 않는다. 위대한 창의력이 발현되는 순간에 창작한 작품이라고 할지라도 외적인 압력이나 이전의 독서에 의해 영향을 받기 때문에 얼마간은 타인의 것이다.

조금은 이론적인 이런 생각을 하다 보니, 문득 청년 시절의 문단 분위기가 떠오른다. 당시 화가와 작가들은 은밀히 요동치고 있었다. 시단과 화단에서는 서정주의가 퇴조하고 있었다. 예술가들은 각기 남들보다 더 무정부적이고, 더 퇴폐적이고, 더 무질서하게 보이려고 노력했다. 칠레 사회도 심각하게 동요하고 있었다. 대통령 후보로 나선 아르투로 알레산드리 팔마는 개혁을 주장했다. 초석 광산에서는 추후 남미에서 가장 중요한 민중운동을 전개할 노동자 조직이 만들어지고 있었다. 신성한 투쟁의 나날이었다. 카를로스 비쿠냐와 후안 간둘포가 활동하던 시기였다. 나는 이내 무정부 조합주의 학생운동에 가담했다. 애독하던 책은 안드레예프의 소설 『사시카 지굴료프』였다. 다른 사람들은 아르치바셰프의 포르노 소설을 읽고, 작가의 이데올로기를 타박하고 있었다. 요즘 실존주의 포르노 소설을 가지고 벌이는 짓과 똑같다. 지식인들은 술집으로 도피했다. 술을 마시면 빈곤마저도 다음 날 아침까지는 황금처럼 눈부시게 빛났다. 비상한 재능을 지닌 후안 에가냐는 만신창이가 되어 무덤으로 갔다. 소문에 따르면, 엄청난 재산을 물려받았는데 그 많은 돈을 사람이 살지 않는 폐가의 책상 위에 놓아두었다고 한다. 그의 술친구들은 낮에 자고 밤에 외출하여 술을 몇 상자씩 사 왔다. 그러나 후안 에가냐의 시는 칠레의 '서정시 밀림'에서, 생소한 전율을 불러일으킨 한 줄기 달빛이었다. '서정시 밀림'이란 몰리나 누녜스와 세구라 카스트로가 모데르니스모 시선집에 붙인 낭만적인 제목이다. 방대한 자료를 수록한 이 책은 시를 선택하는 탁월한 안목과 함께 간과할 수 없는 결함도 지니고 있어서 혼란기의 '시 총서'라 할 만했다. 나에게 아주 강한 인상을 남긴 사람은 새로운 문학의 독재자였다. 지금은 아무도 기억하는 사람이 없는데, 이름은 알리로 오야르순이다. 오야르순은 몸이 여윈 보들레르풍 시인이었고, 수준 있는 데카당파 시인이었다. 또한 고통에 시달리고, 송장 같고, 잘생기고, 광기를 지니고 있어서 칠레의 바르바 하콥 같은 시인라고 할 수 있다. 훤칠한 키에, 말을 할 때는 목소리가 저렁저렁 울렸다. 오야르순은 수수께끼 같은 형식으로 미학적 문제를 제기했는데, 우리 문단에서는 매우 독특한 일이었다. 목청을 높여 '원(圓)의 원형성', '디오니소스의 디오니소스성', '암흑의 암흑성'이라고 말할 때, 그의 이마는 지성의 전당을 덮고 있는 노란색 돔처럼 보였다. 그러나 오야르순은 바보가 아니었다. 한 문화의 천국 같은 면과 지옥 같은 면을 모두 가진 사람이었다. 본질적으로 코즈모폴리턴이었으나 이론을 추구함으로써 이러한 본성을 죽여 버린 사람이었다. 그가 남긴 시는 단 한 편뿐이다. 이 시도 내기에서 이기려고 썼다는 소문이 있다. 이 시는 어느 시선집에도 수록되어 있지 않은데, 나는 그 이유를 이해할 수 없다.

병 속의 범선과 선수상

크리스마스가 다가오고 있다. 크리스마스가 지나갈 때마다 2000년은 더욱 가까워진다. 2000년의 종소리, 미래의 기쁨, 내일의 평화, 정의로운 세계를 위해 이 시대의 우리 시인들은 노래하고 투쟁했다.

1930년대의 부에노스아이레스 영사관에서 근무할 때의 일이다.

내 상사 소크라테스 아기레는 자상하고 훌륭한 사람이었다. 아기레는 나더러 12월 24일 자기 집으로 와서 산타클로스 역할을 맡아 달라고 부탁했다. 지금까지 살아오는 동안 실수도 많이 했지만, 그때의 산타클로스 역할만큼 엉망진창인 적도 없었다. 솜으로 만든 수염은 연신 흘러내렸고 선물로 준비한 장난감도 엉뚱한 아이들에게 나누어 주었다. 내 목소리도 숨길 수가 없었다. 칠레 남부 지방의 영향을 받아 어릴 때부터 특이한 콧소리가 나는데 이런 목소리를 어떻게 감춘다는 말인가? 궁리 끝에 영어로 얘기하기로 마음먹었다. 그러자 아이들은 까맣고 파란 눈동자로 뚫어지게 나를 쳐다보았다. 훌륭한 가정 교육을 받은 아이들답지 않게 노골적으로 못 믿겠다는 눈초리였다.

그런데 이 아이들 가운데 장차 주목받는 작가로 성장하여, 친구가 되고 아주 훌륭한 내 전기를 쓰게 될 사람이 있었을 줄이야! 그 사람이 바로 마르가리타 아기레다.

나는 집에 크고 작은 장난감을 많이 모아 두었다. 모두 내가 애지중지 여기는 수집품이다. 놀지 않는 아이는 아이가 아니다. 그러나 놀지 않는 어른은 자신 속에 살고 있는 아이를 영원히 잃어버리며, 끝내는 그 아이를 무척이나 그리워하게 된다. 나는 집도 장난감처럼 지어 놓고, 그 안에서 아침부터 저녁까지 논다.

모두 내 장난감이다. 혼자서 즐기겠다는, 무척이나 과학적인 목적으로 평생 동안 모은 장난감이다. 아이들과 어른들을 위해 이제부터 내 장난감을 소개하겠다.

내 소장품들 가운데는 병 속에 담긴 범선이 있다. 솔직하게 말하면, 한 척만 있는 게 아니라 함대를 이루고 있다. 범선마다 선박 이름도 적혀 있고, 돛대, 돛, 뱃머리, 닻도 달려 있다. 몇 척은 먼 바다를 건너왔다. 이 가운데 가장 멋있는 범선은 스페인에서 보내온 것인데, 대금은 송가집의 인세로 지불했다. 높다란 주 돛대에는 조그만 칠레 국기가 매달려 있다. 그러나 대부분의 범선은 카를로스 오얀데르의 작품이다. 오얀데르는 전직 선원으로, 함부르크나 세일럼이나 영국에서 초석을 운송하거나 고래를 잡으려고 남대양으로 출항한 유명한 선박의 미니어처를 제작해 주었다.

코로넬에 사는 늙은 뱃사람을 만나려고 석탄과 비 냄새를 뚫고 장거리 여행을 한 끝에 세계에서 가장 작은 조선소에 들어갔다. 작은 거실, 식당, 부엌, 정원에는 투명한 피스코(포도로 만든 브랜디로 페루와 칠레의 대중적인 술) 병에 들어갈 온갖 부품들이 차곡차곡 쌓여 있었다. 카를로스는 휘파람을 불며 마술 같은 솜씨로 뱃머리와 돛, 사각 주범(主帆)과 삼각 종범(縱帆)을 다루었다. 항구에서 가물거리는 흐릿한 연기까지도 그의 손길을 거치면 병 속에서 환상의 바다를 향해 금방이라도 출항할 것 같은 선박의 모습으로 변한다.

카를로스가 정교한 손길로 제작한 배들은 안트베르펜이나 마르세유에서 구입한 모형 범선 사이에서도 유독 눈에 띈다. 그는 배에 생명을 불어넣었을 뿐만 아니라 온갖 지식을 동원하여 선박 명칭, 항해 횟수, 난항, 태평양에서 돛을 나부끼며 운송한 화물 등을 기록한 설명서를 부착해 놓았기 때문이다.

막대한 적재량을 자랑하는 포토시호와 1910년 영국 해협에서 좌초당한 프로이센호도 병 속에 들어 있다. 오얀데르는 메리 셀레스트호도 두 척이나 만들어 주었다. 1882년 이 범선에 타고 있던 선원과 승객들이 모두 증발해 버렸는데, 아직까지도 정말 알 수 없는 미스터리다. 나는 신비를 조장하는 전문가지만, 한 송가에서 장시간에 걸친 섬세한 건조 작업을 상세하게 기술해 두었다. 또 배를 어떻게 병 속에 집어넣는지도 얘기했다. 그러나 아직은 밝힐 수 없는 비밀이다.

내 장난감 가운데 가장 큰 장난감은 선수상(船首像)이다. 다른 소장품과 마찬가지로 이 선수상도 신문과 잡지에 여러 차례 소개되는 바람에 구설수에 오르기도 했다. 우호적으로 생각하는 사람들은 너털웃음을 터뜨렸다.

"참 알다가도 모를 사람이야. 어떻게 이런 걸 수집할 생각을 했을까!"

그러나 악의적인 사람들 생각은 다르다. 내 소장품도 못마땅하고 이슬라네그라 집에 게양한 파란 바탕의 하얀 물고기 깃발도 눈에 거슬린 어떤 사람은 이렇게 말했다.

"나는 사사로운 깃발을 내걸지도 않고, 선수상도 수집하지 않습니다."

그 사람은 다른 아이들 팽이가 욕심나서 우는 아이와 똑같다. 그 와중에도 선수상은 사람들이 자기를 시샘하는 게 재미있는지 웃고 있었다.

사실, 선수상은 뱃머리 장식이라고 불러도 괜찮을 것이다. 내가 소장한 선수상, 이제는 항해하던 바다를 떠난 인물상은 전신상이거나 흉상이다. 사람들은 선박을 건조한 후 뱃머리에 심오한 뜻을 부여하려 했다. 고대에는 토템으로 여기는 새나 신비한 동물을 나무로 깎아 뱃머리에 달았다. 19세기에 들어와 포경선은 반라의 여신상이나 프리기아 모자를 쓴 마리안(프랑스 혁명 이후 공화정과 자유의 상징으로 등장한 여인상) 같은 상징적인 인물을 선수상으로 사용했다.

소장품 가운데는 남자 선수상도 있고, 여자 선수상도 있다. 그

중에서 가장 작고 아름다운 선수상에는 마리아 셀레스테라는 이름을 붙였는데, 살바도르 아옌데가 탐을 내고 몇 번이나 집어 가려고 했다. 아무튼 그 선수상은 작은 프랑스 선박에 붙어 있던 것으로 아마도 센강만 왕래했을 것이다. 재질은 떡갈나무인데 거무스름하다. 숱한 세월과 항해에 시달린 나머지 피부가 영원히 가무잡잡하게 변해 버린 탓이다. 2제정 시대의 우아한 의상이 바람에 펄럭이고 있어서 마치 날고 있는 듯한 모습이다. 움푹 파인 보조개, 그리고 도자기로 만든 눈은 수평선을 응시하고 있다. 그런데 이상하게도 매년 겨울만 되면 이 선수상이 눈물을 흘린다. 알 수 없는 현상이다. 목재의 기공이 습기를 흡수하는지도 모른다. 어쨌거나 겨울만 되면 눈물을 흘리고, 나는 매년 마리아 셀레스테의 작은 얼굴 위로 흘러내리는 귀한 눈물을 본다.

조상(彫像)이란, 기독교의 것이든 이교도의 것이든, 인간의 종교적 감수성을 일깨우는 모양이다. 몇 년 동안 정원에 놓아둔 선수상이 있었다. 배에 달려 있을 때처럼 몸을 약간 앞으로 숙인 자세로 바다를 바라보고 있었다. 어느 날 오후였다. 마틸데와 나는 정원으로 몰려든 한 무리의 여자들을 보았다. 나를 인터뷰하기 위해 물불을 가리지 않는 기자들처럼 담을 넘어 들어온 그 여자들은 선수상 앞에 적지 않은 촛불을 밝혀 놓고 무릎을 꿇고 있었다. 아마도 신흥 종교가 탄생한 모양이다. 그 선수상은 키가 크고 엄숙한 표정이 가브리엘라 미스트랄을 닮았지만, 어쨌든 우리는 신도들에게 이 사악한 세상에서도 가장 사악한 바다를 헤치고 다니던 선수상을 무턱대고 섬기지는 말라고 당부했다.

그날 이후 그 선수상을 집 안으로 들여와 내 곁에, 벽난로 옆에 두었다.

종교와 시

뱃머리를 장식하는 풍만한 가슴과 아름다운 얼굴의 여인상이 바다 옆 내 정원에서 항해를 멈추고 쉬고 있었다.

내가 좋아하는 장식이다. 그 장식은 잊힌 시대의 기억을 떠올리게 한다. 세계의 바다를 항해하는 거대한 범선 말이다.

꽤 오래전에 나는 농부의 부인들이 무릎을 꿇고 이 기운찬 우상 앞에 촛불을 켜는 걸 봤다. 그 우상이 성녀도 여신도 아니라는 걸 설득하는 게 꽤나 어려웠다. 그건 단지 나를 위한 여신이자 바다의 여신이라고 말이다. 비록 그 장엄한 여인상이 가브리엘라 미스트랄을 닮긴 했지만, 죄로 물든 이 세상에서 가장 죄로 물든 바다를 여행한 여인상을 경배하지 않도록 사람들을 깨어나게 해야 했다.

그때부터 나는 그 여인상을 정원에서 벽난로로 옮겨 두고 가까이서 보고 있다.

생각건대, 이 에피소드에 종교의 근원적 핵심이 있는 것 같다. 우상과 신도와 내가 있었으니, 혹여 내가 세심히 주의를 기울이지 않았더라면 나는 사제나 마법사나 두려움에 사로잡힌 미진한 인간을 찾아다니는 원시적 우상을 이용한 착취자가 됐을 것이다.

뒤이어 교회를 세우고 예술품으로 미스터리한 장식을 한 다음, 논쟁이 불가한 교리를 들이면 된다.

사업은 잘될 것이다.

수 세기 전부터 성직자들은 물, 전등, 텔레비전, 양심의 만족 등 모든 편의 사항을 제공하며 상이한 의식과 언어로 천상의 조각을 팔고 있다. 흥미로운 점은 신이라고 하는 가공할 존재가 사는 땅을 누구도 본 적이 없다는 것이다. 그럼에도 여전히 천상 혹은 성스러운 땅은 잘 팔리고 갈수록 가격이 상승한다.

나는 어렸을 때부터 상이한 신들의 이상한 출현 방식과 눈에 보이지 않는 그 왕국에 대항했다.

라틴아메리카는 자연재해가 빈번하게 발생하는 곳이다. 이곳의 지질학은 아직 연구가 끝나지 않았다. 화산은 거대한 제 주둥이로 계속 불을 뿜고 바다는 시시때때로 제 한계선을 넘어 사람이 사는 땅에 쳐들어와 사람과 동물을 휩쓴다. 지진은 땅과 도시를 뒤흔들어 무너뜨린다. 강은 최대한 지배받지 않으려고 한다. 이 나라에는 배를 띄울 수 있는 강이 두 개밖에 없다.

거대한 화재는 산을 집어삼키며 향기로운 밀림을 재로 만들고 있다.

이 모든 재해의 희생자는 가난한 사람들, 잊힌 사람들, 의지할 곳 없는 남녀와 아이들이다. 그리스도는 그들을 위해 설교했다. 그러나 기독교인의 신은 그들과 아무 상관이 없다. 신은 다른 곳에 산다. 그는 지진도 파괴할 수 없고 불에도 타지 않으며 홍수에도 무너지지 않는 집에 산다. 얼핏 보면 신은 부자들의 집에 살고 있는 것 같다.

나는 어렸을 때부터 종교의 그런 면을 이해할 수 없었다. 신학적 미스터리도 이해할 수 없었다. 왜 신이 자신의 신봉자들을 잔인하게 대하는지도 이해되지 않았다. 칠레는 100년 전 수도의 한복판에서 발생한 성당 화재로 크게 요동친 적이 있다. 화마는 문으로 옮겨 붙었고 신도들이 문을 부수고자 했으나 문은 열리지 않았다. 하느님도 문을 열어 주지 않았다. 미사를 드리는 중에 화재가 발생했는데도 말이다. 그 화재로 1000명 이상의 독실한 기독교인이 사망했다.

라틴아메리카에서 성당 화재는 지속적으로 반복됐다. 보통은 목재로 지은 작은 교회들이었다. 누구도 살아남지 못했다. 설교를 하는 신부마저도. 이걸 어떻게 이해해야 할까?

파스칼이 말하는 "무조건적 믿음"의 의무도 내게는 무의미했다. 교회는 머리 위에 다모클레스의 칼을 걸어 둔다. 지옥은 믿지 않는 자들에 대한 벌이다. 그런데 왜 그런가? 종교는 종교적 체계에 따른 신성한 기원에 대한 이해를 요구한다. 따라서 누군가가 이해하지 못하는 것을 믿을 의무가 있는 것은 아니며 어떤 경우에도 믿음과 불신이 보상이나 처벌의 대상이 될 수는 없다. 성스러움의 불가지성은 속임수의 체계이자 인간의 이성에 대한 멸시이다.

신성함에 대한 부단한 아첨, 의도적인 굴종, 기도의 의미를 구성하는 모든 것이 신성한 결정에 영향을 미칠 수 있다는 것을 이해할 수가 없다. 그런 일은 설명이 불가능하다. 그리고 기도는 기계적인 방식으로 반복된다. 기도는 진리가 없는 틀에 박힌 말이 돼 버렸다. 그러한 퇴락 속에서 몇몇 종교적 체계는 더 이상 의미가 없는 기도를 사유도 말도 요하지 않는 메커니즘, 예컨대 손가락 사이를 부드럽게 빠져나가는 묵주 같은 것으로 대체했다.

고대 라틴아메리카에 500년 전 헤아릴 수 없이 중대한 사건이 벌어졌다. 스페인 정복자들은 아메리카 원주민을 착취하기 위해 기독교의 이름으로 원주민의 과두정치와 신권정치를 지탱하던 수천에 달하는 라틴아메리카의 고대 신상들을 무너뜨렸다. 스페인 기독교의 지지를 받던 침략자들은 사원을 파괴하고 엄청난 가치의 원고 같은 보물을 간직한 도서관을 불태웠으며 원주민들의 피를 잔인하게 흩뿌렸다. 정복에 종교전쟁의 의미가 덧씌워졌다. 완벽하게 결합된 십자가와 검은 고대 제국이 목가적인 부족과 경이로운 문화를 공격하고 파괴했다. 오직 단 한 명의 사제, 바르톨로메 데 라스카사스만이 그 학살에 대항했다. 그러나 그는 박해를 받으며 권력과 교회에

항복해야 했다.

교회는 오랜 역사와 더불어 부정할 수 없는 중요성을 지녔다. 민중의 희생으로 휘황찬란한 작품과 다름없는 교회를 세웠다. 이 시대에 교회는 정치 권력을 넘어 실력 없는 화가와 조각가가 아니라 가장 뛰어난 화가와 조각가로 하여금 그림을 그리도록 했다. 앙리 마티스의 경우 진보적 성향의 화가였지만 프랑스 교회의 요청에 따라 방스 교회에 아름다운 그림을 그려야 했다. 개인적으로는 러시아의 고대 성화상이 인간이 그려 낸 가장 흥미로운 작품으로 보인다.

나의 시 「배」에서 나는 우리가 살고 있는 자본주의 시대에 드러난 인간성의 파노라마를 보여 주고 싶었다. 이 짧은 시에서 나는 사회적 부정이 제거할 수 없는 사물처럼 받아들여지고 있다는 사실에 저항하고 있다.

배는 불평등과 고통이 두드러지는 공간으로, 종교는 그 「배」라는 시를 쓰는 데 도움이 많이 되었다. 그 배가 조난하지 않고 사물의 제 위치를 유지할 수 있도록 말이다.

나로서는 철학적으로도 역사적으로도 모든 종교적 프로세스를 깊이 연구하거나 논의할 수는 없다.

시인으로서 내 책무는 후진성을 야기하는 것들을 고발하고 희망과 가능성과 인간 사회의 기쁨을 일으키는 일이다.

책과 조개껍데기

돈 없는 애서가(愛書家)는 속상한 일을 수도 없이 겪는다. 책이 수중에서 빠져나가는 정도가 아니라 아예 공중으로 날아가 버린다.

가격만큼 높은 곳으로 새처럼 날아가 버린다.

하지만 부지런히 돌아다니면 뜻밖의 진주를 얻기도 한다.

1934년, 마드리드에서 100페세타밖에 안 되는 고서를 한 달에 20페세타씩 월부로 사겠다는 말에 서점 주인 가르시아 리코가 깜짝 놀라던 모습이 기억난다. 몇 푼 안 되는 돈이었는데 그 당시 내 수중에는 그런 돈마저 없었던 것이다. 다섯 달에 걸쳐 꼬박꼬박 할부금을 갚았다. 이처럼 어렵게 구입한 책이 바로 포펜스판 공고라 시집이다. 포펜스는 17세기 플랑드르 출판업자로, 스페인 황금시대의 대가들 작품을 더할 나위 없이 아름다운 활자로 인쇄했다.

케베도 시도 소네트를 전투 대형의 군함처럼 배열한 포펜스판으로 읽어야 제맛이다. 그 후로 책방이라는 밀림을 수시로 드나들었다. 교외 골목길에 위치한 헌책방이나 프랑스와 영국의 대형 서점 구석구석을 뒤지고 다녔다. 손에 새까만 먼지가 묻기 일쑤였으나 간혹 보물을 수중에 넣기도 했다. 이런저런 이유로 책을 구입할 수 없는 경우에도 보물을 발견했다는 기쁨을 안고 책방을 나섰다.

각종 문학상에서 받은 상금으로 고가의 희귀 서적을 구입할 수 있었다. 내 장서량은 상당한 규모에 이르렀다. 서가에서는 희귀본 시집이 빛을 발했고, 자연사에 관심이 많은 탓에 총천연색 양장본의 식물도감, 조류도감, 곤충도감, 어류도감도 빼곡하게 들어찼다. 또 진기한 여행 안내서, 이바라가 인쇄한 『돈키호테』 희귀본, 아름다운 보도니 활자로 인쇄한 2절판 단테 작품, 루이 14세 시절 황태자 도팽의 교육용으로 발간된 한정판 몰리에르 작품도 구입할 수 있었다.

그렇지만 내 수집품 가운데 으뜸은 조개껍데기이다. 그 절묘한 생김새만 들여다보고 있어도 마음이 흐뭇해진다. 저마다 특이한 형태와 촉감과 기능을 자랑하는 도자기를 감상하는 듯하다.

저명한 쿠바의 연체동물학자 카를로스 데라토레에게 아름답고 훌륭한 표본을 선물로 받은 게 계기가 되어, 바닷물에 잠긴 조그만 문 같은 조개껍데기에 관심을 가지기 시작했다. 그 후, 여행할 기회만 있으면 오대양의 조개껍데기를 수집했다. 그러나 내가 가장 많은 조개껍데기를 구한 곳은 다름 아닌 파리의 바다였다. 파리의 자연사 전문점과 벼룩시장은 온갖 바다의 조개껍데기들이 이주하는 곳이다.

베라크루스나 바하칼리포르니아의 돌 틈에 손을 집어넣는 것보다는 도시의 해초 사이에서, 망가진 등불과 낡은 구두 사이에서 아롱다롱한 대추고둥을 찾는 게 더 쉬웠다. 그리고 바닷물이 쓴 시구처럼 긴 수정 창이 달린 긴뿔고둥도 뜻하지 않게 발견했다. 굴 껍데기에 산호 가시가 붙어 있는 듯한 붉은 가시뿔국화조개나 공고라 시에 등장하는 석순처럼 새하얀 가시를 지닌 흰 가시뿔국화조개가 눈에 띄었을 때, 그 기쁨은 이루 말할 수 없었다.

이러한 수집품 가운데 몇 점은 역사적 가치가 있었다. 베이징 박물관을 방문했을 때 박물관 측은 중국해에서 수집한 귀중한 연체동물 표본 상자를 열고 두 개밖에 없는 나선식계단조개 가운데 하나를 선물로 주었다. 그 덕분에 바다가 중국에 선물한 작품, 중국의 사원과 탑을 닮은 진기한 작품을 소장할 수 있게 되었다.

나는 30년에 걸쳐 장서를 수집해 왔다. 책장에는 초기간본•과 내가 아끼는 서적들이 꽂혀 있다. 이를테면, 케베도, 세르반테스, 공고

• 구텐베르크가 인쇄술을 발명한 직후인 1440년에서 1500년까지 유럽에서 활자로 인쇄된 서적.

라를 비롯하여 라포르그, 랭보, 로트레아몽의 초판본도 소장하고 있는데 이들 책에는 내가 좋아하는 시인들의 손때가 묻어 있는 것만 같다. 랭보의 육필도 갖고 있었다. 파리에서 폴 엘뤼아르에게 생일 선물로 받은 것인데, 랭보가 다리 절단 수술을 받은 마르세유의 어느 병원에서 누이 이자벨 랭보가 어머니에게 부친 편지 두 통이었다. 이 편지는 프랑스 국립도서관과 시카고의 서적 수집가들도 눈독을 들이던 품목이었다.

이처럼 세계 곳곳을 다니며 책을 모았기 때문에 우리 집의 서가로는 도저히 감당할 수 없을 만큼 장서가 늘어났다. 마침내, 20년에 걸쳐 수집한 조개껍데기들과 세계 각국에서 애써 구입한 장서 5000여 권을 칠레국립대학에 기증하기로 작정했다. 총장은 화려한 인사말과 함께 기증품을 인수했다.

공명정대한 사람은 칠레 사회가 내 기증품을 감사하게 받았겠다고 상상할 것이다. 그러나 음흉한 사람들도 있기 마련이다. 한 관변 인사가 분노에 찬 글을 발표했다. 내 처신을 극렬하게 비판하고, 언제쯤이나 국제 공산주의의 준동을 저지할 날이 올지 모르겠다고 목소리를 높였다. 또 어떤 인사는 국회의사당에서 내 귀중한 수집품을 기증받았다는 이유로 국립대학을 공격하고, 국립대학에 대한 정부 지원금을 중단하겠다고 위협했다. 이 두 사람의 발언으로 칠레라는 작은 사회에 찬바람이 휘몰아쳤다. 총장은 핼쑥해진 얼굴로 국회 복도를 부지런히 뛰어다녔다.

수집품을 대학에 기증한 지도 20년이 지났는데, 그 이후로 내 장서와 조개껍데기를 본 사람은 아무도 없다. 아마도 책방과 바다로 되돌아가 버린 모양이다.

깨진 유리창

오랫동안 집을 비웠다가 3일 전에야 발파라이소의 우리 집(네루다는 이 집을 '세바스티아나'라고 불렀다.)으로 돌아왔다. 벽 여기저기에 금이 가 있고, 방바닥에는 산산조각 난 유리가 섬뜩한 양탄자처럼 깔려 있었다. 바닥에 나뒹구는 시계는 지진 발생 시각을 가리키고 있었다. 마틸데가 빗자루로 쓸어 낸 아름다운 물건이 얼마나 되는지 모르며, 지각의 요동으로 쓰레기가 되어 버린 귀한 물건이 얼마나 많은지 모른다!

우리는 청소하고 정리하고 새로 시작해야만 한다. 이런 난장판에서는 종이를 찾는 것도, 생각을 가다듬는 것도 매우 어려운 일이다.

지진이 일어나기 전에 나는 『로미오와 줄리엣』을 번역하고 있었고, 고대 운율에 맞춰 긴 사랑의 노래를 집필하고 있었다.

사랑의 노래여! 산산조각 난 유리를 헤치고 일어나라. 노래할 시간이 왔도다.

사랑의 노래여! 균형 감각을 회복하고, 고통을 노래할 수 있도록 나를 도와다오.

진정 이 세계는 전쟁을 쓸어 낼 수 없고 피를 씻어 낼 수 없고 증오로부터 벗어날 수 없다. 사실이 그렇다.

그러나 우리가 어떤 실현을 향해 나아가고 있다는 것 또한 사실이다. 세상의 거울에 폭력이 비치고 있으나 누가 봐도 아름답지 못한 모습이다.

나는 여전히 사랑의 가능성을 믿는다. 또한 사람들이 고통을 딛고 일어나, 피와 부서진 유리를 딛고 일어나 서로를 이해하리라고 확신한다.

아내 마틸데 우루티아

아내는 나처럼 시골 출신이다. 칠레 남부의 치얀에서 태어났다. 농부들이 만든 토기로 유명하고, 무서운 지진으로 악명 높은 고장이다. 『100편의 사랑 소네트』에서 아내에게 하고 싶은 얘기는 다 했다.

어쩌면 그 시집은 아내가 내게 소중한 존재라는 정의일지도 모른다. 삶과 땅이 우리를 만나게 했다.

다른 사람들은 관심도 없겠지만, 아무튼 우리는 행복하다. 우리는 칠레의 한적한 해변에서 긴 세월을 함께 보냈다. 뜨거운 햇볕이 내리쪼이는 여름철은 제외하고. 메마른 해변이 누런 사막처럼 보이기 때문이다. 그러나 비와 추위에도 불구하고 초록색과 노란색, 파란색과 자주색이 만발하는 겨울에는 그곳에서 산다. 우리는 가끔 야생적이고 한적한 바닷가 집을 떠나 신경이 날카로워지는 도시 산티아고로 올라간다. 그리고 둘이 힘을 합쳐 복잡하게 살아가는 다른 사람과 부대끼며 생활한다.

아내는 힘찬 목소리로 내 노래를 부른다.

내가 쓴 것, 내가 가진 것은 모두 아내에게 바친 것이다. 많지는 않으나 아내는 행복해한다.

지금 정원의 진흙 속에 푹 빠진 아내의 발과, 땅속 깊숙이 뻗은 뿌리까지 파고든 아내의 작은 손이 보인다.

아내는 발과 손과 눈과 목소리로 땅에서 수확한 온갖 뿌리와 꽃과 달콤한 열매를 내게 가져다주었다.

별을 발명하는 사람

한 남자가 파리의 호텔 방에서 자고 있었다. 그는 불치의 야행성 인간이기 때문에 정오가 되었는데도 아직도 자고 있다는 말에 여러분은 놀랄 필요가 없다.

그런데 잠이 깰 수밖에 없는 상황이 발생했다. 느닷없이 왼쪽 벽이 폭삭 내려앉더니, 곧이어 정면의 벽도 무너졌다. 폭격은 아니었다. 무너진 벽 사이로 콧수염을 기른 인부들이 곡괭이를 들고 나타나서 잠자던 사람을 놀렸다.

"어이구, 늦잠꾸러기 부르주아 나리! 우리하고 술이나 한잔 하시죠."

샴페인이 터지고, 가슴에 삼색 띠를 두른 시장이 등장하고, 라 마르세예즈가 울려 퍼졌다. 어떻게 이런 황당한 일이 발생했을까? 사실은, 이 잠꾸러기 주인공의 침실 바로 밑에서 지하철 신설 노선의 터널 관통식이 있었던 것이다.

나는 이 이야기를 듣는 순간, 그 사람의 친구, 아니 추종자, 제자가 되겠다고 마음먹었다. 그는 희한한 사건을 많이 겪었고 나는 그 얘기를 따라 이 나라 저 나라를 기웃거렸다. 로르카도 이런 황당무계한 사건에 매력을 느꼈는지 나와 같은 태도를 취했다.

로르카와 내가 마드리드 시벨레스 광장 근처의 코레오스 맥줏집에 앉아 있는데 뜻밖에 이 잠꾸러기가 나타났다. 겉모습은 건강하고 지구의처럼 통통했으나 안색이 안 좋았다. 차마 말로 표현할 수 없는 사건이 또 일어난 것이다. 그는 마드리드의 허름한 숙소에서 악보를 정리하고 있었다. 참, 그가 훌륭한 작곡가라는 사실을 깜빡 잊고 얘기하지 않았다. 아무튼 무슨 일이 일어났을까?

"내가 묵고 있는 호텔 앞에 차 한 대가 멈췄어요. 그리고 계단을 올라오는 발소리가 들리더니 바로 옆방으로 들어가더라고요. 얼마 후 이 손님이 코를 골기 시작했습니다. 처음에는 속삭이는 소리 같더니만 곧 사방이 요란했습니다. 소리가 얼마나 큰지 코를 골 때마다 옷장과 벽이 흔들렸습니다."

틀림없는 야생동물이었다. 코 고는 소리가 거대한 폭포수 소리로 변했을 때 그는 더 이상 의심할 필요가 없었다. 어금니가 삐죽이 튀어나온 멧돼지라고 확신했다. 다른 나라에서는 이런 멧돼지 코 고는 소리 때문에 성당이 뒤흔들리고 도로가 꿈틀거리고 바닷물이 격노했다. 지구를 위협하고 유럽의 평화를 깨트리는 이 가증스러운 괴물은 어떻게 지내고 있을까?

그는 매일같이 소름 끼치는 이야기를 들려주었다. 로르카, 나, 라파엘 알베르티, 풀헨시오 디아스 파스토르, 에르난데스, 조각가 알베르토 등 우리는 그를 반갑게 맞이하고, 헤어질 때는 걱정하지 말라고 위로했다.

어느 날, 그는 예전처럼 함박웃음을 지으며 나타났다.

"이제야 골치 아픈 문제가 해결됐습니다. 독일 비행선 그라프 체펠린호(1929년 세계 일주에 성공한 비행선)가 멧돼지를 운송하기로 약속했답니다. 브라질 밀림에 떨어뜨려 주겠대요. 거목들이 그놈을 먹여 살릴 테니까 앉은자리에서 아마존 강물을 다 마셔 버릴 위험은 없습니다. 거기서도 코 고는 소리로 지구를 못살게 굴겠지요."

이 이야기를 듣던 로르카는 웃음보가 터져 눈도 못 뜰 지경이었다. 그때 그는 전보를 치려고 우체국에 간 이야기를 들려주었다. 전신원이 다시는 전보를 치지 말라고 부탁하더라는 것이다. 전보 대신 편지를 이용하라고 신신당부했다. 전보를 받은 사람들이 경악하기 일쑤이며, 심지어 전보를 열어 보기도 전에 심장마비로 죽는 경우까지 있었다는 것이다. 한번은 호기심에서 런던의 순종마 경매장에 갔다고 했다. 친구에게 인사를 하려고 손을 들었는데, 이를 본 경매인이 1만 파운드에 낙찰되었다고 발표해 버렸다. 방금 전 아가칸•이 9500파운드까지 부른 암말이었다.

"할 수 없이 이 암말을 호텔로 데려갔다가 이튿날 되돌려 주었지요."

이제는 이 이야기꾼에게서 멧돼지 이야기나 다른 이야기를 더 이상 들을 수 없게 되었다. 그 사람은 여기 칠레에서 죽었다. 둥글둥글하게 생긴 이 칠레인의 이름은 아카리오 코타포스로, 탁월한 작곡가이자 기발한 이야기꾼이었다. 나는 그의 장례식 조사를 하게 되었는데, 단지 이 말만 했다. "오늘 우리는 별처럼 빛나는 이야기를 매일 들려주던 사람을 어둠 속으로 보냅니다."

거장 엘뤼아르

얼마 전에 폴 엘뤼아르 동지가 죽었다. 그렇게 건강하고 강인한 사람이 죽다니, 나로서는 좀처럼 믿기지 않는 일이었다. 푸른 눈동자에 붉은 볼을 지닌 엘뤼아르는 노르망디 출신으로 체격은 건장하나 실제로는 허약했다. 1914년 전쟁에서 두 번이나 가스에 노출되는 바람에 평생 수전증에 시달렸다. 그러나 엘뤼아르는 겸손하고 온화한 사람이었다. 언제 봐도 맑은 하늘 같고, 깊고 고요한 호수 같았다. 그

• 이슬람교 이스마일파의 영적 지도자를 일컫는 세습 호칭. 그중에서도 아가칸 3세는 열렬한 경마 애호가였다.

의 시는 유리창으로 흘러내리는 봄비처럼 너무나 깨끗하고 투명해서 처음에는 비정치적인 인물, 정치를 싫어하는 인물로 보였다. 그러나 사실은 그렇지 않았다. 그는 프랑스 민중 그리고 이들의 대의와 투쟁에 깊은 유대감을 느끼고 있었다.

엘뤼아르는 견실한 사람이었다. 이를테면 열정적으로 빛을 발하는 프랑스의 탑이었다. 흔히 보는 열정적인 아둔함과는 전혀 달랐다.

우리가 함께 여행했던 멕시코에서, 나는 생전 처음으로 어두운 심연의 가장자리를 서성거리는 엘뤼아르를 보았다. 그는 지혜가 거주할 자리와 함께 슬픔이 거주할 자리도 항시 마련해 두고 있었다.

아내를 잃고 공황 상태로 지내던 그를 설득하여 그 먼 멕시코 땅까지 데려왔는데, 호세 클레멘테 오로스코의 장례식이 있던 바로 그날 나는 급성 혈전정맥염으로 쓰러져 네 달 동안이나 침대에 누워 있었다. 엘뤼아르는 외로웠다. 의지할 데 없는 맹인 탐험가처럼 외로웠다. 아는 사람도 없고, 문을 열어 주는 사람도 없었다. 홀아비 신세였으니 얘기 나눌 상대도 없었고, 정붙일 곳도 없었다. 엘뤼아르는 종종 나에게 이런 말을 했다. "인생이란 동반자가 필요해. 자질구레한 인생사까지도 함께할 수 있는 동반자 말이야. 외로워서 견딜 수가 없어, 내 숨통을 조르는 것 같아."

나는 친구들을 불러 엘뤼아르를 데리고 밖으로 나가라고 부탁했다. 그들은 투덜거리며 엘뤼아르와 함께 멕시코 거리를 돌아다녔다. 그곳 어느 길모퉁이에서 그는 사랑을 만났다. 그의 마지막 사랑 도미니크였다.

엘뤼아르 얘기를 쓰려니 여간 힘든 게 아니다. 이 순간에도 원대한 시야와 깊은 통찰력을 지닌 파란 눈동자를 반짝이며 내 곁에 살아 있는 것만 같아서.

엘뤼아르는 뿌리가 향기로운 유산과 수많은 월계수가 얽힌 프랑스 땅에서 자라났다. 해묵은 덩굴이 물과 돌로 만든 그의 몸을 휘감아 올라가며 꽃과 광채, 둥지와 투명한 노래를 실어 날랐다.

그래, 투명하다는 말이 안성맞춤이다. 엘뤼아르의 시는 수정이고, 노래하는 시냇가에 잔잔하게 고여 있는 맑은 물이다.

지고한 사랑의 시인이자 한낮에 이글거리는 순수한 모닥불의 시인 엘뤼아르는 암담한 시절 조국 프랑스 한가운데 자기 심장을 내놓고, 자유와 조국의 해방을 위한 투쟁에 신명을 바쳤다.

이런 과정에서 공산당 입당은 자연스러운 일이었다. 엘뤼아르에게 공산주의자가 된다는 것은, 시와 삶을 통해 인간의 가치와 인본주의를 확인하는 것이었다.

엘뤼아르가 정치보다 시에 더 관심을 쏟았다고 생각하는 사람이 없길 바란다. 나는 그의 통찰력과 투철한 변증법적 논리 앞에 깜짝 놀란 게 한두 번이 아니었다. 우리 두 사람은 우리 시대의 여러 가지 사안과 인물에 대해 논의했는데, 엘뤼아르의 명석한 사고는 나에게 많은 도움이 됐다.

또한 엘뤼아르는 모방자가 아니라 창조자였기 때문에 초현실주의의 비합리성에 빠지지 않았으며, 나아가서는 초현실주의라는 시체 위에 명석한 지성의 총알을 퍼부었다.

매일 생각나는 친구였으며, 따뜻한 우정은 내가 일용하는 양식의 일부였는데, 이제는 더 이상 느낄 수 없게 되었다. 그 누구도 그가 가져가 버린 것을 내게 줄 수는 없다. 그의 우정은 내 삶의 소중한 보물이었기 때문이다.

친구여, 프랑스의 드높은 탑이여! 자네 비록 눈을 감았으나 나는 자네가 지상에 뿌려 놓은 빛과 위대함, 순박함과 올곧음, 선과 소박함에 의지하며 살아갈 것이라네.

피에르 르베르디

나는 피에르 르베르디의 시가 마술적이라고 말하지는 않겠다. 한 시대의 유행어가 되어 버린 이 단어에선 시장터의 마술사 모자가 떠오른다. 마술사가 모자에서 꺼내 날려 보내는 비둘기는 결코 야생 비둘기가 아니다.

르베르디는 구체적인 사물을 노래한 시인으로 땅과 하늘의 수많은 사물을 "명명하고 만져 보았다".

그의 시는 땅속에서 빛을 발하며 무한히 뻗어 있는 수정 광맥 같다. 때로는 깊은 땅속에서 어렵게 채굴한 검은색 광물처럼 강렬한 빛으로 번뜩거린다. 성냥불처럼 돌연한 불길로 타오르는 시도 있으며, 시적 진실에 묶인 채 컴컴한 갱도에 은닉된 시도 있다. 어쩌면 이러한 진실, 시적 몸과 자연의 동일성, 르베르디 고유의 평온, 변함없는 진정성 때문에 그의 시들이 잊혔는지도 모른다. 다른 사람들은 차츰 그의 시를 명확한 것, 자연현상, 위치도 색깔도 변하지 않는 집이나 강이나 익히 아는 길거리처럼 수용했다.

그가 저세상으로 가 버린 지금, 그의 고귀하고 당당한 침묵보다 더 강력한 침묵에 휩싸인 지금, 우리는 그가 여기에 없다는 그리움, 그 특이한 빛이 땅과 하늘에 묻혀 버렸다는 아쉬움을 느끼게 되었다.

내가 감히 말하건대, 언젠가 그의 이름이 천사처럼 부활하여 망각이라는 부당한 문을 부숴 버릴 것이다.

우리는 최후의 심판장에서, 본질 심판장에서 나팔은 없으나 시라는 거대한 소리의 침묵을 후광으로 두른 르베르디가 영원한 그의 작품으로 찬란하게 빛을 발하는 모습을 보게 되리라.

예지 보레츠사

이제 폴란드에 가도 예지 보레츠사를 만날 수 없다. 정해진 운명에 따라 이승 나들이를 마치고 이미 돌아갔기 때문이다. 보레츠사가 군인이 되어 몇 년 만에 폴란드에 돌아왔을 때 바르샤바는 폐허로 변해 있었다. 길도 나무도 사라졌다. 그를 기다리는 사람도 없었다. 활동적이고 비범한 인물 보레츠사는 조국 사람들과 함께 일했다. 거창한 계획을 구상하고, 곧바로 실행에 옮겼다. 바로 '출판의 전당'이었다. 건물을 한 층 한 층 올렸고, 세계에서 가장 큰 윤전기를 들여와 수백만 부의 책과 잡지를 인쇄했다. 보레츠사는 불굴의 정신으로 꿈을 현실로 변환시켰다. 활기찬 신생 폴란드에서 보레츠사의 대담한 계획은 꿈속의 성채처럼 실현되었다.

나는 보레츠사를 만난 적이 없었다. 그를 만나려고 호수가 많은, 폴란드 북동부 마수리아 지방의 휴양지로 찾아갔다.

차에서 내렸을 때, 며칠 동안 면도도 하지 않은 덥수룩한 사람이 보였다. 반바지만 겨우 걸쳤는데, 무슨 색깔인지 도무지 알 수 없었다. 그 사람은 나를 보자마자 책에서 배운 서툰 스페인어로 우렁차게 외쳤다. "파블로, 피곤하지 마, 좀 쉬어야지." 그러나 실제로는 조금도 쉴 틈을 주지 않았다. 그의 말은 광범위하고 다양한 영역을 포괄하고 있었으며, 비약과 감탄사로 점철되었다. 한꺼번에 일곱 가지나 되는 신축 계획을 설명하면서 중간중간에 새로운 관점으로 역사적 사실이나 인생을 논한 서적 얘기를 끼워 넣었다. "진정한 영웅은 돈키호테가 아니라 산초 판사였죠." 보레츠사에게 산초 판사는 민중적 리얼리즘을 대변하는 목소리, 시대와 세계의 진정한 중심이었다. "산초 판사는 섬을 훌륭하게 다스렸죠. 민중이 다스렸으니까요."

그는 새벽같이 잠을 깨우고도 "당신 좀 쉬어야지." 하고 소리쳤다. 그러고 나서 전나무와 소나무가 울창한 숲을 지나 어떤 수도원으로 데려갔다. 100년 전 러시아에서 들어와 아직도 옛 의식을 그대로 보존하고 있는 종파였다. 보레츠사를 본 수녀들은 축복이라도 받은 것처럼 그를 반겼다. 보레츠사는 공손하고 예의 바르게 수녀들을 대했다.

보레츠사는 온유하고 활동적인 인물이었다. 그런데 예전에 무서운 시절이 있었다. 한번은 즉결재판에 회부된 나치를 처형할 때 사용한 권총을 보여 주었다.

사연은 이랬다. 그 나치의 수첩을 찾아냈는데, 그곳에 자신이 저지른 범죄행위를 상세하게 기록해 놓았다. 그의 손에 목숨을 잃은 노인들과 어린이들, 강간당한 여자들의 명부였다. 그 나치는 잔학무도한 행위를 자행한 마을에서 붙잡혔다. 증인이 줄을 섰다. 고발장을 낭독했다. 그러나 오만한 살인자는 단 한마디로 대답했다. "다시 태어나도 그런 일을 하겠다." 그렇게 극악한 인간의 명줄을 끊어 버린 권총과 그 수첩이 내 손에 들려 있었다.

마수리아 지역 호수에서는 장어가 잡힌다. 이른 아침 장어잡이에 나섰는데, 얼마 지나지 않아 검은색 허리띠처럼 생긴 장어가 바구니에서 팔딱거렸다.

나는 호수와 어부와 풍경에 익숙해졌다. 아침부터 저녁까지 보레츠사를 따라서 올라가고 내려가고 뛰어가고 노를 젓고 사람들을 만나고 나무를 살펴보기도 했다. 그때마다 보레츠사는 큰 소리로 말했다. "여기서 좀 쉬어야 해요. 휴양에는 이곳처럼 좋은 곳이 없지요."

마수리아를 떠날 때, 보레츠사에게 훈제 장어를 선물로 받았다. 그렇게 긴 장어는 생전 처음 보았다.

그런데 이 이상한 지팡이 때문에 일이 복잡하게 되었다. 사실 그 장어를 먹고 싶었다. 훈제 장어를 몹시 좋아하고, 게다가 중간 상인을 거치지 않고 명산지에서 직접 가져왔으니 진품이 틀림없었다. 그러나 내가 투숙한 호텔에서 매끼마다 빠지지 않고 장어가 나왔기 때문에 도무지 먹을 기회가 없었다. 이제 장어는 골칫거리였다.

밤마다 선선한 발코니에 장어를 내다 놓았다. 가끔 흥미진진한 대화를 나누다 보면 정오가 되어서야 밖에 내놓은 장어가 뙤약볕을 맞고 있겠다는 생각이 들었다. 그러면 아무리 재미있는 이야기를 하고 있더라도 곧장 달려 나가 장어를 방 안으로 가져와 옷장과 같은 선선한 곳에 놓아두었다.

마침내 장어를 좋아하는 사람을 만나, 이 세상에서 가장 길고, 가장 부드럽고, 가장 맛있는 훈제 장어를 미련 없이 내줘 버렸다.

지금 그 위대한 보레츠사, 야윈 몸으로 쉬지 않고 일하던 돈키호테 같은 사람, 산초 판사를 흠모하던 사람, 감수성이 예민하고 지혜로운 사람, 꿈을 실천에 옮긴 그 사람은 처음으로 편히 쉬고 있다. 자기가 그토록 사랑한 어둠 속에 잠들어 있다. 그가 영면한 곳에는 활화산처럼 지칠 줄 모르는 열정을 쏟아부은 세계가 지금도 창조되고 있다.

소묘 죄르지

헝가리는 삶과 시, 역사와 시, 시간과 시인이 서로 얽혀 있어서 내가 좋아하는 나라이다. 다른 나라에서는 이런 문제를 얼마간은 순진하게, 얼마간은 편파적으로 논의한다.

헝가리의 시인들은 태어나기 전부터 이 문제에 뿌리를 내리고 있다. 요제프 어틸러, 어디 언드레, 이에시 줄러 같은 시인들은 의무와 음악 사이를, 조국과 그림자 사이를, 사랑과 고통 사이를 끊임없이 왕래한 산물이다.

나는 20년 전부터 소묘 죄르지라는 시인이 견실하게 성장하는 모습을 지켜보았다. 바이올린처럼 섬세한 고음을 지닌 시인이고, 자신의 삶과 타인의 삶에 깊은 관심을 가진 시인이다. 또한 뼛속까지 헝가리적인 시인이자 마음의 문을 열고 민중의 현실과 꿈을 공유하려는 시인이며, 헌신적인 사랑과 열렬한 행동의 시인이다. 그의 작품에는 보편성과 아울러 헝가리의 위대한 시문학 전통이 아로새겨져 있다.

소묘 죄르지는 젊지만 완숙한 시를 창작하므로 우리 시대가 주목해야 할 시인이다. 그의 시는 잔잔하고 투명하며, '황금 모래사장'이라는 칵테일처럼 우리를 취하게 만든다.

살바토레 콰지모도

이탈리아 땅 깊은 곳에는 고대 시인들의 목소리가 보존되어 있다. 들판의 흙을 밟거나 물결이 반짝이는 공원을 거닐거나 작고 푸른 바다의 모래사장을 지날 때는 수 세기에 걸쳐 간직해 온 다이아몬드 같은 물질, 눈에 보이지 않는 결정체, 찬란한 광휘를 밟고 있다는 생각이 든다. 유럽 시의 형식과 운율, 우아함과 환희는 전적으로 이탈리아의 영향을 받은 것이었다. 이로써 유럽 시는 초기의 무정형성에서 벗어날 수 있었고, 투박한 옷과 갑옷으로 무장한 조야함에서 탈피할 수 있었다. 이탈리아의 빛으로 중세 음유시인들은 누더기 옷을 벗어던지고, 무훈시라는 쇳덩이를 세공하여 다이아몬드가 흘러넘치는 강물로 변화시켰다.

시선집이라고는 고작해야 1880년대 시인들부터 시작되는 것밖에 없는 나라에서 갓 문화에 발을 디딘 우리 같은 시인들은 1230년대나 1310년 또는 1450년까지 거슬러 올라가는 이탈리아의 시선집을 보고 놀라지 않을 수 없었다. 이 시기에 단테, 카발칸티, 페트라르카, 폴리치아노는 열정적으로 시를 조탁하여 심오하고 또 보석처럼 찬란하게 빛나는 삼행시를 남겼다.

이 사람들이 감미로우면서도 힘 있는 시인 가르실라소 데라베가와 인자한 보스칸• 에게 피렌체의 빛을 빌려주었고, 공고라의 길을 밝혔으며, 은근한 풍자로 케베도의 애수를 물들였다. 그리고 영국인 셰익스피어의 소네트 모형을 만들어 주었으며, 롱사르와 뒤벨레의 장미를 개화시켜 프랑스의 본질이 빛을 뿜게 만들었다.

따라서 이탈리아의 시인은 태어나면서부터 창공의 별처럼 빛나는 찬란한 유산 앞에 내놓아도 결코 부끄럽지 않은 업적을 쌓아야 하는 부담을 떠안고 있다.

살바토레 콰지모도와 몇 년 전부터 알고 지냈는데, 그의 시는 모

• 후안 보스칸(1495~1542): 가르실라소 데라베가와 함께 스페인 시의 운율을 개혁한 시인. 특히 소네트가 유명하다.

종의 의식을 대변하고 있다고 말할 수 있다. 우리가 보기에는 무겁고 감내하기 힘든 짐이어서 환영처럼 보인다. 콰지모도는 유럽인답게 학식, 균형 감각 등 모든 지적 무기를 적절하게 활용한다. 그렇지만 이탈리아 문단의 중심이라는 그의 위치, 다시 말해서 간헐적으로 중단될 뿐 결코 소멸되지 않는 고전주의를 계승한 현대의 유력한 시인이라는 위치에도 불구하고 자신의 성채에 포박된 전사로만 남지는 않았다. 콰지모도는 무엇보다도 보편적인 인간이다. 세계를 전투적인 동서 진영으로 나누기는커녕 오히려 문화적 경계선을 지우고, 동서 진영 누구나 시, 진리, 자유, 평화, 기쁨을 누릴 수 있는 세상을 만드는 게 현대인의 지고한 의무라고 생각하는 시인이다.

콰지모도의 시에는 애잔한 세계의 색채와 소리가 섞여 있다. 이러한 우수는 레오파르디(고독과 염세를 노래한 이탈리아 시인)의 희망 없는 불확실성이 아니라 땅거미 내리는 오후 씨앗을 품고 은둔한 대지의 정경이다. 이때 오후는 종부성사를 뜻하며, 향기, 목소리, 색깔, 종소리는 땅속 깊은 곳에서 움트는 씨앗을 보호한다는 의미이다. 나는 이 위대한 시인의 간결한 언어를 좋아하며, 고전주의적 성격과 낭만주의적 성격을 사랑한다. 특히 미의 전통을 자신의 것으로 완전히 용해시켜 이 모두를 진실하고 감동적인 시어로 변모시키는 시적 능력을 흠모한다.

나는 아득한 바다를 바라보며 내 고향 아라우카니아의 나뭇잎으로 만든 향기로운 왕관을 드높이 쳐들어, 불어오는 바람에 실어 보낸다. 바람과 생명이 이 왕관을 살바도레 콰지모도의 이마 위에 내려놓기를 기원하면서. 그러나 이 왕관은 프란체스코 페트라르카의 초상화에서 흔히 보는 아폴로 신의 월계관이 아니라, 사람의 발길이 닿지 않은 칠레의 숲속에서 아직은 이름이 없는 나뭇잎, 남극 오로라의 이슬을 머금은 나뭇잎으로 만든 왕관이다.

바예호는 살아 있다

바예호는 독특한 사람이었다. 그의 커다랗고 누르스름한 머리는 결코 잊을 수 없다. 지금도 페루의 낡은 유리창에 어른거리는 듯하다. 바예호는 진지하고 순수한 사람이었다. 바예호는 파리에서 죽었다. 파리의 오염된 공기와 수많은 시체를 건져 올리는 더러운 강 때문에 죽었다. 굶주림과 답답함 때문에 죽었다. 만일 우리가 그를 그의 조국 페루로 데리고 갔더라면, 페루의 흙을 밟고 페루의 공기를 숨 쉬게 했더라면, 아직 살아서 시를 쓰고 있을지도 모를 일이다. 나는 두 번에 걸쳐 소중한 친구이자 훌륭한 동지인 바예호를 추모하는 시를 썼다. 이 두 편의 시를 통해 우리들의 끈끈한 우정을 이야기했다. 첫 번째 시는 「세사르 바예호에게 바치는 송가」로 『소박한 것들에 바치는 송가』 1권에 실려 있다.

지난 몇 년 동안, 날카로운 이빨을 가진 졸개들이 작은 문학 전쟁을 일으켰다. 그들은 이 전쟁에서 바예호의 후광, 부재, 시를 앞세워 나와 내 시를 공격했다. 이런 일은 늘 일어난다. 문제는 "이 사람은 좋지 않아. 바예호는 두말할 나위 없이 훌륭한 사람이지."라고 말하면서 나름대로 열심히 일한 사람들에게 상처를 준다는 데 있다. 만일 네루다가 죽고 바예호가 살았다면, 죽은 네루다를 앞세워 살아 있는 바예호를 공격했으리라.

두 번째로 쓴 시는 제목이 「V」, 한 글자이다. 이 시는 시집 『에스트라바가리오』에 실려 있다.

나는 지금 인간과 작품을 이어 주는 실마리, 안내자, 혹은 정의할 수 없는 그 무엇을 찾으려는 시도로 내 주변 사람들 얘기를 하고 있다. 한때는 그 사람들과 함께 살았는데, 이제는 모두 가고 나만 홀로 남았다. 아무튼 사람들이 흔히 말하는 시적 신비(나라면 시적 명확성이라고 부르겠다.)를 천착할 다른 방법은 없다. 인간의 손과 작품 사이에, 눈, 오장육부, 피와 일 사이에는 틀림없이 모종의 관계가 있다. 그러나 이에 대한 이론은 없다. 나는 겨드랑이 밑에 이론을 끼고 다니다가 누군가를 만나면 머리 위에 쏟아부어 버리는 사람이 아니다. 사람들 대개가 그렇듯이 월요일은 무엇이나 밝게 보이고, 화요일은 무엇이나 어둡게 보이는 사람이다. 올해는 명암이 엇갈리는 해다. 내년부터는 푸른색이 될 것이다.

레온 펠리페

너는 행복하니? 레온 펠리페는 메시아적인 수염을 어루만지며 누구에게든 그 질문을 던졌다.

내 생각에 초인간적인 사람들은 비인간적인 게 아니라 초인격적이다. 위대함의 계제가 거기에 있다. 레온 펠리페는 온통 인간성이라는 회반죽으로 된 초인격적인, 탈인간적인 사람이었다. 나는 그의 말을 듣고, 그를 느끼고, 그를 보는 게 좋았다.

더욱이 나는 그를 읽었다. 그의 시를 읽기보다 그 중요하고 유쾌한 사람을 읽곤 했다.

그는 무수한 쪽으로 된 사람이었다. 그는 노란색의 젊은 2절판 책이었으며, 모든 시와 배움과 레퍼런스와 지혜와 사랑이 그의 표정을 통해 느낄 수 있을 정도로 쓰여 있었다.

고귀한 시인! 사랑하는 선한 사람!

아, 우리는 얼마나 그를 놓치고 있었던가! 또 얼마나 그를 놓치고 살 것인가!

나는 그가 명상적 가치를 보여 준 대표적인 사람이라는 데 만족한다. 그는 상실을 가르쳤다. 그리고 그가 투명하게 부재해 갈 때, 나는 그의 호의적이고 절망적인 가르침에 만족한다.

그와 같은 사람은 드물다. 갈리시아의 방랑자 시인 레온 펠리페 카미노 같은 시인은 흔치 않다.

가브리엘라 미스트랄

앞에서도 이야기했듯이 고향 테무코에서 처음으로 가브리엘라 미스트랄을 만났다. 그 후, 미스트랄은 테무코와 인연을 끊었다. 테무코 시절에는 한창 일도 많이 하고, 삶도 힘들었다. 그러나 겉모습은 엄격한 수녀원의 원장 수녀와 같은 분위기를 풍겼다.

그 무렵 미스트랄은 「독생자의 시」를 썼다. 흠잡을 데 없이 아름답고 세련된 산문시였으며 예리한 통찰력이 담긴 시였다. 그런데 이 시에서 임신, 출산, 성장 과정을 묘사한 탓인지, 테무코에서는 근거도 없는 나쁜 소문이 떠돌았다. 나도 잘 알지만, 철도 노동자와 임업 노동자들은 앞뒤 생각하지 않고 거침없이 말하는 투박한 사람들이었는데, 아마도 이 사람들이 독신녀의 마음을 상하게 하는 이상한 소문을 퍼뜨린 것 같았다.

미스트랄은 치욕스러워하며 죽는 날까지 그 일을 잊지 못했다.

몇 년 후에 출판한 시집 초판본에서 쓸데없이 긴 주석을 달고, 저 외진 산골 마을에서 어떤 남자가 임신한 여자를 욕하고 지나가는 광경을 보았다고 밝히기도 했다.•

가브리엘라 미스트랄

미스트랄이 노벨 문학상 수상자로 결정되어 일생에서 최고의 영예를 안게 되었을 때의 일이다. 미스트랄은 테무코역을 통과해야만 스웨덴으로 갈 수 있었다. 어린 학생들이 매일 역에 나와 미스트랄을 기다렸다. 코피우에 꽃을 들고 역에 나온 여학생들은 비를 맞아 덜덜 떨고 있었다. 코피우에는 아라우카니아에서 피어나는 아름다운 야생화이다. 그러나 쓸데없는 짓이었다. 미스트랄은 한밤중에 테무코역을 통과했다. 테무코에서 코피우에 꽃을 받기 싫어서 일부러 복잡한 야간열차를 이용한 것이다.

지금 미스트랄을 악평하고 있다고 생각하는가? 나는, 가슴 깊이 사무친 상처는 쉽게 아물지 않는다는 것을 말하려는 것뿐이다. 그토록 수려한 시를 쓴 시인이라고 할지라도 보통 사람들과 마찬가지로 애증의 갈등을 겪는다는 것을 보여 주고 싶었을 따름이다.

미스트랄은 항상 활짝 웃는 모습으로 나를 대했다. 갈색 빵과 같은 얼굴에 하얀 밀가루를 뿌려 놓은 듯한 웃음이었다.

그러면 미스트랄의 작업장 용광로 속에 들어간 최고의 요소는

• 가브리엘라 미스트랄의 시집 『비탄』(1922)에 수록된 「어머니의 시」를 가리킨다.

무엇일까? 항상 애절한 고통이 요동치는, 미스트랄의 시에 삽입된 비밀 재료는 무엇일까?

나는 이 문제를 천착할 의사가 없다. 틀림없이 찾을 수도 없을 것이다. 설령 찾는다 해도 그 누구에게도 말하지 않을 것이다.

지금과 같은 9월에는 야생 겨자나무에 꽃이 흐드러지게 핀다. 그러면 산천은 물결치는 노란 양탄자처럼 보인다. 이곳 해변에는 나흘 전부터 남풍이 거세게 몰아치고 있다. 밤에는 사방이 바람 소리로 가득하다. 바다는 한순간에 초록색의 수정과 거대한 흰 물결로 뒤덮인다.

가브리엘라 미스트랄이여, 이 야생 겨자나무와 바위와 거대한 바람이 사랑하는 딸이여, 여기로 오십시오. 우리는 당신을 반갑게 맞이합니다. 칠레의 산사나무와 눈을 노래한 당신의 시를 잊은 사람은 아무도 없습니다. 당신은 칠레인입니다. 당신은 민중입니다. 맨발로 다니는 우리 아이들을 노래한 시를 잊은 사람은 아무도 없습니다. 아무도 당신이 얘기한 "저주받은 말"•을 잊지 않았습니다. 당신은 눈물 나도록 평화를 사랑하는 사람입니다. 이런 이유 말고도 여러 가지 이유 때문에 우리는 당신을 사랑합니다.

가브리엘라 미스트랄. 칠레의 야생 겨자나무와 산사나무로 오세요. 당신의 위대함과 우리 사이의 변치 않는 우의를 생각하여 내가 이렇게 꽃봉오리와 가시나무를 들고 당신을 진심으로 환영하는 바입니다. 바위와 9월의 봄기운으로 만든 문이 당신을 위해 활짝 열렸습니다. 당신이 환한 웃음을 짓고, 칠레 민중에 의해 꽃피고 노래하는 이 성스러운 땅에 걸어 들어오는 모습을 본다면 더 이상 바랄 것

• 미스트랄은 냉전 이데올로기를 비판하면서 평화란 이제 "저주받은 말"이 되었다고 말했다.

이 없습니다.

나는 당신과 함께 진리와 본질을 공유하고 있습니다. 이런 진리와 본질은 우리들의 목소리와 우리들의 행동 덕분에 소중히 간직될 것입니다. 당신의 아름다운 마음이 대양과 안데스산맥 사이에 외롭게 자리 잡은 우리 조국에서 고이 잠들고 살고 싸우고 노래하고 창조하기를 기원합니다. 당신의 고귀한 이마에 입 맞추고, 당신의 원대한 시에 경의를 표합니다.

비센테 우이도브로

위대한 시인 비센테 우이도브로는 무엇이든 항상 비뚤어진 눈으로 보았다. 나에게도 유치한 익명의 편지를 보내거나 끊임없이 표절 의혹을 제기하는 등 갖가지 못된 짓으로 사람을 괴롭혔다. 치유 불가능한 에고이스트의 대표 주자가 바로 우이도브로라는 사람이다. 이러한 좌충우돌식 자기 방어는 작가에게 어떤 역할도 주어지지 않았던 1차 세계대전 직전 시기의 특징적인 현상이었다. 공격적인 자기도취는, 단눈치오가 유럽에서 저지른 파렴치한 행위의 영향을 받아 라틴아메리카에서도 메아리쳤다. 프티부르주아의 규범을 헌신짝처럼 내던져 버린 단눈치오는 라틴아메리카에서 화산과 같은 폭발력을 지닌 메시아니즘을 불러일으켰다. 추종자 가운데 가장 유명하고 또 혁명적인 인사는 콜롬비아의 바르가스 빌라였다.

그러나 나 같은 사람은 우이도브로를 악평해서는 안 된다. 평생 동안 눈부신 잉크의 전쟁을 통해서 나에게 명예를 안겨 준 사람이니 말이다. 우이도브로는 자칭 '시의 신'으로, 자기보다 훨씬 어린 내가 올림포스산에 오른다는 게 매우 못마땅했다. 나는 우이도브로가 말한 올림포스산이 도대체 어떤 것인지 알 수가 없었다. 우이도브로 측 시인들은 창조주의와 초현실주의를 거쳐, 파리에서 나온 최신 문건이라면 무엇이나 받아먹었다. 이들에 비하면 나는 한없이 열등하고, 어쩔 도리 없이 지방적이고 토속적이고 반(半)야만적이었다.

우이도브로는 사실 뛰어난 재능을 타고난 시인이었으나 이에 만족하지 않았다. 슈퍼맨이 되고자 했다. 못된 짓을 많이 했으나 간혹 천진난만한 구석도 있었다. 지금까지 살아 있었다면 최초로 달 여행을 하겠다고 자원하고도 남을 사람이다. 지구상에서 오로지 자기 두개골만이 형태나 유연성으로 볼 때 우주 여행에 가장 적합하다고 과학자들을 설득하고 다녔을 것이다.

몇 가지 일화를 보면 우이도브로가 어떤 사람인지 알 수 있다. 예를 들면, 2차 세계대전이 끝난 후 칠레로 돌아왔을 때의 일이다. 이미 늙어서 얼마 후 생을 마치게 될 우이도브로는 사람들에게 녹슨 전화기를 보여 주며 으쓱거렸다.

"내가 직접 히틀러에게서 뺏은 전화기입니다. 총통이 가장 아끼던 전화기죠."

또 한번은 학교에서 형편없는 조각품을 보고 이렇게 평했다.

"이게 뭐야. 미켈란젤로 작품보다 못하지 않아."

또 1919년 파리에서 주역을 맡은 어마어마한 사건도 이야기해야겠다. 우이도브로는 『대영제국의 종말』이라는 소책자를 출판하여 대영제국이 곧 붕괴할 것이라고 예언했다. 그러나 자기의 예언을 아무도 귀담아듣지 않자 사라지기로 결심했다. 그때서야 언론은 관심을 가지고 "칠레 외교관, 의문의 행방불명"이라는 제하의 기사를 실었다. 며칠 후, 우이도브로는 자기 집 앞에서 쓰러진 채로 발견되었다.

그리고 경찰에게 이렇게 진술했다.

"영국 보이스카우트 대원들이 나를 납치해서 지하실로 데려가더니 기둥에 묶어 놓았습니다. 그러곤 '대영제국 만세!'를 수천 번도 더 외치게 강요했습니다."

그러고 나서 그는 다시 실신했다. 경찰은 우이도브로가 팔에 끼고 있던 작은 상자를 조사했다. 새 잠옷이 들어 있었다. 사흘 전 파리 일류 양품점에서 우이도브로가 손수 구입한 잠옷이었다. 이로써 그 사건의 전모가 밝혀졌다. 이 사건으로 우이도브로는 친구를 한 명 잃었는데, 그 사람은 후안 그리스라는 화가였다. 후안 그리스는 납치 이야기를 곧이곧대로 믿고, 칠레 시인에게 제국주의자들이 만행을 저질렀다면서 치를 떨었던 사람이다. 따라서 그런 거짓말은 절대 용서할 수가 없었다.

우이도브로의 시는 크리스털 같다. 시 작품은 모든 면에서 찬란하게 빛나며, 매혹적인 즐거움을 담고 있다. 어느 작품에나 유럽적인 광채가 반짝이고 있는데, 이는 우이도브로가 고갱이만을 뽑아내 지성과 미적 감각의 완벽한 조화를 통해 수정처럼 세공해 놓았기 때문이다.

우이도브로의 작품을 다시 읽으면서 무엇보다도 놀란 점은 시의 투명성이다. 다양한 유파가 명멸하던 시기에 모든 유행을 추종했고 자연의 숭고함에는 귀를 막자고 주창한 시인이었는데, 자기 시에서는 끊임없이 흐르는 물소리와 나뭇잎에 스치는 바람 소리와 삶의 무게를 담아 내고 있었다. 특히 후기 두 시집은 삶의 무게가 완전히 장악한 작품이다.

프랑스풍 시에 나타나는 매력적인 인위성에서 대표작에 나타나는 강력한 힘에 이르기까지 우이도브로의 작품에는 놀이와 불 사이의 투쟁, 도피와 희생 사이의 투쟁이 아로새겨져 있다. 이러한 투쟁은 환한 대낮에, 명료한 의식 속에서 전개되고 있어서 장관을 이룬다.

우리들은 소박함이라는 편견에 사로잡혀 우이도브로의 작품을 멀리하고 살아온 것이 분명하다. 우리 모두가 동의하듯이, 비센테 우이도브로의 가장 강력한 적은 비센테 우이도브로 자신이었다. 우이도브로의 모순적인 삶과 구제 불능의 장난기는 죽음으로 막을 내렸다. 죽음은 우이도브로의 삶을 장막으로 가린 동시에 또 다른 장막을 걷어 내, 찬란한 시 작품을 영원히 드러내 주었다. 나는 루벤 다리오의 시비 옆에 우이도브로의 시비를 세우자고 건의했다. 그러나 우리 정부는 무의미한 기념비에는 돈을 흥청망청 쓰면서도 예술가의 동상을 세우는 데는 너무나 인색하다.

우이도브로는 혁명 진영에 잠깐 몸담았으나, 정치인으로 보기는 어렵다. 정치적 이념에 관한 한 칠얼대는 갓난아이처럼 무책임한 사람이었다. 그러나 그것은 이미 다 흘러간 과거사이므로 우리가 우이도브로의 날개를 핀으로 콕콕 찔러 망가뜨린다면 이 또한 무책임한 일이다. 아무튼, 우이도브로는 10월 혁명에 바친 시와 레닌의 죽음을 애도하는 시를 씀으로써 인류의 각성에 상당히 기여했다.

우이도브로는 1948년 이슬라네그라 근처의 카르타헤나에서 죽었다. 그가 남긴 시만큼 내 심금을 울린 시도 없었다. 죽기 얼마 전에는 내 친한 친구이자 출판인인 곤살로 로사다와 함께 이슬라네그라로 찾아왔다. 우이도브로와 나는 같은 시인으로서, 칠레인으로서 그리고 친구로서 이야기를 나누었다.

문단의 적

정도의 차이는 있으나 문인들 사이의 갈등은 지구 어느 곳에서나 늘 있어 왔고 앞으로도 계속 존재할 것이다.

라틴아메리카 문단에서는 자살하는 문인이 많다. 혁명 러시아에서는 시기심 많은 자들이 마야콥스키를 얼마나 궁지에 몰아넣었던지, 결국 방아쇠를 당기고 말았다.

사소한 원한도 라틴아메리카에서는 걷잡을 수 없이 악화되는 경우가 많다. 종종 시기심을 업으로 삼는 일도 있다. 흔히 이런 시기심은 식민 시대 부패한 스페인으로부터 물려받은 유산이라고 얘기한다. 사실 스페인 황금 세기의 시인 케베도, 로페 데 베가, 공고라는 서로 상처를 입혔다. 이 시기는 뛰어난 문인들을 많이 배출했으나 궁정 밖에는 굶주림이 만연하고 있었다.

최근 라틴아메리카 각국에서는 소설이 새로운 지평을 열었다. 가르시아 마르케스, 룰포, 바르가스 요사, 코르타사르, 푸엔테스, 그리고 칠레 작가 도노소의 이름이 사람들 입에 오르내리고, 도처에서 이들의 작품을 읽고 있다.• 이들 가운데 몇몇 작가의 작품을 '붐 소설'이라고 부르기도 한다. 시중에서는 이들이 서로 띄워 주기로 공모한 게 아니냐는 소문도 들린다.

나는 이 작가들을 거의 다 만나 보았는데, 매우 건전하고 포용력 있는 사람들이었다. 이들이 왜 정치적 증오와 들끓는 시기심을 멀리

• 가브리엘 가르시아 마르케스는 『백년의 고독』을 쓴 콜롬비아 소설가, 후안 룰포는 『페드로 파라모』를 쓴 멕시코 소설가, 마리오 바르가스 요사는 『녹색의 집』을 쓴 페루 소설가, 훌리오 코르타사르는 『팔방놀이』를 쓴 아르헨티나 소설가, 카를로스 푸엔테스는 『아르테미오 크루스의 죽음』을 쓴 멕시코 소설가, 호세 도노소는 『대관식』을 쓴 칠레 소설가이다.

하고 창작에 몰두할 수 있는 한적한 곳을 찾아 자기 나라를 떠나는지, 날이 갈수록 더 선명하게 이해가 된다. 자발적인 망명을 떠나는 이유는 논란의 여지가 없다. 그들 작품이 갈수록 우리 아메리카 대륙의 진실과 꿈을 잘 표현해 내고 있기 때문이다.

극도에 달한 시기심 때문에 내가 겪은 여러 가지 일을 이야기한다는 게 썩 내키지는 않았다. 지나치게 자기 일만 소중히 하는 자기중심적인 사람이라는 인상을 주지 않을까 우려가 되었기 때문이다. 그런데 다행히도 매우 다양한 사람들이 끈질기게 나를 질시했기 때문에 이야기할 만한 가치가 있다.

물론 이런 사람들 때문에 때로는 내가 분노했으리라고 생각할 법도 하다. 그러나 그 사람들은 자신들도 모르는 사이에 나를 광고해 주고 있었다. 마치 내 이름 광고만을 전담하는 회사를 차린 것처럼.

적대적인 문학계

그런 엉큼한 사람들 가운데 한 사람이 비극적인 죽음을 맞이함으로써 내 삶에는 어떤 구멍 같은 것이 생겼다. 수십 년간 내가 하는 일마다 시비를 건 사람이 사라져 허전한 것이다.

40년 동안 나를 쫓아다니면서 문학적인 시비를 걸었으니, 기상천외한 일이다. 그 사람의 외로운 싸움을 돌이켜 보면 묘한 쾌감을 느낀다. 나는 그 싸움에 결코 참여하지 않았으므로 결국 그 사람은 자기 그림자와 고독한 싸움을 전개할 수밖에 없었다.

그자는 스물다섯 종의 잡지를 발간하여 나를 문학적으로 파멸시키려 했다. 게다가 온갖 범죄, 배신, 시적 고갈, 공적이거나 사적인 비리, 표절, 성적 탈선 행위와 같은 혐의를 뒤집어씌웠다. 팸플릿도 발행하여 열심히 뿌리고 다녔고, 우스꽝스러운 르포를 발표했으며, 마지막에는 모욕과 원망으로 뭉뚱그려진 『네루다와 나』라는 두툼한 책까지 출판했다.•

내 상대는 나보다 나이가 많은 칠레 시인으로, 본성은 그렇지 않은데 행동으로 보면 무척이나 완고한 사람이었다. 이런 종류의 자기중심적이고 잔인한 작가들이 라틴아메리카에는 상당히 많다. 이들의 냉혹성과 자기만족은 다양한 형태를 띠고 있으나, 단눈치오를 본받고 있다는 점만은 유감스럽게도 사실이다.

빈곤한 나라에서 태어난 우리 시인들은 헐벗고 굶주렸기 때문에 무자비한 새벽이 닥쳐 오면 취객들의 토사물을 이리저리 피해 다니며 남의 것을 훔쳐 먹고살았다. 이와 같은 비참한 환경에서 철 지난 피카로(16세기 스페인 문학에 등장하는 짓궂은 성격의 인물)처럼 생활하는 문인 건달들이 양산되었다. 우리 시인들 가운데 많은 이들은 거창한 허무주의, 즉 어설픈 니체식 냉소주의를 내세워 범죄자의 탈을 뒤집어썼다. 이 탓에 적지 않은 사람들이 범죄자가 되거나 자기파멸로 치달아 인생을 망쳤다.

전설적인 내 적도 이러한 배경에서 태어났다. 처음에는 나를 끌어들여서 자기식의 게임에 합류시키려고 했다. 그러나 이러한 방식은 시골 출신의 프티부르주아인 나로서는 받아들일 수 없었다. 나는 편법을 동원할 용기도 없었고, 또 그런 식으로 살기도 싫었다. 반면에 내 적은 기회를 포착하여 단물만 쏙 빼먹는 데 선수였다. 그 사람의 삶은 요지경 속이었다. 위협과 협박을 통해서 자신을 보호하고 또

• 칠레 시인 파블로 데 로카(1894~1968)에 대한 이야기다. 본명은 카를로스 디아스 로욜라로, 1968년 권총으로 자살했다.

생활도 꾸려 간 그 사람은 결국 자신을 속이고 있었다.

이제 이 인물의 이름을 밝힐 때가 되었다. 그 이름은 '페리코 데 팔로스'•이다. 페리코 씨는 힘이 세고 털이 많으며, 입심과 풍채로 좋은 인상을 남기려고 애를 쓰는 사람이다. 한번은 열여덟인가 열아홉 살밖에 안 먹은 나에게 문학 잡지를 같이 발간하자고 제안했다. 이 문학 잡지를 두 부분으로 나누어, 한 부분은 자기가 맡아 다양한 어조의 산문과 시를 통해 나를 천재적인 시인이라고 추켜세우고, 다른 부분은 내가 맡아서 페리코 씨가 어마어마한 지성과 무한한 재능의 소유자라고 사방팔방으로 떠들어 대자는 것이다. 이렇게 하면 누이 좋고 매부 좋은 일이라는 것이다.

어린 내가 보기에도 이런 식의 잡지 기획은 정도가 너무 지나쳤다. 그러나 그 일을 못 하게 말리는 데 상당한 어려움을 겪었다. 페리코 씨는 잡지 창간의 귀재였다. 어디서 자금을 끌어와 그따위 잡지를 끊임없이 창간하는지 감탄이 나올 지경이었다.

그러나 사실을 알고 보면 그렇지도 않다. 페리코 씨는 치밀한 행동 계획을 세운 다음, 춥고 외딴 지방을 돌아다녔다. 먼저 의사, 변호사, 치과 의사, 농촌 지도사, 교수, 공학자, 고급 관료 들의 명단을 작성했다. 그리고 잡지, 전집, 시와 산문을 실은 팸플릿 등 대단한 경력을 앞세워 세계 문화의 전도사로 치장하고 속사정을 잘 모르는 사람들 앞에 나타난다. 근엄한 표정으로 이 모든 것을 제공하겠으니 그 대가로 몇 푼 안 되는 돈을 주시면 감사하겠다고 운을 뗀다. 페리코 씨의 화려한 말솜씨 앞에서 희생자들은 주눅이 들어 파리만도 못한 신세로 전락하고 만다. 페리코 씨는 돈을 챙기면 보통은 위대한 세계

• 페리코 데 팔로스는 네루다가 지어낸 이름으로, '팔로스의 앵무새'라는 뜻이나 어감은 희롱조이다.

문화에 매몰된 파리만 남겨 두고 자리를 떴다.

페리코 씨가 농업 광고 전문가라고 자처한 경우도 한두 번이 아니었다. 칠레 남부 지방의 시골 농장 주인들을 찾아가 소 떼와 그 밖의 소유물 사진을 실은 고급 선전물을 제작해 주겠다고 제안했다. 페리코 씨가 승마용 바지에 소방수 장화를 신고 이국적인 오팔란다 망토를 걸친 모습은 정말 가관이었다. 페리코 씨는 농장주에게 아첨을 하기도 하고, 사정이 여의치 않으면 불리한 출판물을 발간할 수도 있다고 협박도 하여 수표를 받아 들고 농장을 떠났다. 농장주들은 인색하지만 현실주의자이기 때문에 귀찮게 굴지 말라고 몇 푼 쥐여 준 것이다.

니체주의 철학자이자 구제 불능의 글쟁이인 페리코 씨의 특징은 뭐니뭐니해도 지적, 육체적 건달기다. 그는 칠레 문단의 터프가이로 행세하며 오랫동안 불쌍한 사람들을 주변에 거느리고 다녔다. 그러나 살다 보면 이런 기회주의자들이 형편없이 몰락하는 경우도 종종 있다. 이 성질 사나운 내 적이 비극적인 종말을 맞이했기 때문에(노인이었는데 자살했다.) 이 이야기를 쓰기 전에 무척이나 망설였다. 그러나 내가 결심을 굳힌 이유는 시기나 장소로 보아 이런 얘기를 할 필요가 있다고 생각했기 때문이다. 지금 스페어권 국가를 가로지른 거대한 증오의 산맥이 열렬한 시기심으로 작가들의 업적을 갉아먹고 있다. 이처럼 파괴적인 잔혹성에 종지부를 찍을 수 있는 유일한 방법은 파괴 행위를 공개적으로 밝히는 일이다.

그 사기꾼이 농장들을 방문하고 다닐 때 굴욕적인 일을 당했던 게 기억난다. 그가 농부들은 본 적도 없을 농업 관련 연구서를 보면서 포도주를 마시자고 루벤 아소카르와 나를 초대했다. 세 번째 포도주 병을 비우던 중에 페리코가 악한 역할에 빠져들었다. 그는 허구인지 진짜인지 모를 적들에 대고 욕지거리를 퍼부었다. 나와 아소카르는 안중에도 없었다. 그의 천박한 욕지거리는 상상력이 부족하여 똥과 관련된 말만 늘어놓고 있었다. 내가 자리를 떠나려 하자 벌떡 일어나 나를 막아섰다. 그는 자기와 내가 이 땅의 지성의 주춧돌이라면서 내가 자기의 재능에 대해 말을 아끼고 있다고 했다. 그러면서 눈물을 쏟는 게 아닌가.

그는 나를 부둥켜안으려다가 넘어지면서 포도주 병과 잔을 쏟아버렸다. 그러자 그곳의 주인이던 바텐더가 다가왔다. 영양실조에 걸린 청년 같던 루벤과 나와는 다르게 건장한 체격의 주인이 테이블 밑에 쓰러져 있던 페리코를 일으켜 세우더니 이렇게 말했다. "이분이 주량을 넘긴 것 같습니다. 날도 춥고 길도 좋지 않으니 사고가 날 수도 있겠어요. 빌려 드릴 방은 없지만 취한 분이 안정을 찾고 주무실 수 있도록 무료로 침대 하나는 내어 드리지요." 그렇게 말하면서도 그는 페리코가 재차 넘어지지 않게 꼭 붙잡고 있었다. 그 말을 들은 페리코는 멍청하게도 이렇게 답했다. "여자를 넣어 주면 여기 머물지."

그러자 다부진 체격의 주인이 우리를 보고 말했다. "이 양반이 날 착각하나 보군요. 나는 몹쓸 놈이 아니라 신사입니다. 그러니 이분에게 한 수 가르쳐 드려야겠네요."

그러더니 페리코의 멱살을 잡고 그의 입에 주먹을 날렸다. 그리고 페리코가 진열창의 마네킹이라도 되는 양 그를 문 쪽으로 데려가더니 발끝으로 엉덩이를 걷어찼다. 페리코는 비 오는 밤길의 흙탕물에 널브러졌다.

페리코와 루벤이 머물던 숙소는 내 집에서 멀지 않았다. 우리는 시커먼 밤에 그곳으로 향했다. 기진맥진한 페리코는 아직도 술집 주인에게 맞은 충격을 이겨 내지 못한 채 우리를 향해 고래고래 소리를 질렀다. 마침내 그가 잠잠해지자 나는 숙소 문 앞에서 페리코와 가련한 루벤에게 인사를 건네고 돌아왔다.

다음 날 늘 시간을 잘 지키는 아버지가 점심을 먹기 위해 테이블에 앉으면서 진중하게 나를 보더니 이렇게 말했다. "12시 반인데 네 친구들이 안 오는구나."

나는 부랴부랴 페리코와 루벤 아소카르를 찾으러 나갔다. 전날 밤에 불쾌한 일이 벌어졌고 페리코가 도가 지나치다고는 하지만 그와의 관계를 끊을 수는 없었다.

페리코의 방에 들어갔다. 상황이 이상했다. 루벤 아소카르가 셔츠를 입고 침대에 앉아 있었다. 그는 늘 감수성이 풍부하여 견디기 힘든 심연과 엄청난 즐거움을 함께 지니고 있는 친구였다. 그가 두 손으로 머리를 감싸 쥐고 있었다. 마치 비통해하는 고대 아스테카의 조각상 같았다.

"무슨 일이야?" 내가 물었다. "점심 먹으려고 기다리고 있잖아. 아버지께서 벌써 식탁에 앉아 계셔."

"가 버렸어." 고개를 숙인 채 그가 말했다.

"페리코가?" 내가 말했다. "잘 됐네. 네 근심거리가 없어졌으니. 밥 먹으러 가자."

"안 돼." 내게 대답했다.

"왜 안 돼? 가자니까."

"페리코가 내 재킷을 가져가 버렸어." 그는 울먹이며 대답했다.

나는 그를 거의 떠밀듯이 데려왔다. 집에 와서 나는 그럴듯해 보이는 케이프를 그의 어깨에 씌워 준 뒤 예의에 엄격한 아버지와 식사를 했다.

그때 나는 그 힘든 우정에서 벗어나겠다고 결심했다. 하지만 사람 일은 그렇게 단순하지는 않다.

그 지독한 친구는 상반된 문학적 감성으로 보답받고자 나를 쫓아다녔다. 그의 문학적 창작물은 호들갑스러운 감정 표현이자 메시아적 시인의 위조 같았으며 과장된 수사를 반복하고 있었다. 한편, 나는 완전히 다른 길을 가고 있었으며, 그 길에서 『무한한 인간의 시도』를 출판했다.

나는 아주 문학적인 연애편지를 받기 시작했다. 물론 맞춤법이 엉망이긴 했다. 그런데 이상하게도 "besos(키스)"를 같은 발음의 "vesos"라고 쓴 것이 마음에 들었다. 이 "vesos"는 다른 맛을 주는 것처럼 보였다.

그러던 어느 날 이사한 집으로 페리코가 찾아왔다. 내가 무슨 큰 죄라도 지은 것처럼 진지하게 나를 보더니 취조하는 사람처럼 말을 건넸다.

"연애편지 받지. 그렇지?"

"네, 가끔씩." 나는 우쭐거리듯 말했다.

"내 말은, 너한테 편지 쓰는 여자 중에 멋진 여자가 있다는 거지. 여기 사진 봐 봐."

나는 특별할 게 없어 보이는 한 여자의 사진을 봤다. "키스"라는 말을 잘못 쓴 여자를 떠올리는 데 한참이 걸렸다.

"그런데, 어쨌다는 거예요?"

"난 네가 이 여자와 결혼했으면 좋겠어." 그가 대답했다.

그의 목소리는 간청하는 어조였다. 또한 내가 가터 훈장을 받게 될 걸 알리듯이 뭔가 보호하려는 어조도 담겨 있었다. 하지만 나더러 자기처럼 공격적인 자기 집안의 사람이 되라는 협박의 어조도 있었다.

나는 다시 집을 옮겨야 했다. 이번엔 날 쉽게 찾아오지 못했다. 내가 인도로 떠났으니 말이다.

리베로와 유사한 갈리시아 성을 가진 한 우루과이인도(사실 우루과이인이라고 할 수도 없지만) 광신적일 정도로 끈질기게 내 개인과 작품에 대하여 정치적, 문학적 공격을 퍼부었다.• 이 사람은 벌써 몇 년째 스페인어와 프랑스어로 된 팸플릿을 발행하여 나를 매장시키려고 하고 있다. 더 놀라운 일은, 자비로 이런 수많은 인쇄물을 발행할 뿐만 아니라 나를 매장시키는 일이라면 값비싼 여비까지 자기 돈으로 치르면서 각국을 돌아다닌다는 것이다.

옥스퍼드 대학교에서 내게 명예 박사 학위를 수여한다는 소식이 발표되자 이 이상한 인물은 그 대학을 찾아가 전혀 근거 없는 낭설을 유포하여 내 명예에 먹칠을 하려고 했다. 명예 학위 수여식이 끝난 뒤, 붉은색 가운을 입고 축배를 드는 자리에서 옥스퍼드 대학교 학자들은 터무니없다는 듯이 그 이야기를 들려주었다.

이보다 더 놀라운 일은, 이 사람이 1963년에는 스톡홀름까지 찾아갔다는 사실이다. 내가 노벨 문학상을 받을 것이라는 소문이 나돌던 무렵이었다. 아무튼 이자가 한림원 회원들을 만나고, 기자 회견을 하고, 라디오에까지 출연하여 내가 트로츠키를 죽인 일당 가운데 한 사람이라고 말하고 다녔다. 이런 어설픈 술책을 부리면 나에게 노벨

• 리카르도 파세이로에 대한 이야기다. 1926년 우루과이에서 출생하였으나 프랑스 국적으로 활동했다.

상을 주지 않을 것으로 생각한 모양이다.

시간이 지나자 결국에는 다 소용없는 짓이 되었다. 그 사람은 옥스퍼드에서나 스톡홀름에서나 돈만 낭비하고 뜻을 이루지 못했다.

때리거든 노래하라

최근 들어 나의 사상과 나의 시에 대한 공격이 많아지고 있다. 국내외에서 반네루다주의자들이 나타났다. 내 시에 관한 것이라면 문제될 게 없다. 왜냐하면 내 시가 다른 시에 비해 더 위대하지도, 숭고하지도, 농후하지도, 명확하지도, 훌륭하지도, 못하지도 않기 때문이다. 그건 아니다. 내 시는 홀로 자기를 방어해야 한다. 내 시는 테무코의 젖은 목재에서 카우틴강에 내리는 비처럼 노래하기 위해 태어났다. 내 시는 제 노래로 스스로를 지켜 내야 한다. 몽둥이로 때려도 노래하라. 시의 눈에 침을 뱉어도 노래하라. 머리끄덩이를 잡힌 채 더러운 길에 끌려다녀도 노래하라. 그리하여 이웃들이 발코니에 나와 그 노래를 듣게 하라. 비와 투쟁과 민중과 식물과 샐러드와 양파와 분노와 사랑에 대한 나의 노래를. 나는 나의 시를 옹호가기 위해 길거리에 나서지도 신문에 글을 쓰지도 않을 것이다. 나는 누구에게도 욕을 하거나 주먹질을 하지 않을 것이다. 나를 나쁜 시인, 최악의 시인, 역겨운 시인으로 믿으니 말이다. 우리가 우리라는 것으로 싸울 수는 없다. 우리는 우리가 믿는 것에 대해서는 싸울 수 있다. 코나 발이나 이나 머리카락을 두고 싸우는 사람은 없다. 타고난 시인은 자신의 시를 두고 싸울 수 없다. 목수는 자신이 만든 재목을 두고 싸우지 않는다. 목수는 자신이 만든 대들보의 권위나 토토라로 만든 의자의 뛰어난 스타일을 발표하려고 신문에 글을 쓰지 않는다.

내 시를 두고 논쟁하지 않겠다는 겸손 때문이 아니다. 그건 내가 시인이기 때문이다.

목수와 시인은 모두 보통 사람이며 남녀 가릴 것 없이 우리 모두는 평범한 사람이고 자신이 믿는 것을 위해 투쟁할 권리가 있다.

그리고 나는 오래전에 그 전투를 받아들였다.

비평과 자평

내 작품에 대해 훌륭한 비평을 해 준 사람이 있다는 것은 부정할 수 없는 사실이다. 이는 문학계의 잔치판 주변이나 얼씬거리는 사람을 가리키는 것도 아니고, 내가 본의 아니게 야기한 험담을 염두에 둔 것도 아니다.

이와는 다른 사람들 이야기다. 내 시에 대한 비평서 가운데, 열성적인 젊은 비평가들의 저작물을 제외하면, 러시아인 레프 오스포바트의 책을 첫손에 꼽고 싶다. 이 젊은 비평가는 내 시를 읽으려고 스페인어까지 배웠는데, 시에서 의미와 운율 이상의 그 무엇을 보고 있다. 즉, 자기가 살고 있는 북극의 빛으로 조망함으로써 미래에 대한 전망을 부여하고 있다.

일류 비평가인 에미르 로드리게스 모네갈은 『부동의 여행자』라는 제목의 비평서를 출판했다. 이 사람이 바보가 아니라는 사실은 한눈에 알 수 있다. 로드리게스 모네갈은 내가 우리 집이나 칠레나 나 자신으로부터 한 발짝도 밖으로 나가지 않고 여행하기를 좋아한다는 사실을 대번에 알아차렸다.(우리 집에 있는 추리소설의 명작 『월

석』을 보면 내 마음에 쏙 드는 삽화가 실려 있다. 이 삽화는 오팔란다인지 맥팔레인인지 프록코트인지 잘 모르겠지만 아무튼 외투를 걸친 나이 지긋한 영국 신사가 한 손에 파이프를 들고 벽난로 앞에서 책을 읽고, 그 발치에 개 두 마리가 조는 모습을 담고 있다. 나도 이 삽화처럼 개 두 마리를 데리고 바닷가에 살면서 파이프 담배를 피우고 벽난로 앞에서 그동안 힘들게 모은 책을 읽는 모습으로 영원히 남았으면 좋겠다.)

아마도 알론소의 『파블로 네루다의 시와 문체』는 여러 면에서 매우 가치 있는 비평서이다. 단어와 미끄러운 현실 사이의 다양한 층위를 찾아서 어둠 속을 뒤지고 다니는 알론소의 열정은 흥미진진하다. 게다가 이 책은 스페인어권에서는 최초로 동시대 시인의 작품을 진지한 비평의 대상으로 삼고 있다. 이 또한 나에게는 말할 수 없는 영광이다.

많은 비평가들이 내 시를 연구하고 분석하기 위해 찾아왔으나 알론소만 한 사람도 없었다. 수많은 질문으로 나를 궁지에 몰아넣고 나서 분명한 답변을 요구했으나 그 당시에는 나 자신도 명확하게 대답할 수 없는 경우가 많았다.

나를 초현실주의 시인이라고 생각하는 사람들도 있고, 리얼리즘 시인이라고 생각하는 사람들도 있고, 아예 시인도 아니라고 생각하는 사람들도 있다. 모두들 반쯤은 옳고 반쯤은 틀렸다.

시집 『지상의 거처』는 『무한한 인간의 시도』와 마찬가지로 초현실주의가 본격적으로 전개되기 전에 쓰기 시작했다. 그러나 이런 날짜만 맹신할 수는 없는 일이다. 시의 분자란, 꽃가루처럼 가볍든 납덩이처럼 무겁든 세상의 바람을 타고 여기저기로 날아다니다가 밭고랑이나 사람 머리에 떨어진다. 이러한 씨앗들이 봄기운을 만나면 꽃이 되고, 전장에서는 탄환이 된다.

리얼리즘에 대해서도 한마디 해야겠다. 나에게는 리얼리즘이 맞지 않으며, 적어도 시를 논할 경우에는 리얼리즘을 혐오한다. 그리고 시가 리얼리즘 이상이거나 리얼리즘 이하일 필요도 없으나 반리얼리즘이 될 수는 있다. 내가 말하는 반리얼리즘이란 모든 합리성과 모든 비합리성, 다시 말해서 모든 시를 내포한다.

나는 책을 보면, 책장에 촘촘하게 꽂힌 이 문학의 산물을 보면, 숲을 이루고 있는 문학 작품들을 보면 한없이 반갑고 기쁘다. 책등만 봐도 즐겁다. 그러나 학파나 유파라는 딱지는 싫다. 학파나 유파에 따라 분류하지 않은 책 자체가 좋다. 삶도 마찬가지다.

나는 월트 휘트먼과 마야콥스키의 작품에 등장하는 "긍정적인 영웅"을 좋아한다. 이 시인들은 어떤 공식에 의거하여 영웅을 발견한 것은 아니다. 결코 쉽지 않은 창작 작업을 통해서, 우리들의 일상생활에 들어와 빵과 꿈을 나눠 먹는 친근한 존재로 만들어 놓았다.

사회주의 사회는 재촉하는 시대의 신화에 종지부를 찍어야 한다. 이러한 시대는 재화보다는 광고 포스터를 더 가치 있게 여기고, 본질을 곁가지로 치부한다. 그러나 작가의 당면 과제는 좋은 책을 쓰는 일이다. 나는 미국의 휘트먼과 소련의 마야콥스키가 혼란스러운 전쟁의 참호 속에서 찾은 "긍정적인 영웅"을 좋아하지만, 로트레아몽의 씁쓸한 영웅, 라포르그의 한숨 쉬는 신사, 보들레르의 부정적인 군인도 가슴에 와닿는다. 그러나 창조의 영역을 이처럼 반반으로 나누지 않도록 주의하라! 그러지 않으면 우리 심장은 반 토막 나 버려 더 이상 살 수 없을지도 모른다. 주의하라! 우리는 시인에게 빛과 어둠 속에 있으라고 요구할 뿐만 아니라 거리와 전투 속에서 자기 자리를 지키라고 요구한다.

어쩌면 시인은 유사 이래 항상 이런 의무를 지니고 있었는지도 모른다. 시의 영예란 거리에 나가서 이런저런 전투에 참여하는 것이었다. 시인은 사람들이 반역자라고 불러도 놀라지 않았다. 시는 반역이기 때문이다. 시인은 사람들이 파괴 분자라고 불러도 화내지 않았다. 생명은 모든 구조를 초월하며, 영혼은 새로운 규범을 찾는다. 씨앗은 도처에서 싹을 틔우며, 모든 생각은 이국적이다. 우리는 매일같이 엄청난 변화를 기대하며, 인간 질서의 변혁을 열렬하게 고대한다. 봄은 반역이다.

나는 내가 가진 것 모두를 바쳤다. 내 시를 링 위로 올려 보냈다. 그리고 종종 시와 더불어 나 자신도 피투성이가 되어 고통을 경험하고 영광을 찬양했다. 이런저런 이유로 오해를 사기도 했으나 그게 그렇게 나쁜 것만은 아니었다.

에콰도르의 어떤 비평가는 내 시집 『포도와 바람』에 시다운 시는 여섯 쪽에 불과하다고 주장했다. 그러나 이 비평가는 내 책이 정치적인 시집이라고 생각하여 애정 없이 읽은 것뿐이다. 이는 고도로 정치적인 비평가들이 내면적이고 암울하다는 이유로 『지상의 거처』를 혐오하는 것과 마찬가지다. 예전에 후안 마리네요같이 저명한 쿠바의 작가도 원리 원칙을 내세워 『지상의 거처』를 비판했다. 내 견해로는, 양편 모두 똑같은 뿌리에서 비롯된 실수를 범하고 있다.

언젠가 나 자신도 『지상의 거처』를 비판한 적이 있다. 그러나 내 비판의 대상은 시가 아니라 그 책에서 어른거리는 염세적 분위기였다. 지금도 잊지 못하는 사건이 하나 있다. 몇 년 전 산티아고에서 한 청년이 나무에 목을 매어 자살을 했는데, 곁에는 「그림자를 의미한다」라는 제목의 내 시가 펼쳐져 있었다.

우울하지만 내 시집의 정수라고 할 수 있는 『지상의 거처』와 광범위한 공간과 빛이 넘쳐흐르는 『포도와 바람』 둘 다 어떤 면에서는 존재할 권리가 있다고 생각한다. 이런 말이 모순은 아니다.

사실 나는 『포도와 바람』을 약간 편애하는데, 아마도 이 책이 오해를 많이 받았기 때문이거나, 아니면 책갈피마다 내가 세상 여기저기를 돌아다니고 있기 때문일 것이다. 이 책에는 먼짓길과 강물이 담겨 있고, 여행을 하기 전에는 전혀 몰랐던 세계 곳곳의 삶이 들어 있다. 거듭 얘기하건대, 내게 가장 소중한 책이다.

내 책들 중에 『에스트라바가리오』는 노래보다는 뛰어넘기를 잘하는 책이다. 이렇게 뛰어넘기를 잘하는 시구는 차별, 존경, 비호, 기존 제도와 의무를 무시하고 존경스러운 무례를 찬미한다. 바로 이러한 무례함 때문에 가장 친근하게 느끼는 책이며, 내 시집의 일반적인 범위를 넘어선 책이다. 내 취향으로 보면, 진실의 소금 맛을 지니고 있는 대단한 책이다.

『소박한 것들에 바치는 송가』에서는 사물의 원천, 시원을 노래했다. 이미 노래하고 반복적으로 거론된 많은 사물을 새로운 시각으로 묘사하고 싶었다. 처음 시작할 때의 내 자세는 태양, 칠판, 시계 또는 자기 가족에 대한 작문 숙제를 받아 든 소년이 연필을 깨물며 생각하는 것과 같았다. 어떤 주제도 배제하지 않았다. 걸어다니거나 날아다니는 모든 사물을 다루어야 했고, 고도의 투명성과 순수성을 지닌 표현을 사용해야 했다.

어떤 우루과이 비평가는 내가 돌을 오리에 비유했다고 호들갑을 떨었다. 이 비평가는 오리와 그 밖의 작은 동물은 시적 소재가 될 수 없다고 못 박았으며, 문학적 천박함이 결국 이러한 진지성의 결여로 나타났다고 평했다. 예술가들에게 숭고한 주제만을 다루라고 강요하는 것과 다름없다. 그렇지만 이는 잘못이다. 우리들은 거장이 경멸해 마지않는 사물까지도 시로 만들 것이다.

부르주아지는 갈수록 현실과 동떨어진 시를 요구한다. 곧이곧대로 말할 수 있는 시인은 말기에 접어든 자본주의를 위협하는 인물이다. 차라리 자신을 "작은 신"이라고 믿는 우이도브로 같은 시인이 훨씬 더 편하다. 이러한 믿음 혹은 태도는 지배계급을 성가시게 하지 않는다. 시인이 이처럼 자기만의 신성한 영역을 떠받들고 있는 한, 매수하거나 억누를 필요가 없다. 이런 시인은 하늘에 안주함으로써 스스로를 매수해 버린 것이다. 그러나 그가 휘황찬란한 길을 가더라도 발 딛는 땅은 흔들린다.

우리 라틴아메리카에는 수천만에 달하는 문맹자들이 있다. 이처럼 문화 혜택을 받지 못하고 사는 삶은 우리가 선대로부터 물려받은 유산이자 봉건주의가 남긴 일종의 특혜이다. 7000만 문맹자를 고려할 때, 라틴아메리카의 독자는 아직 탄생하지 않았다고 말해도 과언이 아니다. 우리는 서둘러 출산을 하고, 이들이 우리 시인들의 작품을 읽을 수 있게 해야 한다. 라틴아메리카의 자궁을 열고 찬란한 빛을 끌어내야 한다.

비평가들은 봉건적인 기업가의 사고방식에 사로잡혀 있는 경우가 많다. 예를 들어, 1961년에 나는 『무훈의 노래』, 『칠레의 돌』, 『행사시』를 출판했다. 그러나 칠레의 비평가들은 그해가 다 지나도록 시집 제목조차 거론하지 않았다.

『마추픽추 산정』이 처음 나왔을 때에도 마찬가지였다.(이 시집은 후일 『모두의 노래』에 포함되었다.) 칠레에서는 그 누구도 이 시를 언급하지 않았다. 생각다 못한 출판사 사장은 유료 광고를 게재하려고 150년의 전통을 자랑하는 칠레의 유력 일간지《엘 메르쿠리오》를 찾아갔다. 이 신문사는 광고를 받긴 받았으나 내 이름을 뺀다는 조건을 달았다.

"하지만 네루다 시집이란 말입니다." 출판사 사장 네이라가 불만을 토로했다.

"그건 상관없습니다."

결국『마추픽추 산정』의 광고에는 작가 이름이 빠졌다. 도대체 이 신문은 150년 동안 무엇을 했을까? 그 긴 세월 동안 진실을 존중하는 법도, 사실을 존중하는 법도, 시를 존중하는 법도 배우지 못한 것이다.

나를 음해하려는 사람들은 단순히 계급투쟁에서 비롯된 앙심만 품고 있는 것은 아니다. 여기에는 다른 요인도 작용하고 있다. 나는 40여 년 동안 시 창작에 몰두했고, 문학상도 많이 받았다. 그리고 내 시집은 이러한 언어가 있었나 싶을 정도로 희귀한 언어로도 번역되었다. 하지만 내 주변의 시기심 많은 사람들은 하루도 빠짐없이 손가락질하고 주먹질을 해 댔다. 일례로 우리 집을 들 수 있다. 나는 오래전에 이곳 이슬라네그라의 집을 샀다. 그때만 해도 외딴곳이어서 수도도 전기도 들어오지 않았다. 다행히 인세가 많이 들어와서 이 집을 수리하고 증축할 수 있었다. 내가 아끼는 옛날 범선의 선수상도 이곳으로 가져왔다. 이 선수상은 오랜 항해를 마치고 드디어 우리 집에서 안식처를 찾은 것이다.

그런데 전 세계에서 출판된 작품의 대가로 시인이 물질적 편안함을 누리는 꼴은 도저히 못 봐 주겠다는 사람들이 있다. 작가든 음악가든 화가든 이런 편안함을 누릴 권리가 있는데도 말이다. 시대착오적인 반동 글쟁이들은 매 순간 괴테의 영광만 외쳐 댈 뿐, 오늘날 시인들의 생존 권리를 부정한다. 내가 자동차를 끌고 다니는 게 그들에게는 그렇게 눈꼴사나운 것이다. 그들의 말에 따르면, 자동차는 기업인, 연예인, 포주, 고리대금업자, 사기꾼의 전유물이다.

이슬라네그라의 집을 민중에게 헌납하면 아마도 그 사람들은 복장이 터질 것이다. 언젠가 이 집에서 노동조합원 회의가 열리고, 광부와 농부는 쉼터로 사용할 것이다. 내 시는 이렇게 복수할 것이다.

또 한 해가 시작된다

어떤 신문기자가 나에게 물었다.

"이제 새해가 되었습니다. 올해(1968년) 세계를 어떻게 전망하고 계십니까?"

나는 이렇게 대답했다.

"지금 이 순간, 1월 5일 아침 9시 20분, 전 세계는 장밋빛과 파란색으로 감싸여 있다고 봅니다."

이 말에는 문학적이거나 정치적이거나 주관적인 함의가 전혀 없다. 창문 밖으로 고개를 돌리니 장밋빛 꽃이 만발한 화단이 눈에 들어오고 그 너머로 태평양과 하늘이 파랗게 포옹하고 있어서 이렇게 말했을 뿐이다.

물론 우리 모두가 알고 있듯이 이 세계에는 다른 색깔도 있다. 날마다 베트남에서 쏟아지는 무의미한 피의 색깔을 누가 잊을 수 있겠는가? 네이팜탄에 잿더미로 변해 버린 마을의 색깔을 누가 잊을 수 있겠는가?

그 기자의 다른 질문에는 이렇게 대답한다. 다른 해와 마찬가지로 나는 365일 안에 새 책을 출판하겠다. 확실하다. 매일 그 책을 쓰다듬고 그 책을 못살게 굴고 그 책을 쓰고 있기 때문이다.

"어떤 책입니까?"

어떻게 대답해야 좋을까? 내 책은 항상 똑같은 것을 다룬다. 언제나 똑같은 책을 쓴다. 친구들이여, 나를 용서하기 바란다. 이 순간, 새날로 가득한 새해에 나는 그대들에게 시, 언제나 동일한 시밖에 줄 것이 없다.

조금 전에 막을 내린 지난해, 지구상에 사는 우리 모두는 승리를 안았다. 우주 공간에서, 우주를 향한 도정에서 승리를 안았다. 작년 내내 우리 인간들은 우주를 비행하고 싶었다. 우리 모두는 우주 비행사가 되어 우주를 여행하는 꿈을 꾸었다. 처음으로 달 주위를 선회하고, 새해 첫 포도를 먹은 사람이• 미국인이든 소련인이든 우주 정복은 우리 모두의 것이다.

이번에 발견한 선물은 대부분 우리 시인들이 차지해야 한다. 소설을 통해 우주를 비행하고 싶은 오랜 인류의 꿈에 기계를 접목시킨 쥘 베른에서부터 쥘 라포르그, 하인리히 하이네 그리고 호세 아순시온 실바에 이르기까지(달의 저주를 발견한 보들레르도 빼놓을 수 없다.) 시인들은 그 누구보다도 먼저 그 창백한 행성을 탐구하고 노래하고 활자화했다.

세월은 흘러간다. 사람은 소진되거나 꽃을 피우고, 고통을 당하거나 환호성을 올린다. 세월은 생명을 앗아 가기도 하고 새 생명을

• 라틴아메리카에서는 새해맞이 행사로 포도를 먹으면서 소원을 빈다.

보내 주기도 한다. 이별이 좀 더 잦아지고 친구들이 수감되었다가 출감하기도 하고 유럽에 다녀오기도 하며 그냥 죽기도 한다.

우리로부터 멀리 떨어진 곳에서 죽으면, 그 사람의 죽음을 좀처럼 실감하기 어렵다. 마음속에는 아직도 살아 있다. 친구들보다 오래 사는 시인의 작품은 추모 시집이 되는 경우가 허다하다. 나는 이런 식의 작품을 쓰지 않았는데, 그 이유는 죽음 앞에서 느끼는 인간의 고통이 너무 단순해질까 두려웠기 때문이다. 사실, 먼저 간 사람들이 아무리 소중하다 할지라도 고인의 명단 기록부가 되고 싶은 사람은 없다. 1928년 실론에서 동료 시인 호아킨 시푸엔테스 세풀베다의 죽음을 접하고 「호아킨을 보내며」를 썼을 때, 그리고 1931년 바르셀로나에서 「알베르토 로하스 히메네스가 날아가다」를 썼을 때, 나는 더 이상 나에게 죽음을 안겨 줄 사람은 없을 거라 생각했다. 그러나 그 뒤에도 많은 사람들이 죽어 나갔다. 여기서 가까운 아르헨티나의 코르도바 언덕에는 절친한 아르헨티나인 친구 로돌포 아라오스 알파로가 우리 칠레 사람 마가리타 아기레를 과부로 만들어 놓고 누워 있다.

이제 막 종지부를 찍은 지난해, 죽음의 바람은 몸이 허약한 예렌부르크를 데려갔다. 소중한 내 친구 예렌부르크는 열렬하게 진실을 옹호하고 거짓은 가차 없이 내치는 사람이었다. 시인 오바디 사비치 또한 모스크바에 묻혔다. 내 시와 가브리엘라 미스트랄의 시를 무척이나 아꼈을 뿐만 아니라 정확하고 아름답게 번역한 사람이다. 이 죽음의 바람은 형제나 다름없는 시인 나짐 히크메트와 세묜 키르사노프를 비롯하여 여러 사람을 데려갔다.

가슴 아픈 일도 있었다. 체 게바라가 가난한 나라 볼리비아에서 공공연하게 암살된 것이다. 게바라의 죽음을 알리는 전보는 서늘한 전율을 일으키며 전 세계로 퍼져 나갔다. 수많은 추모사는 한결같이 게바라의 영웅적이고 비극적인 삶을 다루었다. 격정에 사로잡혀 쓴 추모시가 세계 도처에서 남발되었다. 그러나 격정만이 능사는 아니다. 나 역시 쿠바의 어느 문인 대령에게서 전보를 받았다. 글을 청탁한다는 내용이었다. 그러나 아직까지도 나는 그 글을 쓰지 않고 있다. 이런 추모시는 직설적인 항의뿐만 아니라 고통스러운 역사의 심오한 메아리도 담아 내야 한다고 생각한다. 그 시가 내 머릿속에서, 내 핏속에서 무르익을 때까지 고민할 것이다.

그 위대한 게릴라 지도자가 일기장에서 언급한 시인은 나뿐이라는 사실을 알고 가슴이 뭉클했다. 언젠가 체 게바라는 레타마르 상사와 동석한 자리에서 나에게 이런 얘기를 들려주었다. 혁명 초기에 라마에스트라산맥에서 덥수룩한 수염을 기르고 영웅적으로 투쟁하던 전사들에게 『모두의 노래』를 수없이 읽어 주었다고. 게바라는 미래를 예견한 듯이 일기장에 내 시 「볼리바르에게 바치는 노래」의 한 구절을 적어 놓았다. "용감한 대장의 왜소한 시신……."

노벨 문학상

노벨상을 받기까지 사연도 참 많았다. 오래전부터 노벨 문학상 후보로 내 이름을 거론하고 있었으나 실제로 이루어진 일은 아무것도 없었다.

1963년이 되자 상황이 달라졌다. 라디오에서는 내 이름이 스톡홀름에서 오르내리고 있으며, 가장 유력한 노벨 문학상 후보라고 떠들어 댔다. 그래서 마틸데와 나는 방어 작전 3번에 돌입했다. 식량과 붉은 포도주를 여유 있게 비축하고, 이슬라네그라에 있는 우리 집 대문에 큼직한 자물쇠를 채웠다. 언론의 포위 공격이 장기화될 때를 대비해 조르주 시므농의 추리소설도 장만했다.

곧이어 기자들이 몰려왔지만 우리는 쉽게 따돌렸다. 대문에 아름답고 또 튼튼한 자물쇠를 걸어 놓았으니 집 안으로 들어올 수가 없었다. 담장 바깥에서 서성거리는 기자들의 모습이 꼭 호랑이 같았다. 저 사람들은 도대체 어쩌자는 것일까? 스웨덴 한림원 회원들이 지구 반대편에서 진행하고 있는 논의에 대해 내가 무슨 할 말이 있단 말인가? 그러나 기자들은 억지를 부려서라도 마른 장작에서 수액을 짜내겠다는 의도를 노골적으로 드러냈다.

봄은 느지막하게 남태평양 해안으로 찾아든다. 나는 그 한가한 나날에 때늦은 축제를 벌이려고 몸단장을 마친 바닷가의 봄을 마음껏 누릴 수 있었다. 여름에는 비 한 방울 내리지 않는 이곳 땅은 단단하고 거칠고 자갈투성이라 파릇파릇한 풀 한 포기도 볼 수 없다. 겨울에는 바닷바람이 집채만 한 파도를 몰고 와서 분노와 소금기와 포말을 흩뿌려 놓는다. 그러면 이 잔혹한 힘에 억눌려 사방이 스산하게 보인다.

봄은 노란색 물결로 시작된다. 작은 황금색 꽃들이 무수히 피어나 사방을 뒤덮는다. 작지만 강렬한 색깔을 지닌 이 꽃들은 언덕을 뒤덮고 바위를 에워싸고 바다를 향해 나아가며, 마치 도전장이라도 던지듯이 우리가 일상적으로 다니는 길 한복판으로 뛰쳐나와 자기 존재를 알린다. 오랫동안 눈에 띄지 않게 생명력을 유지하더니, 황량한 땅에서 숨을 죽이고 있더니, 이제는 땅이 부족해서 더 이상 노란 꽃을 피울 수 없다고 안달이다.

작고 노란 꽃들이 창백하게 시들어 버리면 그다음엔 강렬한 보라색 꽃들이 사방을 뒤덮는다. 이처럼 봄의 심장은 노란색에서 파란색으로 그리고 다시 붉은색으로 변해 간다. 어쩌면 이렇게 작고 이름 없는 수많은 꽃들이 차례차례로 피어날 수 있는 것일까? 오늘 바람이 이 색깔을 뒤흔들고 지나가면 내일 바람은 또 다른 색깔을 뒤흔들어 놓는다. 마치 한적한 언덕 위에 둘러친 봄이라는 천막의 색깔이 바뀌는 것 같고, 번갈아 가며 언덕을 정복한 여러 나라가 깃발을 게양하는 것 같다.

이 무렵에는 바닷가에서 자라는 선인장도 꽃을 피운다. 이곳에서 멀리 떨어진 안데스산맥의 능선에는 가시로 뒤덮인 거대한 줄무늬 선인장이 마치 적군처럼 종대를 이루고 우뚝 서 있다. 그러나 바닷가의 선인장은 작고 둥글다. 얼마 전 스무 개 남짓한 선인장이 주홍색 왕관을 쓰고 있었다. 마치 누군가가 열정의 징표로 그곳에 핏방울을 떨어뜨려 놓은 듯 보였다. 드디어 꽃봉오리가 터지기 시작하고, 만개한 수천 송이의 선인장 꽃이 하얗게 부서지는 포말과 맞서고 있었다.

우리 집에 있는 늙은 용설란은 자살하고 싶어 가슴속 깊은 곳에서 꽃대를 밀어 올리고 있었다. 푸른색에 노란색 띠를 걸친 거대한 몸집의 이 용설란은 우리 집 문간에서 10년 이상 살면서 마침내 내 키보다 훨씬 더 높이 자랐다. 그런데 이제 죽으려고 꽃을 피운다. 창 모양의 꽃대가 7미터나 솟아오르더니 황금색 꽃으로 뒤덮이자마자 말라비틀어지기 시작했다. 이어, 거대한 아가베 아메리카나(용설란의 학명)는 잎이 폭삭 내려앉아, 결국 죽음을 맞이했다.

여기 죽어 가는 용설란 옆에 또 다른 꽃대가 모습을 드러내고 있다. 칠레에 살지 않는 사람은 잘 모르는 식물인데, 이곳 남극 해안에서만 자란다. 이름은 차팔(푸야 칠렌시스)이다. 이 식물은 예전에 아라우카족이 숭배하던 식물이다. 고대의 아라우카족은 더 이상 존재하지 않는다. 진흙을 소중하게 여기던 아라우카족은 침략당한 조국을 지키기 위해 편안한 보금자리를 박차고 나왔으나, 그들의 역사는 피, 죽음, 세월 그리고 알론소 데 에르시야의 서사시와 함께 막을 내렸다. 이 꽃이 죽음과도 같은 수 세기의 어둠을 뚫고, 피비린내 나는 망각의 세월을 뚫고 다시 피어나는 것을 보고 나는 이 땅의 과거가 현재의 우리 모습에도 불구하고, 우리가 이렇게 변했음에도 불구하고 꽃으로 개화한다는 생각이 들었다. 오로지 땅만이 본질을 간직한 채 영원히 존재한다.

참, 이 꽃의 생김새를 얘기해야 하는데 잠시 잊고 있었다.

차괄은 뾰족한 잎 둘레에 가시가 촘촘하게 박힌 파인애플과 식물이다. 신비한 에메랄드 검으로 촘촘하게 무장한 이 식물은 초록색 불꽃처럼 길가에 솟아난다. 그러다 갑자기 거대한 꽃대가 하나 치솟아 오르고, 사람의 키 부근에서부터 거대한 초록 꽃다발을 형성한다. 수많은 작은 꽃으로 이루어진 이 초록색 성당은 개화가 시작되면 노란 꽃가루로 뒤덮이고 바다에서 건너온 햇살에 반짝거린다. 차괄은 내가 지금까지 본 가장 큰 초록색 꽃으로, 파도를 위한 외로운 기념비이다.

우리나라의 농부들과 어부들은 이미 오래전에 작은 식물들의 이름을 잊어버려, 이제 작은 꽃들은 이름조차 없다. 이름이 잊혀 감에 따라 꽃도 자부심을 상실해 갔고, 이제는 사람들 눈에 잘 띄지 않는 곳에서 서로 뒤엉켜 피어난다. 마치 눈 덮인 안데스산맥에서 강물에 휩쓸려 내려와 이름 모를 강변에 처박힌 돌멩이와 같다. 농부와 어부, 광부와 밀수꾼은 가혹한 삶에, 끊임없이 부과되는 의무와 반복되는 패배에 순응하는 도리밖에 없었다. 아직도 미지의 땅인 이곳에서 영웅이 되는 길은 어둠에 묻히는 것이다. 사실, 이 땅에서, 이 땅이 부르는 노래에서 빛을 발하는 것은 이름 없는 사람들의 피와 이름 모를 꽃이다.

이런 꽃 가운데 슬그머니 우리 집으로 들어와 번성한 꽃이 하나 있다. 탄력 있고 윤기가 흐르는 꽃대가 오연하게 느껴지는 식물이다. 이 꽃대 끝에서 짙은 파란색 꽃이 사방으로 피어난다. 이처럼 숭고한 파란색을 누구나 다 볼 수 있을까? 소수의 선택받은 사람들에게만 모습을 드러내는 것은 아닐까? 파란색 신이 다른 사람들은 감상할 수 없도록 눈을 가려 버린 것은 아닐까? 어쩌면 외로움 때문에 과장되고 이제는 자부심으로 변해 버린 나만의 기쁨일지도 모른다. 그래서 아무도 눈여겨보지 않는 이런 봄에 이 파란색 꽃, 이 파란색 물결, 이 파란색 별을 발견했다고 자랑하고 있는지도 모른다.

마지막으로 도카 이야기를 하겠다. 다른 지역에도 이런 식물이 있는지 모르겠으나, 도카는 모래밭에서 삼각형 손가락을 끌고 다니며 수없이 불어난다. 그러다 봄이 되면 초록색 손에 야릇한 심홍색 반지를 끼고 다닌다. 그리스어로는 'aizoaceae'라고 부른다. 이런 늦봄에 이슬라네그라의 구경거리는 도카이다. 바다가 침략해 들어온 듯하고 바다의 초록색 동굴에서 해방된 꽃 같기도 하며 바닷속 깊은 곳에 있는 넵투누스의 포도주 창고에 쌓여 있는 자주색 포도즙 같기도 하다.

바로 이 순간, 라디오에서는 훌륭한 그리스 시인이 노벨 문학상 수상자로 결정되었다는 뉴스가 들려온다. 기자들이 철수했다. 마틸데와 나는 마침내 조용하게 살 수 있게 되었다. 우리는 낡은 대문에 채웠던 자물쇠를 엄숙하게 풀어 놓는다. 이제 누구나 아무런 사전 연락 없이 우리 집에 들어올 수 있다. 마치 봄처럼.

오후에 스웨덴 대사 부처가 포도주 여러 병과 스웨덴 고유 음식을 광주리에 담아 나를 찾아왔다. 내가 노벨상을 받을 것이라고 확신하고 미리 축하 선물을 준비해 둔 모양이다. 우리는 아쉬워하지 않고, 수상자로 결정된 그리스 시인 세페리아데스•를 위해 건배했다. 스웨덴 대사는 헤어질 때쯤 한쪽으로 나를 불러 이렇게 말했다.

"보나마나 언론에서 나와 인터뷰를 하려고 할 텐데, 그 양반에 대해서 아는 것이 없습니다. 세페리아데스가 누군지 말 좀 해 주십시오."

"사실 저도 전혀 모릅니다." 나는 솔직하게 대답했다.

사실, 지구라는 이 행성에 사는 작가들은 한 번쯤 노벨 문학상을 꿈꾼다. 노벨상에 대해 겉으로 아무런 내색을 안 하는 작가도, 심지어 노벨상을 거부하는 작가도 마찬가지다.

특히 라틴아메리카에서는 여러 나라에서 각기 후보를 내세워 수상 전략을 짜고 로비를 벌이기 때문에 실제로 노벨상을 받을 만한 작가들이 수상 기회를 놓친 경우도 있었다. 베네수엘라의 소설가 로물로 가예고스가 이 경우에 해당한다. 가예고스의 작품은 위대하고 또 화려하다. 그런데 석유의 나라 베네수엘라, 다시 말해서 돈이 많은 베네수엘라는 금전적으로 노벨 문학상을 어떻게 해 볼 생각이었다. 그리고 스웨덴 주재 대사를 임명했는데, 이 사람의 지상 목표는 가예고스에게 노벨 문학상을 안겨 주는 것이었다. 수많은 인사를 만찬에 초대했고, 스웨덴 한림원 회원들의 작품을 스페인어로 번역하여 스톡홀름에서 출판했다. 한림원 회원들은 예민하고 또 점잖은 사람들

• 그리스 현대 문학에 상징주의를 소개한 '30년대 세대'를 주도한 시인이자 외교관으로, 세페리스라는 필명을 썼다.

이라서 도가 지나치다고 생각한 모양이다. 로물로 가예고스는 끝내 알지 못했으나 베네수엘라 대사의 과도한 로비 활동 탓으로 수상하고도 남을 만한 상을 못 받게 되었다.

언젠가 파리에서 씁쓸하고 조금은 잔인한 이야기를 들은 적이 있다. 폴 발레리 이야기였다. 그해 프랑스에서는 유력한 노벨 문학상 후보로 그의 이름이 언론이 오르내렸다. 스톡홀름에서 최종 결정을 하던 날, 발레리는 조마조마한 마음을 달래려고 아침 일찍 지팡이를 집어 들고 개와 함께 별장을 나섰다.

발레리는 산책을 마치고 정오쯤에 점심 식사를 하러 집으로 돌아왔다. 문을 열자마자 비서에게 물었다.

“전화 온 거 없었나?”

“예, 몇 분 전에 스톡홀름에서 전화가 왔습니다.”

“그래, 뭐라고 하던가?” 발레리는 상기된 표정으로 물었다.

“스웨덴 기자 전화인데요, 여성 해방운동에 관한 선생님의 견해를 듣고 싶다고 했습니다.”

발레리는 야릇한 어조로 이런 이야기를 들려주었다. 그러나 이 위대한 시인, 이 완벽한 작가는 끝내 그 유명한 상을 받지 못했다.

내 이야기를 하자면, 얼마나 조심했는지 사람들은 잘 모를 것이다. 언젠가 한 칠레 학자가 쓴 책을 읽었는데, 가브리엘라 미스트랄을 칭찬하려는 의도가 역력한 이 책에 따르면, 가브리엘라 미스트랄이 사방팔방으로 수많은 편지를 띄웠다는 것이다. 워낙 엄격한 성품이라 편지에서 노골적으로 표현하지 않았지만 노벨상을 받고 싶은 자연스러운 욕망은 숨길 수가 없었던 모양이다. 나는 이 책을 읽고 더욱 말을 삼갔다. 내 이름이 후보로 거론되고 있다는(벌써 몇 번째인지 잘 모르겠다.) 사실을 알고 난 이후부터 스웨덴에는 가지 않겠다고 결심했다. 사실 스웨덴은, 내가 죽마고우인 토마스 라고와 함께 술주정뱅이이자 출교당한 전직 목사 괴스타 베를링(스웨덴의 여성 작가 셀마 라게를뢰프의 소설에 나오는 주인공)의 제자가 되기로 맹세했을 때부터 무척이나 가 보고 싶은 나라였다.

게다가 매년 아무런 실속도 없이 내 이름을 거론하는 것도 지겨웠다. 또 무슨 경주마처럼 매년 출전 명단에 오르는 것 같아 불쾌하기도 했다. 칠레 사람들도 문인이든 일반인이든, 스웨덴 한림원의 무관심 때문에 마음이 상해 있었다. 따라서 자칫 잘못 처신하면 상황이 아주 우습게 전개될 판이었다.

아무튼 나는 노벨 문학상을 수상했다. 1971년 프랑스 주재 칠레 대사로 임명받고 파리에 갓 도착했을 때였는데, 내 이름이 신문에 오르내리기 시작하여 마틸데와 나는 눈살을 찌푸렸다. 우리는 연례행사처럼 또 한 번 홍역을 치르겠거니 생각하고 무덤덤하게 지냈다. 10월 어느 날 저녁 우리 대사관의 참사관이자 작가인 호르헤 에드와르즈가 관저로 들어왔다. 인색하기로 유명한 에드와르즈가 아주 간단한 내기를 하자고 제안했다. 그해 내가 노벨상을 받으면 파리 최고급 식당에서 에드와르즈 부부에게 저녁을 사고, 만일 상을 못 받으면 그가 우리 부부에게 저녁을 사겠다는 것이다.

"좋아. 자네 돈으로 거창한 식사 한번 하지 뭐."

다음 날 에드와르즈가 위험한 내기를 한 까닭이 밝혀졌다. 에드와르즈와 안면이 있는 작가이자 기자인 한 여자가 스톡홀름에서 전화를 걸어 왔는데, 정황으로 보아 이번에는 파블로 네루다가 틀림없이 노벨상을 받을 것이라고 귀띔해 준 것이었다.

기자들이 국제전화를 걸어 오기 시작했다. 부에노스아이레스에서, 멕시코에서, 특히 스페인에서 전화가 많이 왔다. 스페인에서는 이미 기정사실로 받아들이고 있었다. 당연히 나는 한마디도 하지 않았지만, 의심스러운 생각이 다시 고개를 들기 시작했다.

그날 저녁 아르투르 룬드크비스트가 나를 찾아왔다. 내가 알고 지내는 스웨덴 작가는 그 사람뿐이었다. 룬드크비스트는 삼사 년 전부터 스웨덴 한림원의 회원으로 일하고 있었는데, 프랑스 남부 지방을 여행하려고 온 것이다. 저녁 식사를 마친 후, 나는 노벨상 문제로 국제전화를 걸어 오는 기자들을 상대하기가 여간 곤란하지 않다면서 이렇게 말했다.

"부탁이 하나 있다네. 만일 그게 사실이라면 언론에 발표하기 전에 내가 먼저 꼭 알아야겠네. 오랫동안 함께 투쟁해 온 살바도르 아옌데에게 제일 먼저 그 소식을 전해 주고 싶어서 말이야. 자기가 제일 먼저 그 소식을 들었다는 걸 알면 무척이나 기뻐할 거야."

한림원 회원이자 시인인 룬드크비스트는 정색을 하고 나를 쳐다보았다.

"내가 무슨 말을 하겠나. 좋은 소식이 있으면 스웨덴 국왕이 전보로 보내든가 아니면 파리 주재 스웨덴 대사가 전해 주겠지."

그날이 10월 19일인가 20일이었다. 21일 아침 대사관은 기자들로 북적이기 시작했다.

스웨덴, 독일, 프랑스 그리고 라틴아메리카 각국의 텔레비전 방송 기자들은 성화를 부리다 못해 폭동이라도 일으킬 태세였다. 하지만 아무런 소식도 듣지 못한 나로서는 입을 다물고 있을 수밖에 없었다. 11시 반, 스웨덴 대사가 내게 전화를 걸어 정중하게 면담을 요청했다. 어떤 사안인지는 밝히지 않았다. 그러나 면담은 두 시간 후에 있을 예정이었기 때문에 취재진을 진정시키는 데는 전혀 도움이 안 되었다. 전화벨이 쉬지 않고 요란하게 울렸다.

그때 파리의 한 라디오 방송이 속보를 내보냈다. 1971년 노벨 문학상은 "칠레 시인 파블로 네루다"에게 수여하기로 결정되었다는 보도였다. 나는 그 즉시 구름같이 모여든 취재진을 만나러 내려갔다. 때마침 오랜 친구인 장 마르스낙과 아라공이 나타났다. 아주 훌륭한 시인이자 내게는 친형제와도 같은 마르스낙은 환호성을 터뜨렸다. 아라공은 나보다도 더 수상 소식을 반기는 것 같았다. 이 두 사람의 도움으로 무사히 기자들의 질문 공세에 대처할 수 있었다.

나는 얼마 전에 수술을 받은 터여서 빈혈 증세가 있었고 걸을 때도 절뚝거렸다. 그래서 가능하면 움직이고 싶지 않았다. 그날 저녁 지인들이 우리 집으로 찾아와서 함께 식사를 했다. 이 밖에도 이탈리아에서 찾아온 마타(칠레 출신의 초현실주의 화가), 바르셀로나에서 찾아온 가르시아 마르케스, 멕시코에서 건너온 시케이로스, 베네수엘라의 카라카스에서 건너온 미겔 오테로 실바, 파리에 살던 아르투로 카마초 라미레스, 프랑스 시골에 거주하던 코르타사르를 만났다. 그리고 칠레인 카를로스 바사요는 로마에서 날아와 스톡홀름까지 동행해 주었다.

축전이 산더미처럼 쌓였다.(일일이 답장을 보내기는커녕 아직까지 다 읽지도 못했다.) 그런데 그 수많은 편지 가운데 이상한 협박 편지가 하나 있었다. 네덜란드에서 온 편지였다. 동봉한 신문 스크랩으로 보건대, 발신자는 덩치가 큰 흑인이었다. 편지는 대충 이런 내용이었다. "나는 네덜란드령 기아나의 파라마리보에서 활동하는 반식민지 운동 대표자로서, 이번 노벨상 수상식에 참석하려고 초대장을 신청했다. 스웨덴 대사관에서는 수상식에 참석하려면 격식에 따라 연미복을 입어야 한다고 통고했다. 나는 연미복 살 돈이 없으며, 그렇다고 빌려 입을 생각도 없다. 나처럼 자유를 위해 투쟁하는 아메리카인이 남이 입던 옷이나 빌려 입는다는 것은 굴욕이라고 생각하기 때문이다. 그래서 몇 푼 안 되겠지만 돈을 있는 대로 긁어모아 스톡홀름으로 갈 생각이다. 그곳에서 기자회견을 열고, 노벨상의 제국주의적이고 반민중적인 성격을 폭로함으로써 전 세계의 시인들 중에서 가장 반제국주의적이고 가장 민중적인 시인 네루다에게 영광스러운 수상식 자리를 마련해 주고자 한다."

11월에 마틸데와 나는 스톡홀름으로 떠났다. 절친한 친구 몇 명이 우리와 동행했다. 우리는 호화로운 그랜드 호텔에 묵었다. 창밖으로 아름다운 겨울 경치와 왕궁이 보였다. 호텔에는 물리학, 화학, 의학 등 다른 분야의 수상자들과 유명 인사들도 묵고 있었다. 그중에서 몇몇은 말을 아주 잘하고 예의 바른 사람들이었지만 몇몇은 작업 도중에 잠깐 바깥으로 나온 정비공처럼 거칠고 투박한 사람들이었다. 노벨 평화상을 수상할 빌리 브란트는 그 호텔에 묵지 않았다. 노벨 평화상 수상식은 노르웨이에서 열리기 때문이다. 그해 노벨상 수상자들 가운데 꼭 한번 만나서 이야기를 나누고 싶은 사람이었는데 아쉽게 되었다. 나중에 만찬장에서 얼굴을 보기는 했으나 내 좌석에서 몇 사람 건너에 앉아 있었다.

스웨덴 의전 절차에 따르면 수상자들은 시상식이 거행될 장소에서 예행연습을 하게 되어 있었다. 예행연습 광경은 정말 가관이었다. 유명 인사들이 동일한 시각에 일어나 예정된 시각에 호텔을 출발하고, 정확한 시각에 텅 빈 건물에 도착하여 조심조심 층계를 올라간 다음, 왼쪽과 오른쪽으로 질서 정연하게 행진해서 식장의 자기 자리에 착석했다. 커다란 홀에는 아무도 없었다. 그래서 국왕과 왕족의

노벨 문학상을 수상한 네루다

빈자리가 한층 묘하게 보이는 식장에서 텔레비전 카메라를 앞에 두고 예행연습이 진행되었다. 스웨덴 텔레비전 방송국은 무슨 생각으로 이런 형편없는 배우들의 리허설 장면을 촬영하는지, 나로서는 도무지 납득할 수가 없었다.

시상식은 산타 루치아 노래로 시작되었다. 나는 호텔 복도에서 들려오는 감미로운 노랫소리에 잠을 깼다. 이어 화관을 쓴 금발의 스칸디나비아 여자들이 촛불을 들고 우리 방으로 불쑥 들어왔다. 이들은 아침 식사를 들여오고, 바다를 그린 아름답고 긴 그림을 선물로 가져왔다.

잠시 후 스톡홀름 경찰 당국을 뒤흔들어 놓은 사건이 발생했다. 내 앞으로 온 편지가 호텔 프런트데스크에 배달되었다. 서명을 보니 발신자는 이전에 편지를 보낸 파라마리보의 반식민 운동가였다. 그 편지에는 "방금 전에 스톡홀름에 도착했다."라고 쓰여 있었다. 기자 회견을 열려던 시도는 좌절되었으나 혁명가로서 손을 놓고 있을 수만은 없어서 다른 방법을 강구했다는 것이다. 억눌린 사람들의 시인, 억압받는 사람들의 시인 파블로 네루다가 연미복을 입고 노벨상을 수상하는 꼴은 도저히 눈 뜨고 볼 수가 없으므로 사람들 보는 앞에서 내가 입은 "연미복 꼬리를 비롯해서 눈에 띄는 꼬리란 꼬리는 모두" 잘라 버리려고 초록색 가위를 샀다고 했다. "이미 수차례 당신에게 경고했습니다. 커다란 초록색 가위를 들고 홀 뒤쪽에 서 있는 유색인을 보거든 무슨 사태가 발생할지 짐작하고도 남을 것입니다."

스웨덴 측 의전 담당으로 가는 곳마다 나를 따라다니던 젊은 외교관이 있었다. 나는 웃으면서 이 외교관에게 편지를 건네주고, 파리에서도 이 사람 편지를 받았는데, 별로 걱정할 필요 없을 것 같다고 덧붙였다. 외교관은 내 말을 듣지 않았다.

"문제가 많은 이런 시대에는 뜻밖의 사태가 발생할 수도 있습니다. 스톡홀름 경찰 당국에 신고해야 합니다. 그게 내 의무입니다."

이렇게 말하고 급히 자리를 떴다.

나와 함께 스톡홀름에 간 사람들 중에는 베네수엘라 출신의 미겔 오테로 실바도 있었다. 그는 훌륭한 소설가이자 재기 넘치는 시인이었고, 내가 보기에는 아메리카의 양심이었다. 시상식 몇 시간 전이었다. 나는 점심 식사를 하면서 스웨덴 측에서 편지 사건을 심각하게 취급하고 있다고 말했다. 우리와 같이 식사를 하던 오테로 실바가 갑자기 손으로 이마를 치면서 소리를 질렀다.

"아이코, 그 편지는 내가 쓴 거야. 자네 놀려 주려고 장난 좀 한 건데. 이걸 어떡하나. 경찰이 있지도 않은 사람을 찾고 있으니 말이야."

"감방에 가는 수밖에 없지, 뭐. 야성적인 카리브해 사람을 빙자해서 못된 장난질을 했으니 혼 좀 나야지." 나는 이렇게 오테로 실바에게 말했다.

바로 그때 젊은 외교관이 경찰 당국에 사건을 보고하고 돌아와서 식탁에 앉았다. 우리는 사실대로 자초지종을 말했다.

"그건 짓궂은 장난이었소. 그 작자가 바로 여기서 우리하고 같이 식사를 하고 있다오."

그 외교관은 급하게 나갔다. 그러나 이미 경찰은 파라마리보에서 온 흑인이나 테러리스트 비슷한 사람을 찾기 위해 스톡홀름의 모든 호텔을 수색하고 있었다.

경찰은 경계를 늦추지 않았다. 마틸데와 내가 시상식장에 들어갈 때나 축하 무도회 식장에서 나올 때 평상시 경비원들 대신 네댓 명의 건장한 청년들이, 다시 말해서 듬직한 금발의 경호원들이 가위질을 막기 위해 재빨리 뒤에 따라붙었다.

노벨상 시상식에는 조용하고 예의 바른 관중들이 참석했다. 관중들은 적절한 순간에 점잖게 박수를 쳐 주었다. 늙은 국왕이 수상자들과 일일이 악수를 하고 상장과 메달 그리고 수표를 주었다. 상장을 받은 수상자들은 지정된 좌석으로 다시 돌아와 앉았다. 시상식장은 꽃과 사람들이 차지하고 있어서 리허설 때처럼 썰렁해 보이지는 않았다. 관중들의 얘기에 따르면(다시 말해서, 마틸데 듣기 좋으라고 해 준 얘기에 따르면) 국왕이 다른 수상자들보다 나에게 더 많은 시간을 할애했고 내 손을 더 오래 잡았으며 눈에 띄게 다정하게 대했다고 한다. 어쩌면 옛날 궁정에서 음유시인들에게 베풀어 준 호의를 연상하고 그렇게 대했는지도 모른다. 아무튼 남보다 길든 짧든 국왕하고 악수를 한 건 그때가 처음이자 마지막이었다.

엄격한 의전 절차에 따라 진행된 시상식은 매우 엄숙하게 거행되었다. 비일상적인 행사를 감싼 엄숙한 분위기는 이 세상에 늘 존재하는지도 모른다. 인간은 그런 것을 필요로 하는 것 같기도 하다. 그래도 저명인사들의 수상 장면이란 작은 시골 학교의 상장 수여식과 퍽이나 유사했다.

칠레 치코

푸에르토 이바녜스를 둘러보았다. 나는 그곳에서 본 헤네랄 카레라 호수의 금속 같은 물결에 경의를 느꼈다. 자연이 발작을 일으킨 듯한 그 물빛과 비교할 수 있는 대상은 비취색으로 빛나는 쿠바의 바라데로나 칠레의 페트로위에뿐이다. 이어 이바네스강의 사나운 폭포를 구경했다. 강인지 폭포인지 분간할 수 없을 정도로 위압적이었다. 또한 이 지역 사람들의 고립과 빈곤 때문에 마음이 무거웠다. 인근에서 거대한 에너지가 생산되는데도 전기가 들어오지 않았고, 수많은 양을 기르면서도 해진 옷을 입고 있었다. 드디어 칠레 치코에 도착했다.

날이 저물 때라 웅장한 황혼이 나를 반겼다. 끊임없이 부는 바람이 구름을 헤집어 놓고, 강물처럼 흐르는 푸른 하늘이 대지와 하늘 사이에 걸린 커다란 구름 덩어리를 에워쌌다.

목초지는 거센 남극 바람과 맞서 싸우고, 저만큼 세로 카스티요 바위산이 우뚝 솟아 있었다. 날카로운 봉우리는 고딕식 첨탑 같고, 자연이 만든 화강암 성가퀴 같았다. 아이센 지방의 산맥은 제멋대로였다. 공처럼 둥그스름하거나 탁자처럼 평평하게 솟구친 모습은 마치 눈으로 만든 삼각형과 사각형을 늘어놓은 듯했다.

하늘은 고운 비단과 금속으로 석양을 만들고 있었다. 하늘 높은 곳에서는 노란색이 빛났다. 마치 순수한 공간에 떠 있는 거대한 새처럼 보였다. 모든 것이 갑자기 변해, 고래 입이 되었다가 사나운 표범이 되었다가 끝내는 추상화가 되었다.

머리 위로 펼쳐진 광활한 하늘이 나를 눈부시게 아름다운 아이센의 증인으로 임명한 것 같았다. 그리하여 나는 아이센의 산하, 폭포, 자기를 죽인 자를 고발하는 수백만 그루의 죽거나 불타 버린 나무와 더불어 이제 모든 준비를 마치고 탄생만을 기다리는 한 세상의 침묵, 즉 하늘과 대지의 의식을 목격하고 있는 느낌이었다. 그러나 어디에도 피난처나 공공질서나 건물이나 사람은 없었다. 이런 외진 곳에서 사는 사람들은 광활한 공간만큼이나 광범위한 연대를 필요로 한다.

노을이 빛을 잃고 짙푸른 밤이 엄습할 때 나는 이곳을 떠났다.

남부의 풍경

수많은 왕래와 비난받을 수도 있는 짧은 사랑 속에서 내 청춘은 자연의 대지뿐만 아니라 투쟁, 고통, 그리고 밭과 숲 사이로 확장돼 가는 약탈을 인식하게 됐다.

고대 멕시코와 페루의 왕국에서 벌어진 스페인의 정복은 해로운 방사선처럼 전격적이었다. 이미 좀먹고 분열된 기생적 두 원주민 제국은 고통도 승리도 없이 정복자들 앞에 무릎 꿇었다. 그러나 칠레의 역사는 달랐다.

칠레에서는 300년에 걸쳐 서로 학살을 자행했다. 원주민 수호자들과 스페인 정복자들은 서로를 죽였다. 정복에 나선 군인들과 그 가족들은 무자비한 전쟁으로 비참한 상황에 직면했으면서도 설명이 불가할 정도로 오래 유지된 대농장 제도를 안착시켰다. 사실 칠레 최초의 인민 정부인 살바도르 아옌데 정부만이 1971년부터 내가 이 기억을 쓰고 있는 1973년까지 대농장을 개혁했다. 기억이란 일반적으로 개인적인 회상이다. 내 조국이 여러 문제를 안고 있지만, 나는 그 조국과 어디든 함께했다. 유럽이나 아시아나 미국의 독자가 내 시에 관심을 보일지언정 그 독자에게 소행성처럼 길고 가는 칠레는 하늘에서 바라보면 거의 보이지도 않을 것이다. 하지만 내게는 그렇지 않았다.

칠레인은 이상한 혈통에서 파생했다. 라틴아메리카의 다른 지역 메스티소는 이베리아반도의 군인들이 겁탈한 원주민의 후손이다. 우리 칠레인은 아라우카족이 납치한 스페인 여인들의 후손이다. 몇 세기에 걸쳐 기나긴 전쟁을 벌인 칠레 원주민은 스페인 정복자만큼 잔인하여 그들이 괴멸한 도시나 성채에 스페인 사내를 단 한 명도 남겨 두지 않았다. 그러나 흥미롭게도 절대 여자를 죽이는 일은 없었다.

이 전쟁의 관습이 어디에서 유래한 것인지는 모르지만 내게 아라우카족은(그들의 피가 내게도 흐른다.) 반나체의 몸으로 16세기부터 불굴의 정복자들에 대항하여 원시적인 화살을 쏘던 과거의 아라우카족처럼 너무나도 미스터리하고 멀게 느껴진다.

포로가 된 스페인 여인들은 인디오의 자식을 낳았고 이들은 칠레인이 되었다. 우리는 꽤나 기묘한 상황에서 태어난 것이다. 1810년 스페인으로부터 독립한 이후, 칠레에는 정부가 들어섰고 갓 칠레에 들어온 동포들은 시대에 뒤떨어진 시스템 속에서도 편안함을 느꼈다. 그들은 작위를 창조하고 스스로를 고귀한 상속자로 지정했으며 타인의 노동으로 살아갔다. 그들은 지속적으로 원주민을 죽이며 세를 확장했다. 부르주아의 역사는 독립 이후 그 피 흘린 시기를 혐오스럽고 위선적이게도 '아라우카족 평정'의 시기로 명명하고 있다.

평정자들은 아라우카족과 그들의 소유물을 물리적으로 괴멸했다. 새로운 땅에 정착한 다음에는 법률과 판사와 변호사와 경찰로 무장했다. 그리하여 크리오요들은 총과 몽둥이로 이 땅에 자리를 잡았다. 그렇게 이 땅은 피로 얼룩진 땅이며 나는 그 땅을 말을 타고 지나다녔다.

에르난데스 가족처럼 산속에서 경작하는 기운찬 사람들은 새로운 게릴라전에 참전한 첫 번째 군인과도 같았다. 그 뒤로 평범한 사람들이 들어왔다. 포도주를 생산하는 광대한 지역을 집어삼킨 산티아고의 소수 권력자들이 남부의 모든 지역으로 퍼져 갔다. 몇몇 지주들과 수없이 많은 가난한 농부들의 삶이 분할되었다. 신흥 지주들처럼 너무나도 칠레인 같은 이 가난한 농부들은 영양 상태가 좋지 않았으며 맨발에 무지하고 남루했다.

나는 그런 사회구조 속에서 사랑과 우수를 소비하며 청년기를 보냈으며, 그렇게 이 나라의 숨겨진 역사를 배워 갔다.

나는 과거와 현재를 내게 들려줄 사람들을 찾아다녔고 진실을 얘기해 줄 책을 열심히 찾았다.

그러다가 그 시대의 잔인성을 얘기해 줄 영웅적인 책이 있다는 걸 알게 됐다. 파타고니아 최후의 부족에게 자행된 학살에 관한 역사였다. 아마도 햇병아리 시인으로, 강에서 배를 타고 한 여인의 다리나 아코디언의 멜로디에 빠져 있을 때였을 것이다.

하지만 도무지 책을 찾을 수 없었다. 살인을 자행한 지주들이 책을 사거나 없애 버린 탓이었다.

책 이름은 『비극의 파타고니아』였다. 나는 35년 뒤에야 그 책을 손에 넣을 수 있었다.

그 책은 마지막 남은 오나스족을 이 땅에서 없애 버린 잔혹한 역사를 담고 있었다. 그 목가적인 사람들은 이 땅에서 유일하게 석기시대의 관습을 유지하고 있었다. 그러나 아무도 그 사실에 놀라지 않았다. 그들은 이 세상 가장 거친 땅에서 물고기를 잡아먹으며 생존하던 가난한 부족이었다.

그러나 이들은 메넨데스 가문, 몬테스 가문, 에첼라르테 가문보다 오래 살지 못했다. 이 가문들은 양을 키우는 데 있어 불결한 파타고니아인을 이웃으로 두기엔 너무 위험하다고 생각하고 사냥꾼을 고용해 성인 남녀부터 아이까지 가리지 않고 찾아내 죽였으며 사냥꾼들이 가져오는 머리 수대로 돈을 지불했다. 오후가 되면 신흥 지주들은 멜론을 세듯이 원주민의 머리를 셌으며 충복들에게 돈을 줬다.

그리하여 메넨데스 가문은 티에라델푸에고 지역에 양 농장을 세웠다. 그들의 후손은 현재 산티아고의 유니온 클럽과 부에노스아에레스의 자키 클럽을 운영하고 있다.

세상의 끝에서 길을 잃은 부족의 생존자는 서너 명밖에 되지 않았다. 반면에 칠레와 아르헨티나에 정착한 메넨데스 가문은 얼마 전에 100만 마리 이상의 양을 소유하게 됐다.

9월의 깃발

남아메리카 대륙의 9월은 꽃이 활짝 피어나는 시기이며 깃발로 뒤덮이는 때이다.

19세기 초, 그러니까 1810년 9월에 남아메리카 대륙 곳곳에서는 스페인 식민 통치에 반대하는 봉기를 일으키거나 계획했다.

이 9월에 우리 남아메리카인들은 해방을 기념하고, 독립 영웅들을 기리며, 마젤란 해협을 넘어 남부 파타고니아와 케이프 혼까지 펼쳐지는 봄을 즐긴다.

멕시코에서 아르헨티나와 칠레에 이르기까지 연쇄적으로 발생한 독립운동은 세계적으로 중요한 사건이었다.

독립운동 지도자들은 저마다 성격이 다른 사람들이었다. 볼리바르•는 투사이자 예의 바른 사람으로 타고난 예언자 기질이 있었고, 산마르틴••은 탁월한 군사 전략가로서 지구상에서 가장 높고 험준한 안데스산맥을 넘어 식민 세력을 격퇴함으로써 칠레를 해방시켰으며, 호세 미겔 카레라와 베르나르도 오이긴스•••는 칠레 최초로 군대를 창설하고, 최초로 인쇄소를 설립했을 뿐 아니라 미국보다 훨씬 앞서 노예제 폐지법을 제정했다.

호세 미겔 카레라는, 볼리바르를 비롯한 여러 독립운동가와 마찬가지로, 크리오요라는 귀족계급 출신이었다. 이 계급의 이해관계는 아메리카의 스페인 식민 통치자들과 첨예하게 대립했다. 민중은 조직화되지 못했다. 그저 스페인 식민 지배 질서에 예속된 거대한 대중에 불과했다. 볼리바르와 카레라 같은 인물들, 백과사전파 사상에 심취한 지성인들, 스페인 군사 학교 생도들은 민족주의 정신을 고취하기 위해 고립과 무지라는 장벽을 무너뜨려야 했다.

카레라의 삶은 번갯불처럼 짧고 찬란했다. 몇 년 전, 출판사를 차

• 시몬 볼리바르(1783~1830)는 지금의 콜롬비아, 베네수엘라, 에콰도르를 해방시켰다.

•• 호세 데 산마르틴(1778~1850)은 1813년 아르헨티나에서 독립군을 이끌었으며, 1817년에는 안데스산맥을 넘어 오이긴스와 함께 칠레를 해방시키고, 1821년에는 페루를 해방시켰다. 이후 과야킬에서 시몬 볼리바르와 회동한 후에는 독립운동에서 물러나 프랑스에서 만년을 보냈다.

••• 카레라(1786~1821)와 오이긴스(1778~1842)는 1813년 칠레에서 독립 전쟁을 벌였으나 1814년 랑카과 전투에서 패배하여 아르헨티나로 탈출했다. 오이긴스와 산마르틴은 랑카과 전투 패배를 카레라의 책임으로 돌렸고, 이에 반발하던 카레라는 결국 총살형을 당했다. 한편 1817년 산마르틴과 함께 안데스산맥을 넘어 페루로 진격한 오이긴스는 1818년 2월 12일 칠레의 독립을 선포하고 최고 통치자가 되었으나 개혁적인 정책으로 보수파의 반발을 사, 1823년 페루로 망명했다.

시몬 볼리바르

려 카레라의 전기를 재간할 기회가 있었는데, 그때 『불행한 경기병』이라는 제목을 붙였다. 카레라의 열정적인 성격은 낙뢰를 유인하는 피뢰침처럼 수많은 갈등을 야기했고, 결국에는 신생 아르헨티나 공화국 통치자들에 의해 멘도사에서 총살되었다. 카레라는 스페인 식민 통치를 타도하겠다는 일념 하나로 아르헨티나 팜파스 지역의 원주민들을 이끌고 부에노스아이레스를 포위하고 기습 공격을 시도했다. 이처럼 칠레의 해방을 열망한 카레라는 내란을 일으키고 게릴라전을 펼쳤으며, 이 때문에 결국은 죽음으로 치달았다. 이런 독립운동의 소용돌이 속에서 카레라는 탁월하고 용맹한 아들을 잃었다. 역사는 이 피비린내 나는 사건의 주모자로 오이긴스와 산마르틴을 지목한다. 그러나 봄과 깃발의 달, 9월의 역사는 광활한 팜파스 초원과 눈 덮인 안데스산맥을 배경으로 펼쳐지는 이 세 명의 독립운동가 이야기를 너른 품으로 감싸 안는다.

또 다른 칠레 해방운동의 기수 오이긴스는 온건한 사람이다. 그가 만일 열일곱 살 때 런던에서 아메리카 해방을 지원해 달라며 유럽 왕실을 전전하던 늙은 혁명가를 만나지 않았더라면 평범한 범부의 삶을 살았을 것이다. 이 늙은 혁명가의 이름은 미란다•로, 수많은

• 프란시스코 데 미란다(1750~1816): 지금의 베네수엘라 출신으로 아메리카 식민 해방운동의 선구자. 미국 독립 전쟁 때는 플로리다에서 스페인군을 이끌고 참전하였으며, 프랑스 혁명에서는 장군으로 공적을 세워 개선문에 이름을 남겼다. 이러한 미란다의 영향으로 1810년 베네수엘라에서 크리오요들은 라틴아메리카 최초로 독립을 선언하고 독립운동에 매진하게 되었다. 청년 시몬 볼리바르를 독립운동에 참여토록 설득한 사람도 미란다였다.

호세 데 산마르틴

지인들이 있었지만 그중에서도 러시아의 예카테리나 여제의 애틋한 후원을 받았다. 러시아 여권으로 파리에 당도한 이후부터는 유럽 왕실을 제 집처럼 드나들 수 있었다.

오이긴스 일화는 사극 냄새가 물씬 풍기는 낭만적인 이야기이다. 오이긴스는 서자였다. 아버지는 아일랜드 출신의 용병으로, 칠레 총독을 지냈다. 이러한 오이긴스의 출신 배경을 미리 파악한 미란다는 스페인 식민지 아메리카에서 봉기가 일어나면 이 청년이 상당한 이용 가치가 있다고 판단했다. 오이긴스는 자신의 출생 비밀을 듣는 순간 봉기를 일으키겠다고 결심했다. 털썩 무릎을 꿇은 오이긴스는 미란다를 껴안고 울부짖으며, 당장 자기 조국 칠레로 돌아가 봉기를 주동하겠노라고 약속했다. 결국 오이긴스는 식민 지배 세력을 몰아내기 위한 막바지 전투에서 승리하였으며 칠레 공화국의 국부로 추앙받게 되었다.

미란다는 스페인군의 포로가 되어 카디스에 있는 라카라카 요새 감옥에서 죽었다. 프랑스 혁명에 참가한 장군이며 독립운동가들의 스승인 미란다의 시신은 자루에 담겨 바다에 던져졌다.

동포들에게 쫓겨난 산마르틴은 프랑스 불로뉴에서 쓸쓸하게 삶을 마쳤다.

칠레의 해방자 오이긴스는 소중하게 여기던 그 모두를 두고 이국 땅 페루에서 죽었다. 오이긴스를 추방한 크리오요 지주계급은 이내 혁명을 찬탈했다.

얼마 전 리마에 들렀을 때, 페루 역사 박물관에서 오이긴스 장군이 만년에 그린 그림을 보았다. 그림의 주제는 모두 칠레였다. 칠레의 봄, 9월의 나뭇잎과 꽃을 그린 것이다.

올 9월에 나는 저 독립운동 시기의 인물과 사건, 사랑과 고통을 회고해 보았다. 그로부터 한 세기가 지난 지금 민중은 다시 동요하고 분노의 풍파로 깃발이 펄럭이고 있다. 100년 동안 많은 변화가 있었다. 그러나 역사는 계속 흐르며 새로운 봄이 우리 아메리카의 끝없는 공간에 넘실거린다.

안드레스 베요

우리는 북쪽의 거친 바다에서 오고 있었다. 하늘은 파랗고 공기는 부드럽고 온화했다.

조국으로 돌아가는 이 배는 아메리카의 다른 지역에 들를 것이다. 베네수엘라의 과이라가 첫 기착점이 될 것이다.

아메리카인이라면 그 어떤 나라도 이 대륙을 대체하지 못한다고 생각할 것이다. 우리는 아메리카 모든 지역의 처절한 역사를 알고 있으며 각 민족의 대중음악은 우리를 끌어당기고 현혹한다. 여기에 우리가 원하는 열매가 있다.

베네수엘라에 내릴 준비를 했다. 산티아고대학교 정문 앞에는 칠레에서 가장 훌륭한 기념비가 있다. 한 남자가 진중한 얼굴로 앉아 있는 상이다. 이 기념비는 젊은 세대에게 베네수엘라의 기원이 된 자유와 독립의 이상을 일깨워 준다. 칠레의 태양과 비와 날씨 때문에 짙은 아름다움을 내뿜는 이 대리석상은 지성의 스승이자 정치적 작가를 재현하고 있다. 바로 안드레스 베요다. 그는 베네수엘라에서 태어난 볼리바르의 친구였으며 칠레대학교의 초대 총장이었다.

과이라에 다가갈수록 나는 흐릿한 초록빛 해안선으로 안드레스 베요의 대리석상이 보이는 것 같았다. 그의 시선은 내 학창 시절의 투쟁과 내 초기 시들과 청년기의 사랑과 함께했다. 그는 런던에서 혁명적 낭만주의에 대한 가장 과학적이고 문학적인 잡지를 스페인어로 출판했다. 그런 그는 우리에게 과거에도 그랬고 지금도 마찬가지로 자유의 사상으로 결합된 두 국가의 통합을 의미한다. 비록 대륙의 거대한 영토적 거리로 분리되어 있지만 말이다. 안드레스 베요는 갓 태어난 칠레에 심오한 의미와 체제를 심어 두었다. 그는 프랑스혁명에서 영감을 받고 법전을 썼으며 식민지에서 갓 독립한 칠레의 인문학과 과학의 기초를 다졌다.

어찌 보면 나의 개인사도 산티아고의 길거리에 있는 그 대리석상과 결합되어 있다.

안드레스 베요는 아주 뛰어난 시인은 아니었다. 그는 명령자이자 입법자이자 학자였지만 그의 문학 작품은, 특히 그의 시는 아메리카의 대지에 대한 사랑, 우리의 산과 강에 대한 사랑으로 가득했다. 그는 독립의 여명기에 문학이 민족적 의미를 지니기를 바랐다. 그러나 이 전통은 망각되었고 부르주아의 성장과 더불어 유럽식 문학과 세계주의적 문학으로 대체되고 말았다. 『모두의 노래』를 쓰면서 나는 다국적 의미의 라틴아메리카 시로 돌아가고자 했다. 다시 말해, 저 위대한 안드레스 베요의 길로 돌아가고자 했다는 말이다.

푸른 수정처럼 초록빛 대지의 긴 해안선이 보이기 시작했다. 베네수엘라의 땅이, 볼리바르와 안드레스 베요의 조국이.

레카바렌

루이스 에밀리오 레카바렌과 엘리아스 라페르테는 민족적 영혼, 민족성을 형성한 소수의 칠레인에 속한다. 그들은 칠레 노동자들의 문화와 복지와 존엄을 위해 민중 투쟁을 이끌면서 칠레 국민에게 우리의 역사를 알렸다.

그것이 애국자이자 공산주의자로서 그의 과업이었다.

레카바렌의 삶과 과업을 온전히 품기는 여전히 불가능할지도 모른다. 라틴아메리카의 사회정치사에서 그토록 강력하고 대대적인 투쟁을 했던 사람을 찾기란 쉽지 않다. 레카바렌 같은 사람은 어디에도 없다. 북미에도 중미에도 남미에도.

그는 아메리카 파노라마의 절정을 넘어서는 인물이다. 또한 그의 특질은 칠레 국민의 투쟁에 영원한 의미를 부여할 것이다. 멕시코의 에밀리아노 사파나나 니카라과의 산디노 같은 격하고 위대한 전사들은 민중의 영혼에 봉기의 불꽃과 피를 주입했다. 그들이 일궈 낸 성과로 존경받으며 기억되는 건 당연한 일이다.

레카바레는 누구보다 칠레를 잘 알고 있었다. 그는 위대한 영웅이었다. 그는 조직화의 영웅이었다. 그는 대중의 의식을 일깨웠으며 지칠 줄 모르는 선동자였다. 하지만 그의 선동은 오직 한 지점을 향하고 있었다. 바로 민중의 조직적 행동이었다. 그는 파괴와 희생과 학살이 자행된 땅에서 새로운 삶을 꿈꾸며 라틴아메리카 국가에서 처음으로 노동조합과 연합체를 이루어 내고 확장한 사람이었다.

부르주아 정부는 테이블을 치며 자신의 권리를 외치는 민중을 처음으로 마주했다. 아르투로 알레산드리 대통령의 사회 개혁은 레카바렌의 혁명적 도덕성과 집요함이 이끌어 낸 직접적인 결과물이었다.

모두가 알고 있듯이 레카바렌은 노동계 신문을 조직적으로 만들어 낸 인물이다.

1920년 이전에 투쟁을 위한 신문을 발간한다는 게 무엇을 의미하는지 아는가?

신문을 발간한다는 건 신문을 기획하고, 쓰고, 인쇄하고, 홍보를 하고, 사람에서 사람으로, 손에서 손으로 신문을 유포하고, 연대 외에는 아무런 자금이 없는 상태에서 자금을 충당해야 하는 일이다. 그는 무관심과 보복의 위협 속에서 그 연대를 만들어 내고 일으켜 세워야 했다.

그런 조건에서 레카바렌은 열두 개에 이르는 신문을 발간했다. 그는 글의 힘을 이해하고 있었을 뿐만 아니라 엄청나게 많은 노동자들과의 개인적인 접촉의 중요성도 알고 있었다.

언젠가 노르테치코에서 동료들이 당의 작은 일간지를 출판하는 낡은 신문사에 데려간 적이 있다. 박물관처럼 오래됐지만 여전히 작업을 하고 있었다. 그런데 쇠로 된 축에 커다란 홈이 파여 있었다. 그래서 그 홈이 뭐냐고 물어봤다. 그랬더니 거의 반세기 전에 경찰이 그곳을 공격했다고 했다. 신문사는 파괴되고 노동자들은 길거리로 내던져졌으며 내부는 불타고 무너졌다. 하지만 그 오랜 신문사는 여전히 신문을 찍어 내며 민중의 대의를 옹호하고 있었다.

나는 그 상흔을 만져 봤다. 그 금속에 손이 닿는 순간, 나는 레카바렌의 영혼을, 그의 견고한 유산을 만지는 듯했다.

라페르테

많은 이들이 라페르테 동지라고 부르지만 엘리아스라고 부른 사람들도 있다. 과거에도 그랬고, 앞으로도 그는 내게 엘리아스로 남을 것이다.

나는 그에게서 많은 것을 배웠다. 그를 알기 전에 나는 인간의 미덕에 대해 반쯤은 배웠다고 생각했다. 정직함과 소박함에 대해 반쯤은 알고 있다고 여겼다. 품위에 대해서도 반쯤은 배웠다고 생각했다. 엘리아스와 광산지대를 걸으며 나는 온전히 소박한 사람, 완벽하게 정직한 사람, 완전한 품격을 갖춘 사람을 알게 됐다.

이 보기 드문 특별한 가르침으로 나는 내 삶과 당을 배울 수 있었다.

또한 그는 내게 당에 대한 사랑을 가르쳐 주었다. 좋은 상황이든 나쁜 상황이든 수차례에 걸쳐 초석 노동자들과 얘기하면서 당에 대한 나의 사랑은 커져 갔으며 공산주의에 대한 자긍심과 겸손함을 느낄 수 있었다.

나는 그에게서 인간은 투쟁의 법칙을 따라야 하며 희망을 품어야 하고 당의 활기찬 세포가 되어야 함을 배웠다. 개인의 자유도 중요하지만 인간 해방은 더욱 중요하다.

엘리아스는 당 밖에 있으면서 공산주의자가 될 수 있다고는 생각지 않았다. 훌륭한 인품을 지닌 그는 규율을 엄격히 지키는 사람이었다.

우리는 타라파카의 모래땅과 안토파가스타의 광산지대를 걸으며 얘기를 나눴다. 공산당은 그 잔인한 평원에서 태어났다. 나는 그곳에서 투쟁하는 나의 동지들의 영웅성과 고통을 감내하는 능력을 보게 됐다. 한번은 기관총을 정면으로 마주하고 얘기한 적도 있었다. 파업은 계속되었다. 급여는 형편없고 삶은 고통스러웠으며, 어여쁜 아이들은 문화가 없는 황무지에서 성장하고 있었다.

나는 어떻게 초석을 채취하는지도 목격했다. 광부가 갱도에 내려갔다가 땀범벅이 되어 고통스럽게 나오는 것도 확인했다. 이키케에서 엘리아스와 마주 앉았을 때, 나는「초석」이라는 제목의 시를 썼고 그는 그 시를 외워 뒀다.

레카바렌과 라페르테의 가열한 삶에 대한 이야기는 참으로 많다. 그중에는 애처로운 이야기도 있고 불꽃같은 이야기도 있다.

노동자 집회를 열지 못하고 제국주의적 회사가 고용한 경찰들에게 추적당할 때 레카바렌이 기막힌 아이디어를 냈다. 그리하여 노동자들은 외떨어진 공동묘지 같은 버려진 광산의 갱도에 집결했다. 그런데 영국의 초석 회사는 개발권을 지닌 모든 땅이 회사에 속한다면서 초석 광산에서 집회를 여는 걸 금지했다. 그러자 레카바렌은 광산 지대를 가로지르는 기찻길 위로 노동자들을 모았다.

"적어도 이 땅은 너희의 땅이 아니다. 이곳은 이 나라의 철로이다." 그리하여 노동자들은 그 좁은 공간에서 긴 행렬을 이룬 채 그의 연설을 들었다.

이 일화 때문에 우리의 동지들이 유머 감각이 없다거나 오직 숭고한 일에만 몰두했다고 생각하지 않기를 바란다.

레카바렌은 유머 감각이 뛰어났고 기쁨과 인간성과 사랑이 넘치는 사람이었다. 나는 레카바렌보다 훨씬 젊은 라페르테와도 청년기의 무모한 일들이나 천진난만한 일에 대해 농담을 주고받으며 호탕하게 웃기도 했다.

엘리아스는 레카바렌과 처음 얘기를 나누게 되었을 때 그가 윤

회설에 대한 얘기를 해 주었다고 했다.

"그게 뭐죠, 설명해 주세요. 그 이론은 어떤 겁니까?" 라페르테가 물었다.

"이 이론은 동양에서 온 거야. 인도에서는 인간의 영혼이 죽은 뒤에 동물의 몸으로 돌아온다고 해. 코끼리나 거북이나 새나 물고기로 말이지." 레카바렌이 대답했다.

그래서 라페르테는 한참을 고심했다. 레카바렌이 자기를 놀리는 줄 알고 말이다.

레카바렌이 물었다. "그래 죽은 뒤에 뭐가 되고 싶나? 이 이론이 진짜면 무슨 동물이 되려나?" 라페르테가 대답했다. "나는 당나귀가 될래요. 그래서 당신 곁을 지나게 되면 뒷발질을 할 겁니다." 그러자 레카바렌이 영악하게도 이렇게 대답했다고 한다. "엘리아스, 도대체 왜 지금과 같은 부류로 살려고 해?"

루이스 카를로스 프레스치스

아메리카의 공산주의 지도자들 가운데 루이스 카를로스 프레스치스만큼 파란만장한 생을 보낸 사람도 없을 것이다. 브라질의 유명한 군인이자 정치인으로서 프레스치스의 전설적인 삶은 오래전에 이데올로기 장벽을 넘어 전 세계적으로 알려졌으며, 이제는 고대 영웅의 살아 있는 화신이 되었다.

따라서 이슬라네그라에서 브라질 방문 초청을 받았을 때 프레스치스 면담 일정까지 잡혀 있다는 것을 알고는 나는 그 자리에서 승낙했다. 게다가 나 이외의 다른 외국인은 초청하지 않았다는 사실을 알고 우쭐한 기분마저 들었다. 어느 면에서는 부활 의식에 참석한 듯한 느낌이었다.

그즈음 프레스치스는 10년간의 수형 생활을 마치고 갓 풀려났다. 이런 장기간의 투옥은 '자유 세계'에서는 새삼스러운 일이 아니다. 시인 나짐 히크메트는 터키 감옥에서 13년인가 14년을 보냈다. 이 회고록을 쓰는 지금 이 순간에도 예닐곱 명의 파라과이 공산주의자들이 12년째 옥살이를 하고 있다. 종신형을 언도받은 이들은 바깥 세계와 완전히 단절된 채 수감 생활 중이다. 브라질 독재 정권은 프레스치스 부인이 독일 태생이라는 이유로 게슈타포에게 신병을 인도했다. 나치스는 그녀에게 쇠고랑을 채워 순교지로 데려갔다. 수용소 마당에서 딸을 하나 낳았는데, 프레스치스의 어머니 레오카르디아 프레스치스 여사가 백방으로 구명 운동을 한 덕에 지금은 아버지와 함께 살고 있다. 프레스치스의 부인은 출산 직후 나치스가 처형했다. 이런 신산의 세월을 겪었기에 오랜 수감 생활에도 사람들은 프레스치스를 잊을 수 없었다.

프레스치스의 어머니가 죽었을 때, 나는 멕시코에 체류하고 있었다. 세계 곳곳을 다니며 아들의 석방을 호소하던 어머니였다. 멕시코 대통령 라사로 카르데나스는 브라질 독재자 제툴리우 바르가스에게 전문을 보내, 어머니 장례식에 참석할 수 있도록 프레스치스를 며칠만이라도 풀어 주라고 호소했다. 이와 더불어 장례식이 끝나면 자신이 책임지고 프레스치스를 브라질로 송환하겠다고 약속했다. 그러나 제툴리우 바르가스의 대답은 부정적이었다.

누구나 느끼는 의분에 공감한 나는 레오카르디아 여사를 기리고, 장례식에 참석하지 못한 아들의 심정과, 폭군을 호되게 질타하는 시를 썼다.

아들의 석방을 위해 세계의 문을 두들겼지만 아무런 대답도 얻지 못한 고귀한 여사의 무덤에서 그 시를 읽었다. 첫 부분은 소박하게 시작된다.

> 여사님, 당신은 우리 아메리카를 위대하게, 한결 위대하게 만들었습니다.
> 당신은 이 땅을 풍성하게 적시는 순결한 강을 주셨으니
> 당신은 이 땅에 무성한 뿌리를 내린 커다란 나무를 키우셨으니
> 바로 심원한 브라질다운 아들을 낳아 주신 일이었습니다.

그러나 이 시는 시행을 거듭할수록 브라질의 폭군을 맹렬하게 성토하는 목소리로 변해 갔다.

나는 가는 곳마다 이 시를 낭송했다. 유인물과 엽서에도 수록되어 대륙 곳곳으로 퍼졌다.

파나마에 들러 시 낭송회를 할 때의 일이다. 연애시를 먼저 낭송하고 이 시를 읽었다. 강당은 입추의 여지 없이 만원이었다. 게다가 날씨까지 무더워 땀이 줄줄 흘렀다. 제툴리우 바르가스를 성토하는 대목을 낭송하고 있는데 목이 말랐다. 잠시 낭송을 멈추고 옆에 놓인 컵을 집었다. 그 순간 흰옷을 입은 사람이 급히 연단으로 다가왔다. 강당 직원이 물을 따라 주겠거니 생각하고 컵을 내밀었다. 그러나 흰옷 입은 사람은 무례하게 내 손을 뿌리치고 청중을 향해 격앙된 목소리로 말했다.

"저는 브라질 대사인데, 한마디 해야겠습니다. 프레스치스는 잡범에 불과합니다."

이 말을 마치기도 전에 청중은 요란하게 휘파람을 불며 야유를

피부였다. 어깨가 장롱처럼 떡 벌어진 흑인 학생이 객석에서 일어나 대사의 목을 조르려고 돌진해 왔다. 내가 급히 달려간 덕분에 대사님은 체면에 큰 손상을 입지 않고 강당을 빠져나갈 수 있었다.

이런 전력이 있었기에 브라질인들은 내가 환영 집회에 참석하는 것을 당연하게 받아들였다. 나는 상파울루의 파카엠부 경기장을 가득 메운 군중을 보고 내심 놀랐다. 13만 명 이상이 모였다고 한다. 경기장이 워낙 넓어서 사람들 얼굴이 깨알만 하게 보였다. 내 곁에는 왜소한 체구의 프레스치스가 단정한 복장으로 서 있었다. 마치 무덤에서 갓 걸어 나온 나사로 같았다. 마른 얼굴에 피부가 어찌나 하얗던지 투명하게 보였다. 오랜 수감 생활을 한 사람들에게서 흔히 볼 수 있는 오묘한 피부색이었다. 이글거리는 시선, 커다란 다크서클, 가냘픈 용모, 중후한 분위기에서 오랜 신산의 삶을 느낄 수 있었다. 그러나 그는 승리한 장군처럼 침착하게 말했다.

나는 불과 몇 시간 전에 완성한 헌시를 읽었다. 조르지 아마두는 '벽돌공'이라는 단어만 포르투갈어로 바꾸어 통역했다. 내가 걱정했던 것과는 달리 청중들은 스페인어로 된 내 시를 쉽게 이해했다. 나는 천천히 시를 읽었는데, 한 행을 마칠 때마다 요란한 박수가 터졌다. 이러한 박수는 내 시에 깊은 반향을 남겼다. 13만 청중 앞에서 자기 시를 낭송한 경험이 있는 시인은 이미 예전의 시인이 아니며, 이전과 똑같은 생각으로 시를 쓸 수도 없다.

마침내 전설적인 루이스 카를로스 프레스치스와 대면하게 되었다. 자기 친구 집에서 나를 기다리고 있었다. 작은 키, 마른 몸, 트레이싱페이퍼 같은 하얀 피부를 한 프레스치스의 외모는 미니어처처럼 정교했다. 그의 말도, 어쩌면 사고까지도, 이러한 외모와 정확하게 부합하는 듯했다.

프레스치스는 말을 많이 하지는 않았으나 무척 다정하게 나를 대했다. 나는 이러한 호의가 우리 시인들이 종종 경험하는 것으로, 어른들이 반쯤은 애정에서 반쯤은 아무래도 상관없기 때문에 어린 아이에게 베푸는 아량과 유사하다고 생각했다.

프레스치스는 그다음 주 어느 날 함께 점심을 하자고 나를 초대했다. 그런데 운명이나 아니면 부주의를 탓할 수밖에 없는 실수를 하고 말았다. 포르투갈어는 토요일과 일요일을 제외하고는 월요일, 화요일, 수요일 대신에 둘째 날, 셋째 날, 넷째 날이라고 요일을 희한하게 부르는데, 첫째 날이라는 요일은 없다. 나는 이 요일 셈법을 완전히 혼동하고 말았던 것이다.

아름다운 브라질 여인과 해변에서 몇 시간 지내면서도 매 순간 다음 날 프레스치스와 점심 약속이 있다고 되뇌었다. 넷째 날이 되어서야, 내가 이파네마 해변에서 지내고 있을 때 프레스치스는 셋째 날 식탁을 차려놓고 나를 하염없이 기다렸다는 사실을 알았다. 여기저기 수소문했으나 내가 어디에 있는지 아는 사람은 아무도 없었다. 수도승 같은 생활을 하는 프레스치스는 나를 위해 브라질에서 구하기 어려운 고급 포도주까지 특별히 준비해 두었다. 우리 두 사람만이 식사를 하게 되어 있었던 것이다.

지금도 그때 일을 생각하면 부끄러워서 쥐구멍에라도 들어가고 싶은 심정이다. 나는 살면서 여러 가지를 배웠는데, 포르투갈어 요일 셈법만은 예외였다.

비토리오 코도빌라

산티아고를 출발하려는 순간 비토리오 코도빌라•가 나와 대화를 하고 싶다고 알려 왔다. 그를 만나러 갔다. 코도빌라와는 죽을 때까지도 꾸준히 좋은 관계를 유지했다.

코도빌라는 제3인터내셔널 대표를 지냈는데, 그 시대의 결점이란 결점은 모두 지니고 있었다. 권위적이고 영웅주의에 빠진 인물로 항상 자기가 옳다고 생각했다. 자기 판단을 타인에게 강요하고, 버터 자르듯이 타인의 의사를 잘라 버렸다. 회의에서도 조급하게 서두르는 태도가, 무슨 안건이든 이미 생각을 정리해 해답을 준비하고 있다는 인상을 풍겼다. 타인의 의견은 조금 짜증스럽지만 예의상 들어 주는 것 같았으며 회의 끝에는 독단적인 명령을 내렸다. 사실 다방면에 걸쳐 탁월한 능력을 발휘했는데, 사태를 종합적으로 파악하는 능력은 가위 압도적이었다. 또한 쉬지 않고 일했을 뿐만 아니라 동지들에게도 똑같은 열성을 강요했다. 이러한 코도빌라를 볼 때마다 당대의 위대한 정치 활동 기계라고 생각했다.

코도빌라는 항상 각별한 태도와 이해심으로 나를 대했다. 이탈리아 출신인 그는 인본주의 정신이 넘쳐흘렀으며, 예술에 조예가 깊어 문화계 인사들의 약점이나 결점을 너그럽게 이해할 줄도 알았다. 그렇지만 정치 활동에서는 가끔 매정할 정도로 단호한 태도를 취했다.

그는 프레스치스가 페론 독재를 오판하고 있는 것 같아 걱정스럽다고 말했다. 코도빌라의 견해로는, 페론과 페론주의는 유럽 파시즘의 연장선상에 있었다. 반파시스트라면 페론의 권력 강화와 반복

• 비토리오 코도빌라(1894~1970): 아르헨티나 공산당 총서기를 지냈으며, 1933년에는 스페인 내전에 참여했고, 1937년 이후에는 라틴아메리카 여러 국가에서 활동했다.

되는 탄압을 좌시해서는 안 된다. 그 당시 코도빌라와 아르헨티나 공산당은 페론에 대항하는 방법은 봉기밖에 없다고 믿었다.

코도빌라는 내가 이 문제를 프레스치스와 상의하기를 희망했다. 임무는 아니라고 덧붙였지만, 특유의 확신에 찬 모습에서 지대한 관심사라고 짐작했다.

파카엠부 집회를 마치고 프레스치스와 장시간 대화했다. 코도빌라와 프레스치스 이 두 사람은 달라도 너무 다른 사람이었다. 살집이 두툼하고 풍성한 코도빌라는 방, 탁자, 분위기를 압도하는 반면, 삐쩍 마른 수도승 같은 프레스치스는 바람만 조금 불어도 창밖으로 날아갈 듯이 연약하게 보였다.

그러나 상이한 겉모습에도 불구하고 두 사람 모두 강인하기는 마찬가지였다.

"아르헨티나에는 파시즘이 없습니다. 페론은 군부 실력자이지, 파시스트는 아닙니다." 내 질문에 이렇게 대답한 프레스치스가 반문했다. "갈색 셔츠가 어디 있습니까? 검은색 제복 말입니다. 파시스트 대원도 없지 않습니까?"

"게다가 코도빌라가 잘못 생각하고 있습니다. 레닌이 말하지 않았습니까? 봉기는 함부로 일으키는 게 아니라고. 병사도 없이 지원자들만으로 전쟁을 선포할 수는 없습니다."

두 사람은 겉모습만 상이한 게 아니라 생각도 정반대였다. 둘 중 한 사람이, 아마도 프레스치스가 이 사안을 옳게 판단했겠지만, 존경받는 두 혁명가의 교조주의적 분위기 때문에 나는 숨조차 쉴 수가 없었다.

하나만 덧붙이면 코도빌라는 정열적인 사람이었다. 순수성을 가장한 공산주의자의 위선과 맞서 싸우는 모습이 보기 좋았다. 구시대의 거물 공산주의자 라페르테는 지나칠 정도로 금주를 강조했다. 또 남녀 당원 동지 사이의 혼외 관계가 발각될 때마다 호통을 쳤다. 코도빌라는 넉넉한 정열로 통 좁은 라페르테를 물리쳤다.

마야콥스키

젊었을 때 나는 그림자를 악마에게 판 샤미소의 작품을 읽고 간담이 서늘했다. 결정적인 순간은 그 거래가 성사되자 악마가 몸을 웅크리더니 사내의 그림자를 조심스럽게 돌돌 마는 장면이었다.

나는 어떤 방식으로든 자신의 그림자를 팔아 버린 위대한 시인들이 있다고 생각했다. 다양한 악마들이 그림자를 끊어 내어 둥글게 만 뒤 그림자의 주인으로부터 떼어 갔다. 그 악마들 사이에는 당대의 유행, 야망 잃은 무의미, 문학 살롱, 때로는 야금대는 부르주아의 매수도 있었다.

우리는 마야콥스키로부터 미완성의 시와 거대한 그림자를 물려받았다.

마야콥스키는 자신의 그림자를 팔지 않은 시인으로 남아 있다. 그는 평생 동안 그림자를 망토처럼 사용할 것이며 그 그림자를 덮고 잘 것이다. 그 그림자는 대체할 수 없는 그의 드라마틱한 명암과 더불어 그의 모든 행위와 흑백의 꿈들을 두드러지게 했다.

그의 시는 미완성으로 보인다. 죽음이 가위질로 시를 잘라 버렸으니 말이다. 반면에 소련은 놀랄 만큼 성장했다. 역사상 가장 멀리, 가장 높이 비행한 여성 우주 비행사 발렌티나 테레시코바에 대한 마야콥스키의 시가 필요하다. 그 우주 비행선을 총성처럼 축하할 수 있는 시인은 마야콥스키밖에 없다. 그가 쓰지 못한 시들은 누구도 쓸 수 없을 것이다. 왜냐하면 그가 우주 비행사의 전제적인 기품을 지녔기 때문이다. 심지어 그의 사랑과 전투에 관한 시도 우주적 기품을 지녔다. 그는 새로운 질료들을 무수히 포착해 냈으며 훌륭한 웅변의 기질을 지녔다. 그리하여 급작스럽게 자연적인 폭풍우가 치듯이 그의 시는 입구와 출구를 변화시켰다.

시가 인간의 운동에 생기를 불어넣기에 혁명이 있을 때마다 그에 상응하는 시인들이 있었지만, 모든 혁명이 한 시인에게 육체와 피와 영혼을 불어넣은 경우는 없었다. 마야콥스키를 제외하면 말이다. 10월 혁명의 맥박이 그의 시에 살아 숨 쉬고 있다. 그러니 그의 시는 노래함으로써 기억해야 할 사건들이다. 앞선 혁명들에서는 시를 바치는 시인도 있었고 지지를 보내는 시인들도 있었다. 마야콥스키는 자신의 격동치는 영혼을 바치며 자신의 시를 사회주의 건설을 위한 눈부신 질료로 제공했다.

그래서 마야콥스키의 그림자는 너무나도 거대하며, 소모되기는 커녕 더 커지고 있다.

그 그림자가 에콰도르를 지나 혜성의 꼬리처럼 젊은 작가의 의식을 깨우며 라틴아메리카에 당도하고 있다. 그 그림자가 수많은 교리들을 소란스럽게 허물어뜨리며 도서관에서 나온다. 그의 시가 가두 투쟁에 난입하고 인간의 행위에 미묘한 영향을 끼친다. 때로는 검고 때로는 오렌지 같은 그 그림자는 여름의 색을 지녔다.

우리 세대 시인들은 마야콥스키를 훌륭한 고전으로 책장에 질서정연하게 넣어 두려 한다. 그러나 그의 시는 매일 제 자리를 뛰쳐나와 우리의 전투와 우리의 승리에 참여하고자 한다. 마야콥스키는 훌륭한 동지였다.

마야콥스키는 세상 모든 곳의, 모든 인종의, 모든 민중의, 모든 시인의 동지였다.

그리고 세상 모든 시인들의, 모든 인종의, 모든 민중의 스승이었다.

스탈린

내가 중요한 정치인이라고 생각하는 사람들이 많은데 어디서 이런 유명한 전설이 시작되었는지 모르겠다. 하루는 세계 공산주의 지도자를 소개한《라이프》2면 특집 기사에서 우표만 한 내 사진을 발견하고 화들짝 놀랐다. 프레스치스와 마오쩌둥 사이에 삐죽이 고개를 내민 내 얼굴을 보고 실소를 터뜨렸으나, 천성이 게으른 탓에 기사 정정을 요청하는 편지를 쓰지 않았다. 게다가 세계 각지에 500만 요원을 거느린 미국 중앙 정보국(CIA)의 터무니없는 실수를 바로잡기도 싫었다.

내가 사회주의 세계 지도자들과 가장 오랜 시간 접촉한 것은 베이징을 방문했을 때였다. 만찬 석상에서 마오쩌둥과 건배를 했는데, 술잔이 부딪치는 순간 활짝 웃으며 나를 쳐다보았다. 다정하면서도 조금은 어설픈 웃음이었다. 나하고 악수를 할 때도 평상시보다 더 오래 손을 잡아 주고는 다시 자기 자리로 돌아갔다.

소련은 자주 방문했지만 몰로토프나 비신스키나 베리아를 만나지는 못했다. 이들보다 한결 사교적이고 또 언론에도 자주 등장하는 미코얀이나 리트비노프조차 만나 볼 기회가 없었다.

스탈린은 멀리서 몇 번 보았는데, 볼 때마다 똑같은 자리에 있었다. 5월 1일이나 11월 7일, 붉은 광장에 설치한 높은 연단 위에 고위급 인사들과 함께 있었다. 스탈린상 심사위원으로 크렘린에서 장시간 머물렀는데도 복도에서 마주친 적조차 없다. 심의회 중간이나 점심 식사 시간에 찾아온 적도 없으며, 우리를 따로 불러 격려한 적도 없었다. 스탈린상 수상자 결정은 만장일치제였다. 그렇지만 내부적으로는 수상자 선정을 둘러싸고 격론이 벌어지기도 했다. 그때마다 나는, 최종 결정을 내리기 전에 심사위원 중 누군가 합의 사항에 대해 스탈린의 재가를 받는 것 같은 인상을 받았다. 그렇지만 스탈린의 반대 의사를 들은 적도 없으며, 지근거리에서 일하는 우리를 인지하고 있다는 그 어떤 표시도 한 적이 없다. 두말할 필요 없이, 스탈린은 체계적으로 신비를 조장하고 있었다. 그렇지 않다면 지나치게 수줍음을 타는 사람, 즉 자신에게 갇힌 죄수였다. 이러한 특성은 베리아의 강력한 영향력 탓일 수도 있다. 스탈린의 집무실을 예고 없이 들락거릴 수 있는 사람은 오직 베리아뿐이었다.

그런데 어느 날, 지금 생각해도 이상하지만, 뜻밖에도 이 크렘린의 신비한 사나이와 접촉할 기회가 생겼다. 그때 나는 아라공 부부와 함께 모스크바로 가고 있었다. 스탈린상 심사위원회에 참석하러 가던 길인데, 엄청난 폭설 때문에 바르샤바에서 발이 묶여 약속한 날짜에 도착할 수가 없었다. 우리와 동행하던 러시아인이 모스크바에 전화를 걸어 아라공과 내가 추천하는 후보자 명단을 알려 주었다. 물론 심사위원회는 후보자 명단을 받아 주었다. 그런데 이상하게도 전화 통화를 하던 러시아인이 나를 한쪽으로 불러내어 깜짝 놀랄 소식을 전했다.

"네루다 동지, 축하합니다. 스탈린 동지가 수상 후보자 명단을 훑어보더니 '왜 이 명단에 네루다가 없는 거요!'라고 소리쳤답니다."

그다음 해 나는 '평화와 인민들의 우호 증진을 위한 스탈린상'을 수상했다. 내가 수상 자격이 충분할 수도 있겠지만, 그래도 뒷전에 앉아 있는 그 사람이 나라는 존재를 어떻게 알게 되었는지 아직도 궁금하다.

그 시절 스탈린은 이와 유사한 사안에 몇 차례 개입했다는 이야기를 들었다. 코즈모폴리터니즘 반대 캠페인이 확산되고, '목에 힘깨나 주는' 종파분자들이 에렌부르크의 목을 노리고 있을 때였다. 어느 날 아침 에렌부르크의 집에서 전화벨이 울렸다. 부인 루바가 전화를 받았다. 낯익은 목소리가 흘러나왔다.

"일리야 그리고리예비치 선생 계십니까?"

"글쎄요. 실례지만 누구신지요?"

"나, 스탈린이오."

"일리야, 누가 장난하는 것 같은데 받아 보세요."

전화를 바꾼 에렌부르크는 대번에 스탈린 목소리를 알아차렸다.

"어제 밤새도록 당신이 쓴 『파리의 함락』을 읽었소. 앞으로도 이처럼 재미있는 책을 많이 저술하라고 부탁하고 싶어서 이렇게 전화를 했소, 일리야 그리고리예비치 선생."

어쩌면 이 뜻밖의 통화 덕에 에렌부르크는 장수를 누렸을지도 모른다.

또 다른 예가 있다. 마야콥스키는 이미 죽었는데도 반동적인 적들은 칼과 이빨로 집요하게 그를 공격하고 소련의 문단에서 이름을 지워 버리려고 안달이었다. 그때 저들의 계획을 좌절시킨 사건이 발생했다. 마야콥스키의 연인 릴리 브리크는 이러한 공격이 수치스러운 일이라고 지적하고 마야콥스키의 시를 열렬히 옹호하는 편지를 스탈린에게 보냈다. 평범하지만 집단적으로 공격하면 무서울 게 없다고 생각하던 반대파들은 이내 허탈해졌다. 스탈린이 릴리 브리크의 편지 여백에 "마야콥스키는 소비에트 시대의 가장 훌륭한 시인이다."라고 적었기 때문이다.

그 순간부터 마야콥스키를 추모하는 박물관과 기념비가 세워지고, 시집이 여기저기서 발간되었다. 반대파들은 저 여호와의 나팔 소리 앞에 혼비백산하여 그 자리에 맥없이 주저앉고 말았다.

스탈린이 죽은 후, 서류철에서 친필로 "손대지 마시오."라고 써 놓은 명단을 발견했다고 한다. 음악가 쇼스타코비치로 시작해서 예이젠시테인, 파스테르나크, 에렌부르크 등 유명 인사의 이름이 명단에 올라 있었다.

많은 사람들이 나를 확고한 스탈린주의자라고 믿었다. 파시스트와 반동분자들은 나를 스탈린에 대한 서정적 주석가로 묘사해 왔다. 특별히 기분 나쁠 것도 없는 일이다. 모든 것이 뒤죽박죽인 혼돈의 시대에는 평가도 가지각색이기 마련이니까.

우리 공산주의자들은 스탈린 문제에 대한 적들의 주장이 여러 면에서 옳다는 것을 깨달았을 때 참담한 심경이었다. 처음에는 갈피를 잡기 어려웠고 양심의 고통도 뒤따랐다. 일부는 환멸을 느낀 나머지 느닷없이 적들의 논리를 수용하여 전향하였고, 일부는 공산당이라 할지라도 세계에 역사적 진실을 밝히고 스스로 책임을 인정할 때만이 살아남을 수 있다는 사례로서 20차 전당대회의 충격적인 폭로를 받아들였다.

물론 이 책임은 우리들의 몫이므로 그와 같은 범죄 행위를 고발하는 일은 곧 우리가 공산당 이론의 핵심 요소인 자아비판과 분석을 행하고, 그처럼 잔혹한 일이 재발하지 않도록 확실한 방안을 강구해야 한다는 뜻이다.

지금까지 내 견해는 다음과 같은 것이었다. 내 눈에 비친 스탈린은 어둠 위에 떠 있는 스탈린, 내가 전혀 알지 못한 암담한 폭정 위에 떠 있는 스탈린이었다. 이런 스탈린은 선량하고 원칙을 지키는 인물, 수도사처럼 소박한 사람, 러시아혁명의 굳건한 수호자로 보였다. 게다가 커다란 콧수염을 기른 이 작은 사람은 전쟁을 치르면서 거인이 되었다. 붉은 군대는 스탈린의 이름을 외치며 히틀러라는 악마의 소굴을 분쇄했다.

그러나 나는 이 권력자에게 단 한 편의 시를 헌정했을 뿐이다. 그의 사망 소식을 접하고 쓴 시(「그 사람의 죽음에 부쳐」)였다. 이 시는 전집에 실려 있으니 누구라도 찾을 수 있다. 크렘린 키클롭스의 죽음은 전 세계에 반향을 일으켰다. 인간 밀림이 전율했다. 내 시는 이러한 세계적인 경악을 포착했다.

순박함의 교훈

가브리엘 가르시아 마르케스는 모스크바에서 『백년의 고독』을 출판하면서 에로틱한 구절을 가위질당한 경위를 들려주었다. 화가 많이 나 있었다.

"제가 출판 담당자에게 '그건 절대 안 되는 일입니다.'라고 항의했더니, '별거 아니잖습니까?'라고 대답하더군요. 그래서 악의는 아니었다고 생각했는데, 그래도 칼질은 칼질이지요."

이런 문제를 어떻게 해결할까? 갈수록 나는 사회학적 사고를 하지 않게 된다. 마르크스주의의 일반 원칙, 자본주의에 대한 혐오, 사회주의에 대한 믿음을 제외하고 인류의 완고한 모순을 갈수록 이해하기 어렵다.

이 시대를 살아가는 우리 시인들은 선택해야 했다. 그 선택은 장미 화단 같은 것이 아니었다. 잔혹하고 부당한 전쟁, 지속적인 억압, 자본의 침투와 같은 불의가 갈수록 분명하게 드러난다. 쇠망기에 접어든 자본주의는 조건부 자유, 성, 폭력, 할부 판매를 미끼로 유혹한다.

현대 시인은 침몰하는 선박에서 탈출구를 찾아 헤맨다. 어떤 사람들은 신비주의로, 이성의 꿈으로 도피하였다. 어떤 사람들은 젊은이의 자발적이고 파괴적인 폭력에 매료되어 즉흥주의자가 되었다. 현재의 냉전 체제에서 이러한 탈출구는 탄압과 무익한 고통으로 이어진다는 사실을 미처 인식하지 못한 것이다.

나는 우리 당, 칠레 공산당에서 소박한 사람들을 만났다. 개인적인 허영심이라든가 폭압적인 권력이라든가 물질적인 욕망하고는 거리가 먼 사람들이다. 나는 이처럼 공공의 선, 즉 정의를 위해 투쟁하는 의로운 사람들을 알게 되어 행복했다.

우리 당과 관계에서 갈등을 일으킨 적은 한 번도 없다. 칠레 공산당은 빈약한 자원에도 불구하고 칠레 민중을 위해 큰 승리를 일궈 냈으니, 더 이상 바랄 것이 없다. 나도 동지들만큼 순박하고, 동지들만큼 불굴의 정신을 발휘하기를 소원한다. 겸손에서 배울 점은 너무나 많다. 그러나 회의주의에 안주하여 인류의 고통을 외면하는 자만심에서는 배운 게 아무것도 없다.

피델 카스트로

피델 카스트로는 아바나 입성에 성공하고 두 주 뒤에 카라카스를 잠시 방문했다. 베네수엘라 정부와 국민들의 지원에 공식적인 감사의 뜻을 전하려고 방문한 것이었다. 지원이란 게릴라 군에게 제공한 무기였다. 무기를 지원한 사람은 얼마 전 대통령에 당선된 베탕쿠르가 아니라 전임 대통령 울프강 라라사발 제독이었다. 라라사발은 공산주의자를 포함한 베네수엘라 좌익에 우호적이었고, 이들의 요청에 따라 쿠바의 게릴라 군을 지원했다.

베네수엘라 국민들은 쿠바혁명의 젊은 지도자를 열렬히 환영했다. 좀처럼 보기 드문 환영이었다. 카스트로는 카라카스의 심장부 엘 실렌시오 광장에서 네 시간 동안 쉬지 않고 연설했다. 나도 20만 군중과 뒤섞여 잡담 한마디 하지 않고 그 긴 연설을 들었다. 다른 사람들과 마찬가지로 나에게도 카스트로의 연설은 일종의 계시 같았다. 군중 앞에서 연설하는 그의 모습을 보며 나는 라틴아메리카에 새로운 시대가 열렸다고 생각했다. 제아무리 훌륭한 노동 운동가와 정치인들이라도 연설할 때 내용이야 어떻든 상투적이고 진부한 말을 늘어놓는 경향이 있다. 카스트로의 연설은 그렇지 않았다. 자연스럽고 가르치는 투의 언어를 구사했다. 카스트로는 가르치면서 자신도 배우는 것 같았다.

베탄쿠르 대통령은 그 자리에 참석하지 않았다. 카라카스에서 인기가 없었으니 군중 집회에 나설 엄두가 나지 않았던 것이다. 연설 도중 카스트로의 입에서 베탄쿠르라는 이름만 나오면 야유와 욕설이 터졌고, 그때마다 카스트로는 양손으로 군중들을 달랬다. 내 생각으로는, 그날 이후 베탄쿠르와 카스트로는 돌이킬 수 없는 원수가 되었다. 당시 카스트로는 마르크스주의자도 공산주의자도 아니었고, 그의 말도 이런 정치적 이념과 상당한 거리가 있었다. 주관적인 견해지만, 구태의 정치인, 정치적 수사와 위원회와 밀실의 정치인 베탄쿠르는 그날 카스트로의 연설과 총명하고 불같은 성격, 집회에 참석한 군중의 열광과 환호를 보고 씁쓸했을 것이다. 그 이후 베탄쿠르는 카스트로나 쿠바혁명의 냄새가 조금이라도 난다 싶으면 무자비한 탄압을 가했다.

집회 다음 날이었다. 일요일이어서 시골로 소풍을 갔는데, 오토바이 몇 대가 다가오더니 쿠바 대사관의 초청장을 건네주었다. 그들은 하루 종일 찾아다니다가 겨우 내가 있는 곳을 알아냈다는 것이다. 만찬회는 그날 저녁이었다. 마틸데와 나는 대사관으로 직행했다. 살롱이고 정원이고 초대받은 인사들로 북적거렸다. 대사관 밖에도 인파가 몰려들어 주변 교통이 마비될 정도였다.

우리가 살롱을 지날 때 사람들은 칵테일 잔을 높이 쳐들어 길을 터 주었다. 어떤 사람의 안내로 복도를 지나 계단을 올라갔다. 뜻밖의 장소에서 카스트로의 가까운 친구이자 비서인 셀리아가 우리를 맞이했다. 마틸데는 셀리아와 함께 남았고, 나는 옆방으로 들어갔다. 그 방은 정원사나 운전기사 같은 말단 직원용 침실이었다. 가구라고는 침대 하나와 방구석에 놓인 탁자가 전부였다. 누군가 침대에서 화들짝 뛰쳐나왔는지 시트는 엉망이었고, 방바닥에는 베개가 나뒹굴었다. 조금 후에는 근사한 방으로 가서 사령관을 접견하겠거니 생각했다. 그런데 그게 아니었다. 문이 벌컥 열리고 카스트로가 들어서는 것이었다. 그가 들어서자 방 안이 가득 찼다.

나보다 머리 하나가 더 있었다. 빠른 걸음으로 다가온 카스트로는 "반갑습니다."라는 말과 함께 나를 힘차게 껴안았다.

목소리가 너무 가늘어 깜짝 놀랐다. 어린애 같은 목소리였다. 겉모습도 어딘지 목소리를 닮은 데가 있었다. 카스트로는 거구의 어른이 아니라 덩치 큰 어린애 같았다. 앳된 얼굴에 수염도 듬성듬성한데 갑자기 다리만 훌쩍 자라 버린 것 같았다.

카스트로는 갑자기 포옹을 풀고 감전된 사람처럼 가만히 서 있었다. 그러고 나서 몸을 반 바퀴 돌리더니 방구석을 향해 뚜벅뚜벅 걸어갔다. 나는 눈치도 채지 못했는데, 어느 사이에 기자가 슬그머니 들어와서 사진기를 들이대고 있었다. 카스트로는 대번에 달려가 기자 멱살을 붙잡고 흔들었다. 카메라가 방바닥으로 떨어졌다. 나는 왜소한 기자가 발버둥치는 모습을 보고 깜짝 놀란 나머지 카스트로에게 달려가 팔을 붙잡았다. 그래도 카스트로는 기자를 문밖으로 밀어냈다. 이윽고 웃으면서 나를 쳐다보더니 카메라를 집어 침대 위에 던졌다.

우리는 그 사건에 대해서는 아무 말도 하지 않고, 아메리카 전역을 관장하는 통신사 설립 문제만 논의했다. 아마도 통신사 프렌사 라티나는 그 대화에서 잉태된 것 같다. 얼마 후 우리는 각기 다른 문을 통해 만찬장으로 돌아갔다.

한 시간 뒤 마틸데와 함께 집으로 돌아갈 때, 겁에 질린 사진 기자의 얼굴과, 등 뒤로 살짝 들어온 침입자를 간파한 게릴라 지도자의 본능적인 감각이 머리에 떠올랐다.

이것이 카스트로와 첫 만남이었다. 왜 카스트로는 사진 기자를 그렇게 매몰차게 내쫓았을까? 무슨 정치적 비밀이라고 감추고 싶었을까? 그는 사진 촬영에 왜 그렇게 사납게 반응했을까? 이러한 반응은 어떤 작은 정치적 신비를 감추고 있는 것일까? 지금까지도 우리 만남을 비밀에 부친 까닭을 이해할 수 없다.

체 게바라와의 첫 만남은 전혀 달랐다. 아바나에서 만났다. 재무부인지 경제부인지 정확하게 기억은 못 하지만 아무튼 집무실로 찾아갔을 때는 밤 1시가 다 되었다. 자정에 만나기로 약속했는데, 내가 늦게 도착했다. 그 직전에 참석한 공식 행사가 한없이 늘어졌고, 단상에 앉은 터라 행사 중간에 빠져나올 수도 없었다.

군화와 군복을 착용한 체는 허리에 권총까지 차고 있었다. 이런 복장은 은행 같은 분위기의 집무실과 어울리지 않았다.

체는 피부가 가무잡잡한 모레노•였다. 아르헨티나 억양으로 쉬엄쉬엄 말했다. 팜파스에서 간간이 마테차를 마셔 가며 한가하게 대화를 나누면 딱 좋을 사람이었다. 짧은 문장을 구사하는 데다가 웃음으로 마무리했기 때문에 이야기가 허공에 대롱대롱 매달린 것 같았다.

체에게 내 시집 『모두의 노래』에 얽힌 얘기를 듣고 기분이 우쭐해졌다. 시에라 마에스트라에서 밤마다 내 시를 게릴라들에게 읽어 주었다는 것이다. 그로부터 몇 년이 지난 지금, 체가 죽는 순간까지도 내 시집을 갖고 다녔다고 생각하니 소름이 끼친다. 레히스 데브라이를 통해 알게 된 사실인데, 볼리비아 산속에서 활동하던 체는 마지막 순간까지 책 두 권을 배낭에 넣고 다녔다. 한 권은 수학책이고, 또 한 권은 『모두의 노래』였다.

그날 밤 체는 너무나 당혹스러운 말을 했는데, 지금 돌이켜 보면 자기 운명을 암시한 듯하다. 나를 바라보던 체의 시선이 어둠에 물든 집무실 창으로 옮겨 갔다. 우리는 미국의 쿠바 침공 가능성을 이야기하고 있었다. 낮에 둘러본 아바나 시내는 전략적 거점마다 모래주머니를 쌓아 놓았다. 체는 느닷없이 이런 말을 했다.

• 라틴아메리카에서 혼혈인의 가무잡잡한 피부색을 가리키는 용어.

"전쟁, 전쟁…… 우리는 항상 전쟁을 반대한다고 외치는데, 전쟁을 한번 치르고 나면 전쟁 없이는 못 살아. 날마다 전쟁터로 돌아가고 싶어서 안달이지."

혼잣말인데, 나 들으라고 큰 소리로 중얼거렸다. 나는 이 말에 경악했다. 전쟁은 위협일 뿐 목적이 될 수 없다.

그날 헤어진 이후로 다시는 만날 기회가 없었다. 그 뒤, 체는 볼리비아 산악 지대에서 전투를 벌였고 비극적인 죽음을 맞았다. 그러나 나는 또 다른 체를 생각한다. 영웅적인 전투를 벌이면서도 무기 곁에 시집 놓을 자리를 항상 마련해 둔 명상의 사나이가 눈앞에 선하게 떠오른다.

라틴아메리카에서는 '희망'이라는 단어를 즐겨 사용한다. 우리 라틴아메리카 사람들은 '희망의 대륙'이라는 말을 들으면 기뻐한다. 하원 선거나 상원 선거나 대통령 선거에 출마한 사람들도 자신이 '희망의 후보'라고 선전한다.

이러한 희망은 실제로는 '천국의 약속' 같은 것이고, 항상 변제 날짜를 뒤로 미루는 차용증 같은 것이다. 다음 선거까지 미루고, 다음 해까지 미루고, 다음 세기까지 미룬다.

쿠바혁명이 성공을 거두자 수많은 라틴아메리카 사람들이 별안간 잠에서 깨어났다. 그리고 자기 귀를 의심했다. 말뿐인 희망을 붙들고 절망의 세월을 보낸 라틴아메리카의 역사책 어느 갈피에도 그런 일은 없었다.

그런데 생면부지의 쿠바인 피델 카스트로가 느닷없이 나타나 희망이라는 놈이 날아가지 못하게 머리채인지 발목인지를 붙잡아 자기 집 식탁에, 아메리카 민중의 가정에 앉혀 놓은 것이다.

그때부터 우리 라틴아메리카인들은 현실이 된 이 희망의 길을 따라 전진했다. 그러나 항상 가슴 졸이며 산다. 지극히 강대하고 지극히 제국주의적인 이웃 나라가 쿠바를, 희망을 짓밟으려고 한다. 아메리카의 대중은 매일 아침이면 신문을 읽고 밤이면 라디오를 청취한다. 그리고 안도의 한숨을 내쉰다. 쿠바가 아직도 건재하구나. 이렇게 하루가 지나가고, 이렇게 한 해가 지나가고, 이렇게 5년이 지났다. 우리의 희망은 꺾이지 않았고, 앞으로도 꺾이지 않을 것이다.

쿠바인들의 편지

오래전부터 페루 작가들은(그중에는 내 친구들도 많다.) 나에게 훈장을 수여하라고 페루 정부에 압력을 가했다. 솔직히 나는 훈장에 대해서는 좀 우습게 생각했다. 훈장을 몇 번 받았는데, 모두 내가 공직을 수행했기 때문에, 영사로 근무했기 때문에, 일상적인 의무를 다 했기 때문에 그냥 가슴에 달아 준 것이다. 한번은 리마에 들렀더니 소설 『굶주린 개』의 작가이자 당시 페루 문인협회 회장이던 시로 알레그리아는 페루 정부가 나에게 훈장을 수여해야 한다고 주장했다. 내 시 『마추픽추 산정』은 페루인 삶의 일부가 되었다. 아마도 내가 페루인들의 가슴 밑바닥에 잉카 시대의 거대한 돌덩어리처럼 잠들어 있는 감정을 잘 표현한 모양이다. 게다가 당시 페루의 대통령이었던 건축가 벨라운데 테리•는 지인이자 내 시의 독자였다. 비록 폭력

• 페르난도 벨라운데 테리(1912~2002): 페루 대통령(1963~1968, 1980~1985). 첫 집권 때는 스탠더드오일로부터 유정을 인수하면서 보상금을 지불하기로 합의하였기 때문에 국민

적으로 벨라운데를 축출한 군부 정권이 뜻밖에도 페루 역사에 새로운 길을 열었다고 할지라도 나는 아직도 벨라운데가 흠잡을 데 없이 정직한 사람이라고 믿는다. 다만 너무 의욕적으로 일을 추진하다 보니 엄연한 현실을 무시하게 되었고 그렇게도 사랑한 국민들로부터 따돌림을 당하게 되었다.

나는 페루에서 훈장을 받았다. 이번 훈장은 영사직 수행의 보답이 아니라 시에 대한 보답이었다. 그러나 이보다 더 큰 의미가 있었다. 칠레와 페루 국민 사이에는 아직도 아물지 않은 상처가 있다.• 과거에 흘린 피를 위무하고 상처를 치유하는 일에는 운동선수, 외교관, 정치가는 물론이고, 다른 사람들보다 마음의 국경에서 자유로운 시인도 나서야 한다.

그 무렵 미국도 여행했다. 그곳에서 국제 펜클럽 대회가 열린 것이다. 참석자들 가운데 지인으로는 아서 밀러, 아르헨티나의 에르네스토 사바토와 빅토리아 오캄포, 우루과이 출신의 비평가 에미르 로드리게스 모네갈, 멕시코 소설가 카를로스 푸엔테스가 눈에 띄었다. 그 밖에 유럽 사회주의 국가 작가도 참석했다.

미국에 도착했을 때, 쿠바 작가들도 초청했다는 사실을 알게 되었다. 그런데 펜클럽 집행부는 알레호 카르펜티에르가 아직도 도착하지 않은 이유를 모르겠다며 이 문제를 알아봐 달라고 부탁했다. 나

과 군부의 반발을 샀다. 쿠데타를 일으킨 군부는 병력을 동원하여 문제의 유정을 장악했다. 그러나 벨라운데는 실정에도 불구하고 민주적 절차를 옹호한 지도자로, 페루인의 존경을 받았다.

• 19세기 말에 발발한 태평양전쟁, 일명 초석전쟁(1879~1884)을 말한다. 초석 산지를 둘러싸고 볼리비아와 칠레 사이의 국경 분쟁으로 촉발된 이 전쟁에서 페루는 볼리비아와 연합하였으나 패배했다. 그 결과 볼리비아는 태평양 연안의 아타카마 사막을 칠레에 빼앗기고 내륙 국가가 되었다.

는 프렌사 라티나의 미국 특파원 도움으로 카르펜티에르에게 연락을 취했다.

프렌사 라티나를 통해서 카르펜티에르의 대답을 들었다. 초청장이 너무 늦게 도착해서 미국 비자를 받을 시간이 없었다는 것이다. 틀림없이 누군가가 거짓말을 하고 있었다. 이미 석 달 전에 비자가 발급되었고, 쿠바 측도 석 달 전에 초청장을 접수하고 참석을 승인했다. 그렇다면 마지막 순간에 쿠바 고위층이 반대한 것이 분명했다.

나는 늘 하던 일을 했다. 뉴욕에서 처음으로 시 낭송회를 열었는데, 청중이 얼마나 많았던지 강당 바깥에 설치한 폐쇄 회로 텔레비전을 시청한 사람도 수천 명에 달했다. 노골적인 반제국주의 시가 미국 청중 사이에서 메아리치고 있다니 가슴이 뭉클했다. 이곳 뉴욕에서는 물론이고, 워싱턴과 캘리포니아에서 학생과 일반인들이 제국주의를 비판하는 내 시에 공감하는 모습을 보고 많은 것을 깨달았다. 미국에 있는 우리 민중의 적은 바로 미국 민중의 적이라는 사실을 현장에서 확인할 수 있었다.

인터뷰도 많았다. 라틴아메리카 출신들이 발간하는 스페인어판 《라이프》는 내 말을 대충 얼버무리거나 전후 맥락을 뚝 잘라먹었다. 내가 정정을 요구했으나 모른 척했다. 그러나 이보다 더 심각한 문제가 있었다. 내가 베트남전쟁을 비판한 문단과 얼마 전에 암살당한 흑인 지도자를 언급한 문단은 송두리째 빠져 버렸다. 몇 년 후, 내 인터뷰 기사를 작성한 기자는 검열에서 삭제되었다고 털어놓았다.

방문 중에 알게 된 사실인데, 아무래도 이 자리를 빌려 경의를 표해야겠기에 이야기하련다. 미국 작가들은 나에게 입국 비자를 발급하라고 끈질기게 정부를 압박했다. 국무성을 찾아가 내 입국을 계속 거부하면 펜클럽 명의의 비난 성명서를 발표하겠다고 위협한 모양이다. 미국 시단에서 존경받는 노시인 메리앤 무어는 어느 시상식 자리에서 시인들의 단합으로 내 입국 허가를 받아 낼 수 있으면 기쁘겠다고 수상 소감을 밝혔고, 감동적인 노시인의 말에 모두들 박수갈채를 보냈다고 한다.

시적이고 정치적인 투쟁으로 점철된 미국 방문을 마치고 칠레로 돌아오자마자 참으로 어처구니없는 편지 한 통을 받았다. 미국에서 그렇게 쿠바혁명을 지지하고 옹호했는데도, 이번 방문을 굴종과 배신이라고 비난하는 쿠바 작가들의 편지였다. 이제는 그들이 사용한 단어가 생각나지 않는다. 하지만 분명한 것은, 마치 자기들이 혁명의 교사이고 좌익 작가를 훈시하는 훈장이라는 말투였다. 거만하고 무례하고 주제넘게 내 시적, 정치적, 혁명적 활동을 수정하라고 요구했다. 또한 『마추픽추의 산정』으로 받은 훈장, 펜클럽 대회 참석, 각종 성명과 시 낭송, 늑대 아가리 속에서 미국 체제를 비판한 행위를 곡해하고 비방했다. 그런데 이러한 작가들 대부분은 최근에야 혁명 진영에 가담했으며 쿠바 정부로부터 정당한 혹은 부당한 지원을 받고 있었다.

이처럼 부당한 편지에는 서명이 잔뜩 첨부되어 있었다. 문인협회와 예술인협회에서 서명을 받았을 터인데, 자발성이 의심스러웠다. 실제로 대표단은 음악인, 무용인, 화가 들의 서명을 받아 내려고 아바나 여기저기를 훑고 다녔고, 쿠바 정부의 초청을 받아 호화로운 호텔에 체류하던 문인과 예술인들에게도 서명에 동참하라고 권유했다. 편지 말미에 이름이 찍혀 있던 몇몇 작가들은 후일 나에게 은밀한 편지를 보내 "저는 서명을 한 적이 없습니다. 나중에야 편지 내용을 알게 되었는데, 내가 하지도 않은 서명이 들어 있었습니다."라고 말했다. 내가 묻지도 않았는데 후안 마리네요도 이런 일을 겪었다고 넌지시 얘기해 주었다. 다른 경우도 확인할 수 있었다.

그 사람들은 나의 미국 방문을 어떻게든 이념적 배임이라는 눈덩이로 만들어 굴려야 한다고 생각했다. 그래서 마드리드, 파리를 비롯한 여러 수도에 전담 기관을 두고 그 거짓투성이 편지를 대량으로 발송했다. 특히 마드리드에서는 수천 통을 발송했는데, 수취인마다 이삼십 통을 받았다. 겉봉에는 프랑코 우표가 떡하니 붙어 있고, 안에는 파블로 네루다를 반혁명분자라고 비난하는 글이 담긴 이런 편지를 받고 고소하게 생각하는 사람들도 있었다.

쿠바 작가들이 이렇게 격분한 동기가 정확하게 무엇인지 알 수 없는 노릇이나, 내 생각으로는 정치적 궤변, 이념적 취약성, 문학적 선망과 질시 때문에 전면전을 벌인 것 같다. 나중에 들은 얘기로는 로베르토 페르난데스 레타마르, 에드문도 데스노에스, 리산드로 오테로가 주동이 되어 편지를 작성하고 서명을 받아 냈다고 한다. 데스노에스와 오테로는 만난 적도 없고, 또 작품을 읽은 적도 없다. 레타마르는 아는 사람이다. 아바나에서, 파리에서 아첨을 떨며 내 뒤를 열심히 좇아다녔다. 내 시를 극찬한 에세이와 시집 서문도 여러 편 썼노라고 얘기했다. 사실 나는 레타마르를 진정한 작가로 여기지 않았고, 우리 시대의 정치적 문인이 또 한 명 등장했다고 생각하고 말았다.

어쩌면 이들은 혁명 투사라는 내 이미지를 훼손하거나 망가뜨리겠다고 상상한 것 같다. 그러나 내가 당 중앙위원회와 이 문제를 논의하기 위해 산티아고의 테아티노스 거리에 있는 당사에 들어섰을 때는 이미 당 차원의 대응책을 마련해 놓고 있었다.

"이는 우리 당에 대한 공격 개시로 보아야 합니다." 사람들은 이렇게 말했다.

그 무렵 우리 라틴아메리카 공산주의자들은 심각한 갈등에 휩싸여 있었다. 베네수엘라, 멕시코를 비롯하여 여타 공산주의자들은 쿠바 공산주의자들과 이념 논쟁을 벌였다. 나중에는 볼리비아 공산주의자들도 비극적인 상황에서 조용히 다른 길을 선택했다.●

칠레 공산당은 공개 집회를 개최하고, 그 자리에서 나에게 '레카바렌 메달'을 수여하기로 결정했다. 그 당시에 갓 제정한 이 메달은 훌륭한 활동가에게 수여하는 것이었으므로, 매우 온건한 대응이었다. 칠레 공산당은 내부적인 분석을 통해 의견 차이를 극복한다는 방침을 세우고 이 분열의 시기를 슬기롭게 극복했다. 시간이 흘러 갈등의 흔적은 씻은 듯이 사라졌고, 이제 라틴아메리카에서 가장 중요한 두 공산당은 상호 이해에 기초하여 돈독한 우호 관계를 유지하고 있다.

나 역시 『대장의 노래』를 쓸 때와 조금도 달라지지 않았다. 아직도 이 시집을 자랑스럽게 여긴다. 이 시집 덕분에 나는 시집 한 권을 통째로 쿠바혁명에 헌정한 최초의 시인이 되었다.

나는 혁명, 특히 혁명에 참여한 사람들이 간혹 오류와 불의를 범할 수 있다고 생각한다. 결코 성문화되지 않은 인류의 법칙은 혁명가나 반동주의자 모두에게 동일한 영향을 미친다. 아무도 실수를 피할 수 없다. 혁명 과정에서 드러난 맹점, 사소한 맹점은 전체적인 맥락에서 보면 하찮은 일이다. 나는 지금도 쿠바혁명과 쿠바 민중과, 고귀한 혁명 지도자들을 존중하고 사랑하고 또 칭송한다.

결점 없는 사람은 없다. 나도 많다. 예를 들어, 불굴의 혁명 투사라는 자부심을 버리기가 쉽지 않다. 이런 자부심 때문인지 아니면 나

● 볼리비아 공산당 총서기 마리오 몬헤는 체 게바라를 지원하기로 약속했으나 이를 지키지 않았다.

라는 인간이 옹졸하기 때문인지 모르겠으나 속사정이야 어떻든 아직도 치욕이라고 여기는 그 편지에 서명한 사람들하고는 지금까지 악수를 하지 않았으며 앞으로도 악수하는 일은 없을 것이다.

12 희망과 고난의 조국

극단주의와 스파이

예전 무정부주의자들은 흔히(오늘날의 무정부주의자들도 미래에 그러겠지만) 무정부적 자본주의자라는 아주 안락한 도피처로 흘러들어 갔다. 이 도피처는 정치적 저격수, 사이비 좌파와 가짜 독립투사들이 모여드는 곳이다. 억압적인 자본주의는 공산주의를 가장 위험한 적으로 여기며, 일단 조준하면 대부분 목표물을 정확하게 타격한다. 교활한 반동들은 저 개인주의적 반항아들이 신성한 원칙을 영웅적으로 방어한 사람들이라고 이리저리 추켜세운다. 사회 변혁의 위험은 개인주의적 반항이 아니라 조직적인 대중과 광범위한 계급 의식에 있다는 사실을 잘 알기 때문이다.

나는 스페인 내전 때 이 모두를 똑똑히 보았다. 몇몇 반파시즘 단체는 마드리드로 진군하는 히틀러와 프랑코 군대 앞에서 가면무도회를 즐기고 있었다. 물론 바르셀로나에서 사자처럼 용감하게 싸운 부에나벤투라 두루티와 그 휘하의 카탈루냐인들처럼 강고한 무정부주의자들은 예외다.

극단주의자보다 수천 배나 위험한 존재가 스파이다. 간혹 적군의 앞잡이들이, 경찰이나 반동 정당이나 외국 정부가 고용한 스파이들이 혁명 정당의 투사들 사이로 잠입한다. 어떤 스파이는 도발 행위를 부추기는 특수 임무를 수행하고, 어떤 스파이는 끈질기게 관찰 임무만 수행한다. 아제프가 전형적인 예이다. 아제프는 차르 체제가 붕괴하기 전 수많은 테러 활동에 참여했고 감옥에도 여러 번 들어갔다. 러시아 혁명 후, 오크라나(차르의 비밀 경찰)의 총책임자는 회고록에서 요원 아제프의 활동을 상세하게 밝혀 놓았다. 차르의 백부 세르게이 대공을 암살한 이 기괴한 인물은 테러리스트와 밀정은 동일하다고 생각했다.

또 하나의 웃기는 예는 로스앤젤레스, 샌프란시스코를 비롯하여 캘리포니아주의 여러 도시에서 발생한 사건이다. 매카시즘이라는 광풍이 휘몰아칠 때, 이 지역 공산당 당원은 모조리 체포되었다. 모두 일흔다섯 명이었는데, 경찰은 이들의 신원과 일상생활의 일거수일투족까지 상세한 정보를 수집해 놓았다. 그런데 이 일흔다섯 명은 모두 경찰 요원으로 밝혀졌다. 미국 연방수사국(FBI)은 상호 안면이 없는 요원들로 소형 공산당을 창설하는 호사를 누렸다. 나중에 이들을 체포하여 법원에 세우고, 존재하지도 않는 적에 대한 승리를 대대적으로 홍보하기 위해서 말이다. 이런 식으로 수사하는 FBI는, 한때 공산당 요원이었으나 이제는 경찰에 매수된 체임버스라는 인물이 호박에 숨겨 둔 국무성 비밀문서를 찾아내는 기괴한 일까지 벌였다. 이 밖에도 FBI는 가공할 만한 여러 사건을 만들어 냈는데, 세계를 격분하게 만든 로젠버그 부부의 사형 집행, 아니 살해도 그중 하나

이다.•

이런 스파이들이 프롤레타리아 계급에 강고한 뿌리를 내리고, 오랜 역사를 자랑하는 칠레 공산당에 침투하기란 매우 어려운 일이었다. 그러나 라틴아메리카에 게릴라 이론이 도입됨으로써 온갖 종류의 프락치들이 몰려들 수 있는 수문이 열렸다. 게릴라 조직은 자생적이고 또 역사도 짧기 때문에 스파이를 색출해 내기란 결코 쉽지 않았다. 따라서 게릴라 지도자들은 항상 의심을 품어야 했고, 자기 그림자까지도 유심히 살펴보아야 했다. 라틴아메리카를 휩쓴 낭만적 혈기와 난잡한 게릴라 이론은, 어떤 면에서는, 위험 속으로 뛰어들고 또 이런 행태를 숭배하는 경향을 촉진했다. 어쩌면 이런 시대는 체 게바라의 영웅적인 죽음과 더불어 막을 내렸는지도 모른다. 그러나 무장 투쟁 지지자들은 오래전부터 자본주의의 피착취 계급이 아니라 무장 단체가 미래의 인민 혁명을 창출한다는 내용의 테제와 문건을 라틴아메리카 대륙에 유포시켰다. 이러한 논리는 정치적 취약성을 안고 있다. 물론 체 게바라의 경우처럼, 강력한 지도자의 자질을 겸비한 위대한 게릴라가 있을 수 있다. 그러나 이는 지극히 예외적인 경우이다. 게릴라전에서 살아남은 사람들은 남보다 더 용감하고 운이 더 좋고 사격 솜씨가 더 좋을지는 모르겠으나, 그렇다고 해서 프롤레타리아 국가를 잘 이끌 것이라는 보장은 없다.

이제 내 경험담을 소개하려 한다. 멕시코에서 칠레로 막 돌아왔

• 로젠버그 부부는 미국의 공산주의자였으며, 소련에 스파이 행위를 했다는 죄목으로 기소되었다. 기소 당시에도 매카시즘 광풍의 희생자라는 논란이 있었으나 1953년 사형이 집행되었다. 1993년 미국 변호사협회는 모의재판을 통해 이들에게 무죄를 선고했다.

을 때였다. 정치 집회에 참석했는데, 어떤 사람이 다가오더니 내게 인사를 했다. 세련된 분위기의 중년 남자였다. 옷차림도 단정했고 사람들이 무척이나 부러워하는 무테 안경을 쓰고 있었다. 성격도 사교적이었다.

"네루다 선생님, 선생님은 제 생명의 은인인데 지금까지 찾아뵐 엄두가 나지 않았습니다. 저는 위니펙호를 타고 칠레로 온 피난민입니다. 선생님 덕분에 강제 수용소와 가스실 신세를 면할 수 있었습니다. 저는 카탈루냐 출신으로 프리메이슨인데, 여기에 정착해서 지금은 위생용품을 생산하는 모 기업의 중견 세일즈맨으로 근무하고 있습니다."

그리고 산티아고 시내 고급 아파트에 산다고 말했다. 옆집 사람이 내 동창이자 유명한 테니스 선수 이글레시아스로, 둘이서 종종 내 이야기를 하다가 집으로 초대하기로 결정하고 찾아온 것이다.

카탈루냐인의 아파트는 칠레 프티부르주아의 표본이었다. 집 안 가구는 반짝반짝 빛나고, 황금빛 파에야(스페인의 해물 요리)도 푸짐하게 나왔다. 이글레시아스는 점심시간 내내 함께 있었다. 우리는 옛날 테무코 학창 시절을 회상하고, 박쥐가 얼굴을 스치고 지나가던 학교 지하실을 떠올리며 웃었다. 식사가 끝나자 친절한 카탈루냐인은 몇 마디 말과 함께 사진 두 장을 선물로 주었다. 한 장은 보들레르, 또 한 장은 에드거 앨런 포 사진이었다. 이마가 반들거리는 두 시인의 사진은 아직도 내 서재에 보관되어 있다.

어느 날, 카탈루냐인은 중풍으로 쓰러졌다. 말도 못 하고 꼼짝없이 침대에 누워서 눈동자만 불안하게 굴리고 있었다. 마치 스페인 공화파 출신의 아내에게, 아니면 이글레시아스에게 무언가 말하려는 듯했다. 그러나 말 한마디, 손가락 하나 까딱하지 못하고 죽었다.

집 안이 울음바다가 되고, 조화가 늘어서고, 문상객들이 붐빌 때 이글레시아스는 이상한 전화를 받았다. "당신이 고인과 절친하게 지냈다는 것을 압니다. 입에 침이 마르도록 당신을 칭찬했으니까요. 고인을 추모하는 뜻으로 한 가지 일을 해 주시면 좋겠는데, 그 집 금고에서 작은 철제 상자를 꺼내 주십시오. 사흘 후에 다시 전화드리겠습니다."

미망인은 그런 얘기조차 못 꺼내게 했다. 슬픔이 북받쳐 올라 그런 일은 알고 싶어 하지도 않았고, 아파트를 나와 산토도밍고 거리의 하숙집으로 이사했다. 하숙집 주인은 유고슬라비아 태생으로 레지스탕스 출신이었으며, 갖은 정치적 풍파를 겪은 사람이었다. 미망인은 하숙집 주인에게 남편의 서류를 살펴봐 달라고 부탁했다. 하숙집 주인은 작은 철제 상자를 찾아내 아주 힘들게 열었다. 그런데 너무나 뜻밖이었다. 상자 안의 서류를 살펴보니 카탈루냐인은 죽을 때까지도 파시스트 스파이로 활약했던 것이다. 그가 발송한 편지 사본에는 쥐도 새도 모르게 스페인으로 송환되어 투옥되거나 처형된 10여 명의 명단이 적혀 있었다. 프랑코가 친필로 사인한 감사장도 있었다. 이 카탈루냐인에게 정보를 얻은 나치스 해군은 군수 물자를 싣고 칠레 항구를 떠나는 선박을 침몰시켰다. 침몰된 선박 가운데는 칠레 해군의 자랑인 프리깃함 라우타로호도 있었다. 이 함정은 전쟁 중에 초석을 싣고 토코피아 항구를 떠나자마자 침몰되었다. 이 사건으로 열일곱 명의 해군 사관생도가 불에 타죽거나 익사했다.

이것이 어느 날 웃으면서 나를 점심 식사에 초대한 카탈루냐인의 기막힌 업적이었다.

공산주의자들

당에 입당하고 나서 십수 년이 흘렀는데, 지금도 만족스럽다. 공산주의자들은 가족처럼 지낸다. 풍파에 시달려 피부는 거칠어졌어도 마음만은 따뜻한 사람들이다……. 어딜 가나 공산주의자들은 매를 맞는다. 오로지 공산주의자들만 얻어맞는다. 정신주의자들 만세, 왕정주의자들 만세, 일탈자들 만세, 온갖 종류의 범죄자들 만세, 알맹이 없이 냄새만 피우는 철학 만세, 짖어 대고 물어뜯는 개들 만세, 엉큼한 점성술사 만세, 포르노그래피 만세, 냉소주의 만세, 배신자 만세, 모든 사람들 만세, 단 공산주의자는 제외하고……. 정조대 만세, 500년 동안 이념의 발바닥을 씻지 않은 보수주의자들 만세, 빈민가에 득실거리는 이 만세, 집단 매장 만세, 무정부적 자본주의 만세, 릴케 만세, 『코리돈』(동성애를 다룬 소설)을 발표한 앙드레 지드 만세, 온갖 종류의 신비주의 만세. 무엇이든지 다 좋고, 모두 다 영웅이다. 무슨 신문이든지 다 발행해야 한다. 누구든지 출판할 수 있다. 단, 공산주의자는 예외다……. 모든 정치인은 자유롭게 산토도밍고(도미니카공화국의 수도)에 들어올 수 있다. 모두들 흡혈귀 같은 트루히요(도미니카공화국의 독재자)의 죽음을 축하할 수 있다. 그러나 트루히요에게 맞서 처절하게 투쟁한 사람들은 제외하고……. 카니발 만세, 한창 달아오른 카니발 만세. 누구든지 변장할 수 있다. 기독교 이상주의자 변장, 급진 좌파 변장, 자선 단체 사모님 변장, 구호 단체 여걸 변장도 좋다. 그러나 공산주의자가 입장하지 못하게 주의하라. 문단속 잘하고, 실수하지 않도록……. 공산주의자들은 아무런 권리도 없다. 주관적인 것, 인간의 본질, 본질의 본질을 걱정하자. 그러면 우리 모두가 행복할 것이다. 우리는 자유를 누린다. 자유란 얼마나 위대한가! 공산주의자는 자유를 존중하지 않는다. 자유가 무엇인지도 모른다. 반면에, 우리는 본질을, 본질의 본질을 걱정할 수 있는 자유를 누리고 있다.

이렇게 몇 해가 지났다. 재즈 시대가 지나가고 소울이 유행했다. 우리는 추상화를 이해하려고 허우적거렸다. 몸서리치는 전쟁이 일어나 목숨을 앗아 갔다. 이쪽 편은 예나 지금이나 그대로다. 아니, 그렇지 않다고? 정신에 대해 그렇게 많이 연설하고, 몽둥이로 머리를 그렇게 휘갈겼는데도 무언가 잘못돼 가고 있다. 아주 잘못돼 가고 있다. 계산을 잘못한 것이다. 민중은 조직화되고, 게릴라전과 파업도 여전하다. 쿠바와 칠레는 독자 노선을 걷고 있다. 수많은 남녀가 인터내셔널가를 부른다. 이게 어찌 된 일인가? 이 얼마나 통탄할 일인가? 이제 중국에서도, 불가리아에서도, 라틴아메리카에서도 인터내셔널가를 부르고 있다. 시급히 조치를 취해야 한다. 그런 행위를 금지시켜야 한다. 정신의 중요성을 좀 더 강조해야 한다. 자유 세계를 좀 더 찬양해야 한다. 몽둥이를 더 휘둘러야 한다. 달러를 더 뿌려야 한다. 몽둥이를 마음대로 휘두를 수 있다고는 하나 헤르만 아르시니에가스•의 독설도 두렵다. 이대로 살 수는 없는 일이다. 그리고 이제 쿠바……. 우리 대륙에서, 우리 구역 한가운데서 덥수룩한 구레나룻을 기른 놈들이 똑같은 노래를 부르다니…… 그리스도가 우리에게 무슨 의미가 있어? 신부들이 우리에게 해 준 게 뭐야? 믿을 놈이 아무도 없어. 신부들조차 우리하고 관점이 달라. 주식 시장에서 우리들 주식이 얼마나 떨어지고 있는지 관심도 없다니까.

한편, 태양계로 올라가는 사람들이 있다. 달 표면에 발자국을 남긴 사람들이 있다. 이 낡은 체제를 제외한 모든 것이 변화하려고 몸부림친다. 이 낡은 체제는 중세의 거대한 거미줄에서 태어났다. 쇠보다 단단한

• 헤르만 아르시니에가스(1900~1999): 콜롬비아 출신의 문필가로 라틴아메리카 군부독재를 비판하는 저작을 출판했다.

거미줄에서. 그러나 변화를 믿는 사람들이 있다. 변화를 추구하는 사람들이 있다. 변화를 쟁취하고, 변화를 꽃피운 사람들이 있다……. 제기랄! 속절없이 봄이 와 버렸네!

시와 정치

1969년에는 1년 내내 이슬라네그라에서 지내다시피 했다. 이른 아침부터 바다는 황홀하게 부풀어 올랐다. 어마어마하게 큰 빵을 반죽하는 것일까? 심해의 차가운 이스트가 발효하면서 밀가루처럼 하얀 포말이 넘쳐흘렀다.

겨울은 자욱한 안개 속에 가만히 머물러 있었다. 우리가 매일 지피는 벽난로가 한결 운치 있어 보였다. 해변에서 새하얗게 빛나는 모래 때문에 주변 세계가 한결 고즈넉했다. 마치 사람이 살기 전처럼, 피서객이 몰려오기 전처럼. 하지만 내가 피서객을 싫어한다고 오해하지 않기를 바란다. 여름이 다가오는 소리가 들리자마자 여자들은 바닷물 속으로 뛰어들고, 남자와 어린이들은 슬금슬금 파도에 접근하다가 화들짝 놀라 뛰쳐나온다. 이렇게 우리 인간은 수천 년 전부터 바다 앞에서 춤을 추었다. 어쩌면 이것이 인류 최초의 춤인지도 모른다.

겨울이면 이슬라네그라의 집들은 모두 어둠에 휩싸인다. 우리 집만 불을 켠다. 간혹 나는 건너편 집에 누군가 살고 있다는 생각이 든다. 그 집 창문에서 불빛이 새어 나오는 것 같다. 그러나 그건 착각이다. 그 집에는 아무도 없다. 우리 집 불빛이 그 집 창문에 반사된 것일 뿐이다.

나는 매일같이 글을 쓰려고 작업실로 들어갔다. 작업실로 들어가 한동안 머물러 있기가 어렵다. 지금 이 순간에도 내가 기르는 개 판다와 추투는 무언가를 물고 늘어진다. 가만 보니 이 작은 방에서 양탄자로 쓰고 있는 벵골호랑이 가죽이다. 오래전 중국에서 가져온 것인데, 발톱도 떨어져 나갔고 털도 많이 빠졌다. 마틸데와 나는, 좀

벌레가 있을 텐데 저걸 어쩌나 하고 걱정한다.

판다와 추투는 호랑이 가죽 위에서 뒹굴기를 좋아한다. 그리고 호랑이와 너무 힘든 싸움을 벌였다는 듯이 금방 잠이 든다. 방문 앞에 길게 누워서 잠을 자는 모양새가 나더러 나가지 말고 방에 틀어박혀 글이나 쓰라는 것 같다.

우리 집은 조용한 날이 없다. 장거리 전화로 나를 찾기 일쑤다. 어떻게 답할까? 지금 없다고 해. 또 전화가 온다. 어떻게 답할까? 있다고 해.

지금 없어, 있어, 있어, 없어. 이것이 더 이상 외딴곳일 수 없는 이슬라네그라라는 외딴곳에 사는 시인의 일과다.

사람들이 항상 묻는 말이 있다. 특히 기자들이 그러는데, 지금 무슨 작품을 쓰는지 또는 무슨 일을 하는지 묻는다. 그때마다 왜 사람들은 하나 마나 한 질문을 하는지 모르겠다는 생각이 든다. 사실 나는 항상 똑같은 일을 하고 있다. 한 번도 쉬지 않고 같은 일을 하고 있다. 시 아니고 무엇이겠는가?

나는 시가 무언지도 모를 때부터 시를 쓰고 있었다. 시에 대한 정의라든가 시 경향에 관심을 가진 적은 한 번도 없었다. 미학에 관한 논의는 죽기보다 싫다. 미학을 주장하는 사람들을 경시하는 것이 아니라, 나 자신이 문학 작품의 탄생 경위 파악이나 사후 평가와는 거리가 멀다고 느낀다. 월트 휘트먼은 "외부적인 것이 나를 지배하지 않기 바란다."라고 말했다. 부가적인 요소도 그 나름대로 가치가 있으나 벌거벗은 창조 행위를 대신할 수는 없다.

그해 나는 노트를 몇 권이나 바꾸었다. 여기 어딘가에 초록색 글씨로 메워 놓은 노트가 있을 것이다. 내가 채워 나간 노트는 책이 되었다. 마치 변신을 거듭해서 움직이지 않던 것이 움직이는 것으로,

유충이 반딧불이로 변하듯이.

정치 활동은 늘 천둥처럼 느닷없이 다가왔다. 집필을 중단하고 군중 속으로 돌아갔다.

나는 군중에게 인생을 배웠다. 시인의 타고난 수줍음으로, 수줍은 사람의 두려움으로 군중에게 다가가지만, 그 품에 안기는 순간 나는 본질적인 다수의 한 부분으로, 거대한 인간 나무에 매달린 나뭇잎으로 변모한다.

고독과 군중은 이 시대 시인이 떠맡아야 하는 기본 의무이다. 고독 속에서 내 삶은 풍부해졌다. 칠레 해안에서 바위와 전투를 벌이는 파도, 다양한 모습으로 변하는 바다, 완벽한 편대를 이룬 철새, 그리고 눈부시게 부서지는 포말에 사로잡혀 넋을 놓고 바라보았다.

그러나 나는 군중이라는 거대한 물결에서, 일제히 나를 쳐다보는 수많은 사람들의 다정한 눈길에서 훨씬 더 많은 것을 배웠다. 모든 시인이 이런 경험을 할 수는 없으나, 한번 경험한 사람은 이를 가슴에 간직하고, 작품으로 풀어놓을 것이다.

단 1분이라도 수많은 사람들의 희망이 되었다는 것은 시인으로서 결코 잊을 수 없는 가슴 뭉클한 경험이다.

대통령 후보

1969년 어느 날 아침, 당서기와 몇몇 동지들이 바닷가의 내 은신처로, 이슬라네그라의 우리 집으로 찾아와서 대통령 후보로 나서 달라고 부탁했다. 예닐곱 정당이 참여할 인민연합의 예비 후보가 되어

선거 운동을 하고 있는 네루다

달라는 것이다. 정책, 정부의 성격, 차후 단행할 긴급 조치 등 모든 준비가 끝난 상태였다. 그 무렵 각 정당은 자당 후보를 내세우고 있었다. 우리 공산당만 후보를 내지 않았다. 공산당의 방침은 좌파 정당들의 합의에 의한 후보 단일화였다. 이 후보가 장차 인민 전선의 대통령 후보가 될 것이다. 그러나 아직 아무런 합의에 이르지 못했고, 더 이상 사태를 관망할 수만은 없었다. 이미 우익 후보들은 출마를 선언하고 홍보전에 돌입했다. 우리가 선거에서 연합 전선을 펼치지 않으면 압도적인 표 차로 대패할 것이 틀림없었다.

연합 결성을 촉진할 수 있는 유일한 방안은 공산당이 후보를 내세우는 것이었다. 나는 우리 당이 제안한 대통령 후보를 수락하면서 당의 방침을 명백하게 밝혔다. 우리 공산당은 모든 정파들이 합의한 후보를 지원하고자 했다. 만일 합의가 이루어지지 않는다고 해도 나는 끝까지 나의 주장을 관철할 생각이었다.

이는 여러 정파의 합의 도출을 압박하는 강력한 방안이었다. 나는 코르발란 동지에게 추후 내가 사퇴하겠다고 할 때 이를 무조건 수용한다는 조건으로 후보를 수락한다고 못을 박아 두었다. 내 사퇴는 불가피하다고 확신했기 때문이다. 인민연합이 나 같은 공산주의자를 중심으로 결성된다는 것은 상상조차 힘들었다. 말을 바꾸면, 모두들(기독민주당의 후보들조차) 우리의 지원을 필요로 하지만, 우리를 지원할 정파는 없었다.

그날 아침, 이슬라네그라의 바닷가에서 후보가 된 나는 이내 열화와 같은 지지를 받았다. 전국 방방곡곡에서 나를 찾았다. 수백 수천 명의 마을 주민들이 나를 붙들고, 입을 맞추고, 눈물 흘리는 모습을 보고 가슴이 뭉클해졌다. 산티아고 외곽의 빈민촌 주민들, 코킴보 지방의 광부들, 사막의 구리 광산 노동자들, 양팔에 아이들을 안고 몇 시간이나 나를 기다려 준 농촌 아낙네들, 비오비오강에서부터 마젤란 해협 건너편에 이르기까지 비참한 삶을 영위하는 사람들, 이 모든 사람들을 향해 나는 연설을 하고 시를 낭송했다. 비가 억수로 퍼붓고, 거리가 진흙탕으로 변하고, 남극에서 살을 에는 찬 바람이 불어도 아랑곳없이 청중은 내 유세를 경청했다.

나도 신바람이 났다. 갈수록 많은 사람들이 유세장을 찾았고, 갈수록 여성 청중들이 눈에 띄게 증가했다. 그러나 한편으로는 내가 만일 대통령에 당선이 된다면, 험난한 문제가 산적되어 있고, 특별한 해결책도 없고, 외채만 많은 이 나라의 대통령이 된다면 무엇을 어떻게 할까 생각하니 두려움이 앞섰다. 게다가 칠레는 매몰찬 나라다. 대통령은 취임 첫 달 동안 칭송받다가 그후 5년 11개월 동안 때로는 정당하고 때로는 부당한 공격의 표적이 되었다.

아옌데 선거 운동

아옌데가 인민연합의 유력한 후보로 부상했다는 기쁜 소식이 들렸다. 나는 당의 사전 승인을 받고, 재빨리 후보 사퇴 성명서를 준비했다. 환호하는 수많은 군중 앞에서 사퇴 성명서를 읽고 아옌데 지지를 호소했다. 그 집회는 공원에서 열렸다. 인파가 몰려들어 평지는 물론이고 나무 위에도 사람들이 빼곡하게 들어찼다. 이처럼 열성적인 칠레인들은 아무도 못 말린다.

나는 아옌데 후보를 잘 알고 있었다. 그 전에도 세 번이나 선거 지원에 나서 칠레의 거칠고 끝없는 땅을 휘젓고 다니며 시를 낭송하고 연설을 했다. 아옌데는 6년마다 치르는 대통령 선거에 세 번 연속해서 후보로 출마했다. 이번이 네 번째이고, 승리가 눈앞에 보였다.

아널드 베넷인가 서머싯 몸인가 불확실하지만 아무튼 윈스턴 처칠과 한 방을 쓴 적이 있었는데, 처칠은 아침에 눈을 뜨자마자 침대 옆 협탁에서 굵은 아바나 시가를 집어 불을 붙였다고 한다. 이런 일은 오로지 매우 건강한 동굴인, 석기 시대의 철인만이 할 수 있다.

아옌데의 체력도 수행원들이 흉내조차 내기 어려울 정도였다. 게다가 필요하면 언제라도 잠을 자는 능력은 처칠이라도 부러워했을 것이다. 종종 우리는 칠레 북부 지역의 끝없는 사막을 달렸다. 아옌데는 차 안에서 곤히 자고 있었다. 갑자기 길 앞에 붉은색 점이 나타나는데, 가까이 다가가서 보면 깃발을 앞세운 15~20명의 남자들이 아내와 아이들을 데리고 나와 있었다. 우리는 차를 세웠다. 아옌데는 눈을 비비고 중천에 떠 있는 태양과 노래를 부르는 사람들을 쳐다보았다. 그리고 그 사람들과 어울려 국가를 부르고, 생기 넘치고 우렁찬 목소리로 연설을 했다. 아옌데가 차에 오르면 우리는 다시 칠레의 긴 도로를 따라 길을 재촉했다. 아옌데는 뒤척거리지도 않고 이내 잠들었다. 25분마다 이런 일이 반복되었다. 사람들, 깃발, 노래, 연설. 그리고 다시 잠을 잤다.

아옌데는 몇 달 동안 강행군하며 수많은 사람들을 만났다. 자동차에서 기차로, 기차에서 비행기로, 비행기에서 배로, 배에서 말로 갈아타며 빡빡한 일정을 모두 소화했다. 수행원들은 하나같이 피곤에 지쳤으나 아옌데는 끄떡없었다. 후일 당당한 칠레 대통령이 되었을 때, 아옌데처럼 쉼 없이 일하던 참모진 네댓 명은 심장마비로 고생했다.

파리 주재 대사관

파리 대사관에 부임했을 때, 허영심의 대가를 톡톡히 지불하겠다는 생각이 들었다. 나는 별다른 생각 없이 대사직을 수락했는데, 다시 한번 세파에 시달리게 되었다. 지난 세월 평범하거나 거짓투성이 정부를 대표하던 대사가 드디어 인민연합 정부를 대표하게 되어서 기뻤다. 마음 한구석에서는, 스페인 공화파 피난민의 칠레 이주를 추진할 때 굴욕을 감수해야 했던 파리의 칠레 대사관에 당당하게 입성해 보자는 유혹이 도사리고 있었는지도 모른다. 전임 대사들은 하나같이 나를 박해하는 데 적극적으로 협력했을 뿐만 아니라 나를 욕보이고 해치려고 들었다. 이제 박해당한 사람이 박해자의 의자에 앉고, 박해자의 식탁에서 밥을 먹고, 박해자의 침대에서 자고, 창문을 열어 이 낡은 대사관에 새바람을 불어넣게 되었다.

새바람을 불어넣는 일이 가장 힘들었다. 1971년 3월 어느 날 저녁, 마틸데와 함께 침실에 들어가 몇몇 전임자들이 평화롭게 또는 고통스럽게 임종을 맞이한 찬란한 침대에 누웠을 때 답답한 실내 장식이 코를 자극하고 눈에 거슬렸다.

그 침실은 기사가 말과 함께 묵으면 안성맞춤이었다. 말이 여물을 먹고 기사가 잠을 자고도 남을 만큼 공간이 넓었다. 천장은 매우 높았고, 은은하게 치장해 놓았다. 가구는 털이 보송보송한 천으로 덧씌워 놓아 엷은 낙엽 색깔을 띠고 있었으며, 촌스러운 술이 주렁주렁 달려 있었다. 부의 흔적과 타락의 흔적이 동시에 묻어나는 양식이었다. 양탄자는 60년 전에는 아름다웠을 것이다. 그러나 이제 화려한 색깔은 발길에 짓뭉개지고, 의례적이고 활기 없는 대화가 스며든 탓인지 퀴퀴한 냄새를 풍겼다.

이것만이 아니다. 긴장한 직원들은 우리를 맞으려고 이것저것 다 준비해 놓았는데, 거대한 침실의 온풍기는 점검하지 않은 모양이다. 마틸데와 나는 대사관에서의 첫 밤을 추위에 떨며 보내야 했다. 이튿날 저녁부터 온풍기는 제대로 작동했다. 그러나 60년 동안 사용한 탓에 필터가 엉망이었고, 내뿜는 열풍은 온통 이산화탄소였다. 우리는 전날 밤처럼 추위 걱정은 하지 않았다. 그러나 숨이 답답해지고, 가스 중독에 대한 두려움 때문에 잠을 이룰 수 없었다. 할 수 없이 창문을 열고 차가운 겨울바람을 쐴 수밖에 없었다. 어쩌면 경력도 변변찮고 가문의 문장도 없는 놈에게 자리를 빼앗겼다고 전임 대사들이 앙심을 품었는지도 모를 일이다.

우리는 나뭇잎, 물, 새와 함께 숨 쉴 수 있는 집을 구해야겠다고 마음먹었다. 이런 생각은 시간이 지날수록 강박관념이 되었고, 우리는 석방의 날만 기다리며 잠을 못 이루는 죄수처럼 맑은 공기를 찾아 파리 근교를 헤매고 또 헤맸다.

나는 대사라는 직책이 조금은 낯설고 불편했다. 그러나 도전이기도 했다. 아옌데의 당선은 칠레의 혁명이었다. 여기저기서 상세하게 분석하고 수없이 논의한 칠레식 혁명이었다. 안팎의 적들은 이 혁명을 분쇄하려고 이를 갈았다. 180년 동안 칠레에서는 똑같은 통치자들이 명찰만 바꿔 달았다. 그들이 해 놓은 일도 똑같았다. 누더기 옷, 누추한 가옥, 학교 근처에도 못 가 본 맨발의 아이들, 불쌍한 민중의 투옥과 구타가 전부였다.

이제 우리는 숨 쉬고 노래할 수 있었다. 내가 새로운 상황을 좋아하게 된 것도 바로 이 때문이었다.

살바도르 아옌데

칠레에서 외교관 임명은 상원의 동의가 있어야 한다. 칠레 우익 세력은 나를 훌륭한 시인이라고 끊임없이 추켜세웠고, 심지어 나를 위한 기념 강연회에서 연설을 하기도 했다. 물론 그 사람들이야 내 장례식에서 이런 연설을 하고 싶었을 것이다. 아무튼 내 대사 임명 동의안은 세 표 차이로 가까스로 통과되었다. 우익과 위선적인 몇몇 기독교인들이 은근슬쩍 반대표를 던진 것이다.

전임 대사는 대사관의 벽면을 역대 대사의 사진으로 뒤덮어 놓았다. 심지어 자기 사진까지 떡하니 걸어 놓았다. 칠레의 발자크라고 할 수 있는 블레스트 가나를 포함하여 두세 명을 제외하면 모두 머리가 텅 빈 사람들이니, 인상적인 전시였다. 나는 이 사진을 모두 철거하고 한결 알찬 사람들로 교체했다. 우선 칠레의 독립 영웅 초상화 다섯 점을 걸었다. 이 사람들의 투쟁으로 식민지에서 독립하고, 국민성이 형성되고, 국기를 제정하게 되었다. 그다음으로 진보적인 대통령 아기레 세르다, 공산당의 창설자 레카바렌, 그리고 아옌데의 사진을 걸었다. 예전보다 벽면이 훨씬 나아졌다.

나는 대사관 서기관들이 무슨 생각을 하는지 알 수가 없었다. 이들은 거의가 우익이었다. 반동 세력이 100년 이상 국가 기관을 독점해 왔다. 보수주의자나 왕당파가 아니면 수위 한 명도 고용하지 않았다. "자유 혁명"● 을 자처하는 기독민주당 또한 예전의 반동 세력에 견줄 만큼 탐욕을 부렸다. 두 세력은 점점 닮아 가더니 나중에는 거의 동일한 노선을 취했다.

공공건물에 군도(群島)처럼 박혀 있는 관료층은 모두 우파 직원, 감독관, 보좌역이 독차지하고 있었다. 과연 아옌데와 인민연합이 정권을 잡은 것인지, 사회주의자나 공산주의자가 정부 각료가 된 것인지 의심할 정도였다.

당시 상황이 이러했으므로, 나는 외교관이자 탁월한 작가인 호르헤 에드와르즈를 파리 주재 칠레 대사관 참사관으로 임명해 달라고 요청했다. 에드와르즈는 반동 과두 지배 세력 가문의 출신인데, 비록 당원은 아니라도 좌파 인물이다. 내가 필요로 한 것은 무엇보다도 신뢰할 수 있고 또 업무 처리에 능한 실무자였다. 그 무렵 에드와르즈는 아바나에서 대리 대사직을 맡고 있었다. 그런데 쿠바 정부와 문제가 생겼다는 소문을 얼핏 들었다.•• 나는 예전부터 에드와르즈의 좌파 성향을 익히 알고 있던 터라 그런 문제에 개의치 않았다.

신임 참사관으로 부임한 에드와르즈는 신경이 곤두서 있었다. 나는 사정을 듣고, 양편이 다 옳은 동시에 옳지 않다는 생각이 들었다. 살다 보면 그런 경우가 허다하다. 에드와르즈는 차츰 안정을 되찾았다. 손톱을 물어뜯는 습관도 버렸다. 그리고 탁월한 능력과 지성과 충성심으로 나를 도와주었다. 대사로 2년간 근무하는 동안 에드와르즈는 최고의 동지였고 실무자였으며, 그 거대한 대사관에서 유일하게 정치적으로 흠잡을 데 없는 사람이었다.

• 1964년 대통령에 당선된 기독민주당 후보 에두아르도 프레이의 선거 구호.

•• 아옌데 정부는 1970년 쿠바와 외교 관계를 맺고 호르헤 에드와르즈를 파견했으나 쿠바 정부는 외교적 기피 인물로 선언했다.

미국 회사가 칠레산 구리에 대해 수입 금지 조치를 취하자 유럽 전역이 술렁거렸다. 신문, 텔레비전, 라디오만이 이 문제에 우려를 나타낸 것이 아니라 양식 있는 대다수 민중들이 다시 한번 우리를 옹호했다.

이 같은 만행에 대한 항의의 표시로 프랑스와 네덜란드의 항만 노동자들은 구리 하역 작업을 거부했다. 이들의 훌륭한 행동에 전 세계가 감동했다. 이런 연대의 일화가 대학 강의보다 우리 시대의 역사에 대해 훨씬 더 많은 것을 가르쳐 준다.

또한 소박하지만 매우 감동적인 일이 기억난다. 수입 금지 조치가 단행된 지 이틀째 되던 날, 지방 소도시에서 평범하게 사는 프랑스 부인이 칠레 구리를 방어하는 데 도움이 됐으면 좋겠다면서 저금통을 털어 100프랑짜리 지폐를 대사관으로 보내왔다. 그리고 시장을 비롯하여 교구 신부, 노동자, 운동선수, 학생 등 전 주민이 서명한 지지 서한도 있었다.

칠레에서는 지인과 낯선 사람 수백 명이, 칠레 구리를 지키기 위해 국제 해적단에 맞서고 있는 나에게 격려 편지를 보내 주었다. 시골에 사는 어떤 부인은 마테 찻잔, 아보카도 네 개, 풋고추 대여섯 개를 소포로 부쳐 왔다.

칠레에 대한 인지도도 놀랄 만큼 향상되었다. 칠레를 실제로 존재하는 나라로 인식하게 되었다. 이전에는 그저 수많은 저개발국가군에 불과했는데, 이제야 처음으로 고유한 특성을 지닌 국가가 되었다. 이 세상 누구도 새로운 국가 건설을 위한 칠레인의 장려한 투쟁을 무시할 수 없었다.

프랑스와 전 유럽이 우리나라에서 진행되는 일에 열광했다. 칠레를 연구하고 기술하고 탐구한 서적이 각국 언어로 출판되었을 뿐만 아니라 대중 집회와 학생 집회에서도 칠레는 중요한 화두로 떠올랐다. 나는 매일같이 칠레의 실정을 상세하게 알고 싶어 하는 취재 기자들의 질문 공세에 시달렸다. 아옌데 대통령은 세계적인 인물이 되었고, 우리 노동자계급의 조직력과 강고함은 찬탄과 칭찬의 대상이었다.

구리 광산 국유화로 촉발된 갈등 국면의 전개 과정에서 칠레의 정책에 전적으로 공감하는 사람들이 대폭 증가했다. 전 세계 사람들은 칠레가 진정한 독립국을 향한 획기적인 발걸음을 내디뎠다고 생각했다. 인민연합 정부는 타인의 손에 놀아나던 구리 광산을 당당하게 국유화함으로써 칠레의 주권을 확립한 것이다.

귀국

칠레로 돌아와 보니, 거리와 공원의 초목은 새 단장을 하고 나를 반겼다. 수려한 봄기운이 수목을 연두색으로 칠해 놓았다. 우리나라의 잿빛 수도는 인간이 사랑을 갈구하듯이 초록색 나뭇잎을 갈구한다. 나는 신선한 봄기운을 한껏 들이마셨다. 조국 땅에서 멀리 떨어져 살 때는 칠레의 겨울을 한 번도 떠올리지 않았다. 눈앞에 안 보이기 때문에 겨울철의 고단한 삶, 방치된 시골 마을, 맨발로 추위를 견디는 어린애들을 잊어버리고, 오로지 초록색 시골 풍경, 노란색과 빨간색 꽃, 국가(國歌)에 등장하는 푸른 하늘만 기억했다. 이번에는 먼 이국땅에서 그렇게도 꿈에 그리던 아름다운 계절이 나를 기다리고 있었다.

그런데 낯선 식물이 도시의 담벼락을 뒤덮고 있었다. 그것은 증오의 이끼였다. 욕설과 거짓말로 뒤범벅된 반공 포스터, 쿠바를 비난하는 포스터, 소련을 반대하는 포스터, 인류와 평화를 적대시하는 포스터, 자카르타 사건•처럼 대대적인 학살을 부추기는 포스터. 이것들이 도시의 담벼락을 망치고 있는 새로운 식물이었다.

나는 이런 선전물의 어조와 그 의미를 경험으로 알고 있었다. 히틀러가 등장하기 직전 유럽에서 살아 봤기 때문이다. 한마디로, 히틀러의 선전 선동 방식과 똑같았다. 총력을 기울여 낭설을 유포하고, 현대판 십자군 전쟁이 필요하다며 공포 분위기를 조성하고, 갖은 수단과 방법을 동원하여 장래의 일을 부정하고 증오하는 것이었다. 저들은 인간 삶의 본질을 바꾸려고 들었다. 이런 식으로 국민의 정신을 훼손하려는 칠레인이 있다니, 도무지 납득할 수 없는 일이었다.

우익 반동 세력은 필요할 경우에는 무자비한 테러리즘을 동원했다. 참모총장 슈네이데르 장군이 암살되었다. 장군은 존경받는 군인이었으며, 아옌데의 대통령 취임을 저지할 목적으로 기획한 군사 쿠데타에 반대했다. 그런데 사악한 무리들이 장군의 자택 근처에서 등에 대고 기관총을 난사하는 만행을 저질렀다. 이 사건은 군에서 축출된 장군이 지휘했으며, 말쑥하게 차려입은 조직폭력배들이 행동대원으로 나섰다.

사건의 진상이 밝혀지고, 주모자는 군사재판에서 30년 형을 선

• 자카르타 사건: 1965년 9월 30일 수카르노 대통령(1901~1970)의 친위 쿠데타가 발발하자 당시 전략 예비군 사령관이었던 수하르토 소장은 역쿠데타를 일으켜 권력을 장악하고, 사건의 모든 책임을 공산당에 뒤집어씌워 공산당원 및 그 동조자와 가족들 100만(50만이라고도 한다.) 명을 학살했다.

고받았다. 그러나 대법원은 2년으로 감형했다. 칠레에서 배가 고파 닭을 훔친 사람은 참모총장 암살범보다 두 배나 많은 형을 언도받는다. 이처럼 지배계급이 제정한 법률은 계급에 따라 다르게 적용된다.

아옌데가 승리하자 지배계급은 길길이 날뛰었다. 자기네들이 심혈을 기울여 제정한 법률이 뒤통수를 칠 수도 있다는 사실을 처음으로 깨달았다. 곧이어 주식, 보석, 현금, 금화를 싸 들고 아르헨티나, 스페인 그리고 멀리 오스트레일리아까지 도망갔다. 민중이 두려운 나머지 북극이라 할지라도 한달음에 내달렸을 것이다. 나중에 그들은 돌아왔다.

에두아르도 프레이

칠레의 길은, 비록 가는 곳마다 복잡한 법률적 장애물이 가로막고 있다 해도, 언제나 지극히 합헌적이었다. 그 무렵 과두 지배 세력은 해진 옷을 수선하여 파시스트 복장을 만들었다. 구리 광산 국유화가 단행된 이후, 미국은 더욱 철저한 봉쇄 정책을 펼쳤다. 미국의 국제전화전신회사(ITT)는 전임 대통령 프레이의 동의를 얻어 기독민주당을 우익 파시스트의 품 안으로 밀어 넣었다.

칠레 국민은 상반된 성격의 아옌데와 프레이를 주목하고 있었다. 그 이유는 전통적으로 군벌 통치와 같은 강력한 지도자가 등장한 적이 없는 이 나라에 두 사람 모두 강력한 지도자로 나섰고, 각자 분명한 목표와 상이한 길을 추구하고 있었기 때문이다.

나는 아옌데를 잘 안다고 생각한다. 의심스러운 면이 전혀 없는 인물이다. 프레이로 말할 것 같으면, 상원의원 시절 동료 의원이었다. 그는 궁금증을 자아내는 인물이다. 매사 심사숙고한다는 점에서 순발력이 뛰어난 아옌데와 전혀 달랐다. 그런데 간혹 폭소를 터뜨릴 때가 있었다. 귀에 거슬리는 웃음소리였다. 나는 큰 소리로 웃는 사람을 좋아한다.(그렇게 웃으려고 해도 잘 안 된다.) 하지만 웃음도 웃음 나름이다. 프레이의 웃음은 심각하고 어둡고 날카로운 표정에서 폭발하듯 터져 나온다. 너무나 갑작스러운 웃음이라서 주위 사람들은 한밤중에 기분 나쁘게 우는 새소리를 들을 때처럼 조금 놀란다. 이것만 제외하면 신중하고 또 매우 정중하게 처신하는 사람이다.

나는 프레이의 갈지자 행보에 실망한 적이 한두 번이 아니었으며, 마침내 그에 대한 모든 환상을 버렸다. 한번은 산티아고에 있는 우리 집을 찾아왔다. 공산당과 기독민주당의 제휴설이 시중에 떠돌 때였다. 그 당시 당명은 기독민주당이 아니라, 생각만 해도 끔찍한 민족팔랑헤당이었다.• 스페인의 파시스트 지도자 프리모 데 리베라에게 강한 인상을 받은 탓이었다. 그러나 스페인 내전이 끝났을 때는 자크 마리탱(프랑스의 신토마스주의 철학자)의 영향을 받아 반파시스트로 선회하고, 당명도 바꾸었다.

내 얘기는 막연하지만 호의적이었다. 우리 공산당이 고립되어서는 아무것도 할 수 없다는 것을 잘 알고 있었기 때문에 선의의 정파와 상호 이해의 초석을 다지려고 노력했다. 프레이도 언제나 그렇듯이 모호하게 이야기했으나 자신의 좌익 성향만큼은 분명하게 드러냈다. 그는 떠날 때, 입에서 자갈을 쏟아 내는 것 같은 웃음을 터뜨리며 이렇게 말했다. "그럼 다음에 또 이야기하도록 합시다." 그러나 이틀 후, 나는 우리 사이의 대화가 영원히 끝났다는 것을 알게 되었다.

• 스페인의 팔랑헤당은 1933년 프리모 데 리베라가 이탈리아 파시즘의 영향을 받아 세운 당이다.

아옌데가 승리한 후, 냉철하고 야심도 많은 프레이는 권좌에 복귀하려면 반동 세력과 제휴가 불가피하다고 생각했다. 그것은 하나의 몽상이었다. 정치적 줄타기를 하는 거미의 허황된 꿈에 불과했다. 그가 탄 거미줄은 얼마 가지 못할 것이다. 그가 동의한 군사 쿠데타도 아무런 도움이 되지 않을 것이다. 파시즘은 타협을 용납하지 않으며, 절대적인 복종만 요구할 뿐이다. 프레이라는 인물은 시간이 지날수록 빛을 잃고 말 것이다. 그리고 언젠가는 자기가 저지른 범죄에 대한 책임을 져야 할 것이다.

라도미로 토미크

나는 기독민주당이 탄생할 때부터, 팔랑헤당이라는 용납할 수 없는 당명을 버린 순간부터 관심이 많았다. 기독민주당은 소수의 가톨릭 지식인들이 마리탱의 신토마스주의를 수용하면서 출현했다. 나는 이런 철학에 관심이 없었다. 태생적으로 시나 정치나 성 이론에 무심한 편이다. 관심을 두지 않는다. 그러나 이 소규모 운동은 뜻밖에도 특이한, 예상치 않았던 실제적인 파급 효과를 창출했다. 나는 아직도 전투 중이던 마드리드에서 돌아오자마자 대규모 집회를 조직하고, 기독민주당의 젊은 지도자 몇 사람에게 스페인 공화파를 옹호하는 연설을 부탁했다. 그들의 참여는 전례가 없던 일이었다. 보수당의 압력을 받은 고위 사제들은 갓 태어난 기독민주당을 해산시키려고 했으나 선구적인 탈카 교구의 주교가 적극적으로 개입함으로써 당 해산이라는 정치적 자살 행위는 피할 수 있었다. 탈카 교구의 주교 성명서가 후일 칠레 최대의 정당이 될 집단을 살려 놓은 것이다. 그러나 당의 이념은 시간의 흐름과 함께 완전히 변했다.

기독민주당에서 프레이 다음가는 핵심 인사는 라도미로 토미크였다. 처음으로 만난 것은 상원의원 시절이었다. 당시 칠레 북부 지역에서 파업이 진행되고 선거 유세가 한창이었는데, 기독민주당 당원들은 우리 공산주의자들을 쫓아다니며 집회에 참가했다. 공산당은 초석 광산과 구리 광산지대의 사람들 사이에서, 다시 말하면 아메리카 대륙에서 누구보다도 큰 희생을 치르는 노동자들 사이에서 절대적인 지지를 받는 정당이었다.(지금도 그렇다.) 레카바렌이 공산주의 운동을 시작한 곳도 그곳이며, 최초로 노동조합을 결성하고 노동자 신문을 발간한 곳도 바로 그곳이었다. 공산주의자들이 없었더라면 조합도 신문도 없었을 것이다.

그 무렵 토미크는 기독민주당의 희망이었을 뿐만 아니라 가장 매력적인 인물이었고, 또 뛰어난 연설가였다.

그러나 1964년, 기독민주당의 후보 프레이가 대통령에 당선될 무렵에는 상황이 많이 변했다. 아옌데와 맞붙은 프레이의 선거 운동은 전례 없이 험악한 반공주의를 전면에 내세웠다. 신문과 라디오를 통해 국민을 공포에 떨게 만들었던 것이다. 수녀는 총살당할 것이고, 남자아이들은 피델 카스트로처럼 수염을 기른 사람들이 총검으로 찔러 죽일 것이고, 여자아이들은 부모의 품에서 강제로 빼앗아 시베리아로 보낼 것이라는 선전 선동에 모골이 송연해지지 않을 사람이 어디 있겠는가. 후일 미국 상원 특별위원회에서 밝혀진 바에 따르면, 미국 CIA는 섬뜩하고 잔인한 구호가 난무한 이 대통령 선거에 2000만 달러를 퍼부었다.

프레이는 대통령 취임식을 치르자마자 당내 최대의 정적을 트로이 목마로 만들었다. 다시 말해서, 토미크를 미국 대사로 임명한 것이다. 프레이는 정부 차원에서 미국 구리 회사들과 재협상이 불가피하다는 것을 알았다. 그 당시 온 나라가 국유화를 요구하고 있었다. 권모술수에 능한 프레이는 국유화라는 말을 칠레화로 바꾸고, 새로 체결된 협정을 통해 구리를 '캐네코트 이 아나콘다'라는 강력한 컨소시엄 회사에 넘겨주었다. 그 결과 칠레 경제는 심각한 타격을 받았고, 토미크는 정치 생명이 위험하게 되었다. 프레이는 토미크 제거에 성공한 것이다. 만약 토미크가 주미 대사로 있을 때 구리를 넘겨주는 데 협력했더라면 칠레 민중의 지지를 받을 수 없었을 것이다. 1970년 대통령 선거에 출마한 토미크는 후보 세 사람 가운데서 3등을 했다.

토미크는 1969년 초 주미 대사직을 사임한 직후 나를 만나러 이슬라네그라로 찾아왔다. 미국에서 귀국한 지 얼마 되지 않았을 때이고, 대통령 후보로서 공식적인 출사표를 던지기 전이었다. 우리 두 사람 사이의 우정은 정치적 파란에도 불구하고 아직까지 굳건하다. 그러나 그때는 서로를 이해하는 데 어려움이 많았다. 토미크는 광범위한 진보 진영이 동맹을 추구했고, 명칭도 인민연합 대신에 국민연맹으로 바꾸자고 제안했다. 그러나 실현 불가능한 생각이었다. 그는 구리 협상에 관여한 인물이기 때문에 좌파가 생각할 때 대통령 후보로서 실격이었다. 그리고 민중운동에 근거한 공산당과 사회당은 자기 진영의 인물을 대통령 후보로 내세울 만큼 역량이 성숙해 있었다.

크게 실망한 토미크는 우리 집을 나서기 전에 의미심장한 말을 했다. 기독민주당 정권의 재무부 장관 안드레스 살디바르가 서류를 보여 주면서 칠레 경제는 현실적으로 파산 상태라고 말했다는 것이다.

"우리는 추락 직전에 와 있습니다. 이대로라면 넉 달도 못 갈 겁니다. 재앙입니다. 살디바르가 상세하게 설명해 주었는데, 칠레의 파산은 불가피합니다."

아옌데가 당선되고 한 달 후, 아직 대통령으로 취임하지 않았을 때, 살디바르 장관은 칠레가 경제 위기에 직면해 있다고 공개적으로 발표했는데, 그 원인은 아옌데 당선에 대한 국제적인 반응에 있다고 주장했다. 역사는 바로 이렇게 쓰이는 것이다. 최소한 살디바르 같은 비뚤어진 기회주의 정치인은 이렇게 쓴다.

살바도르 아옌데

방금 우리 민중은 이 시대에 가장 쓰라린 배신을 당했다. 비인간적인 노동조건에서 일하는 우리 민중은 사막의 초석 광산에서, 해저 석탄광에서, 험준한 고산지대의 구리 광산에서 장엄한 해방운동을 전개했다. 이 운동의 결과 아옌데라는 인물은 대통령이 되었는데, 이는 즉시 개혁을 단행하고 정의를 실현하며 외국인의 손아귀에 들어간 국민의 자원을 환수하라는 뜻이었다.

먼 외국에서도 아옌데 대통령이 가는 곳마다 사람들은 경의를 표했고, 우리 정부의 특출한 다원성을 칭송했다. 뉴욕의 유엔 본부가 창설된 이래, 아옌데 대통령만큼 세계 각국의 대표들로부터 열렬한 박수갈채를 받은 사람도 없었다. 여기 칠레에서는 수많은 난관에도 불구하고 훌륭한 사람들의 희생 정신과 국민적 자부심과 주권이라는 기초 위에 진정으로 올바른 사회를 건설하고 있었다. 헌법과 법률, 민주주의와 희망이 우리 편, 즉 칠레 혁명의 편이었다.

다른 편은 부족한 게 하나도 없었다. 저들은 어릿광대, 꼭두각시,

수많은 광대, 권총과 쇠사슬을 휴대한 테러 분자, 사이비 사제, 타락한 군인들을 거느리고 있었다. 몇몇은 사무실에 앉아서 회전의자나 돌리고 있었다. 파시스트인 하르파[•]는 '조국과 자유'라는 극우파 일당과 손잡고 칠레라는 거대한 아시엔다를 되찾기 위해 닥치는 대로 사람들의 몸과 마음과 정신을 파괴할 태세를 갖추고 있었다. 이들 곁에는 대단하신 대출업자, 아니 춤꾼이 핏자국이 선연한 옷을 입고 유랑극의 흥을 돋우고 있었다. 바로 이리저리 능숙하게 룸바 스텝을 밟으며 오래전에 자기 당을 적에게 넘겨준 곤살레스 비델라이다. 프레이는 기독민주당을 민중의 적에게 갖다 바치고, 적들이 연주하는 손(son) 리듬에 맞춰 춤을 추었다. 게다가 퇴역 대령 비아우와 함께 춤을 추며 못된 짓을 공모했다. 이상이 유랑극의 주연 배우들이다. 저들은 매점매석한 식료품과 교통 차단기와 고문대와 탄환을 준비했다. 그 탄환으로 어제 이키케에서, 랑킨에서, 살바도르에서, 푸에르토몬트에서, 호세 마리아 카로에서, 프루티야르에서, 푸엔테 알토에서, 그 밖에도 수많은 곳에서 우리 민중을 살상했다. 에르난 메리를 추모해야 할 사람들은 되레 암살범들과 함께 춤을 추었다.[••] 독실한 신자인 양 아주 태연하게 춤을 추었다. 이처럼 '하찮은 일'로 비난하면 분노를 느끼는 사람들이다.

칠레는 민선 정부의 전통이 강하며, 정변이 일어난 적은 거의 없

• 세르히오 오노프레 하르파는 대지주의 이익을 대변하는 극우 정당인 국민당 대표이며 피노체트 치하에서 내무부 장관을 역임했다.

•• 1970년 4월 기독민주당 당원이며 토지개혁위원회 위원이던 메리는 칠레 남부 지방의 극우파 대지주들에게 살해당했다. 이러한 사건에도 불구하고 기독민주당은 극우파와 손잡고 아옌데 정권의 전복에 일익을 담당했다.

었다. 대부분의 정부는 안정적이고 보수적이며 평범했다. 작은 대통령은 수없이 많지만 위대한 대통령은 발마세다•와 아옌데 두 명뿐이다. 흥미롭게도 두 사람의 출신 배경은 동일하다. 여기 칠레에서는 귀족이라고 부르는 부유한 부르주아 출신이다. 두 사람 모두 평범한 과두 지배 세력이 보잘것없이 만들어 버린 이 나라를 위대하게 만들어 보겠다는 신념을 굽히지 않았기 때문에 죽음을 맞이했다. 발마세다는 초석을 외국 기업에 넘기지 않겠다고 완강하게 버티다가 자살했다.

아옌데는 칠레의 또 다른 지하자원인 구리를 국유화했다는 이유로 암살당했다. 두 경우 모두 과두 지배 세력이 피비린내 나는 정변을 일으켰으며, 군이 사냥개 역할을 했다. 발마세다의 경우에는 영국 기업이, 아옌데의 경우에는 미국 기업이 이 같은 군부의 만행을 조장하고 후원했다.

두 경우 모두 대통령 관저는 저명한 '귀족들' 명령으로 파괴되었다. 발마세다 관저는 도끼로 부숴 버렸고, 아옌데 관저는, 기술이 발전한 덕분에 용감한 우리 공군이 폭격했다.

그러나 두 사람은 전혀 다른 사람이었다. 발마세다는 사람을 사로잡는 웅변가였다. 그러나 거만한 성격이어서 갈수록 일인 통치자로 변해 갔다. 그는 자신의 목표가 고결하다고 확신했다. 항상 적들로 에워싸여 있었다. 그리고 주변 사람들보다 월등하게 뛰어났기 때문에, 또 그만큼 고독했기 때문에 자기 생각에 골몰하게 되었다. 발마세다를 도와주어야 할 민중은 힘이 되지 못했다. 다시 말해서, 조직되어 있지 않았다. 따라서 예언자나 몽상가가 될 수밖에 없는 운명

• 호세 발마세다(1840~1891): 자유파로 교회와 국가의 분리 등 광범위한 개혁을 추구한 칠레 대통령(1886~1891).

이었다. 위대한 꿈은 꿈으로 남았다. 그가 죽은 후 포악한 외국 기업인들과 크리오요 국회의원들이 초석을 차지했다. 외국인들이 이권을 차지하고, 크리오요는 개평이나 받았다. 은전 30냥을 받아먹자 모든 것이 정상을 되찾았다. 수많은 민중이 전장에서 흘린 피는 순식간에 말라 버렸다. 세계에서 가장 혹독하게 착취당하는 노동자들, 칠레 북부 지역의 노동자들은 런던을 위해 막대한 양의 파운드화를 지속적으로 생산했다.

아옌데는 탁월한 연설가는 아니었다. 지도자로서 그는 가능한 모든 통로를 통해 자문을 얻는 통치자였다. 아주 사소한 일이라도 독단적으로 처리하지 않고 민주주의 원칙에 따라 처리했다. 아옌데 시대의 민중은 발마세다 시대처럼 어수룩하지 않았다. 문제가 무엇인지 분명하게 알고 있는 강력한 노동자계급이 존재했다. 아옌데는 집단적인 지도자였다. 아옌데는 민중계급 출신은 아니지만 부패하고 정체된 착취계급에 대한 투쟁의 산물이었다. 바로 이런 이유로 아옌데가 짧은 시간에 이룩한 업적은 발마세다의 업적보다 더 위대하며, 나아가서 칠레 역사상 가장 중요한 업적이기도 하다. 본질적으로 집단적 성격을 띤 아옌데 정부는 구리 자원의 국유화라는 위대한 업적 이외에도 수많은 업적을 이룩했다.

불멸의 국민적 가치를 지니는 아옌데 정부의 정책과 업적은 칠레 해방을 원치 않는 적들의 분노를 샀으며, 그 비극적인 상징이 바로 대통령궁 폭격으로 나타났다. 나치는 무방비 상태의 스페인, 영국, 러시아 도시를 전격적으로 공습했는데, 이제 칠레에서도 그런 범죄행위가 일어나고 말았다. 칠레의 공군 조종사들은 180년 동안 민선 정부의 보금자리였던 대통령궁에 급강하 공격을 퍼부었다.

나는 지금 이 회고록의 몇 줄을 위대한 동지 아옌데 대통령을 죽음으로 몰아넣은, 이루 말로 표현할 수 없는 사건이 발생한 지 사흘 후에 서둘러 쓰고 있다. 저들은 살해 행위를 은폐하고 비밀리에 매장했다. 그의 부인만이 불멸의 육신을 동행할 수 있었다. 공격자들의 말로는, 그가 대통령궁에서 시신으로 발견되었으며 자살의 흔적이 분명하게 나타나 있다고 한다. 그러나 외국 언론의 견해는 다르다. 공중 폭격 직후, 수많은 탱크들이 작전에 돌입했다. 단 한 사람, 칠레 공화국의 대통령 살바도르 아옌데를 노린 대담한 작전이었다. 아옌데는 불꽃과 연기로 뒤덮인 집무실에서 혼자 당당하게 기다리고 있었다.

저들은 절호의 기회를 놓칠 수 없었다. 절대 사임하지 않을 것이기에 기관총을 난사해야 했다. 시신은 어떤 곳이지는 모르겠으나 비밀리에 매장했다. 무덤까지 가는 길에 동행한 사람은 오직 한 여인, 전 세계인의 애도를 한 몸에 안은 여인이었다. 시신은 칠레 군인들이 난사한 기관총에 맞아 갈기갈기 찢겨 있었다. 저들은 또다시 칠레를 배신했다.

작별

이제 나에 관한 우리의 여행은 오늘 여기서 끝난다. 그대들에게 말을 건네면서, 그대들과 함께하면서, 나의 시와 투쟁이 그대들의 생각과 마음과 마주하게 하면서 나는 누군가의 마음을 다치게 하거나 그대들의 그 어떤 꿈도 깨지 않기를 바랐다. 그대들의 가슴을 옥죄는 숨겨진 의문에 대한 답을 나의 말에서 찾을 수 있기를 바란다. 하지만 마찬가지로 새로운 질문과 또 다른 불만족이 그대들에게서 깨어나기를 바란다. 삶과, 기쁨과 세상이 주는 고통이 매일 대문을 부수고 우리의 집으로 들어오길 희망한다. 삶은 밤이면 죽고 새벽이면 다시 태어나는 신비로운 실체로 이뤄져 있다. 그러니 이제 갓 찾게 된 해답과 더불어 새로운 질문이 태어나길 바란다. 그럼 내일 만납시다. 신비로운 내일.

파블로 네루다, 「나의 시에 대한 여행」

부록

칠레대학교 강연

이 부록에 실린 글은 네루다가 50세를 맞은 해를 기념하여 5회에 걸쳐 진행된 강연회 중 두 번째, 세 번째, 다섯 번째 강연 내용이다. 주제는 네루다의 삶과 시였고, 칠레대학교 주최, 계절국제학교 주관으로 1954년 1월 20일부터 24일까지 개최되었다.

첫 번째와 네 번째 강연은 이미 「유년과 시」, 「나의 시와 삶에 대한 짧은 이야기」라는 제목으로 『전집』에 실려 있다.

첫 번째 강연 내용은 네루다가 발표한 세 번에 걸친 자전적 내용의 결합체라 할 수 있다. 네루다는 이 글의 일부를 자서전에 활용하였다. 두 번째 강연에 포함된 몇몇 단락도 이 책에서 찾아볼 수 있는데, 2장의 「도시의 방랑자」와 11장 「시는 직업이다」에 포함된 「독창성」 등이 그렇다. 마르가리타 아기레• 또한 자서전에서 몇몇 구절을 활용하였다.

네루다가 『소박한 것들에 바치는 송가』나 『스무 편의 사랑의 시와 한 편의 절망의 노래』를 쓸 당시에 미출간으로 남아 있던 글도 있다. 또한 시에서 수수께끼 같은 요소들에 대한 주제나 존재론적이거나 사회적 조건이 아닌 노동자로서의 시인의 조건에 대한 주제도 있는데 이 마지막 주제는 시인의 삶을 따라 지속되었던 주제이다.

세 번째 발표문의 일부도 이 자서전에 삽입되었다. 특히 「실론」이 그러하다. 반면에 『지상의 거처』에 대한 시인의 발표 내용은 출판되지 않았다. 하지만 추후에 랭보, 보들레르, 말라르메, 비야메디아나에 대한 논평과 함께 퇴고하였다.

마지막 강연회는 낭송회에 가까웠다. 시에 대한 시인의 생각이 담겨 있는 이 글도 아직 출판되지 않은 것이다.

자서전에 포함된 글도 있고 아직 출판되지 않은 글이 있다는 사실과는 별개로, 여기에 실린 강연들은 시인이 자전적 이야기에 제시한 예술적 가치를 지니고 있다. 세 번째 강연회에서 시인은 이렇게 밝힌 바 있다. "나는 기억이 부드러이 흘러가도록 하면서 그 흐름을 멈추는 장애물을 만나면 꺼내 보도록 하겠습니다." 처음으로 통합적으로 출판되는 이 세 번의 강연회에서 우리는 시인이 작품을 쓰던 당시에 지녔던 조직화와 질서와 리듬과 관련한 흔적들을 만나게 될 것이다. 그리하여 정식으로 출판된 적이 없는 이 강연에서 시인이 자신의 이야기에 부여하는 질서와 형식을 보게 될 것이다.

앞서 밝혔듯이 네루다는 자서전을 위해 많은 글을 썼지만, 오래전에 썼던 글을 다시 정리하여 활용한 것들도 있다. 또한 이 강연에서 취한 것도 있다. 이러한 재구성은 1954년 50세가 되던 때와는 판

• 칠레의 작가이자 비평가. 네루다와 친분이 두터웠으며 네루다의 전기를 집필하였다.

이하게 다르게 70세가 다 되어 가는 1972년의 시인의 비전을 보여 준다.

이미 출판된 두 번의 강연회와 여기에 실린 세 번의 강연회 내용은 이 자서전에 모은 글들의 핵심적 내용을 다루고 있다.

더불어 라디오 방송을 위해 쓴 「미지의 인물, 파블로 네루다」도 여기에 싣는다. 자신의 삶과 시 낭송을 결합한 이 글은 자전적 형태를 갖춘 좋은 글이라고 판단했다. 이 글을 통해 네루다가 자전적 이야기를 구성하면서 서사와 시를 융합하고 있음을 확인할 수 있을 것이다.

두 번째 강연. 1954년 1월 21일

시는 생각보다 잘 견뎌 냅니다. 주위 환경과 기온의 갑작스러운 변화도 견뎌 내지요. 나는 시골과 숲을 떠나 산티아고로 갔습니다. 길을 나서기 전에 필요한 모든 것에 대해 내게 알려 줬지만 빈대에 대해선 아무런 얘기도 해 주지 않았지요. 칠레의 북부처럼 남부에도 빈대는 없습니다. 그날 밤 나는 여관에서 빈대에 물렸지요. 하지만 너무 피곤한 나머지 느끼지도 못했습니다. 아침에 잠에서 깨 보니 얼굴이 물린 흔적으로 엉망이 되어 있더군요. 나는 몸이 아픈 줄 알았습니다. 그러자 사람들이 그 무서운 벌레를 보여 주더군요. 그러곤 촛농을 떨어뜨려 그 벌레를 잡는 방법을 내게 가르쳐 줬지요.

도시에 오자 나는 기가 눌린 채 길을 잃은 모양새였습니다. 1921년 3월의 산티아고는 가스와 커피 냄새가 났습니다. 내가 모르는 사람들과 빈대가 무수히 많은 집에 살고 있었지요. 나는 아무것도 몰랐습니다.

낙엽이 길과 공원을 채우며 가을과 겨울이 끝났습니다. 세상은 더 더럽고 어둡고 고통스러워졌습니다.

마루리 길 513번지에서 첫 번째 책을 탈고했습니다. 하루에 두 편, 세 편, 네 편, 다섯 편의 시를 썼습니다. 오후에 태양을 마주하면 발코니 너머로 세상에서 무엇과도 바꾸지 않을 일상적 풍경이 펼쳐졌습니다. 다채롭고 장대한 색깔의 낙조가 빛을 발산하면 오렌지색과 진홍색으로 된 거대한 부채가 되었지요. 내 첫 책의 핵심이 되는 작품이 「마루리의 황혼들」입니다. 그런데 마루리가 뭐냐고 묻는 사람은 없더군요. 아마도 그곳이 기막힌 황혼이 깃드는 소박한 길이라는 걸 아는 사람도 있을 겁니다.

나는 너무나도 소심하여 시에 몸을 숨겼습니다. 산티아고에는 새로운 문학적 흐름이 날개를 펴고 있었습니다. 로하스 히메네스는 모든 이즘을 알고 있었지요. 그는 마르틴 분스테르와 함께 '아구'라는 학파를 만들었는데, 선언문을 내는 데 그치고 말았습니다. 파리의 학파들과 르베르디의 영향이 아우마다 거리에 이르렀습니다. 이내 나는 모든 것을 읽을 수 있었지요. 하지만 나는 몸을 사렸습니다.

나는 독창성을 믿지 않습니다. 그건 이 어지러운 몰락의 시대에 창조해 낸 우상이지요. 나는 그 모든 언어, 형식, 의미, 예술적 창조로 이뤄진 개성을 믿습니다. 하지만 정신착란 같은 독창성은 근대의 창조물이자 선거판의 사기와 같지요. 제 나라의, 제 언어의 혹은 세계의 최초의 시인을 선출하려고 하는 사람들이 있습니다. 그들은 패권을 잡을 만한 사람들을 욕하며 유권자들을 찾아다니지요. 그리되면 시는 사기가 돼 버립니다.

과거에 기품 있고 엄격한 시인들은, 예컨대 내가 최고로 평가하는 케베도처럼, "호라티우스에 대한 모방", "오비디우스에 대한 모방", "루크레티우스에 대한 모방"이라는 말을 머리말에 남겼습니다. 그렇지만 시인은 내적인 방향성을 반드시 유지해야 합니다. 그리고 그 안에서 자연과 문화와 사회생활을 탁월한 시로 전개해야 하지요.

나는 내 고유한 어조를 보존하고 있으며 살아 숨 쉬는 모든 생명이 그렇듯이 제 자연에 맞춰 튼튼해져 갔습니다. 제 초기 작품들의 핵심은 감성이라는 데에 의심의 여지가 없습니다. 나는 맹렬하고도 부드러운 마음의 부름에 시로 화답했습니다. 그렇지만 35년의 경험이 쌓인 지금은 시적인 작품을 쓰기 위한 중요한 감정들을 잘 다룰 수 있을 것도 같습니다. 나는 통제된 우발성을 신뢰합니다. 그러기 위해서는 두 가지 질서를 지켜야 합니다. 시적 영감의 출현을 위해 시인이 자기 호주머니에라도 반드시 지니고 있어야 할 것이지요. 첫 번째는 말이나 소리나 형체에 대한 형식적, 잠재적 관찰을 유지해야 합니다. 물론 그것들이 이리저리 흩어져 날아다니는 벌 같지만 말입니다. 그것들을 즉시 포착하여 호주머니에 담아야 합니다. 나는 그 점에 있어 게으릅니다. 하지만 이건 좋은 충고입니다. 마야콥스키는 작은 수첩을 지니고 다니면서 끊임없이 수첩에 기록을 했습니다. 그러나 이보다 중요한 게 있으니, 감정을 포착하는 겁니다. 그렇다면 감정은 어떻게 보관할 수 있을까요? 감정이 생성되면 그 감정을 의식해야 합니다. 그리고 종이 앞에 앉으면 우리의 의식이 생생하게 살아날 겁니다. 이건 소설가가 아니라 시인을 위한 겁니다.

최근에 새 작품을 쓰고 있습니다. 제목은 『소박한 것들에 바치는 송가』입니다. 예전에는 시인이 시인에게 주어진 것, 그러니까 특정한 사람들에게 필요한 것에 관해 쓸 수 있는지 시험하고 싶었습니다. 과거의 거의 모든 위대한 작품은 아주 엄격한 요구에 따라 쓰였습니다. 베르길리우스의 『농경시』는 로마 농촌의 작물 재배를 위한 선전이었지요. 시인은 대학이나 노동조합을 위해 시를 써야 합니다. 그렇게 해도 자유를 빼앗기는 일은 결코 없었습니다. 시인이 신과 소통하면서 얻은 마술적 영감은 흥미로운 발명이지요. 시인이 작품을 창작하며 최고조의 긴장을 느끼는 순간, 작품은 외적인 영향이나 독서의 영향으로 완전히 다른 것이 될 수도 있습니다.

최근에 쓰고 있는 시에서 나는 나와 거리가 먼 주제를 다루고자 했습니다. 나는 그 주제들을 내가 새로운 작품에 부여하고 싶은 방향과 표현 방법으로 의식적으로 전개하고 싶습니다.

이에 대해서는 잠시 후에 말씀드리겠습니다.

과거의 문학적 삶을 회고해 보지요. 화가들과 작가들이 침묵 속에서 불안해하고 회화와 시에 가을의 서정이 느껴지던 그때 말입니다. 그때는 모든 이가 해체적이고 무질서한 무정부주의자가 되려고 했습니다. 칠레인의 삶은 심각하게 동요했지요. 신성한 투쟁의 나날이었습니다……. 알레산드리는 반체제적 발언을 했습니다. 카를로스 비쿠냐, 후안 간둘포도 그랬지요……. 초석 광산에서는 중남미에서 가장 중요한 대중 운동이 조직됐습니다. 나는 무정부주의적 조합주의에 즉각 합류했습니다. 당시 나는 안드레예프의 『어느 살인자의 이야기』를 좋아했습니다. 어떤 이들은 이데올로기적이라고 하면서 아르지바체프의 외설적 작품을 읽었지요. 오늘날 실존주의적 외설이 퍼지는 것처럼 말입니다. 지식인들은 술집으로 숨어들었습니다. 오래된 포도주가 날이 밝을 때까지 비참함을 황금처럼 빛내 주었습니다. 걸출한 시인이던 후안 에가냐는 무덤조차 부숴 버렸지요……. 그는 물려받은 유산을 어느 버려진 집 탁자에 놔뒀다고 합니다. 낮에 잠을 자던 그의 문우들은 밤이 되면 포도주통을 찾으러 나왔다고 하지요……. 그렇지만 후안 에가냐의 시가 지닌 달빛은 우리의 서정적 밀림에 생경한 전율을 주었습니다. 여기서 말하는 '서정적 밀림'은 몰리나 누네스와 세구라 카스트로가 출판한 시선집의 제목이기도 합니다. 위대함과 대범함이 담긴 총체적 작품이지요. 혼란스럽던 시대의 '시적 총합'입니다……. 거기엔 거대한 공허함과 찬란한 순수가 가득합니다……. 가장 인상 깊었던 인물은 청년 문학의 독재자였습니다. 이젠 아무도 그를 기억하지 못할 테지요. 바로 알리로 오야르순입니다. 그는 깡마른 보들레르 같았습니다. 자질이 뛰어난 데카당이자 칠레판 바르바 하코브로서 고통스럽고 시체 같고 아름다우며 미치광이 같은 인물이었지요. 큰 키에 우렁우렁 울리는 목소리를 지녔지요. 그는 미학적 문제를 상형문자 형식으로 창조했습니다. 우리 문학계에서 보자면 정말 독특했지요. 그가 목청을 높이니 그의 이마가 영국에 있는 사원의 노란 원형 지붕 같더군요. 그는 이렇게 말했습니다. "원의 원형성", "디오니소스의 디오니소스성", "암흑의 암흑성". 하지만 알리로 오야르순은 바보가 아니었습니다. 그는 세계주의 시대의 주인공이었고 문화의 낙원적인 것과 지옥 같은 것을 자기 안에 개괄할 줄 알았습니다. 그는 세계주의자였습니다. 그가 남긴 유일한 시가 내기에게 이기려고 쓴 거라더군요. 나로선 칠레 시선집에 그 작품이 없는 이유를 모르겠습니다.

노란 배

— 알리로 오야르순(1896~1923)

완강한 바다 위로

노란 배가 표류하고 있다.
새까만 풍광 속
돛대에는 섬망이 감겨 있다.
거친 선원이 갑판 위를 걸어간다.
심연을 울부짖으며.

죽은 하늘로
패배한 별들이 혼수상태에 빠져 있다.
공포의 바다에는
별자리들이 지친 듯 춤을 추고
병든 바람을 타고
오랜 찬가가 무뚝뚝하게 들려온다.

아, 성난 흉계의 지배를 받는
무신론의 배여,
권태의 북극해를
구불거리며 천천히 나아가는구나!
아, 집요한 노란 배의
영원한 피로여!

이 시는 개인적인 공포에 대한, 지성으로부터의 도피에 대한 비밀입니다. 그렇지만 이 시는 정확한 시계처럼 적확하고 아름다운 시입니다.

칠레는 우리가 알지 못하는 시적 토대가 풍성한 곳입니다. 조만간 많은 시가 알려지게 되고 새로운 배아가 싹틀 것입니다. 하지만 가브리엘라 미스트랄이나 그 외에 유명한 시인들만이 중남미와 이 침잠해 버린 나라에 알려져 있지요. 조금 전에 세구라 카스트로를 언급했는데요. 그는 『서정적 밀림』이라는 방대한 작업의 저자입니다. 이 자리에서 그가 1913년에 쓴 시를 낭독해 보겠습니다.

그의 시는 보들레르의 시처럼 사악합니다. 하지만 힘이 넘치고, 깊이와 균형을 갖추고 있습니다. 다른 시들도 그렇습니다.

나의 욕망

방탕한 대지 위에 내 삶의 도판을 지탱하는 숙명적인 법칙,
조각된 신상처럼 흔들리는
내 육신을 마술적 힘으로
황금빛 물결 속으로 밀어내는 붉은 손.

나의 욕망, 대지 위로 혹은
내 눈으로 보지 못한 무수한 천상 위로 부는 한 번의 바람,
이제 너의 끝이 다가오는데, 세상의 불길과 그리스도의 전설 사이에서
공연히 나를 붙잡고 있구나.

나의 욕망이여, 잔을 버리지 말라!
너의 포기가 내게 뭘 의미하는지 아는가?
불모의 육신을 산책하는 것
(……)

알리로 오야르순은 시단에서 일찍 사라졌지만, 시에 있어서 사악한 활동가였다고 할 수 있지요. 반면에 로하스 히메네스는 시에 있어서 대천사적 선동자였습니다. 그는 재빠른 이해력, 아주 섬세한 창조적 환상, 뮤즈들에 대한 근위병 같은 태도로 당대에 아주 매혹적이고 세평에 오르내리는 인물이 되었습니다.

바르셀로나에 있을 때 로하스 히메네스가 죽었다는 소식을 들었습니다. 참으로 슬펐습니다. 그의 삶이 자살의 연속이었으니 죽을 것이라고 예상은 했습니다. 하지만 내가 그의 곁에 없을 때 죽을 것이라고는 생각지도 못했지요. 내가 시를 쓰던 초창기에 그와 깊은 우정을 나눴습니다. 그는 아주 섬세하게 나를 조롱하면서 내가 어두운 곳에서 나올 수 있도록 도와줬습니다. 얼마나 많은 기쁨과 광기와 재능을 길거리에 쏟아부었던지! 그는 자유로운 선원이었고 무한히 문학적이었으며 일상적 삶의 사소하고 결정적인 경이를 밝혀낼 줄 알았습니다. 그는 내게 발파라이소를 보여 줬습니다. 그는 그 멋진 항구가 마치 마술에 걸린 병 안에 있는 것 같은 비전을 보여 줬지만, 색과 대상을 발견하고 견딜 수 없이 새로운 것을 만들어 낼 줄 알았습니다.

그래서 그가 죽었다는 소식을 들었을 때 나는 내 몸의 일부가 사라지는 것 같은 느낌이었습니다. 그때 나는 그의 친구인 화가 이사이아스 카베손과 산타마리아 델 마르 교회 앞에 있었습니다. 그 교회는 여느 교회와는 다릅니다. 13세기에 바르셀로나의 선원들과 어부들이 차곡차곡 쌓아 만든 교회였으니까요. 내부도 세계의 여느 교회와 다릅니다. 그 교회는 영원을 항해하는 선박들의 거대한 순례지입니다. 카탈루냐의 항해자들이, 그 바닷사람들이 수 세기에 걸쳐 그 배들을 가져왔습니다.

우리는 그 교회가 떠돌이 시인을, 우리의 품에서 죽은 형제를 보내 줄 곳이라고 생각했습니다.

그래서 교회 입구에서 큰 초를 두 개 샀습니다.

우리는 교회에 들어갔습니다. 초를 가져가기에 적당한 시간은 아니었습니다. 봉납물이 너무 많아서 초를 놓아둘 곳을 찾지 못했습니다. 그러다가 마침내 가장 높은 곳으로 갔지요. 성녀상이 가까이 있고 천상과 가까운 그곳에 초를 놓고 불을 켰습니다.

뒤이어 우리는 입구에서 촛불을 바라보았습니다. 교회의 내부는 큰 배의 창고처럼 어두웠습니다. 낡은 창이 있는 곳만이 밝게 빛나고 있었지요. 마치 바다에서 오는 빛 같았습니다. 그리고 안쪽으로 우리가 켜 둔 촛불이 있었습니다. 높은 곳에서 유일하게 빛나고 있었지요.

그리고 우리는 포도주를 마시고 노래를 부르러 항구로 향했습니다.

그 쾌활한 사내, 뱃사람 같은 시인이 먼 곳에서 죽었지만, 난 그 엄숙한 기억을 간직하고 있습니다.

1923년으로 돌아가 보지요.

『탑』의 시인인 호아킨 시푸엔테스 세풀베다가 아름다운 시를 무수히 쓰고 자신의 선함을 술에 적신 채 교도소에서 출소했습니다.

페드로 안토니오 곤살레스와 페소아 벨리스의 비극적 생애가 지속되고 있던 셈입니다.

한편으로는 1차 세계대전에 대한 신경증이 드러나며 세계주의가 제 길을 닫아 버렸지요. 또 한편으로는 부르주아 계급이 외국 문학을 요구했습니다. 그들은 정신적 유희, 비인간화, 탈민족화를 요구했습니다.

그러는 사이 작가들은 쓰디쓴 담즙을 맛봐야 했고 그로 인해 스스로 자유롭고 확실한 자살로 향해 갔습니다.

냉철한 이성을 유지하기가 어려웠지요.

그 격랑의 시대를 생각하면, 우리는 미학적 문제에 대한 해결책을 고민하며 매일을 보냈던 것 같습니다. 학생 연합에 갔다가 오후에 근처에 있는 노동자 연합을 가면, 문 앞에 회색 머리에 눈을 찌푸린 통통한 사내가 매일 셔츠를 입고 서 있었지요. 루이스 에밀리오 레카바렌이었습니다.

우리 앞 세대의 위대한 작가들은 평온한 발코니에서 작품에 대해 숙고하면서 우리를 자애롭게 바라봤습니다. 프라도, 마리오스, 라토레가 그 시절의 작가들입니다. 우리에게 알로네라고 알려진 에르난 디아스 아리에타는 최고의 비평가, 다시 말해 비평계의 최고의 작가였고 아직도 그렇습니다. 호아킨 에드와르즈는 매일 벌어지는 일에 대한 기막힌 대서인이었고 지금도 그렇습니다.

그렇지만 따뜻한 우정 너머로 계급투쟁은 세대를 분할할 수도 있었습니다. 우리가 함께 성장하기까지는 긴 시간이 필요할 것입니다. 하지만 미래를 위한 배아는 그 시대에 있었습니다.

『황혼 일기』가 뒤로 밀려나고 말았네요. 여기엔 지독한 불안이 담겨 있습니다. 짧은 남부 여행이 힘을 북돋아 줬습니다. 1923년 나는 흥미로운 경험을 했습니다. 테무코에 있는 집에 늦게 귀가했습니다. 자정이 넘었더군요. 잠자리에 들기 전에 유리창을 열었습니다. 하늘이 눈부시더군요. 별빛이 쏟아지고 있었습니다. 하늘이 생생하게 살아 있었지요. 밤을 씻어 놓은 듯했고 남극의 별들이 머리 위로 펼쳐져 있었습니다.

나는 별빛에 취해 영감이 떠올랐습니다. 나는 탁자로 달려가 반아쓰기를 하듯 순식간에 글을 써 내려갔습니다.

다음 날, 밤에 썼던 시를 기꺼워하며 읽어 봤습니다. 그 시가 『열광적인 투척병』의 첫 시입니다.

산티아고로 갔더니 알리로 오야르순이 내 시를 들어 줬습니다. 그러더니 진중하게 물어보더군요. "이 시가 사바트 에르카스티의 영향을 받지 않은 게 확실한가?"

분명히 그렇다고 대답했습니다. 일필휘지로 시를 썼으니까요.

나는 진짜 물속에서 헤엄을 치듯이 새로운 형식 속에서 움직였습니다. 나는 사랑에 빠져 있었고 『열광적인 투척병』엔 사랑스러운 시들이 급류와 강처럼 이어졌습니다. 나는 이내 새로운 작품을 선보일 수 있었습니다.

그때, 몬테비에도에 있는 사바트 에르카스티에게 그날 밤에 쓴 시를 보내야겠다는 생각이 들었습니다. 그 시에서 자신의 영향을 찾을 수 있는지 물어보려고 말입니다. 이내 시인으로부터 답장이 왔습니다. 그는 기품 있는 어조로 이렇게 말했습니다. "이렇게 잘 지어진 훌륭한 시는 몇 번 보지 못했습니다. 하지만 이 점은 말씀드리지요. 이 시에는 사바트를 닮은 데가 있습니다."

이 또한 충격이었습니다. 하지만 분명히 말하건대, 아직까지도 그 점에 감사드리고 있습니다. 나는 편지가 닳아 없어질 때까지 며칠이고 호주머니에 넣고 다녔습니다. 많은 일들이 장난 같았습니다. 무엇보다 나는 그날 밤의 섬망 상태에 집착하고 있었지요. 그날 밤 별들도, 별 폭풍도 덧없는 것이 되어 버렸습니다.

내가 착각했다는 것을 말씀드리고자 합니다. 영감을 믿지 말아야 했습니다. 이성이 비좁은 길을 하나씩 하나씩 인도하도록 해야 했습니다. 나는 신중함을 배워야 했습니다. 나는 수중에 있던 원고를 다 찢어 버리고 나머지도 버려뒀습니다. 10년이 지나서야 원고를 다시 쓰고 출판하게 되었지요.

그리하여 나는 형식을 갖추고, 매 걸음마다 조심하며, 원래의 기세를 잃지 않으면서, 나의 순박한 반응과 조화로운 나만의 세계를 새로이 하면서 사랑에 대한 또 한 편의 작품을 쓰기 시작했습니다. 그 작품이 『스무 편의 사랑의 시와 한 편의 절망의 노래』입니다.

그 책은 나의 드라마에서, 나라는 존재와의 엇갈림 속에서, 그리고 사랑에서 태어난 작품입니다.

내가 사랑하는 작품입니다. 우수가 서려 있기는 하지만 존재의 즐거움이 작품 속에 있기 때문입니다. 임페리알강과 하구가 글을 쓰는 데 도움이 많이 됐습니다. 『스무 편의 사랑의 시와 한 편의 절망의 노래』는 학생들이 다니는 길, 대학, 그리고 우리가 함께한 아름다운 사랑의 인동덩굴 내음이 담긴 산티아고에 대한 로망스입니다.

산티아고에 대한 단편들은 에차우렌 길과 에스파냐 대로 사이에서, 그리고 낡은 교육청 건물에서 쓰였지만 그 파노라마는 늘 남부의 물과 나무였습니다. 「절망의 노래」에 나오는 부두는 카라우에와 바호임페리알의 낡은 부두였습니다. 부두는 부서져 있었고 배들은 넓은 강에 두들겨 맞은 모양새였습니다. 그 하구에서 느꼈던 갈매기의 날갯짓이 아직 느껴지는 것 같습니다.

사랑과 추억에 빠져 차를 몰아 카라우에와 푸에르토사베드라를 달렸습니다. 우리는 네우엔투에 지역을 지나 해안을 따라 월계수 나무와 솔밭 사이를 나아갔습니다. 어느 배에선가 아코디언 소리가 들렸습니다. 나는 그 아코디언을 문학에 넣지는 않았습니다. 나는 임페리알강에서 처음으로 그 소리를 들었습니다.

푸에르토사베드라의 도서관이 날 기다리고 있었습니다. 나는 가는 곳마다 빛나는 뭔가를 만나는 운 좋은 사람이었습니다. 해안 끝자락에서, 하늘과 바다가 만나는 지점에서, 그 강 끝에서, 옹기종기 모인 가난한 집들 사이에서 내가 내 청년기의 가장 훌륭한 도서관을 만날 것이라고 누가 생각이나 했겠습니까.

푸에르토사베드라에는 길모퉁이마다 성스러운 곳이 있었습니다. 밖으로 나서면 해안의 추위가 몰려들었지요. 하지만 안에는 보편적 지식의 경이로운 책들이 있었습니다. 그곳의 책에선 바다 냄새와 함께 신비한 유리병처럼 독특한 냄새가 났지요. 그 멋진 도서관 뒤에는 고결한 기풍과 대중적 분위기 속에 성자가 있어야 했습니다. 왜냐하면 그 교회는 전원적 느낌이 물씬 풍겼으며 전원풍의 낡은 나무 냄새가, 교회의 성스러운 냄새가 났으니까요.

그런데 거기엔 이단 창시자가 있었습니다.

나는 그가 누군지 알고 있었습니다. 이 땅에서 쓰인 가장 경이로운 시 중에 하나인 「백조의 탈주」•를 모르는 사람은 없을 것입니다. 하지만 나는 푸에르토사베드라 시립도서관에 책을 읽으러 다녔습니다. 난 대출한 책을 들고 맘에 드는 곳으로 향했습니다. 우일케 언덕의 동굴, 파체코 친구들의 버려진 곡물 창고, 되찾아온 난파선. 나는 그런 곳에서 책을 읽고 글을 썼습니다.

대형 선박에서 읽고 쓰는 일은 너무나도 불편했습니다. 산맥, 태평양, 초석, 구리, 파타고니아가 그렇듯이 임페리알강의 어귀는 참으로 불편한 곳이지요. 그곳에선 많은 배들이 조난을 당합니다. 구조대도 있었습니다. 조난 사고가 그치지 않았습니다. 때로는 사고가 발생하면 조난자보다 구조자가 더 많이 죽기도 했지요. 우리의 풍요로운

• 당시 도서관 직원으로 있던 시인 아우구스토 빈테르 타피아(Augusto Winter Tapia, 1868-1927)의 시를 가리킨다.

남부 항구에는 조난 사고를 위한 별도의 부서가 있습니다. 그곳엔 좋은 방향타와 선박의 국적 깃발 같은 것들이 보관되어 있지요. 아주 오랫동안 그것들을 숨겨 둬야 합니다.

나는 어느 날씬하고 긴 조난선에서 후안 크리스토발의 모든 작품을 읽었고「절망의 노래」도 썼습니다. 머리 위 하늘은 너무나도 격정적인 푸른색을 띠고 있었습니다. 나는 육지에 숨겨진 보트에서 글을 썼습니다. 존재란 그렇게 조금씩 앞으로 나아갑니다. 나는 그 당시만큼 고결하고 깊이 있게 존재한 적이 없었던 것 같습니다. 머리 위로는 신비로운 하늘이 있었지요. 내 손에는 후안 크리스토발의 작품이나 내 보잘것없는 시가 들려 있었습니다. 내 곁에는 내 시에 영원히 존재한 모든 것이 있었습니다. 먼 바다에서 들려오는 소리, 새들의 울음소리, 불멸의 가시덤불처럼 소모되지 않는 뜨거운 사랑이 말입니다.

아우구스토 빈테르는 왜소한 체격에 노란 수염을 짧게 깎고 있었습니다. 그의 눈은 사랑으로 가득해 보였습니다. 나에게는 관심조차 없어 보였지요. 나는 그 작은 마법사가 있으리라고는 생각지 못했습니다.

아우구스토 빈테르는 무한한 인내심을 보여 줬습니다. 당시 나는 책의 형태에 집착하고 있었습니다. 내 책들은 정사각형이지요. 그는『스무 편의 사랑의 시와 한 편의 절망의 노래』를 조심스럽게 찍어 냈습니다. 나는 그에게 대문자만 사용할 것을 요청했습니다. 그리고 종이에 톱을 대고 나머지 부분을 뜯어내어 가장자리가 톱니 모양이 되도록 했지요.

내가 발명의 본성을 지닌지라 다른 사람들의 삶을 힘들게 한 겁니다. 나는 이상하게 생각하면서도 톱을 대고 종이를 잘라 준 그 시인의 헌신을 잊지 않을 겁니다.

하구와 바다가 내려다보이는 푸에르토사베드라의 언덕에는 남부의 새를 노래한 아우구스토 빈테르의 작은 무덤이 있습니다. 친애하는 선생님, 편히 영면하십시오.

나에게 푸에르토사베드라는 주술로 가득한 곳입니다. 바다를 모르던 나에게 바다는 밤을 채워 줬지요. 파체코의 정원에는 여러 가지 꽃들이 흐드러지게 피었습니다. 내 시에도 꽃이 피게 해 주었지요. 모든 게 기묘한 분위기로 가득했습니다.

그곳에서 나는 말을 타고 모래 위를 달려 톨텐으로 향하곤 했습니다. 바다를 끼고 말을 타고 가는 것보다 아름다운 게 이 나라에 또 있을까요. 해안은 어느 행성의 원형 길 같았습니다. 다른 나라에서는 해변이 유명해지면 주변이 식당, 카페, 그림 같은 볼거리로 가득 차게 됩니다. 하지만 우리는 계곡에 집중했고 바위 아래로 모여들었습니다.

우리는 가장 자연적이고 가장 거칠고 가장 행성적인 해안을 버려뒀습니다. 칠레는 행성 사이에 나 있는 길 같아서 긴 해변과 벼랑과 깊은 바다와 무수히 많은 새가 가득합니다.

지리학자들은 이를 모를 겁니다.

하지만 시인은 조국을 알아야 합니다.

여름이 지나 3월이 오면 밤 기차를 타고 산티아고에 갔습니다.

산티아고 작가들은 상자에 갇혀 살았습니다. 그들은 일하는 상자에서 나와 바나 카페라는 상자에 들어갔고, 그 뒤엔 잠을 자러 집이라는 상자로 갔습니다. 내가 문학적 삶을 보는 방식은 그랬습니다.

라파게리아 꽃을 따러 다니거나 바오 임페리알 해안에서 펭귄을 따라다니지 않으면서도 살아갈 수 있을까요?

스페인 은행에서 나오는 앙헬 크루차가를 처음 봤을 때 그렇게 생각했습니다. 그 고상하고 뛰어나며 경이로운 시인은 그곳에서 수년째 일하고 있었습니다. 그는 나와 일면식도 없을 때 이미 『스무 편의 사랑의 시와 한 편의 절망의 노래』를 읽어 본 시인이었습니다.

당시에 나의 형제라 할 수 있는 슬픔의 시인 로메오 무르가도 죽을 때까지 상자에서 상자로 옮겨 다녔습니다.

로사멜 델 바예도 매일 오후 상자에서 나왔습니다. 이젠 더 큰 상자에서 살고자 떠났지요. 뉴욕 말입니다.

나보다 늦게 등단한 후벤시오 바예, 에데시오 알바라도, 알도 토레스 같은 불굴의 남부 출신 시인들이 산티아고에서 같은 느낌을 받았는지는 모르겠습니다.

이 시인들은 남부의 감성을, 온몸을 파고드는 기후 불순을 재현합니다.

후벤시오 바예는 대가의 반열에 올랐습니다. 그의 작품은 순수의 정수입니다. 그의 시구들은 초목의 물결이지요.

에데시오 알바라도, 파블로 기녜스, 클라우디오 솔라르, 알도 토레스는 그 대자연의 대변자들입니다.

전에 여러분께 나의 사랑 시에 대해 설명하기로 약속했는데, 벌써 수년이 지나도록 깜빡했습니다. 누군가를 잊어버려서가 아니라, 내가 언급할 이름으로 여러분이 얻을 게 있을까요?

황혼 속의 밧줄로 얻을 수 있는 게 뭘까요? 8월에 비를 맞고 있는 눈에서 뭘 얻을 수 있을까요? 여러분들이 내 마음을 모른다고 말할 수 있을까요?

솔직히 말씀드리지요. 내가 말한 사랑은 솔직하지 않은 게 없습니다. 그리고 진실이 아닌 시구는 쓴 적이 없습니다. 올해 6월에 『스무 편의 사랑의 시와 한 편의 절망의 노래』가 30주년을 맞았습니다. 가공할 30년이 지났습니다. 우리가 사는 이 시대에는 그 어떤 시대보다 많은 날조와 사건들이 있었습니다. 스페인에선 시인들을 사살했고 독일에선 처형했으며 이탈리아에서는 전멸시켜 버렸습니다. 수없이 많은 사람들을 봤습니다. 나도 여러 번 변했습니다. 기억하려 들면 나의 시들이 떠올라 습기에 젖은 책장이 들러붙듯이 기억과 시가 헷갈리기도 합니다.

『스무 편의 사랑의 시와 한 편의 절망의 노래』는 여러 번 출판했습니다. 오래도록 사랑한 연인들이 이 슬픈 책을 읽는 걸 봤습니다.

몇 세기 같던 최근 몇 년 동안 이 시들이 지닌 향기가 어떻게 유지될 수 있었을까요?

나로선 설명하기 어렵습니다.

다만 각 시의 번호를 기억하지 못한다는 말씀은 드려야겠습니다. 나는 일곱 번째 시와 아홉 번째 시가 헷갈립니다.

이 책에는 기본적으로 두 가지 사랑이 담겨 있습니다. 시골에서 보낸 청년기를 흠뻑 적신 사랑과 산티아고의 미로에서 기다리던 사랑입니다.

『스무 편의 사랑의 시와 한 편의 절망의 노래』에서는 원시적인 격정과 깊고 어두운 꿈이 대조를 이룹니다.

네 번째 시를 봅시다. 테무코에는 시골로 이어지는 긴 대로가 있습니다. 3월이었을까요? 그녀와 나는 커다란 나무 아래 있습니다. 갑자기 평야와 나무를 뒤흔드는 돌풍 때문에 우리는 서로를 껴안습니다. 웅성거림, 흔들리는 나뭇잎 소리가 가득합니다. 가을이 오려는지 바람이 우리의 마음을 흔들어 댑니다.

그게 전부입니다.

여름의 심장 속에
폭풍우 가득한 아침이다.

구름들이 이별의 하얀 손수건처럼 여행하듯
바람이 제가 지닌 여행자의 손으로 구름을 흔든다.

무수한 바람의 심장이
사랑에 빠진 우리의 침묵 위에 고동친다.

15번 시는 자연과는 조금 동떨어진, 아주 직접적이고 깊은 사랑을 얘기했던 것 같습니다. 산티아고의 여인이었지요. 5, 7, 11, 15, 17, 18번 시도 그렇습니다.

1, 2번도 그렇습니다. 6번은 목적이 있습니다. 당시에 나는 단어가 금기시되는 게 싫었습니다. 나는 새로운 내용의 시를 쓰기로 결정했습니다. 그 시에서 나는 영혼과 평온으로 운율을 맞췄지요.

나는 지난가을에 네가 어떤 존재였는지 기억한다.
너는 회색 베레모였고 평온 속의 심장이었다.
너의 눈에는 황혼의 불꽃이 싸우고 있었다.
그리고 나뭇잎들은 네 영혼의 물 위로 떨어졌다.

16번 시는 초라한 이야기를 한 것인데 나중에 스캔들이 되었습니다. 테무코에 살던 그녀는 라빈드라나트 타고르의 애독자였고 나에게 『정원사』라는 오래된 책을 보냈는데 거기엔 십자표, 밑줄, 별표에 한탄 등이 뒤섞여 있었습니다. 나는 나만의 시어를 넣어 가며 그 산문시 중에 하나를 풀어 보려고 했지요. 장난치듯이 말입니다. 그리고 그걸 책과 함께 돌려줬습니다.

1924년 5월, 나시미엔토 출판사에서 『스무 편의 사랑의 시와 한 편의 절망의 노래』를 인쇄했습니다. 에두아르도 바리오스가 나의 시를 그 출판사에 추천했지요. 그즈음 어느 날 밤, 호아킨 시푸엔테스 세풀베다와 별생각 없이 즐거운 시간을 보내다가 내가 그 시에 주석을 달지 않은 게 갑자기 기억났습니다.

나는 걱정스러워하며 호아킨 시푸엔테스에게 이튿날 나에게 그 사실을 상기해 달라고 했습니다. 함께 인쇄소에 가서 주석을 달아야 했으니까요. 호아킨은 바로 반응하더군요. "바보같이 굴지 마, 파블로. 기가 막히겠는데.《엘 메르쿠리오》에 표절이라는 기사가 뜨면 책이 잘 팔리겠어."

출판된 책은 거의 진열대에 꽂히지 않은 채 창고에 쌓여 있었습니다. 나는 의심스러운 그의 충고를 믿었습니다만, 나중엔 잊어버렸습니다. 그렇게 시간이 흘렀고 시집은 그 부분에 대한 설명이 누락되어 있었지요.

부에노스아이레스에서 새로운 판본이 출판되면서 누락된 주석을 달았습니다. 그 이후로 그렇게 출판되었습니다.

표절은 아르헨티나에서 출판된 지 몇 달 후에 뒤늦게야 문제가 됐습니다.

스무 번째 시는 테무코에 관한 것입니다. 그 시는 나에게 영향을 준 작별과 불안과 변화의 시작에 대한 시입니다.

「절망의 시」는 푸에르토사베드라에서 쓴 것입니다. 나는 강어귀의 소란과 바닷새들의 슬픈 울음소리와 하구의 고요한 바닷소리를 들으며 그 시를 썼습니다.

고백하건대 이 작품에 묘사된 느낌들은 글을 쓰던 당시에는 온전히 알지 못했던 것들입니다.

『황혼 일기』의 시도 마찬가지였습니다.

다른 느낌의 영역에서도 내 시에선 그런 일이 지속되었지요. 어쨌든 시에서는 추측해야 하는 요소들이 끼어듭니다. 그 요소들은 거의 언제나 물리적인 혹은 개인적인 느낌이거나 규정되지 않은 사건들입니다. 하지만 때로는 자기 자신을 초월해 버립니다.

나는 「페데리코 가르시아 로르카를 위한 송가」에서 그의 비극적 최후를 묘사한 바 있는데, 이제는 읽는 것조차 두렵습니다.

「나무꾼이여, 눈을 떠라」라는 시는 내가 쫓기던 시절에 쓴 시입니다. 다음은 미국인에게 들려주고 싶은 구절입니다.

> 넌 중국에
> 내리지 마라. 썩은 귤로 가득한 신하에 둘러싸인
> 돈 밝히는 장제스가 이젠 없을 테니.
> 농부들의 낫과 불꽃 튀는 화산의
> 밀림이 너희들을 기다리고 있을 것이다.

이 시는 정치적으로 읽힐 가능성이 농후합니다. 내가 이 시를 썼을 때 UPI와 AP는 오늘날 대만 지도자의 군사적 도덕적 힘의 견고함을 전 세계에 알렸지요.

하지만 나는 흥미로운 세부 사항을 얘기하는 것이니 그걸 위험하게 전개하는 일엔 신중을 기하십시오. 지배계급은 시인에 대해 잘못된 생각을 갖고 있습니다. 그들은 시인을 미지의 물속을 마술적으로 유영하는 눈먼 물고기쯤으로 이해합니다. 분명 잘못된 겁니다. 이 논리는 시인을 공동체에서 고립시키는 걸 목적으로 하고 있습니다. 민중과의 끈을 파괴하고 뿌리를 제거하여 인위적이고 연약한 모조 식물로 바꾸려는 목적을 갖고 있는 것이죠.

극빈과 추잡한 것을 마주한 젊은 시인들은 자기가 비밀리에 조종되고 있다는 것을 알지 못한 채 자신을 '작은 신', '특별한 마물' 혹은 우월한 존재라고 생각합니다. 그들은 그런 식으로 보물 같은 재능을 바닥날 때까지 써 버립니다.

시인은 작은 신도 아니고 천상의 불을 탈취한 자도 아니며 양성성이나 악의를 지닌 특별한 인간도 아닙니다. 시인은 제 일을 하는 노동자입니다. 그 노동이 다른 노동에 비해 중요하다고 할 수 없습니다. 퇴행하려는 힘에 맞서야 할 때가 아니라면 다른 일보다 위험한 것도 아닙니다.

소박해질 필요가 있습니다. 나는 소박함을 찾고, 소박함을 사랑하며, 소박함을 좇고 솔직합니다. 소박함을 믿지 않는다면, 그걸 찾지 않는다면 타인이 내게 주는 것을 받을 수도 없고 나에게 요구하는 것을 줄 수도 없을 겁니다.•

• 네루다는 이 강연회에서 『기본적인 송가』에 포함된 「보이지 않는 사람」을 낭송했다.(원주)

세 번째 강연. 1954년 1월 22일

나는 어제 발표에서 학생 연합의 이데올로기 운동인《클라리다드》에 대해 언급하지 않았습니다. 한 세대에게 중요한 잡지이자 나 또한 글을 썼던 잡지이지요. 어제 오후 토마스 라고가 그 중요한 내용을 누락한 걸 이상하게 여기더군요. 아주 중요하기에 기회를 봐서 특별히 언급하겠습니다.

나는 기억이 부드러이 흘러가도록 하면서 그 흐름을 멈추는 장애물을 만나면 꺼내 보도록 하겠습니다. 지난날 나는 내적으로나 정치적으로 혼란스럽고 격정적이었습니다. 당시의 일들과 결과에 대한 검토는 비평가들의 일이 되겠지요.

나는 그 시절에도 쉼 없이 글을 썼습니다.

1925년 나는 몽유병 같은 두 작품 『거주자와 그의 희망』과 『무한한 인간의 시도』를 출판했습니다.

두 작품 모두 전반적으로 나쁘진 않습니다. 이 작품들에는 태양처럼 번뜩이는 내용도 있고, 『무한한 인간의 시도』에는 내가 가장 좋아하는 시구들도 있으니까요.

나는 늘 그렇듯 소박하게 어느 어두운 방에 들어갔습니다. 이 두 작품은 『지상의 거처』의 어두운 대지를 날기 전의 과정과도 같습니다. 『무한한 인간의 시도』는 프랑스 시인들이 그렇듯이 마침표를 찍지 못했습니다. 그 책에 마침표도 쉼표도 없는 게 안타까울 따름입니다. 자갈 하나 없는 개울 같으니까요.

스페인어는 이런 농담에 어울리지 않는군요. 당시에 난 너무 미쳐 있어서 오자도 내버려 뒀습니다. 뭔가 의미하는 게 있을 거라고 생각해서였지요. 멍청한 짓이었습니다.

하지만 어두운 비전을 보여 주는 『지상의 거처』는 다릅니다. 『지상의 거처』엔 지하도 있고 금속과 종유석도 있습니다. 거기엔 고상한 재료들이 많습니다. 그런데 이제와 다시 읽어 보니 너무 비관적이고 고뇌에 차 있더군요. 그 책이 유통되는 걸 완전히 막지는 못했습니다만 추천하지는 않습니다. 내가 정부라면 젊은이들이 그 책을 읽는 걸 금지시킬 겁니다.

모스크바에 있을 때 시인 수르코프가 말하더군요. "삶은 투쟁이지만 죽음의 행진곡을 들려주며 군인들을 전선으로 보낼 순 없다."라고 말이죠.

사실입니다. 어두운 시는 두 가지로 설명할 수 있습니다. 하나는 사회체제의 압력으로 인해 시인이 말을 못 하는 경우입니다. 두 번째는 프랑스 상징주의 시에서 유래한 어둠의 전통입니다. 하지만 랭보는 순수하게 함축적입니다. 그의 경이로운 언어적 연금술은 언제나 내게 마술이 아니라 어느 탐험가의 재빠른 기록으로 느껴졌습니다. 보들레르는 잘 세공되고 눈부신 검은 다이아몬드 같습니다.

뒤이어 어둠의 전문가인 작고 우아한 말라르메가 등장합니다. 하지만 공고라에 비하면 말라르메는 작은 시인입니다. 공고라는 빈 성당 원형 창들의 제작자이자 얼어붙은 미로의 안내자입니다.

마찬가지로 보들레르가 보여 준 절정은 케베도의 위대함에 비하면 사소합니다.

따라서 형식주의적 어둠에 대한 해독제는 스페인 황금 세기의 위대한 시를 읽는 것입니다. 많은 시인들이 이를 발견하지 못했습니다. 나는 수 세기가 지나서야 스페인에서 처음으로 비야메디아나 백작의 잊힌 시를 출판했습니다.

침묵이여, 나는 너의 무덤에
쉰 목소리, 귀머거리 펜, 슬픈 손을 맡긴다.
부는 바람에, 모래에 쓰인
나의 고통이 헛되이 노래하지 않도록.

아름답지 않나요? 이 시를 아는 분이 있습니까? 나는 마드리드 아토차 역에 있는 낡은 서점에서 1634년 책을 발견했습니다. 그때부터 늘 가지고 다니다가 얼마 전에 다른 책들과 함께 대학에 기증했습니다. 이제 여러분도 그 책을 보실 수 있습니다. 공고라의 친구였던 비야메디아나 백작은 펠리페 4세의 명으로 살해되었습니다.

범죄의 장소인 마드리드의 마요르 광장을 지날 때면 진저리가 쳐졌습니다. 나는 그를 위해 『지상의 거처』에서 「발굴된 자」라는 시를 썼습니다.

『지상의 거처』는 1925년 칠레에서 쓰기 시작했습니다. 미얀마, 스리랑카, 자바에서도 계속 썼습니다.

이 작품에서 동양적이고 신비로운 것이 있다고 생각하는 사람도 있습니다. 하지만 그렇지 않습니다. 나는 인도에서 신지학적인 신비주의를 보지 못했습니다. 내가 알고 있는 신지학자들과 심령학 연구자들은 콜롬비아, 아르헨티나, 독일, 미국 사람들이었습니다. 당시에 인도는 누워 있는 코끼리 같았습니다. 그곳의 사원들은 내게 강한 인상을 남겼지만 그들의 가난은 비통한 일이었습니다. 그들의 가난은 볼리비아, 페루, 칠레의 극도로 지저분한 방과 누더기를 걸친 사람들을 떠올리게 했지요. 동양 사람들은 순박하고 경이로웠습니다. 세상에서 가장 아름다운 미소가 거기에 있었습니다.

과거의 인도든 오늘날의 푸에르토리코든 식민지는 늘 슬픕니다.

아메리카 식민 시대에는 반자연적이고 극적인, 인간에게 잔혹한 장면이 있습니다. 억압과 경제적 착취만이 아닙니다. 아주 사소한 삶의 구석까지 악한 분위기가 가득하고 더러운 것들로 오염되었지요.

나는 문학적으로 이국적 정취를 사랑한 적이 없으며 고고학에도 빠진 적이 없습니다.

하지만 인도의 오래된 조각상과 그림들은 너무나도 생동감 있고 감각적이며 사색적입니다. 2000년의 꿈이 그것들을 만들어낸 손의 맥박을 간직하고 있는 듯합니다.

과거도, 엄청난 파멸도 없는 우리 칠레인에게는 더욱 깊은 인상을 남깁니다.

밀림을 걸어가다가 이내 석가모니를 보게 됐습니다. 석고나 대리석으로 된 산처럼 보였습니다. 2000년 전부터 미소를 띠고 있는 그 거대한 조각상 앞에서는 누구라도 파리처럼 작게 느껴질 겁니다. 부서진 무릎 틈으로 나무가 자라고 있었습니다. 드높은 머리 뒤로는 칡넝쿨이 검은 뱀처럼 감겨 있었지요. 거기에 아름다움이 머물고 있었고 수백 년 된 지식의 눈이 우리를 바라보고 있었습니다.

하지만 도시로 돌아오니 그 고차원의 문화를 이룬 가난한 민중이 보였습니다. 한 줌의 백인이 추적하고 감금하고 짓밟은 민중 말입니다.

영국이 인도에서 그리했습니다. 세익스피어와 밀턴은 옷장에 가둬 두고 말이지요.

프랑스는 베트남에서 그리했습니다. 빅토르 위고, 로맹 롤랑, 평등, 자유, 형제애는 모두 옷장에 가둬 두고 말입니다.

당시 인도에서는 친구끼리도 서로 불신했습니다. 입상을 건설하는 사람들의 머리 위로 몽둥이가 쏟아졌지요.

나는 젊은 혁명가들과 우정을 나눴습니다. 하지만 그들이 내게 "당신이 우리와 함께 있는 건 영국인들이 당신과 함께하지 않기 때문 아닌가."라고 말할 땐 마음이 편치 않더군요.

슬픈 일입니다. 억압받는 민중 속에서 사는 일은 슬픈 일입니다.

하지만 자유는 제 길을 멈추지 않는바, 신상을 조각하는 사람들도 자유를 맞았습니다.

그즈음 몇 년 동안 나는 출구 없이 홀로 갇혀 있는 것 같았습니다. 장기간 머물렀던 스리랑카에서는 몇 주고 사람을 만나지 않은 적도 있습니다. 내겐 강아지와 몽구스가 있었습니다.

몽구스 얘기를 해 드리지요. 키플링을 읽은 사람이라면 누구든 몽구스를 갖고 싶을 겁니다. 아시겠지만, 몽구스는 독사에 맞서는 유일한 동물입니다. 주저 없이 공격하지요. 뱀의 이빨이 몽구스의 가죽에 박히고 피범벅이 되어 엉켜 싸웁니다. 하지만 늘 몽구스가 이깁니다. 인도에선 몽구스가 코브라의 독을 치유하는 풀을 알고 있다고 합니다. 인도에서는 이런 잔인한 싸움을 길거리에서 볼 수 있지요.

콜롬보에 살 때였는데, 한번은 한 농부가 한 번도 본 적 없는 짐승을 대동하고 집 앞을 지나갔습니다. 몸을 흔들며 갔는데 길고 도톰한 꼬리를 지녔더군요.

몽구스였습니다. 당시에 몽구스는 내 손만 했습니다. 혼자 살고 있던 나는 음식을 나눠 먹었습니다. 어디든 날 따라다녔지요. 잠을 잘 때면 늘 내 어깨와 목을 감쌌습니다.

몽구스가 어렸을 때, 내 몽구스를 좋아하던 동네 아이들이 어느 수렁에서 큰 뱀을 발견했습니다. 아이들은 우리 집으로 달려왔고 우리는 함께 적을 맞으러 갔습니다.

나는 몽구스를 꼭 안고 앞서 갔고 한 무리의 아이들이 뒤따랐습니다. 아이들이 입은 거라곤 팬티 한 장이 전부였습니다. 아이들은 다가올 전투에 시끌벅적했습니다.

그곳에 도착한 뒤, 내가 앞장서서 낮잠을 자고 있는 뱀에게서 멀지 않은 곳에 몽구스를 놔뒀습니다.

흥미진진한 순간이었지요. 몽구스가 뱀한테 다가갔습니다. 아마도 나뭇가지라고 생각했는지도 모르겠습니다. 그런데 갑자기 멈춰섰습니다. 그러더니 뒤로 펄쩍 뛰더니 그때까지 본 적 없는 속도로 아이들 틈을 뚫고 집으로 줄행랑을 쳤습니다. 집에 가보니 삶은 달걀을 즐거이 먹고 있더군요.

이 사건으로 인해 웰라와트에서 내 체면이 말이 아니었습니다. 웰라와트는 내가 1년 넘게 살던 바닷가 동네 이름입니다.

나는 내가 기르던 동물 두 마리를 데리고 야자수 아래를 산책하곤 했습니다. 수년이 지나면서 영국인과 원주민 친구들이 생겼지요. 그들의 삶은 계급 때문에 복잡했는데, 칠레의 계급사회를 생각나게 하더군요.

나는 그렇게 『지상의 거처』를 집필해 갔습니다. 나는 답답한 분위기에 억압되어 있었지요. 마치 동굴에 사는 것 같았습니다. 하지만 이 작품을 통해 나만의 스타일에 접근하게 되었습니다.

하지만 그 스타일은 머잖아 버리게 되었습니다. 나는 책을 쓸 때마다 형식과 의미를 매번 대체하고 재구성했습니다. 내가 네루다의 가장 큰 적인 셈입니다. 내가 책을 펴낼 때마다 어떻게 네루다를 파괴할 수 있었을까요.

작품 하나하나는 내게 아주 중요합니다. 각각의 작품은 하나의 탄생이고 그 자체로 완전하지요. 올해 출판할 두 작품에 대해 말씀드리겠습니다. 한 작품은 『포도와 바람』입니다. 며칠 내로 출판될 예정입니다. 곧 만나게 되실 겁니다. 이 작품은 기존에 내가 쓴 작품과 완전히 다릅니다. 아주 마음에 듭니다. 하지만 지금 쓰고 있고 6월에 출판될 작품이 더 마음에 듭니다. 제목이 『기본적인 송가』입니다. 이 작품은 다른 모든 작품과 다릅니다. 즐거움과 소박함으로 가득한, 모두를 위한 작품입니다.

젊었을 땐 대계(大界)의 시에 매력을 느꼈습니다. 『무한한 인간의 시도』는 우주에 대한 장황한 설명의 씨앗이었습니다.

이 재갈 벗겨진 야망은 아메리카 시에서 흔히 보이는 일입니다. 그로 인해 크건 작건 재능 있는 시인들을 많이 잃었지요. 그 야망은 남미의, 신생국의 병입니다.

문화의 시대가 부지중에 불태워지고 시적 작업이 환영으로 간주되어 시의 토대가 일그러지고 있습니다.

라틴아메리카의 모든 시인이 『파우스트』를 썼다면 좋았겠지요. 하지만 그 모든 중세의 퇴적물이자 지식과 과학의 발아인 『파우스트』는 수 세기에 걸친 인내와 신중함, 지성과의 친밀함이 표현된 것입니다. 낭만주의자들이 "천재적"이라는 표현을 사용하지만, 천재적인 음악, 천재적인 시, 천재적인 과학적 발견이란 없습니다.

많은 이들이 자신에 대한 잘못된 이미지로 다른 사람을 설득하려는 쓸데없는 모험에서 길을 잃었습니다.

더욱이 테마에 대한 야망은 피상성을 드러내는 일입니다.

특히 젊은이들이 이 말을 새겨야 할 것입니다.

나는 대가로 인정받으려 하지 않았습니다. 나는 누구든 자신의 길을 찾아야 한다고 생각합니다. 하지만 반드시 알아야 할 위험과 기본적인 것은 있는 법입니다.

먼저, 시인은 다른 사람들의 삶이 없다면 무용한 존재일 것입니다. 시인을 노래하게 하는 것은 삶이고 행동이고 인간 사회의 개혁입니다. 꿈, 신화, 몽환, 마술. 이 모든 말들은 불량배들의 잡화점입니다. 시에는 그 어떤 미스터리도 없습니다. 오히려 매일 먹는 빵이 더 미스터리지요. 하지만 빵을 굽는 사람은 자신에게 중요성을 부여하지 않습니다. 시인들은 자신의 책무를 이해하지 못하고 다른 사람들과 함께 투쟁하려 하지 않을 때, 운명과 종이로 만든 왕관을 창조합니다.

어제 나는 시는 노동이고 시인은 노동자라고 했습니다.

내가 알고 있는 걸출한 시인이자 훌륭한 현자인 폴 엘뤼아르가 언젠가 이렇게 나에게 말했습니다. "우리는 질(質)을 맹목적으로 숭배했어. 우리는 사물을 현실화하고 양(量)에, 노동에 가치를 부여해야 해." 그날 우리는 파블로 피카소의 작품을 계산해 봤습니다.(벌써 3년 전입니다. 안타깝게도 폴 엘뤼아르는 세상에 없습니다.) 종이와 연필을 들고 그림, 조각품, 판화, 도기류, 세공된 돌들, 석판화, 문학 작품들을 세어 봤습니다. 셀 수 없이 많더군요.

빅토르 위고는 어떨까요? 건지섬에 살던 그는 분명히 헤아릴 수 없는 영원성과 소통하고 있다고 믿었을 것입니다. 하지만 그를 구원한 건 그게 아니라 신앙심과 시와 투쟁과 고통과 사랑과 더불어 만들어 낸 매일의 빵과 무한한 그의 작품입니다.

스페인에서 『지상의 거처』를 두 권으로 출판했습니다. 그때만큼 큰 형제애를 느껴 본 적이 없습니다. 우리는 전쟁이 시가 나아가는 길에 잔인한 공허함을 남길 줄 몰랐습니다. 스페인의 시인들은 지금

살해되었거나 떠돌이가 되고 말았습니다. 그들에게 이보다 큰 고통은 없을 겁니다.

나는 기회주의적이고 잔인한 스페인의 파시즘과 전쟁을 해 왔고 지금도 하고 있습니다. 이 자리가 정치적 발언을 하기에는 적절하지 않다는 것을 알고 있습니다. 하지만 나에겐 중대한 일이며 나의 싸움이자 무의식중에 나를 건드리는 상처들입니다. 나는 페데리코 가르시아 로르카의 죽음을 잊을 수 없습니다. 그를 사랑한 사람에겐 있을 수 없는 일입니다. 창조적 시의 화신이었던 그 눈부신 존재와 가까이 있었던 사람에게는 있을 수 없는 일입니다.

스페인 내전이 발발하기 전만 하더라도 스페인은 거대한 시의 공작소였습니다. 알베르티, 페데리코, 알레익산드레, 미겔 에르난데스를 비롯해 수많은 시인이 있었지요.

우리는 충만한 기쁨의 시대를 살았습니다. 페데리코는 공연장을 이리저리 뛰어다녔습니다. 그는 연극에 대한 걱정뿐이었습니다. 하지만 그에 대한 나의 마지막 기억은 상처받은 사랑에 대한 소네트 혹은 그라나다로 떠나기 전에 마누엘 알토라기레의 집에서 읽어 준 유사한 제목의 소네트였습니다. 그는 나 외에는 누구도 듣지 않기를 바랐습니다. 그래서 외진 모퉁이로 갔지요. 그곳에서 그는 속삭이듯 소네트를 낭송했습니다. 그 아름답고 풍요로운 소네트들은 잘 익은 포도송이 같았지요. 하지만 출판되는 걸 보지는 못했습니다. 그 소네트들을 어찌할까요.

알베르티는 향기롭고 투명하고 바다 향 나는 자신의 시를 스페인 전역에 흩뿌렸습니다. 알레익산드레는 진중하게 작업을 했습니다. 미겔 에르난데스는 땅을 뚫고 나오듯 최근에 머리를 내밀었습니다. 후안 라몬 히메네스와 안토니오 마차도는 가장 중요한 시인으로 인정받고 있습니다. 하지만 살리나스와 기옌의 세대가 후안 라몬 히메네스의 지적 영향력을 경험했다면, 나의 스페인 동료들인 알베르티나 로르카 등은 마차도가 진정한 시인임을 알아봤지요. 히메네스는 유럽 시인이고자 했습니다. 스페인판 발레리, 추상파 시인 말입니다. 으스스한 낭만주의의 낡은 특성들, 그의 초기 작품에 드러난 색과 향은 사라졌습니다. 바짝 말라서 피를 쏟았습니다. 이제 더 이상 노래하지 않습니다. 생각하는 시인, 하지만 노래하지 않는 시인은 길을 잃은 것입니다. 나는 시의 특성을 노래라고 하지 않고 시의 자연스러운 조건, 형식과 의미를 불러일으키는 움직임을 노래라고 합니다. 노래가 없다면 시는 없습니다.

1935년 『지상의 거처』가 마드리드에서 두 권으로 출판되었습니다. 크루스이라야 출판사에서 호세 베르가민이 출판했지요.

내 시는 오래전부터 스페인에 알려져 있었습니다. 인도에 살 때 알베르티로부터 편지가 왔습니다. 내게 시를 청했지요. 스페인 시인들은 『지상의 거처』 예닐곱 부를 복사했습니다. 그들의 시와 너무나도 다른 나의 시가 어디가 좋았는지 모르겠습니다. 스페인의 시는 여전히 고전적이고 여전히 오랜 크리스털을 깎아 내고 있지요. 알베르티는 18세기 시인처럼 귀중한 가치를 지닌 고전주의자입니다. 당시에는 에레라처럼 '신성한' 시인들이 있었습니다. 우리는 완전하고 순수한 시인을 그렇게 불렀습니다. 스페인에서는 안달루시아 시인의 영향으로 이 경향이 지속되었습니다.

페데리코 가르시아 로르카는 특별한 재능을 지닌 시인이었습니다. 그는 자신의 시에, 자신의 마지막 시에 훨씬 폭넓은 비전을, 말하자면 훨씬 '아메리카적'인 삶의 비전을 부여함으로써 그 은총을 깨려고 했습니다.

가르시아 로르카의 중요성을 정확히 알기는 어렵습니다. 그는 작품을 쓰기 시작한 지 얼마 되지 않아 살해되고 말았습니다. 그는 놀라운 발명의 재능을 지니고 있었습니다. 그는 스페인의 현대판 로페 데 베가가 되었을 겁니다. 사회적인 시에도 들어갔겠지요.

페데리코는 내 시를 즐겨 읽었습니다. 때로는 이렇게 말했습니다. "당신의 시를 읽지 말아야겠어요. 내게 영향을 주니까요." 개인적으로 그는 응석받이 아이 같았습니다. 변덕스럽고 창조적인 환상으로 가득한 아이 말입니다. 그에게 화를 낸다는 건 불가능했습니다.

하지만 언젠가 사이가 벌어진 날이 있었습니다. 그가 「예르마」를 연출하고 있었을 때입니다. 그는 아주 까다로운 감독이었습니다. 기꺼워하던 평소의 모습은 사라졌습니다. 그의 지휘로 스페인 무대는 완전히 변해 버렸습니다. 그는 연극의 스타일과 운명을 영원히 바꿔 버렸습니다. 누군가 내 이름으로 그에게 전화를 했습니다. 나는 모르고 있었죠. 그는 자기 집에 무슨 일이 일어났다고 생각했습니다. 그러면서 내가 하지도 않은 농담을 했다고 따졌죠.

그가 나를 비난해 나는 거세게 항의했습니다. 아주 엄하게 말입니다. 그리고 사람들 앞에서 그에게 다시는 내게 말을 걸지 말라고 했습니다.

그날 우리는 아주 늦게 저녁을 먹으러 루나 거리에 있는 파스쿠알의 식당으로 갔습니다. 우리가 자주 가던 일반 식당이었죠.

그곳에서 누군가 얘기를 나누고 있는데 누군가 어깨를 두드리더군요. 페데리코였습니다. 나는 말을 섞지 않으려고 고개를 돌렸습니다. 심각하게 그런 건 아닙니다. 하지만 조금은 그의 기고만장한 태도가 맘에 들지 않았지요.

그러자 다시 내 어깨를 두드리더군요. 나는 고개를 돌려 그를 봤습니다.

“이것 좀 봐요”라고 내게 말하더군요.

그가 천천히 손수건을 꺼내더니 마술사처럼 손수건을 펴더군요. 그러고는 손수건을 들어 나와 내 친구들에게 보여 줬습니다. 그러고는 바닥에 조심스럽게 놓더군요. 그러더니 손수건 위로 무릎을 꿇더니 후회하고 있다는 표정으로 나를 보더군요.

어떻게 할 재간이 없었습니다. 그의 매력은 저항할 수 없을 정도였지요. 나는 그를 바닥에서 일으켜 세웠습니다. 그리고 더 이상 갈라지는 일은 없었습니다.

하지만 스페인 시의 청년기에서 가장 흥미로운 인물은 미겔 에르난데스였습니다. 언젠가 오리우엘라의 목동의 비극적 삶에 대해서 말한 적이 있지요. 나는 그를 내 자식처럼 생각합니다.

그는 고향을 떠나 곧바로 내 집으로 왔습니다. 그는 염소 치는 목동이었고 농부의 얼굴처럼 주름이 가득했지요. 그는 나를 위해 나무로 올라가 나이팅게일이 지저귀는 소리를 흉내 내곤 했습니다.

그는 무한한 언어의 능력을 지닌, 내가 아는 시인 중에 가장 풍요로운 시인이었습니다. 또한 자신의 위대함을 온전히 드러내지 못하고 죽은 시인이기도 합니다.

나는 그에 대한 글을 여러 번 썼습니다. 내 마음속엔 아직도 그의 순교가 남아 있습니다. 여기 계신 여러분은 나의 정치적 이데올로기를 아실 겁니다. 오늘 대화에서는 우리를 나누는 일은 피하도록 하겠습니다. 우리는 민중이 원하지 않는데 인간에게 강요된 아무도 없는 땅, 그 빈 곳을 채울 필요를 매일 느낍니다. 우리는 공통의 이익을 확대하기 위해 애써야 하며 우리 모두가 필요로 하는 이해의 길을 열도록 애써야 합니다.

하지만 내가 여러분께 얘기하고 있는 삶에는 가시처럼 깊이 박힌 것들이 있기 마련이고 나는 그 가시들에 대해 얘기하지 않을 수 없습니다. 나는 양심과 이성을 다해 그 어려운 삶을 살았습니다.

미겔 에르난데스의 죽음은 페데리코 가르시아 로르카의 죽음과 다릅니다. 페데리코의 처형은 내전 초기에 발생했고, 두 당파에서 통제되지 않은 잔인함이 발생할 수 있었던 시기였습니다. 하지만 미겔 에르난데스의 죽음은 어떻게 이해해야 할까요? 그는 이제 겨우 이름이 알려진 젊은 시인이었습니다. 정치에서도 내전에서도 별 의미가 없었습니다. 그는 위대한 민중 시인이었고 노동자의 아들로서 노동자들과 전쟁을 지속했습니다.

전쟁이 끝날 즈음에 교수형에 처해졌지만 우리는 그를 살려 낼 수 있었습니다. 자유의 몸이 되어 아내와 아들과 함께 칠레로 건너오려던 순간, 그는 다시 투옥됐습니다. 그리고 수년 동안의 수감 생활 끝에 결국 사망하고 말았습니다. 그는 자유가 아니면 살 수 없었으니까요.

가르시아 로르카의 처형이 계획적이지 않았다는 것을 입증할 시간이 있었습니다. 하지만 그를 죽인 자들은 스페인에서 시의 왕좌를 물려받은 그의 단말마를 7년이나 끌었습니다.

이제 삼행시가 쌓여 스페인에서 책 한 권이 나오는데, 그 시들은 살아 있는 미겔 에르난데스가 그를 죽인 자들과 함께 있으리라는 내용입니다.

너무 멀리 갔네요.

그러면 안 되는데. 왜냐하면 이 시는 정치적 의무로 지은 게 아니라 마음의 의무로 지은 시이기 때문입니다. 다음은 『모두의 노래』에 실린 「스페인 교도소에서 살해된 미겔 에르난데스에게」라는 시입니다.

너는 레반테에서 곧장 날 찾아왔지. 염소치기이던 너는
내게 가져왔지, 너의 주름진 무구함을
낡은 스콜라철학 책을
프라이 루이스의 냄새를, 밀감화 냄새를, 산에서 태워진
똥 냄새를. 그리고 너의 가면에는
추수한 귀리의 떫은 알곡과
너의 눈으로 세상을 가늠한 꿀이 있었지.

또한 너의 입에는 나이팅게일이 있었지.
오렌지색이 박힌 나이팅게일, 벌거벗겨진 힘으로
부르는 더럽힐 수 없는 노래의 실.
아, 청년이여, 빛 속에서 불꽃이 일었고
너는 나이팅게일과 총과 더불어
전투의 해와 달 아래를 걸었네.

아들아, 너는 알리라, 내가 아무것도 할 수 없음을,
내게는 네가 모든 시의 파란 불임을 너는 알리라.
오늘 이 땅에 내 얼굴을 대고 너를 듣는다,
너를 듣는다, 피, 음악, 죽어 가는 벌집 소리를.

여러 해가 지나 새로 출판한 책인 『포도와 바람』의 네 번째 시를

그를 위해 썼습니다. 제목은 「잃어버린 목동」입니다.

미겔 에르난데스와 페데리코 가르시아 로르카에 대한 고통은 내게 두 가지 의무를 지웠습니다. 그 의무로 인해 스페인에서부터 나의 시에 변화가 있었습니다. 나의 사회적 시의 뿌리가 초기 작품에 있는 건 사실입니다. 그리고 아마도 나는 그 운명을 피하지 못할 것입니다. 사회적 시는 인간적인 것을 확장하고 심화하는 것입니다. 하지만 시인들의 비극적 죽음은 나의 양심을 깨우는 고통스러운 충격이었습니다.

이것이 첫 번째 이유입니다.

두 번째 이유는 우정입니다. 이들은 내게 필요한 형제애를 보여 준 친구였습니다.

우정은 시인들에게 훌륭한 그릇입니다. 내게 우정은 남부적 의미를 지닌 강하고 지속적인 것입니다. 나는 친구를 잃은 적이 없습니다. 죽음만이 우정을 빼앗았지요.

34년 전처럼 나는 책에 대한 얘기는 없이 토마스 라고와 산티아고의 길들을 걷습니다. 우리는 함께 『반지』라는 책을 냈지요. 그 책에는 그의 독특한 시들이 실려 있습니다. 대지에 대한 사랑으로 그는 킨차말리에 땅과 농기구를 샀습니다. 오늘날 그는 칠레에서 가장 아름다운 박물관으로부터 매일 우리 민중의 감동적인 예술적 창작 속에서 산맥을 바라보고 있습니다.

루벤 아소카르도 거기에 있습니다. 그는 비극적 테마로 칠레에서 쓰인 가장 훌륭한 작품을 쓴 섬에서 돌아왔습니다. 우리들은 거의 매일 오후에 함께하면서 30년 전과 마찬가지로 웃으며 지내고 있지요.

나의 대부인 후벤시오 바예와 함께하면 말을 할 필요가 없습니다. 그와 함께 있으면 몇 시간이고 고요하게 있을 수 있습니다. 스페인에 있을 때 그는 "후벤시오 묵언"이라고 불렸습니다.

내가 여러 종류의 일을 하고 다니고 시를 쓰기 위해 숨어 버리니, 나와 얘기하려면 내가 어디에 있는지 30년 전과 마찬가지로 오메로 아르세에게 물어봐야 할 겁니다.

하지만 아직도 적대적인 관계도 있지요.

비센테 우이도브로는 나와 옥신각신하면서 출판에서도 다른 사건들에 대해서도 늘 나와 적대적인 관계를 유지하고 있습니다.

시에 있어서 전제주의 같은 데가 있는 사람이지만, 이제 그의 적대성도 끝나고 시만 남았습니다. 이제 시를 통해 빛을 발하길 바랍니다.

집요하고 현란한 잡지들이 나를 따라다니며 어린 시절부터 나를 장식한 적대적 관계도 있습니다.

흥미롭게도 이런 적대성은 칼라브리아의 산악 지대에서 그렇듯, 아버지에서 아들, 처남, 조카까지 이어집니다. 조카들은 갈수록 작은 잡지를 만들고 있지요. 그들은 미친 듯이 그걸 즐겨야 합니다. 나는 내 방식대로 더욱 풍요롭고, 더욱 공을 들이고, 더욱 긴 작품을 쓰는 것으로 거기에 화답합니다.

나는 나를 고귀하고 안전한 모델이라고 생각하지 않습니다. 전혀 그렇지 않아요.

하지만 시인을 비난하는 글을 쓰진 않았습니다.

나는 더욱 큰 적을, 시의 적을, 삶의 적을 선택했습니다.

세상에는 모든 시인을 위한 자리가 있다고 생각합니다.

언젠가 이런 말을 했습니다. 코끼리가 시인보다 훨씬 크기는 하지만 모든 시인을 위한 자리는 있다고 말입니다. 이 말에 어떤 반응이 있었는지 여러분도 기억하실 겁니다. "이 문장은 파블로 네루다가 코끼리 콤플렉스가 있다는 것을 의미한다."

코끼리 콤플렉스가 뭔지 잘 모르겠지만, 그 모든 잔혹한 혹평을 짊어져야겠지요. 하지만 나는 그 혹평을 견딜 수 있는 코끼리 같은 힘이 있습니다.

비평가들을 말하는 게 아닙니다. 일반적으로 비평은 존재하지 않습니다. 비평은 사멸해 가는 장르지요.

나는 단순하고 창조적인 비평을 좋아합니다. 하지만 그런 비평은 갈수록 보기 어렵죠. 묵시록적으로 말하는 비평가들도 있습니다. 그들은 자신만의 정치, 제 당파의 정치, 제 가족의 정치, 사치 클럽의 정치, 농업 회의 정치를 만들며 살고 있습니다. 맘에 들지 않습니다.

마르크스주의자를 표방하는 비평가들도 있는데, 그들은 무뚝뚝하고 버겁습니다. 그들의 말에는 동의하지만 맘에 들진 않습니다.

하지만 어떻게 하면 머리카락을 네 가닥으로 자를지 고민하는 지나치게 지적인 비평가들은 더욱 싫습니다. 짧은 시에 대한 그들의 복잡한 비평을 읽노라면 상자 안에 상자가 있는 형국입니다. 그지없이 지루합니다. 마지막 상자를 열어 봐도 아무것도 없으니까요.

나는 지금 비평에 찬사를 보내는 것도 공격을 하는 것도 아닙니다. 비평이 지닌 이해의 결핍, 휴머니즘의 결핍을 말하는 겁니다. 휴머니티에서 휴머니즘이라는 말이 왔겠지요. 물론 휴머니즘이 휴머니티에서 왔겠지만 휴머니티란 휴먼에서 온 말입니다.

얼마 전에 비인간적인 비평가들에 대해 다음과 같은 시를 썼습니다.

(원문에서 누락되어 있음)

시인의 일은 정교한 작업입니다. 표현되지 않은 많은 의미를 표현해야 하니까요. 시인 스스로 노련한 코러스가 되어야 합니다. 많은 사람들이 느꼈지만 표현하지 못한 것을 소리 내어 확언해야 하는 일이니까요. 시인의 일은 뱃사공의 일과 비슷합니다. 자신의 배를 이끌어야 하고 방향을 잃지 않고 조류에 맡길 줄도 알아야 하지요. 그 조류는 인간적 감각의 조류이자 시대적 방향의 조류이며 목표물을 시야에서 놓치지 않고 우리를 나아가게 해 주는 리듬의 조류입니다.

나는 시가 모든 것에 저항한다는 것으로 이야기를 시작했습니다. 이제 시인을 현실에서 괴리시키려는 복합적인 영향에 시가 어떻게 저항해야 하는지 이야기하는 것으로 마치겠습니다. 만약 시인이 제 시의 탁월함을 믿고 혼자서 외로이 견디려 한다면, 제 가난한 자긍심을 걸치고 왕좌에 앉게 되겠지요.

저항은 오직 인간적인 것으로의 회귀, 그 어렵고 단순한 것을 의미합니다. 최소한 이것이 나의 길입니다. 다른 길이 있을까요? 여러분에게 말했듯 나는 경계 지대에서 왔습니다. 여러분은 이미 자연과 인간, 그리고 나와 더불어 성장한 삶들을 알고 있습니다. 내가 순박한 사람이 아니라면, 내가 순박한 시인에 대해 얘기하지 않는다면, 내 시의 토대를 배신하는 일이 될 겁니다.

다음 시에 내가 생각하는 모든 것이 담겨 있습니다.

(「소박한 사람을 기리는 노래」를 낭송한 것이 확실하다.)

다섯 번째이자 마지막 강연. 1954년 1월 24일.

어제까지 진행했던 발표에서 나는 사람들과 사건들을 언급하면서 내 시의 표현들과 함께했습니다. 이 자리에선 여러분에게 나의 시에 직접적으로 관련된 것들에 대해서만 얘기하도록 하겠습니다. 이 마지막 발표는 너무나도 위신 떨어지는 말이 되어 버린 시 낭송회가 될 것입니다.

위신 떨어진다고 말하긴 했지만 나는 그렇게 생각하지 않습니다.

시 낭송자는 근대 세계의 영웅들입니다. 그 영웅들은 약하든 강하든, 소리가 크든 작든 준비된 사람들입니다. 하지만 그들에겐 가장 오래된 전통, 즉 말로 발화되는 시의 전통이 지속되고 있지요.

시 낭송은 근대 연극보다는 위대한 그리스 연극의 유산을 많이 물려받았다고 할 수 있습니다.

나는 시 한 편이 언제 끝나는 것인지 자문해 보곤 했습니다. 누군가 시를 써서 원고를 읽는 것이라고 하기에는 뭔가 부족합니다. 시를 기계로 인쇄한다면 훨씬 잘 끝맺음 된 거겠죠. 하지만 뭔가 부족합니다. 시가 잡지에 발표된다고 하면 그제야 완성된 것 같지요. 그럼에도 늘 뭔가 부족합니다.

그리하여 책이 출판됩니다. 이제야 끝났다고 할 수 있겠죠. 이제 시인은 자신이 쓴 시를 영원히 망각해도 됩니다. 이제 그 시에서 멀어지는 겁니다. 책에 실린 시는 마치 죽은 시와 같습니다.

그럴 때 시가 낭송되는 걸 듣습니다. 누군가 큰 소리로 낭송하지요. 잘할 수도, 못할 수도 있습니다. 하지만 인간의 목소리는 시에 의미를 부여하고 새로이 살아나게 만듭니다.

그제야 시는 완성됩니다.

모든 시는 큰 소리로 읽으라고 만들어집니다. 입술로 글자를 느껴야 합니다. 모음이 소리가 나야 합니다. 책 속의 맥없는 시행이 소리로 살아나게 해야 합니다.

그래야만 시 속의 살아 있는 요소가, 그 의미와 그 안에 감춰진 소리가 리듬의 잔속에서 일어납니다.

리듬은 시가 지닌 고유의 법칙입니다. 리듬은 시의 옷일 뿐만 아니라 시라는 몸 안에서 순환하는 혈액과 같습니다.

시를 읽을 때는 리듬에 내맡겨야 합니다. 그러면 시가 조류처럼 강해지면서 듣는 사람의 몸을 일으킵니다.

그 리듬의 선을 찾아야 합니다. 그리고 그 리듬의 선을 따라가야 합니다. 그 리듬의 선이 내용의 문으로 이끌고 열어 주니까요. 시의 미로에서 자물쇠로 이어 주는 게 그 선입니다.

나는 사람들이 시를 읽을 때 마지막 행과 다음 행을 결합하는 경향이 있다는 걸 알고 있습니다. 좋지 않은 겁니다. 한 행이 끝나면 쉬어야 합니다. 마침표 뒤에 오는 쉼처럼 길지도 않고 연과 연을 구분하는 쉼처럼 길지도 않습니다. 그렇다고 그 쉼이 늘 같은 것도 아닙니다. 한 행의 마지막 리듬의 선이 끝나면 새로운 리듬의 물결이 올 것에 대한 망설임 속에서, 작은 떨림 속에서 멈춰야 합니다.

하지만 시는 코러스 속에서 제 표현을 이뤄 냅니다. 시의 최고의 열망은 수많은 목소리를 통해 행복해지는 것입니다. 시인은 그 자체로 코러스이며, 자신의 작품에 숨겨진 수많은 존재들을 표현합니다. 이 숨겨진 존재들은 시의 충만함 속에서 나타나게 되지요. 이상적인 시란 한순간에 이 땅 위에 있는 사람들의 총체성을 말할 수 있는 시일 것입니다. 그 총체성은 평화일 겁니다.•

• 이 글은 낭송회의 도입부이며, 낭송회를 끝으로 그의 삶과 시에 대한 강연회는 종료된다. 네루다는 강연회장 입구에서 참석자들에게 「공기를 기리는 노래」의 사본을 나눠 줌으로써 그 시를 모두가 읽을 수 있게 했다. 민속학자인 마르고트 로욜라가 네루다와 함께했다. 그는 마푸체족의 민속 악기인 트루트루카와 기타를 들고 있었다. 배우인 마리아 말루엔다와 로베르토 파라다도 자리를 함께했다. 낭송회는 마르고트 로욜라의 마푸체족의 사랑 노래

미지의 인물, 파블로 네루다•

우리 인간들은 서로를 잘 모릅니다. 여러분은 궁금해하며 내 목소리를 듣고 있고 나는 여러분과 얘기를 시작하려니 긴장됩니다. 내 목소리는 밖에서, 길거리에서, 밤에서 들려옵니다. 이 목소리는 갑자기 들이친 난입자의 목소리입니다. 여러분은 조금 전에 직장에서, 사무실에서, 식당에서 나와서 아마도 침대로, 이불 속으로 들어갔겠지요. 그리고 청하지도 않았는데 갑작스레 내 목소리를 듣고 있습니다. 마술처럼 말이지요. 그런데 겁이 납니다. 사랑에 대해 얘기하자니 당신이 나보다 더 운이 따랐을 것 같고, 당신이 행복하다면 내 말과 시는 필요치 않을 테니 말입니다. 이제 나는 당신에게 나의 고통에 대해 얘기할 겁니다. 아픔에 대해 당신이 나보다 많이 알고 있을 수도 있어요. 그러면 쓸데없는 내 말을 잘라도 됩니다. 나는 내 목소리와 더불어 허공에서 춤을 추겠지요.

우리는 몇 안 되는 남자, 여자, 노인, 청년을 알고 있습니다. 사람들은 나의 어두운 혹은 밝은 부분을, 진실된 부분이나 거짓된 부분을, 나의 개성과 나의 삶에 대해 알고 있습니다. 나는 아무것도 숨기

로 시작했다. 노래가 끝나자 네루다가 『모두의 노래』에 실린 「선수상(船首像)」을 낭송했다. 뒤이어 기타 선율을 배경으로 네루다와 배우들이 「땅에 떨어진 밤을 기리는 노래」, 「대지의 풍요를 기리는 노래」, 「한밤의 시계를 기리는 노래」, 「양파를 기리는 노래」, 「호세 미겔 카레라」를 낭송했다.(원주)

• 서두에서 밝히고 있듯이 이 글은 라디오로 방송된 내용이다.

려 하지 않았습니다. 내가 어떤 사람인지, 내가 뭘 생각하는지도 말입니다. 그런데 좋은 친구들은 머리부터 발끝까지 좋은 그림을 그려 누군가에게 건네줍니다. 그러면 적들이 나타나서 나쁜 그림으로 채워 버리죠. 옷과 신발을 새까맣게 그리는 것도 모자라 혀도 새까맣게 만들어 버립니다.

남자, 여자, 작은 칠레인, 큰 칠레인, 가난한 사람, 부자인 사람, 뚱뚱한 사람, 마른 사람, 어떤 유형에 어떤 나이대의 칠레인이건 여러분들과 관련해서 수년 전부터 나는 뚱뚱한 사람, 마른 사람, 가난한 사람, 부자인 사람, 백인, 흑인, 대표적인 칠레인, 보통 칠레인을 모두 아우르는 복합적인 존재가 되고자 했습니다. 나는 어떤 것도 구별하지 않고자 했습니다. 만약 누군가 나를 구별 짓고자 했다면 그건 내가 기고만장한 사람이라거나 겸허한 사람이라서가 아니라 그저 평범한 사람이라서, 수많은 사람 중 한 명이라서 그랬을 겁니다.

하지만 그 수많은 사람이 나에게는 칠레이며 그들이 세상에서 제일가는 사람들입니다.

40년 전에 테무코에서 손에 시를 들고 왔을 때는 그렇게 생각하지 못했습니다.

시간이 흐르면서 뒤로 밀려났던 것들이 유행하고 있었습니다. 그리고 당시에 유행하던 것들을 내가 뒤로 밀어내는 데 기여한 것 같습니다.

첫 번째 유행은 시인이 스스로를 우월한 존재로, 다른 사람보다 장대하고 넓은 존재로 믿었다는 겁니다. 시인들은 초인간적이고, 천재적이며 미스터리하다고 믿었지요. 그들 중 한 사람은 이렇게 썼습니다. "시인은 작은 신이다." 초자연적인 악마 역할을 한 시인들도 있었습니다. 그들은 황혼이 오자 사라져 버렸고 때로는 흥미롭게 보이려고 자신을 모욕했습니다.

이런 허구적 우월성이 유행이었습니다. 나는 그게 싫어서 아주 단순한 길을 찾았습니다. 내가 세상 사람들과 같지 않을지도 모르지만, 적어도 그렇게 되도록 노력했습니다.

바로 이 충돌이 내 시에서 나타납니다. 글을 읽는 자들, 글을 쓰는 자들, 현자이거나 현자라고 믿는 자들, 좋든 싫든 지식인으로 불리는 자들이 존재하는 혹은 존재하지 않는 방식 말입니다.

나는 약간은 귀에 거슬릴 수 있는 풍자적인 시를 쓴 적이 있는데, 진실은 귀에 거슬리는 법이죠.

때때로 그리고 멀리서
무덤의 목욕을 해야 한다.

분명히 모든 게 좋다
모든 게 안 좋다, 분명히.

행인들이 오고 가고
아이들과 길들이 커 간다,
마침내 우리는 기타를 산다
가게에서 혼자 울고 있던.

모든 게 괜찮다, 모든 게 안 좋다.

잔들이 채워지고 다시

자연스럽게 비워진다
새벽이면 가끔씩
미스터리하게 죽는다.

잔들과 그 잔들을 마시는 사람들.

우리는 너무나도 성장하여 이제
이웃에게 인사도 하지 않는다.
너무나도 많은 여자들이 우릴 사랑하여
어찌해야 할지 모른다.

너무나 아름다운 옷을 입고 있는 우리들!
너무나 중요한 의견들!

나는 노란 남자를 알았다
오렌지색으로 성장한
그리고 금발 남자의 옷을 입은 흑인을 알았다.

너무나도 많은 것이 보였다.

나는 축제를 즐기는 도둑들을 봤다
죄 없는 신사들을 위해,
이건 영어로 이뤄진 일이다.
그리고 나는 고결한 사람들을 봤다, 굶주림에
쓰레기통에서 빵을 찾는.

나는 안다, 아무도 날 믿지 않음을
그러나 내 눈으로 똑똑히 봤다.

무덤의 목욕을 해야 한다
그리고 닫힌 땅에서
저 위로 자긍심을 바라봐야 한다

그러면 가늠하는 걸 배울 것이다
말하는 걸 배우고 존재하는 걸 배울 것이다.
아마도 아주 미치진 않을 것이다
아마도 아주 제정신도 아닐 것이다.
우리는 죽음을 배울 것이다.
흙이 되는 것도, 눈이 없는 것도,
이름이 망각되는 것도.

문에 들어차지 않을 정도로
위대한 시인들이 있다.
가난을 기억하지 못하는
재빠른 사업가들도 있다.

양파의 눈에 들어가지 못하는
여자들도 있다
너무나도 많은 것들이 있다, 너무나도 많은 것들이
지금은 그렇지만 앞으로는 그렇지 않을 것이다.

원하신다면 내 말을 믿지 마시라.

난 그저 당신들에게 뭔가를 보여 주려 했을 뿐이다.

나는 삶의 선생이다
방랑하는 죽음의 학생이다
내가 아는 게 당신들에게 무용하다면
나는 아무 말도 하지 않은 게 아니라 모든 걸 얘기한 것이다.

—「너무 높지 않은」, 『에스트라바가리오』

1921년에는 파리가 유행했습니다. 시인들, 화가들, 예술가들이 파리에 왔거나 파리로 떠났지요. 칠레에서 사는 건 예쁘지도 우아하지도 않았습니다. 칠레에서 사는 건 바보 같은 일이었죠.

그들에게 칠레는 추했습니다. 비가 많이 오거나 먼지투성이였습니다. 칠레는 슬프고 지루했습니다. 당시에 한 걸출한 여성 시인이 어느 모임에서 이렇게 말했습니다. "세상을 관장(灌腸)해야 한다면, 칠레의 어느 곳을 해야 할 겁니다." 이 우스운 문장은 중대한 내용을 감추고 있습니다. 그 안에는 반민중적이고 세계주의적인 멸시가 들어 있습니다. 나는 그에 동의하지 않았지요.

당시엔 우리나라를 비롯해 다른 나라에서도 많은 작가들이 프랑스어로 글을 썼습니다. 우리의 언어가 프랑스어여서가 아니라 칠레라는 저개발 지역의 언어였기 때문입니다.

(……)

나를 천재 시인으로 생각지 않길 바랍니다. 다른 시인들은 어둡고 나는 밝다고 생각하지 마세요. 다른 시인들은 나쁘고 나는 좋은 시인이라고도 생각하지 마세요. 절대 그렇지 않습니다. 나는 지금 편애에 관해 얘기하는 겁니다. 우리는 그렇게 되고 싶어 합니다. 당시에 그 유행은 경쟁과 적대심을 낳았습니다. 나는 젊었을 때부터 그걸 거부했습니다. 자신을 천재라고 표방하면서 다른 시인들을 바보라고 했던 작가도 있습니다. 나는 그런 격렬한 싸움을 피했습니다. 혹자는 그 논쟁의 중심에 내가 있었다고 했고 심지어 그런 말도 안 되는 허구적 논쟁을 공개 석상에서 언급한 사람들도 있었습니다. 나는 과거에도 그랬고 지금도 그렇지만, 누군가를 공격하거나 누군가의 문학적 가치를 훼손하지 않았습니다. 나는 누군가를 비난하려고 시를 쓴 적이 없습니다. 오히려 수많은 시인을 상찬하는 글을 썼지요. 뒤통수를 치려고 국립극장에 서는 문학적 관습은 사악합니다. 그런 천박한 일에 날 끌어들이지 마세요. 나는 광물을 캐려고 애쓰는 광부는 봤어도 다른 광부들을 험담하는 데 골몰하는 광부는 본 적이 없습니다. 나는 집을 지으려고 나무를 자르고 못을 박는 목수는 봤어도 다른 목수를 험담하면서 살아가는 목수는 본 적이 없습니다. 나는 그게 좋습니다. 나는 시인으로서의 자질을 잃었는지도 모르겠습니다. 목수가 되거나 노래하는 새가 되어야 했는지도 모르지요.

테무코의 오래된 숲에 있는 아라우카리아나무와 계수나무 틈에서 나는 나무에 대한 사랑을 느꼈고 지금도 그렇습니다. 돌을 싣고 라브란사와 카라우에를 잇는 외로운 기찻길을 달리던 아버지의 기차에서 나는 숲과 목재 냄새에 흠뻑 젖었습니다. 그 냄새가 내 시에서 계속 살아 있기를 바랍니다.

이 발표를 마치면서 다음의 시를 들려 드리지요.

아, 내가 알고 있고 또
알아볼 수 있는 모든 것들 중에서
모든 사물들 중에서
최고의 친구는 목재다.
난 몸속에, 옷에,
제재소의 향기
붉은 판자
내음을 지니고
세상을 떠돈다.
어린 시절
나의 가슴, 나의 감각은
미래의 건축물이
빼곡히 들어찬 거대한 숲에서
쓰러지던 나무들에
흠뻑 젖었다.

—「목재를 기리는 노래」, 『기본적인 송가』

이 판본에 추가된 내용

1. 나의 시에 대한 여행

이 글은 멕시코에서 돌아온 뒤인 1943년 12월 8일 시립극장에서 개최된 축하 행사에서 네루다가 발표한 글의 서문이자 에필로그의 일부이다. 그 자리에 참석했던 작가 페르난도 알레그리아로부터 에르난 로욜라 교수가 얻은 자료이다. 네루다는 이렇게 말하곤 했다.

"여러분이 내게 시가 무엇이냐고 물어본다면, 나는 이렇게 말할 겁니다. 모릅니다. 하지만 나의 시에게 물어보면 내가 누구인지 말해 줄 겁니다." 이 구문은 여러 곳에서 인용된 바 있다. 그 말이 이제 처음으로 다음과 같은 구문으로 글로 쓰여 출판된다. "나의 시는 무엇인가? 모르겠다. 나의 시에게 내가 누구인지 물어보는 편이 낫다."

이 판본에서 우리는 서문과 에필로그에 「나의 시에 대한 여행」의 일부를 삽입했다.

2. 돌아오는 길의 아가씨

이 글은 에르난데스 집안과의 일화에 이어지는 글이다. 이 글로 『파블로 네루다 자서전』의 1장인 「시골 소년」이 끝난다. 네루다가 추수를 끝내고 돌아오는 길에 일어난 사건에 대한 이야기이다.

"밀짚 속에서 나눈 사랑"이 추수와 파티와 어느 젊은 아가씨와의 성관계에 대한 얘기라면, 여태까지 출판된 적 없는 이 글은 돌아오는 길의 모험을 아이러니한 어조로 이야기하고 있다. 청년 네루다는 한 아가씨와 함께 말을 타고 돌아온다. 그에게는 남성다움을 보여 줄 기회이다. 그러나 말을 묶어 둘 곳이 없다는 별것 아닌 문제로 일을 성사시키지 못한다.

3. 마구 제조소의 말

이 글로 회고의 첫 부분이 완성된다. 이 글에서는 성인이 된 시인이 어린 시절의 세계로 돌아가는 이야기를 다루고 있다. 그러나 어린 시절의 세계는 파괴된 채 변한 모습니다. 여기서 진정한 재회를 가능하게 해주는 것이 있으니 학교를 다니던 어린 시절에 늘 만지던 나무로 된 말이다.

마틸데 우루티아는 『파블로와 함께한 삶』에서 이렇게 썼다. "그 말은 테무코의 철물점에 있었다. 그가 학교에 갈 때면 이 길을 지나야 했는데, 그럴 때면 늘 말의 콧등을 만졌다고 한다. 그는 이 말을 보며 성장해서인지 그 말을 자신의 것으로 생각했다. 테무코에 갈 때마다 주인에게 팔라고 했지만 소용없었다. 주인의 친구들도 설득해 봤지만 허사였다. 그런데 어느 날 철물점에 불이 났다. 소방관들이 오고 많은 사람들이 모여들었는데, 그중에 파블로의 친구도 있었다. 나중에 들려준 얘기로는 이렇게 외치는 소리가 들렸다고 한다. '파블로의 말을 구해 줘요! 말이 불타면 안 돼요!' 그리하여 소방관들이 구해 낸 첫 번째 물건이 말이었다고 한다. 머지않아 화재에서 구해 낸 모든 것이 경매로 나왔다. 그 말에 대한 파블로의 애착을 알고 있던 주인은 가격을 올렸다. 그는 천정부지로 오른 가격에도 파블로가 그 말을 살 것이란 걸 알고 있었다."

시인의 유년기 세계를 보여 주는 그 말은 현재 이슬라네그라에 있는 '말의 방'에 있다.

4. 발파라이소의 방랑자

3장 「세계의 길」의 첫 글인 "발파라이소의 방랑자"는 자서전을 위해 쓴 글이다. 내용은 애초에 1965년에 "발파라이소"라는 제목으로 작성되었으며 1966년 2월 취리히의 《뒤 아틀란티스(DU Atlantis)》라는 스위스 잡지에 실렸다. 스페인어판은 네루다의 『전집』(1968년 3쇄본)에 처음 실렸다.

이 자서전을 펴내기 위해 1965년에 쓴 글을 재정리하고 네루다의 육필본과 타자로 옮긴 판본을 따랐다. 이 글은 초판본에 비해 다양한 문체를 보여 준다. 또한 초판본에서 누락되었던 부분도 포함되어 있다. 우리는 그 부분이 중요하다고 판단했다. 어른이 된 현재에서, 존재의 중심적 공간인 이슬라네그라에서 네루다가 삶의 에피소드를 회고하고 쓴 글이기 때문이다. 이 글에서 네루다는 청년 시절의 잃어버린 발파라이소의 향수를 회고한다.

5. 『어두운 사랑의 소네트』, 페데리코 가르시아 로르카의 마지막 사랑

마틸데 우루티아에 따르면 이 글은 다음과 같은 이유로 출판하지 말라고 되어 있다. "이 글은 자서전에 넣으려고 쓴 글이다. 이 글을 포함할지 말지에 대해 수차례 파블로와 얘기를 나눴다. 그는 이렇게 말했다. '독자들이 페데리코의 평판을 훼손하지 않고 그의 동성애를 편견 없이 받아들일 수 있을까요?' 이것이 네루다의 우려였다. 나 또한 그게 우려스러워 회고록에 넣지 않았다. 그러니 여기에 둔다. 내게는 그의 글을 폐기할 권리가 없다."

6. 안개의 선물

이 글은 1962년에 썼다. 라파엘 알베르티의 60번째 생일을 맞아 네루다는 마드리드에 있던 집에서 카디스 출신 시인이 살던 집까지 걸었던 밤들 중 어느 밤에 대한 이야기를 썼다. 텅 빈 거리를 뒤덮은 안개 속에서 개 한 마리가 네루다를 환영처럼 따라간다. 알베르토 산체스의 조각상들이 있던 알베르티의 집에 도착하자 개가 그곳에 자리 잡는다. 이 에피소드는 알베르티의 회고록 『잃어버린 숲』에도 나온다. 그는 회고록에서 네루다가 "안개 자욱한 마드리드의 어느 밤에 만난 크고 덥수룩한 아일랜드 목양견을 선물로 줬다."라고 기록하고 있다.

7. 출세주의자의 초상

네루다의 정치적 숙적이던 곤살레스 비델라에 관한 이 글의 하단부에는 다음과 같이 기록되어 있다. "이 글은 회고록에 실릴 글이었는데 괴이하게 분실했다." 또한 어느 종잇조각엔 이렇게 쓰여 있다. "이 글은 회고록에 실릴 글이었는데 괴이하게 분실했다가 이 책의 원본을 찾으면서 발견했다." 이는 마틸데의 기록이 분명하며, 언급된 책은 마틸데가 1981년 작업하여 이듬해 출간한 네루다의 미출간 작품집 『여행의 끝』이다.

8. 푸시킨에게

1949년 네루다는 푸시킨 탄생 150주년 기념 행사에 초대되어 처음으로 소련을 방문한다. 이 글은 네루다가 발표회에서 소련의 위대한 국민 시인인 푸시킨의 탄생 150주년을 축하하기 위해 서간문 형식으로 썼다.

9. 젊은 시인 바르케로

이 글은 "1952년 8월부터 1957년 4월까지" 뒤에 삽입했다. 1956년 스무 살의 나이에 산티아고에 온 바르케로를 보고 네루다는 과거의 자신을 보는 듯했다. 또한 이 글은 네루다의 문학적 부성을 보여 준다. 『칠레의 기억』에는 에프라인 바르케로가 "시문학 발전의 포문을 연 파블로 네루다의 당연한 후계자"로 기록되어 있다.

10. 나무들의 지속적인 영향력

이 글에서 네루다는 자신의 시에 대해 얘기한다. 따라서 이 글은 "시의 힘", "시", "언어와 함께 살기"가 포함된 「시는 직업이다」에 속해 있다. 애초에 이 글은 『기본적인 송가』의 서문에 실릴 글의 일부였다.

11. 레온 펠리페

네루다가 회고록을 체계적으로 쓰기 시작한 1972년에 쓴 글이다.

12. 적대적인 문학계

"문단의 적"에 포함된 글이다. 이 글에 네루다는 페리코 데 팔로스라는 문학적 숙적의 태도에 대한 일반적인 견해를 담았다. 이번에 추가된 내용에서 네루다는 페리코라는 적에 대해 조금 더 상세하게 다루고 있다. 네루다의 『민요』에 포함된 「루벤 아소카르를 위한 군도의 왕관」에서도 동일한 이야기가 등장한다.

13. 때리거든 노래하라

네루다의 시를 공격하는 사람들에 대한 화답이다.

14. 남부의 풍경

회고록에 넣기 위해 1973년에 쓴 글이다. 네루다가 여러 글에서 남부의 자연에 대해 수차례에 걸쳐 얘기했다면, 이 글은 칠레 남부의 인간적 풍경에 집중한 역사적, 정치적 내용의 글이다.

15. 안드레스 베요

여행 중에 기록한 내용 중 일부로 보인다. 네루다는 안드레스 베요의 석상이 "내 학창 시절의 투쟁과 내 초기 시들과 청년기의 사랑과 함께했다."라고 밝히고 있다. 안드레스 베요는 그의 삶과도 직결

되는데, 네루다는 안드레스 베요가 라틴아메리카의 문화적 해방에 중요한 초석이 되었다고 평가하고 있다. 네루다는 안드레스 베요가 자신보다 먼저 『모두의 노래』를 쓰기 시작했다고 발표한 바 있다.

16. 레카바렌

이 글과 다음 글은 1960년대 중반 공산당 집회에서 구두로 발표한 내용의 일부이다. 이 두 글에서 두 명의 노동 운동 지도자는 네루다의 삶에 영향을 준 것으로 나타난다. 루이스 에밀리오 레카바렌은 네루다가 존경한 아메리카의 역사적 인물이다.

17. 라페르테

네루다는 1945년 노동 운동 지도자이던 엘리아스 라페르테와 칠레 북부를 여행한다. 엘리아스 라페르테는 네루다가 존경한 인물이자 네루다의 삶의 중대한 영향을 준 인물이다.

18. 마야콥스키

1963년 마야콥스키 탄생 70주년을 맞아 쓴 글이다. 네루다는 마야콥스키를 당대에 가장 중요한 작가 중 한 명으로 평가했다. 네루다는 마야콥스키를 "집단적 심장에 손을 뻗어 그 심장에서 자신의 새로운 노래를 고양하기 위한 힘과 믿음을 꺼낸 시인"이라고 묘사한 바 있다.

작가 노트

파블로 네루다는 죽기 전까지 자서전을 집필하고 원고를 구성하기에 애썼다. 다음은 그가 남긴 육필 원고들이다. 이 원고의 원본과 옮겨 놓은 글에서 확인할 수 있듯이 그의 노트는 파편적이지만 집필하던 자서전의 주제와 형식을 고르는 데 고심했음을 보여 준다. 이 원본 중에는 "돌아오는 길의 아가씨", "출세주의자의 초상", "남부의 풍경" 등 이번 출판본에서 추가된 글이 있다.

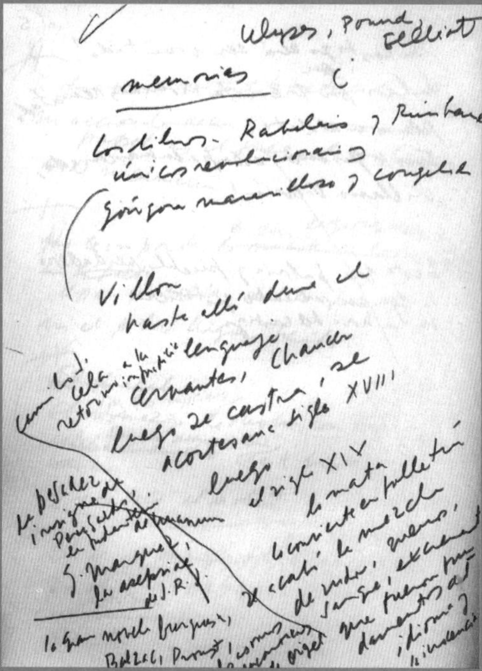

Ulyses, Pound, Elliot/ Memorias./

Los libros, Rabelais y Rimbaud únicos revolu cionarios/

Góngora maravilloso y congelado/ Villon/ hasta allí dura el/ lenguaje/

Cervantes, Chaucer/ luego se castra, se/ acortesana siglo XVIII/ luego/

el siglo XIX/ lo mata/ lo convierte en folletín/ se acabó la mezcla/

de sudor (ilegible)/ sangre, ex cremento/ que fueron fundamentales del idioma/

y/ la inocencia/ la pesadez insigne de Pérez Galdós (ilegible)/

J. Manríquez/ la asepsia de JRJ (Juan Ramón Jiménez)/

la gran novela burguesa/ Balzac/ Proust.

이 원고의 내용 중 일부는 이 책의 11장 「시는 직업이다」의 "언어와 함께 살기"에 실려 있다.

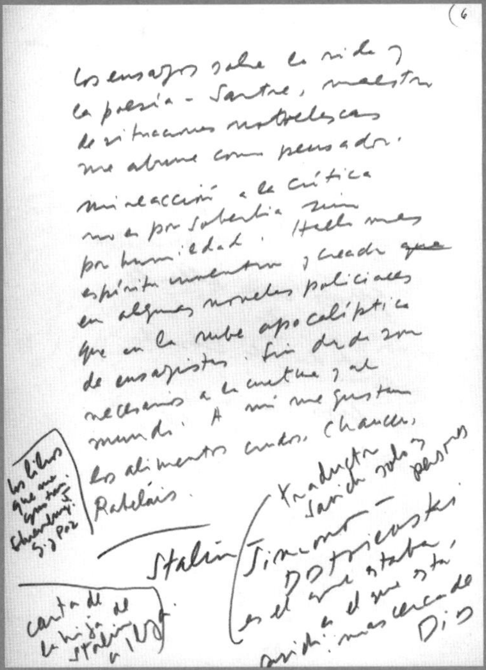
Los ensayos sobre la vida y
la poesía - Sartre, maestro
de situaciones novelescas
me abruma como pensador.
mi reacción a la crítica
no es por soberbia sino
por humildad. Hallo más
espíritu inventor y creador ~~que~~
en algunas novelas policiales
que en la nube apocalíptica
de ensayistas. Sin duda son
necesarios a la cultura y al
mundo. A mí me gustan
los alimentos crudos, Chaucer,
Rabelais.

Los libros que me gustan. Ehrenburg. G. y Paz

Stalin

carta de la hija de Stalin a Ilya

Simonov

Dostoievski

es el que estaba

más cerca de

Dios

Los ensayos sobre la vida y la poesía — Sartre, maestro de situaciones novelescas me abruma como pensador. Mi reacción a la crítica no es por soberbia sino por humildad. Hallo más espíritu inventor y creador en algunas novelas policiales que en la nube apocalíptica de ensayistas. Sin duda son necesarios a la cultura y al mundo. A mí me gustan los alimentos crudos, Chaucer, Rabelais.

Los libros que me gustan. Ehrenburg/ G. y Paz/ Stalin/ carta de/
la hija de Stalin a Ilya (Ehrenburg)/ Simonov/ Dostoievski/ es el que estaba/
(ilegible)/ más cerca de... (ilegible).

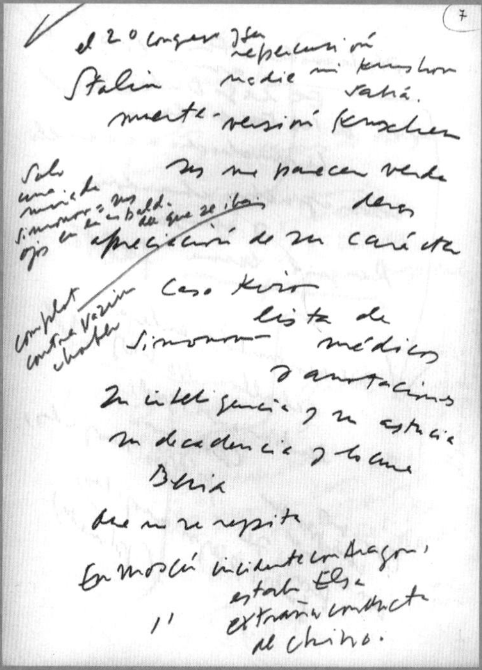

El 20 Congreso y su repercusión/nadie, ni Kruschov sabía/ Stalin/
muerte versión Kruschov/ Sus me parece verdaderos (sic)/
apreciación de su carácter/ Caso Kirov/ Simonov/ lista de médicos y anotaciones/
su inteligencia y su astucia/ su decadencia y locura?/ Beria/ que no se repita/
En Moscú incidente con Aragón/ estaba Elsa (Triolet) / extraña conducta/ (ilegible)

여백에 쓰인 글: solo una mirada/ Simonov/ Complot contra Nazim (Hikmet) chofer.

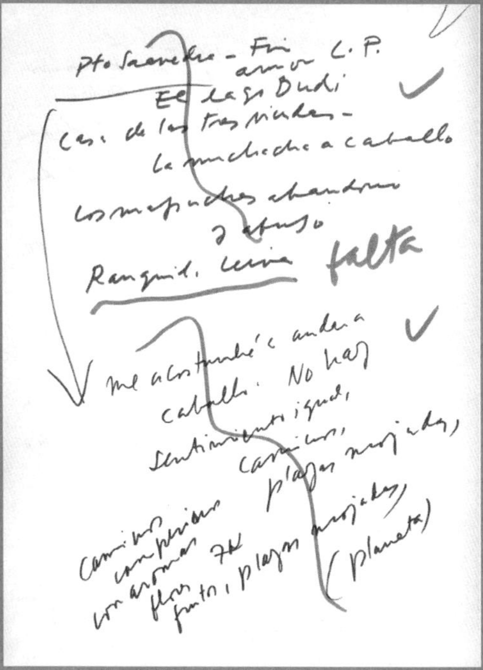

Pto. (Puerto) Saavedra. Fin/ Amor LP. / El lago Budi/ casa de las tres viudas/ La muchacha a caballo/ Los mapuches abandono y abuso/ Ranquil (ilegible)/ Me acostumbré a andar a caballo. No hay sentimiento igual/ caminos/ playas mojadas/ caminos/ campesinos/ con aroma/ flores/ frutos, playas mojadas/ (planeta).

이 원고에는 이 책의 1장 「시골 소년」에 상응하는 내용이 있다. 네루다는 이번 판본에 포함된 "돌아오는 길의 아가씨"를 "말 타는 아가씨"로 표현하고 있다.

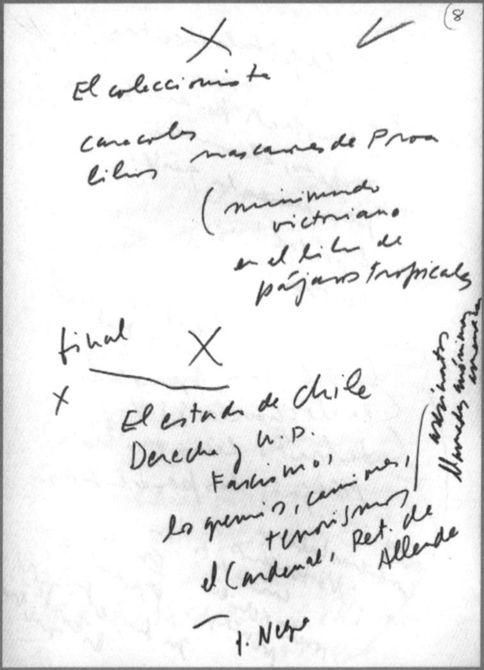

El coleccionista/ caracolas/ libros mascarones de proa/

(minimundo/ victoriano/ en el libro de/ pájaros tropicales.)

Final

El estado de Chile/ Derecha y UP (Unidad Popular) Fascismos/ los gremios/

camiones/ Terrorismo/ asesinatos llamadas anónimas. Cardenal.

Ret (retrato) de Allende.

I (Isla) Negra.

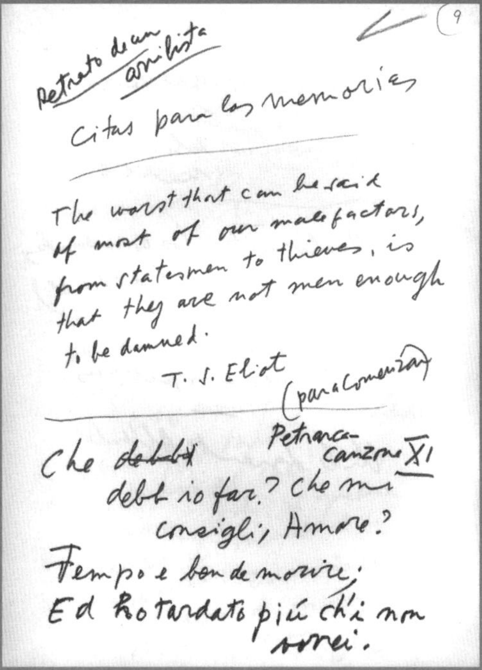

Retrato de un arribista

Citas para las memorias.

The worst that can be said of most of our malefactors,

from statesmen to thieves, is

that they are not men enough to be damned.

T.S. Eliot

Che debb'io far? che mi consigli, Amore?

Tempo e ben di morire,

et o tardato piu ch'i' non vorrei.

Petrarca, "Canzone XI".

첫 번째 인용문은 네루다가 보들레르의 『내면의 일기』에 실린
엘리엇의 서문에서 가져온 것이다.
두 번째 인용문은 페트라르카의 「칸초니에레」에서 가져온 것이다.
네루다는 「칸초네 11」로 기록하고 있으나 「칸초네 268」에 해당한다.

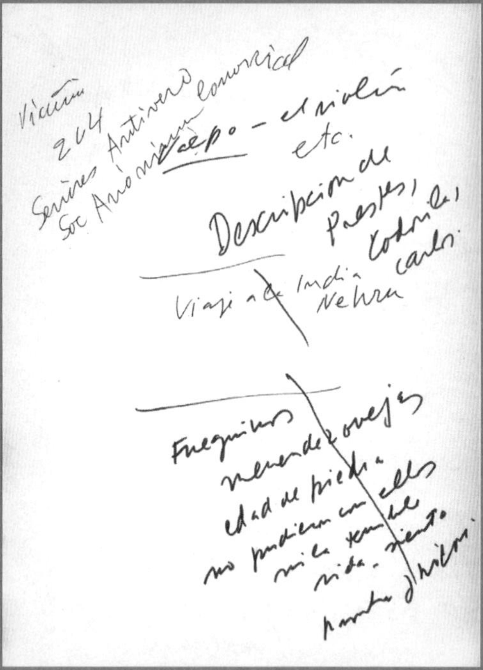

Valpo (Valparaíso) / el violín/ etc./ Descripción de/ Prestes/
Codovila/ Carlos/ Viaje a la India/ Nehru.
Fueguinos/ Menéndez ovejas/ edad de piedra/
no pudieron con ellos (ilegible)/ vida. Viento/ (ilegible).

이 원고는 파타고니아에 사는 메넨데스 가문과 양에 대한 이야기이다.
기존 판본에서 알 수 없는 이유로 누락되었다가 이번 판본의
"남부의 풍경"에 포함되었다.

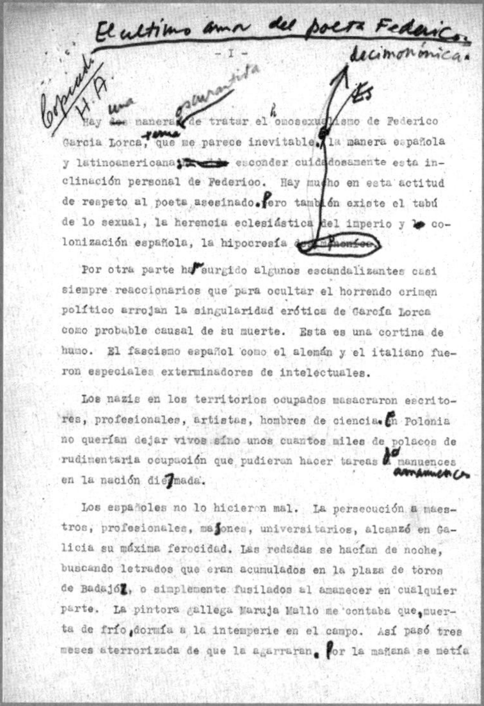

El ultimo amor del poeta Federico.

- I -

Hay dos maneras de tratar el omosexualismo de Federico García Lorca, que me parece inevitable, la manera española y latinoamericana; esconder cuidadosamente esta inclinación personal de Federico. Hay mucho en esta actitud de respeto al poeta asesinado. Pero también existe el tabú de lo sexual, la herencia eclesiástica del imperio y la colonización española, la hipocresía

Por otra parte han surgido algunos escandalizantes casi siempre reaccionarios que para ocultar el horrendo crimen político arrojan la singularidad erótica de García Lorca como probable causal de su muerte. Esta es una cortina de humo. El fascismo español como el alemán y el italiano fueron especiales exterminadores de intelectuales.

Los nazis en los territorios ocupados masacraron escritores, profesionales, artistas, hombres de ciencia. En Polonia no querían dejar vivos sino unos cuantos miles de polacos de rudimentaria ocupación que pudieran hacer tareas de amanuences en la nación diezmada.

Los españoles no lo hicieron mal. La persecución a maestros, profesionales, masones, universitarios, alcanzó en Galicia su máxima ferocidad. Las redadas se hacían de noche, buscando letrados que eran acumulados en la plaza de toros de Badajoz, o simplemente fusilados al amanecer en cualquier parte. La pintora gallega Maruja Mallo me contaba que, muerta de frío, dormía a la intemperie en el campo. Así pasó tres meses aterrorizada de que la agarraran. Por la mañana se metía

네루다가 타자기로 작성한 「페데리코 가르시아 로르카의 마지막 사랑」.
원고를 직접 수정한 흔적이 남아 있다.

clandestinamente en su casa. En el camino había tropezado con media docena de cadáveres, los fusilados de aquel amanecer.

García Lorca tenía que ser ejecutado como lo había sido Alberti o Machado si los hubieran cogido. Franco en la única declaración que hizo de su muerte la atribuyó al desorden de los primeros días de la guerra civil. Pero esto queda facilmente desmentido por el largo cautiverio, martirio y muerte del poeta encarcelado Miguel Hernandez. Grandes oportunidades tuvieron de liberarlo. Embajadas, Cardenales y escritores que intervinieron ante el fascismo español no lograron sino prolongar el cautiverio de Miguel Hernandez. Su muerte como la de Federico fué un repugnante asesinato político.

Volviendo a las costumbres íntimas de García Lorca, diré que me ha tocado conocer ~~y tratar a muy~~ pocos homosexuales pero aún después de meses de verme casi todos los días con el poeta en Buenos Aires en 1933 no me daba cuenta de su característica, no podría decir de él que tuviera un encanto femenino. Todas las luces de la inteligencia lo vestían de una manera tan espléndida que brillaba como una piedra preciosa. Su cara gruesa y morena no tenía nada afeminado, su seducción era natural e intelectual. Está probada su homosexualidad, esto lo ví mas tarde. Pero talvez hay también homosexuales felices y homosexuales de[s]dichados. Federico irradiaba la felicidad y en esta c[o]pa l[os] deben haber contado sus amores satisfechos.

y desbordante

En Buenos Aires comencé a tener alguna sospecha de su

y lo visible es mas visible en la tristeza.

naturaleza amorosa. Sucedió que cierta vez me contaba cómo las muchachas poetisas en ciernes, llenaban su habitación del hotel y no lo dejaban respirar, entre broma y broma sobre la situación descubrí su pánico ante el asedio femenino, le ofrecí de inmediato mis servicios. Quedamos en que en los momentos de verdadera alarma me llamaría por teléfono y yo acudiría al hotel con la velocidad del rayo para hacerme cargo de alguna manera de la agradable misión de arrastrar a otra parte a alguna de sus admiradoras.

El convenio se mantuvo alegremente y con cierta eficacia, saqué algunos resultados inesperadamente primorosos de mi colaboración. Algunas de esas palomas engañadas por la luz de Federico cayeron sin grandes dificultades en mis brazos.

Por cierto que una vez me sirvió él en una aventura erótico cósmica, episodio de la urgencia juvenil que me hace sonreír aún cuando con cierta fruición lo recuerdo.

Habíamos sido invitados una noche por un millonario caudillo, que sólo la Argentina o los Estados Unidos podían producir. Se trataba de un hombre rebelde y autodidacta que había hecho una fortuna fabulosa con un periódico sensacionalista. Su casa rodeada por un inmenso parque era encarnación de los sueños de un vibrante nuevo rico. Centenares de jaulas de faisanes de todos los colores y de todos los países orillaban el camino. La biblioteca estaba cubierta sólo de libros antiquísimos que mi anfitrión compraba por cable en las subastas de bibliófilos europeos, extensa y estaba repleta. Pero lo más espectacular era que el piso de esta enorme habitación estaba totalmente cubierto de pieles de pantera cosidas unas a otras hasta formar uno solo y gigantesco tapiz. Supe que había tenido agentes en Africa, en Asia, en el Amazonas destinados exclusivamente a recolectar pellejos de leopardos, ocelotes, gatos fenomenales, cuyos lunares estaban ahora brillando bajo mis pies en la biblioteca de este hombre caprichoso.

Así eran las cosas en la casa del famoso Natalio Botana poderoso nuevo rico, dominador de Buenos Aires. Federico y yo nos sentamos cerca del dueño de casa y frente a una poetisa alta rubia y vaporosa que se dirigió más a mí que a Federico la durante la comida. La comida había llegado de pronto se trataba de un buey entero llevado sobre

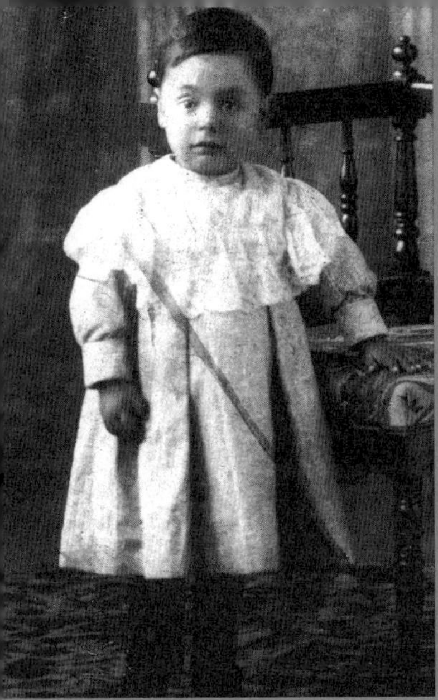

1 2
3 4

1. 2세 때의 파블로 네루다. 테무코.
   1906년 10월 13일. 베르나르도 레예스의 앨범.
2. 소년 네루다. 베르나르도 레예스의 앨범.
3. 1911년. 테무코 남학교 학생이던 소년 네루다.
   파블로 네루다 기념회 소장.
4. 1920년대 중반의 네루다. 베르나르도 레예스의 앨범.

1 | 2
3

1. 동양의 전통의상을 입은 네루다. 세일란. 1929년. 파블로 네루다 기념회 소장.
2. 1928년 스리랑카 콜롬보 지역의 웰라와트. 서 있는 사람이 네루다. 파블로 네루다 기념회 소장.
3. 1918년. 여동생 라우라 레예스와 함께. 파블로 네루다 기념회 소장.

1 | 2 | 3
4 | 5

1. 1930년 12월 6일. 마리아 안토니에타 아헤나르와 결혼.
인도네시아 바타비아. 파블로 네루다 기념회 소장.
2. 1933년 부에노스아이레스. 페데리코 가르시아 로르카와 함께.
파블로 네루다 기념회 소장.
3. 파블로 네루다, 델리아 델 카릴, 암파로 몸,
라울 곤살레스-투논 등. 마드리드의 카페.
1936년 혹은 1937년. 파블로 네루다 기념회 소장.
4. 1932년. 파블로 네루다 기념회 소장.
5. 2000명에 달하는 스페인 망명자를 태우고 프랑스에서
칠레로 향하는 위니펙호. 1939년. 파블로 네루다 기념회 소장.

1 | 2 | 3
4 | 5

1. 1941년 멕시코 주재 칠레 총영사 시절. 파블로 네루다 기념회 소장.
2. 1944년 이슬라네그라. 두 번째 부인 델리아 델 카릴과 함께. 파블로 네루다 기념회 소장.
3. 1943년 10월 말. 마추픽추에서. 파블로 네루다 기념회 소장.
4. 상원의원 신분증. 파블로 네루다 기념회 소장.
5. 1948년 은신 생활 중 루이스 엔리케 델라노와 롤라 팔콘의 집에서. 파블로 네루다 기념회 소장.

Don Ricardo Reyes B.
(Pablo Neruda)
Céd. de Ident. N.º
Otorgada en
Don Ricardo Reyes B.
Pablo Neruda
SENADOR
DE LA
REPUBLICA
PERIODO
1945-1953
SECRETARIO DEL SENADO

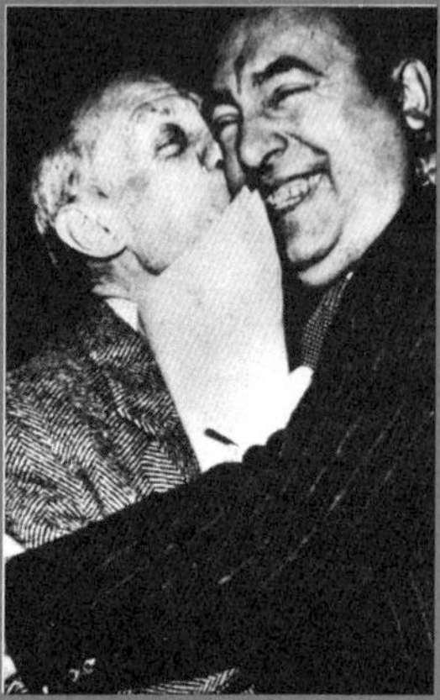

1 | 2
3 |

1. 1949년 파리. 파블로 네루다 기념회 소장.
2. 1950년 파리. 국제평화상 시상식에서 피카소와 포옹을 하며.
   파블로 네루다 기념회 소장.
3. 1949년 7월 부다페스트. 헝가리 시인 샨도르 페퇴피의 100주년 기념 행사로 추정.
   파블로 네루다 기념회 소장.

1 | 2
3

1. 1950년 모스크바.
   파블로 네루다 기념회 소장.
2. 1950년 체코슬로바키아의 도르비스 성의 정원에서 호르헤 아마도와 함께.
   파블로 네루다 기념회 소장.
3. 1950년 인도. 파블로 네루다 기념회 소장.

1
2 3

1. 1952년 나폴리에서 카프리섬으로 향하며. 파블로 네루다 기념회 소장.
2. 1952년 카프리섬. 발코니에서. 파블로 네루다 기념회 소장.
3. 1952년 카프리섬에서 마틸데와 함께. 파블로 네루다 기념회 소장.

1 | 2
3 | 4

1. 1954년. 가브리엘라 미스트랄과 함께. 파블로 네루다 기념회 소장.
2. 1953년 산티아고. 건축 중이던 주택 '라 차스코나' 계단에서. 파블로 네루다 기념회 소장.
3. 1957년 중국 만리장성에서. 파블로 네루다 기념회 소장.
4. 1954년 50세 생일파티. 파블로 네루다, 호르헤 아마도, 마리아 로사 올리베르, 아이칭, 볼로디아 테이텔보임 등.

1 | 2
3

1. 1957년 6월 인도의 첸나이에서.
파블로 네루다 기념회 소장.
2. 1964년 대통령 후보 시절의
살바도르 아옌데와 함께.
파블로 네루다 기념회 소장.
3. 1960년 파리 지하철역에서.
파블로 네루다 기념회 소장.

1
2 3

1. 1965년 미겔 앙헬 아스투리아스와 함께.
『헝가리에서 식사하며』를 집필할 때.
2. 1966년 페루. 전통 공예품을 구매하면서.
손에 들고 있는 푸카라 황소상은 현재
이슬라네그라의 자택에 보관 중.
파블로 네루다 기념회 소장.
3. 발파라이소 자택. 테무코의 마구제조소 화재에서
구해낸 말과 함께. 파블로 네루다 기념회 소장.

1 | 2
3

1. 이슬라네그라 자택 거실에서. 파블로 네루다 기념회 소장.
2. 1967년 소련, 자작나무 공원에서. 파블로 네루다 기념회 소장.
3. 칠레 남부 푸에르토몬트에서. 살바도르 아옌데의 대통령 선거 운동 중에. 파블로 네루다 기념회 소장.

1 | 2 | 3

1. 1969년 이슬라네그라. 네루다의 65세 생일을 맞은 네루다와 마틸데.

2. 1971년 1월 이스터섬에서. 파블로 네루다 기념회 소장.

3. 이스터섬에서. 이 여행을 통해 『분리된 장미』 집필. 파블로 네루다 기념회 소장.

1
2 | 3

1. 1970년 6월. 바르셀로나 해군박물관에서 가브리엘 가르시아 마르케스와 함께. 파블로 네루다 기념회 소장.
2. 1970년 푸에르토몬트의 앙헬모에서. 파블로 네루다 기념회 소장.
3. 1971년 프랑스. '라 만켈'로 이름 지은 프랑스 노르망디의 집 근처에서 작가이자 친구이던 볼로디아 테이텔보임과 함께. 파블로 네루다 기념회 소장.

1 | 2
3

1. 1972년 '라 만켈'에서. 뒤에서 누군가 장난을 치고 있음. 파블로 네루다 기념회 소장.
2. 이슬라네그라. 종교적 믿음을 불러일으켰던 뱃머리 장식, '라 메두사'와 함께. 파블로 네루다 기념회 소장.
3. 1973년 2월 2일 이슬라네그라. 네루다를 방문한 살바도르 아옌데와 함께. 파블로 네루다 기념회 소장.

파블로 네루다 연보

이 연보는 『파블로 네루다 자서전—사랑하고 노래하고 투쟁하라』의 내용과 장 구분에 맞춰 특별히 준비한 것이다. 네루다의 삶에 대한 독자의 이해를 돕기 위한 것이나 온전히 연대기적 순서로 작성된 것은 아니다. 11장처럼 여러 시기의 것이 섞인 경우도 있으며 다양한 사건과 인물에 대한 내용이 포함되어 있기에 독립적으로 보아 주길 바란다.

I. 시골 청년

1903년

10월 4일 교사인 로사 네프탈리 바소알토와 100헥타르의 벨렌 농장을 소유한 호세 앙헬 레예스 에르모시야의 아들 호세 델 카르멘 레예스가 결혼.

1904년

7월 12일 파랄시의 레예스 바소알토 부부의 집에서 훗날 파블로 네루다라는 필명을 쓸 리카르도 엘리에세르 네프탈리 레예스 바소알토가 태어남.

9월 14일 어머니 로사 네프탈리 바소알토가 폐결핵으로 사망. 아버지 호세 델 카르멘이 아르헨티나로 일하러 가면서 네루다를 벨렌 농장에 맡김.

1905년

아르헨티나에서 돌아온 아버지가 아라우카니아의 철도 노동자로 일하기 시작하면서 테무코로 이주함. 네루다는 테무코에서 시인이 되기를 꿈꿨으며 그곳에서 세상에 대한 시적 비전을 형성했다고 함.

11월 11일 아버지가 트리니다드 칸디아 마르베르데와 결혼함. 양어머니에겐 1895년 봄에 태어난 아돌포 레예스 칸디아라는 아들이 있었음.

1907년

탈카우아노에서 아버지와 아우렐리아 톨라 사이에서 태어난 딸 라우라 레예스가 들어와 함께 살게 됨. 그리하여 로돌포, 네루다, 라우라가 이복 남매가 됨. 아버지는 동일하나 어머니는 각자 다름. 그럼에도 양어머니 트리니다드 칸디아는 세 아이를 모두 자기 자식으로 받아들여, 네루다에게 새어머니는 모성과 선의 표본이 됨.

1910년

테무코의 남학교에 입학.

1917년

테무코의 일간지 《라 마냐나(La mañana)》 7월 18일 자에 「열광과 인고(Entusiasmo y perserverancia)」라는 제목의 글을 발표. 이 일간지에 초기 시 몇 편이 발표됨.

1918년

이때부터 1922년까지 테무코의 일간지 《라 마냐나》와 《엘 디아리오 아우스트랄(El Diario Austral)》, 발디비아의 《문화 잡지(Revista Cultural)》, 치얀의 《라토스 일루스트라도스(Ratos Ilustrados)》, 산티아고의 《코레 부엘라(Corre Vuela)》에 글을 실음.

1919년

마울레의 백일장에 쿤달리니라는 필명으로 「이상적인 밤(Comunión ideal)」을 응모하여 3등에 입상.

1920년

2월 바호임페리알(오늘날의 푸에르토사베드라)로 여행. 이곳에서 처음 바다를 보게 되는데, 네루다의 시 세계가 형성되는 데 중요한 순간이 됨.

테무코여학교 교장으로 부임한 가브리엘라 미스트랄을 만남. 가브리엘라 미스트랄은 1945년 노벨 문학상을 수상함.

7월 '반애국주의자' 사냥을 위한 학생연맹 급습으로 시인 도밍고 고메스 로하스가 투옥되었다가 같은 해 9월 29일 사망함. 이 사건의 중심에는 없었으나 도망자 신세가 되어 테무코에 온 작가 호세 산토스 곤살레스 벨라를 알게 됨.

체코 작가 얀 네루다의 성을 따서 파블로 네루다라는 필명을 사용하기 시작함. 시인 미겔 아르테체는 셜록 홈스 시리즈의 첫 소설인 『주홍색 연구』에서 암시하고 있는 바이올린 연주자 노만 네루다에서 가져온 것이라고 주장함. 칠레 의사인 엔리케 로버트슨은 바이올린 연주자 네루다가 존재했다고 함. 심지어 그는 파블로 사라사테이 데 노만 네루다라는 작곡가의 악보를 봤다고 주장함.

11월 테무코의 춘계 백일장에서 「여왕에게 인사(Salutación a la Reina)」로 1등으로 입상.

II. 도시의 방랑자

1921년

1월 22일 라울 실바 카스트로가 페르난도 오소리오라는 필명으로 학생연맹 잡지 《클라리다드(Claridad)》 12호에 네루다의 시를 소개하며 네루다와 그의 시를 칭송하는 글을 발표.

3월 기차로 산티아고에 감. 칠레대학교에 입학하여 프랑스어 교사 과정에 등록.

4월 18일 알베르티나 로사 아소카르를 만남. 이 여학생이 『스무 편의 사랑의 시와 한 편의 절망의 노래(Veinte poemas de amor y una cancion desesperada)』에 등장하는 뮤즈. 네루다는 이 작품에 등장하는 두 뮤즈의 정체를 밝히지 않고 마리솔과 마리솜브라라고만 칭함. 『이슬라네그라의 추억(Memorial de Isla Negra)』에서는 로사우라와 테루사로 칭함. 테루사는 고향에서 사랑했던 테레사 레온이고 마리솜브라/로사우라는 알베르티나 로사 아소카르임. 이는 1974년 네루다가 보냈던 연애편지가 출판되면서 알려지게 됨.

7월 2일 《클라리다드》 28호부터 편집진으로 참여.

10월 14일 「축제의 노래」로 칠레 학생연맹이 주최한 백일장에서 1등에 입상.

1923년

1-3월 여름 방학을 테무코와 푸에르토사베드라에서 보냄. 이후에도 방학이 되면 칠레 남부에서 보냄. 산티아고 생활의 경제적 어려움을 조금이나마 해소하고자 한 것으로 보임.

7월 『황혼 일기(Crepusculario)』(클라리다드 출판사, 산티아고) 출판. 비평가 알로네는 다음과 같은 예언적 평가를 남김. "(네루다는) 자기 세대의 시인들을 앞서가고 그들을 초월하는 시인으로서, 시간이 흐르고 맹목적 운명이 끼어들지 않는다면 이 땅과 이 시대를 넘어선 걸출한 시인이 될 것으로 기대된다."

친구들과 파리로 출발하는 예술가 아벨라르도 부스타만테와 파스친, 그리고 시인 알베르토 로하스 히메네스를 배웅하러 발파라이소에 감. 오를란도 오야르순이 이 여행에 대한 이야기를 남긴 바 있는데, 이는 네루다의 자서전 중 「발파라이소의 방랑자」에 상응한다.

1924년

6월 만 20세가 되기 며칠 전에 『스무 편의 사랑의 시와 한 편의 절망의 노래』를 출판함. 이 작품은 가장 널리 읽히고 번역된 책이 됨. 1924년 후반에 프랑스어 교사가 되기 위한 마지막 시험을 포기함. 학업 포기로 인해 테무코에서 학비를 보내 준 아버지와 관계가 단절됨.

III. 세계의 길

1924년

절친한 친구 중 한 명인 알바로 이노호사를 알게 됨. 1925년부터 1927년까지 이노호사의 초대로 발파라이소를 여러 번 방문함.

1925년

11월 안쿠드에서 교사로 일하던 루벤 아소카르의 초대로 칠로에에 머묾. 1926년 초에 유일한 소설 『거주자와 그의 희망』을 집필.

1926년

1월 나시미엔토 출판사에서 『무한한 인간의 시도(Tentativa del hombre infinito)』를 출판함. 뒤이어 친구 토마스 라고와 함께 산문시집 『반지』 출판.
여동생 라우라에게 보낸 편지에서 그의 상황을 짐작할 수 있음. 그는 3월 9일 자 편지에서 이렇게 밝힘. "옷이 남루해서 더 이상 걸치고 다니기 어렵구나." 10월 27일 자 편지에서는 "어제부터는 기거할 곳이 없구나. 어떻게 해야 할지. (……) 매일 식사를 하지 못하는 데 이골이 났구나."라고 씀.

1927년

4월 11일 버마(현재의 미얀마)의 랑군(양곤) 주재 명예 영사로 임명.

6월 산티아고의 마포초 역에서 동양으로 가는 여행을 시작. 많은 친구들이 마중 나옴. 그곳에서 발파라이소행 기차를 탐. 알바로 이노호사의 집에서 며칠 머문 뒤 함께 기차를 타고 6월 15일 부에노스아이레스에 도착. 이틀 뒤 승선.

7월 네루다와 이노호사 리스본에서 하선하여 마드리드 도착. 기차를 타고 파리로 향함. 그곳에서 세사르 바예호를 만남. 이후 동양으로 가는 배를 타기 위해 마르세유로 향함.

10월 초 당시에 영국령이던 랑군에서 영사직을 시작함.

IV. 빛나는 고독

1927년

10월 25일 아르헨티나 작가 엑토로 에안디에게 편지를 씀. 네루다의 동양 생활을 알 수 있는 서간집의 출발점이 됨.

11월 인도 첸나이 여행.

12월 7일 친구 욜란도 피노에게 보내는 편지에서 『밤의 컬렉션(Colección nocturna)』을 집필 중이라고 밝힘. 이 작품이 나중에 『지상의 거처』로 출판.

1928년

1월 영사직을 마치고 알바로 이노호사와 여행. 프랑스령 인도차이나를 출발하여 오늘날의 태국인 시암 왕국을 여행.

2월 초 "눈과 비와 바람이 부는" 중국에 도착. 2월 중순에 일본에 도착.

3월 버마의 여인 조시 블리스를 만남. 연애를 했으나 헤어짐. 『지상의 거처』에 "낭자"와 "사악한 여자"로 등장.

8월 6일 작가 호세 산토스 곤살레스 베라에게 쓴 편지에서 "넘어설 수 없다고 생각했던 한계를 넘었습니다. 사실 그 결과에 놀라면서도 위로를 받고 있어요. 새로 출판할 책 제목은 『지상의 거처』가 될 것이며 40여 편의 시가 담길 것이고 스페인에서 출판할 겁니다."라고 밝힘.

11월 캘커타를 방문하여 3월에 헤어졌던 알바로 이노호사와 재회. 이노호사는 인도의 영화 산업에 뛰어들었음.

12월 5일 현재의 스리랑카인 실론의 콜롬보 주재 영사로 임명.

12월 캘커타에서 개최된 인도 국민회의에 참석. 마하트마 간디와 자와할랄 네루도 참석함.

1929년

1월 중순 캘커타에서 콜롬보로 이동하여 영사직을 수행함. 알바로 이노호사가 동행하였다가 나중에 뭄바이로 돌아감.

11월 『지상의 거처』를 출판하기 위해 스페인으로 원고를 발송. 칠레 대사관의 서기관이던 카를로스 모를라 린츠를 거쳐 라파엘 알베르티에게 도착. 알베르티와 스페인 시인들의 노력에도 불구하고 출판되지 못함.

1930년

5월 싱가포르와 바타비야(당시 네덜란드령 서인도제도의 수도. 지금의 자카르타)를 관장하는 영사로 임명.

12월 6일 자바 태생의 네덜란드인 마리아 안토니아 아헤나르와 결혼. 아버지에게 보내는 12월 15일 자 편지에 이렇게 기록되어 있음. "내게 그녀는 완전한 사람이며 우리는 온전히 행복합니다. (……) 마리아는 성격이 아주 좋으며 우리는 서로를 너무나도 잘 이해하고 있습니다." 그러나 이 결혼이 행복을 가져다주지 못함. 네루다는 『에스트라바가리오(Estravagario)』에 실린 「여정(Itinerarios)」에서 "무엇 때문에 바타비아와 결혼했을까?"라고 자문함.

V. 가슴속의 스페인

1932년

2월 초 영사관 폐쇄로 부인과 칠레로 돌아감.

4월 19일 푸에르토몬트에 도착한 뒤 기차로 테무코로 향함. 테무코에서 가족과 잠시 지내다가 산티아고에 정착. 집도 일도 없이 인생에서 경제적으로 가장 어려운 시기를 보냄. 외무부에서 하루 두 시간 도서관에서 근무할 수 있도록 해 주었으나 임대료도 내기 어려운 상황.

7월 노동부의 문화부로 자리를 옮겨 도서관장으로 일하면서 경제적 사정이 나아짐.

1933년

1월 24일 10년 전에 집필한 『열광적인 투척병(El hondero entusiasta)』(엠프레사레트라스, 산티아고) 출판.

4월 10일 100부 한정판으로 『지상의 거처(Residencia en la tierra)』(나시멘토 출판사) 출판.

8월 부에노스아이레스 총영사로 임명.

8월 말 부인과 부에노스아이레스 도착. 엑토르 에안디를 만남.

10월 13일 페데리코 가르시아 로르카를 위해 개최된 회의에서 그를 알게 되어 두 사람의 우정이 시작됨. 로르카는 『피의 결혼』을 공연하기 위해 부에노스아이레스에 왔으며 두 사람의 만남은 아르헨티나 작가 파블로 로하스 파스와 그의 부인 사라 토르누의 집에서 이뤄짐.

11월 10일 부에노스아이레스 플라사 호텔에서 네루다와 가르시아 로르카를 위한 축하연이 개최됨. 두 사람은 루벤 다리오를 기리는 회의에 참석.

11월 11일 바르셀로나 영사로 임명.

1934년

5월 임신한 아내와 바르셀로나에 도착하여 영사 업무를 시작. 네루다는 1950년에 그 순간을 이렇게 기록함. "굉장한 형제애를 보여 줬으며 내 작품에 대해 온전히 알고 있었다."

5월 25일 네루다의 친구인 시인 알베르토 로하스 히메네스 사망. 네루다는 그를 기리며 「알베르토 로하스 히메네스가 날아온다(Alberto Rojas Giménez viene volando)」를 바침.

5월 31일 기차로 마드리드 방문. 가르시아 로르카가 노르테 역에 마중 나옴.

6월 2일 카를로스 모를라 린츠가 연 파티에서 두 번째 부인이 될 아르헨티나 화가 델리아 델 카릴을 만남.

7월 고향인 오리우엘라에서 마드리드로 건너온 미겔 에르난데스와 만남.

8월 18일 마드리드에서 딸 말바 마리나 레에스 아헤나르가 태어남. 아버지에게 보내는 8월 25일 자 편지에서 위독한 딸의 상태를 최대한 숨기려고 함.

12월 6일 마드리드대학교에서 낭송회를 개최. 가르시아 로르카가 네루다를 "철학보다는 죽음에 가까이 있는, 지성보다는 고통에 가까이 있는, 잉크보다는 피에 가까이 있는 시인"으로 소개.

12월 19일 바르셀로나 영사직을 유지하면서 마드리드의 칠레 대사관 외교관으로 부임.

1935년

4월 마드리드에서 『스페인 시인들이 파블로 네루다를 기리며, 세 편의 물질적 노래(Homenaje a Pablo Neruda de los poetas españoles/ Tres cantos materiales)』(플루타르코 출판사) 출판. 이 책에는 후안 라몬 히메네스와 후안 라레라를 제외한 당시 주요 스페인 시인들의 서명이 포함됨.

6월 21-25일 파리에서 개최된 '문화 수호를 위한 세계 작가 대회'에 참석.

9월 15일 마드리드에서 『지상의 거처』(크루스이라야 출판사)가 두 권으로 출판됨.

10월 가브리엘라 미스트랄이 마드리드에서 리스본으로 자리를 옮기면서 마드리드 영사로 부임.

10월 잡지 《시를 위한 초록 말(Caballo verde para la poesía)》 창간. 4호까지 출판되고 5호와 6호는 인쇄되어 보관 중이었으나 스페인 내전 발발로 분실됨.

11-12월 프랑스 잡지 《르무아(Les Mois)》가 세계의 주요 시인을 다루며 "올해 가장 중요한 작품은 파블로 네루다의 『지상의 거처』"라고 평가.

1936년

7월 18일 프란시스코 프랑코에 의해 스페인 내전 발발.

8월 18일 밤-19일 그라나다에서 페데리코 가르시아 로르카 암살당함.

9월 24일 잡지 《푸른 원숭이(El mono azul)》에 무기명으로 「죽은 민병들의 어머니에게 바치는 노래(Canto a las madres de los milicianos muertos)」를 발표. 이후 『가슴속의 스페인(España en el corazón)』에 포함.

11월 초 마드리드 폭격. 델리아 델 카릴, 루아스 엔리케 델라노와 그의 부인 롤라 팔콘과 함께 발렌시아로 이동했다가 6월부터 바르셀로나에 머물고 있던 아내와 딸을 찾아감.

12월 7일 마드리드와 바르셀로나 영사관이 폐쇄되면서 실직. 가족과 마르세유를 거쳐 몬테카를로로 이동. 그곳에서 아내와 딸과 이별. 아내와 딸은 네덜란드로 떠남.

1937년

1월 파리에서 델리아 델 카릴과 동거.

2월 20일 지식인 연맹의 후원으로 가르시아 로르카를 기리는 강연회 개최. 이 자리에서 스페인

공화파를 공개적으로 지지. 칠레 외교부가 그의 정치적 행위를 비난.
낸시 쿠나드와 프랑스에서 잡지 《세계 시인들은 스페인 민중을 지지한다》를 6호까지 출판.

4월 '문화 수호 협회'에 근무하면서 제2차 세계 작가 회의 조직.

7월 4-7일 발렌시아와 마드리드에서 개최된 문화 수호를 위한 제2차 세계 작가 회의에 참석. 외국인 사절들이 파리에 모여 기차를 타고 내전 중인 스페인으로 향함.

VI. 쓰러진 사람들을 찾아서

1937년

8월 26일 델리아와 라울 곤살레스 투뇬과 암파로 몸 부부와 함께 안트베르펜에서 배를 타고 10월 10일 칠레 발파라이소에 도착. 여행 중에 『가슴속의 스페인』 탈고.

10월 코우시뇨 공원과 킨토노르말 식당에서 네루다를 환영하는 집회가 열림. 킨토노르말 식당에서 개최된 환영식은 펜클럽이 조직한 것이었으며 200여 명이 참석함.

11월 7일 칠레대학교에서 문화 수호를 위한 칠레 지식인 연맹 출범. 이 자리에서 네루다는 파시즘에 대항한 투쟁과 스페인과의 연대를 촉구.

11월 13일 『가슴속의 스페인』(에르시야 출판사, 산티아고) 출판. 2800부 완판.

12월 13일 산티아고 시립극장에서 칠레 지식인 연맹이 집회를 조직. 파블로 네루다와 라울 곤살레스가 '스페인에 부는 폭풍우'라는 제목의 강연. 이 집회의 성과로 12월 19일 발파라이소에서 재개최.

1938년

5월 6일 혹은 7일 테무코에서 아버지 호세 델 카르멘 레예스 사망.

8월 1일 잡지 《아우로라 데 칠레(Aurora de Chile)》 발간.

8월 18일 테무코에서 양어머니 트리니다드 칸디아 마르베르데 사망. 석 달 전 사망한 아버지와 합장. 두 번에 걸친 상실감 속에서 자전적 성격의 「피의 잔(La copa de sangre)」을 씀.

10월 25일 인민전선의 페드로 아기레 세르다가 구스타보 로스를 물리치고 대통령 당선.

11월 7일 카탈루냐의 몬세라트 수도원에서 마누엘 알토라기레가 『가슴속의 스페인』 500부 발간.

1939년

이슬라네그라에 작은 집 구입. 이후 이 집을 넓혀 가며 대부분의 작품을 이곳에서 집필.

1939년 초 페드로 아기레 세르다 대통령이 네루다를 스페인 망명자의 칠레 이민을 위한 특별 영사로 임명. 4월 15일부터 파리에서 활동.

3월 프랑스로 출발. 부에노스아이레스를 거쳐 몬테비데오에서 열린 민주주의 국제회의에 참석하여 스페인 망명자들의 칠레 이민 지원을 요청.

4월 말 파리 도착. 칠레 정부에 적대적인 언론과 정치인들에 맞서 임무를 수행.

6월 프랑스의 르아브르항에서 스페인 망명자를 싣고 갈 위니펙호 점검.

7월 29일 외무부 장관 아브람 오르테가가 프랑스에 "여성과 아이들을 포함하여 1500명의 망명자를 받아들일 것"이라고 알림.

8월 4일 2000여 명의 스페인 망명자와 국제 여단에서 싸운 35명의 칠레인이 위니펙호에 승선.

8월 30일 아리카에 도착. 일자리를 제공받은 일부 망명자들이 아리카에 정착.

9월 2일 위니펙호가 발파라이소에 도착. 3일 하선. 바로 그날 제2차 세계대전 발발.

11월 중순 칠레로 귀국하기 전에 네덜란드에 있는 딸 말바 마리나와 마루카 하게나르를 찾아감.

12월 초 델리아 델 카릴과 아우구스투스호를 타고 칠레로 귀국. 12월 29일 발파라이소 도착.

VII. 멕시코, 꽃과 가시의 땅

1940년

1월 1일 예술가, 정치인, 작가, 스페인 망명자들의 환영을 받으며 산티아고에 도착.

1월 18일 스페인에서 시인 미겔 에르난데스가 사형 선고를 받음. 칠레에서 구명 운동. 프랑코가 30년 형으로 감형.

6월 19일 멕시코 주재 칠레 영사로 임명.

7월 말 델리아 델 카릴, 루이스 엔리케 델라노와 그의 부인인 롤라 팔콘과 함께 발파라이소에서 야스쿠니마루호에 승선.

8월 17일 멕시코시티에 도착. 21일부터 업무 시작. 레비야히헤도 길의 아파트 임대. 추후 로사 마리아 주택 임대.

1941년

4월 트로츠키 살해 음모에 가담한 죄로 투옥 중이던 벽화가 다비드 알파로 시케이로스에게 칠레 비자 발급. 외교부는 비자 취소를 명령. 시케이로스가 치얀에 있는 멕시코 학교에 벽화를 그리기로 함. 결국 칠레 입국 허용. 네루다는 1개월 직무정지.

6월 델리아와 과테말라를 방문하여 미겔 앙헬 아스투리아스를 만남. 독재자 호르헤 우비코가 승인한 가운데 청년 시인들이 조직한 낭송회에 참여.

7월 24일 멕시코 국립대학교가 조직한 시몬 볼리바르 기념식에 참가. 「볼리바르를 위한 노래」

낭송. 파시스트 단체가 난동을 부림.

8월 말 옥타비오 파스와 절연.

독일의 소련 침공 이후 소련 지원 활동에 적극적으로 참여함.

12월 28일 쿠에르나바카의 한 식당에서 네루다, 델리아, 루이스 엔리케 델라노와 그의 부인과 아들 폴리 델라노가 나치 독일인들의 공격을 받음. 네루다는 머리를 다침. 그 공격에 대한 멕시코 언론의 비난이 쇄도.

1942년

1월 5일 반파시스트 사진작가인 티나 모도티 사망. 「티나 모도티가 죽다(Tina Modotti ha muerto)」 발표. 이 시의 첫 구절이 티나 모도티의 묘비에 새겨짐.

3월 초 쿠바 교육부의 초청으로 델리아 델 카릴과 쿠바 여행. 알리칸테에서 미겔 에르난데스가 사망했다는 소식을 들음.

9월 30일 「스탈린그라드 찬가(Canto a Stalingrado)」 발표. 이 시를 적은 포스터가 멕시코 전역에 부착됨.

1943년

2월 브로드웨이의 극장에서 개최된 시 낭송회 '아메리카의 밤'에 참여하기 위해 델리아와 미국 방문.

3월 2일 독일이 점령한 네덜란드에서 딸 말바 마리나 레예스 아헤나르 사망.

6월 2일 멕시코 모랄레스주 텔레칼라에서 델리아 델 카릴과 결혼.

7월 옥중에 있던 브라질 공산주의자 루이스 카를로스 프레스치스의 어머니가 멕시코에서 사망. 장례를 위해 일시적인 석방을 요구했으나 거절됨. 이에 네루다가 장례식이 진행된 18일 「냉엄한 애가(Dura elegía)」로 제툴리우 바르가스 대통령을 비판. 브라질은 외교적으로 네루다의 사퇴를 종용. 칠레 정부는 사안이 위중하다고 판단. 네루다는 퇴임을 조건으로 6개월의 여행 허가를 요청.

8월 21일 미초아칸주 모렐리아의 산니콜라스 데 이달고대학에서 명예 박사학위를 받음.

8월 27일 멕시코에서 개최된 환송회에서 「멕시코의 벽에서(En los muros de México)」를 발표. 이 시는 나중에 『모두의 노래』에 포함됨.

파나마로 출발. 델리아와 함께 여러 국가를 둘러보며 칠레로 향함.

VIII. 암담한 조국

1943년

9월 3일 파나마에 도착하여 며칠 머묾.

9월 8일 알폰소 로페스 푸마레호 대통령 정부의 초청을 받고 보고타에 도착. 보수파 상원의원 라우레아노 고메스가 네루다를 공격하는 시를 발표. 이에 네루다는 「라우레아노 고메스에게 벌로 내리는 세 편의 소네트(Tres sonetos punitivos para Laureano Gómez)」로 화답.

10월 15일 리마에 도착. 페루 대통령 마누엘 프라도가 오찬에 초대, 마추픽추 유적을 둘러볼 기회를 제공.

10월 31일 쿠스코에서 노새를 타고 3일간의 여행 끝에 델리아와 페루의 의원 우리엘 가르시아와 함께 마추픽추 도착.

11월 4일 산티아고에 도착. 칠레 공산당의 정치 활동에 참여.

1944년

5월 21일 산티아고 시청이 수여하는 1943년 시립문학상 수상.

12월 타라파카와 안토파간스타 지역의 공산당 상원의원 후보로 지명.

1945년

1-3월 공산당 대표이자 상원의원 후보인 엘리아스 라페르테와 광산지대에서 선거운동. 3월 4일 선거에서 둘 다 상원의원에 당선.

5월 24일 칠레 국가문학상 수상.

7월 8일 공산당 가입 및 당원증을 받음.

7월 15일 브라질 상파울루의 피카엠부 경기장에서 개최된 프레스치스 환영 집회에 참석. 10만 명의 군중 앞에서 「카를로스 프레스치스에게 인사를 건네다(Saludos a Carlos Prestes)」 발표.

9월 잠시 활동을 멈추고 이슬라네그라에서 마추픽추에 관한 집필을 시작.

1946년

7월 21일 가브리엘 곤살레스 비델라가 대통령 후보로 선출. 8월에 네루다가 선거 운동 책임자가 되면서 곤살레스 비델라와 전국 순회.

9월 1일 산티아고 국립경기장에서 열린 선거 운동 마감식에서 네루다가 정부의 프로그램을 완수할 것에 대한 곤살레스 비델라의 맹세를 받음.

9월 4일 곤살레스 비델라가 대통령에 당선.

1947년

6월 12일 산티아고의 대중교통 노동자들의 파업으로 네 명이 사망하고 십여 명이 부상. 곤살레스 비델라가 파업을 주도한 공산당을 공개적으로 비난. 상원에서 네루다가 대통령을 비난.

8월 17일 석탄 광부들이 무기한 파업에 들어감. 곤살레스 비델라가 공산당을 비난하며 당과 관계를 단절하고 파업을 군사적으로 진압.

10월 14일 상원 연설로 인해 곤살레스 비델라의 정적이 됨.

11월 27일 네루다가 카라카스의 일간지 《엘 나시오날》에 「칠레 민주주의의 위기는 라틴아메리카를 향한 경고이다」라는 글을 실으면서 "수백만 명에게 중요한 편지"로 회자됨.

12월 10일 곤살레스 비델라를 비난하는 두 번째 상원 연설.

12월 24일 곤살레스 비델라 정부가 네루다의 상원의원 면책 특권을 박탈하는 소송을 제기.

1948년

1월 6일 세 번째 상원 연설. 이 연설문은 「나는 고발한다(Yo acuso)」라는 제목으로 출판.

1월 27일 아르헨티나로 출국 시도 실패. 이후 아르헨티나 멘도사로 출국 시도 실패. 멕시코에 한 정치적 보호 요청도 좌절.

2월 3일 대법원은 네루다의 상원의원 면책 특권 박탈. 2월 5일 국가원수 모독죄로 체포영장 발급. 이후 네루다는 칠레에 은신하면서 『모두의 노래(Canto general)』 집필.

2월 26일 마리아 아헤나르가 칠레에 옴. 정부가 네루다를 어렵게 하려고 그녀를 데려옴. 네루다는 경제적 지원을 하기로 약속함.

8월 25-30일 파블로 피카소가 폴란드 브로츠와프에서 개최된 국제 지식인 대회에서 네루다의 실종을 알리고 연대를 촉구하는 연설을 함.

1949년

2월 칠레 남부의 푸트르노에 도착. 아르헨티나로 입국 준비를 함.

2월 중순 두 친구와 세 명의 마부와 함께 말을 타고 산맥을 넘음.

3월 초 아르헨티나의 산마르틴 델 로스 안데스에 도착. 이곳에서 부에노스아이레스로 향함. 미겔 앙헬 아스투리아스의 여권으로 유럽으로 향함.

4월 25일 파리에서 개최된 세계 평화 대회 폐회식에 등장.

IX. 망명의 시작과 끝

1949년

4-5월 델리아 델 카릴과 파리에 머묾.

6월 6일 델리아와 소련 여행. 모스크바와 레닌그라드에서 푸시킨 탄생 150주년 기념 행사에 참석.

7-8월 동유럽을 여행하면서 폴란드, 헝가리, 체코슬로바키아 등에서 발표회에 참석.

8월 델리아와 멕시코로 향함. 9월 3일부터 10일까지 멕시코에서 개최된 라틴아메리카 평화대회에 참석. 1946년 산티아고에서 만났던 마틸데 우루티아와 재회.

9월 혈전성 정맥염으로 앓아누움. 마틸데가 그를 간호함. 이곳에서 사랑이 싹트고 그녀와 여생을 함께함.

1950년

4월 『모두의 노래』가 멕시코에서 출판. 책 표지는 멕시코 벽화가 디에고 리베라와 다비드 알파로 시케이로스가 작업. 이 시집은 칠레에서 호세 벤투렐리에 의해 비밀리에 출판됨. 『모두의 노래』는 보편적 시의 고전이 됨. 기념비적이고 독자적인 작품으로 아메리카의 자연과 역사와 문화에 대한 비전을 담고 있음.

6월 24일 델리아와 유럽행 배에 오름.

7월 파리에 자리를 잡고 체코슬로바키아, 루마니아, 헝가리, 소련을 방문함.

10월 세계 평화 회의 의장이던 졸리오퀴리의 요청으로 자와할랄 네루 총리와의 면담을 위해 뉴델리로 향하나 그곳에서 경찰의 감시를 받음. 네루다가 명확히 밝히진 않지만, 그 행위의 원인이 인도 공산당의 지지를 받던 농민운동과 텔랑가나 반란(1946-1951)에 있을 것으로 짐작됨.

11월 16-22일 바르샤바에서 개최된 제2차 세계 평화 대회에 참석. 이 자리에서 파블로 피카소, 폴 로브슨, 파블로 네루다가 레닌 평화상을 수상함.

12월 스탈린 평화상의 국제위원회 심사위원으로 위촉됨.

1951년

8월 초 마틸데 우루티아가 파리에 도착. 이때부터 칠레로 돌아갈 때까지 그녀와 행복한 시절을 보냄. 동베를린에서 개최된 제3차 세계 청년 축제에 참가.

8월 말 루마니아의 부쿠레슈티 방문. 마틸데와 함께 머물면서 쓴 시가 추후에 『대장의 노래(Los versos del capitán)』로 출판.

9월 시베리아 횡단 열차를 타고 중국 방문. 세계 평화 회의 대표자로 1925년에 사망한 쑨원의 부인 쑹칭링에게 국제 평화상 전달.

11월 말 마틸데와 스위스 니옹을 여행.

12월 중순 프라하와 소련을 방문. 스탈린 평화상 심사위원 회의 참석.

12월 말 로마에서 마틸데와 재회. 델리아와 친구들과 함께 나폴리에서 새해를 맞음.

1952년

1월 11일 이탈리아 내무부의 추방 명령. 경찰이 그를 로마로 데려가나 추종자들의 항의로 호텔에 머물게 됨. 이후 1월 15일 추방 명령이 철회됨.

1월 중순 역사가이자 자연주의자이던 에르윈 세리오가 카프리의 주택을 사용할 수 있게 도와줌. 1월 23일, 마틸데와 네루다가 그곳에서 지냄. 『대장의 노래』 탈고. 『포도와 바람(Las uvas y el viento)』 집필 시작.

1월 30일 델리아 델 카릴이 칠레로 돌아감.

7월 8일 나폴리에서 익명, 비매품으로 『대장의 노래』 44부를 출판. 이 시집은 1962년까지 익명으로 출판됨.

7월 말 마틸데와 아메리카로 돌아가기 위해 칸으로 감. 출발 전에 프랑스에서 추방됨. 여행 중에 우루과이 건축가 알베르토 만타라스와 그의 부인 올가를 만나 깊은 우정을 쌓음.

8월 10일 몬테비데오에 도착. 부에노스아이레스로 가는 마틸데와 헤어짐. 네루다는 비행기로 산티아고로 향함. 12일에 도착. 불네스 광장에서 성대한 환영식이 열림.

X. 여행과 귀환

1952년

10월 27일 델리아와 차를 타고 가던 중 트럭과 충돌하는 사고 발생. 네루다는 한쪽 팔에 깁스를 하고 델리아는 병원에 입원.

11월 마틸데와 산크리스토발산 아래 토지를 구매. 훗날 머리숱이 많은 그녀를 위해 '라 차스코나'로 불릴 집을 지음. 그동안 마틸데는 프로비덴시아 지역의 아파트에 살고 네루다는 델리아와 함께 생활함.

12월 초 빈에서 개최된 세계 평화 회의에 참석하기 위해 유럽으로 건너감. 뒤이어 소련의 38주년 기념식에 참석하여 스탈린 평화상 심사.

1953년

3월 5일 4월에 산티아고에서 개최될 라틴아메리카 대륙 문화 대회를 조직. 스탈린 사망. 네루다는 이슬라네그라에서 「스탈린의 죽음에 부쳐(En su muerte)」라는 시를 씀.

4월 자신의 사랑 시를 모아 『모든 사랑(Todo el amor)』 출판.

4월 26일-5월 3일 라틴아메리카 대륙 문화 대회 개최. 라틴아메리카 국가에서 200여 명이 참석.

5월 초 문화 대회에 참석차 칠레를 방문한 디에고 리베라가 마틸데의 초상을 그림.

8월 엘리아스 라페르테와 살바도르 오캄포와 함께 초석 광산을 방문함.

12월 21일 스탈린 평화상 수상.

12월 29일 자신의 이름을 딴 시문학 연구소 설립을 위해 칠레대학교에 자신의 도서를 기증. 이로써 자신의 50주년 생일을 기념함.

1954년

1월 20-24일 칠레대학교에서 '나의 시'라는 제목으로 다섯 차례에 걸친 강연회.

2월 중순 브라질 고이아나를 방문하여 제1차 브라질 지식인 회의에 참석.

2월 27일 『포도와 바람』(나시멘토 출판사, 산티아고) 출판.

6-7월 50세 생일을 기념하기 위한 문화 활동을 준비. 7월 12일 칠레대학교 명예의 전당에

서 개회.

7월 14일 『기본적인 송가(Odas elementales)』(로사다 출판사, 부에노스아이레스) 출판. 이 작품에 대해 비평가 사울 유르키에비치는 그의 시가 "세상의 모든 것을 포함하고 고갈되지 않는 시의 다양성 안에 현실을 온전히 담아 내기 위해 제 영역을 확장했다." 라고 평가. 이 작품에 이어 『새로운 기본적인 송가(Nuevas odas elementales)』(1956), 『세 번째 송가집(Tercer libro de las odas)』(1957), 『항해와 귀환(Navegaciones y regresos)』(1959) 출판.

8월 10일 일리야 예렌부르크로부터 스탈린 평화상을 전달 받음.

12월 중순 델리아와 볼로디아 테이텔보임과 함께 제2차 소련 작가 회의에 참석. 1955년 4월 칠레에서 이 작가 회의에 대한 강연회를 개최.

12월 스탈린 평화상 심사위원으로 모스크바 방문. 이후 스톡홀롬에서 개최된 세계 평화 회의에 참석. 12월 30일 칠레로 귀국.

1955년

2월 델리아 델 카릴과 이혼. 아직 공사가 끝나지 않은 차스코나에 가서 마틸데 우루티아와 동거.

11월 폴란드 시인 아담 미츠키에비치 100주기 기념 행사에 초대되어 마틸데와 함께 바르샤바, 크라쿠프, 포즈나뉴 여행.

1956년

2월 14-25일 모스크바에서 개최된 스무 번째 공산당 전당대회에서 스탈린의 범죄가 드러남. 이를 계기로 네루다의 시에 스탈린에 대한 비판의 내용이 담기기 시작하고 그의 시에 변화가 나타남.

1957년

1월 말 『네루다 전집(Obras completas)』(로사다 출판사, 부에노스아이레스) 출판.

4월 초 마틸데와 부에노스아이레스 여행. 아르헨티나 정부가 공산주의자들을 탄압하고 있던 상황에서 4월 11일 체포되었다가 이튿날 석방됨. 이후 몬테비데오로 건너감.

4월 몬테비데오에 머무는 사이 칠레 작가 회의 회장으로 선출. 브라질로 건너가 호르헤 아마도와 그의 부인 셀리아 가타이를 만남.

7월 세계 평화 회의 참석을 위해 스리랑카의 콜롬보 방문. 그곳에서 호르헤 아마도와 셀리아와 재회. 30년 전에 살았던 집과 거리를 돌아봄. 호르헤 아마도와 셀리아와 함께 인도와 버마 랑군을 여행. 이후 중국으로 건너가 53세 생일을 축하하기 위해 양쯔강 여행.

9-10월 마틸데와 동유럽 여행 후 파리로 건너감. 10월 4일 세계 최초의 위성 스푸트니크 발사 소식을 들음. 이 사건이 네루다의 관심을 끌었으며 시의 주제가 되기도 함.

1958년

칠레 대통령 선거에서 살바도르 아옌데 진영에 참여. 전국을 순회하며 대중 집회에 참석.

8월 18일 『에스트라바가리오(Estravagario)』(로사다 출판사, 부에노스아이레스) 출판. 이 작품으로 네루다의 작품이 새로운 시기로 진입. 유토피아적 비전이 사라지고 삶에 대해 양가적이고 반교조적인 비전으로 전환.

1959년

1월 3일 마틸데와 베네수엘라로 감. 1월 18일 과이라항에 도착.

2월 26일 카라카스의 쿠바 대사관에서 피델 카스트로를 만남.

11월 산티아고대학교 출판부에서 『사랑의 소네트 100편』을 사전 예약판으로 출판.

1960년

3월 몬테비데오에서 마틸데와 유럽으로 향함. 배에 함께 탄 브라질 시인 비니시우스 지 모라에스와 서로를 위한 시를 씀.

5월 21-22일 두 번의 지진으로 칠레 중부와 남부 지역이 피해를 입음. 유럽에 있던 네루다는 「이변」을 발표하여 복구를 위한 모금을 진행.

『스무 편의 사랑의 시와 한 편의 절망의 노래』 100만 부 판매에 맞춰 서문으로 발표할 「『스무 편의 사랑의 시』에 관한 소소한 이야기」를 작성.

11월 중순 마르세유에서 쿠바행 배를 타고 12월 5일에 쿠바 도착. 강연회와 낭송회에 참석. 카사 델 라스 아메리카스가 쿠바혁명을 다룬 『무훈 찬가(Canción de gesta)』 2만 5000부 출판. 쿠바 중앙은행에서 체 게바라를 만남.

1961년

6월 26일 안토니오 킨타나의 사진이 포함된 『칠레의 돌(Las piedras de Chile)』(로사다 출판사, 부에노스아이레스) 출판.

9월 18일 독립 기념일을 맞아 훗날 네루다 박물관으로 쓰이게 될 발파라이소의 주택 '라 세바스티아나' 준공식.

10월 31일 『행사시(Cantos ceremoniales)』(로사다 출판사, 부에노스아이레스) 출판.

1962년

1월 16일 리우데자네이루의 《오 크루제이루 인테르나셔나우》가 「파블로 네루다의 기억과 추억: 시인의 삶」을 10회에 걸쳐 연재.

3월 30일 칠레대학교 철학인문학대학 행사에 참석. 시인 니카노르 파라가 환영사를 함.

4월 초 마틸데와 우루과이 여행. 이후 이탈리아에서 알베르토 탈로네를 만남. 알베르토 탈로네는 네루다의 여러 작품을 출판함.

1963년

『스무 편의 사랑의 시와 한 편의 절망의 노래』 이탈리아어판으로 산 발렌티노 문학상 수상.

9월 29일 산티아고의 부스타만테 공원에 집결한 3000명의 군중 앞에서 중국의 문화대혁명을 비판함.

1964년

2월 세익스피어 탄생 400주년을 맞아 칠레대학교에서 공연될 『로미오와 줄리엣』을 번역.

7월 칠레 국립도서관 주최로 탄생 60주년 기념 행사 개최.

6월 2일-7월 12일 로사다 출판사가 『이슬라네그라의 추억』을 5부로 나눠 출판.

10월 10일 칠레대학교 연극 연구소가 네루다가 번역한 『로미오와 줄리엣』을 공연.

12월 부에노스아이레스대학교 출판부가 마르가리타 아기레가 쓴 네루다의 전기 성격의 책 『파블로 네루다의 모습과 기질(Genio y figura de Pablo Neruda)』 출판.

1965년

3월 27일 네덜란드 덴하그에서 네루다의 첫 부인 마리아 안토니아 아헤나르 사망.

3월 마틸데와 유럽 여행. 4월 16일 파리 도착. 뒤이어 모스크바 방문. 헝가리 정부의 초청으로 부다페스트를 방문하여 미겔 앙헬 아스투리아스와 만남. 두 사람은 헝가리에 대한 인상을 글로 남김. 그리하여 『헝가리에서 식사하며(Comiendo en Hungría)』 출판.

5월 19일 나치즘에서 해방 20주년을 기념하여 독일민주당이 조직한 국제 작가 회의에 참석.

6월 1일 옥스퍼드대학교에서 라틴아메리카 시인 최초로 명예 박사학위를 받음.

1966년

3월 21일 아서 밀러가 6월 12일부터 18일까지 뉴욕에서 열리는 펜클럽 회의에 초청. 6월 초에 마틸데와 미국으로 출발.

6월 18일 워싱턴의 미주개발은행에서 낭송회 참석.

7월 4일 페루에 도착. 리마와 아레키파에서 강연회 참석. 수입금은 지진 피해 복구를 위해 사용. 페르난도 벨라운데 대통령과 오찬. 페루 정부는 네루다에게 훈장(Orden del Sol) 수여.

7월 12일 62세 생일. 마틸데와 칠레로 귀국.

7월 31일 100명이 넘는 쿠바 예술가와 지식인들의 서명이 담긴 공개 서한이 아바나에서 인쇄되어 전 세계로 유포. 이 편지는 네루다의 펜클럽 회의 참석, 페루 대통령과의 오찬과 훈장에 대해 비판하고 있음. 레르난 로욜라 교수가 지적하듯, 이 편지는 네루다에게 "근거 없는 공격"이자 "자신의 삶의 궤적과 혁명적 존엄에 대한 심각한 무례"였다.

8월 1일 쿠바인들에게 보내는 전보를 발표함.

에미르 로드리게스 모네갈의 네루다의 전기적 내용 및 비평을 담은 『네루다, 움직이지 않는 여행자』(로사다 출판사, 부에노스아이레스) 출판.

9월 네루다의 글과 시를 모은 『모래 속의 집(Una casa en la arena)』(루멘 출판사, 바르셀로나) 출판.

10월 28일 이슬라네그라에서 마틸데와 결혼.

11월 1일 『새의 기술(Arte de pájaro)』을 비매품으로 발간.

1967년

10월 14일 칠레대학교 연극 연구소가 네루다의 유일한 희곡 작품인 『호아킨 무리에타의 불꽃 같은 삶과 죽음(Fulgor y la muerte de Joaquín Murieta)』 공연(음악: 세르히오 오르테가, 연출: 페드로 오르토우스, 안무: 파트리시오 분스테르).

11월 24일 시인의 태생지인 파랄 여행. 시에서 수여하는 '저명인'의 호칭을 받음.

12월 4일 『민요(La barcarola)』(로사다 출판사, 부에노스아이레스) 출판.

1968년

1월 소련 시인 예브게니 옙투셴코 칠레 방문. 산티아고 나타니엘 경기장에 7000명이 모인 가운데 네루다와 낭송회 개최.

4월 14일 잡지 《에르시야(Ercilla)》의 '이슬라네그라에서의 명상'이라는 코너를 두어 격주간 연재 시작. 2년간 연재.

7월 12일 이슬라네그라에서 64세 생일 축하연. 1962년 《오 크루제이루 인테르나셔나우》에 게재한 글에 뒤이어 자서전 출판을 기획.

8월 22일 마틸데와 몬테비데오 여행. 뒤이어 브라질 상파울루로 건너가 가르시아 로르카의 기념비 제막식에 참석. 이후 사우바도르, 콩고냐스, 페트로폴리스, 오루프레투, 브라질리아 여행. 브라질리아를 기획한 건축가 오스카르 니에메예르를 만남.

10월 브라질에서 콜롬비아로 건너감. 미겔 앙헬 아스투리아스와 마니살레스대학교 연극 페스티벌의 심사위원으로 참여.

11월 『한낮의 손(Las manos del día)』(로사다 출판사, 부에노스아이레스) 출판.

편집자 곤살로 로사다에게 이슬라네그라 인근 땅에 작가들과 예술가들이 작품 활동을 할 수 있게 '칸탈라오'를 짓겠다고 제안.

XII. 희망과 고난의 조국

1969년

1-2월 3월에 시행될 총선을 앞두고 공산당 출마자들을 지지하는 선거 운동.

7월 『아직도(Aún)』(나시멘토 출판사, 산티아고) 출판.

8월 『세상의 끝(Fin de mundo)』 출판.

8월 19일 칠레 국립도서관 주최로 네루다의 작품 전시회 개최.

8월 21일 칠레 가톨릭대학교에서 명예 박사학위 수여.

9월 30일 공산당이 1970년 대선 후보로 네루다 지명. 대선 슬로건은 "국민 통합을 위하여".

10월 아리카에서 로타까지 전국을 돌며 선거 운동. 12월에 테무코와 푼타아레나를 포함해 재차 순회 선거 운동. 1970년 초 발파라이소에는 엄청난 군중이 모임.

1970년

1월 살바도르 아옌데를 단일 후보로 추대하고 대통령 후보에서 사퇴.
『스무 편의 사랑의 시와 한 편의 절망의 노래』 호화판 출판.

4월 마틸데와 유럽행. 모스크바에서 레닌 탄생 100주년 행사 참석. 이후 런던에서 개최된 웨스트민스터 시문학 페스티벌 참석.

6월 23일 칸에서 아메리카행 승선. 24일 바르셀로나를 경유하면서 가브리엘 가르시아 마르케스를 만남.

7월 초 베네수엘라를 경우하면서 카라카스에서 개최된 제3차 라틴아메리카 작가 회의에 참석. 뒤이어 페루에서 5월 31일 지진으로 인한 이재민을 위해 낭송회를 개최하고 벨라스코 알바라도 대통령을 만남.

7월 중순 칠레 도착. 살바도르 아옌데의 선거 운동에 참여. 9월 4일 대통령 당선.
『불타는 칼(La espada encendida)』, 『하늘의 돌(Las piedras del cielo)』 출판. 현대예술회가 산티아고에서 『해진(Maremoto)』 출판.

1971년

1월 파스쿠아섬에서 10일간 머물며 우고 아레발로 감독의 영화 「파블로 네루다의 역사와 지리(Historia y Geografía de Pablo Neruda)」의 일부 촬영. 이 여행을 통해 1972년 『분리된 장미(La rosa separada)』 출판.

1월 21일 상원이 파리 주재 칠레 대사 임명을 인준.

3월 20일 마틸데와 파리행. 26일 조르주 퐁피두 대통령 접견.

9–10월 작품 활동을 위해 노르망디의 한 고택에 기거.

10월 21일 파리에서 스웨덴 대사 군너 하그로프스로부터 노벨 문학상 수상 소식을 전해 들음. 스웨덴 한림원은 네루다를 "억압받는 인간을 위한 시인"으로 평가함.

10월 말 파리에서 전립선암 수술. 네루다의 친구이자 의사인 라울 불네스와 이슬라네그라의 이웃이 파리로 건너와 그를 간호함. 이후 네루다는 '라 만첼'로 명명한 집에서 휴식을 취함.

12월 초 마틸데와 스톡홀롬 여행. 10일에 노벨 문학상 수상 및 수상 연설.

12월 31일 '라 만켈'에서 동료들과 신년 맞이 행사.

1972년

2월 그리스 작곡가 미키스 테오도라키스에게 『모두의 노래』에 곡을 붙이도록 허락. 그의 곡은 네루다 사망 후 1974년에 초연.

2월 칠레의 국가 부채 문제를 해결하기 위한 회의에 대표자로 참석.

4월 10일 뉴욕에서 개최된 펜클럽 50주년 기념회에서 기조 연설.

4월 25일 마틸데와 모스크바 방문. 4월 26일부터 5월 5일까지 입원.

5월 『무익한 지리(Geografía infructuosa)』 출판.

6월 중순 런던에서 열린 국제 시문학 페스티벌 참석. 옥타비오 파스를 만나 화해.

6월 28일 파리로 돌아와 재입원.

7월 12일 68번째 생일 축하연. 훌리오 코르타사르와 그의 부인, 가브리엘 가르시아 마르케스, 카를로스 푸엔테스, 마리오 바르가스 요사, 조지 에드워즈, 폴리 델라뇨, 칠레 외무부 장관 클로도미로 알메이다 참석.

7월 중순 2차 수술.

7월 여동생 라우라 레예스와 자서전 집필을 도와줄 오메로 아르세가 파리에 도착.

10월 26일 프랑스 대통령 조르주 퐁피두와 회동.

10월 28일 4년 임기의 유네스코 협의회 회원으로 선출.

11월 20일 마틸데와 칠레 귀국.

12월 5일 산티아고 국립경기장에서 노벨 문학상 수상에 대한 축하 행사. 해외 순방 중이던 아옌데 대통령을 대신하여 부통령 카를로스 파라츠가 참석.

12월 31일 발파라이소의 주택 '라 세바스티아나'에서 신년 맞이 행사.

1973년

아옌데 정부가 네루다의 숙원이던 '칸탈라오' 설립 기획 지원을 약속함으로써 작가와 예술가들이 일정 기간 동안 머물며 활동할 수 있게 됨. 건축은 라울 불레스, 카를로스 마르트네르, 비르히니아 플루빈스가 담당.

2월 2일 살바도르 아옌데와 영부인이 이슬라네그라 방문. 이 자리에서 네루다는 프랑스 대사직을 사임하겠다고 밝힘.

2월 16일 『닉슨을 암살하고 칠레 혁명을 찬양하라(Incitación al nixonicidio y alabanza de la revolución chilena)』 7000부 출판.

건강이 좋지 않았음에도 자서전과 일곱 권의 시집을 집필. 1974년 7월 12일 자신의 70세 생일을 기념하여 출판할 예정이었음.

4월 초 비냐델마르의 미라마르 호텔에서 신문기자 루이스 알베르토 만시야에게 4월 8일 사망한 파블로 피카소를 애도하는 내용을 구술로 전달함.

4월 중순 마틸데가 파리에 건너가 남겨 둔 물건을 가져오면서 '라 만켈'을 매각함.

7월 12일 69번째 생일을 맞음. 침대에서 손님을 맞음.

8월 30일 루이스 알베르토 만시야 기자를 불러 인류학자 알레한드로 리프추 박사의 90세 생일을 축하하는 메시지를 구술로 전달.

9월 11일 라디오를 통해 군사 쿠데타로 모네다 궁이 폭격당하고 아옌데 대통령이 사망했다는 소식을 들음.

9월 14일 마틸데에게 자서전의 마지막 글을 구술함. 군인들이 이슬라네그라의 집을 수색.

9월 19일 건강 악화로 산티아고의 산타마리아 병원에 입원.

9월 23일 밤 10시 30분에 사망. 약탈 행위로 파괴된 '라 차스코나'에서 장례식을 치름.

9월 25일 산티아고에 안치됨. 군인들의 위협에도 엄청난 행렬이 네루다의 뒤를 따라 최초로 쿠데타에 저항한 집회가 됨.

1974년

4월 『질문의 책(Libros de las preguntas)』, 『비가(Elegía)』, 『간추린 결점(Defectos escogidos)』, 『겨울 정원(Jardín de invierno)』, 『2000』, 『노란 심장(El corazón amarillo)』, 자서전 『사랑하고 노래하고 투쟁하라(Confieso que he vivido)』 사후 출판.

옮긴이의 말

리얼리스트가 아닌 시인은 죽은 시인이다.

그러나 리얼리스트에 불과한 시인도 죽은 시인이다.

— 파블로 네루다

이 책은 칠레의 시인 파블로 네루다가 태어날 때부터 생을 마감하기 직전까지의 삶을 기술한 회고록이다. 이야기는 평온한 유년기로부터 시작해서, 보헤미안 생활을 하던 청년 시절과 동남아시아에서 보낸 영사 시절을 거쳐 스페인 내전, 2차 세계대전 전후의 이념적 갈등, 칠레의 1970년대 정치 상황에 이르기까지 거침없이 굽이친다. 이와 더불어 군데군데 시의 창작과 비평에 관한 견해를 밝히고 가르시아 로르카, 피카소, 예렌부르크, 네루, 엘뤼아르, 카스트로, 체 게바라, 아옌데 등 여러 인물에 대한 단상을 풍부한 에피소드와 함께 엮어 내고 있다.

한 개인이 일생 동안 겪은 일은 수없이 많을 텐데, 네루다는 그런 개인사를 미주알고주알 늘어놓지는 않는다. 성찰의 거울은 내면이 아니라 외면을 향하고 있다. 복잡한 사생활이나 지극히 개인적인 신상에 관한 이야기는 거의 보이지 않고, 그가 살아온 시대적 상황과 인물을 회고하는 데 초점을 맞추고 있어, 마치 네루다라는 창을 통해 20세기 세계사를 들여다보는 듯하다.

하지만 인연은 세월의 바람에 흩어지고 추억만 낙엽처럼 쌓인다고 했던가. 네루다의 회고는 공정하지도 않고 포괄적이지도 않다. 서문에서 네루다 스스로 밝히고 있듯이, 네루다의 기록은 "듬성듬성"하다. 이 책에서 언급해야 마땅한데도 이런저런 이유로 망각의 어둠 속에 묻혀 버린 사건이나 인물이 적지 않은 것이다. 네루다는 이런 망각의 어둠을 배경 삼아 반짝이는 삶의 편린들로 시, 사랑, 혁명을 찬연하게 아로새긴다.

네루다에게 시는 삶의 전부였다. 시가 무언지도 모를 때부터 시를 노래했고, 암의 고통 속에서 죽어 가는 순간에도 시를 구술했다. 죽기 바로 전날 네루다를 찾아간 변호사 피게로아의 증언에 따르면, 네루다는 책 한 권 들 힘조차 없었는데도 비서 오메로 아르세가 병실 한구석에서 정서해 준 초고의 교정을 보고 있었다고 한다.

이처럼 네루다를 끊임없이 노래하게 만든 영감의 원천은 무엇이었을까? 거의 모든 비평가가 한목소리로 말하듯이, 대자연이다. 산과 숲, 벌판과 꽃, 식물과 동물, 하늘과 땅, 비와 바람이다. 여인의 육체를 탐닉하는 시에서는 물론이고, 끈끈한 고독이 묻어나는 시, 분노와 함성이 메아리치는 시, 그리고 일상적인 사물의 소박한 정취를 노래한 시에서도 항상 텁텁한 흙냄새가 나고 신선한 초목의 그림자가 어른거린다. 그렇기에 네루다 또한 이렇게 고백한다. "아마도 사랑과 자연은 아주 어렸을 때부터 내 시의 근원이었던 것 같다."

네루다는 타고난 보헤미안으로 한곳에 정착하기보다는 쉼 없이 세상을 돌아다녔다. 이런 기질은 이성에 대한 사랑에서도 그대로 드러난다. 젊은 시절 밀짚 더미 위에서 나눈 하룻밤 풋사랑으로 시작해서 두 번째 부인 델리아 델 카릴에 대한 영육의 사랑을 거쳐 세 번째 부인 마틸데의 조카 알리시아에 대한 만년의 정신적인 사랑에 이르기까지, 끊임없이 여인의 향기를 쫓아다녔다. 그러나 이 회고록에서 네루다가 특별히 강조하는 사랑이 있는데, 그것은 바로 민중에 대한 사랑이다.

계기는 1936년에 시작된 스페인 내전. "최초의 탄환이 스페인 기타를 관통하고 거기서 음악 대신에 피가 솟구쳐 나오자" 비참한 공장의 지붕 밑에서, 길거리에서, 정류장에서, 도시와 농촌에서 신음하는 사람들을 보기 시작한 것이다. 네루다의 말을 직접 들어 보자. "그때부터 내 길은 다른 사람들의 길과 합류하게 되었다. 그리고 문득 고독이라는 남쪽에서 민중이라는 북쪽으로 방향을 전환한 나 자신을 보게 되었다. 내 보잘것없는 시가 민중에게 칼이 되고 손수건이 되어, 무거운 고통으로 흘린 땀을 닦아 주고 빵을 위한 투쟁의 무기가 되기를 열망했다." 이렇게 사회와 인간에 눈을 뜬 네루다는 한평생 사회적 약자들, 버려진 영혼들, 가난한 사람들의 편에 서서 노래하고 투쟁했다.

그러나 지난 세기 라틴아메리카에서 사회 정치적인 억압과 굴레로부터 해방을 꿈꾸는 사람에게 남겨진 정치적 선택지는 거의 없었다. 각성한 민중은 사회적 정의를 요구하고, 지식인들은 자유를 부르짖었으나 수백 년 묵은 기득권층과 결탁한 독재자들로부터 돌아온 대답은 항상 무자비한 총칼뿐이었다. 따라서 네루다처럼 평화를 사랑하고 존재의 기쁨을 노래하는 사람도 근본적인 체제 변혁 프로그램으로서 공산주의에 경도될 수밖에 없었다.

그렇다고 하더라도 우리에게 육감적인 연애시로 널리 알려진 네루다의 이미지와 공산주의라는 이미지는 충돌을 일으킨다. 네루다에게 공산주의는 어떤 것이었을까? 이 책에 따르면, 공산주의는 책상머리에서 이론으로 다가온 게 아니라 스페인 내전이라는 참혹한 현장에서 "반파시즘 투쟁과 저항을 지탱해 주는 정신적 힘"으로 다가왔다. 히틀러와 프랑코로 상징되는, 전방위적이고 무차별적이고 비인간적인 폭력에 대항하는 유일한 저항 세력이 공산주의였던 것이다. 그리고 엘뤼아르와 마찬가지로 네루다에게도 공산주의는 권력이 아니었다. "시와 삶을 통해 인간의 가치와 인본주의를 확인하는 것이었다."

네루다는 "당에 입당하고 나서 수십 년이 흘렀는데, 지금도 만족스럽다."라고 말하고 있으나 개인적으로는 여러 가지 곤경과 좌절과 아픔을 경험했다. 이상에 매몰되어 스탈린의 공포정치를 통찰하지 못한 우를 범했고, 쿠바의 지식인들로부터는 '친(親)양키 개량주의자'라고 비판받았으며, 부르주아적 취향 때문에 파블로 데 로카 같은 사람들로부터 끊임없는 공격에 시달렸다. 그리고 생의 마지막 순간에는 피노체트의 군홧발 아래 으스러지는 혁명을 목격하고, "저들은 또다시 칠레를 배신했다."라는 숨 가쁜 구절로 이 책을 끝마쳐야 했다.

네루다가 이 회고록을 집필하기 시작한 때는 파리 대사로 근무하던 1972년, 전립선암 수술을 받고 난 후이다. 당시 건강이 극도로 악화되었기 때문에 집필 작업은 1962년 브라질 잡지《오 크루제이루 인테르나셔나우》에 연재한「파블로 네루다의 기억과 추억: 시인의 삶」을 근간으로 삼아 비서 오메로 아르세의 도움을 받아 진행되었다. 그러나 네루다는 끝내 탈고하지 못했다. 네루다 사후, 마틸데 우루티아와 미겔 오테로 실바가 원고를 정리하고 피노체트 군부 독재의 서슬 퍼런 감시망을 피해 원고를 국외로 반출해, 1974년 스페인에서 출판되었다.

이런 연유로 알로네와 같은 비평가는 이 책의 마지막 부분인 「살바도르 아옌데」는 네루다가 집필하지도 않았고, 구술하지도 않았다고 주장했다. 그러나 마틸데 우루티아는 원고의 제목은 물론 소제목 하나도 바꾸지 않았다고 반박했다. 다만, 네루다의 유고에는 두 번째 부인 델리아 델 카릴에 대한 내용이 하나도 없었기 때문에 세인들로부터 불필요한 오해를 받을까 염려하여 오테로 실바와 함께 『이슬라 네그라의 추억』에 실린 델리아에게 바치는 시의 내용을 간략한 문장으로 만들어 삽입했다고 한다. 현재 대부분의 문헌 비평가들은 「살바도르 아옌데」를 포함하여 회고록 전부를 네루다가 집필했다고 인정하고 있다.

네루다는 인간적으로나 정치적으로 약점이 적지 않은 사람이다. 때로는 정당한 공격도 받았고, 때로는 부당한 오해에 시달리기도 했다. 그렇기에 네루다는 이 책에서는 자신을 열렬히 변호하기도 하고, 공적을 자랑하기도 하고, 문단의 적이나 정적을 격렬하게 성토하기도 하는데, 이는 어디까지나 그의 주관적인 견해라는 점을 덧붙이고 싶다. 그렇지만 우리가 회고록을 읽는 이유 가운데 하나는 공식적인 견해보다는 저자의 숨결과 맥박이 스며든 견해를 알고 싶고, 또 그런 견해와 대화하고 싶기 때문이다. 따라서 이 책은 온몸으로 정의와 진리의 편에 서려고 했던 한 인간의 진정성을 가슴으로 이해하는 데는 더할 나위 없이 좋은 통로이다. 번역이든 저술이든 책의 완성도를 높이는 데는 저자 못지않게 역량 있는 편집자의 참여가 무척 중요한데, 예전에 미처 고마움을 표하지 못했다. 이 자리를 빌어 민음사 편집부 양희정 부장님의 노고에 두 배로 감사드린다.

박병규

파블로 네루다 자서전

사랑하고
노래하고
투쟁하라

1판 1쇄 펴냄 2008년 3월 5일
1판 8쇄 펴냄 2017년 11월 15일
2판 1쇄 펴냄 2023년 4월 20일
2판 2쇄 펴냄 2024년 1월 26일

지은이 파블로 네루다
옮긴이 박병규·이경민
발행인 박근섭·박상준
펴낸곳 (주)민음사

출판등록 1966. 5. 19. 제16-490호
주소 서울특별시 강남구 도산대로1길 62(신사동)
강남출판문화센터 5층 (우편번호 06027)
대표전화 02-515-2000 | 팩시밀리 02-515-2007
홈페이지 www.minumsa.com

ISBN 978-89-374-1699-6 (03870)

박병규

고려대학교 서어서문학과를 졸업하고 멕시코 국립 대학교(UNAM)에서 문학 박사 학위를 받았다. 현재 서울대학교 라틴아메리카연구소에서 교수로 재직 중이다. 보르헤스의 『세계문학 강의』(공역), 『영원성의 역사』(공역), 훌리오 코르타사르의 『드러누운 밤』 등을 옮겼다.

이경민

조선대학교 글로벌인문대학 스페인어과 교수. 조선대와 서울대에서 수학하고 멕시코 메트로폴리탄자치대학교(UAM)에서 문학 박사학위를 받았다. 『갈대 속의 영원』, 보르헤스의 『영원성의 역사』(공역), 『죽음의 모범』(공역) 등을 옮겼다.